Margrit Napp-Zinn

Oh selig, oh selig, ein Kind noch zu sein

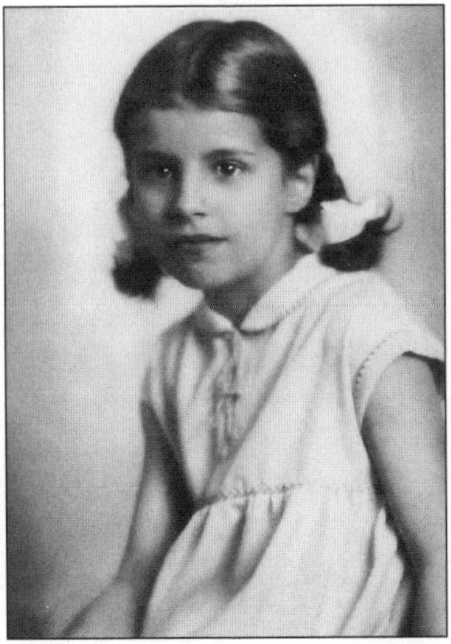

Erinnerungen

TEIL I

Herzlichen Dank all denen, die am Zustandekommen dieses Buches mitgewirkt haben. Ein besonderer Dank gilt Herrn Gerd von Laufenberg und Frau Gisela Wübbena, die mich beim Schreiben der Texte unterstützten, und dem Druckhaus Zeitz für die gute Zusammenarbeit.

1. Ausgabe: Teil I Juni 2003
Satz, Layout und Bildbearbeitung: Christoph Napp-Zinn
Druck und Bindung: c. a. press Luxemburg

2. Ausgabe: Teil I und II Dezember 2008
Satz und Bildbearbeitung: Christoph Napp-Zinn
Gesamtherstellung: Druckhaus Zeitz, An der Forststraße, 06712 Zeitz, Tel. (03441) 61 62-0, www.druckhaus-zeitz.de

1.

Der Erste Weltkrieg war vorüber, und die Zeiten waren ruhiger geworden, obschon die Schrecken der Arbeiteraufstände und der schlimmen Inflation von 1923 im Bewusstsein der Menschen ihre Spuren hinterlassen hatten. Man lebte zurückgezogen in seiner privaten Umgebung und war vorsichtig mit Meinungsäußerungen, denn die politischen Verhältnisse waren ungewiss.

Im Park ihrer schönen Villa saß eine gepflegte Frau Ende fünfzig und war mit Spargel schälen beschäftigt. Neben ihr lag „Blitz“, ein nicht mehr ganz junger Airdale-Terrier mit gelocktem, schwarzbraunen Fell, und schlief. Helene war eine gut aussehende, nun schon weißhaarige Frau, die ernste Züge trug, denn sie hatte im letzten Jahr des mörderischen Krieges ihren einzigen Sohn Hans verloren, der kaum zwanzigjährig vor Verdun gefallen war.

Sie würde wohl nie darüber hinwegkommen, obwohl ihre drei Töchter, Else, Leli und Gretel, mit ihren jungen Familien in der Nähe wohnten und sie nach wie vor im Mittelpunkt all ihrer Lieben stand. Sie war in jungen Jahren Richard, dem ältesten Sohn eines Mühlenbesitzers, nach Weißenfels an der Saale gefolgt und hatte ohne Bedenken ihr vermögendes Elternhaus in Frankfurt verlassen, wo sie im großen Mouson-Haus als zweite Tochter von insgesamt drei Kindern in besten Verhältnissen aufgewachsen war.

Das „Haus Mouson“ – eine Seifen- und Parfümfabrik ersten Ranges, 1798 von dem Hugenotten August Friedrich Mouson gegründet und von Generation zu Generation weitergegeben – hatte bereits 1878, als Helenes Vater Daniel die Firma übernahm, einen Ruf weit über Deutschlands Grenzen hinaus.

Richard war auf dem Rückweg von einem Englandaufenthalt aus geschäftlichen Gründen nach Frankfurt gekommen, wo sich die beiden jungen Leute – Helene und Richard – kennen

und lieben lernten und schon nach kurzer Zeit den Bund fürs Leben schlossen. Nun begann für das Paar eine glückliche Zeit, denn es wurden ihnen zwischen 1896 und 1903 in Weißenfels vier gesunde Kinder – Else, Hans, Leli und Gretel – geschenkt, und bereits 1904 konnte Richard für seine Familie draußen an der Saale eine große, mit allem Komfort ausgestattete Villa bauen, wozu das Erbe von Helene aus dem Mouson-Vermögen nicht unerheblich beitrug.

Als Blitz unerwartet den Kopf hob, gemächlich aufstand und vom Sitzplatz unter den alten Bäumen zum Gartentor schlenderte, schaute sich auch Helene um. Sie sah ihren ältesten Enkel Hans-Dieter im sommerlichen Hemd mit kurzen Hosen und Kniestrümpfen, von der Schule kommend, sein Fahrrad durch das gusseiserne Gartentor balancieren.

Als Erstes wendete er sich dem geliebten, alten Hund zu, dem er wie jeden Tag sein Pausenbrot, das er nicht mochte, heimlich ins Maul steckte, was Blitz schon erwartete, doch davon durfte niemand außer den Schwestern etwas wissen. Erst dann radelte Hans-Dieter zum Gartenplatz, um die Oma zu begrüßen, die gleich nach seinem Ergehen in der Schule fragte.

Wie bei den meisten Großmüttern war ihr der älteste Enkel besonders ans Herz gewachsen, und auch er kam gern mit seinen Wünschen zu ihr, obschon er ein stilles, etwas verschlossenes Kind war, das sich viel allein beschäftigte. Seine zwei und vier Jahre jüngeren Schwestern, Margrit und Maidi, dagegen waren von klein auf so innig miteinander verbunden, dass sie alles gemeinsam taten. Auch sie liebten ihre Großmutter, brauchten sie aber nicht so unbedingt wie ihr älterer Bruder.

Das Heimkehren des Jungen veranlasste die Großmutter mit ihrem fertig geschälten Spargel ins Haus zu gehen, um in der Küche nach dem Rechten zu schauen, wo Dora, das zuverlässige und langjährige Hausmädchen, schon mit den sonstigen Vorbereitungen des Mittagessens beschäftigt war. Helene liebte es, kurz vor dem Anrichten die Speisen noch einmal selbst abzuschmecken, denn sie war eine gute Köchin und es ihrem Mann schuldig, dass nur tadellose, wohlschmeckende Gerichte auf den Tisch kamen.

Richard überließ die Sorge um die häuslichen Dinge ganz allein seiner Frau, der natürlich, wie damals üblich, viele Hilfen zur Seite standen. So bemühten sich neben Putz-, Wasch- und Bügelfrau auch Gärtner, Chauffeur und ein Mann für die Heizung um das große Anwesen und das Wohl der Familie. Richard selbst hatte dagegen vormittags meist in der Stadt zu tun, denn er war nicht nur Mühlenbesitzer, sondern auch Stadtrat und stellvertretender Direktor des Weißenfelser Bankvereins. Er kehrte anschließend ins Kontor der Mühlenwerke zurück, wo sein Schwiegersohn Gerhard und Kaufmann Kleemann sich um den Betrieb kümmerten, und kurz vor ein Uhr spazierte er durch den Park in die Villa zum Mittagessen, denn er liebte exakte Pünktlichkeit.

In den wirtschaftlich so schweren Zeiten Anfang der 20er Jahre, als durch die Inflation große Vermögen verloren gingen und den Betrieben Konkurs drohte, wurde Richard, der stets gewissenhafte Geschäftsmann, durch tiefe Depressionen schwer krank, zumal die Ernährung schlecht und der Verlust des geliebten Sohnes noch nicht überwunden war. Richard wog kaum noch fünfzig Kilo, was die Familie sehr besorgte, doch durch Helenes Fürsorge und die allmähliche Verbesserung der wirtschaftlichen Lage in Deutschland erholte er sich allmählich und war nach einiger Zeit wieder der stattliche, wenn auch kleine Mann von einst.

Wie immer genoss er mit seiner geliebten Frau die vorzügliche Mahlzeit mit frischem Spargel in dem großen holzgetäfelten Esszimmer, das durch die reich verzierten, dunklen Eichenmöbel und den langen Esstisch sehr festlich wirkte. Anschließend folgte ein Mittagsschläfchen auf der breiten Chaiselongue im selben Raum, über die Helene zum Schutz vor lästigen Fliegen eine weiße Tüllgardine festknüpfte.

Die drei Enkel, Hans-Dieter, Margrit und Maidi, die im Esszimmer des ersten Stockes mit ihren Eltern Gerhard und Elisabeth inzwischen auch gegessen hatten, mussten sich jetzt

ruhig verhalten und begaben sich wohl oder übel an die Schulaufgaben.

„Ach guck nur, ich soll wegen der Fehler alles noch einmal abschreiben", klagte die siebenjährige Maidi ihrer geliebten, größeren Schwester Margrit und schaute sie mit bittenden Augen an, „und dabei haben wir noch soviel Neues auf!"

„Dann komm, gib her", meinte Margrit, die immer Rat wusste und ohne viel Bedenken mit etwas verstellter Schrift den Text für die Kleine noch mal neu schrieb.

Dabei erledigte sie auch gleich die heutige Aufgabe mit, was hoffentlich Mama nicht merken würde. Sie selbst hatte ihre Hausaufgaben schon vor dem Mittagessen gemacht, und nun konnten die Mädchen endlich ungestört spielen, was für die beiden unzertrennlichen Kinder das größte Glück bedeutete.

Ihre Mutter Else, die älteste Tochter von Helene und Richard Beilschmidt, hatte 1920 Gerhard Bussen, den vierten Sohn eines wohlhabenden Landwirts aus Ostfriesland geheiratet, der als Straßenbau-Ingenieur nach dem Krieg eine Volontärstelle in Weißenfels innehatte.

Er wurde bei seinem Antrittsbesuch vom Stadtrat Richard Beilschmidt zum Tennisspielen auf die Mühleninsel eingeladen, denn dieser dachte dabei an seine drei Töchter, die irgendwann den richtigen Ehepartner finden sollten. Gerhard spielte nicht nur gut Tennis, sondern konnte auch mit dem Außenbordmotor des neuen Bootes umgehen und war bald häufiger und gern gesehener Gast auf dem schönen Besitz an der Saale.

Richard hatte sich tatsächlich nicht verrechnet, denn Gerhard fühlte sich von der Anmut der jungen Else angezogen, die ebenfalls in seiner Nähe überglücklich war. So hielt der liebenswerte Mann von der „Waterkant" schon bald um ihre Hand an, und im Oktober 1920 wurde eine schöne Hochzeit gefeiert.

Zunächst zog das junge Paar in eine bescheidene Wohnung nach Bielefeld, wo der Ingenieur seine erste selbständige Stelle fand, aber die immer ängstliche Mutter Helene in Weißenfels machte sich in den schlechten Zeiten große Sorge um ihre Tochter, die schon bald ein Baby erwartete. So wurde beschlossen, dass Gerhard im nächsten Jahr seine Stelle kündigen und als Ingenieur in den Mühlenbetrieb eintreten sollte.

Im ersten Stock der großen Villa wurde eine schöne Wohnung für die jungen Leute eingerichtet, wo am 6. Juli 1921 der kleine Hans-Dieter als erstes Enkelkind von Richard und Helene Beilschmidt das Licht der Welt erblickte.

Im Abstand von zwei Jahren, jeweils im Sommer, folgten dann die beiden Mädchen, die genau wie ihr Bruder im Schlafzimmer der Eltern unter dem Beisein einer erfahrenen Hebamme geboren wurden. Das erste Töchterchen Margrit allerdings, das im Hungerjahr 1923 zur Welt kam, war so zierlich und dadurch bei ihrer Geburt so schnell, dass sie der junge Vater in Empfang nehmen musste, als die Hebamme gerade erst an der Haustür klingelte.

Unter der Obhut von Eltern, Großeltern und treuen Hilfen wuchsen die Kleinen munter heran und schliefen zunächst noch zu dritt im Kinderzimmer neben dem Schlafraum der Eltern im ersten Stock der Villa.

In dieser Zeit fühlten sich die beiden „Großen", Hans-Dieter und Margrit, sehr eng miteinander verbunden, und Maidi war noch so klein, dass man sich leicht mal einen kleinen Scherz mit ihr erlauben konnte. Besonders nachts, wenn das ängstliche Schwesterchen im Schein der Nachttischlampe vor ihrem Bett auf dem Töpfchen saß, riefen die beiden Älteren mitleidlos: „Brummbär, Schlange, beißt die Maidi", worauf die Kleine vor Angst schnell wieder in ihr Bettchen kletterte.

Auch liebten es Hans-Dieter und Margrit, morgens recht schnell wieder in Aktion zu sein, besonders sonntags, wenn die Eltern länger schliefen, und sie die Großeltern beim Frühstück aufsuchen konnten, die jedem Kind zehn Pfennig in den bunten Schokoladen-Automaten aus Blech steckten und ein glitzernd eingepacktes Schokoladentäfelchen herauszogen, das die Kinder sogar behalten durften.

Um ja nicht zu spät zu kommen, hatte Hans-Dieter einmal die Idee, sich abends schon die Unterwäsche unter das Nachthemd anzuziehen, aber die Mama merkte es, und er musste sich ganz schnell wieder ausziehen.

Bei den Großeltern unten gab es auch den schönen Salon mit dem wunderbaren Glasschrank, in dem die herrlichsten, kleinen Figuren aus wertvollem Porzellan standen, die leider nur angeschaut werden durften, obwohl sie eigentlich wie Spielzeug aussahen!

Und etwas ganz Unvergessliches und Geheimnisvolles durchwehte diesen Raum außerdem noch: Er war das Weihnachtszimmer der ersten Kinderjahre! Der strahlende Lichterbaum und die vielen bunten Geschenke blieben für die drei Enkelkinder die ersten Erinnerungen an dieses Fest voller Glückseligkeiten.

Eine Zeit lang erschienen die drei Kleinen mit besonderer Vorliebe allabendlich in Nachthemd und Hausschuhen bei der guten Großmutter Helene, die sich dann als „Frau Haschmann“ verbarg, um ganz plötzlich aus ihrem Versteck hervorzukommen und die Kinder zu fangen versuchte, nachdem diese mit klopfenden Herzen ganz vorsichtig nach ihr Ausschau gehalten hatten. Der Jubel war dann jedes Mal so groß, dass sich die Oma immer wieder zu diesem Spiel bereit fand.

Zu all diesem Glück der ersten Kinderjahre gehörte noch etwas ganz Wichtiges: Sommerzeit, breite Kieswege, kleine Dreiräder und große Rasenteppiche mit tausend und abertausend Gänseblümchen. Die Kinder mitten darin mit Spielanzügen und Wadenstrümpfen, den ersten Puppenkindern unterm Arm und Autos und Lokomotiven! Nicht weit davon saßen die „Großen“ an weißen Gartentischen, und überall war Geborgenheit, Glück und seliges Kinderparadies.

Ist es da nicht verständlich, dass die fünfjährige Margrit einmal abends im Bett von einem großen Kummer ergriffen wurde, dass nun bald die Schule käme und sie nie mehr in ihrem Leben das ganze Jahr hindurch würde spielen können, denn wenn sie erst die Schule hinter sich hätte, wäre sie zum richtigen Spielen ja schon viel zu groß. Es war ein schwerer Kummer und der erste wohl nur geahnte Abschiedsschmerz von der unwiederbringlichen Kinderzeit.

Dann kam die Schule und komisch, nun war es gar nicht mehr so schlimm. Die wenigen Stunden in dem großen, roten Schulhaus waren fröhlich und abwechslungsreich, alles war leicht und vergnüglich, und es blieb noch so viel freie Zeit zum Spielen, dass der Kummer bald vergessen war. Nur das geliebte Schwesterchen durfte nicht fehlen!

Als Maidi zwei Jahre später auch zur Schule musste und ihr Unterricht manchmal später zu Ende war, saß Margrit oft geduldig am Bordstein des großen Schulplatzes und wartete auf ihre kleine Schwester oder holte sie sogar auf dem Gepäckträger des von Hans-Dieter geerbten Bubenfahrrads ab. Dann machte Margrit ihr am liebsten noch ganz schnell die Hausaufgaben, damit sie nur endlich wieder spielen konnten!

Da saßen sie ja schon alle ganz still und erwartungsvoll, die geliebten Puppenkinder auf Korb- oder Holzstühlen um kleine Tischchen herum in einer Ecke des Kinderzimmers. Sie schauten mit ihren freundlichen, runden Puppengesichtern geduldig zu ihren fleißigen „Mamis" hinüber, die nur noch schnell ihre Hausaufgaben machten. Sie brauchten aber keine Angst zu haben, vergessen zu werden, denn wenn auch nicht täglich, so wurde doch die ganze Gesellschaft jeden Samstag eifrig versorgt:

Ausgezogen, an kleinen Waschtischen gewaschen, mit sauberen Nachthemdchen in die verschiedenen Bettchen und Puppenwagen gelegt und noch jedem „Kind" ein Gutenachtküsschen gegeben! Die guten „Mamis" scheuten keine Mühe und sorgten am Sonntagvormittag für ein Frühstück an festlich gedeckten Tischen, und auch die Geburtstage wurden nicht vergessen! Sie standen fein säuberlich auf einer langen Liste, die hinter den Stühlchen an der Wand hing.

An einem solchen Festtag saß die große Schar in einem Kreis um den Gabentisch, die kleinen Kerzen brannten, und der Geburtstagskanon wurde gesungen. Ilse, die älteste der vielen „Kinder", war am 8. Januar „geboren" worden, und da an diesem Tag manchmal schon mildes Vorfrühlingswetter herrschte, machte die ganze Puppenfamilie im kleinen Leiterwagen einen Ausflug auf die Insel, wo auf Decken am Rasenabhang vorm „Wäldchen" in den ersten warmen Sonnenstrahlen ein lustiges Picknick stattfand.

2.

Die schöne Insel, die sich etwa einen Kilometer lang und gut dreihundert Meter breit zwischen Mühlgraben und Saale erstreckte, gehörte mit zum „Paradies" dieser glücklichen Kinderjahre, an die sich so viele Erinnerungen knüpften: Der schmale Wäldchenpfad mit der grünen Bank, von der man einen Ausblick auf das große Wehr hatte, die hellblauen Leberblümchen und die vielen Morcheln, die Hans-Dieter, Margrit und Maidi in feuchten Jahren mit Mama und Oma im Frühling eifrig suchten.

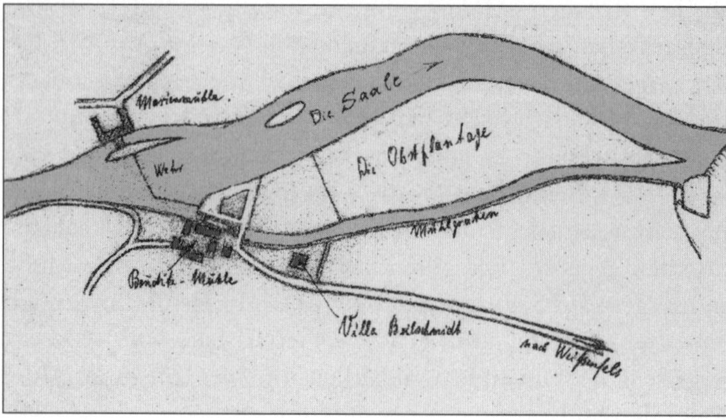

Dann der Futterplatz für die Fasanen, die riesige Obstwiese mit über 300 Apfel-, Birn- und Pflaumenbäumen und schließlich der große Blumen- und Gemüsegarten mit Gewächshaus und Frühbeeten und nicht zuletzt das schöne Gartenhaus mit einem blühenden Steingarten davor.

Dieser wunderbare Steingarten, der im oberen Bereich etwa 40 m im Quadrat maß, stieg von einem kleinen, durch Grundwasser gespeisten, quadratischen Teich in vier Terrassen nach oben an und war durch die Initiative von Gerhard, dem Schwiegersohn aus Ostfriesland, Ende der 20er Jahre entstanden:

Nachdem Leute aus dem Mühlenbetrieb mit geeignetem Gerät die mühsamen Erdarbeiten bewältigt hatten, baute Gerhard nach eigenem Entwurf und exakten Zeichnungen Schritt für Schritt die gemauerten Terrassen von unten her auf, indem er jeden Stein selbst setzte und nach allen vier Seiten hin bequeme Treppen in verschiedener Breite schuf. Dazu kam zwischen der zweiten und dritten Terrassenstufe ein Weg mit einem halbrunden, ummauerten Sitzplatz.

Auf gutem Mutterboden wurden dann in allen vier Etagen die verschiedensten kleinen Sträucher, Stauden, Polster- und Hängepflanzen gesetzt, woran auch Gerhards Frau Else durch viele Ideen maßgeblich beteiligt war, und schon nach wenigen Jahren entstand hier ein im Frühjahr über und über blühendes Gartenparadies, was Freunde und Bekannte aus der Stadt alljährlich zum Anschauen auf die Saale-Insel lockte.

Auch sonst gab es durch die allmähliche Besserung der wirtschaftlichen Verhältnisse manche Fortschritte auf der Insel: Eine beachtliche Zahl der überalterten Obstbäume wurde durch ertragreichere Sorten ersetzt, ein zweites Gewächshaus entstand in Verlängerung des alten, so dass Gärtner Bode neben der Heranzucht von Blumen für den großen Garten nun auch junge Gemüsepflanzen kultivieren konnte.

Der Tennisplatz dahinter bekam ein neues Gitter und den jetzt üblichen roten Sandbelag, denn Richards Töchter Else und Gretel und zwei der Schwiegersöhne waren eifrige Spieler, und an den Wochenenden gab es so manches Tennismatch.

In erster Linie aber war Richard daran interessiert, seinen Betrieb ständig zu verbessern und in der Mühle leistungsfähigere Maschinen einzusetzen, um der Konkurrenz standzuhalten. Darum gab es jetzt auch anstelle von drei großen Pferdefuhrwerken zwei moderne, grüne Lastautos nebst Anhängern mit der Aufschrift: *Mühlenwerke Beuditz-Weißenfels – Richard Beilschmidt*, die das Mehl zu den Bäckern in der Stadt und in die kleineren Orte im Umkreis brachten.

Diese beachtlichen Fortschritte in den Betrieben und im privaten Bereich sollten aber nicht darüber hinwegtäuschen, dass die Weimarer Republik, die erste parlamentarisch-demokratische Republik in Deutschland nach dem Zusammenbruch des Kaiserreiches 1918, durch dauernde Verschiebungen der Machtverhältnisse bereits zu Beginn der 30er Jahre auseinander zu brechen drohte und dass sich am politischen Himmel dunkle Wolken der Gefahr zusammenballten: Durch den Börsen-Crash in Amerika, dem „Schwarzen Freitag“ 1929, und die katastrophale Weltwirtschaftskrise war die Zahl der Arbeitslosen in Deutschland auf über sechs Millionen angestiegen. Die Anhänger der extremen Parteien rechts und links wuchsen, und besonders die von Adolf Hitler 1920 gegründete NSDAP trat nach der Aufhebung ihres Verbots 1925 zur politischen Offensive gegen die Weimarer Demokratie an.

Noch versuchte Brüning, der seit März 1930 Reichskanzler war, durch Stärkung der bürgerlichen Mitte den Fortbestand der Weimarer Republik als einzige reale Alternative zu der drohenden Gefahr von rechts zu sichern. Doch seine Bemühungen, wie die anderer demokratischer Politiker, schlugen fehl: Am 30. Januar 1933 wurde Adolf Hitler zum Reichskanzler ernannt, wobei ihn Persönlichkeiten der Reichswehrführung und der Großindustrie unterstützten.

Binnen kürzester Zeit errichtete Hitler mit Hilfe des sogenannten Ermächtigungsgesetzes und durch zahlreiche Notstandsverordnungen unter Beseitigung aller rechtsstaatlichen und verfassungsmäßigen Hindernisse sein diktatorisches Regierungssystem, das Deutschland innerhalb der nächsten zwölf Jahre ins tiefste Unglück stürzen sollte.

Die meisten Deutschen jedoch waren 1933, im Jahr von Hitlers Machtergreifung, recht optimistisch und sahen nach der politisch so unstabilen Weimarer Zeit in Hitler einen starken Mann, der die Zügel fest in die Hand nahm, die Arbeitslosigkeit beseitigen und die sozialen Verhältnisse bessern wollte.

Allerdings waren die Deutschen nach dem verlorenen Krieg im Versailler Vertrag zu sehr hohen Reparationsleistungen verpflichtet worden, doch auch das nutzte Hitler zu seinen Gunsten:

Er versprach dem in seiner Ehre gekränkten Volk, diese „Schmach“ von dem „neuen Deutschland“ abzuwenden, so dass es wieder stark und selbstbewusst auftreten könne. Durch seine mitreißenden, demagogischen Reden in einem kämpferischen, lautstarken Jargon verstand er es, die Massen zu begeistern, und wenn seine uniformierten Gefolgsleute der SA und SS mit Hakenkreuzfahnen durch die Straßen marschierten, jubelte ihnen die spalierstehende Menge fasziniert zu.

Doch in der Villa an der Saale sah man von Anfang an dieser politischen Entwicklung mit großer Sorge entgegen, wusste man doch von Hitlers antisemitischen Tendenzen, was besonders Helene beunruhigte, die durch den Besuch der höheren Töchterschule in Frankfurt mit einigen Mädchen aus jüdischen Familien Freundschaft geschlossen hatte, die nun in große Gefahr kamen. Hitler hatte bereits 1924 in seiner politischen Rechtfertigungsschrift „Mein Kampf" die Grundzüge seiner Weltanschauung – ein pseudoreligiöser Antisemitismus und die Vorstellung einer lebensnotwendigen „völkischen Reinigung" – dargelegt, was manche gut informierten und wachsamen Menschen sehr kritisch sahen und auch zur Sprache brachten. Doch man musste vorsichtig sein, denn die neuen Machthaber waren gefährlich.

3.

Die drei Kinder draußen an der Mühle in ihrem wohlbehüteten Elternhaus wussten jedoch von alledem noch nichts. Hans-Dieter war bereits seit zwei Jahren Schüler der Oberrealschule für Jungen mitten in der Stadt, die er in zehn Minuten mit dem Fahrrad erreichte, und machte seine Sache dort recht gut.

Die Lehrer verhielten sich politisch zunächst zurückhaltend, und die Jungen in diesem Alter waren anderweitig interessiert.

Margrit hatte das Ende des vierten Schuljahrs bei dem freundlichen, blonden Fräulein Krüger in der Beuditzschule erreicht und immer gute Zeugnisse nach Hause gebracht. Nun sollte sie mit zwei Klassenkameradinnen zum Beginn des neuen Schuljahrs nach Ostern im Lyzeum von Weißenfels eingeschult werden, das draußen am Ende der Langendorfer Straße lag.

„Es war ganz toll", erzählte sie beim Essen nach dem ersten Tag in der neuen Schule, „denn wir 24 Kinder von der Sexta saßen in zwei Reihen ganz vorn in der großen Aula, und dann spielte die schöne Orgel, und wir sangen aus dem Gesangbuch ‚Unsern Anfang segne Gott', und eine nette Lehrerin hielt eine kurze Andacht. Dann sprach noch der Direktor, und wir wurden von Fräulein Künold in unsere Klasse unten im Parterre geführt, bekamen unseren Stundenplan und die neuen Bücher."

Der Leiter dieses Lyzeums – so hießen damals die höheren Mädchenschulen – Direktor Dr. Lippelt, der 1933 noch die Führung in der Hand hatte, war ein mutiger, gottesfürchtiger Mann, der sich von den Nazis nicht einschüchtern ließ. Er setzte es tatsächlich zielsicher durch, dass an seiner Schule bis zu seiner Pensionierung jeden Morgen vor dem Unterricht eine kurze Andacht von zehn Minuten gehalten wurde, wo zwischen zwei Liedern ein Bibelwort verlesen und ausgelegt wurde, was bestimmte Lehrer im Wechsel übernahmen. Es war so selbstverständlich für die Schüler und wohl auch für ihre Eltern, dass die politischen Machthaber zunächst nicht daran zu rütteln wagten. In manche Herzen der jungen Menschen wurde dadurch der Keim zu einem festen Glauben gelegt, und auch Margrit wurde tief davon berührt.

Sie war jetzt also stolze Sextanerin – heute würde man sagen: Sie ging in die fünfte Klasse des Gymnasiums – mit einer lila Schülerkappe aus weichem Samt, an deren farbigem Band, das jedes Jahr gewechselt wurde, man die Klasse sah, in die die Schülerin gehörte.

Es gab nun viel mehr Unterrichtsfächer als in der Grundschule, die jeweils von einem bestimmten Lehrer erteilt wurden, und man blieb nicht den ganzen Vormittag im eigenen Klassenraum, sondern Fächer wie Biologie, Erdkunde, Musik, Handarbeit und Zeichnen wurden in besonderen Fachräumen gegeben. Diese zu finden, war für die kleinen Sextanerinnen anfangs oft gar nicht so einfach, denn die einzügige „höhere Mädchenschule" mit nur sechs Klassen und etwa 180 Schülerinnen war im früheren Lehrerseminar, einem wunderschönen, aber riesigen Gebäude mit Turm, hohen Räumen, breiten Gängen und einem durch rote Backsteinsäulen geschmückten, großen Treppenhaus untergebracht, das weit draußen am Rande der Stadt lag.

Margrit besuchte die neue Schule gern, wenn auch der Schulweg mehr als zwei Kilometer weit war. Damals gab es noch keine Busse, aber sie konnte mit ihren neuen Klassenkameradinnen ein ganzes Stück gemeinsam gehen. Da gab es immer viel zu erzählen, besonders mit Christa Bickel aus der Neustadt, die bald zur guten Freundin wurde.

Mit den „Hitler-Leuten" – den neuen Machthabern – gab es für die kleinen Mädchen schon bald den ersten Kontakt, denn am 1. Mai, dem „Tag der Arbeit", mussten alle Kinder der höheren Schulen auf dem Marktplatz Spalier stehen, als die uniformierten SA- und SS-Kolonnen und die Belegschaften sämtlicher Betriebe mit großen Hakenkreuzfahnen aufmarschierten.

Es war ein nasskalter Tag mit wildem Schneegestöber. Das stundenlange Warten und Stillstehen ließ die Kinder so frieren, dass Margrit, die den Anweisungen der Lehrer sonst brav folgte, sich ohne Bedenken aus der Gruppe löste, als sie unter den Vorbeimarschierenden ihren geliebten Vater mit der Belegschaft der Beuditzmühle entdeckte, der sie schützend in die Arme nahm und bald nach Hause brachte.

4.

Ansonsten beeinflussten zum Glück die neuen politischen Verhältnisse das Leben der Kinder zunächst noch kaum, denn inzwischen standen die herrlichen, langen Sommerferien vor der Tür.

Geh' aus mein Herz und suche Freud'
In dieser schönen Sommerzeit
An deines Gottes Gaben...

Mit welcher Inbrunst sang Margrit am letzten Schultag in der Aula dieses unvergleichliche Paul-Gerhard-Lied, und fröhlich ging es mit dem zum zehnten Geburtstag geschenkten Fahrrad dem geliebten Zuhause entgegen. Da lag es schon vor ihr – das große, vertraute Elternhaus mit den von Geranien umblühten Balkons, versteckt im dichten Grün der hohen Bäume! Ein Stoß an die Gartentür, ein schnelles Herumradeln ums Haus und unter den alten Platanen am schattigen Gartenplatz eine herzliche Begrüßung der Großeltern und des guten alten „Blitz" mit den jubelnden Worten: „Wir haben Ferien!"

Und wo ist das Schwesterlein? Diese Frage war unausgesprochen immer die erste bei Margrits Heimkommen, aber da kam Maidi auch schon angelaufen, und die Welt war wieder in Ordnung.

Noch war Zeit bis zum Mittagessen, und an diesem strahlenden Sommertag stand die Sonne flimmernd über der üppigen Pracht der Buchsbaum umsäumten Blumenbeete auf der Insel.

Braune, nackte Kinderfüße liefen eilig die hellen Steintreppen vom grünumrankten Gartenhaus, wo man sich zum Baden umzog, herunter und waren in wenigen Sprüngen am Steingartenteich, um die leuchtend roten Goldfische zu füttern, die unter den Seerosenblättern Schutz vor der Sonne suchten. Behutsam ging es über die heißen Sandwege noch kurz zu den Erdbeerbeeten, wo vielleicht ein paar letzte Früchte hingen. Und dann standen die flinken Kinderfüße auf den schwankenden Planken der Badestelle an der Saale, und das fröhliche Herumtollen in den erfrischenden Fluten konnte beginnen.

Auf dem linken schmalen Brettersteg stand Mamas Liegestuhl, auf dem Quersteg lagen die bunten Kinderbademäntel, und der rechte Steg war in erster Linie Anlaufbahn für das unentwegte Hineinspringen der wilden Wasserratten.

Mit oder ohne Nasezuhalten, mit oder ohne Kopfsprung ging es unermüdlich rein – raus, rein – raus! Anschließend schwammen die Kinder dann mit der Mama zu dem großen Steinhaufen inmitten der Saale dicht vorm Wehr, und jeder suchte sich halb im Wasser einen Sitzplatz, um sich von dem Kampf gegen die Strömung auszuruhen.

Von der großen „Wehr-Leidenschaft" in späteren Jahren, als die Kinder mit Vettern und Basen fast ausschließlich in den schäumenden Fluten am Wehr baden und toben wollten, wird noch zu berichten sein.

Diesmal jedoch ging es in der starken Strömung bald zurück zu den Holzstegen, wo sich die Badenixen in der Sonne trockneten und bräunten und in letzter Minute wohlig durchkühlt und hungrig am Mittagstisch erschienen.

Die Ferienzeit hatte begonnen. Durch die Ritzen des schräg gestellten Fensterladens schien schon längst warm die Vormittagssonne, als Margrit und Maidi sich endlich aus den Federn erhoben und schnell in die leichten Sommersachen schlüpften. Sie schliefen nun schon einige Zeit oben im zweiten Stock der

Villa in einem geräumigen Zimmer mit großem Fenster zur Stadt hinaus, vor dem sich im Anschluss an den Garten noch das weite, alljährlich mit Getreide bestellte Feld vom Rittergut Otto erstreckte, auf dem es immer etwas zu sehen gab.

Ihr älterer Bruder Hans-Dieter hatte das kleine Zimmer nebenan mit Bettnische, Wandschrank und winzigem Dachbalkon, und wenn die beiden Schwestern abends manchmal zu lange schwatzten und kicherten, klopfte Hans-Dieter energisch an die geschlossene Zwischentür und bat um Ruhe! Dann krochen die Mädchen in eins der beiden Betten und plauderten unter der Bettdecke weiter.

Jetzt waren Margrit und Maidi allerdings ausgeschlafen, und ein herrlicher, sommerlicher Ferientag stand bevor! Ihr Kinderzimmer unten war aufgeräumt und sauber, die Schulsachen waren verstaut, und auch die Puppenkinder hatten eine stille Zeit. Nur Mätzchen, der zahme Wellensittich, zwitscherte schon lange, wartete auf Gesellschaft und das Öffnen der Käfigtür. Endlich war es soweit, und er machte als erstes einen jubelnden Rundflug durchs ganze Zimmer, landete auf einer Kinderschulter und tirillierte eifrig ein paar Worte ins Ohr der geliebten Betreuerin oder graulte wohl auch ein wenig mit dem Schnabel in ihren Haaren.

Sobald jedoch die fleißigen Kinder den Käfig gesäubert und Futter und Wasser erneuert hatten, flog Mätzchen bereitwillig zu seiner Behausung zurück, um hinter wieder verschlossenem Türchen seine Morgenmahlzeit einzunehmen, denn er war ruhige Vormittage gewöhnt.

Der Frühstückstisch war an so einem schönen Sommertag im Garten gedeckt – die Großen waren längst fertig – und die „Hallenser" warteten schon, während es sich die drei schmecken ließen.

Ja – die Hallenser gehörten in der Mühlenvilla in den Ferien einfach mit dazu: Peter, Klaus und Lenelore waren die Kinder von Leli, der zweiten Tochter von Helene und Richard, und die Cousins und Cousinen von Hans-Dieter, Margrit und Maidi. Sie wohnten in der etwa dreißig Kilometer entfernten Stadt Halle an der Saale und kamen immer in den Ferien nach Weißenfels, um glückliche Tage zu genießen. Sie wurden in dieser Zeit von Großmutter Helene betreut, aßen mit unten im großen Esszimmer, aber beim Spielen waren die sechs Enkel stets zusammen. Nur Hans-Dieter zog sich zum Lesen und Basteln öfter zurück.

„Kommt ihr endlich?“ riefen die drei Hallenser ungeduldig, „und was machen wir heute?“ Da gab es die üblichen Spiele wie Roller- und Radfahren, Ballspiele und Kreiseln, Verstecken und Nachlaufen, aber jetzt, wo sie endlich Ferien hatten und zu sechst waren, musste es etwas Besonderes sein!

Das Bauen von „Baumwohnungen“ war schon länger im Gespräch, und diesmal einigten sie sich schnell: Die großen Kastanienbäume am Tennisplatz waren leicht zu ersteigen, und mit Hilfe von Brettern und kürzeren Stöcken hatten sich bald alle Kinder auf zwei nahe beieinander stehenden Bäumen einen Sitz in luftiger Höhe gebaut.

Aus Blumenkästen, die es bei den nahen Gewächshäusern zur Genüge gab, entstanden Tische, kleinere Körbe an langen Bindfäden wurden zu Fahrstühlen für Proviant wie Äpfel, Birnen und Pflaumen, und von „Wohnung zu Wohnung“ gab es auf Seilen fahrbare Verbindungen.

Stundenlang konnten die Kinder hier oben in ihren grünen Blätterhäusern sitzen, sich mit Hilfe von „Klo-Rollen-Telefonen“ Nachrichten zukommen lassen und ungesehen den Blick über den ganzen Garten und die Saale genießen. Auch leere Frühbeete ließen sich zu Wohnungen einrichten, aber für Peter und Klaus, die Hallenser Vettern, war diese „Lebensweise“ meist zu gesittet, so dass sie lieber aus Stangen und Decken im Wäldchen Zelte bauten und Räuber- oder Indianerspiele vorschlugen.

Beliebt war ebenfalls das sonntägliche Versteckspielen drüben in der Mühle und im Kornspeicher, wenn alles verschlossen war und die Maschinen stillstanden. Durch irgendein offenes Fenster fand sich immer ein Weg in das Innere der Gebäude, wo sich die Kinder in den vielen Etagen mit allen möglichen Schlupfwinkeln zwischen den gefüllten Mehl- oder Getreidesäcken herrlich verstecken konnten.

Der Suchende war oft lange unterwegs, um alle zu finden, wenn er keine Lautzeichen erhielt. Doch leider tauchte auch manchmal der Obermüller plötzlich auf und warf die ganze Bande polternd hinaus, und zu Hause gab es nochmal Schelte wegen der verschmutzten, mehlig weißen Sonntagskleidung.

Ja, wenn die Hallenser da waren und die Kinder zu sechst Pläne schmiedeten, kamen sie oft auf die tollsten Ideen: Da gab es zum Beispiel ein Stück saaleaufwärts die große Baustelle für den neuen Pionierübungsplatz, der die Jungen magisch anzog.

Hier transportierten Bauloren auf steilen Schienen Sand von einer höher gelegenen Kiesgrube hinunter zum Bauplatz. Sie erreichten durch ihr Gewicht hohes Tempo, was die Kinder begeisterte, und an einem stillen Sonntag wollten sie so eine Fahrt selbst einmal ausprobieren. Sie schoben also ein Fahrzeug mühsam den Berg hinauf, stiegen ein und sausten in rasender Geschwindigkeit, alle dicht nebeneinander hockend, begeistert die ganze Strecke bis zur Saale hinunter, wo die Lore von selbst ausrollte.

Nach der zweiten Fahrt allerdings wurde dem herrlichen Spaß ein jähes Ende gesetzt, denn besorgte Spaziergänger hatten die Eltern in der Villa benachrichtigt, die die Kinder heimholten, furchtbar ausschimpften und den Pionierbauplatz als „Spielplatz“ für immer verboten.

Es gab aber noch andere Möglichkeiten des Zeitvertreibs in den Ferien, und wenn Margrit und Maidi mal mit der etwas jüngeren Cousine Lenelore Pläne machten, so schlug diese meist „Leute ärgern“ vor, was die anderen sofort akzeptierten, obwohl es die Großen auch nicht gern sahen. Die drei Kinder saßen dabei auf einer Decke in der dichten Gartenhecke, versahen ein altes, aber äußerlich noch gut aussehendes Portemonnaie mit einem langen schwarzen Faden und legten es draußen auf den Saaleweg. Sobald ein Spaziergänger kam und sich danach bückte, zogen sie es blitzschnell weg. Dasselbe klappte auch mit kleinen Blumensträußchen, und das Gaudium war jedes Mal riesengroß, wenn die Leute erschraken, ja manchmal auch schimpften. Aber die vorwitzigen Cousinen hielten sich in der Hecke gut versteckt.

Noch lieber zogen die drei Mädchen, wenn die Jungen mal nicht da waren, mit der ganzen Puppenfamilie ins Gartenhaus auf der Insel und richteten es mit viel Liebe und Sorgfalt für ihre „Kinder“ ein.

Sie kümmerten sich dann um alle Mahlzeiten, die vorwiegend aus Möhrchen, Erbsen oder Obst bestanden, brachten die Puppenkinder abends getreulich ins Bett und hätten am liebsten ganz hier gewohnt, doch zum Essen und Schlafen mussten sie natürlich heimkommen.

Direkt vorm Gartenhaus lag auch der große Krokett-Platz, auf dem man sich besonders nachmittags zusammenfand, wenn Mama und Oma oder auch eine der Tanten Zeit zum Mitspielen hatten, denn ohne die Autorität der Erwachsenen gab es bei dem aufregenden Spiel viel zu leicht Streit. Trotzdem flossen oft Tränen bei den Kleinen, weil sie von einem mühsam erreichten Platz „wegkrokettiert“ wurden, oder die besseren Spieler über das Nichttreffen einer Kugel schimpften.

Bei schönem Wetter stand in den Sommerferien natürlich das Baden in der Saale an erster Stelle, denn alle sechs Enkel waren ausgesprochene Wasserratten. Wann immer die Temperaturen es erlaubten, schwammen sie begeistert von der Badestelle am Inselufer gegen die starke Strömung zu dem großen schäumenden Wehr, rutschten in allen erdenklichen Körperlagen über die moosige „Schräge“ hinunter ins sprudelnde Getöse oder kauerten sich am unteren Rand des Wehrs so tief ins kühle Nass, dass ihnen die Wassermassen über die Schultern strömten.

Das Aufregendste jedoch war das Springen in den großen Mittelstrudel, denn das Wehr machte dort einen Knick, so dass das Wasser von zwei Richtungen aufeinander traf und besonders stark aufschäumte. Hier war der Grund so tief ausgewaschen, dass man beim Hineinspringen von der Strömung viele

Meter in die Tiefe gezogen wurde und erst weit ab vom Wehr wieder auftauchte.

An den Sonntagen nahmen meist auch alle Erwachsenen am Badevergnügen teil und saßen auf der kleinen Steininsel unterhalb des Wehres und schauten den mutigen Springern zu.

Im Herbst, sobald auf der großen Obstwiese die Apfelernte begann, gab es für die Kinder noch ein besonderes Vergnügen: „Der Äpfelwagen kommt, der Äpfelwagen kommt", tönte es plötzlich nachmittags aufgeregt durchs ganze Haus. Ganz gleich, womit die Kinder gerade beschäftigt waren, sie ließen alles stehen und liegen und stürmten durch den Garten hinüber zur Insel. Hier war gerade der flache Tafelwagen mit zwei braunen Pferden, vom Mühlenhof kommend, über die hölzerne, auf Schienen zurückziehbare Brücke gepoltert, und so schnell es ging, stürmte die Kinderschar dem Wagen nach und kletterte hinauf, was dem gutmütigen Kutscher immer recht war.

Nun konnten sie stundenlang mitfahren, während die gefüllten Körbe Reihe für Reihe aufgeladen und in den Mühlenhof in einen ebenerdigen Raum neben der Scheune gebracht wurden. In guten Obstjahren und wenn verschiedene Sorten gleichzeitig erntereif waren, gab es am späten Nachmittag oft drei Fahrten hintereinander, und das ließ sich keins der Kinder entgehen, besonders die Fahrt über die Holzbohlen der engen Brücke, wo man jedes Mal glaubte, dass sie unter der Last der schweren Pferde zusammenbrechen würde.

Tagsüber wurde natürlich das Obst von fleißigen Helfern gepflückt, woran sich Mama und die Kinder auch manchmal beteiligten, denn das gute Obst von der Beuditzmühlen-Insel, das gleich am nächsten Tag zum Markt oder zu den Bäckern gebracht wurde, war allgemein beliebt. Nur die späten Sorten blieben im Mühlenspeicher und hielten sich oft bis ins Frühjahr hinein.

Nun nahte auch bald die Zeit der Kartoffelfeuer! Im Beisein der Eltern wurden große Haufen von trockenem Kraut der geernteten Knollen zusammengeharkt und verbrannt. Die Kinder standen dann begeistert vor den hoch auflodernden Flammen und durften kleine Kartoffeln in die Glut werfen, die später gut gegart herausgeholt und gegessen wurden.

Überhaupt war es immer herrlich, wenn die „Großen" an den Unternehmungen beteiligt waren, zum Beispiel beim Fangen von Saalefischen in selbst gefertigten Netzen, bei Bootsfahrten mit dem eigenen Motorboot zur Öblisschleuse oder nach Gosek und bei Dampferfahrten zur Schönburg. Die vielen schönen Fußwanderungen nebst Autoausflügen mit Oma und Opa zum Terrassencafé, zur Rudelsburg oder zur Saaletalsperre wurden oft zu frohen Familientreffen ausgestaltet.

Zur Familie gehörten nämlich außer Bussens (Hans-Dieter, Margrit, Maidi und ihre Eltern) und Müller-Beilschmidts aus Halle auch noch Arsands, die in einem schönem Haus in der sogenannten Neustadt von Weißenfels, also ganz in der Nähe, wohnten.

Gretel, die jüngste Tochter von Richard und Helene Beilschmidt, hatte 1928 Hans Arsand, den einzigen Sohn eines Weißenfelser Schuhfabrikanten, geheiratet. Zu ihren Kindern Gina und Arne, die 1930 und 32 geboren wurden, gesellte sich

1939 noch die kleine Ute, und die Großeltern hatten damit neun Enkelkinder.

Richard und Helene standen nach wie vor ganz im Mittelpunkt der Familie, so dass sie alle Feste wie Ostern, Pfingsten, Geburtstage und Weihnachten bei sich in der Villa an der Saale feierten, und Helene scheute keine Mühe, mit den ihr zur Verfügung stehenden Hilfen alles aufs Beste vorzubereiten.

Wenn nur ihre drei Töchter nebst Schwiegersöhnen und Enkeln zusammenkamen, waren es schon 17 Personen, aber vielfach wurden auch die Eltern Arsand sowie Tante Tilde und Tante Steffi, eine Cousine und eine Freundin von Mama, die unverheiratet waren und allein lebten, eingeladen. Sie kamen sehr gern und wurden von den Kindern begeistert begrüßt, denn sie waren an allem interessiert und konnten herrliche Geschichten aus ihrem Leben erzählen.

5.

Es war wieder einmal Ostersonntag. Der Garten lag im zarten Vorfrühlingsschmuck, aber die Bäume waren noch so kahl, dass die Kinder oben von den Fenstern der Villa schon mal ab und zu nach dem „Osterhasen“ drüben Ausschau halten konnten.

Endlich war es soweit, und die ganze Familie zog hinüber auf die Insel, die Kinder stürzten sich jubelnd mit kleinen Körbchen in der Hand in den Blumengarten und suchten voller Eifer die vielen bunten Osterüberraschungen, die ihnen aus Buchsbaum, Rabatten und Beeten entgegenleuchteten und brachten sie eifrig zum Tisch vorm Gartenhaus, wo Oma, Mama und die Tanten mit der Verteilung beschäftigt waren.

Viele Tage vorher hatten sich die Kinder mit Eifer und Sorgfalt jeder ein kleines Moosnestchen gebaut, in dem sie nun eine kleine Überraschung fanden. Alle waren mit ihren Schätzen so beschäftigt, dass sie gar nicht merkten, wie der Papa plötzlich von der Mühle her mit einem großen Korb kam, aus dem zur Überraschung der Familie zwei allerliebste, lebende Osterlämmchen heraussprangen. Diese beiden munteren, wenn auch noch zarten Tierchen durften Margrit und Maidi tatsächlich behalten und sollten sie mit der Flasche großziehen. Die Freude war übergroß und das Glück kaum zu fassen!

Nun galt es, den beiden hungrigen Schäfchen das Saugen aus der Flasche beizubringen, und tatsächlich wussten sie bereits nach wenigen Stunden ihren Durst daran zu stillen und waren von Stund´ an die liebsten Spielgefährten der beiden Mädchen.

„Heidi" und „Susi", so wurden die Lämmchen getauft, wohnten mit im Hühnerhaus auf der Insel, und wenn sie tagsüber im eingezäunten Auslauf herumtollten, hörte man von weitem ihre Glöckchen an den blauen Bändern zart klingeln. Wenn dann ihre Pflegemamis endlich mit den Milchfläschchen kamen, stürmten sie ans Gitter und tranken mit knienden Vorderbeinen und sich vor Wonne kringelnden Schwänzen im Nu voller Heißhunger die köstliche Labe aus, und bald liefen sie ihren Betreuerinnen auf Schritt und Tritt nach.

Auf der Wiese und im Garten, beim Spielen und Spazierengehen, immer wollten die Lämmchen dabei sein, und sie folgten den Mädchen sogar einmal bis ins Kinderzimmer im ersten Stock der Villa und ein anderes Mal in den Bäckerladen nach Beuditz. Immer gab es ein jämmerliches Geblöke, wenn sie wieder in den Auslauf eingesperrt werden mussten. So wuchsen die Lämmchen munter heran, und als sie längst Gras fressen konnten und keine Milch mehr brauchten, füllten Margrit und Maidi Wasser in die Fläschchen, um ihre Lieblinge nicht zu enttäuschen.

Und dann kam der schreckliche Tag – wohl einer der schlimmsten in dem ungetrübten Kinderdasein – als Heidi und Susi, die inzwischen frei auf der Wiese grasen durften, von zwei wildernden Hunden, die durch die Saale geschwommen waren, gejagt und schließlich tot gebissen wurden, ja, eines der beiden armen Tiere fand der Vater verblutet im Teich des Steingartens, wohin es sich wohl zu retten versucht hatte.

Zum Glück waren die Kinder in der Schule, und man ersparte ihnen den traurigen Anblick, aber als sie es von den Eltern hörten, waren sie untröstlich! Nachdem aber der erzürnte Vater einige Tage später die wieder auf der Insel herumstromernden Hunde entdeckt und kurzerhand erschossen hatte, fanden das die Mädels eine gerechte Strafe. Sie kümmerten sich nun auch wieder mehr um ihre anderen vierbeinigen Freunde, die schon viel länger ihre Lieblinge waren:

Margrit hatte nämlich zu ihrem zehnten Geburtstag eine tragende Chinchillahäsin geschenkt bekommen, die schon nach einer Woche acht winzige, nackte Junge zur Welt brachte. Ein Ereignis so beglückend und bedeutungsvoll, dass sie ihr erstes Tagebuch mit dieser Eintragung begann, und das Tagebuchschreiben sollte sie von nun an ihr ganzes Leben lang fortsetzen.

Gleich hinter den Gewächshäusern an dem breiten Weg, der zur Obstwiese führte, hatte der tierliebe Vater große, mit Maschendraht versehene Ställe bauen lassen, in denen die Kaninchenfamilie einen schönen Auslauf, diebessichere „Unterstände“ und eine Kiste als Unterschlupf und zum Junge kriegen hatte.

Tag für Tag sah man nun die beiden unzertrennlichen Schwestern nach dem Mittagessen hier eifrig kehren und saubermachen, und bald saß die ganze Hasenfamilie eifrig fressend am Hafernapf, vor den Gras- und Heuhaufen oder an den saftigen Kohlblättern. Schon auf den Ruf „Puzzi, Puzzi“ hoppelte die Hasenschar ans Gitter, und wenn die Kinder die Stalltür öffneten, sprangen ihnen die zutraulichen Kerlchen auf den Schoß, um schnell an ihr Futter zu kommen. Im Herbst gab es in Kisten auf Schubkarren einen großen Umzug ins Winterquartier in den früheren Schweinestall am Mühlenhof, und erst wenn im April die Sonne wieder warm schien, kehrte die Kaninchenfamilie auf die Insel zurück.

Eine Zeitlang besaßen Margrit und Maidi auch ein drolliges Meerschweinchenpaar, das sie geschenkt bekommen hatten, und das sich gut mit den Kaninchen vertrug. Wie zu erwarten, dauerte es aber gar nicht lange, bis das Weibchen vier süße Junge in der Kaninchenkiste zur Welt brachte, die im Gegensatz zu den Hasenkindern „fix und fertig“ geboren wurden, mit Fell und offenen Äuglein, und die schon wenige Stunden nach der Geburt herumlaufen konnten und an den Futternapf kamen. Dafür war die Tragzeit auch bedeutend länger als bei den Kaninchen, was jedoch der ohnehin rundlichen Mutter keineswegs anzumerken war.

Die Freude bei den Kindern war natürlich übergroß, zumal jedes der Kleinen ein anderes Fellmuster hatte und sie somit leicht zu unterscheiden und zu benennen waren. Doch leider mussten die Meerschweinchen auf Anraten der Eltern nach und nach verschenkt werden, da sie sich zu schnell vermehrten, wenn sie alle zusammen im selben Stall lebten.

Ähnlich war es auch mit den weißen Mäusen, die sich die beiden Tiermamis eines Tages erbettelt hatten, weil sie so allerliebst und zutraulich waren, aber nur eine kurze Zeit in einem Kartonhaus im Kinderzimmer auf der Fensterbank wohnten.

Für die Kinder war es selbstverständlich, dass auf der großen Saale-Insel, die zu ihrem Zuhause gehörte, nicht nur eine Menge Obst und Gemüse geerntet und immer für bunte Blumenbeete gesorgt wurde, sondern dass es auch Hühner, Enten und Gänse gab, die einen herrlichen Auslauf auf der Wiese hatten und durch die Mühle reichlich mit Körnerfutter versorgt werden konnten.

Daneben hielt der Vater Bienen, die die Bestäubung der vielen Obstbäume sicherstellten. Es war für die Kinder stets interessant, wenn sie im Bienenhaus hinter Glas die fleißigen Honigsammlerinnen beobachten, ihre Entwicklung kennen lernen und an Hochsommertagen die Honigernte miterleben durften.

Außer Opas gutem, alten Hund Blitz, der später durch Argo, ebenfalls ein Airedale-Terrier, ersetzt wurde, gab es auf der Insel beim Hühnerhaus noch Pucki, die geliebte, braune Jagdhündin des Vaters, die das viele Geflügel bewachen musste und nur sonntags beim Mittagessen mit ins Haus kam.

Bei dieser Gelegenheit waren sich die beiden Hunde, die schon immer gern zusammen gespielt hatten, unbeobachtet so nahe gekommen, dass sie plötzlich mit ihren Hinterteilen eng miteinander verbunden und nicht mehr zu trennen waren! Die noch arglosen Kinder fanden das interessant, aber die Aufregung bei den Erwachsenen war groß, und nur ein Eimer Wasser schaffte Abhilfe. Doch es war schon zu spät: Pucki würde unweigerlich nicht rassereine Junge bekommen, natürlich zur großen Freude der Kinder!

Einige Monate später stürmte Pucki dann auch bei einem längeren Inselrundgang ganz unerwartet mit einem undefinierbaren Etwas im Maul allein zu ihrer Hütte zurück, und als man nach ihr schaute, lagen neben der etwas erschöpften Hundemutter im Stroh fünf winzige, nackte Hundebabys, die sie nach dem ersten, das schon beim Spaziergang kam, in kürzester Zeit geboren hatte.

Die Kinder waren hell begeistert und hatten nun wieder eine neue Aufgabe, indem sie Pucki mit Milch und gutem Futter versorgten und ständig um die süßen Jungen besorgt waren, von denen allerdings nur zwei am Leben blieben! Da die Hundeeltern verschiedenen Rassen angehörten, waren die beiden Kleinen auch im Aussehen verschieden: „Senta“ bekam lockiges,

braunschwarzes Fell, während „Treff“ ganz schwarz und glatthaarig blieb. Sie gediehen beide prächtig und wurden von der ganzen Familie geliebt. Doch ehe sie ganz ausgewachsen waren, bekam sie Onkel Friedel, ein guter Freund von Arsands, geschenkt, der allein lebte und ein großer Hundeliebhaber war.

Wieder einmal war Sommer, und der ganze Garten stand in voller Blüte. Die beiden Schwestern saßen mit ihren Freundinnen nach dem Schwimmen auf Liegestühlen in der Sonne, als Christa, Margrits beste Schulfreundin, plötzlich begeistert rief: „Da sind ja ganz bunte Vögel auf dem Nussbaum am Steingarten, und ich glaube, in der Hecke dahinten sitzen noch zwei gelbe und schnäbeln miteinander? Das kann doch wohl nicht wahr sein!"

Aber sie hatte recht: Vor ein paar Tagen hatte Vater Gerhard ein kleines Türchen oben an der großen Voliere, die man vor einigen Jahren am Gartenhaus für die vielen Wellensittiche gebaut hatte, geöffnet, was die Vögel bald entdeckt hatten. Sie konnten nun frei durch den blühenden Garten fliegen und wie in ihrer Heimat die bunte Welt ringsum beleben! Da sie ihren Futterplatz und auch ihre Nistkästen in dem großen Käfig hatten, kehrten sie abends ohne weiteres dorthin zurück. Das war wirklich eine tolle Idee!

Die vielen Wellensittiche stammten alle von Hansi und Lorchen ab, einem Vogelpaar, das Margrit und Maidi einmal vor Jahren zu Weihnachten geschenkt bekommen hatten. Die schönen Tiere wohnten zuerst in der Veranda in einem Käfig mit Nistkasten und fingen zur Freude der Kinder bald mit Eier legen und Brüten an, und eines der Jungen war später auch das geliebte, zahme Mätzchen im Kinderzimmer!

Als Lorchen später wieder Eier legte und weitere sechs Junge von den rührenden Vogeleltern großgefüttert wurden, reichte der Platz im Käfig nicht mehr aus, und der Papa ließ die Voliere am Gartenhaus auf der Insel bauen. Hier gab es nun genügend Platz und durch Tausch auch blaue und gelbe Wellensittiche, die sich bald paarten, Eier legten, brüteten und ihre Jungen großfütterten.

Nach und nach waren es so viele Vögel, dass Jungtiere der Weißenfelser Tierhandlung zum Verkauf angeboten werden konnten, und nun konnten sie sogar frei auf der Insel herumfliegen! Aber leider merkte man schnell, dass die schönen, bunten Vögel den Gefahren in der freien Natur nicht gewachsen waren und von Raubvögeln gejagt wurden, da sie durch ihre leuchtenden Farben zu sehr auffielen und nicht gewandt genug fliegen konnten. Jedenfalls kehrte eine immer größere Zahl von den Rundflügen draußen nicht mehr zurück, und das Türchen zur Freiheit musste wieder geschlossen werden.

Eine noch wichtigere Rolle als der Nachwuchs der Wellensittiche spielte allerdings der des Geflügels auf der Insel, besonders die der Hühner, die ja in ihren ersten Lebensjahren besonders gut Eier legen, so dass stets Junghühner herangezogen werden mussten.

Dafür sorgte Mama mit Hilfe des neuen Brutapparates, in den im April jeden Jahres etwa 110 Eier kamen, die nach genauen Anweisungen bei 39 Grad bebrütet wurden, täglich zweimal gewendet und später regelmäßig gelüftet und befeuchtet werden mussten, bis nach 21 Tagen rund 100 allerliebste Küken schlüpften.

Es war immer wieder aufregend für die Kinder, wenn die ersten Eier von innen angepickt wurden und sich nach und nach so ein kleines Tierchen mit zunächst nassem Federkleid mühsam aus der Schale „herauskämpfte".

Jedes Mal, sobald Mama im Abstand von einigen Stunden den Brutapparat öffnete und die Kinder herbeieilten, waren weitere geschlüpft, und die meisten hatten nun schon ein trockenes, flauschiges Federkleid, piepsten munter und sahen einfach goldig aus. Den spät Schlüpfenden musste manchmal ein wenig geholfen werden, da sie mit eigener Kraft die Schale nicht loswurden.

Da einige Eier nicht befruchtet waren, was beim Durchleuchten nach der ersten Brutwoche schon zu sehen war, wurden diese gleich aussortiert, und manche starben auch noch später ab, so dass 100 gesunde Küken ein gutes Ergebnis bedeutete.

Nur einen Tag lang blieb die piepsende Gesellschaft im wärmenden Brutapparat, und danach folgte der Umzug auf den

Küchenbalkon im ersten Stock der Villa, wo eine große, offene Auslaufkiste mit Sand bereitstand, in deren Ecke es ein beheiztes „Holzhaus“ gab, worin die ganze Schar von nun an zusammengekuschelt die Nacht verbrachte. Jetzt musste auch tüchtig gefüttert werden: Anfangs hartgekochte, klein gehackte Eier, dann Eier mit Haferflocken und Grünzeug vermischt, und schließlich kamen Kleie und Körner dazu, bis die anfangs so niedlichen „Wollkügelchen“ zu frechen, kleinen Hühnchen herangewachsen waren und auf die Insel ins Hühnerhaus umsiedeln konnten.

Bei allem waren Margrit und Maidi eifrig beteiligt: Sie spielten natürlich besonders gern in den ersten Tagen mit den gerade erst geschlüpften Tierchen, aber hatten auch Spaß daran, wenn diese bald kleine Flügel bekamen und ihnen beim Füttern auf Schoß und Schultern flogen oder sogar neugierig vom Balkon in die angrenzende Küche kamen.

Die Eier der Gänse wurden im Stall auf der Insel von den Gänsemüttern selbst ausgebrütet, wobei der zischende Gänsevater seine brütende „Frau“ und später die geschlüpften Gänschen unermüdlich und wütend verteidigte, wenn ihnen jemand zu nahe kommen sollte.

Die Enteneier jedoch mussten von Hühnerglucken ausgebrütet werden, da die Hausenten sich nie zum Brüten anschickten. Für die Hühnermutter war es später schmerzlich, wenn ihre winzigen Entenkinder schon in den ersten Lebenstagen munter im Ententeich herumschwammen und sie nur vom Ufer aus ängstlich locken konnte.

6.

Das Leben der so glücklich aufwachsenden Kinder bestand allerdings nicht nur aus dem Zusammensein mit Tieren, ungetrübten Ferientagen und Sonnenschein, sondern die Schule mit all ihren

Anforderungen rückte allmählich immer mehr in den Vordergrund, zumal ja die neuen Machthaber die deutsche Jugend ganz in ihrem Sinne erziehen wollten. Inzwischen gehörte Hans-Dieter der Mittelstufe der Weißenfelser Oberrealschule an und war vom „Jungvolk" in die Hitlerjugend übernommen worden, wie es ein neues Gesetz vorschrieb. Neben dem wöchentlichen Dienst hatte er an Fahrten teilzunehmen, wo die körperliche „Ertüchtigung" im Vordergrund stand. Er musste in Gruppen singend hinter einem Fahnenträger her marschieren und sollte dem Führer bedingungslose Treue schwören, was er innerlich natürlich ablehnte.

Bei den Mädchen war die Zugehörigkeit zu den „Jungmädels" und dem „Bund deutscher Mädchen", abgekürzt BDM, zunächst noch nicht Gesetz, und die energische Mutter von Margrit und Maidi erklärte von vornherein klipp und klar, dass ihre Töchter da nicht mitmachen würden!

Obwohl in Margrits Klasse die meisten Kinder wenig am politischen Geschehen interessiert waren, fanden sie es doch alle schade, als 1935 zwei ihrer Klassenkameradinnen, nämlich Susanne Birnbaum, ein rothaariges, schon erwachsen aussehendes Mädchen, und die zierliche, immer freundliche Thea Oscher, verabschiedet wurden. Sie mussten mit ihren Eltern nach Israel auswandern, da sie jüdischer Herkunft und damit „Volksfeinde" waren. Das war schwer zu verstehen, denn die Kinder und sicher auch ihre Eltern hätten bestimmt niemanden etwas zuleide getan.

Die kleine Maidi war nun auch von der Beuditzschule zum Lyzeum in der Langendorfer Straße übergewechselt, nachdem sie vier Jahre in der Klasse des sich rührend um seine Schützlinge kümmernden Herrn Kretschmann verbracht hatte und dank eines befriedigenden Zeugnisses, wie ihre große Schwester, ohne besondere Prüfung aufgenommen wurde.

Sie kam allerdings in eine Klasse, in der sich viele relativ begabte und lebhafte Kinder zusammenfanden, deren Eltern ehrgeizig und vor allem vom Nationalsozialismus und ihrem „großartigen" Führer tief beeindruckt waren. Selbstverständlich gehörten ihre Kinder zu den stolzen „Jungmädchen", später zum BDM, wo sie sportlich und auf musikalischer Ebene gefördert wurden und bald Führungspositionen einnahmen, so dass sie empört waren, dass nicht alle ihre Klassenkameradinnen beim BDM begeistert mitmachten. Sie fanden es außerdem unmöglich, dass sich in ihrer „fortschrittlichen" Klasse noch zwei Mädchen befanden, die einen Vater jüdischer Herkunft hatten, wie sich schnell herumsprach. Es waren die blonden und sehr nett aussehenden Zwillinge Anneliese und Hannelore Schloß, deren deutsche Mutter vor Jahren einen angesehenen jüdischen Geschäftsmann geheiratet hatte.

Die tonangebenden Jungmädchen-Führerinnen in Maidis Klasse ließen nun keine Gelegenheit aus, die beiden an sich fröhlichen und unbefangenen Zwillinge zu verspotten, herabzusetzen und als „Juden-Gesindel" zu beschimpfen und verboten ihren Klassenkameradinnen, mit ihnen zu sprechen, geschweige denn, sich mit ihnen abzugeben.

Das aber wurde selbst der sonst zurückhaltenden und stillen Maidi, die bei ihrer Mutter immer mutiges Auftreten bewundert hatte, zuviel. Ohne lange zu überlegen, setzte sie sich mit einigen anderen Mädchen für ihre bedrängten Klassenkameradinnen ein, zog sie ins Gespräch und ging mit ihnen auf dem Pausenhof umher. Besonders auf dem langen Heimweg waren Maidi und ihre Schwester Margrit, die die Zwillinge auch mochte, ihre täglichen Begleiterinnen, ja, sie trafen sich sogar manchmal nachmittags mit ihnen.

Auf die Dauer ging das natürlich nicht gut, denn der Judenhass wurde überall weiter geschürt, und bald kamen die Zwillinge gar nicht mehr zur Schule, sondern bekamen, wie es hieß, Privatunterricht.

1938 in der schrecklichen „Kristallnacht" hatte man dann auch Mutter und Töchter mit faulen Eiern und Tomaten beworfen und ihre Wohnung zerstört, so dass sie Weißenfels für immer verließen. Margrit und Maidi konnten es kaum glauben, und die empörte Mama meinte, dass sich die Nazis dadurch Feinde in aller Welt gemacht hätten.

Diese schlimmen Ereignisse in einer Zeit, wo es in Deutschland angeblich nur Fortschritte gab und alles immer „schöner" wurde, erschreckten die heranwachsenden Kinder. Umso mehr, als sie oft morgens die Großmutter weinend am Frühstückstisch antrafen, wenn sie durch Briefe aus Frankfurt erfahren hatte, dass wieder eine ihrer alten Freundinnen aus einer jüdischen Familie verschleppt worden war. Und inzwischen wusste man auch schon, dass diese Menschen wohl nie wiederkehrten! All diese Dinge hinterließen natürlich in den sensiblen Kinderseelen ihre Spuren, machten sie traurig und nachdenklich und erfüllten sie mit einem immer stärker werdenden Misstrauen gegenüber allem, was von den Nationalsozialisten propagiert wurde.

Das neue Gedankengut trat im Lauf der Jahre in den Schulen immer mehr in den Vordergrund, selbst da, wo noch viele ältere Lehrkräfte unterrichteten, die sich nicht bevormunden ließen, aber Bücher und Lehrpläne mussten beachtet werden. Leider wurde 1935 auch der langjährige Schulleiter Dr. Lippelt pensioniert, und an seine Stelle trat Herr Lehmann, ein überzeugter Nationalsozialist, der natürlich nichts von täglichen Andachten hielt und sie auf Montag beschränkte, was immerhin auf Wunsch des Kollegiums und der Eltern noch einige Jahre beibehalten wurde. Die neuen Lehrpläne sahen schon bald keinen Religionsunterricht mehr nach der Konfirmation vor, denn es galt ja jetzt andere Werte zu verwirklichen.

Wie alle Kinder in schwierigen Zeiten passten sich die drei Geschwister aus dem kritischen Elternhaus schnell den äußeren Verhältnissen an und wussten genau, was sie sagen durften und was nicht. Es gab aber auch Dinge, die ihnen sehr entgegenkamen und die sie begeistert mitmachten, wie es zum Beispiel beim Sport der Fall war, der in der Hitlerzeit eine immer größere Rolle spielte.

Wenn im Juni – meist in der letzten Woche vor den Sommerferien – alle Schülerinnen des Lyzeums nach Klassen geordnet in Reih und Glied singend durch die Straßen zum Stadion marschierten, wo das alljährliche Sportfest stattfand, dann waren Margrit und Maidi voller Stolz und mit ganzem Herzen dabei. Es galt, in allen Disziplinen der Leichtathletik gute Leistungen zu bringen, und war man erfolgreich, gab es zum Abschluss besondere Urkunden als Anerkennung, die der Schulleiter den guten Sportlerinnen persönlich überreichte, und Margrit und Maidi gehörten meistens dazu. Am Ende des großen Festes sang man dann voller Begeisterung, wieder nach Klassen ordentlich aufgestellt:

Die Fahne hoch, die Reihen fest geschlossen...

Ja, das Singen spielte in dieser Zeit ebenfalls eine wichtige Rolle, und die Kinder lernten ganz schnell eine große Zahl alter Volks- und Wanderlieder auswendig, aber auch neue Lieder der Nationalsozialisten, in denen Kampf und Ehre eine Rolle spielten und vor allem die Fahne als höchstes Gut herausgestellt wurde:

Uns're Fahne flattert uns voran.
Un'sre Fahne ist die neue Zeit.
Und die Fahne führt uns in die Ewigkeit.
Ja, die Fahne ist mehr als der Tod.

Jedoch wie sollten die Kinder als junge, logisch denkende Menschen so etwas verstehen? Wie konnte eine bunt bedruckte Fahne aus Stoff, wenn sie auch noch so festlich und schön aussah, in die Ewigkeit führen und mehr als den Tod bedeuten, zumal der Tod für heranwachsende Kinder sowieso etwas ganz Fernliegendes und Unwirkliches war?

Sie wussten natürlich längst, dass die Nazis, wie man die neuen Machthaber schon damals nannte, es mit der Fahne ernst meinten, denn es war für jedermann Vorschrift, an nationalen Feier- und Gedenktagen die Hakenkreuzfahne zu hissen.

Jedes einzelne Haus und alle Wohnungseigentümer eines Mehrfamilienhauses hatten eine Fahne vor ihren Fenstern anzubringen und zwar nicht nur die schwarz-weiß-rote deutsche Nationalflagge, sondern auch selbstverständlich die Hakenkreuzfahne als Symbol für die nationalsozialistische Erhebung!

Draußen an der Beuditzmühle musste man sich ebenfalls fügen, und deshalb wehte hoch oben auf dem Silo die verordnete Hakenkreuzfahne, die man von unten kaum als solche erkannte. An der Villa gab es erst nach mehrfachen Aufforderungen durch die Behörden eine Fahne, und zwar die deutsche Nationalflagge aus schwarzen, roten und weißen Bahnen, die so groß und festlich wirkte, dass sie schließlich anstelle einer Hakenkreuzfahne anerkannt wurde.

Auch sonst spielten die Fahnen bei allen Veranstaltungen und Aufmärschen von Anfang an eine überragende Rolle: An den Schulen wurden sie bei Ferienbeginn feierlich eingeholt und bei Wiederbeginn des Unterrichts unter den Klängen der Nationalhymne an den hohen Fahnenmasten wieder hinaufgezogen, wobei alle Schüler den Arm zum Hitlergruß heben mussten. Das war so ermüdend, dass die Mädchen den Arm oftmals ganz unehrerbietig dem „Vordermann" auf die Schulter legten.

Mama hatte schon recht, als sie einmal einem Führer von der Hitlerjugend auf seine Frage: „Warum grüßen Sie unsere Fahne nicht?" antwortete: „Ich grüße Menschen, aber keine Fahnen!" Und sie hatte noch Glück, dass sie der junge Mann nicht anzeigte!

Noch schwieriger war es für die heranwachsende Jugend, sich mit christlichen Fragen auseinander zu setzen. Die drei Kinder von der Saale-Villa waren alle bei Pfarrer Kaphengst ein Jahr regelmäßig zum Konfirmandenunterricht gegangen und hatten in der nahen Lutherkirche eine feierliche Konfirmation erlebt und daheim ein großes Fest mit zahlreichen Gästen und schönen Geschenken gefeiert. Anschließend gab es jedoch in den Schulen gar keinen Religionsunterricht mehr, und viele Fragen blieben offen.

Und gerade, weil Margrit und Maidi in dieser „gottfernen" Zeit ihr christliches Denken in Gefahr sahen und ihren Glauben noch nicht sicher genug verteidigen konnten, nahmen sie gern das Angebot der Kirche wahr, einmal in der Woche den Religionsunterricht bei Fräulein Bracht, einer netten Vikarin, in der Nikolaistraße zu besuchen.

Hier wurden nicht nur die wunderbare Schöpfungsgeschichte im Alten Testament und die vielen Berichte der Evangelisten über das Leben Jesu, seine Lehre sowie die vielen, fast unglaublichen Wunder besprochen, sondern man konnte auch alle Fragen, die man auf dem Herzen hatte, stellen. Fräulein Bracht wusste in ihrer freundlichen, bescheidenen Art stets eine Antwort im christlichem Sinne zu geben.

Da die Gruppe klein war, wurden die Teilnehmer sehr schnell vertraut miteinander, bekamen Mut zu fragen, aber auch Mut, später ihre Meinung in Glaubensdingen zu erklären, und ganz allmählich wuchs in den Herzen der jungen Mädchen ein festes Gottvertrauen heran, gerade in einer Zeit, wo die Kirche und alles christliche Denken immer mehr in Bedrängnis gerieten.

Margrit und Maidi besuchten gern die wöchentlichen Bibelstunden bei Fräulein Bracht und spürten ein sicheres Behütetsein im täglichen Leben, zumal sie ja ein Zuhause hatten, wo trotz mancher Probleme durch die Nazis alles noch gut und wohlgeordnet war, und die Familie harmonisch zusammenlebte.

Von klein auf hatten die Kinder Jahr für Jahr draußen im Garten und auf der Insel erlebt, wie die Natur sich nach wunderbaren, geheimnisvollen Gesetzen immer wieder erneuerte und zu voller Schönheit entfaltete, wie alle Tiere sich nach unabänderlichen, in ihnen verborgen liegenden Plänen zu ihrer letzten Vollkommenheit entwickelten, so dass man einfach an die einmalige Schöpfung und Gottes Allmacht glauben musste.

7.

In der Schule war es jedoch nicht so einfach, besonders wenn die Kinder bei Direktor Lehmann Geschichte und bei einem jungen Referendar Deutschunterricht hatten. „Wir sollen in den Ferien einen blöden Aufsatz über das Thema ‚Deutschland wird immer schöner‘ nach einem Ausspruch von Minister Dr. Robert Ley schreiben“, klagte Margrit im Sommer 1938 einmal beim Mittagessen, „und das stimmt doch gar nicht, wenn immer mehr Juden verhaftet werden, und es bald Krieg geben wird.“

Von der Möglichkeit eines Krieges hatten die Kinder daheim wiederholt gehört, nachdem 1935 die Wehrpflicht wieder eingeführt und Deutschland aufgerüstet wurde. Papa hatte sogar mit Onkel Dietrich, einem Freund der Eltern, schon zu diesem Zeitpunkt gewettet, dass es spätestens in fünf Jahren Krieg geben würde! Leider hatte er bereits 1939 die zehn Flaschen Sekt, um die gewettet wurde, gewonnen!

Ja, dann musste man eben in dem Aufsatz nur das schreiben, wovon die überzeugten Nationalsozialisten ständig redeten: Von dem Bau der Autobahnen, dem großen Olympiastadion in Berlin, den Anschluss Österreichs an Deutschland, von „Kraft durch Freude", Hitlerjugend, den Bund deutscher Mädchen und nicht zuletzt von der angestrebten Rassereinheit und Gesundheit des Volkes!

Ähnlich war es auch bei anderen Themen, die in dieser Zeit als Aufsatzthemen gestellt wurden, wie beispielsweise: „Welche Bedeutung hat die Hitlerjugend für das dritte Reich?" oder „Wie erlebte ich den Tag, als Österreich an das Deutsche Reich angeschlossen wurde?"

Margrit wusste stets genug darüber zu schreiben, denn im Unterricht war immer wieder von den großartigen Erfolgen des neuen Regimes gesprochen worden, sie konnte ihren Aufsatz auch gut gliedern und den Text geschickt aufbauen, so dass sie meist eine gute Note bekam. Aber die innere Begeisterung, die natürlich erwartet wurde, fehlte und wäre auch unaufrichtig und geheuchelt gewesen. So litt Margrit unter dieser Verstellung, zu der sie sich gezwungen sah und hasste solche Aufsatzthemen!

Ebenso war es im Geschichtsunterricht bei Direktor Lehmann, wo sie von vornherein wusste, dass vieles, was er den Schülern erläuterte, nicht der Wahrheit entsprach, sondern dem Gedankengut der Nazis angepasst war. So kam es, dass Margrit sich nicht gern am Unterricht beteiligte, nicht viel dafür lernte und später zu ihrem Bedauern auch keine guten Geschichtskenntnisse hatte. Dafür interessierte sie sich im Deutschunterricht für Literatur und klassische Dramen und lernte besonders gern Gedichte auswendig. Am liebsten schrieb sie Aufsätze über ihre geliebten Tiere oder über Ferienerlebnisse.

Am meisten jedoch lagen ihr die ganze Schulzeit hindurch die naturwissenschaftlichen Fächer, die fast ausschließlich der nette Oberstudienrat Sänger gab, und in denen sie immer gute Noten hatte, ja in Mathematik stand sogar oft ein „Sehr gut" auf dem Zeugnis.

Genauso gern hatte sie Turnen und Zeichenunterricht bei Fräulein Bischoff, eine Vorliebe, die sie mit Maidi teilte, und was beide fast selbstverständlich fanden.

An sportlichen Aktivitäten hatten die Kinder nämlich von klein auf großes Interesse und wurden darin auch von den Eltern unterstützt: Nicht nur, dass die Mama allen drei Geschwistern früh das Schwimmen beibrachte, indem sie mit Korkgürteln und an einer Leine täglich im Sommer unter den genauen Anweisungen ihrer Mutter üben mussten, woraus bald die große Badeleidenschaft entstand, sondern der Papa zeigte den Kindern auch schon, ehe sie in die Schule kamen, wie sie auf Fahrrädern Balance halten und auf- und absteigen konnten. Eins der schönsten Geschenke war später ein funkelnagelneues, eigenes Fahrrad.

Viel früher wurde direkt neben dem Sitzplatz unter dem schönen Akazienbaum eine große, grüne Schaukel gebaut, deren Sitz an langen Seilen befestigt war, so dass die Kinder beängstigend hoch hinauf schaukeln konnten und bald die wildesten Turnübungen daran ausprobierten.

Später gab es auf der Insel auch eine Reckstange, zwei Hochsprungständer mit einer Latte, die man in unterschiedlicher Höhe auflegen konnte, und nicht zuletzt die geliebten Stelzen!

Auf diesen spazierten die beiden Schwestern eine Zeit lang überall herum, stiegen sogar Treppen im Garten hinauf und hinunter und probierten auf den schmalen Wegen zwischen den mit Glas abgedeckten Frühbeeten ihre Balancekünste aus.

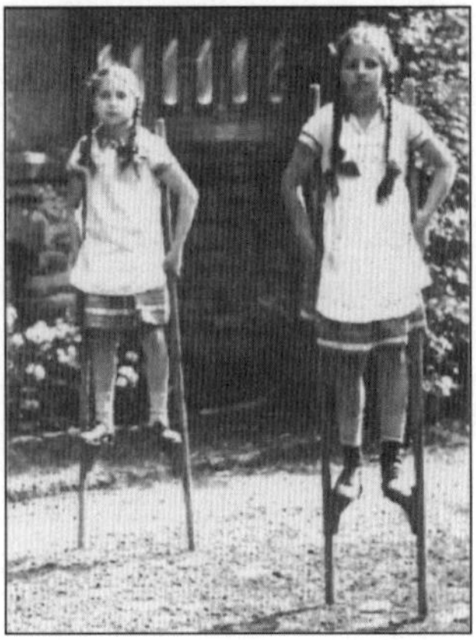

Aus einer verrückten Idee heraus hatten sich Margrit und Maidi eines Tages in den Kopf gesetzt, alle Aktivitäten auf der Insel nur noch mit Stelzen zu bewerkstelligen, und so musste der Topf mit dem Hundefutter für Pucki in einem Korb untergebracht werden, den man mühsam mit einer Hand neben der Stelze gerade noch festhalten konnte. Auf dem Rückweg war es dasselbe mit dem Eierkorb, in dem die frischgelegten Eier, die die Kinder im Hühnerstall eingesammelt hatten, auf Stelzen heimtransportiert wurden.

Da die Eltern begeisterte Tennisspieler waren und der schöne Tennisplatz auf der Insel zum Spielen einlud, sollten die Kinder natürlich auch bald diesen Sport erlernen, aber bei den ersten Versuchen, einen Ball zu treffen, den ihnen die Mama zuspielte, waren die Erfolge sehr gering, und so wurde beschlossen, die Kinder zum Unterricht zu einem erfahrenen Tennislehrer zu schicken. Zum Glück befanden sich die Tennisplätze des Weißenfelser Tennisclubs ganz in der Nähe der Saale-Villa gleich hinter dem Bahndamm.

Dem recht korpulenten, aber geduldigen Herrn Ewald gelang es, seinen jungen Schülern und Schülerinnen in ein, zwei Jahren die Kunst des Tennisspielens in den Grundlagen beizubringen, so dass sie nun gegeneinander spielen konnten.

Es machte den Kindern bald viel Spaß, im Club zu üben und kleine Matches zu bestreiten, da Margrits Freundin Christa

Bickel, andere Schulkameradinnen sowie Hans-Dieter und Jungs aus seiner Klasse dabei waren.

Alljährlich gab es ein richtiges Tennisturnier, wo die besten Spieler in jeder Altersgruppe ermittelt wurden, und die beiden Geschwister Hans-Dieter und Margrit waren sogar einmal Sieger im gemischten Doppel der Jugendgruppe. Im nächsten Jahr wurde Margrit die Beste beim Einzel der Mädchen, und es gab schön geschriebene Urkunden.

Daheim auf der Insel war das Tennisspielen eher ein Privileg der Erwachsenen, und nur hin und wieder spielten die Kinder mit, wohl weil sie noch nicht gut genug waren. Jedoch regelmäßig an den Samstagen im Sommer kamen außer Gretel, Mamas Schwester, und Hans Arsand auch noch die Schwestern Rammelt und im Wechsel Frau Bürgermeister Müller, Frau Dölling oder Frau Vagt, gute Bekannte der Eltern. Dann gab es aufregende Spiele.

Schon ehe die Gäste kamen, brachten zwei Jungen aus Beuditz das Tennisnetz und alles Zubehör auf die Insel, spannten das Netz und lasen während des Spiels die Bälle auf, wofür sie zum Schluss von den Spielern pro Stunde vierzig Pfennig bekamen – für Kinder ein guter Verdienst! Nur ganz selten, wenn die Beuditzer Jungen ausfielen, durften Margrit und Maidi diese Aufgabe übernehmen und waren jedes Mal begeistert, wenn sie auch Geld bekamen.

Im Allgemeinen jedoch sollten sich die beiden Mädchen an den Tennisnachmittagen um Gina und Arne, die beiden Kinder von Onkel Hans und Tante Gretel kümmern, damit die Eltern in Ruhe Tennis spielen konnten. Die beiden Kleinen liebten ihre älteren Cousinen sehr und kamen nur zu gern an den Samstagen im Sommer mit zur Mühleninsel, denn Margrit und Maidi hatten immer gute Ideen: Am tollsten war es, wenn sie „Jahrmarkt" im Garten spielten; dann wurden die Kinder im Leiterwagen durch den Garten gezogen, in Apfelkörben hoch durch die Lüfte geschwenkt oder auf der selbst gebauten Wippe

hinauf- und hinuntergeschaukelt, wofür sie jeweils zehn Pfennig „Spielgeld“ zahlen mussten.

Auch kleine Gewinne gab es, wenn man ein richtiges Los zog, einen Tennisball in den bereitgestellten Eimer werfen konnte oder wenn beim Drehen des Glücksrades der Stift auf einer roten Zahl stehen blieb. Zwischendurch gingen Margrit und Maidi mit Gina und Arne gern zum Tennisplatz, begrüßten den Besuch, schauten ein wenig zu, und wenn in einer Pause für die erhitzten Spieler erfrischende Getränke gebracht wurden, bekamen die Kinder ihren geliebten Himbeersaft.

Viel Spaß machte es auch, mit den Kleinen bei den Tieren zu spielen, auf der Wiese Kränze fürs Haar zu flechten oder bunte Blumenkörbchen herzustellen. Nur selten kam es vor, dass die beiden Schwestern mal gar keine Lust zur Kinderbetreuung hatten und sich versteckten, wenn die Familie Arsand kam. Das energische Rufen der Mama jedoch genügte, um sie an ihre Aufgabe zu erinnern, denn Ungehorsam wurde nicht geduldet.

8.

Ja, Else, die älteste Tochter von Helene und Richard, die mit ihrem Mann Gerhard Bussen und den drei Kindern Hans-Dieter, Margrit und Maidi schon seit dem zweiten Jahr ihrer Ehe in der großen Villa ihrer Eltern an der Saale wohnte, war bei aller Herzensgüte eine energische Frau!

Sie beriet zwar die wichtigsten Dinge in Haus und Garten mit ihrer Mutter, wenn es aber an die Ausführung ging, musste sie die Sache selbst in die Hand nehmen und sich um alles kümmern, denn ihre Mutter Helene war nicht mehr so leistungsfähig.

Die beiden ständigen Hausangestellten in der Villa, die oben im zweiten Stock ihre Zimmer hatten, verstanden sich recht gut miteinander. Sie wurden bei der Pflege der vielen Räume von Frau Siegel unterstützt, die mit ihrem Mann, der bei den Tieren half, im Kontorhaus der Mühle wohnte, während Wasch- und Bügelfrau aus der Stadt kamen. Für die Kinder sorgte nachmittags von zwei bis acht Uhr außerdem noch die junge Hedwig, an der Margrit und Maidi sehr hingen. Sie beaufsichtigte die Geschwister bei den Schularbeiten, spielte mit ihnen und brachte sie abends pünktlich zu Bett.

Von klein auf waren die Kinder gewohnt, dass sich die Mama um alles kümmerte und für sie da war, wenn es Fragen oder Probleme gab, aber nicht immer um sie herum sein konnte, da sie noch viele andere Aufgaben hatte: Größere und kleinere Besorgungen, Bestellen und Betreuen von Handwerkern und Besuche machen bei älteren und kranken Bekannten, so dass sie oft unterwegs war.

Wurden die Kinder gefragt, ob die Mama streng sei, dann antworteten sie spontan: „Nein, wir dürfen eigentlich fast alles." Sie wussten aber gut genug, dass sie gehorchen mussten, wenn einmal etwas entschieden war.

Ähnlich ging es auch den Hausangestellten und sonstigen Hilfen mit ihrer „Chefin". Sie konnten bei der Arbeit vieles selbst entscheiden und wurden nicht ständig beaufsichtigt. Aber das Getane musste rechtzeitig fertig und in Ordnung sein, sonst konnte Else ungeduldig werden.

Gerhard, ihr Mann, der selbst viel ruhiger und gelassener war, ließ sie gewähren, denn er wusste, dass seine Frau es gut meinte, auf alles ein Auge hatte und nicht erlaubte, dass etwas vernachlässigt wurde.

Wenn Else manchmal bei irgendwelchen Unarten der Kinder unerwartet aus der Haut fuhr und ärgerlich wurde, so wussten doch die „Übeltäter" immer, dass das Schimpfen nie lange dauerte und Mama ihre erschreckten Lieblinge bald wieder in die Arme nehmen würde.

Es sollte so eine schöne Überraschung werden, als Margrit und Maidi einmal heimlich mit dem Leiterwagen bis zur Spitze der Insel fuhren, um Zweige von dem dort üppig blühenden Faulbaum zu holen, der so wunderbar duftete und mit dem sie zum Pfingstsonntag das ganze Treppenhaus schmücken wollten!

Doch als sie vorsichtig mit ihren Schätzen ins Haus zurückkehrten, um die Pracht im Keller zu verbergen und ins Wasser zu stellen, gab es ganz unerwartet ein schreckliches Donnerwetter von Mama und Oma, die schon geglaubt hatten, dass die „verschwundenen" Kinder in die Saale gefallen seien! Es dauerte lange, bis die erregten Gemüter sich wieder beruhigt hatten, und die Tränen versiegt waren, doch dieses Pfingstfest, das dann besonders schön verlief, blieb allen im Gedächtnis!

Die beste Eigenschaft der Mama war aber, dass sie stets so aktiv war und voller Unternehmungslust steckte. Besonders Ausflüge und kleine Reisen waren ihre Leidenschaft, und kaum hatten die Ferien begonnen, wurden schon Pläne gemacht. Alle Burgen und Schlösser im Saaletal lernten die Kinder früh kennen, und immer musste tüchtig gewandert werden, um das Ziel zu erreichen, wenn auch die Anfahrt mit der Eisenbahn gemacht wurde.

Nachmittags kamen dann meist Papa, Oma und Opa im Auto nach und holten die müden Wanderer ab, und oft wurde noch eingekehrt oder etwas Interessantes besichtigt.

Am schönsten waren die Ausflüge natürlich, wenn die Hallenser dabei waren, mit denen Versteck- und Wettspiele immer Spaß machten, in Burgruinen herumgeklettert werden konnte oder Bälle in Bäche geworfen und verfolgt wurden.

9.

Durch die vielen gemeinsam verlebten Ferien fühlten sich die Weißenfelser Geschwister mit den drei Kindern aus Halle eng verbunden, zumal sie ja auch altersmäßig gut zueinander passten: Peter, der Älteste der Vettern, war nur ein Jahr jünger als Margrit, Klaus fast genauso alt wie Maidi und Lenelore zwei Jahre jünger als die beiden.

Durch den dauernden Umgang mit den größeren Brüdern war die besonders reizend aussehende Lenelore ihrem Alter schon weit voraus und wusste sich ihrer Haut zu wehren. Sie hatte es aber auch nicht leicht, denn die Brüder waren wilde Lausbuben, die ihr Schwesterchen gern ärgerten. Das galt besonders für Peter, und Klaus meinte ebenfalls, er könne seine Schwester kommandieren. So fühlte sich Lenelore bei den friedlicheren Cousinen wohler, mit denen sie gern spielte, da die beiden immer gute Ideen hatten und zu dritt auch das Puppenbetreuen mehr Spaß machte.

Margrit hatte tatsächlich zu Weihnachten, als sie bereits dreizehn Jahre alt war, noch ein wunderschönes Puppenbaby mit süßem Porzellangesicht und einem weichen, babyähnlichen Körper bekommen, für das im Sommer ein großes Tauffest geplant wurde.

Margrit schrieb selbst einen Predigttext, und in dem langen, dunklen Flur im zweiten Stock fand der feierliche Gottesdienst statt, bei dem vor und nach der Predigt gesungen und das Pup-

penkind wie bei echten Taufen mit „geweihtem“ Wasser getauft und Eltern und Kind gesegnet wurden! Außer Lenelore nahm auch die inzwischen siebenjährige Gina, die Cousine aus Weißenfels, daran teil, während die Jungen nicht eingeladen waren, da sie so ein Fest bestimmt nicht ernst nehmen würden!

Maidi, die als Talar eine dunkle Decke umgehängt hatte, war als Pfarrer sehr gut und überzeugend, und später im Kinderzimmer fand dann an einem festlich gedeckten Tisch das große Festessen statt, wovon Hans-Dieter, der schon seit längerem begeistert fotografierte, ein paar schöne Aufnahmen machte. Maidi, die zum gleichen Weihnachtsfest ebenfalls eine große Puppe geschenkt bekommen hatte, war jetzt als „Tante mit ihrem Töchterchen“ zu Gast, und diese einmalige Feier war für die vier überglücklichen Kinder ein unvergessliches Erlebnis.

Peter und Klaus, die beiden wilden Rangen aus Halle, waren bei ganz anderen Dingen gefragt, besonders wenn es um sportliche Leistungen ging. Sie übten eine Zeit lang unentwegt auf dem Rasen die Kunst des Handstandes, ja, sie konnten sozusagen auf den Händen laufen, denn Onkel Eduard, ihr Vater, hatte ihnen fünf Mark versprochen, wenn sie es volle drei Minuten hintereinander schafften, was aber schier unmöglich war! Die Mädchen versuchten es natürlich auch, allerdings mit weniger Erfolg.

Nur Hans-Dieter hatte für solche Dinge nichts übrig, sondern las und bastelte lieber und war inzwischen ja auch schon ein guter Fotograf.

Eine große Freude war es für die Enkel, wenn im Winter die Saale zufror und Vater Gerhard mit langen Brettern fachkundig ausprobierte, ob das Eis schon fest genug zum Schlittschuh laufen war. Vorher hatten die Kinder bereits auf dem Eis desEntenteichs bei der Einfahrt zur Mühle ihren Spaß gehabt, denn da war das Wasser so flach, dass sie beim Einbrechen höchstens im Schlamm gelandet wären, doch schon hier versuchten sie, so gut es ging, sich auf den schmalen Kufen vorwärts zu bewegen.

Wurde nach einigen Frosttagen die Saale unterhalb des Wehrs von Papa zum Betreten „freigegeben", ging der Spaß erst richtig los! Nicht immer war die gefrorene Oberfläche spiegelblank, sondern Rauhreif oder Schnee bedeckten das grün schimmernde Eis. Voller Eifer wurden mit großen Reisigbesen die schönsten Bahnen, kunstvoll in Form von Kreisen, Ovalen oder Achten mit vielen Verbindungsstraßen, freigekehrt, und es konnten tolle Wettspiele stattfinden.

Die Kinder bauten Tore aus Stöcken auf, durch die sie in der Hocke hindurchglitten oder legten Stöcke zum Überspringen hin, und mit der Stoppuhr wurde festgestellt, wer die vorgeschriebene Hindernisbahn am schnellsten bewältigte. Darin waren natürlich Peter und Klaus Meister, aber die Mädchen standen ihnen an Geschicklichkeit kaum nach und wurden dadurch schon in jungen Jahren sehr sicher auf ihren Schlittschuhen.

Wenn das Wetter schön und das Eis fest und glatt war, kamen auch die Großen an den Nachmittagen und Wochenenden mit auf die Saale und fuhren gemächlich ihre Bahnen, doch nur Vater Gerhard konnte gut „holländern", was er in Ostfriesland auf den vielen Wassergräben schon früh gelernt hatte und was die Kinder eifrig nachzuahmen versuchten.

Für Nicht-Schlittschuhläufer wurde oft der alte Stuhlschlitten aufs Eis gebracht, der auf dem glatten Untergrund leicht zu bewegen war, und die Kinder erinnerten sich, dass bei sonnigem Wetter sogar die gute Oma ab und an darauf geschoben wurde.

„Hoffentlich schneit es die ganze Nacht weiter", so beteten die Kinder an einem Winterabend inbrünstig, als sie auf der Fensterbank im Kinderzimmer saßen und zuschauten, wie der Schnee in dichten Flocken vom Himmel herunterwirbelte und Haus und Garten mit einer weichen, glitzernden Schneedecke einhüllte. Es sah alles so wunderschön und geheimnisvoll aus, und morgen würden sie vielleicht wieder mit den Schneeschuhen, die sie vor einiger Zeit zu Weihnachten geschenkt bekommen hatten, hinauskönnen. Da zum Glück noch Ferien waren, würden auch die „Hallenser" mitmachen, und das bedeutete natürlich besonders viel Spaß!

Tatsächlich lag am nächsten Morgen bei schönstem Sonnenschein soviel herrlicher Pulverschnee, dass alle Enkel gleich nach dem Frühstück auf ihren Skiern zum „Weißen Berg" aufbrachen. Sie mussten zunächst etwa drei Kilometer auf einem ebenen Wiesenweg zwischen Saale und Bahndamm in dem noch unberührten, weichen Schnee auf Skiern „laufen", das heißt, sie mit Stockeinsatz vorwärts schieben, um die nächstgelegenen Hänge zum Hinunterfahren zu erreichen.

Die Bindungen waren damals so konstruiert, dass man die Absätze heben und senken konnte, und dadurch – wie bei den Langlaufskiern heute – gut vorankam. Beim ersten steilerem Wiesenhang am „Weißen Berg" stieg die begeisterte Kindergruppe im seitlichen „Stufenschritt" bergan, soweit die Kräfte es zuließen, und in Schussfahrt ging es dann jubelnd durch den herrlich tiefen Schnee ins Tal hinunter.

Davon konnte keiner so schnell genug kriegen, und da sich nach und nach noch andere Jugendliche einfanden, wurde die Bahn immer fester und glatter und die Fahrt immer schneller und schöner! Zur Abwechslung fuhren die Kinder auch ohne Stöcke und bauten mit ihnen Tore, durch die sie in der Hocke hindurchsausten. Das Tollste waren aus Schnee gebaute Sprungschanzen, hinter denen sie bei schnellem Tempo ein ganzes Stück durch die Luft flogen. Darin waren natürlich Peter und Klaus unübertroffen, und wenn das mühsame Hinaufsteigen zum Startpunkt nicht gewesen wäre, hätte die wilde Gesellschaft wohl nie ein Ende gefunden, aber zum Schluss lag ja noch ein langer Heimweg vor ihnen.

Am Anfang, als die Weißenfelser Kinder ihre Skier geschenkt bekamen, so etwa mit sieben oder acht Jahren, hatten meist die Eltern den Ausflug zum „Weißen Berg" mitgemacht und ihnen Kurvenfahren mit Stemmbögen und Bremsen durch Schneepflug beigebracht, was sie zwar schnell beherrschten, aber das

Schussfahren auf festem Schnee bei tollem Tempo war einfach zu schön.

Einmal durften die Kinder mit den Eltern, die ebenfalls diesen schönen Sport sehr liebten, über ein Wochenende mit nach Oberhof im Thüringer Wald reisen, in einem schönen Hotel wohnen und den ganzen Tag auf Skiern die Hänge hinunterfahren.

Da es noch keine Skilifte gab, mussten sie nach jeder Fahrt wieder mühsam hinaufsteigen, so dass sie das herrliche Hinunterfahren wie eine Belohnung empfanden. Kleine Skiwanderungen waren ebenfalls sehr beliebt, wo es mal bergauf, mal bergab ging, und man auf schmalen Wegen zwischen tiefverschneiten Tannen wie durch eine Zauberwelt fuhr.

Das Schönste in Oberhof war jedoch die mehrere Kilometer lange Abfahrt am Rand der Autostraße zum Bahnhof hinunter, die endlos erschien, und wonach das Aufsteigen wegfiel, weil es unten einen Bus zum Hinauffahren gab.

Leider kannte man damals in Weißenfels, wie auch im übrigem Deutschland, noch keine Winterferien, so dass so tolle Unternehmungen nur in den Weihnachtsferien möglich waren. Doch schon während der Schulzeit wurden die Kinder aktiv, sobald nur genügend Schnee fiel, der liegen blieb. Gleich nach Schule und Essen machten sich dann Margrit und Maidi, hin und wieder auch mit Klassenkameradinnen, auf den Weg zum „Weißen Berg“, um ihre Skikünste zu erproben und zu verbessern. Oft kamen sie erst im Dunkeln glücklich und zufrieden zurück, hatten allerdings nun noch ihre Schulaufgaben zu erledigen.

Bei weniger Schnee gab es die herrliche Möglichkeit, mit Mama in Beuditz gleich hinter den Mühlengebäuden zu rodeln, denn hier war die Dorfstraße abschüssig genug, um genügend Tempo zum Hinabfahren zu bekommen.

Mit einem stabilen Dreierschlitten, auf dem die Mama hinten saß und die beiden Mädchen dicht vor ihr, ging es oben an der Eisenbahnbrücke los und bald in schnellem Tempo bergab, denn die Mama war schwer und konnte super lenken, so dass an den Kurven kaum gebremst werden musste, und der Schlitten durch den Schwung auf dem ebenen Weg unten an der Saale noch weit dahinglitt.

An den späten Nachmittagen und abends gab es so viele begeisterte Beuditzer, die gern rodelten, dass es gut war, wenn die Mama mitkam, die bei der Abfahrt geschickt an den langsameren Fahrern vorbeilenkte.

Ja, die unternehmungslustige Mutter und die Kinder scheuten bei guten Schneeverhältnissen auch nicht den recht weiten Weg über die Saalewiesen nach Markwerben, wo die Dorfstraße viel länger und steiler war als in Beuditz, und wo fast alle Kinder nur mit Erwachsenen rodelten, da die Abfahrt bei eisigem Grund fast zum Wagnis wurde. Mit der Mama auf dem Schlitten brauchten Margrit und Maidi aber keine Angst zu haben, wenn es immer schneller wurde, sondern konnten die lange Fahrt voll und ganz genießen.

So kam es auch, dass viel später die Enkel, Margrits Kinder, in Grenoble ihre nun inzwischen 70-jährige Oma, die bei Besuchen im Winter noch immer gern an Schlittenfahrten teilnahm, als „beste Rodlerin ihres Jahrgangs" bezeichneten.

Viel früher, als Hans-Dieter, Margrit und Maidi klein waren, und es auf dem Mühlenhof noch Pferde gab, hatte es einen ganz besonderen Reiz, wenn die Großeltern in schneereichen Wintern eine Fahrt mit dem Pferdeschlitten unternahmen, und die Enkel warm verpackt mitfahren durften. Dann ging es auf Nebenstraßen durch die kleinen Dörfer an der Saale, wo der Schnee noch nicht geräumt war, und in Gosek wurde eingekehrt, und der Opa spendierte heiße Schokolade und Kuchen.

So gab es in den langen Wintermonaten wirklich immer wieder schöne Abwechslungen für die Weißenfelser Kinder! Onkel Hans, der große Autofreund, machte sich einmal den Spaß, lange Seile hinten an der Stoßstange seines Autos zu befestigen, um auf den verschneiten Straßen die Ski fahrenden Kinder hinter sich herzuziehen.

10.

Der Höhepunkt der dunklen Jahreszeit war aber nach wie vor das unvergleichlich schöne Weihnachtsfest! Schon Wochen vorher empfanden Margrit und Maidi Herzklopfen und atemberaubende Vorfreude, wenn sie nur abends im Bett an das herannahende Christfest dachten. Bereits im November fingen sie an, Weihnachtsgeschenke zu planen, zum Beispiel kleine Deckchen zu sticken, Topflappen und Eiermützchen zu häkeln oder Bastelarbeiten anzufertigen, um Eltern, Großeltern und Patentanten damit zu überraschen.

Wie schön und geheimnisvoll war schon die Adventszeit, wenn jeden Tag ein Türchen am Adventskalender geöffnet werden durfte, jeden Sonntag auf dem Adventskranz eine Kerze mehr leuchtete und all die vertrauten Lieder wieder gesungen werden konnten. Schon die vier Adventssonntage waren kleine Feste der Vorfreude, wenn nachmittags wie immer Tante Leni kam, beim Tee die Kerzen des Kranzes brannten, der erste Weihnachtsstollen auf dem Tisch stand und gemeinsam gesungen wurde, wozu Margrit und Maidi die Melodien auf der Flöte spielen konnten, was sie in der Schule gelernt hatten.

In der Weihnachtszeit spielte die bisher noch nicht erwähnte, aber die von den Kindern so geliebte Tante Leni eine besondere Rolle. Sie war die Frau von Papas ältestem Bruder, der sie aber schon vor Jahren verlassen hatte, weil sie keine Kinder bekommen konnte, und die nun allein in der Merseburger Straße lebte und sich durch Zimmervermietung ihr Geld verdiente. Solange die Kinder denken konnten, kam Tante Leni regelmäßig an den Sonntagen zum Tee und Abendbrot in die Villa, was so selbstverständlich war, dass sie einfach die „Sonntagstante“ genannt wurde.

Sie wusste immer lustige Erlebnisse von ihren Untermietern zu berichten, für die sie auch zu kochen pflegte, und spielte die an den Sonntagen üblichen Gesellschaftsspiele mit. Beim Zubettgehen erzählte sie dann den Kindern die schönsten Geschichten und Witze, die sie während der Woche in Zeitschriften gelesen hatte, und schon nachmittags fragten die drei danach und konnten es kaum erwarten.

Da sie gut nähen konnte, bekamen Margrit und Maidi manchmal hübsche Kleidchen geschneidert, und jetzt in der Weihnachtszeit durften sie sich sogar für ihre Puppen etwas Neues wünschen. Besonders wichtig war aber für die Mädchen, dass Tante Leni auch beim Planen und Herstellen von Handarbeiten zum Verschenken immer Rat wusste.

Jahr für Jahr feierten die drei Töchter mit ihren Familien das Weihnachtsfest bei den Großeltern in der Villa, wo schon am Vormittag des Heiligen Abends ein festlicher Tisch in dem schönen, alten Esszimmer gedeckt wurde.

Das eigentliche Weihnachtsfest fand jedoch auf der holzgetäfelten Diele statt, von der aus eine breite, mit roten Läufern bedeckte Treppe hinauf in den ersten Stock ging und zwar auf eine offene, ringsherum führende Galerie, von der die Zimmer ausgingen. Inmitten dieses Dielenraums, der sich über zwei Etagen erstreckte und eine beachtliche Höhe erreichte, wurde nun alljährlich am Spätnachmittag vor Heilig Abend von Mama, Papa und Oma ein wunderschöner, mindestens vier Meter hoher Weihnachtsbaum geschmückt, der bis zum oberen Rand der Flurgalerie reichte und der entsprechend weit ausladende Äste hatte.

Von diesem Zeitpunkt an durften die Kinder nicht mehr in den vorderen Bereich des ersten Stockes, denn die Gabentische wurden vor dem großen Baum aufgestellt, und niemand sollte vorher von den „Herrlichkeiten“ etwas sehen. Das erhöhte natürlich die gespannte Erwartung am Vormittag des Heiligen

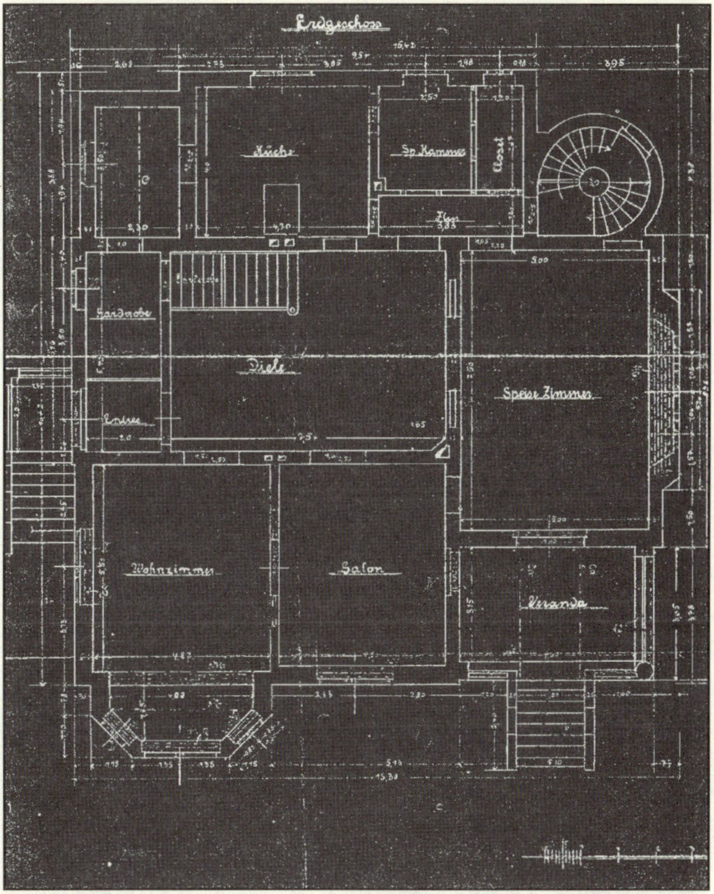

Abends, wo die Kinder hinten in Küche und Nähstube noch mit den letzten Vorbereitungen ihrer Geschenke zu tun hatten und auf die Ankunft der Hallenser warteten.

„Wie könnten wir nur diesmal die Weihnachtsfeier ein bisschen anders gestalten, damit sie ernster und besinnlicher wird", überlegten Margrit und Maidi, als sie etwas älter waren und schon die Bibelstunden bei Fräulein Bracht besuchten, denn die Mädchen empfanden, dass allein das Singen vorm Lichterbaum, die große Bescherung und das festliche Essen nicht das Wesentliche dieses Festtages sein dürften. „Wir alle müssten viel mehr an das wunderbare Geschehen in der Heiligen Nacht denken, und dafür sollten wir nicht nur schöne Lieder singen, sondern auch die Weihnachtsgeschichte aus der Bibel vortragen."

So gestalteten sie mit viel Sorgfalt und Eifer ein gut durchdachtes Programm: Zwischen den vertrauten, alten Liedern wollten die Schwestern und Lenelore je einen Abschnitt aus Lukas II aufsagen, Peter und Klaus würden zweistimmig auf ihren Flöten spielen, und die neu erlernten Hirtenlieder sollten nur von den hellen Mädchenstimmen gesungen werden.

Nachdem dies alles mit Peter, Klaus und Lenelore, die mittags kamen, festgelegt und geprobt war, warteten die Kinder umso ungeduldiger auf das Nahen der Heiligen Nacht, denn diesmal sollte es ganz besonders schön und feierlich werden!

Inzwischen waren auch Arsands und Onkel Hans' Eltern, die jetzt öfter mitfeierten, eingetroffen, und alle waren in festlicher Kleidung hinter der großen Schiebetür zur Diele versammelt.

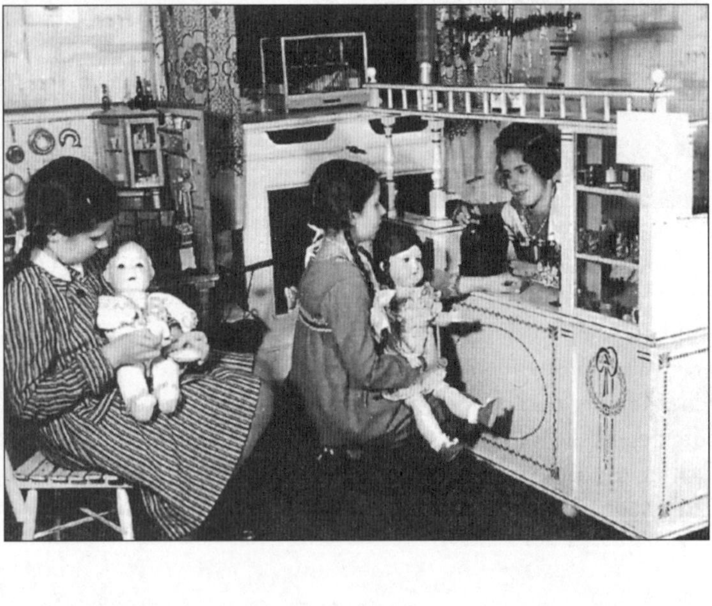

Als die Tür geöffnet wurde, erklang vom Plattenspieler leise „Stille Nacht“, und der große Raum erstrahlte im Licht der unzähligen Kerzen. Ganz erfüllt von tiefer Andacht sprachen die Kinder die schönen Worte der Weihnachtsgeschichte, ließen mit ihren hellen Stimmen die neuen Hirtenlieder erklingen, und die Vettern spielten festliche Weisen auf ihren F-Flöten. Zum Schluss eilten Margrit und Maidi die hintere Treppe zum ersten Stock hinauf, und ohne dass man sie sah, sangen sie zweistimmig ganz sanft von der Galerie herab „Schlaf wohl, du Himmelsknabe du, schlaf wohl, du süßes Kind!“

Sie würden dieses Weihnachtsfest wohl nie vergessen, so sehr hatte es sie ergriffen, aber auch Eltern und Großeltern waren angetan von der Idee der Kinder, und von nun an sollte Weihnachten immer so gefeiert werden.

Außer den vielen schönen Geschenken auf den langen, weiß gedeckten Tischen unten auf der Diele gab es oben im Spielzimmer wie jedes Jahr noch eine besondere Überraschung: Die alte Puppenküche und der große Kaufladen waren wieder da, und alle Fächer und Schubladen waren von der Mama mit den verschiedensten Süßigkeiten reich gefüllt worden, so dass in den Weihnachtstagen nach Herzenslust gespielt werden konnte.

An diesem Abend jedoch gab es zunächst ein festliches Abendessen mit vielen Gängen im Kreis der großen Familie, was sich lange hinzog, und danach durften die Kinder noch einmal kurz nach ihren schönen Geschenken schauen, ehe sie zu Bett mussten.

An den folgenden Feier- und Ferientagen waren sie dann mit den vielen neuen Spielsachen vollauf beschäftigt, und im Kreis der großen Puppenschar musste natürlich ebenfalls Weihnachten gefeiert werden. Sollte dann draußen auch noch Schnee oder gar Eis auf der Saale sein, konnten die Ferien gar nicht lange genug dauern.

Die nächste große Freude, die nun bevorstand, war das Silvesterfest, das entweder in der Villa oder im Haus von Arsands in der Neustadt gefeiert wurde, wobei alle wieder zusammentrafen.

Der Abend fing zunächst mit einem festlichen Essen an, danach wurde vorm brennenden Lichterbaum gesungen, und schließlich hatte jeweils eine der drei Familien die Aufgabe, sich eine Unterhaltung für den langen Silvesterabend auszudenken: Ein Rate- oder Wettspiel mit Gewinnen, ein bestimmtes Motto, wonach sich alle verkleiden mussten, oder sogar ein Theaterspiel, das in der letzten Stunde des alten Jahres aufgeführt wurde.

Dazu gab es Silvesterpunsch und selbst gebackene Berliner, und ehe man sich versah, war Mitternacht, und ringsum läuteten die Glocken das neue Jahr ein. Die Kinder, Eltern und Großeltern umarmten sich, stießen mit einem Gläschen Sekt an und wünschten sich alles Liebe und Gute für das kommende Jahr! Stimmte dann Vater Gerhard auch noch das alte Studentenlied „Wieder flechten wir zum Kranze der Vergangenen still ein Jahr..." an, waren Margrit und Maidi ganz erfüllt von dem festlichen Augenblick und sahen voll Zuversicht dem neuen Jahr entgegen.

11.

Es war der Beginn des Jahres 1938 – das Jahr, in dem Margrit konfirmiert wurde – und noch schien das neue Deutschland in der Welt an Ansehen zu gewinnen, und die Sorgen der Kritiker schienen unbegründet!

Am 12. März 1938 schrieb Margrit in ihr Tagebuch:

Heute ist ein besonderer Tag in der Geschichte. Der Führer Adolf Hitler ließ deutsche Truppen in Österreich einmarschieren. Es soll Wien besetzt werden. Der Nationalsozialismus soll auch nach dorthin übergreifen. Alle Fahnen sind geflaggt. Man singt in Österreich: „Deutschland, Deutschland über alles..." und „Die Fahne hoch..." Wir hörten in der Schule im Radio eine Proklamation Goebbels.

Am 15. März hörten die Kinder in der Schule eine Übertragung aus Wien, wo Hitler sprach, und am 16. März gab es für alle Kinder schulfrei, weil Österreich an Deutschland angeschlossen war!

Das konnte ja nichts Schlechtes bedeuten, und das ungetrübte Leben sollte zunächst auch nicht weiter beeinträchtigt werden, zumal Margrits Konfirmation am 3. April immer näher rückte und sie sich auf die Konfirmandenprüfung und das große Fest innerlich vorzubereiten suchte.

Die Feier in der Lutherkirche und das Familienbeisammensein mit dem großen Festessen, den vielen schönen Geschenken und den Glückwünschen und Blumen von allen Seiten war für Margrit so überwältigend – zumal sie ja diesmal ganz allein im Mittelpunkt des Festes stand – dass sie das Wesentliche, nun in die riesige Gemeinde aller erwachsenen Christen als junger Mensch aufgenommen worden zu sein, gar nicht so recht erfassen konnte. Es war beglückend, aber auch schwer zu verstehen, denn zunächst hatte sich ja nichts geändert, und es gab so viele Fragen.

Erst später durch die Bibelstunden bei Fräulein Bracht und durch Gespräche mit Freundinnen und Bekannten, die den

Mut hatten, sich gegen das gottlose Gedankengut der Nationalsozialisten zur Wehr zu setzen, spürte Margrit immer mehr die innere Kraft und Zuversicht, die von diesem Glauben ausgingen, und den sie sich nicht mehr nehmen lassen wollte.

Der Sommer brachte in diesem Jahr wieder viel Schönes im Garten und auf der Insel: Das tägliche Schwimmen, den Spaß am Wehr und das Glück mit den geliebten Tieren. Doch seit Neuestem erfüllte etwas ganz Besonderes die Kinder: Sie durften reiten lernen!

Gleich oben hinter Beuditz, an dem langen Weg zum Rittergut Otto, lag die große Halle mit der ovalen Reitbahn und den Ställen, in denen etwa zehn Pferde standen, die vorwiegend zum Militär gehörten. Herr Jäger, ein Unteroffizier des in Weißenfels stationierten Regiments, erteilte den Unterricht für die heranwachsenden Kinder, und mit seiner barschen Stimme gab er seinen Reitschülern so strenge Anweisungen, als ob er Rekruten beim Exerzieren vor sich hätte.

Im Oktober 1937 hatten zunächst Hans-Dieter und Margrit mit dem Unterricht begonnen, und im nächsten Jahr schloss sich auch Maidi an. Trotz einer gewissen Angst vor dem strengen Lehrer, machte es den Kindern viel Spaß, zumal die Pferde gut eingeritten waren, und die Schüler schnell Fortschritte machten. Innen auf der großen Sandbahn oder draußen auf dem Hufschlag neben der Halle trainierten die jungen Reiter jede Woche fleißig bei Herrn Jäger und lernten all seine Befehle exakt auszuführen. Selbst die Pferde wussten in kürzester Zeit, was bei den lauten, zackigen Worten des kleinen Unteroffiziers, der mit seiner schlingernden Peitsche in der Mitte der Bahn stand, von ihnen erwartet wurde.

So dauerte es auch gar nicht lange, bis die Jugendgruppe in den Sommermonaten kleinere Ausritte zum Birkenwäldchen oder jenseits der Bahnlinie auf die weiten Saalewiesen unternehmen durfte. Man musste fest und sicher im Sattel sitzen, denn wenn es hieß: „Ganze Abteilung G - a - l - o - p - p“, folgten alle Pferde automatisch dem voranreitenden Anführer, und selbst die sonst in der Halle nur schwer zum Galopp zu bringende, etwas altersschwache „Pepita“ stürmte im Gelände ohne Probleme der dahinjagenden Meute nach.

Für Margrit war das Erlebnis einfach unvergesslich, als sie auf dem Rücken eines der geliebten Pferde zum ersten Mal mit wehenden Haaren über die herrlichen Saalewiesen nur so dahinflog und in den sicheren Rhythmus der Pferdebewegung mit einbezogen wurde, so dass eine gewisse Angst, die uneingestanden da war, wie von selbst verschwand!

Je öfter die jungen Leute ausritten, desto sicherer fühlten sie sich, und da sich in Weißenfels nicht allzu viele Reitschüler fanden, waren die Gruppen häufig klein. Manchmal übernahm auch nur Herr Graupner, der Stallmeister, die Führung und bemühte sich besonders um die Probleme der einzelnen Schüler.

Beim ersten Sommerfest des Weißenfelser Reitvereins, an dem die Jugend teilnahm, durfte Hans-Dieter mit seiner Gruppe schon beim Vorreiten draußen auf der Sommerbahn dabei sein! Die übrige Familie war zum Zuschauen da, was die Schwestern natürlich sehr anspornte, da der Bruder seine Sache recht gut machte.

„Stell’ Dir vor, Herr Graupner hat vorhin angerufen, wir sollen in diesem Sommer einige der Pferde nachmittags im Gelände reiten, damit sie Bewegung haben, denn Herr Jäger kann keinen Reitunterricht mehr geben, weil er versetzt wurde“, so berichtete Margrit eines Mittags im folgendem Frühjahr ganz aufgeregt ihrer Schwester. „Aber nur, wenn wir die Stuten Lotte, Ilse oder Iris nehmen dürfen und höchstens noch den Schimmel, denn die anderen kennen wir doch nicht so gut und die würden vielleicht draußen Dummheiten machen“, so überlegten die beiden Kinder im Hinblick auf die neue Ehre, mit Pferden vom Militär allein ins Gelände zu dürfen.

Sie waren inzwischen gute und zuverlässige Reiterinnen geworden, und vor allem wusste Herr Graupner, dass die unzertrennlichen Schwestern gern zusammen ausritten, liebevoll mit ihren Pferden umgingen und sich verantwortlich für die ihnen anvertrauten Tiere fühlten.

Die Situation in der Reithalle und im Reitclub blieb zunächst unverändert: Neben den wenigen privaten Pferden blieben die Tiere vom Militär dort in den Stallungen, und Herr Graupner, der aus Gesundheitsgründen vom aktiven Militärdienst suspendiert war, sollte die Betreuung der Pferde und die Jugendarbeit übernehmen, zumal er unter den jungen Leuten genügend Pferdefreunde und Mithelfer zur Seite hatte.

Damit begann für Margrit und Maidi eine schöne Zeit, die auch noch in die ersten Kriegsjahre hineindauerte, in der sie regelmäßig ihre geliebten Pferde reiten, ja sogar mit ihnen ins Gelände hinaus durften. Aufregend war für die beiden natürlich der erste Ausritt, als Margrit auf „Lotte" und Maidi auf „Ilse" unter den etwas nüchternen Anweisungen von Herrn Graupner allein loszogen.

Die zwei noch relativ jungen Fuchsstuten standen im Stall direkt nebeneinander, waren einander vertraut und genau wie ihre Reiterinnen sehr gern beisammen, so dass sie nun Seite an Seite den schönen Ausritt zum „Weißen Berg" und hinunter zu den Saalewiesen genossen und sich von ihren Reiterinnen ohne Probleme führen ließen. Selbst einen kurzen Galopp riskierten die Schwestern auf den grasbewachsenen Saalewegen, aber sie achteten genau darauf, dass sie jederzeit durchparieren und die Pferde wieder in Trab oder Schritt zurückführen konnten. So wurde der Ausflug für alle Beteiligten ein schönes Erlebnis. Stolz und zufrieden kehrten die „mutigen" Reiterinnen nach zwei Stunden mit strahlenden Augen in die Halle zurück und führten die beiden Stuten, sie immer wieder freundlich klopfend und mit Zucker belohnend, in ihre Boxen, wo sie schon Hafer und frisches Heu erwartete.

Natürlich gab es auch noch andere junge Reiter, besonders unter den Jungen, die sich am „Bewegen" der Pferde beteiligten und in der Reitbahn und in den Ställen halfen, aber es dauerte gar nicht lange, da wurde einer nach dem andern zum Wehrdienst eingezogen, denn der Krieg stand unmittelbar bevor.

Unter Margrits Klassenkameradinnen war Friederike Maetzke, die Tochter von Oberst Maetzke, Kommandeur des in Weißenfels stationierten Infantrie-Regiments, die beste Reiterin, während Margrits Freundin Christa Bickel bald wieder aufgehört hatte. Friederike, die am anderen Ende der Stadt wohnte und meistens zum Reiten bei Freundinnen auf den umliegenden Rittergütern eingeladen wurde, war leider nicht am „Bewegen“ der Pferde im Reitclub beteiligt.

Margrit und Maidi jedoch, die wussten, dass sie gebraucht wurden, nahmen ihre Aufgabe sehr ernst und brachen in den Sommermonaten regelmäßig mit den geliebten Vierbeinern ins Gelände auf, ja, sie unternahmen manchmal große Ausritte und wurden immer sicherer dabei.

Einmal fassten sie den Entschluss, mit Ilse und Iris durch Beuditz hinunter zur Saale und über die hölzerne Brücke auf die großelterliche Insel zu reiten. Die ungewohnte Umgebung machte die beiden Pferde jedoch so ängstlich und scheu, dass ihnen die Schwestern diesen Weg kein zweites Mal zumuteten.

Im Juni 1939 nahmen Margrit und Maidi auch an den Vorführungen der Reitschüler im Rahmen des Heimatfestes teil. Das Programm war lange geübt worden, bis es auf der Sommerbahn neben der Halle den vielen Besuchern, darunter auch Mama und Papa und der geliebten Tante Doelling, dargeboten wurde. Die beiden Schwestern ritten wie gewohnt auf Lotte und Ilse in einer Mädchengruppe, zu der auch Irmgard Reimann und Ursel Stöckel aus Maidis Klasse gehörten, und fanden selbst, dass alles trotz der großen Hitze gut geklappt hatte.

Am abschließenden „Fest der Vereine“ abends im Bootshaus nahm allerdings nur Margrit mit den Eltern teil, denn Maidi war die Hitze zuviel geworden, und sie legte sich bald hin. Zum Glück war von den Reiterinnen noch Irmgard Reimann da und neben vielen anderen ein blonder, junger Reiter, Horst Schulz, der Margrit mehrmals zum Tanzen aufforderte, obwohl ihn die Mädchen kaum kannten, da er zu anderen Zeiten ritt.

Das war zunächst verwirrend, aber auch irgendwie beglückend, denn sie fand ihn nett aussehend, unterhaltend und höflich. Da Margrit bisher noch kein Interesse an Verehrern gehabt hatte und selbst nach der Tanzstunde vor zwei Jahren lieber gleich nach Hause anstatt mit Jungen in die Eisdiele gegangen war, bedeutete dies jetzt eine ganz neue Erfahrung! Sie musste in den nächsten Tagen viel an ihn denken und hoffte im Stillen auf ein Wiedersehen, obwohl in der Klasse viel gelacht und gespottet wurde, wenn jemand unter den Kameradinnen einen Freund hatte.

Sie erzählte natürlich von der Begegnung abends im Bett ihrer Schwester, die dies nicht so beeindruckend fand, weil sie selbst einen jungen Verehrer in der Tanzstunde, an der sie zur Zeit teilnahm, hatte. Horst Schulz geriet jedoch nicht in Vergessenheit. Er holte die beiden Mädchen häufig nach dem Reiten ab, brachte sie heim und plauderte noch ein Weilchen mit Margrit am Gartentor. Sie freute sich darüber, denn sie mochte Horst wirklich gern. Gleichzeitig fühlte sie sich auch unsicher, wenn Horst am Saalegeländer direkt vorm Garteneingang länger mit ihr beisammen stand und sich nur schwer von ihr trennen konnte.

Einerseits dachte sie an Papa, der irgendwann einmal ziemlich streng gesagt hatte, dass die Mädchen noch viel zu jung für solche Bekanntschaften seien, und andererseits wollte sie nicht von Hausangestellten oder vom Gärtner gesehen werden, denn sie fühlte instinktiv, dass dann darüber geredet würde.

Am liebsten war es ihr, wenn es gelang, nach der Rückkehr vom Reiten ganz unauffällig mit Horst auf die Insel zu spazieren, so als wolle sie ihm etwas zeigen, um dann ein Weilchen am anderen Saaleufer im Wäldchen unter dem Schutz der alten Bäume mit ihm zu plaudern.

Während der Unterhaltung ging es stets nur um allgemeine Dinge, vor allem ums Reiten und Tiere überhaupt, vielleicht noch um Schule und Sport, aber man wusste, dass man sich gern hatte, und das war schön! Margrit war auch noch viel zu jung und zu scheu, um an anderes zu denken, und Horst spürte und respektierte das, zumal in dieser Zeit das Aufeinanderzugehen viel behutsamer geschah als heute.

Es war eine aufregende, wenn auch kurze Zeit, und Margrit wagte nicht, Horst mit den Eltern bekannt zu machen, denn sie fürchtete Kritik und Ablehnung. Sie empfand es schon als wunderbares Glück, wenn sie sich manchmal ganz vertraut an den Händen hielten und irgendwann an der Außenseite des Saalegeländers ganz klein mit Kreide geschrieben stand: „I love you!" Leider dauerte diese erste, so zarte Beziehung nicht lange, denn Horst wurde noch im selben Jahr zum Militär einberufen und sah Margrit nur noch hin und wieder, wenn er auf Urlaub nach Weißenfels kam. Ein Briefwechsel kam nicht zustande, denn Margrit scheute sich, wegen der Eltern - und auch sonst - mit ihm zu korrespondieren, und so verloren sich die beiden jungen Menschen später aus den Augen.

Neben dem Reiten, das die Schwestern schon in der Schulzeit mit so viel Glück erfüllte, gab es für Margrit und Maidi noch einen anderen Unterricht, den sie etwa vom 12. Lebensjahr an regelmäßig besuchten, und der für die beiden eine ganz andere Rolle spielte: Es war der Klavierunterricht bei Frau Hahnemann an der Promenade, einer gemütlichen und immer freundlichen Lehrerin, die mit viel Geduld und Liebe ihren vielen mehr oder weniger eifrigen Schülern die schöne „Kunst" des Klavierspielens beizubringen versuchte.

Margrit und Maidi lernten bei ihr in relativ kurzer Zeit einfache Lieder und Musikstücke von Noten abzuspielen und machten im Lauf der Jahre so gute Fortschritte, dass sie die erlernten Klavierstücke – in erster Linie aus der klassischen Musik – bei den regelmäßigen Schülerkonzerten einzeln oder vierhändig

vorspielen konnten. Es war zur damaligen Zeit üblich, dass junge Mädchen „aus gutem Haus“ Klavier spielen lernten, und so fuhren Margrit und Maidi bereitwillig jede Woche mit dem Rad zu ihrer netten Lehrerin und übten aus Pflichtgefühl auch zu Hause die von Frau Hahnemann festgesetzte Zeit, selbst wenn sie davon längst nicht so angetan waren wie vom Reiten.

Natürlich wurden die beiden später auch niemals zu großen Klavierkünstlerinnen, obschon Maidi als verheiratete Frau noch immer gern spielte und zu Weihnachten das Singen ihrer Kinder auf dem Klavier begleitete. Margrit dagegen hörte durch ihr Studium bald mit dem Klavierspielen auf, und konnte später nur Stücke spielen, die sie mal gut beherrscht hatte, erinnerte sich aber zeitlebens an die Angst, die sie vor jedem Schülerkonzert empfand.

Bei Familienfesten dagegen, wenn sie mit Maidi an besonderen Geburtstagen der Eltern oder Großeltern vierhändig den Militärmarsch von Schubert oder an Weihnachten die „Petersburger Schlittenfahrt“ vorspielen sollte, war sie sofort bereit, ja, sie fühlte sich durch die Nähe ihrer Schwester einfach sicherer.

12.

Bereits 1938 machten die politischen Verhältnisse leider immer deutlicher, dass die Gefahr eines Krieges näher rückte, zumal die Bevölkerung auch schrittweise darauf vorbereitet wurde.

In diesem Jahr konnte man in Margrits Tagebuch folgende sichere Hinweise auf einen bevorstehenden Krieg lesen:

3. Februar 1938: Abends war zum 1.x Verdunkelung. Wir verdunkelten mit Fensterläden, Decken und Papier Wohn-, Damen- und Kinderzimmer und die Küche, mit blauen und noch extra in Papier eingewickelte Birnen Diele und Klosett! Oben verdunkelten wir Hans-Dieters und unser Zimmer und das Bad durch Läden und Decken und Mama und Papas Schlafzimmer durch eine blaue Birne.

19. September 1938: Heute kauften wir in der Stadt mit Mama noch eine Gasmaske. Jetzt hat jeder in der Familie eine.

1. Oktober 1938: Heute hätte es beinahe Krieg gegeben, da die Tschechen die Bedingungen des Führers nicht annehmen wollten, wenn nicht Hitler die Führer von Italien, England und Frankreich zu einer Besprechung nach München eingeladen hätte. Nun wurde das sudetendeutsche Gebiet innerhalb von 10 Tagen an Deutschland angeschlossen.

Wieder einmal hatte Hitler außenpolitisch sein Ziel erreicht, und seine Anhänger vertrauten weiter auf den Erhalt des Friedens, auch noch im Jahr 1938!

Das Weißenfelser Lyzeum, das Margrit und Maidi besuchten, war inzwischen zur Oberschule für Mädchen erweitert worden, und die Schülerinnen konnten hier das Abitur machen, allerdings in der sogenannten „hauswirtschaftlichen Form", bei der die „Fächer des Frauenschaffens" eine besondere Rolle spielten.

So wurden die Haupt- und Nebenfächer in der Stundenzahl gekürzt, und an ihre Stelle traten Kochen, Gartenbau, Säuglingspflege und Beschäftigungslehre, was für die „deutsche Frau" ja wichtiger sei als jede Wissenschaft!

Wer ein sprachliches oder naturwissenschaftliches Abitur unter den Mädchen machen wollte, musste entweder in die Oberschule für Jungen in Weißenfels oder nach Naumburg überwechseln, aber das kam weder für Margrit noch Maidi in

Frage, da sie viel zu sehr an ihrem Zuhause hingen und ihre Freundinnen nicht verlieren wollten.

Bereits zu Ostern 1938 kam Margrit in die Oberstufe mit den neuen Fächern, und zu Beginn des Jahres 1939 machte sie mit ihren Klassenkameradinnen ein vierzehntägiges Praktikum im Weißenfelser Säuglingsheim, wo die Schülerinnen statt Schulunterricht vor- und nachmittags bei der Betreuung von Babys und Kleinkindern halfen und dann einen Bericht für die Schule schreiben mussten.

Hans-Dieter hatte 1939 das Ende der Schulzeit erreicht und machte am 1. März sein mündliches Abitur. Am 1. April begann seine Arbeitsdienstzeit in Strehla an der Elbe, wo die Familie ihn im Verlauf des Sommers öfter besuchte.

13.

„Hättet ihr Lust, in den Sommerferien mit uns in die Alpen zu fahren?", fragten eines Abends im Juni die Eltern ihre heranwachsenden Töchter, die natürlich gleich begeistert zustimmten. Außer den Ferienaufenthalten in Ostfriesland gab es bisher nur kleinere Reisen mit den Eltern, aber die Mädchen waren in den Ferien auch immer gern zu Hause geblieben, denn dann konnten sie mit Lenelore zusammen viel mit Puppen oder im Garten und auf der Insel herrlich spielen.

Die bisherigen Reisen nach Ostfriesland waren allerdings für die Schwestern etwas ganz Besonderes. Es war Papas Heimat, und dort lebte der nun schon über achtzigjährige Opa Bussen in einem freundlichen, kleinen Backsteinhaus am Ortsrand von Loquard bei Emden – nur zwei Kilometer von der Nordsee entfernt.

Die Kinder liebten das Haus, denn es hatte nicht nur einen blühenden Garten, sondern war auch ringsum von einem

mit Schilf bewachsenen Wassergraben umgeben, über den eine schmale, weiße Brücke mit einem Gartentürchen führte.

Der Opa lebte dort mit Fräulein Jansen, seiner rührenden Haushälterin, denn seine Frau war bereits 1910 an einer schweren Lungenentzündung gestorben, lange ehe ihr jüngster Sohn Gerhard nach Weißenfels geheiratet hatte und die Enkelinnen Margrit und Maidi geboren wurden. Der Großvater besaß zwei schöne, große Bauernhöfe in Ostfriesland, die jetzt Gerhards Brüder bewirtschafteten, und er selbst war in den sogenannten „Altenwohnsitz" in unmittelbarer Nähe gezogen und freute sich natürlich sehr, wenn die Enkel aus dem fernen Weißenfels kamen.

Anfangs reisten die drei Kinder immer zusammen mit den Eltern nach Loquard und wurden dann alle in Opas kleinem Haus untergebracht und von Fräulein Jansen bestens versorgt. Da Vater Gerhard außer seinen Brüdern noch etwa 40 direkte Vettern und Basen in Ostfriesland hatte, die fast ausschließlich auf großen Bauernhöfen lebten, waren die Tage voll ausgefüllt mit Verwandtenbesuchen, aber das Schönste für die Weißenfelser Kinder waren immer die Fahrten zum Meer, an dem es keine Badestrände, sondern nur grüne Deiche mit grasenden Schafen gab und davor das weite Wattenmeer!

Man konnte mit der Pferdekutsche auf unbefestigten Wegen bis unmittelbar an den Deich heranfahren, und jedes Mal war es für Margrit – so erinnert sie sich – ein aufregender Moment, wenn sie die Grasstufen zum Deich hinaufstieg und plötzlich das graugrüne, weite Meer vor sich sah. Oft rollten auf der riesigen Wasserfläche, die sich bis zum Horizont erstreckte, hohe Wellen mit weißen Schaumkronen zum befestigten Ufer heran, was faszinierend aussah.

Bei schönem Wetter und ruhigerem Wasser wurde natürlich auch gebadet, aber nur bei Flut war es einige Stunden tief genug zum Schwimmen. Stunde um Stunde wurde es dann langsam wieder flacher, bis das Watt bei Ebbe frei lag und interessante, kleine Meerestiere zum Vorschein kamen.

Nur so kannten die Weißenfelser Kinder von klein auf das geliebte Meer und freuten sich jedes Jahr aufs Neue darauf. Das Spielen auf den Bauernhöfen mit den Kindern der Verwandten war ihnen jedoch genauso wichtig. Als 1935 die Eltern auf der Heimreise der Insel Helgoland noch einen Besuch abstatten wollten, nahmen sie nur Hans-Dieter mit und ließen Margrit und Maidi unter der Obhut von Fräulein Jansen beim Großvater, damit sie sich noch nach Herzenslust austoben konnten. Sie mussten dann allerdings allein mit dem Zug heimfahren.

Das klappte so gut, dass im nächsten Jahr den beiden Schwestern zugetraut wurde, die Bahnfahrt wieder allein zu machen, denn Ferien in Ostfriesland war inzwischen das Schönste, was sie sich denken konnten!

Mama und Papa setzten die Kinder in Halle in den durchgehenden Zug nach Emden, wo sie Fräulein Jansen mit einem Mietauto abholte. Sie genossen nun auch ohne Eltern glückliche Tage in Opas Haus und spielten begeistert mit Teelka und Margret, Cousinen zweiten Grades, in Sanders Scheune oder mit dem kleinen Kurt auf dem Nachbarhof, mit dem sie aus Strohballen tolle „Höhlen“ bauten.

Bei schönem Wetter spazierten die beiden zur Flutzeit auch gern mit ihren Puppen in einer Tragetasche zwischen sich durch die reifenden Kornfelder zu dem etwa zwei Kilometer entfernten Meer, wo sie ihre Bademäntel am liebsten ganz vorn auf einer der Steinmolen ausbreiteten.

Hier aßen sie die von Fräulein Jansen mitgegebenen Leckereien, spielten in der Sonne mit ihren Puppenkindern und gingen immer wieder ins Wasser, bis es schließlich zu flach wurde und sie im Watt und zwischen den Steinen die vielen kurzschwänzigen Wollhandkrabben beobachten konnten.

Selbst an Regentagen wurde es in Opas gemütlichem Haus nie ganz langweilig, zumal es die vielen Katzen gab, und oft auch allerliebste Katzenkinder, die ganz zutraulich und verspielt waren. Fräulein Jansen wusste viel von den Tieren zu erzählen, während der Opa wenig sprach und seine Enkelinnen immer nur ganz liebevoll anschaute. Die Schwestern schrieben fleißig Feriengrüße an die Daheimgebliebenen, und Margrit füllte viele Seiten in ihrem Tagebuch.

So wurde Ostfriesland für die Kinder ein unvergessliches Ferienparadies, und ganz im Geheimen wünschte sich Margrit manchmal auch ein Friesenkind zu sein, auf einem so großen Bauernhof aufwachsen zu können inmitten der grünen Weiden mit den schönen Pferden und großen Rinderherden und ihre Heimat am weiten Meer zu haben, wie es in dem alten Nordseelied heißt:

Wo die Nordseewellen spülen an den Strand,
Wo der gelbe Ginster blüht im Dünensand,
Wo die Möwen schreien gell im Sturmgebraus,
Da ist meine Heimat, da bin ich zu Haus!

Wenn sie dann jedoch an Weißenfels, das alte, gediegene Haus mit der geliebten Familie und an die schöne Saaleinsel dachte, wusste sie, dass sie dorthin gehörte und ihr Elternhaus gegen nichts auf der Welt eintauschen würde.

Als die Eltern im Frühsommer 1939 von der geplanten Fahrt in die Alpen erzählten, erinnerten sich die beiden Schwestern abends im Bett an ihre bisherigen Erlebnisse in den Ferien, und Maidi meinte: „Welche Reise war eigentlich bisher die schönste?"

„Ja, von Borkum, als ich drei Jahre alt war, weiß ich gar nichts mehr, und auf der Reise in die Sächsische Schweiz 1933 fand ich am interessantesten, dass wir in Zinnwald am Schlagbaum über die Grenze in die Tschechoslowakei gingen und zum ersten Mal für zwei Stunden richtig im Ausland waren! Und im

Spreewald, wo wir im Sommer 1934 waren, gab es ja statt Straßen nur die vielen Arme der Spree, auf denen man mit Kähnen fuhr, was viel Spaß machte, aber schrecklich waren die widerlichen Stechmücken, vor denen man sich kaum retten konnte", erinnerte sich Margrit.

„Wirklich am besten fand ich die vielen Reisen nach Ostfriesland zu Opa Bussen", meinte Maidi, „und am schönsten war die vor zwei Jahren mit dem Mercedes, als wir von dort noch mit Mama und Papa zur Insel Juist weiterfuhren und am Rhein entlang zurück!"

„Erinnerst du dich noch an den tollen Wall, den wir alle zusammen um unseren Strandkorb herumgebaut und mit Muscheln und der Inschrift EALA FREYA FRESENA geschmückt haben, einen alten Wahlspruch, der übersetzt heißt: ‚Es lebe das freie Friesenland!'

Und als alles fertig war, haben wir sogar noch eine Sandburg für unsere Puppen mit Sandkugeln und vielen Muscheln gebaut und die haben wir ‚Friesenburg' genannt, weißt du noch?"

„Toll war natürlich dann auch die Rückfahrt am Rhein, zu der sich ab Emden auch Hans-Dieter gesellte, der vorher mit der Hitlerjugend in einem Lager am Jadebusen war.

Wir haben Düsseldorf, Köln, Koblenz und Trier kennen gelernt, sind ein Stück auf dem Nürburgring gefahren und haben in Frankfurt das Luftschiff ‚Graf Zeppelin' in der Halle gesehen und auf der Wasserkuppe den Start von Segelfliegern", weiß nun wieder Margrit zu erzählen. „Und diesen Sommer fahren wir vielleicht in die Alpen! Welch herrlicher Gedanke!"

Es wurde wirklich eine sehr schöne Reise, die Margrit und Maidi mit den Eltern im Juli 1939 unternahmen, sollten die beiden nun doch zum ersten Mal auch das Hochgebirge kennen lernen.

Ein besonderes Erlebnis für Margrit war auch die im Juni des selben Jahres unternommene Klassenfahrt ins Frankenland,

wo sie zum ersten Mal eine Woche ohne die Familie unterwegs war. Eine solche Reise fand alljährlich für die jeweiligen Schüler der zwölften Klasse statt, und da ihre vertrauten Klassenkameradinnen und sogar ihre Lieblingslehrer, Herr Sänger und Fräulein Bischof, dabei waren, gab es gar keine Bedenken!

Es ging nach Bayreuth, Nürnberg und Bamberg mit den vielen großartigen Sehenswürdigkeiten, aber den nachhaltigsten Eindruck machte auf Margrit die wundervolle Barockkirche „Vierzehnheiligen“ bei Staffelstein, die weltberühmte Basilika Balthasar Neumanns, die weithin sichtbar auf einem bewaldeten Hügel liegt und als Kleinod der barocken Baukunst gilt.

Bei dem sommerlichen Wetter machte die Klasse im anmutigen Frankenland auch viele Wanderungen, es wurde eifrig gesungen und botanisiert und abends in Jugendherbergen übernachtet, wo man Schüler aus allen Teilen Deutschlands traf.

Die Mädchen aus Weißenfels fanden natürlich besonders die Jungen „interessant“, so dass es später in den Schlafräumen immer was zu tuscheln und zu lachen gab!

So verflogen die frohen Tage unterwegs viel zu schnell, aber es war ja Sommer, und die Ferien mit der Alpenreise und viele schöne Familienunternehmungen standen noch bevor!

Gerade war am 19. Mai in der Villa und auf der Insel der hundertste Geburtstag von Daniel Mouson, dem Vater von Großmutter Helene, ihrer Schwester Lisbeth aus Berlin und von Bruder August Mouson aus Frankfurt, als Gedenkfest festlich begangen worden, wobei die drei Mouson-Geschwister endlich mal wieder zusammentrafen, und die Kinder und Enkelkinder fröhlich mitfeierten.

Am siebten August 1939 kam die kleine Ute, Arsands drittes Kind, als neuntes und letztes Enkelkind von Richard und Helene in der Universitätsklinik in Halle zur Welt. Bereits am zehnten August durften Margrit und Maidi nachmittags mit

Onkel Hans nach Halle mitfahren und Tante Gretel und das Neugeborene in der Klinik besuchen.

Sie waren ganz begeistert von dem winzigen Baby, das allerdings fast die ganze Zeit in seinem Körbchen schlief und nur am Schluss zum Stillen geweckt wurde. Zu ihrer großen Freude und Überraschung wurde Margrit schon in der Klinik von Tante Gretel gefragt, ob sie Patin der kleinen Cousine werden wollte. Voller Stolz sagte sie gleich zu, wohl wissend, dass dies ein ganz besonderes Angebot war, schließlich hatte sie gerade selbst erst ihren 16. Geburtstag gefeiert.

14.

Genau an diesem Tag, als sie in Halle waren, hatte auch die Schule nach den so schönen und abwechslungsreichen Sommerferien wieder begonnen. Aber für Margrit dauerte der Unterricht in diesem Jahr nur zwei Wochen, denn dann begann für sie und ihre Klassenkameradinnen ein vierwöchiges Praktikum im Kindergarten, was im Rahmen der „Fächer des Frauenschaffens" in Klasse zwölf auf dem Lehrplan stand.

Margrit wurde mit Christel Glaß und ihrer Freundin Christa Bickel dem Kindergarten von Leißling zugeteilt, einem kleinen Ort an der Saale, den sie gut mit dem Fahrrad erreichen konnte, denn er war nur rund fünf Kilometer von zu Hause entfernt.

Unter der Anleitung von zwei ausgebildeten Kindergärtnerinnen betreuten die drei jungen Schülerinnen nun täglich vormittags von acht bis zwölf und nachmittags von zwei bis sechs Uhr mehr als zwanzig Kinder im Alter zwischen drei und sechs Jahren, was an sich Spaß machte bis auf das viele Aufräumen und Saubermachen hinterher. Aber alle diese Dinge wurden jedoch unerwartet von einem ganz anderen Ereignis überschattet!

Am 26. August schrieb Margrit in ihr Tagebuch:

Augenblicklich ist überall Kriegsstimmung. Hitler will Danzig und die übrigen ehemalig deutschen Gebiete nehmen, doch England will Polen gegen uns helfen.

Wir haben einen Nichtangriffspakt mit Rußland. Unsere beiden Lastautos sind schon eingezogen und mehrere Leute aus der Mühle. Hoffentlich geht es nochmal gut!

In der gleichen Woche hatte Hans-Dieter von seinem Arbeitsdienstlager in Strehla an der Elbe aus angerufen, dass er nur noch mit zwölf Leuten bei seiner Einheit sei, da die anderen schon alle an die polnische Grenze verlegt worden seien.

Am 1. September 1939 berichtet Margrit:

Heute früh, als Maidi in die Schule fuhr, hörte sie unterwegs, dass keine Schule sei, und der zivile Luftschutz aufgerufen wäre. Von heute an sei Danzig deutsch, da es die deutschen Truppen besetzt hätten. Um 10 Uhr trat der Reichstag zusammen und beschloss, dass jeder Schuss von Polen erwidert werden solle. Das bedeutete natürlich Krieg.

Im Kindergarten hörte Margrit ebenfalls die Reichstagsübertragung im Radio. Aber der Betrieb ging weiter, und am Spätnachmittag ritten Margrit und Maidi sogar mit Lotte und Iris allein ins Gelände und wurden anschließend wie sonst von Horst Schulz heimgebracht. Trotz des Wissens, dass nun Krieg sei, schien sich zu Hause erst mal nichts geändert zu haben. Doch abends hieß es dann im Radio, dass man verdunkeln müsste, und die ganze Familie bemühte sich, die Fenster mit Läden und dunklen Decken so abzudichten, dass kein Lichtschein nach außen drang, was allerdings nicht allzu gut gelang.

Zunächst ging das Leben für die Geschwister unbeeinflusst weiter, doch die ersten Schrecken zeichneten sich schon ab, als der Vater bereits zwei Tage später abends den Mädchen mitteilte: „Heute haben auch England und Frankreich Deutschland den Krieg erklärt!" In der Nacht zum zehnten September gab es auch tatsächlich den ersten Fliegeralarm: Um vier Uhr morgens gellten die Sirenen mit dem typisch auf- und abschwellenden Ton durch das stille Weißenfels.

Dieser schreckliche Ton wiederholte sich dreimal, und außer dem Großvater eilte die ganze Familie in den von Mama und Maidi in diesen Tagen eingerichteten Luftschutzkeller, den ehemaligen Spielkeller direkt neben der Kellertreppe. Der Raum war mit Sofa, Tisch und Stühlen ausgestattet worden, und alle hockten schlaftrunken und angespannt um den Tisch, doch draußen blieb es ganz ruhig!

Nach etwa einer Stunde kam endlich Entwarnung. Die Sirenen heulten diesmal mit drei lang anhaltenden, immer gleich hohen Sirenentönen, und alle gingen erleichtert ins Bett.

Margrit fuhr weiterhin täglich vor- und nachmittags mit dem Rad auf dem Wiesenweg zwischen Bahndamm und Saale nach Leißling in den Kindergarten und zurück. Die Arbeit war interessant, und immer wieder staunte sie, wie viele Möglichkeiten die Betreuerinnen wussten, um ihre kleinen Schützlinge abwechslungsreich zu beschäftigen. Zum Schluss wurde täglich draußen um die Fahnenstange ein großer Kreis gebildet, gesungen und im Chor gerufen: „Unserem geliebten Führer und seinen tapferen Soldaten ein dreifaches Siegheil, Siegheil, Siegheil", und damit stob die kleine Schar auseinander.

Margrit genoss jeden Mittag daheim das Schwimmen mit Mama und Maidi und die vertraute Familienmahlzeit, und radelte dann gleich nach dem Essen wieder los. Manchmal begleitete sie Maidi ein Stück, ja, einmal fuhr diese auch die ganze Strecke mit, um sich den Kindergarten anzusehen.

Maidi selbst hatte seit Kriegsbeginn nachmittags in der Oberschule für Jungen Unterricht, denn die Mädchenschule sollte zum Lazarett werden. Bereits am 16. September jedoch bekam ihre Klasse eine Einberufung zur Erntehilfe nach Weißenborn bei Droyßig.

Mama brachte Maidi am folgenden Tag an die Bahn, und mit vier Klassenkameradinnen fuhr sie nach Droyßig, von wo die Gruppe noch zwei Kilometer nach Weißenborn laufen musste. Hier wurde jedes Mädchen einer Bauernfamilie zugeteilt, um bei der Ernte zu helfen, denn die jungen Männer waren bereits überall als Soldaten eingezogen worden.

Gleich am nächsten Tag reisten die besorgten Eltern mit Margrit im Auto zu einem kurzen Besuch nach Weißenborn, trafen ihre Tochter bei der Kartoffelernte an und ließen sich alles zeigen: Die inzwischen vierzehnjährige Maidi war Familie Baufeld zugeteilt worden, die einen Hof mit einigen Kühen, Schweinen, vier Pferden und allerlei Geflügel besaß. Außer der gerade mal fünfundzwanzig Jahre alten Bäuerin, ihren zwei kleinen Kindern und ihrer Mutter gab es nur zwei Mägde und zwei ältere Knechte auf dem Hof! Maidi hatte eine Kammer neben der alten Bäuerin, durch deren Zimmer sie hindurchgehen musste, was sie weniger schön fand, aber sonst war sie ganz zufrieden.

Die Eltern fuhren mit Margrit und Maidi kurz zum Kaffeetrinken nach Droyßig, und als sie Maidi zurückbrachten, hatte die Bäuerin in der guten Stube für den Besuch einen schönen Tisch gedeckt, und es gab noch einmal Kaffee und Kuchen, wobei eine kleine Unterhaltung entstand, jedoch setzte sich Frau Baufeld nicht mit an den Tisch. Befriedigt von dem netten Eindruck der Bauernfamilie ging es bald wieder heim.

15.

Inzwischen dauerte der Krieg schon fast drei Wochen, doch alle Leute redeten davon, dass er spätestens Weihnachten zu Ende sei und die Soldaten von der Front dann wieder heimkehren würden. Margrit schrieb am 20. September in ihr Tagebuch:

In Polen sind unsere Truppen immer weiter vorgerückt, und seit vorgestern rücken die Russen von der anderen Seite in Polen ein.

Durch den Krieg ist alles sehr knapp. Die meisten Lebensmittel gibt es auf Karten, auch Schokolade. Alle Kleidungsstücke kann man nur auf Bezugsscheine bekommen, die man auch schwer kriegt. Überall stehen die Leute Schlange.

Um Benzin zu sparen, darf man nur, wenn es sehr dringend ist, Auto fahren, und ab morgen dürfen nur Autos mit rotem Zeichen unterwegs sein. Bei uns ist das der Hannomac und der eine Opel, den die Verkäufer vom Betrieb benutzen, um zu den Bäckern zu fahren. Der Mercedes ist ja sowieso schon weg! Eigentlich hätten wir gar nicht zu Maidi nach Weißenborn fahren dürfen! Es ist alles so knapp, weil für den Notfall gespart werden soll!

Am 23. September waren Margrit und ihre beiden Klassenkameradinnen zum letzten Mal im Leißlinger Kindergarten, und am selben Morgen gab es Herbstferien und Zeugnisse, die Christa Bickels Schwester von der Schule mitbrachte. Gleich am nächsten Tag besuchten Mama und Margrit mit dem Zug Hans-Dieter in Neukirchen bei Chemnitz, wo alle jungen Männer aus den Arbeitsdienstlagern, die nicht nach Polen gekommen waren, zusammengelegt wurden und diese Woche entlassen werden sollten.

Hans-Dieter holte Mutter und Schwester am Zug in Chemnitz ab, und sie fuhren mit dem Bus nach Neukirchen, von wo sie noch zwanzig Minuten zum am Waldrand gelegenen Lager laufen mussten. Hier gab es ein gemütliches Beisammensein und gute Gespräche, wenn auch die anschließende Rückfahrt im dunklen, überfüllten Zug kein Vergnügen war.

Am siebten Oktober wurde Hans-Dieter endgültig aus dem Arbeitsdienst entlassen, und blieb nun, bis sein Jahrgang zum Militär einberufen wurde, erst einmal zu Hause. Um die Zeit bis dahin auszufüllen, begann er am ersten November ein

Praktikum in der Stadtsparkasse Weißenfels, um sich mit dem Bankfach vertraut zu machen.

Gleich nach den Herbstferien bekam Margrit ebenfalls eine Einberufung zur Erntehilfe. Sie konnte diese aber zu Hause bei der Apfelernte ableisten, was viel Spaß machte, zumal ihr Vetter Klaus, der inzwischen mit seiner ganzen Familie von Halle nach Weimar umgezogen war, auch seinen Erntedienst auf der Saale-Insel machen konnte. Es war ein gutes Obstjahr, und die beiden halfen täglich sechs Stunden fleißig beim Pflücken mit, und bekamen fünfzehn Pfennig Stundenlohn. War es manchmal zu nass zum Ernten, so mussten die vollen Körbe im Gartenhaus oder in einem Mühlenkeller ausgepackt und auf Regale sortiert werden. Meist wurden sie allerdings gleich zu den Bäckern oder den Abgabestellen gebracht.

Der Krieg ging indessen weiter, und bereits am 28. September kapitulierte Warschau vor den deutschen Truppen, und am sechsten Oktober erlosch der letzte militärische Widerstand Polens. Danzig, Westpreußen und Posen wurden in das deutsche Reich eingegliedert, und das restliche Polen zum Generalgouvernement ernannt, nachdem auch die Sowjetunion ihre Ansprüche auf ostpolnische Gebiete geltend gemacht hatte.

Trotzdem war der Krieg, wie zunächst alle gehofft hatten, zu Weihnachten keineswegs zu Ende, denn Hitler drängte bereits im November 1939 auf eine militärische Entscheidung gegen Frankreich.

Nach Herbstferien und Ernteeinsatz hatten die beiden Schwestern nun wieder normalen Unterricht draußen in dem großen, alten Schulgebäude an der Straße nach Langendorf, doch im Verlauf des Winters wurden die Kohlen so knapp, dass es bei Frostwetter immer mal wieder ein paar schulfreie Tage gab, um Heizung zu sparen. Die Schülerinnen bekamen jedoch so viele Hausaufgaben auf, dass sie daheim den ganzen Vormittag zu arbeiten hatten, was kaum besser war als Schulunterricht, zumal sie dabei auch die Klassenkameradinnen nicht sehen konnten!

Als Margrit und Maidi an einem Morgen Anfang Dezember wie gewöhnlich mit den Rädern eilig zur Schule fahren wollten, stand auf ihrem Weg unerwartet der ganze Tunnel, der unter dem Bahndamm hindurchführte, voll Wasser, und es war unmöglich hindurchzufahren, so dass sie umkehren und den kleinen, etwa einen Kilometer entfernten, aber höher gelegenen Fußgängertunnel benutzen mussten und natürlich zu spät zur Schule kamen. Die Mädels hatten schon in den Tagen zuvor auf der Insel das kommende Hochwasser der Saale bemerkt, denn im Steingarten stand das Wasser bereits auf dem unteren Weg und lief bald über die Schleuse, aber dass man nicht mehr in die Stadt fahren könnte, hatten sie doch nicht erwartet.

Die Mühlenautos mussten ebenfalls über Beuditz fahren, da der Pegel weiter stieg, und bald stand sowohl die Insel wie auch das ganze Feld vor der Villa unter Wasser und sah aus wie ein großer See – ein herrlicher Anblick!

Als Mitte Dezember Frostwetter einsetzte, gab es die schönste Eisbahn, die sich bis nach Weihnachten hielt, obwohl das Hochwasser inzwischen längst zurückgegangen war. Nicht nur die Familie und die Leute aus Beuditz, sondern auch viele Weißenfelser amüsierten sich tagelang auf der großen Eisfläche.

16.

„Du kannst dir nicht vorstellen, welch‘ eine tolle Überraschung es bei uns zu Weihnachten gegeben hat“, jubelten Margrit und Maidi fast wie aus einem Mund, als Margrits Schulfreundin Friederike, die nach dem zehnten Schuljahr abgegangen war, um Krankenschwester zu werden, vor Silvester zu Besuch kam. Und ehe sie sich versah, sprang ihr ein kleines, schwarzweißes Etwas auf den Schoß, Surry, der süße temperamentvolle „Japan Chin Hund“ mit großen, dunklen Augen, eingedrückter

Nase und langem, seidenweichen Fell! Der gute Opa Beilschmidt hatte ihn auf eine Annonce hin in Stuttgart für seine tierlieben Enkelinnen als Weihnachtsüberraschung bestellt.

Als der kleine Kerl am Tag vor Heiligabend per Fracht in einer Kiste für Tiertransporte mit der Bahn eingetroffen war und in der Wohnung von Kutscher Siegel herausgelassen wurde, damit ihn die Mädels nicht schon vor Weihnachten sahen, biss er als erstes dem guten Herrn Siegel in die Hand. Nur Vater Gerhard konnte ihn anfassen und streicheln, da er sich um das verängstigte Tier beim Freilassen aus der Kiste gleich gekümmert hatte. Margrit und Maidi, die am Heiligabend ganz überglücklich mit dem süßen Kerl waren, ließen sich nicht einschüchtern, obwohl er zunächst auch nach ihnen schnappte. Sie bereiteten ihm im Nähzimmer auf einer Decke ein weiches Nachtlager und fütterten ihn am nächsten Morgen mit etwas Milch und Brot, so dass er schnell zutraulicher wurde und ihnen bereits im Garten nachlief.

Ja, als die Eltern an diesem ersten Weihnachtsfeiertag mit ihm und Pucki auf der Insel spazieren gingen, während die Mädels mit den Vettern auf der anderen Seite des Mühlgrabens Schlittschuh liefen, sprang der kleine Kerl doch tatsächlich ohne zu zögern in das kalte Wasser, um zu den Kindern zu gelangen.

Zum Glück konnte der Vater das jämmerlich aussehende „Bündel“ schnell aus dem Uferschlamm herausziehen und eilig ins Haus bringen, wo es die besorgten „Hundemamis“ badeten, trocken rubbelten und bürsteten, so dass der Schreck bald vergessen war. Von nun an war der Bann gebrochen, und Surry liebte seine Betreuerinnen heiß und innig und wollte am liebsten den ganzen Tag mit ihnen spielen und herumtollen.

Als die Mädels Anfang Januar von einer kurzen Skireise mit Mama und Hans-Dieter nach Gehlberg im Thüringer Wald zurückkamen, war Surry so glücklich, dass er auf den am nächsten stehenden Sessel und von da in die Arme von Maidi oder Margrit sprang und sich vor Freude und Übermut kaum zu lassen wusste.

Es dauerte gar nicht lange, und Surry war der Liebling der ganzen Familie, zumal er durch sein Temperament und seine Gelehrigkeit alle immer wieder in Erstaunen versetzte: Eines seiner Lieblingsspiele war es, kleine Bälle, die die Mädels im Garten weit wegwarfen und die oft in Beeten oder im Gebüsch verschwanden, in kürzester Zeit aufzustöbern und zurück zu bringen, damit sie wieder und wieder zum Suchen fortgeworfen werden konnten.

Von diesem Spiel konnte er gar nicht genug bekommen, ja, er schaffte es sogar, wenn das Bällchen oben vor seinen Augen aus dem Wohnzimmerfenster in den Garten geworfen wurde, sich die Richtung genau zu merken. Dann stürmte er voller Eifer die Turmtreppe hinunter und ohne Zögern lief er an die Stelle, wo er den Ball von oben hatte hinrollen sehen, und suchte und fand ihn im Nu, selbst inmitten von Blumen oder Sträuchern. Surry war auch bald der besondere Liebling von Großmutter Helene, die leider seit einiger Zeit an einer Augenerkrankung litt.

Schon 1938 war sie im Sommer einige Tage zur Untersuchung in der Universitätsklinik in Halle gewesen, aber man konnte die langsame Verschlechterung des Sehvermögens nicht aufhalten, da es sich um eine Arterienverkalkung der feinen Netzhaut-Äderchen handelte, die trotz medikamentöser Behandlung weiter fortschritt.

Die geduldige Großmutter ließ sich ihr Leiden kaum anmerken und verrichtete die täglichen Dinge wie immer, da sie bei der gewohnten Arbeit jeden Handgriff kannte. Sie saß nun viele Stunden des Tages auf ihrem Sessel am Fenster unten im Wohnzimmer, wo sie strickte oder häkelte, was sie auch, ohne es zu sehen, gut konnte.

Dabei war Surry, wenn seine beiden „Frauchen“ in der Schule oder anderweitig unterwegs waren, ihr treuer Gefährte, indem er neben Helene auf der Fensterbank saß und auf die Rückkehr der Mädels wartete. Durch sein Verhalten wusste die fast blinde Großmutter genau, was sich draußen abspielte, denn wenn Fremde am Gartentor klingelten, bellte Surry energisch, kamen vertraute Leute in den Garten, reagierte er freundlich, aber wenn Margrit oder Maidi heimkehrten, war er nicht mehr zu halten und versuchte ihnen durch irgendwelche offenen Türen mit Freudengebell entgegenzulaufen. In den langen Wartezeiten saß der kleine Hund aber auch oft bei der liebevollen Oma auf dem Schoß und ließ sich streicheln.

So entstand zwischen den beiden unmerklich eine enge Beziehung, die Helene beglückte, so dass sie dem munteren, kleinen Gefährten auch gern einen Leckerbissen zusteckte oder ihm das Futter hinstellte, wenn die Mädels nicht zu Hause waren.

Die Erkrankung der geliebten Großmutter war für die ganze Familie eine große Sorge, da trotz aller ärztlichen Fürsorge keine Besserung zu erhoffen war, und die jungen Mädchen sahen voll Kummer, wie die früher so aktive und fürsorgliche Oma inzwischen Mühe hatte, ihren Weg über die Diele von einem Raum zum anderen zu finden, wobei kein Stuhl oder sonst etwas im Weg stehen durfte. Auch hatten alle Gegenstände in Wohn- und Esszimmer stets an ihrem festen Platz zu sein, damit die Großmutter sie ohne Schwierigkeiten fand.

Es war immer wieder erstaunlich, wie sie sich ohne Hilfe täglich tadellos anzog und sogar ihre schönen, weißen Haare mit der Brennschere zu gleichmäßigen Wellen ondulieren konnte, wie sie es seit Jahren getan hatte. Auch beim Essen kam sie fast allein zurecht, tastete nur manchmal vorsichtig mit den Fingern nach, wo die Speisen auf ihrem Teller lagen.

Weil bei Kriegsbeginn leider der Mercedes der Großeltern wie alle Autos eingezogen wurde und nicht mehr zur Verfügung stand, war es Helene durch ihr Augenleiden unmöglich geworden, jeden Donnerstag wie gewohnt ihre jüngste Tochter Gretel und deren Familie in der Weißenfelser Neustadt zu besuchen.

Doch ihr Mann Richard hatte rechtzeitig für Abhilfe gesorgt, indem er eine der alten Pferdekutschen, die noch in der Remise stand, wieder in Ordnung bringen, gründlich putzen und ausbessern ließ.

Eines Tages im Juli 1940 wurden zwei schöne, kräftige Grauschimmel, die der fürsorgliche Opa gekauft hatte, eingespannt, und der alte Kutscher Siegel fuhr stolz an der Villa vor und brachte die Großeltern zu ihrem gewohnten Donnerstagsbesuch zu Arsands in die Neustadt.

Margrit und Maidi waren natürlich hellauf begeistert von den neuen Pferden, und es dauerte gar nicht lange, da hatten sie sich das Einspannen von Herrn Siegel zeigen lassen, fuhren so oft es sich einrichten ließ bei den Kutschfahrten mit und konnten bald auch ohne Herrn Siegel allein in die Stadt kutschieren.

Besonders beglückt waren die beiden, als sie zum ersten Mal mit dem schönen Gefährt vorm Bahnhof standen, um den geliebten Vater, der im Herbst 1940 als Reserveoffizier nach Oschatz eingezogen worden war und am Wochenende auf Urlaub kam, abzuholen. Dieser traute seinen Augen kaum, als er seine Töchter hoch oben auf dem Bock der alten Kutsche sitzen sah.

Ganz unerwartet hatten Margrit und Maidi übrigens im April 1940 eine schriftliche Aufforderung zum Bund Deutscher Mädchen, eine Art „Gestellungsbefehl zum BDM", erhalten, dem sie ja im Gegensatz zu fast allen anderen jungen Mädchen in Deutschland noch nicht angehörten, weil ihre Mutter das zu Beginn des Hitler-Regimes strikt abgelehnt hatte.

Sie wurden ins Jugendheim bestellt und mussten in den sogenannten „Allgemeinen BDM" eintreten, um das nachzuholen, was sie angeblich bisher versäumt hatten. Sie sollten von nun an jeden ersten Montag im Monat abends um acht Uhr zum Dienst kommen, wozu man sie streng verpflichtete.

Die junge Führerin jedoch, die sich um die kleine Gruppe der Neulinge im „Straf-BDM" kümmern sollte, war viel zu ungebildet und unerfahren, um die Abende vernünftig zu gestalten.

Beim ersten Mal mussten sie in einem vollen Saal die Rede des Kreisleiters Pape mit anhören, und beim nächsten Mal sollten sie einem unbekannten Soldaten einen Brief schreiben, was nur wenige konnten, so dass Margrit und Maidi überall helfen mussten.

Auch beim Singen war die junge Gruppenleiterin auf die Unterstützung der Schwestern angewiesen, denn sie selbst kannte bei den vorgeschlagenen Liedern nur mit Mühe die Melodie und ließ Margrit und Maidi vorsingen, und beim Text war sie auf Liederblätter angewiesen, die sie meistens nicht fand. So beschränkte man sich beim abendlichen Treffen schließlich auf Spaziergänge, die die Mädels geschickt in Richtung ihres Zuhauses dirigierten, so dass sie sich bald verabschieden konnten. Da aber Krieg war und die „Obrigkeit" andere Sorgen hatte, schlief der mühsam ins Leben gerufene „Straf-BDM" bald wieder ein.

Hans-Dieters Tätigkeit bei der Kreissparkasse erstreckte sich übrigens auch nur auf wenige Monate, denn bereits im März 1940 erhielt er seinen Einberufungsbefehl und kam zu einer Fahrersatz-Schwadron nach Leitmeritz in Böhmen, wo er „Reiten und Fahren“ lernte, und wo ihn Eltern und Schwestern bereits Ende April besuchten, um ein schönes Wochenende miteinander zu verbringen.

Ja, der Krieg ging weiter: Bereits im April 1940 wurden Dänemark und Norwegen überfallen und in kürzester Zeit besetzt, und am zehnten Mai gab Hitler den Befehl zum Angriff auf Frankreich. Die dabei eingeschlossenen holländischen und belgischen Truppen mussten kapitulieren, und im Juni folgte die Kapitulation ganz Frankreichs. Die nördliche Hälfte des Landes und die ganze Atlantikküste kamen unter Hitlers Besatzungsregime, und den übrigen Südteil Frankreichs verwaltete eine fragwürdige Vichy-Regierung.

Nun rüstete Hitler zum Kampf gegen England, und zwar sollte zunächst die Luftwaffe von oben die Insel „sturmreif“ schießen. In den Radios und auch bei begeisterten Jugendlichen tönten Kampflieder wie:

Hört ihr die Fanfaren singen; ran an den Feind!
Hört ihr's in den Ohren klingen, ran an den Feind!
Bomben, Bomben! Bomben auf Engeland!

Monatelang flogen Nacht für Nacht deutsche Kampfflugzeuge nach England und bombardierten pausenlos Militäranlagen und Großstädte in Südengland, was jedoch nicht unerwidert blieb, denn von nun an wurden ebenfalls westdeutsche Städte von feindlichen Bombern angegriffen und die Menschen in Angst und Verzweiflung gestürzt.

In Mitteldeutschland bestand allerdings noch keine Gefahr, dass Städte oder Industrieanlagen von Bombenflugzeugen angegriffen wurden. Wenn es aber hin und wieder sogenannten Voralarm gab, flogen die Kampfflugzeuge meist in Richtung Berlin weiter, und es folgte bald „Entwarnung" durch drei langanhaltende, hohe Sirenentöne. In diesen Fällen stand natürlich im Weißenfelser Haus niemand auf, um in den Keller zu gehen, auch bei Vollalarm nur dann, wenn die kurz „Flak" genannten Flugabwehrkanonen zu schießen anfingen.

Es dauerte gar nicht lange, da kam von der Regierung die Bestimmung, dass die Schulen nach nächtlichem Fliegeralarm eine Stunde später anfangen sollten, so dass Margrit und Maidi, wie alle Schüler, sich freuten, wenn nachts die Sirenen ertönten, und sie dann nur den Wecker umzustellen brauchten und weiterschlafen konnten.

17.

Für Margrit hatte Ostern 1940 das letzte Schuljahr begonnen, und das gefürchtete Abitur rückte unaufhaltsam näher. Sie war die ganzen Oberschuljahre zwar immer eine gute Schülerin gewesen, doch die Vorstellung, bei der Abschlussprüfung vor dem versammelten Lehrerkollegium ganz allein mündlich geprüft zu werden, jagte ihr Angst und Schrecken ein, zumal die Lehrer jetzt bei fast jedem neuen Stoff sagten, das könne im Abitur drankommen!

So schrieb sie mehr als sonst mit, wiederholte schwierige Dinge gründlich und lernte wichtige Regeln einfach auswendig. Fräulein Dr. Wienbeck, die strenge, aber auch geschätzte

Deutsch-Lehrerin, verlangte ohnehin von ihren Schülerinnen, dass sie fürs Abitur nicht nur je fünf Gedichte von Goethe und Schiller, sondern auch ganze Passagen aus den in der Oberstufe besprochenen klassischen Dramen, besonders auch Texte aus Goethes „Faust“ auswendig lernen sollten, was Margrit zum Glück nicht schwer fiel.

Ebenso waren die naturwissenschaftlichen Fächer bei Herrn Sänger für sie kein Problem, aber in Englisch haperte es bei der Aussprache, und Geschichte und Politik waren ohnehin nicht ihr Fall und bereiteten ihr im Hinblick auf das Abitur einige Sorgen.

Zum Glück brachte das letzte Schuljahr trotz der ernsten Zeiten noch schöne Dinge mit sich, wie die „Weimar-Festspiele der Deutschen Jugend 1940“, die vom 13. bis 17. Juni stattfanden, und an denen die Abiturklasse der Oberschule für Mädchen in Weißenfels teilnehmen durfte.

Der Reichsjugendführer Baldur von Schirach hatte in Bezug auf diese Festspiele enthusiastisch verkündigt:

„Weimar hat in den vergangenen hundert Jahren unablässig seine Botschaft an die Deutschen gerichtet, doch erst heute beginnen wir langsam zu erkennen, welche wahrhaft schöpferische und erzieherische Macht dieser Stadt entströmt, und wir rufen die Jugend hierher zusammen, damit sie erlebt, was sich nicht erlernen lässt. Jahr um Jahr werden nun Jungbauern, Jungarbeiter und Schüler nach Weimar kommen und von Weimar scheiden, und ihr Herz wird ergriffen sein von jenem Geheimnisvollen, das unser Wesen als Deutsche vornehmlich bestimmt: Ich nenne es Ehrfurcht!“

Und wirklich erlebten Margrit und ihre acht Mitschülerinnen mit Fräulein Dr. Wienbeck, ihrer Klassenlehrerin, unvergessliche Tage in Weimar, wo sie nicht nur die vielen Sehenswürdigkeiten dieser einmaligen Stadt kennen lernten, sondern nach dem feierlichen Eröffnungsabend in der Weimarhalle nun allabendlich auch großartige Aufführungen im Deutschen

Nationaltheater geboten bekamen: Sie sahen den „Don Carlos“ von Friedrich Schiller, Goethes „Egmont“, Richard Wagners „Meistersinger von Nürnberg“ und den „Prinz von Homburg“ von Heinrich von Kleist und waren von allem tief beeindruckt, hatten sie doch die Stücke zuvor in der Schule ausführlich besprochen.

Die Mädchen wohnten jeweils zu zweit in Privatquartieren und aßen mittags und abends im Rotkreuz-Speisesaal zusammen mit vielen anderen Jugendlichen aus allen Teilen Deutschlands. Dabei bestaunten sie besonders fünfundzwanzig junge Faschistenführer und -führerinnen aus Italien, die auch eingeladen waren und in ihren Uniformen sehr schick aussahen.

Neben den vielen Veranstaltungen gab es natürlich genügend Freizeit, und so oft es ging, lief Margrit zu ihren Verwandten, den ehemaligen „Hallensern“, die nun schon einige Jahre in Weimar oben „Am Horn“ wohnten, und die gute Tante Leli lud sie sogar zweimal mit ihren Freundinnen zu Kaffee und Kuchen ein!

Nette Bekanntschaften mit Schülern aus Remscheid, die am ersten Abend im Theater hinter den Mädels saßen, waren nur von kurzer Dauer, da Fräulein Dr. Wienbeck solche Kontakte nicht gern sah und man sich auch bei der großen Besucherzahl in Weimar kaum wiederfinden konnte, obwohl Christa Bickel, Margrits beste Freundin, Inge Reimann und Margrit selbst immer wieder nach den netten Jungen Ausschau hielten.

Trotz dieser Enttäuschung kehrten die angehenden Abiturientinnen nach fünf ausgefüllten Tagen schließlich beglückt von ihrer Weimarreise nach Weißenfels zurück und freuten sich auf die letzten Sommerferien ihrer Schulzeit, die diesmal allerdings etwas anders aussehen sollten als sonst.

Im Rahmen der hauswirtschaftlichen Form ihrer Schule mussten die Mädels alle ein vierwöchiges Praktikum in einer Familie, in einem Betrieb oder auf einem Bauernhof ableisten, und Margrit wurde auf einen Gutshof bei Naumburg geschickt, was die Schule vermittelt hatte.

Als sie am Abend des 11. Juli 1940 von Naumburg zu dem kleinen Dorf Boblas mit dem achthundert Morgen großen Rittergut radelte, war sie voll gespannter Erwartung, denn sie wusste, dass zu der Familie, die sie in ihrem Kreis aufnehmen wollte, die Chefin Frau von Hoff und drei Mädels – Dina-Marie, Ilse und Bärbel – im Alter von elf, acht und vier Jahren gehörten, die sie mitbetreuen sollte. Der Gutsbesitzer selbst war zum Heeresdienst einberufen worden, und sie sollte ihn gar nicht kennen lernen.

Nach herzlicher Begrüßung durch Frau von Hoff und die Kinder wurde Margrit gleich mit ihrer neuen Umgebung vertraut gemacht und in einem gemütlichen, kleinen Gästezimmer untergebracht mit einem schönen Blick über weite Hügelketten voller grüner Wiesen und reifenden Kornfeldern.

Nun begannen für Margrit Tage, die von morgens bis abends ausgefüllt waren mit Arbeiten, die sie zwar kannte, die sie aber nie so intensiv beansprucht hatten wie hier, denn sie hatte den festen Vorsatz gefasst, alles so gut wie möglich zu machen!

Morgens half sie einer freundlichen, älteren Frau als erstes Hühner, Enten und Gänse zu füttern, sie in ihren Auslauf nach draußen zu bringen und die Ställe sauber zu machen. Danach kümmerte sich Margrit um die Schafe, Ziegen und Kaninchen, und nach dem Frühstück ging es in der Küche weiter. An ihrem ersten Tag half sie beim Kuchenbacken, denn es wurde Besuch erwartet, aber sonst hatte sie in erster Linie mit dem Verwerten des vielen Obstes aus dem Garten zu tun, das gepflückt, entstielt, beziehungsweise entkernt, gewaschen und eingekocht werden musste, denn es war Juli und Haupterntezeit!

Später am Tag half Margrit beim Kochen des Mittagessens, wobei sie schnell lernte, einfache Gerichte allein zu bereiten, und manchmal hatte sie auch ganze Vormittage im Garten zu tun, wo sie dem Gärtner beim Pickieren von Sämlingen und Auspflanzen junger Salatpflanzen half oder auch einfach Beete säubern und Wege hacken musste.

Nachmittags kümmerte sie sich vorwiegend um die Kinder, die sehr schnell an ihr hingen und gern mit ihr spielen oder ihr etwas zeigen wollten.

Selbst Bärbel, das kleinste der drei Mädchen, die anfangs weinte, als Margrit sie ins Bett bringen sollte, lief ihr bald überall hin nach und wollte nur noch von ihr betreut werden.

Für Dina-Marie und Ilse war es immer das Schönste, wenn Margrit ihnen vorlas oder Geschichten erzählte, und als sie Ferien bekamen, durften die beiden sogar ins Gästezimmer neben Margrits Zimmer ziehen und konnten nun durch die Verbindungstür jederzeit zum Erzählen rüberhuschen. Am liebsten hörten die anhänglichen Kinder von Margrits Zuhause, von den vielen Tieren, der Saale, den Puppen oder ihrem Schwesterlein, und immer wieder bettelte die kleine Ilse: „Erzähl' doch weiter von eurer lustigen Stadt!"

Und das tat Margrit nur zu gern, denn wenn sie es sich auch nicht eingestehen wollte, hatte sie doch hier in Boblas, nur etwa fünfzehn Kilometer von ihrem geliebten Elternhaus entfernt, ein unüberwindliches, großes Heimweh, gegen das sie sich nicht wehren konnte.

So schön die Tage hier waren, so sehr ihr die anvertrauten Aufgaben Spaß machten und sie auch die Familie und die vielen anderen Leute auf dem Hof mochte, so konnte sie es doch nicht ändern, dass ihr abends, wenn sie allein in ihrem Zimmer am Fenster stand und über die weiten Hügel bis zum fernen Horizont schaute, unaufhaltsam die Tränen übers Gesicht liefen und sie nichts sehnlicher wünschte, als Zuhause bei der Familie und vor allem in der Nähe der geliebten Schwester zu sein.

Natürlich durfte das niemand merken. Tagsüber verdrängte sie das Traurigsein und die Sehnsucht, und es war tatsächlich eine gute Hilfe, wenn sie den Kindern immer wieder von ihrem Elternhaus und der Saale-Insel erzählen konnte, als wäre sie gerade daheim.

Am schlimmsten war es, als an einem sonnigem Ferientag Maidi und Klaus, ihr Vetter, nachmittags mit den Rädern zu Besuch nach Boblas kamen, alles interessiert ansahen und abends wieder heimfuhren, wobei Margrit oben an einem Feldweg stand und ihnen nachwinkte.

Da war der Schmerz so groß, dass sie am liebsten ihr Fahrrad vom Hof geholt hätte und ohne Abschied nach Hause gefahren wäre! Zum Glück überwog dann doch ihr Pflichtbewusstsein und der Gedanke, dass Frau von Hoff und die Kinder sehr enttäuscht und traurig sein würden, ihr Heimweh.

Als jedoch der nächste Tag voll Sonnenschein und neuen Aufgaben vor ihr lag, ging es mit frischem Mut weiter, zumal die vier Wochen auch bald vorüber sein würden. Der Abschied fiel ihr sogar ein wenig schwer von den inzwischen vertrauten und lieb gewonnenen Menschen, und in ihrem Bericht über die „Vier Wochen im Gutshaushalt", den Margrit für die Schule schreiben musste, war nur die Rede von ihren Aufgaben dort und wie viel sie gelernt hätte, und wie schön es bei der netten Familie gewesen sei.

18.

Mitten im Abiturstress im Winter 1941 mussten Margrit und ihre ganze Familie erleben, wie der von allen geliebte Surry auf schrecklich traurige Weise sterben musste. Noch Anfang Januar, als Mama und die beiden Mädels von einer kurzen Skireise aus Manebach im Thüringer Wald heimgekehrt waren, hatte Surry seine geliebten Frauchen überglücklich mit Freudentänzen und Springen auf Arme und Schultern begrüßt, nachdem er in der Obhut der guten Oma zwar recht brav, aber etwas traurig gewesen war.

Nun zeigte er sich wieder quicklebendig und voller Übermut und wollte mit den Mädels immer herumtollen, bis er sich plötzlich Ende Januar öfters übergab, fror, viel schlief und die

Augen zukniff. Der Tierarzt stellte die sogenannte „Staupe“, eine Art Lungenentzündung fest, die zu dieser Zeit fast jeder zweite junge Hund hätte, und gab Surry eine Spritze. Leider bekam das arme Tier noch eine Bindehautentzündung der Augen, die mit Salbe behandelt werden musste, und der besorgte Tierarzt schlug vor, ihn in eine Tierklinik nach Leipzig zu bringen.

Noch wollten Mama, Margrit und Maidi Papas Besuch aus Oschatz am Wochenende abwarten, da er mit Tieren am besten Bescheid wusste, aber Surry war inzwischen so krank, dass er vor dem wärmenden Heizofen gar nicht mehr merkte, als sein Fell auf dem Rücken verbrannte und fast schwarz geworden war. Surry fraß nichts mehr, musste Wasser eingeflößt bekommen und konnte kaum noch laufen, so dass ihn Mama und Maidi am 11. Februar gut in Decken verpackt in einem Korb nach Leipzig in die Klinik brachten, während Margrit gerade in dieser Woche ihre vier Abiturarbeiten schreiben musste und nicht mitkonnte.

Es war ein schwerer Abschied für alle, zumal der untersuchende Klinikarzt auch kaum noch Hoffnung auf Besserung hatte, da das arme Tierchen nur noch mühsam atmete. Wenige Tage später kam dann die schlimme Nachricht aus Leipzig, dass der kleine Kerl in der Nacht vom 14. zum 15. Februar gestorben sei, und alle waren sehr traurig über den frühen Tod des fröhlichen, kleinen Hundes. Weil er nicht daheim beerdigt werden durfte, wollten ihm Margrit und Maidi wenigstens einen schönen Gedenkstein auf der Insel setzen, was sie im Frühling auch taten.

Nach dem schriftlichen Abitur Anfang Februar und den hauswirtschaftlichen Prüfungen in den Fächern Handarbeit und Kochen Ende März war der aufregende Tag der mündlichen Prüfung am 28. März 1941 nun herangerückt, und Margrit hatte morgens während der Wartezeit im Lichtbildersaal schreckliche Angst, obwohl sie sich den ganzen Winter über in allen Fächern fleißig vorbereitet hatte.

Sie wusste, dass sie in ihrem Wahlfach Mathematik, in einem Fach des „Frauenschaffens“ und vielleicht noch in einem dritten Fach drankommen konnte, doch so ganz allein vor dem Schulrat und der versammelten Lehrerschaft, bestehend aus elf Lehrern, würde sie bestimmt kein Wort herausbringen.

Als sie dann aber in Mathematik ihre Aufgabe bekommen und sich eine Viertelstunde lang in einem Nebenraum darauf vorbereitet hatte, konnte sie die gestellte Zinseszinsaufgabe an einer Tafel im Prüfungsraum ohne Probleme lösen und auch einige Fragen über Bausparkassen beantworten. Dabei bemerkte sie gar nicht mehr, dass alle Augen auf sie gerichtet waren. Ähnlich erging es ihr nachmittags in hauswirtschaftlicher Betriebslehre bei Fräulein Schröer, als sie über „Planvolles Arbeiten in der Küche“ sprechen und Fragen beantworten musste, und der Schulrat freundlich zuhörte.

Plötzlich war die Angst verflogen, sogar als sie abends noch als vorletzte Schülerin in Geschichte mit den Themen „Warum ging der Erste Weltkrieg verloren“ und „Der Wiener Kongress“ an der Reihe war, kam sie einigermaßen zurecht und hatte abschließend das Abitur mit „GUT“ bestanden. Zum Glück hatten es alle Mitschülerinnen geschafft. Die Lehrer gratulierten freundlich, und Margrit kehrte abends um halb neun endlich überglücklich nach Hause zurück.

Genau an diesem Tag, am 28. März 1941, hatten die Großeltern Beilschmidt ihren 47. Hochzeitstag, und die ganze Familie, Arsands sowie Papa und Hans-Dieter, die beide Urlaub hatten, saßen unten beim festlichen Abendessen zusammen, als Margrit nach Hause kam und strahlend von ihrem bestandenen Abitur berichtete. Nun wurde dieser Erfolg gleich mitgefeiert; sie bekam von Mama und Papa eine schöne Kette und von den Großeltern ein silbernes Tablett mit Milchkanne und Zuckerschälchen, und bei Wein und Torte wurde bis elf Uhr in froher Runde erzählt und gelacht.

19.

Bereits am 19. März hatte Margrit per Einschreiben ihre Einberufung zum Reichsarbeitsdienst für den 27. März nach Rühn bei Bützow in Mecklenburg erhalten, also zu einem Termin, wo sie noch gar nicht ihr Abitur gemacht hatte, so dass der Schulleiter gleich in Naumburg anrief, und die Einberufung auf den ersten April verlegt wurde. Nach den angespannten Prüfungstagen gab es zunächst noch eine lustige Abschiedsfeier von den Klassenkameradinnen bei Margrit daheim, eine festliche in der Schule und kurze Abschiedsbesuche bei den Lehrerinnen und Lehrern. Dann hieß es Kofferpacken und sich innerlich auf die Trennung von der geliebten Familie einzustellen.

Während sich Maidi am Abend des ersten April sehr traurig ohne die Nähe ihrer Schwester fühlte und deshalb in Papas Bett neben Mama schlafen durfte, war Margrit so aufgeregt vor der weiten Reise und allem Neuen, dass sie gar nicht zur Besinnung kam: Mit Christa Bickel und Ilse Weder aus ihrer Klasse, die auch nach Mecklenburg, aber in andere Lager reisten, fuhr sie zunächst im Zug zusammen, doch in dem kleinen Ort Bützow kam sie allein an und musste noch fast eine Stunde zu Fuß ins Arbeitsdienstlager nach Rühn laufen, wo nun ein neues Leben für sie begann!

Das Lager für die jungen „Arbeitsmaiden" war in den Räumen eines alten Klosters untergebracht, das umgeben von alten Bäumen inmitten eines großen Parks lag, in dessen unmittelbarer Nähe sich ein kleiner See befand, um dessen Ufer sich die grünumwachsenen Bauernhäuser von Rühn malerisch reihten.

Zum Haupteingang des großen Klostergebäudes führte ein runder Kiesweg, der von gepflegten Rasenflächen innen und außen begrenzt war und in dessen Mitte sich der blumengeschmückte Fahnenplatz befand, über dem an diesem milden Frühlingsabend die blaue Flagge des Arbeitsdienstlagers wie zur Begrüßung der jungen Mädchen im Winde flatterte.

Von allen Himmelsrichtungen waren die „Maiden“ gekommen – per Pferdewagen mit den Eltern, per Bus, per Rad oder zu Fuß von der Bahn durch den Wald – und wurden von der Lagerleiterin herzlich begrüßt und in einer großen Liste abgehakt. Bis sie alle gegen Abend beisammen waren und das Gepäck in einem Lastauto vom Bahnhof eintraf, saßen die vielen jungen Mädchen auf den Rasenflächen, auf einer Mauer oder auf den wenigen weißen Bänken vor dem Klostergebäude zusammen und schauten sich gegenseitig erwartungsvoll und interessiert an, denn es kannte sich so gut wie niemand!

Nach gemeinsamen Abendessen an langen, blank gescheuerten Holztischen wurde gleich der Tischdienst für die nächsten Tage verlesen, und dann ging es um die Verteilung auf die Schlafsäle, zu denen man nun mit Sack und Pack hinaufmarschierte. Margrit kam mit vierzehn anderen Mädchen in den größten Raum Nummer neun, in dem fünf Etagenbetten mit dem Kopfende zur Fensterseite längs nebeneinander standen und zwei an der Wand gegenüber, wodurch gerade noch Platz für acht Spinde blieb, während sich die restlichen auf dem Flur befanden.

Als die glatt geklopften Strohsäcke mit Laken versehen und die Wolldecken bezogen waren, wurden die Kofferinhalte in den Spinden verstaut und die Kulturbeutel in die Waschräume gebracht, wo die Waschplatznummer mit der Bettennummer übereinstimmen musste.

Bei dem emsigen Hantieren gab es natürlich schon zwischen den Stubengenossinnen kurze Gespräche und Annäherungen, und noch am selben Abend wusste Margrit, dass Ruth Steinbach aus Ratingen unter ihr und Gerdi Heidenreich aus Neustrelitz im benachbarten Doppelbett oben schlief.

Die schöne, mecklenburgische Landschaft, das romantische Kloster am See und das Zusammentreffen mit so vielen Gleichaltrigen in der selben, ihnen allen unbekannten Situation bewirkten erstaunlicherweise bei Margrit, dass sie an diesem

Abend in der Fremde kaum Heimweh empfand, sondern eher Neugier und das Bedürfnis, sich bald mit dem einen oder anderen jungen Mädchen anzufreunden.

Am nächsten Tag wurden beim Frühstück zunächst die sechs Führerinnen des Lagers vorgestellt, die für verschiedene Bereiche zuständig waren, und dann wurden die Arbeitsmaiden „eingekleidet", während die Privatkleidung in die Koffer verstaut werden mussten. Neben Arbeitskluft, Schürzen, Ausgeh-Uniformen und Hüten wurden auch Schuhe, Strümpfe, Nachthemden und Unterwäsche ausgegeben, und alle Sachen mussten in vorgeschriebener Weise in den Spind eingeordnet werden, was Fräulein Schupp, eine energische, blonde Führerin mit Haarknoten überwachte, und was den ganzen Vormittag in Anspruch nahm.

Nachmittags wurde die Gruppe für den Hausdienst benannt und anschließend das Geschehen für den kommenden Morgen besprochen: Nach dem Wecken um halb sieben mussten alle Mädchen in Sportkleidung zum Waldlauf antreten, danach folgte der gemeinsame Frühsport, und bei sommerlichem Wetter sollte im See geschwommen werden.

Als Nächstes waren Morgentoilette und Frühstück vorgesehen, wobei die Lagerleiterin wichtige Hinweise für den betreffenden Tag gab. Um neun Uhr gingen alle hinüber in den großen Lehrraum zum politischen Unterricht, wo jeweils eine der Führerinnen über die aktuelle Lage im Kriegsgeschehen informierte.

Das folgende Gespräch über die großartigen Erfolge der Nationalsozialisten und ihren Führer verlief meist sehr einseitig, da viele der Mädels, die schon mit vierzehn Jahren die Schule verlassen hatten, im Sprechen ungeübt waren, und die Abiturientinnen äußerten sich nur zögernd, da sie vielfach anderer Meinung waren.

Besser ging es beim anschließenden Singen, denn die vielen schönen Volks- und Wanderlieder hatten die meisten Mädchen schon in der Schule kennen gelernt, und da Fräulein Schupp alles temperamentvoll mit der Gitarre begleitete, wurde die Freude am Singen geweckt, so dass auch die Hitler- und Fahnenlieder eifrig mitgesungen wurden.

Dieses schulmäßige Beisammensein fand allerdings nur in den ersten Tagen im Kloster Rühn statt, denn in der folgenden Woche begann für die Arbeitsmaiden der Außendienst, wo sie allein oder zu zweit in Familien, zu alleinstehenden Müttern oder zu Bauern geschickt wurden, die bei der Lagerleitung Hilfskräfte angefordert hatten.

Jeden Morgen um halb neun sah man eine große Schar junger Mädchen in blauen Arbeitskleidern und weißen Kopftüchern auf ihren Rädern lachend und winkend in die verschiedensten Richtungen davonfahren, da ihre Arbeitsstellen weit verstreut lagen. Nachmittags kehrten sie nach und nach – allerdings müde und etwas langsamer fahrend – von allen Seiten ins Lager zurück und hatten beim Duschen und Teetrinken viel von ihren Erlebnissen zu erzählen.

Manche hatten es toll getroffen und wurden von den Frauen, bei denen sie arbeiteten, richtig verwöhnt, und andere wurden unfreundlich aufgenommen und mussten die schlechtesten Arbeiten verrichten.

Damit es keine Ungerechtigkeiten gab, blieb jede Arbeitsmaid nur vier Wochen bei einer Familie, und danach wurden die Arbeitsstellen neu verteilt. Es war immer aufregend, wenn die Lagerleiterin die Namen der Familien verlas, bei der die einzelnen Mädchen im nächsten Monat anzutreten hatten. Schon beim ersten Wechsel wussten alle, was ihnen bevorstand, denn sie konnten sich ja genau bei ihren Vorgängerinnen danach erkundigen, aber Proteste waren nicht erlaubt, und umgekehrt durften die „Arbeitgeber", die diesen dauernden Wechsel natürlich lästig fanden, auch niemanden ablehnen oder bevorzugen.

Margrit half im ersten Monat bei einer Frau mit drei kleinen Kindern in Bützow, wo sie vorwiegend aufräumen und sauber machen musste, da in der Wohnung ein ständiges Chaos herrschte. Zum Glück war die Mutter mit ihrem unerzogenen Nachwuchs fast die ganze Zeit zum Einkaufen oder Schwatzen unterwegs, so dass Margrit in Ruhe Betten machen, ordnen und putzen konnte, so gut es ging, doch am nächsten Tag sah es meist wieder genauso aus wie vorher. Beim Kochen und Spülen in der Küche war es ähnlich, und manchmal hätte Margrit am liebsten gar nicht mitgegessen, weil alles so unappetitlich war.

Mit den Kleinen hatte sie wenig zu tun, denn Kinderbetreuung konnte man nicht als Arbeit bezeichnen, und zum Arbeiten waren ja die Mädchen aus dem Arbeitsdienstlager schließlich da, meinte jedenfalls die etwas unzufriedene, junge Frau, deren Mann als Soldat an der Front war. Das einzig Schöne in diesen vier Wochen in Bützow waren für Margrit die täglichen Radfahrten durch die weiten, grünen Wiesen und den ausgedehnten Wald, der jetzt im zarten Frühlingsschmuck stand.

Auf der Heimfahrt freute sie sich dann auf ihre Kameradinnen im Lager und auf das gegenseitige Erzählen der vielen Erlebnisse, da sich inzwischen alle schon ganz gut kannten und einander mochten. Im Lager hatten die Mädchen meistens bis zum Abendessen Zeit zur freien Verfügung, in der sie Schuhe putzen, Wäsche in der Bügelkammer abholen und diese in die Spinde ordnen konnten, aber auch Briefe schreiben oder lesen durften, wenn sie alles andere erledigt hatten. Nach gemeinsamer, meist warmer Abendmahlzeit, bei der Fräulein Schröer die

Post verteilte, wurde gesungen, spazieren gegangen, geschrieben oder in großer Runde beisammen gesessen, erzählt oder gespielt.

Im nächsten Monat hatte Margrit mehr Glück mit ihrer Arbeitsstelle, denn sie wurde den älteren Eheleuten Westphal in Rühn zugeteilt, die in einem hübschen Fachwerkhaus direkt gegenüber vom Kloster am See wohnten, wohin sie vom Lager aus zu Fuß gehen konnte. Vor den Fenstern blühten in grünen Kästen bunte Primeln, und schon von weitem sah man im Vorgarten Tulpen und Narzissen in den schönsten Farben leuchten. Genauso freundlich wie das Äußere war auch das Innere des kleinen Hauses und die Menschen, die darin wohnten.

Da die alten Leute noch eine kleine Landwirtschaft mit Ställen und Acker hinterm Haus zu betreuen hatten und ihre Söhne beim Militär waren, freuten sie sich, dass man ihnen ein junges Mädchen aus dem Arbeitsdienstlager zur Hilfe bewilligt hatte. Margrit hörte schon von ihrer Vorgängerin, wie freundlich Frau Westphal sei, und sie gab sich von Anfang an die größte Mühe, ihr so viele Dinge wie möglich abzunehmen.

Sie lernte schnell, die kleinen, mit Liebe ausgestatteten Räume allein sauber zu halten und das Mittagessen vorzubereiten, so dass sie der Bäuerin noch im Stall bei den Tieren helfen konnte, während Herr Westphal mit einem alten Knecht die Feldarbeit versah.

Die netten Leute waren dankbar für jede Unterstützung, und Margrit bekam beim Abschied meist noch ein Stück Kuchen zugesteckt und wurde an den freien Sonntagen zum Kaffee eingeladen, selbst als die vier Wochen längst vorüber waren und sie woanders helfen musste.

In einem späteren Monat erging es ihr ganz schlecht, denn sie wurde dem Bauer Möller als Hilfe zugeteilt, von dem bekannt war, dass es auf seinem Hof schmuddelig zuging, und man nur unangenehme Arbeiten machen musste. Zudem gab es kaum mal ein freundliches Wort zu hören!

In der Wohnung wurde sowieso nicht sauber gemacht, und in der Küche saßen die Katzen auf dem Herd und fraßen aus den Töpfen vom Mittagessen oder holten sich von Tisch und Regalen, was sie nur kriegen konnten, wenn niemand im Raum war.

Margrit sollte als erstes im Stall bei den Jungtieren ausmisten, aber der kränkliche, nicht fronttaugliche Bauer sah gleich, dass Margrits Kräfte nicht ausreichten, um die Berge von kotdurchweichtem Stroh mit der Forke loszulösen und in eine Schubkarre zu befördern, obwohl sie sich wirklich Mühe gab. Daraufhin wurde sie mit gereizten Worten in den verwilderten Garten geschickt, wo in diesem Jahr wohl noch niemand eine Hand gerührt hatte und das Unkraut, alles überwuchernd, mehr als einen halben Meter hoch stand, denn die Bäuerin war krank, und Hilfen gab es sonst keine.

Margrit sollte „nun gefälligst hier mal das ganze wilde Grün entfernen, denn wozu kamen denn sonst die Mädchen aus dem Lager?" brummte der Bauer. Also riss sie geduldig Tag für Tag Massen von Unkraut aus der feuchten Erde und schleppte es in Eimern zum Komposthaufen, selbst bei Regen mit einem Sack über Kopf und Schultern, doch am Ende der Woche war kaum die Hälfte der Arbeit geschafft.

Wenn Margrit in dieser Zeit nicht schon Freundinnen gefunden hätte, die sie trösteten und ihr Mut zusprachen, als sie später von ihrer Arbeit erzählte, wäre sie schier verzweifelt, aber sie wollte durchhalten und schaffte es auch, bis es der Bäuerin wieder besser ging, und sie dann mehr im Haus helfen konnte.

Eine ganz andere Aufgabe hatten die Mädchen zu erfüllen, die für den Küchendienst im Lager bestimmt wurden und jeweils zu viert mit Hilfe von Fräulein Schupp das Abendessen für alle vorzubereiten hatten, wozu jede mal an die Reihe kam.

Bereits vormittags musste eine ungeheure Masse von Kartoffeln geschält und Gemüse geputzt werden, die in großen Töpfen nachmittags gekocht wurden, während in einer Bratpfanne gleichzeitig das Fleisch brutzelte, und die Mädchen einen geeigneten Nachtisch bereiteten. Die „Küchenmaiden“ hatten eine längere Mittagspause als die anderen, mussten aber abends, wenn ihre Kameradinnen längst frei hatten, noch die Tische decken, das Essen fertig zubereiten und auftragen.

Zum Glück hatte Margrit durch ihr hauswirtschaftliches Abitur schon einige Erfahrungen im Kochen, jedoch bei diesen riesigen Mengen im Topf war es gar nicht so leicht, die Milch für einen Pudding zum Kochen zu bringen oder eine richtige Mehlschwitze ohne Klumpen glatt zu rühren!

Wie viel Geduld kostete es jeden Tag, stundenlang zu sitzen, um mehrere Eimer voll Kartoffeln zu schälen, die gebraucht wurden, und um die Berge von Gemüse oder Salat zu putzen und zu waschen! Und nicht immer waren sich die vier Mädels in der Küche einig, wer welche Arbeiten zu übernehmen hatte, wenn Fräulein Schupp nicht genaue Anweisungen gab.

Deshalb war Margrit froh, als die vier Küchendienstwochen hinter ihr lagen, und sie im August zusammen mit einem anderen Mädchen auf einem Bauernhof bei der Getreideernte helfen sollte. Endlich konnte sie bei dem herrlichen Sommerwetter wieder draußen sein.

Gleich morgens fuhren die beiden Arbeitsmaiden voll guten Mutes mit dem wortkargen Bauern, der eine Kriegsverletzung hatte, mit dem Leiterwagen auf ein riesen Feld hinaus, um dort die reifen, zu Bündeln zusammengestellten Roggengarben aufzuladen, die der Bauer selbst sorgfältig auf dem Wagen ordnete. Er war dabei so schnell, dass er seine Helferinnen, die ihm die Garben mit der Mistgabel zuwarfen, nicht flink genug fand und sie immer wieder antrieb. Sie mühten sich nach besten Kräften und waren heilfroh, als der Erntewagen endlich voll war und sie bei der Heimfahrt hoch oben auf dem Wagen sitzen und sich ausruhen durften, während der Bauer vorsichtig seine Pferde mit der schwankenden Last zum Hof lenkte.

Hier wurde es für die Mädchen aber erneut schwierig, denn der Roggen kam vor dem Dreschen erst einmal auf eine große, runde Kornmiete, die direkt hinter den Stallungen lag. Vom Wagen aus beförderte der Bauer Garbe für Garbe mit Hilfe einer Forke hinüber auf die Miete, wo die beiden Maiden sie in großen Kreisen ordentlich ablegen sollten. Das gebündelte Erntegut war jedoch so schwer und unhandlich, dass die Mädchen bei dem schlechten Stand im lockeren Stroh einfach nicht in der Lage waren, es schnell an die richtige Stelle zu bringen, zumal der ungeduldige Bauer immer flotter die Garben hinüberwarf und die Helferinnen schließlich ganz darin versanken. Da sie zu zweit waren, wagten sie sich zu wehren und erklärten ihm, dass sie es nicht schneller könnten, worauf er sie, als endlich der Kornwagen leer war, wütend zum Kartoffelhacken auf ein anderes Feld schickte.

Das war für die jungen Mädchen an dem heißen Sommertag auch keine leichte Arbeit. Natürlich bemühten sie sich aus Angst vor dem Chef, das Unkraut so flink und gut wie möglich zwischen den Kartoffelpflanzen herauszuhacken, aber trotzdem mussten sie sich beim Essen und vor dem Heimfahren dauernd anhören, wie faul und unfähig doch die Menschen aus der Stadt seien.

Als die Dienstleitung nach einigen Tagen von den unzumutbaren Verhältnissen bei diesem Bauern erfuhr, denn die geplagten Mädchen erzählten im Lager von ihrem Kummer, wurde der Mann zur Rede gestellt, so dass Margrit und ihre Kameradin es danach etwas leichter hatten.

Zum Glück waren aber die meisten Stellen, wo die jungen Mädchen eingesetzt wurden, ganz in Ordnung und die Aufgaben nicht zu schwierig, zumal die Jugend jetzt im dritten Kriegsjahr schon an Einsatzbereitschaft gewöhnt war. Es hieß immer wieder, dass die Soldaten an der Front viel mehr zu leisten hätten und die Daheimgebliebenen, vor allem die Frauen, sie würdig vertreten müssten.

Das Arbeitsdienstleben hatte allerdings auch für viele Mädchen seine Vorteile: Erstens betrug die tägliche Arbeitszeit nur sechs Stunden, nicht wie daheim in den meisten Betrieben acht, zweitens blieben die Maiden samstags im Lager zum Sport, zum politischen Unterricht, zum Singen oder zu hauswirtschaftlichen Aktivitäten, und drittens waren sie in der Freizeit mit Gleichaltrigen zusammen, und es wurde viel gemeinsam unternommen.

So gab es sonntags häufig fröhliche Radtouren durch die wunderschöne, mecklenburgische Landschaft oder Ausflüge zum Schwimmen und Picknicken an einen der vielen Seen ringsum.

Höhepunkte für die Maiden in diesem Sommerhalbjahr waren lustige Fahrten der gesamten Lagergemeinschaft per Bahn nach Rostock und Warnemünde oder ein Ausflug nach Güstrow mit dem großartigen Dom, aus dem der berühmte Barlach-Engel bereits 1937 verschwunden und eingeschmolzen worden war sowie zu dem schönen Güstrower Schloss, der ehemaligen Residenz der Herzöge von Mecklenburg!

In Rostock lagen riesige Seeschiffe im Hafen, darunter auch Unterseeboote und mächtige Kreuzer der Kriegsmarine, die sie staunend von weitem sahen, aber noch schöner waren später die Stunden am Sandstrand von Warnemünde und das herrliche Schwimmen in den hohen Wellen der Ostsee.

20.

Längst hatten sich in der engen Gemeinschaft mehr oder weniger herzliche Freundschaften entwickelt, und von vornherein standen sich natürlich jene Mädchen näher, die bis zu ihrer Einberufung zum Arbeitsdienst in die Schule gegangen, also Abiturientinnen, waren.

Margrit fühlte sich vom ersten Tag an im Lager zu Gerdi Heidenreich aus Neustrelitz hingezogen, die neben ihr im

Schlafsaal neun unten im Etagenbett schlief, und mit der sie schon bei der Einkleidung und dem Einräumen der Spinde die ersten freundschaftlichen Gespräche geführt hatte. Gerdi war an sich ein stilles und zurückhaltendes Mädchen, aber sie hatte von allem eine feste Meinung, die sie zu Margrits Bewunderung vorbehaltlos vertrat, ohne sich davon abbringen zu lassen. So fand sie beispielsweise von Anfang an die Erfindung des Arbeitsdienstes für Mädchen eine reine Zumutung, wie sie unumwunden sagte. Die primitiven Aufgaben bei den Bauern seien für die intelligente Jugend, die Abitur gemacht hatte, unwürdig, und Sport unter Zwang lehnte sie gänzlich ab.

Sie befand sich also in ständiger Opposition gegen die, wie sie meinte, „ungebildeten" Führerinnen, die hier leider das Sagen hatten. Gerdi ließ sich ihren Unmut deutlich anmerken, während Margrit meinte, es sei besser, alles positiv zu sehen und das Beste daraus zu machen, da man es ja doch nicht ändern könne. Natürlich hatte Margrit auch Glück, dass im Arbeitsdienst Sport eine derart wichtige Rolle spielte, und sie bei einigen Führerinnen schon von vornherein durch ihren sportlichen Eifer beliebt war, und niemand ihre Einstellung zum Nazi-Regime kannte. Umso besser konnte sie sich mit Gerdi, wenn sie ungestört waren, über alle Probleme der Hitlerzeit und des Kriegsgeschehens unterhalten, und zu ihrem Erstaunen merkten die beiden schnell, dass sie noch weitere Gesinnungsgenossinnen im Lager hatten.

Dazu gehörte auch Annemarie Najork aus Schlafsaal acht, ebenfalls eine Abiturientin, die in Wismar zu Hause war und sich mit Margrit gut verstand und ebenfalls Spaß am Sport hatte! Sie war fröhlich und unkompliziert, erzählte gern von ihrer Familie und ihrer nur ein Jahr jüngeren Schwester, und wenn es in Rühn um Leistung und Ausdauer beim Laufen oder Schwimmen ging, waren Annemarie und Margrit stets beisammen.

Die beiden hatten sich auch gemeinsam zum Fahnendienst gemeldet, wozu täglich zwei Maiden zur Verfügung stehen mussten. Jeden Morgen und jeden Abend fand sich nämlich die gesamte Lagergemeinschaft, im Halbkreis zusammenstehend, vor dem Fahnenmast inmitten des blumengeschmückten Rondells zusammen. Nach einem gemeinsamen Lied und dem Verlesen einer Tagesparole wurde die Fahne morgens hinaufgezogen und abends feierlich herabgeholt, wozu alle Mädchen ehrerbietig den Arm ausgestreckt wie zum Hitlergruß zu heben hatten.

Da die zwei Freundinnen diese Zeremonie nicht ernst nehmen konnten, machten sie lieber Fahnendienst, wo sie sich in erster Linie um die technische Seite der Aktion zu kümmern hatten, denn die „geheiligte" Fahne musste in ganz gleichmäßigem Tempo hinauf- und heruntergleiten, was die beiden bestens beherrschten, so dass sie immer wieder damit beauftragt wurden.

Eine ganz große Freude war es für Margrit, die ja nun schon lange Zeit weit entfernt von all ihren Lieben leben musste, wenn sie an den kurzen, freien Wochenenden von Gerdi oder Annemarie eingeladen wurde, mit in deren Elternhaus zu fahren.

Sowohl in Neustrelitz als auch in Wismar wurde sie herzlich aufgenommen und wie zur Familie gehörig verwöhnt, und schnell merkte sie, dass hier der wahnsinnige Hitlerkrieg ebenfalls mit kritischen Augen gesehen wurde. Die Freundinnen kamen sich natürlich durch diese Wochenendbesuche immer näher, vertrauten sich ihre großen und kleinen Sorgen gegenseitig an und konnten sich dann auch im Lager über manche Schwierigkeiten hinwegtrösten.

Die wichtigste Hilfe gegen das Heimweh war aber für Margrit das tägliche Briefe schreiben, denn sobald die Eltern und Maidi über den Ablauf jeden Tages Bescheid wussten, gehörten sie irgendwie mit dazu und konnten in ihren Antwortschreiben auf alle ihre Gedanken eingehen und Stellung nehmen.

Selbstverständlich gab es besonders am Anfang der Arbeitsdienstzeit soviel zu berichten, dass Margrit es einfach nicht schaffte, in der kurzen Freizeit alles zu Papier zu bringen, denn abends um zehn Uhr war Schluss, und das Licht in den Schlafsälen ging pünktlich aus.

Während die Kameradinnen noch eine ganze Weile in den Betten leise miteinander schwatzten und lachten, zog Margrit ihre Bettdecke über den Kopf, knipste ihre Taschenlampe an und schrieb auf einem stabilen Briefblock, den sie an die hochgezogenen Knie lehnte, in Windeseile unter der Decke einen ausführlichen Bericht vom ganzen Tag, wie sie es ja daheim vom Tagebuchschreiben her gewöhnt war. Auf diese Weise konnte sie von allem genau erzählen, schickte nach etwa drei Tagen die vollgeschriebenen Seiten ab und freute sich auf die Antworten von Maidi und Mama, die regelmäßig jede Woche kamen.

Das abendliche Unternehmen war ein herrlicher Trick, durch den kein Erlebnis in Vergessenheit geriet, zumal Mama alle Briefe in einer Mappe sammelte, die allerdings leider viel später verloren ging. Da Margrit manchmal über eine halbe Stunde in ihrem „Versteck" schrieb, gab es für sie vor allem die Sorge, rechtzeitig neue Batterien für die Taschenlampe zu bekommen, die knapp waren. Die Mitbewohnerinnen vom Schlafsaal fanden Margrits Schreibeifer lustig und gewöhnten sich schnell daran, dass nachts unter einer der blaukarierten Decken länger ein schwacher Lichtschein schimmerte, ja, sie warnten Margrit sogar stets rechtzeitig, wenn unerwartet eine Führerin zur Kontrolle kam.

Margrit spielte noch aus einem anderen Grund in der Schlafgemeinschaft eine besondere Rolle: Sie galt als zurückhaltend, beinahe als schüchtern bei den zum Teil viel reiferen Mädchen im Schlafraum, da sie bei Gesprächen über Jungen oder gar über sexuelle Erlebnisse nie mitlachte, geschweige denn mitredete! Aber sie war sportlich und flink und kannte keine Angst vor Tieren, denn eines Abends im Hochsommer, als es nach zehn Uhr noch gar nicht ganz dunkel war und sich im Dämmerlicht eine Fledermaus, von denen es hier viele gab, durch ein offenes Fenster in den Schlafraum verirrte, gab es eine Heidenaufregung.

Fast alle Maiden schrien vor Schreck und verschwanden unter ihren Decken, besonders diejenigen, die oben in den Doppelbetten schliefen und über deren Köpfen das verängstigte Tier von Ecke zu Ecke flatterte.

Margrit dagegen, die noch nicht oft eine Fledermaus aus nächster Nähe gesehen hatte, war so interessiert, dass sie das Tierchen fangen wollte, um es anzusehen und dann hinauszubringen. Deshalb sprang sie geschwind oben von Bett zu Bett, und nach einigen Fehlversuchen konnte sie es tatsächlich in einer Ecke fassen. Im selben Augenblick, als schon alle aufatmeten, biss die Fledermaus mit ihren spitzen Zähnen zu, so dass Margrit kurz aufschrie und das Tier losließ, denn damit hatte sie nicht gerechnet.

Nun fing die Jagd von neuem an, diesmal mit einem Handtuch bewaffnet, aber die Fledermaus war sehr verängstigt und flog unberechenbar kreuz und quer durch den Raum, so dass es lange dauerte, bis Margrit, die weiterhin oben über die Betten hüpfte, sie endlich in einer Fensternische mit dem Tuch vorsichtig packen und dann ins Freie bringen konnte. Nun beruhigten sich zum Glück die Gemüter, und die Nachtruhe war gerettet, aber Margrits „Heldentat“ blieb unvergessen.

Unter den Mädchen im Schlafsaal befand sich auch Trudel Grabolle aus Wien, die mit vier weiteren Wienerinnen ausgerechnet in das ferne Mecklenburg zum Arbeitsdienst einberufen worden war. Margrit mochte sie schon deshalb, weil sie sehr lustig wienerisch sprach und immer gute Laune hatte, obwohl es ihr eigentlich oft gar nicht gut ging.

Sie hatte nämlich in den Augen der Führerinnen einen schrecklichen Fehler: Sie konnte ihren Spind einfach nicht in Ordnung halten und schon gar nicht, wie vorgeschrieben, ihre Wäsche so genau falten, dass sie Kante auf Kante in den Fächern übereinander lag, was Margrit in ihrem fast übertriebenen Ordnungssinn mit besonderem Eifer machte.

Bei den regelmäßigen Kontrollen herrschte in Trudels Schrank meist ein großes Durcheinander, weshalb sie nicht nur, wie anfangs, eine Verwarnung bekam, sondern ihr wurde auch der gesamte Spindinhalt kurzerhand auf den Boden befördert, während sie hilflos davor stand. Sie musste viel Freizeit opfern, um alles wieder einzuräumen und auch dann wurde es niemals, wie es erwünscht war, wenn nicht Margrit, der Trudel leid tat, zu Hilfe kam.

Auf diese Weise erwuchs zwischen den beiden ungleichen Mädchen eine herzliche Beziehung, ja, Margrit hatte Trudel bald sehr gern und ordnete deren Spind, der neben dem ihren stand, schnell mit, wenn plötzliche Kontrollen drohten. Trudel war dann ganz glücklich und schloss ihre neue Freundin spontan in die Arme und tanzte vor Freude mit ihr singend durch den ganzen Schlafsaal, was Margrits Hilfsbereitschaft nur noch verstärkte.

Drei sehr nette, wenn auch ganz verschiedene Freundinnen im fernen Mecklenburg gefunden zu haben, bedeutete natürlich für Margrit ein großes Glück, so dass sie tatsächlich selten Heimweh hatte, zumal alle durch die körperliche Arbeit sehr gefordert wurden und abends meist zu müde waren, um auf traurige Gedanken zu kommen.

Als es aber Anfang Juni hieß, es gäbe wahrscheinlich am Ende des Monats eine ganze Woche Heimaturlaub, war die Freude unbeschreiblich, doch niemand wagte es zunächst richtig zu glauben, bis es endlich am 20. Juni zur Gewissheit wurde.

Margrit und noch acht weitere Mädels aus Mitteldeutschland bekamen am Samstag, den 21. Juni, abends um acht Uhr in Bützow gerade noch einen Zug nach Schwerin, wo sie in der „Bezirksheilstube“ übernachten konnten, erreichten am Sonntagmittag Halle, und kurz nach zwei Uhr traf Margrit klopfenden Herzens in Weißenfels ein, wo sie von Mama und Maidi am Bahnhof überglücklich in die Arme geschlossen und daheim von den alten Großeltern liebevoll empfangen wurde.

Nun begannen bei schönstem Sommerwetter für alle herrliche Tage des Beisammenseins, ja, der geliebte Vater wollte am Wochenende auch kurz aus Oschatz kommen, um seine Tochter nach der langen Trennung endlich mal wiederzusehen. Margrit konnte gar nicht genug von ihren vielen Erlebnissen in Mecklenburg und ihren netten Freundinnen erzählen, und gleich nach dem Essen lief sie mit Maidi durchs ganze Haus, durch den Garten und zu den Tieren auf der Insel, um alle zu begrüßen.

Im Lauf der Woche besuchte Margrit ihre Freundinnen, soweit sie zu Hause waren, die Tanten im alten Beilschmidt-Haus an der Promenade und die geliebte Tante Dölling, die sich immer für alles interessierte. In der großen Pause ging Margrit sogar freiwillig zur Schule und begrüßte ihre ehemaligen Lehrer.

Es gab in der kurzen Urlaubswoche auch zwei herrliche Ausritte ins Gelände mit Freundin Friederike und zwei Kutschfahrten mit den beiden Grauschimmeln Hassan und Ajax, die Margrit und Maidi begeistert ganz allein kutschierten. Beim ersten Ausflug fuhren sie mit Mama und Tante Dölling nachmittags über Langendorf zur „Schönen Aussicht" und übers Birkenwäldchen zurück.

Bei der zweiten Fahrt besuchten sie mit Mama und den Großeltern Familie Arsand in der Neustadt, wo Margrit von der goldigen, kleinen Ute, ihrem Patenkind, ganz begeistert war, die mit ihren knapp zwei Jahren nun schon überall eifrig herumtrippelte.

Eine der größten Freuden war für Margrit jedoch das Wiedersehen mit dem geliebten Vater, der sich seit einiger Zeit wieder mit seinem alten Hobby, dem Malen, beschäftigte. Margrit konnte stundenlang neben ihm stehen und zuschauen, wie er mit Wasserfarben schöne Landschaftsbilder schuf, und dabei berichtete sie ihm von all ihren vielen Erlebnissen. Zur Zeit hatte er ein Bild vom Saalewehr mit der dahinter liegenden Marienmühle in Arbeit, wo ihm die Gestaltung des Wassers und der Wolken besonders am Herzen lag, und Margrit, die auch gern malte, wich ihm den ganzen Tag nicht von der Seite. Da ihr Urlaub nun zu Ende ging, und sie am nächsten Tag schon um acht Uhr abreisen musste, konnte man abends beim gemütlichen Beisammensein der Familie kaum ein Ende finden.

Mama und Maidi brachten Margrit dann morgens pünktlich zur Bahn, und obwohl der Abschied schwer fiel, freute sie sich noch auf ein kurzes Treffen mit Tante Tilde in Berlin, die sie zum Essen einlud und sie nachmittags an den Zug nach Bützow begleitete.

Bei all dem Urlaubsglück und dem so ungetrübten Familienbeisammensein in Weißenfels hätte man fast vergessen können, dass genau am Tag von Margrits Heimkehr, am 22. Juni 1941, Hitler den Angriffsbefehl auf die Sowjetunion gegeben hatte, und damit der verheerende Krieg mit Russland seinen Anfang nahm, was die meisten Deutschen, die dem Führer nicht blind vertrauten, entsetzte. Auch in Weißenfels war man in großer Sorge, denn Hans-Dieter war nach seinem letzten Urlaub im März bereits Ende April per Bahn von Belgien nach Polen verlegt worden. Am 22. Juni nahm er nun mit seinem Reit- und Fahrbataillon, das der Heeresgruppe Süd angehörte und nach der Krim vorstoßen sollte, am Einmarsch in die Sowjetunion teil.

Nach den ersten Ferien in der Heimat fiel es den Arbeitsmaiden im Kloster Rühn natürlich nicht leicht, sich wieder an den rauhen Alltag im Lagerleben zu gewöhnen, aber das Wiedersehen mit den Freundinnen und die gemeinsam zu ertragenden Misslichkeiten halfen über manche Probleme hinweg, zumal alle wussten, wie viel schwerer es doch die Soldaten an den weiten, russischen Fronten hatten.

Margrit zählte inzwischen auch schon die Tage bis zum Besuch ihrer Lieben aus Weißenfels, denn die immer aktive Mama plante eine Sommerreise nach Mecklenburg, um sich ein genaues Bild vom Leben ihrer Tochter dort zu machen.

Bereits am 25. Juli stand Margrit in großer Vorfreude um drei Uhr mit dem Rad am Bahnhof von Bützow und nahm Mama, Maidi und die Weimarer Kusine Lenelore überglücklich in Empfang. Sie hatte längst bei der alten Frau Möller, die allein in einem kleinen Haus in Rühn lebte und ein freies Zimmer zum Vermieten hatte, ihren Besuch angemeldet, und mit den Koffern auf dem Fahrrad machten sich alle nach kurzem Kaffee trinken in Bützow auf den heißen, einstündigen Weg durch Wald, Wiesen und Felder nach Rühn.

Hier wurde zunächst die freundliche Frau Möller begrüßt und das Gepäck abgestellt, denn als erstes wollte Margrit ihren Verwandten das Arbeitsdienstlager zeigen, das nun schon über drei Monate ihr „Zuhause" war.

Sie wurden von den Führerinnen herzlich empfangen und zum Kaffee gebeten; dann sahen sie sich unter Margrits Hinweisen interessiert alle Klosterräume an, lernten einige der „Maiden" kennen und spazierten durch den ausgedehnten Park und zum Rühner See.

Später bei Frau Möller bezogen sie zu dritt ein großes, freundliches Gästezimmer, genossen ein leckeres Abendbrot und machten noch einen längeren Gang durch die schöne Seenlandschaft, wobei sie am „Großen See" einen guten Badeplatz entdeckten.

Nun folgten für den weitgereisten Besuch herrliche Ferientage im Haus der rührenden Frau Möller mit täglichem Schwimmen in einem der Seen, Spaziergängen und manchen Ausflügen, an denen auch Margrit teilnehmen durfte, ja, sie bekam sogar auf Mamas Anfrage bei Frau Schröer, der Lagerleiterin, jeden Abend nach dem Dienst frei und konnte schnell in das kleine Häuschen zu ihren Lieben laufen.

Bereits am 26. Juli traf auch noch Tante Steffi, Margrits Patentante aus Minden, in Rühn ein, um am Familienurlaub teilzunehmen; und weil Mama trotz Herumfragens keine Unterkunft für sie finden konnte, wurde sie ebenfalls bei Frau Möller aufgenommen und durfte bei den Mahlzeiten dabei sein. Die Mädchen hatten dadurch viel Spaß, denn Tante Steffi sorgte durch ihre gewählte Ausdrucksweise und ihre besonderen Gewohnheiten immer wieder für lustige Überraschungen.

Gemeinsam wurden im Laufe der Woche von Rühn aus zwei größere Ausflüge unternommen, und zwar ging es gleich am ersten Sonntag nach Warnemünde, wohin Margrit ihre Freundin Trudel Grabolle mitnehmen durfte, die wegen der großen Entfernung nach Wien im Juni keinen Heimaturlaub hatte machen können.

Der zweite Ausflug führte die Familie in die schöne Hansestadt Wismar, in der sie fünf großartige Backsteinkirchen und den Fürstenhof besichtigten, zum Baden ans Meer fuhren und sich nachmittags mit der netten Familie Najork, den Eltern und Geschwistern von Margrits Freundin Annemarie, trafen und zusammen bei „Wädekins" Eis aßen.

Als dann abends nach der Bahnfahrt und dem üblichen Fußmarsch gegen neun Uhr alle wieder Rühn erreichten, setzte ihnen Frau Möller noch Spiegeleier, Bratkartoffeln und Kirschsuppe vor, und Margrit kehrte erst ins Lager zurück, als dort längst Nachtruhe herrschte.

Nach diesen zehn so glücklichen Tagen hieß es leider wieder Abschied nehmen von dem lieben Besuch aus der Heimat, und Margrit tröstete beim Lebewohlsagen nur der Gedanke, dass die Arbeitsdienstzeit ja bald zu Ende sei und sie nach Hause zurückkehren konnte.

Ende Juni hatten die Maiden sehr ausgelassen das sogenannte „Bergfest" gefeiert, an dem genau die Hälfte der Rühner Zeit hinter ihnen lag, und in manchem Spind hing ein Bandmaß mit genau so vielen Zentimetern wie Tage, die noch vor ihnen lagen, wovon täglich ein Zentimeter abgeschnitten wurde.

Umso härter traf die jungen Mädchen der Schlag, als sie im September erst gerüchtweise, aber etwas später mit Gewissheit hörten, dass es durch die angespannte Kriegslage im Osten notwendig sei, die Dienstzeit der weiblichen Jugend um ein halbes Jahr sogenannten „Kriegshilfsdienst" zu verlängern, da es in den wichtigen Betrieben überall an Hilfskräften fehlte.

Die meisten waren wie vor den Kopf geschlagen, wurden sie doch daheim schon an ihren alten Arbeitsplätzen erwartet, und auch die Abiturientinnen konnten es kaum fassen, dass sie nun erst ein halbes Jahr später ihre Berufsausbildung beginnen konnten.

Für Margrit war der einzige Trost, dass sie Mitte September noch einmal ganz unerwartet eine Woche heimfahren durfte, weil Papa, der als Reserveoffizier in der Oschatzer Garnison seinen „Dienst fürs Vaterland" tat, Urlaub bekommen hatte. Es waren wieder sehr schöne Tage des Beisammenseins mit ihren Lieben, alle Sorgen und Probleme konnten mit den Eltern besprochen werden, und Margrit fühlte sich so geborgen, dass sie sicher war, alle vor ihr liegenden Anforderungen bewältigen zu können.

Auf der Rückreise ins Arbeitsdienstlager fuhr Margrit wie beim letzten Mal über Berlin, wo sie diesmal bei Tante Lisbeth, Omas älterer Schwester, in deren vornehmen Haus direkt neben dem Kurfürstendamm zum Essen eingeladen war – eine schöne Unterbrechung auf der langen Fahrt! Sie musste natürlich viel von ihrem jetzigen Leben in Mecklenburg und der unerwarteten Verlängerung der Dienstzeit erzählen.

Im Lager ging es nun schon bald ans große Saubermachen sämtlicher Räume, ans Abgeben der Arbeitsdienstkleidung und ans Koffer packen, denn Ende September hieß es Abschied nehmen von der inzwischen vertrauten Umgebung, von den Führerinnen und vor allem den Kameradinnen, die leider an verschiedenen Orten zum Einsatz kamen.

21.

Margrit und etwa zwanzig andere „Arbeitsmaiden" aus Rühn wurden nach Primerwald bei Güstrow in ein großes Barackenlager vom männlichen Arbeitsdienst mitten in ein ausgedehntes Waldgebiet verlegt, in dessen unmittelbarer Nähe sich eine Munitionsfabrik und ein sogenanntes „Heereszeugamt" befanden, wo sie als Hilfskräfte anstelle der jungen Männer eingesetzt werden sollten, denn diese wurden beim Vormarsch im Osten dringend gebraucht.

Zu ihrer großen Freude kam Margrit zusammen mit ihren Freundinnen Gerdi Heidenreich und Annemarie Najork im gleichen Raum einer großen Baracke unter, in dem je acht Arbeitsmaiden wohnten, während Trudel Grabolle aus Wien vom Kriegshilfsdienst befreit worden war, weil sie schon im Berufsleben stand.

Nach einem eiligen Frühstück im großen Saal der zentral gelegenen Essbaracke mussten die Mädchen nun täglich am frühen Morgen zur Bahnstation Primerwald laufen und mit einem langsam dahintuckernden Personenzug eine knappe halbe Stunde zu ihrem Arbeitsplatz im Heereszeugamt Güstrow fahren, das genau wie die Munitionsfabrik gut getarnt in den ausgedehnten Kiefernwäldern Mecklenburgs versteckt lag.

Als Abiturienten hatten die Freundinnen das Glück, als Hilfskraft im Büro eingesetzt zu werden, während die meisten ihrer Kameradinnen in die Munitionsfabrik geschickt wurden, wo man von den Dämpfen angeblich rote Haare bekam, was natürlich nicht stimmte!

Margrit wurde bei der Verteilung auf die einzelnen Räume leider von ihren Freundinnen getrennt und kam in das Büro von Herrn Benthin, einem freundlichen, gewissenhaften Mann, an dessen Seite der ältere, lustige Herr Haase und Frau Weltzien als Sekretärin arbeitete.

Alle drei hatten mit dem Registrieren und Verwalten von Heeresgütern zu tun. Neben Margrit wurde hier noch Dorothee Wermann aus Frohburg in Sachsen als Hilfe eingesetzt, die schon im Betrieb ihres Vaters als Bürokraft ausgebildet worden war. Dadurch konnte sie Margrit, für die dieser Arbeitsbereich neu war, gut helfen.

Die beiden Mädchen, die nun tagtäglich viele Stunden gemeinsam im gleichen Zimmer arbeiteten, kamen sich schnell näher, obwohl sie nicht in der gleichen Baracke wohnten. Diese Freundschaft, die sich im fernen Mecklenburg ganz allmählich entwickelte und immer mehr vertiefte, sollte ein ganzes Leben lang bestehen bleiben.

Ein herzliches Verhältnis entstand auch schon bald zwischen den Büroangestellten und den neuen Helferinnen, die schnell eingearbeitet waren und ihre Aufgaben mit viel Interesse und voller Eifer in Angriff nahmen, so dass meist noch genügend Zeit zum Erzählen und Spaß machen blieb, besonders mit Herrn Haase, der stets lustige Geschichten auf Lager hatte und gern von seinen früheren Jahren auf See erzählte.

Die Hauptaufgabe der Mädchen bestand im Führen von großen Listen, Eintragen von Ein- und Ausgängen aller möglichen Heeresgüter und Abschreiben von Briefen mit der Maschine, was Dorothee natürlich längst beherrschte. Auch Margrit machte diese neue Arbeit Freude, da sie und ihre Geschwister daheim schon vor geraumer Zeit vom Großvater eine Schreibmaschine geschenkt bekommen hatten, und sie das Gelernte nun anwenden konnte.

So war Margrit mit ihrem neuen Arbeits- und Lebensbereich eigentlich ganz zufrieden, denn in den Herbstmonaten gab es noch viele sonnige Tage, die von den jungen Mädchen an den freien Wochenenden zu lustigen Fahrten nach Güstrow oder Rostock oder zu schönen Spaziergängen in die waldreiche Umgebung genutzt wurden.

Auch das Leben in den Baracken mitten im Wald hatte seine Reize, wenn man zum Duschen oder zu den Mahlzeiten auf Wegen unter alten Kiefernbäumen spazierte, wo die Vögel sangen und Eichhörnchen oder Igel auftauchen konnten.

Doch niemand ahnte, dass ausgerechnet der Kriegswinter von 1941 auf 42 einer der härtesten Winter der letzten Jahre überhaupt werden sollte, in dem das Wohnen in den relativ leicht gebauten Unterkünften mit knappem Heizmaterial zu einer ziemlichen Herausforderung für die jungen Mädchen wurde.

In jedem Schlafraum der ebenerdigen Baracken gab es einen niedrigen Kachelofen, in dem die Mädchen bei ihrer Rückkehr von der Arbeit mit Papier und Holz schnell ein Feuer entfachten und Koks hineinschütteten, sobald das Holz die nötige Gluthitze erreicht hatte. Mit zwei Kübeln Koks war es bei richtiger Handhabung zu Beginn des Winters möglich, den Raum einen Abend lang einigermaßen zu erwärmen, und wenn es später zu kühl wurde, gingen die Mädchen eben zu Bett.

Am meisten kümmerte sich Inge Wiedemann, ein überschlankes Mädchen aus Westfalen um das Heizen, denn sie litt unter einer Art „Magersucht", wie wir das heute nennen, und fror eigentlich immer! Sie zog zwei, drei Pullover übereinander an oder hielt sich im Bett auf, und aus Angst vor zu kalorienreichem Essen kaute sie dauernd auf Zitronen herum statt richtig zu essen.

Die anderen dagegen nahmen mit der Massenverpflegung in dem großen Lager kritiklos vorlieb, da sie stets Hunger hatten und kräftiges Essen auch besser warm hielt.

Um Inge zu unterstützen, die stets den Ofen „fütterte", sammelten die Stubengenossinnen bei jeder Gelegenheit draußen Holz, das sie neben dem Ofen zum Trocknen aufstapelten, und dadurch wurde in den ersten noch nicht so kalten Winterwochen die Stube ganz gut warm.

Zum Glück gab es zu Weihnachten für alle einen längeren Heimaturlaub, und Margrit konnte auch im dritten Kriegsjahr mit all ihren Lieben daheim frohe Festtage verleben. Der Weihnachtsbaum war zwar etwas kleiner als in den vergangenen Jahren, und die Geschenke sowie die festlichen Mahlzeiten fielen etwas bescheidener aus, doch wie immer konnten alle drei Töchter mit ihren Familien die Festtage bei den Großeltern in der alten Saale-Villa feiern.

Margrit, von Berlin kommend, traf am Heiligen Abend gegen zwei Uhr in Weißenfels ein, und etwas später kam der Vater aus Oschatz für vier Tage. Nur Hans-Dieter, der inzwischen auf die Krim verlegt worden war, musste die Weihnachtstage fern der Heimat verleben, was allen sehr leid tat.

Bereits in der ersten Januarwoche 1942, als Margrit und ihre Stubengenossinnen gerade aus dem Heimaturlaub nach Primerwald zurückgekehrt waren, und der gleichförmige Alltag mit seinen Entbehrungen wieder seinen Anfang nahm, setzte die große Kälte ein:

Die Temperaturen sanken nachts zwischen fünfzehn und zwanzig Grad unter Null, und bald fing es auch noch zu schneien an, so dass das weite Mecklenburger Land in wenigen Tagen unter einer tiefen Schneedecke verschwand.

Die hohen Kiefernbäume mit ihren weit ausladenden, dick verschneiten Ästen und die im Schnee versunkenen Baracken darunter wirkten so geheimnisvoll und schön, dass Margrit und ihre Freundinnen sich fast wie im Märchen vorkamen, wenn bloß die Kälte nicht gewesen wäre.

Schon der morgendliche Weg zum Bahnhof, den die Mädchen ohne dicke Stiefel gar nicht bewältigen konnten und die halbstündige Fahrt in dem schlecht geheizten Zug ließ sie vollkommen durchfroren an ihrem Arbeitsplatz ankommen, so dass Frau Weltzien erst einmal warmen Tee kochte, und die Helferinnen ihre Hände an der Heizung, die hier zum Glück einigermaßen funktionierte, „auftauen“ mussten, ehe sie überhaupt an die Arbeit gehen konnten.

Doch am schlimmsten war die abendliche Rückkehr in die kalten Baracken. Wenn die Mädchen auch täglich versuchten, die Glut in ihren Stubenöfen durch Einwickeln von Briketts oder ähnliche Tricks zu erhalten und irgend eine gute Seele tagsüber etwas Koks nachfüllte, so dauerte es doch stundenlang, bis der Raum abends einigermaßen warm wurde.

Am besten eilten die Heimkehrenden gleich zum Duschen, um noch etwas lauwarmes Wasser abzubekommen, und dann zum Essen in den großen Speisesaal, wo es durch die vielen Menschen und die heißen Suppen einigermaßen auszuhalten war. Danach kehrten jedoch alle in ihre Stuben zurück und drängten sich um den breiten Kachelofen, so lange der brennende Koks, der genau zugeteilt wurde, ausreichte und Wärme spendete.

Dieses notgedrungen enge Beieinander der acht jungen Mädchen aus den verschiedensten Lebensbereichen in solch extremer Situation hatte natürlich ein besonderes Zusammengehörigkeitsgefühl zur Folge, und eine war für die anderen da.

Das Schönste war, dass trotz aller Misslichkeiten immer gute Stimmung herrschte und die lustigsten Geschichten erzählt wurden, zumal die Mecklenburgerinnen, die an den Wochenenden nach Hause fahren konnten, heimlich wärmende, alkoholische Getränke mitbrachten, die herumgereicht wurden. Selbst Margrit, die Alkohol bisher abgelehnt hatte, trank jetzt gern ein Gläschen mit, da sie danach im Bett so schnell warm wurde und herrlich schlief. Für das tägliche Briefe schreiben war es ihr jedoch in diesen kalten Wochen abends in der Stube einfach zu ungemütlich, weil ja alle nur in Decken gehüllt am Ofen hockten, und deshalb verlegte sie es in die Mittagspause im Büro.

An den Sonntagen, wenn die Sonne schien und die Temperaturen nicht unter zehn Grad lagen, war es eine besondere Freude für die jungen Mädchen, die nicht heimfahren konnten, einen Spaziergang durch die verschneite Winterlandschaft zu machen. Doch meist waren sie nicht lange unterwegs, denn über das flache Mecklenburger Land wehte fast immer ein eisiger Wind, und die Kälte war bald nicht auszuhalten.

Umso erstaunter war Margrit, als Dorothee erzählte, dass aus ihrer Baracke zwei junge Katholikinnen auch bei den niedrigsten Temperaturen Sonntag für Sonntag morgens zu Fuß nach Güstrow aufbrachen und fast zwei Stunden durch den Schnee marschierten, um rechtzeitig an der Messe im Dom teilnehmen zu können.

„Welch festen und unerschütterlichen Glauben müssen diese Mädchen haben, wenn sie diese Strapaze auf sich nehmen, um an der vorgeschriebenen Eucharistiefeier regelmäßig teilzunehmen“, dachte Margrit und fühlte sich traurig und beschämt, dass sie während der ganzen Arbeits- und Kriegshilfsdienstzeit nicht ein einziges Mal zum Gottesdienst gegangen war, und sich nicht einmal danach erkundigt hatte, da sie nicht auffallen wollte.

Gerdi und Annemarie, ihre Freundinnen, die auch evangelisch waren, meinten, in diesem blöden Nazi-Deutschland könne man einfach nicht in die Kirche gehen, ohne belächelt oder gar verspottet zu werden. Margrit widersprach den beiden natürlich nicht, aber im Innersten ihres Herzens fühlte sie doch eine gewisse Scham, dass sie nicht den Mut hatte, ihren Glauben zu bekennen.

Außer Dorothee Wermann, ihrer neuen Freundin im Büro des Heereszeugamts, lernte Margrit noch ein weiteres junges Mädchen in diesen Wintermonaten kennen, das sie sehr lieb gewann, und das war Henny Wagner, eine Lernschwester aus dem Rheinland, die hier in der Krankenbaracke von Primerwald ihren Dienst ableistete. Als Margrit wegen einer fiebrigen Erkältung einmal kurze Zeit dort liegen musste, empfand sie die liebevolle Fürsorge von Henny sehr beglückend, und sie schaute immer nach ihr aus und war dankbar, wenn Henny mal schnell zu einem vertrauten Gespräch an ihr Bett kam. Die Zuneigung von beiden Seiten war so groß, dass sich Henny und Margrit auch später im Lager oft zu herzlichen Gesprächen trafen, als Margrit längst wieder gesund war. Und noch viele Jahre nach Abschluss des Kriegshilfsdienstes schrieben sich beide regelmäßig lange Briefe.

Im März 1942 ließ die Kälte endlich etwas nach, und die Wochen bis zum Ende der Kriegshilfsdienstzeit gingen schnell vorüber, zumal in allen Stuben große Abschiedsfeiern vorbereitet wurden. Schon lange sparten die jungen Mädchen leckere

Sachen, wie Schinken, Käse oder Süßigkeiten, die sie von daheim geschickt bekamen, für das Fest auf, und es fehlte vor allem nicht an alkoholischen Getränken, die für gute Stimmung sorgen sollten.

Zur Unterhaltung wurden dann an dem festlichen Abend auch witzige Gedichte, kleine Aufführungen oder lustige Lieder zum Besten gegeben, und immer wieder wurde zwischendurch etwas von den guten Leckereien angeboten und mit Wein oder Likör angestoßen, bis alle in Hochform waren, und das Lachen und Albern kein Ende nahm.

Doch das bittere Ende ließ nicht lange auf sich warten, denn keins der jungen Mädchen hatte rechtzeitig bemerkt, dass sie ein solches Übermaß an guten Dingen bei der sonst eher mageren Kost gar nicht mehr vertragen konnte. Es wurde ihnen allen bald so schlecht, dass sie sich erbrechen mussten und todelend ins Bett krochen, während die Stube in einem wüsten Zustand voller Flaschen und Essensresten auf Tisch und Stühlen zurückblieb. Nie würde Margrit vergessen können, wie schlecht es ihr in dieser Nacht ging, und das sollte ihr eine gute Lehre sein!

Zum Glück verblassen aber in der Erinnerung die schlimmen Dinge schneller als die guten, und deshalb war für alle später ihre Abschiedsfeier ein toller Erfolg, vor allem weil sich die Mädchen danach noch enger verbunden fühlten und sich „nie mehr“ vergessen wollten.

In den letzten Tagen in Primerwald gab es noch genug mit Packen und Saubermachen zu tun, und überall wurden Adressen ausgetauscht. Dann kam Ende März der große Tag des Abschiednehmens, als alle sich liebevoll „Lebewohl“ sagten und in die verschiedensten Richtungen ihren Heimatorten und einem neuen Lebensabschnitt entgegenfuhren.

22.

Am 28. März 1942 kehrte Margrit nach abgeschlossenem Arbeits- und Kriegshilfsdienst von Mecklenburg wieder nach Weißenfels zurück, nach einem Jahr, das sie tief beeindruckt hatte. Trotz mancherlei Mühsal und Entbehrungen würde sie diese Zeit immer in guter Erinnerung behalten, besonders wegen des Kennenlernens einer unbeschreiblich schönen, noch relativ unberührten Landschaft, aber natürlich auch wegen der neu gewonnenen, ihr so lieb gewordenen Freundinnen, denen sie sich weiterhin eng verbunden fühlte, und mit denen sie noch jahrelang einen regen Briefwechsel führte.

Doch durch die Wirren des Kriegsendes und die Teilung Deutschlands verlor Margrit Trudel Grabolle aus Wien und Henny Wagner aus dem Rheinland ganz aus den Augen. Am schlimmsten traf sie jedoch die Nachricht, dass Annemarie Najork aus Wismar sich bei der Pflege ihrer an Tuberkulose erkrankten Mutter angesteckt hatte, und Mutter und Tochter in den Hungerjahren nach Kriegsende kurze Zeit hintereinander starben. Nur mit Dorothee Werrmann und Gerdi Heidenreich sollte sie ein Leben lang eine herzliche Freundschaft verbinden.

Wie glücklich war Margrit, nun wirklich wieder daheim bei all ihren Lieben und vor allem mit Maidi zusammen zu sein, die inzwischen ihr letztes Schuljahr erreicht hatte. Gleich am Sonntag nach Margrits Heimkehr feierte die ganze Familie in Weimar Lenelores Konfirmation. Es war ein recht schönes Fest, wenn es auch nicht mehr so üppig gefeiert werden konnte wie die Konfirmation von ihren Brüdern Peter und Klaus im letzten Jahr, wo sich die Familie im „Elefanten", dem feinsten Hotel von Weimar, zusammenfand, und bei dem sogar Papa und Hans-Dieter sowie weitere Verwandte aus Berlin und Halle dabei sein konnten!

Für Margrit begann im April 1942 ein ganz neuer Lebensabschnitt, nämlich das Studium der Biologie, Chemie und Physik an der Martin-Luther-Universität in Halle an der Saale.

Schon zu Ende ihrer Schulzeit hatte Papas Freund und Bundesbruder Georg Gauditz aus Halle Margrits Eltern dringend geraten, ihre Tochter, die immer eine gute Schülerin war, ein Studium beginnen zu lassen. Nur dadurch könne sie den möglichen Dienstverpflichtungen im Krieg entgehen, denn Arbeits- und Kriegshilfsdienst seien wohl genug!

Da Margrit seit ihrer Kindheit von einem Beruf träumte, bei dem sie mit Tieren zu tun hatte, dachte sie zunächst an das Studium der Landwirtschaft mit dem Diplom-Landwirt als Abschluss. Allerdings müsste sie dazu vorher zwei Jahre auf einem Hof praktizieren, wie sie an der Uni hörte, und das wollten die Eltern nicht, denn die jungen Mädchen würden jetzt im Krieg dort vorwiegend als Arbeitskraft ausgenutzt, ohne geistig gefordert zu werden.

Das Nächstliegende war also ein Studium der Biologie, jedoch war dies nur für das höhere Lehramt möglich mit noch zwei weiteren Schulfächern, da zur Zeit ein Abschluss als Diplom-Biologin an den Universitäten nicht mehr möglich war. Margrit entschied sich nach kurzem Zögern für die drei naturwissenschaftlichen Fächer Biologie, Chemie und Physik, die sie in der Schule bei Herrn Sänger schon immer interessiert hatten, und so schrieb sie sich zum Sommersemester 1942 dafür in Halle ein.

Etwas unsicher stellte sie sich anschließend mit Hilfe anderer Studienanfängerinnen an den schwarzen Brettern im Uni-Hauptgebäude einen Stundenplan für das erste Semester zusammen. Sie wählte in allen drei Fächern zunächst die Grundvorlesungen, dazu das große chemische Praktikum, den Mikroskopierkurs in Botanik und schließlich Übungen im Pflanzen bestimmen, verbunden mit Führungen durch den Botanischen Garten.

Nach diesem Plan musste Margrit an drei Tagen in der Woche von morgens bis abends in Halle sein, an zwei Tagen konnte sie schon mittags heimfahren und dann zu Hause arbeiten, denn es gab jetzt viel für sie zu tun.

Da Weißenfels an der Hauptbahnlinie von Berlin nach Frankfurt als auch nach München lag und durch die Leuna-Werke außerdem dauernd Personenzüge auf dieser Strecke verkehrten, machte das Hin- und Herfahren für Margrit keine Schwierigkeiten, und sie freute sich, während ihres Studiums weiterhin bei den Eltern wohnen zu können.

Das Zusammensein mit Maidi, die nun in Klasse 13 ging, war allerdings nach den schönen Osterferien nur von kurzer Dauer, weil Maidi, genau wie Margrit vor zwei Jahren, ein dreiwöchiges Praktikum in einer Familie ableisten musste. Sie hatte sich auf Mamas Rat hin für die Familie Troll in Bonn entschieden, die sechs Kinder im Alter von neun, sieben, fünf, vier, zwei und einem halben Jahr hatten. Tante Liesel, die Mutter dieser sechs Kinder, war eine Kusine zweiten Grades von Mama, und Vater Troll war Professor für Geografie in Bonn, bekannt durch seine jährlichen Forschungsreisen zum Himalaya! Bei seiner Rückkehr konnte er fast jedes Jahr ein neues Baby begrüßen, bis schließlich neun Geschwister beisammen waren.

Schon jetzt gab es für Maidi mit den sechs Kindern genug zu tun, doch sie hatte viel Freude an der Arbeit, zumal sie die Kleinen, jedes auf seine Art, sehr nett und lustig fand. Besonders der vierjährige, recht temperamentvolle Christian hatte es ihr angetan, und am meisten staunte sie darüber, dass der kleine Bursche nach jeder „schlimmeren" Unart in die benachbarte Kirche lief, um bei „Hochwürden" zu beichten, wie er stolz erklärte, denn die Kinder wurden streng katholisch erzogen.

Gleich nach Maidis Abreise begannen für Margrit aufregende Studientage in Halle. Da die eigentlichen Vorlesungen erst in der nächsten Woche anfingen, kümmerte sich Margrit zunächst um ihr chemisches Praktikum, das in einem ziemlich dunklen

Labor im Parterre des Instituts stattfand. Hier mussten die Studenten im ersten Semester Analysen durchführen, das heißt, durch Versuche herausfinden, welche chemischen Elemente in einem pulverförmigen Stoffgemisch, das ihnen zugeteilt wurde, enthalten sein könnten.

Frau Dr. Margot Göhring, die Assistentin des Professors, gab nur kurze Anweisungen und verwies auf den „Jander", das entsprechende Lehrbuch. Alles andere blieb den Studenten selbst überlassen. Wenn auch Professor Ziegler später in seiner Vorlesung die grundlegenden Zusammenhänge erläuterte, war es gar nicht so einfach, die Versuche allein zu bewerkstelligen.

Erst wenn ein Kapitel im Jander gut durchgearbeitet und verstanden war und bei der Analyse die richtigen Elemente herausgefunden wurden, durften sich die Praktikantinnen ein neues Pulver zur Untersuchung geben lassen und damit das nächste Kapitel vornehmen. Margrit merkte schnell, dass eine schwierige Aufgabe vor ihr lag.

Als kurze Zeit danach die Grundvorlesungen anfingen, die alle vormittags an jeweils vier Wochentagen stattfanden, in denen Margrit so schnell sie konnte das Wichtigste mitschrieb, um den Wissensstoff nachmittags auszuarbeiten, wurde ihre Zeit sehr knapp. Deshalb verlegte sie kurzerhand das chemische Praktikum auf das zweite Semester, natürlich auch in der Hoffnung, dass sie dann schon befreundete Kommilitoninnen an ihrer Seite haben würde, mit denen sie zusammen arbeiten konnte.

Selbst den Mikroskopierkurs im Botanischen Institut am Freitagnachmittag fand Margrit in den ersten Wochen recht schwierig, denn die Anfängerinnen mussten zunächst mal lernen, hauchdünne Schnitte von Geweben aus Stengeln oder Blättern zu fabrizieren. Nur wenn diese so dünn waren, dass höchstens zwei Zellschichten übereinander lagen, war das Gewebe in der Vergrößerung gut genug zu erkennen, um eine naturgetreue Zeichnung davon anzufertigen.

Der freundliche, ältere Professor Schmid erklärte ausführlich, wie ein Mikroskop aufgebaut und zu benutzen sei, und seine Assistentin half beim Schärfen und Handhaben der Rasiermesser, mit denen die Schnitte gemacht wurden, ehe sie auf die gläsernen Objektträger in einen Tropfen Wasser gelegt und von einem Deckgläschen geschützt durch das Mikroskop betrachtet werden konnten.

Margrit besuchte diesen Kurs gern, da sie beim Schneiden und Zeichnen die anderen Botanik-Studentinnen kennen lernen und sich mit ihnen etwas unterhalten und beraten konnte, was bei den Vorlesungen schwieriger war. Außerdem machte ihr das Zeichnen der so verschiedenen und interessant aufgebauten Zellschichten großen Spaß. Sie musste wirklich staunen, wie die Natur jedes Gewebe in wunderbarer Weise für die ihm zugedachte Aufgabe zu gestalten wusste, selbst in diesen kleinsten Dimensionen!

Auch die Pflanzenbestimmungsübungen am Mittwochnachmittag gefielen Margrit gut, denn hier wurde mit Hilfe vom „Schmeil“, dem bekannten Bestimmungsbuch, Schritt für Schritt an äußeren Kennzeichen der Pflanze herausgefunden, zu welcher Familie und Gattung sie gehörte und um welche Art es sich letztendlich handelte.

Es war fast ein Wunder – dies empfand jedenfalls Margrit – dass sich die Vielzahl der Pflanzen allein nach ihrer Blütengestaltung in ein so phantastisches System einordnen ließen, ganz unabhängig davon, ob es sich dabei um Kräuter, Sträucher oder Bäume handelte. Später bei den Führungen durch den Botanischen Garten, die der Institutsdirektor Professor Wilhelm Troll selbst leitete, lernten die Studenten an vielen Beispielen kennen, wie die Angehörigen einer großen Pflanzenfamilie in vielerlei Gestalt und in fast allen Lebensräumen vorkommen konnten, und dass sie immer an ihren Blüten und den entsprechenden Früchten zu erkennen waren.

Die Grundlagen für diese Zusammenhänge wurden in der Einführungsvorlesung von Professor Troll viermal in der Woche ausführlich dargelegt, und da er ein ausgezeichneter Lehrer war, der seinen Unterricht sehr systematisch aufbaute, hatten seine Schüler viel Freude daran und lernten bei guter Mitarbeit schnell den neuen Wissensstoff zu verstehen.

Auch in Chemie konnte Margrit der Vorlesung von Professor Ziegler gut folgen, weil sie von der Schule ausreichende Kenntnisse mitbrachte, und zu ihrer Freude merkte sie bald, dass sie hier für das bevorstehende Chemische Praktikum viel lernen konnte.

Nur die Vorlesung in Physik, die Professor Kast ebenfalls vierstündig las, machte Margrit große Sorgen, da in allen Bereichen mathematische Berechnungen zugrunde gelegt wurden und ihre Schulkenntnisse hierfür nicht ausreichten.

Durch die sogenannten „Fächer des Frauenschaffens“ an der Weißenfelser Oberschule hatte Margrit in den letzten Schuljahren nämlich nur zwei Stunden Mathematik pro Woche gehabt und dadurch manche Stoffbereiche, wie Differential- und Integralrechnen, gar nicht kennen gelernt, was sich jetzt in den Physikvorlesungen bitter bemerkbar machte. Selbst die Extra-Vorlesung „Mathematik für Physiker“ war für Margrit einfach nicht zu verstehen, so dass sie im zweiten Semester schweren Herzens das Physikstudium aufgab.

Umso eifriger bemühte sie sich in den anderen Fächern alles, was sie in den Vorlesungen hörte und in Stichpunkten notierte, nachzulesen und auszuarbeiten, womit sie kaum nachkam, obwohl sie meist schon während der Bahnfahrt anfing und zu Hause jede freie Minute nutzte.

Selbst die Sonntage standen im Sommersemester oft nicht mehr zur Verfügung, da Professor Troll bei einigermaßen gutem Wetter regelmäßig botanische Exkursionen ankündigte, die man nur versäumen durfte, wenn man sich vorher bei ihm persönlich unter Angabe triftiger Gründe entschuldigt hatte. Anfangs gab es vom Institut aus Spaziergänge durch Felder und Wiesen oder Flussauen und Wälder. Hier sollten sich die Botanik-Studenten umschauen und jede auch noch so große oder kleine Pflanze, jedes Moos und jedes Unkraut ansehen und mit seinem lateinischen Namen kennen lernen und sich einprägen. Die Pflanzen mussten deshalb gepflückt, daheim gepresst und zum Schluss mit Namen versehen auf ein Blatt Papier geklebt werden, die gesammelt ein sogenanntes „Herbarium" ergaben, was alle Erstsemester anlegen sollten.

Bald folgten auch Spaziergänge durch den Botanischen Garten und die Gewächshäuser, um Pflanzen aus anderen Ländern kennen zu lernen, insbesondere die von allgemein bekannten Kulturpflanzen, deren Früchte eingeführt wurden.

Im Verlauf des Sommers trafen sich die Exkursionsteilnehmer auch öfter auf dem Bahnhof von Halle, um mit dem Zug zu entfernteren, botanisch interessanten Zielen zu gelangen, wie zum Wörlitzer Park, zu Hochmooren, in das Gebiet der Salzseen nördlich von Halle oder zu den Jenaer Kalkhängen, wo es die schönsten Orchideen gab.

An sich hatte Margrit Freude an diesen Unternehmungen, wobei sie regelmäßig mit ihren Kommilitoninnen zusammentraf und sie immer besser kennen lernte, aber sie war auch traurig, dass sie nun an den schönen Familiensonntagen daheim kaum noch teilnehmen konnte und schon oft sehr früh zur Bahn musste, um rechtzeitig in Halle zu sein.

Maidi interessierte sich für alles, was Margrit von ihren Erlebnissen in Halle und auf Exkursionen berichtete und half gern beim Pressen der mitgebrachten Pflanzen zwischen Löschblättern in dicken Büchern mit. Gemeinsame Aktivitäten gab es aber für die Schwestern während des Semesters wenig, zumal Maidi und ihre Klassenkameradinnen den ganzen Juni und Juli über einen sogenannten „Kriegseinsatz" ableisten mussten, und sie mit Sigrid Böttger in einem Kindergarten in Kölleda an der Unstrut eingesetzt wurde und nur an den Wochenenden heimkam.

23.

Umso glücklicher waren die beiden Mädchen, als Ende Juli Margrits erstes Semester in Halle zu Ende war, und Maidi den Kriegseinsatz in Kölleda hinter sich hatte, und endlich mal wieder wohlverdiente Ferien winkten.

Trotz Krieg und manchem Mangel plante nämlich die immer aktive Mama zusammen mit ihren großen Töchtern und Tante Tilde, Mutters Kusine aus Berlin, eine Urlaubsreise an den Achensee, wo sie rechtzeitig für drei Wochen ein Doppelzimmer und zwei Einzelzimmer im Hotel „Achenseehof" bestellt hatte.

Margrit und Maidi liebten die unverheiratete Tante Tilde, da sie für alles, was die Mädchen erlebten, Interesse zeigte, gut zuhören konnte und selbst die lustigsten Geschichten aus ihrem Leben in Berlin zu erzählen wusste.

Die gemeinsame Fahrt führte zuerst im überfüllten D-Zug nach München, wo zwei Nächte gebucht waren. Sie besichtigten dort die Frauenkirche, das Rathaus, das Nationalmuseum, die Feldherrenhalle und das Haus der deutschen Kunst und nachmittags den Hellabrunner Tierpark. Dann ging es weiter mit der Reichsbahn nach Jenbach, mit dem Achenseezügle an den See zur Endstation Seespitz und schließlich mit dem Dampfer zum „Achenseehof", wo die vergnügte „Damen-Gruppe" drei herrliche Ferienwochen im August 1942 verbrachte. Fast täglich wurden die schönsten Bergwanderungen in die nähere und weitere Umgebung unternommen, dabei viel Sehenswertes angeschaut, im See geschwommen, Boots- oder Dampferfahrten gemacht und außer nach Pertisau auch an den Tegernsee gefahren, um Tante Marianne, eine andere Kusine von Mama, die dort ein Ferienhaus besaß, zu besuchen.

Im Hotel wurde an den Abenden regelmäßig Bridge gespielt, was Margrit und Maidi daheim bei Mama und den Großeltern gelernt hatten, und was beiden viel Spaß machte. Doch hier in diesem Urlaub war es für Margrit besonders wichtig, Tante Tilde, die natürlich interessiert nach allem fragte, von ihren Problemen beim Studium zu erzählen. Die Eltern, die sich seit dem Russlandfeldzug schon genug Sorgen um Hans-Dieter machten und daneben viele kriegsbedingte Schwierigkeiten meistern mussten, hatte sie bisher nicht damit belastet wollen, zumal diese auch der Meinung zu sein schienen, Margrit käme bei ihrem offensichtlichen Engagement in Halle gut zurecht.

Doch im Grunde fühlte sie sich seit Beginn des Studiums furchtbar verunsichert und bereute im tiefsten Inneren, dass sie überhaupt damit angefangen hatte. In der Schule hatte es stets klare Anweisungen gegeben, die man gewissenhaft erfüllen konnte, aber hier an der Uni war alles offen, und jeder musste sich seinen eigenen Weg suchen.

Schon das Hinausschieben des chemischen Anfänger-Praktikums machte Margrit Sorgen und dass sie das Studium der Physik, für das sie sich eingeschrieben hatte, ganz aufgeben wollte, schien ihr ein Problem zu sein. Selbst bei den Vorlesungen, die sie regelmäßig besuchte, wusste sie nicht, was sie daraus behalten und bei den späteren Prüfungen wissen musste, denn auch hier war vieles fremd und unverständlich, und in den Lehrbüchern wurde manches einfach vorausgesetzt.

Tante Tilde jedoch, die oft abends an Margrits Bett saß und sich ausführlich erzählen ließ, meinte tröstend, dass der Anfang an der Uni immer schwierig sei, und Margrit sich bestimmt schon im nächsten Semester sicherer fühlen würde, vor allem, wenn sie mehr Studentinnen kennen gelernt hätte, und sie sich untereinander beraten könnten.

Zunächst aber standen Margrit acht Wochen Kriegsdienst bevor, der für alle Studenten in den Semesterferien vorgeschrieben war. Margrit würde ihn in dem großen Chemiewerk Leuna bei Merseburg ableisten als Vorbereitung für ihr geplantes Chemie-Studium.

Sie hatte den Beginn wegen der Alpenreise vom 3. auf den 24. August verlegen können und fuhr nun gleich am Montag nach ihrem Urlaub zum ersten Mal nach Leuna, wo sie nach der Anmeldung und der ärztlichen Untersuchung hörte, dass sie im Methanol-Labor eingesetzt werden sollte.

Der freundliche Abteilungsleiter erklärte ihr, dass sie bei ihm in den acht Wochen nacheinander an allen Stationen mithelfen könne, um viel kennen zu lernen, denn er sähe sie nicht als Arbeitskraft, sondern als auszubildende Studentin, die in Leuna für ihr Studium profitieren solle. Dieses Entgegenkommen war für Margrit ein Ansporn, sich für die neue Aufgabe voll einzusetzen, zumal ihr der Chef selbst gleich in den ersten Tagen die chemischen Grundlagen der hier durchgeführten Analysen erklärte, was die Laborantinnen an den Geräten nicht ohne weiteres gekonnt hätten.

Es ging bei den Analysen um die exakte Untersuchung des in großen technischen Anlagen hergestellten Methanols, bei dem in den Labors der Eisen- und Ammoniakgehalt untersucht, die Bromzahl bestimmt, die Säurereaktion geprüft, eine Wassergehaltsbestimmung sowie eine Ölprobe durchgeführt werden musste, wobei Margrit den dafür zuständigen Frauen zunächst zusehen sollte, um dann auch allein manche Proben machen zu können. So stand Margrit tatsächlich in Leuna kein lästiger Kriegseinsatz, sondern eine interessante Zeit bevor, die ihr Freude machen und viel chemisches Wissen vermitteln sollte.

Allerdings musste sie die schlechte, um nicht zu sagen stinkende Luft in diesem riesigen chemischen Werk und den täglichen Aufenthalt inmitten von Rohren, Gasbehältern und gigantischen Industrieanlagen auf sich nehmen, hatte dafür aber in den sauber gehaltenen Labors meist sehr freundliche Mitarbeiterinnen um sich.

Acht Wochen lang fuhr Margrit nun täglich morgens gegen sechs Uhr in übervollen Arbeiterzügen nach Leuna, hatte eine Stunde Mittagspause, wo sie mit allen anderen Laborantinnen im Feierabendhaus essen konnte, und fuhr nach acht Stunden Arbeitszeit kurz vor fünf Uhr nach Weißenfels zurück.

Nach einem solchen Arbeitstag, der schon durch das frühe Aufstehen kurz nach fünf Uhr und dem langen, ungewohnten Aufenthalt in der schlechten Luft viel Kraft erforderte, war es für Margrit ein Genuss, gleich nach ihrer Rückkehr ausgiebig in der Saale zu schwimmen. Bei gutem Wetter war Mama mit dabei, und bald fand sich auch Kusine Gina aus der Neustadt regelmäßig abends zum Schwimmen auf der Insel ein. Da die beiden Mädchen abgehärtet waren, scheuten sie selbst an kühleren Tagen einen längeren Aufenthalt im Wasser nicht.

Sie schwammen täglich ohne Rücksicht auf Wetter oder Wassertemperatur zum Wehr und in einem größeren Bogen zur Badestelle an der Insel zurück und fühlten sich jedes Mal hinterher so erfrischt und gut erholt, dass sie beschlossen, diese Gewohnheit so lange wie möglich beizubehalten.

Als dann im Oktober die Spaziergänger am Saaleufer oberhalb vom Wehr schon längst Wintermäntel trugen, winkten ihnen die unermüdlichen Schwimmerinnen noch immer an den Abenden übermütig vom Wasser aus zu und hielten es tatsächlich bis etwa 14 Grad Wassertemperatur durch, weil sie sich schrittweise an die niedrigen Temperaturen gewöhnt hatten. Ende Oktober war dann jedoch das Leuna-Praktikum beendet, und das Wintersemester mit neuen Anforderungen kam auf Margrit zu.

24.

Tatsächlich hatte es im Verlauf des Sommers einmal für sie eine vage Hoffnung gegeben, ihr Studium abzubrechen und etwas ganz anderes zu beginnen, nämlich als sie Anfang Juni mit Mama einen Wochenendbesuch bei ihrem Vater in Oschatz machte.

Nach einem schönen Abend, an dem sie Papas Kaserne, seine Wohnung und Arbeitsräume kennen gelernt und mit einigen Offizieren im Hotel „Schwan“, wo sie auch übernachteten, bei Wein sehr gemütlich zusammengesessen hatten, ging am Sonntagvormittag Margrits größter Wunsch in Erfüllung: Sie durfte „Harras“, Papas wunderschönen, schwarzen Wallach – für Margrit ein Traumpferd – tatsächlich reiten!

Zuerst wurde auf der Sommerbahn etwas geübt, nach dem Einreiten auch galoppiert und gesprungen, und anschließend ging es ins Gelände, wobei der Vater „Sultan“, ein anderes edles Pferd der Oschatzer Garnison ritt. Trotz großer Hitze genoss Margrit diesen Ausritt, den sie sich schon seit Papas ersten Erzählungen von Harras so gewünscht hatte, und zu Hause schrieb sie begeistert in ihr Tagebuch: *Selten habe ich so schöne Stunden erlebt wie auf diesem Ritt mit dem wunderbaren Harras!*

Beim anschließenden, sehr feinen Mittagessen im Offizierskasino hörte sie von ihrem Tischnachbarn, dass für die Pferde der Oschatzer Garnison dringend Leute – auch Mädchen – gesucht würden, die sich um die Pferde kümmern und sie täglich reiten sollten, da immer mehr junge Soldaten an die Front müssten. Welch herrlicher Gedanke für Margrit, vielleicht sogar bei Papa wohnen zu können, täglich mit Pferden zu tun zu haben und damit eine Aufgabe zu übernehmen, die als Einsatz für den Krieg auch noch hoch anerkannt wurde.

Aber eigentlich war schon vorauszusehen, dass dieser Gedanke für Margrit nur ein verlockender Traum sein konnte, dem die Eltern nie zustimmen würden. Gleich beim ersten vorsichtigen Gespräch darüber lehnten die Eltern Margrits Wunsch entschieden ab, weil tägliches Reiten für Mädchen ungesund und es außerdem viel zu gefährlich sei, in der Kaserne unter den vielen jungen Männern zu leben.

So fand sich Margrit wohl oder übel mit dem Gedanken ab, im kommenden Semester weiterzustudieren und vertraute zuversichtlich Tante Tildes anspornenden Worten aus dem Urlaub! Auf jeden Fall wollte sie auch im Winter nicht in Halle wohnen, sondern täglich abends heimfahren, zumal sie schon im Sommer anerkennend in ihr Tagebuch geschrieben hatte:

Hier zu Hause ist jetzt alles sehr schön eingeteilt. Da Papa und Hans-Dieter nicht da sind, nehmen wir mit Oma und Opa zusammen unten im Esszimmer alle Mahlzeiten ein, die Gertrud für uns zubereitet und um die sich Mama kümmert.

Außerdem ist seit April bei Oma Fräulein Albrecht, eine nette Hausdame, die Oma betreut, da ihr Sehvermögen so schwach ist, dass sie bei fast allem Hilfe braucht, wodurch Mama viel Arbeit abgenommen wird. Gleichzeitig kümmert sich Fräulein Albrecht um Opa, der mit seinen 77 Jahren zwar immer zufrieden, wenn auch wortkarg ist und fast den ganzen Tag Zeitungen oder Bücher liest, aber dabei doch manches vergisst oder vernachlässigt.

Maidi musste jetzt viel für die Schule arbeiten, da das Abitur näher rückte, und Margrit setzte unverdrossen ihr wenig geliebtes Studium in Halle fort. Wie geplant, nahm sie nun das chemische Praktikum in Angriff und lernte dabei Herta Taubert und Erika Schede näher kennen, mit denen sie täglich schwierige Analysen durchführte, um herauszufinden, welche Elemente die ihnen zugeteilten Stoffproben enthielten.

Die beiden Kommilitoninnen, die ebenfalls Biologie als Hauptfach gewählt hatten, und die Margrit schon vom Sommersemester her kannte, waren von ganz verschiedener Natur:

Während die kleine, flinke Erika aus Sonneberg im Thüringer Wald eine ausgesprochen praktische Ader hatte und ihre Analysen genau nach Vorschrift „kochte" und meist schnell die richtigen Elemente herausfand, stand bei Herta Taubert aus Treysa bei Kassel das intellektuelle Denken im Vordergrund, und sie wollte die chemischen Zusammenhänge erst verstehen, ehe sie an die Arbeit ging. Da sie bei jedem einzelnen Versuch genau den Ablauf durchdachte und danach entschied, was zu tun sei, konnte sie nicht immer auf Anhieb die vorhandenen Elemente analysieren und musste die Untersuchungen wiederholen.

Margrit, die durch ihren ausgeprägten Ordnungssinn auch alles genau durchschauen wollte, verstand Hertas Sorgen, und schon nach kurzer Zeit trafen sich die beiden Mädchen fast täglich im Marthahaus, einem christlichen Hospiz, wo Herta wohnte, um die Abschnitte im „Jander" durchzuarbeiten, bevor sie die nächste Analyse in Angriff nahmen.

Das hatte den Vorteil, dass sie später in den mündlichen Zwischenprüfungen bei Frau Dr. Göhring gut Bescheid wussten, und mit einiger Geduld wurden dann auch die verschiedenen Elemente in den jeweiligen Stoffgemischen richtig herausgefunden.

Auf diese Weise kamen sich Margrit und Herta schnell näher, trafen sich öfter bei Herta zum Teetrinken und dem „dazugehörigen" leckeren Mohnzopf, den es bei einem Bäcker in Halle immer noch auf Brotmarken gab, kochten hin und wieder zusammen kleine Gerichte und wurden durch vielerlei Gespräche über die Probleme dieser Zeit bald zu guten Freundinnen, wozu natürlich im weiteren Sinne auch Erika gehörte!

In den Vorlesungen saßen die drei meist zusammen, erklärten sich gegenseitig schwer verständliche Dinge und berieten einander bei praktischen Dingen im Uni-Alltag, so dass Margrit allmählich, wie Tante Tilde vorausgesagt hatte, etwas sicherer in Halle wurde.

Während sich allerdings Herta und Erika, wie es vorgeschrieben war, gleich zu Beginn des Studiums dem Nationalsozialistischen Studentenbund angeschlossen hatten, wo man wöchentlich einmal zusammentraf und weiterhin von Großdeutschland und Hitlers Endsieg überzeugt werden sollte, blieb Margrit ihrer festen Entscheidung treu, da nicht mitzumachen! Sie ließ sich auch nicht umstimmen, als sie bald zu einem Ausgleichsdienst bestellt wurde, bei dem sie zweimal pro Woche Schreibarbeiten im Studentenwerk erledigen musste, was sie ohne Kritik hinnahm und pünktlich erledigte.

Einer anderen Verpflichtung, die für alle Studenten im Nazi-Deutschland bestand, kam sie jedoch gerne nach und zwar dem Studentensport! Niemand durfte weiterstudieren, der nicht den Nachweis erbrachte, dass er im vergangenen Semester an bestimmten sportlichen Disziplinen teilgenommen und darin eine Abschlussprüfung gemacht hatte.

Es waren Leichtathletik, Schwimmen und Kleinkaliberschießen vorgesehen, und Margrit sah darin eine willkommene Abwechslung zu den vielen Vorlesungen, die sie besuchte. Bei der Leichtathletik wurde das erreichte „Bronzene Sportabzeichen“ und beim Schwimmen der „Grundschein der deutschen Lebensrettungsgesellschaft“ als Semesterleistung anerkannt, während man beim Kleinkaliberschießen eine bestimmte Anzahl von Ringen treffen musste.

Da die Mädchen liegend schießen und das Gewehr auflegen durften, fand Margrit diese für sie ganz neue Sportart gar nicht so schwer und erreichte tatsächlich bei der Prüfung am Ende des Semesters 97 von 100 Ringen mit 10 Schuss, eine Leistung, auf die sie sehr stolz war.

Das „Bronzene Sportabzeichen“, für das man im Lang- und Kurzstreckenlauf, Weitsprung, Werfen und Schwimmen bestimmte Mindestleistungen erbringen musste, schaffte Margrit im Verlauf der herbstlichen Semesterferien genauso problemlos wie den „Grundschein der Deutschen Lebensrettungsgesellschaft“, bei dem neben Lang- und Kurzstreckenschwimmen Tief- und Streckentauchen vorgeschrieben war. Die Prüfung fand im Hallenbad statt und war daher auch noch im Spätherbst möglich.

Diese sportlichen Erfolge zu Beginn ihres Studiums empfand Margrit als besonders beglückend, weil ja bisher im wissenschaftlichen Bereich noch keine konkreten Abschlüsse erwartet wurden, und allein der regelmäßige Besuch der Vorlesungen von den Professoren testiert wurde.

Für weniger sportbegabte Studentinnen war es tröstlich, dass man pro Semester nur in einer sportlichen Disziplin die vorgeschriebene Abschlussleistung erbringen musste. Aber selbst das war nicht immer leicht, und manche quälten sich die ganzen Ferien damit herum.

Im Wintersemester 1942/43 stand nun für Margrit und ihre Freundinnen das chemische Praktikum im Mittelpunkt des Studiums. Außer den schwierigen Analysen waren auch die mündlichen Prüfungen bei Frau Dr. Göhring sehr anspruchsvoll und aufregend, so dass die Mädchen sich in jeder freien Minute zusammensetzten, schwierige Abschnitte besprachen und sich gegenseitig abfragten.

Margrit blieb dadurch fast täglich bis abends in Halle, manchmal sogar über Nacht, denn ganz in der Nähe der Institute wohnte die gute, alte Tante Goethert – eine Kusine zweiten Grades von der Weißenfelser Oma – bei der Margrit schon während des Sommersemesters öfter zum Mittagessen eingeladen worden war.

Diese rührende Tante lebte im Parterre eines schönen, alten Hauses in der Blumenstraße, und freute sich jedes Mal, wenn Margrit zu ihr kam. Da sie gern und gut kochte und auch noch ein Hausmädchen hatte, das ihr zur Hand ging, wurde Margrit bald ihr regelmäßiger Mittagsgast, und es entstand schnell eine herzliche Freundschaft zwischen der feinen, alten Dame und der jungen Studentin. Jetzt im Winter, wo es früh dunkel wurde und manche Züge von Berlin wegen der immer häufiger werdenden Fliegeralarme verspätet kamen oder ganz ausfielen, war es für Margrit eine große Hilfe, ab und zu bei Tante Goethert schlafen zu können, wo es im ersten Stock ein Gästezimmer mit schweren, alten Möbeln gab.

Nach jedem Besuch erkundigte sich die fürsorgliche Tante, wann Margrit wiederkäme, und was sie gern essen würde, und jedes Mal wünschte sich Margrit den feinen, lockeren Kartoffelbrei, den Tante Goethert trotz der knappen Zuteilungen mit Milch und einem Teelöffel Butter so delikat zu bereiten wusste, dass Margrit sich schon vormittags in den Vorlesungen darauf freute und „ihn ihr Leben lang nicht vergessen würde".

Nach den Mahlzeiten und abends musste Margrit immer noch ein Weilchen bei der Tante sitzen, was sie gern tat, und von ihren Erlebnissen an der Uni, aber auch von Weißenfels berichten und vor allem von ihrer armen, fast blinden Oma erzählen, die so geduldig ihr Leiden auf sich nahm. Umgekehrt begrüßten es zu Hause Mutter und Großmutter, dass Margrit in der Blumenstraße so herzlich aufgenommen wurde und sich auf diese Weise ein engerer Kontakt zu der bei allen beliebten Tante Goethert in Halle entwickelte.

25.

Die politischen Verhältnisse Ende 1942 sahen für Deutschland inzwischen alles andere als gut aus, denn Hitler konnte das ganze Jahr über dem Russlandfeldzug nicht die entscheidende Wende geben.

Hans-Dieter war mit seiner Fahrkolonne im Winter 1941 in endlosen Landmärschen von der Ukraine auf die Krim verlegt worden und hier zu einer Werkstatt-Kompanie der 24. Infanterie-Division versetzt worden, die in Simferopol stationiert war. Im April des folgenden Jahres schrieb Hans-Dieter von dort, dass er es, außer daheim in Weißenfels, nirgends schöner haben könnte als in dieser Autowerkstatt.

Im August 1942 wurden jedoch sämtliche Fahrzeuge seiner Abteilung auf die Eisenbahn verladen und in gut einer Woche von Süd- nach Nordrussland in die Nähe von Leningrad transportiert, von wo aus Hans-Dieter vor Weihnachten einen längeren Heimaturlaub nach Weißenfels bekam. Wie durch eine gnädige Fügung war er dadurch den Kampfhandlungen im Süden Russlands entkommen, denn schon zu dieser Zeit bahnte sich die Katastrophe von Stalingrad an, wo durch Hitlers sinnlose Aushaltebefehle die gesamte sechste Armee eingeschlossen und im Januar 1943 vollständig vernichtet wurde. Jedoch nicht nur in Russland, sondern auch in Nordafrika und auf den Weltmeeren erlitten die anfangs so erfolgreichen Streitkräfte Hitlers immer größere Niederlagen. An den weiterhin enthusiastisch verkündeten „Endsieg" konnte wirklich niemand mehr glauben, obschon es sehr gefährlich war, solche Gedanken zu äußern.

Es war in den ersten Kriegsjahren selbstverständlich gewesen, dass stündlich im Radio alle Erfolge der deutschen Truppen an den Kriegsschauplätzen gemeldet, und von den Weltmeeren die Versenkung unzähliger Schiffe durch Sondermeldungen mit Fanfarenklängen bekannt gegeben wurden. Und überall an den Volksempfängern der Frontsoldaten, in den Kasernen und in fast allen deutschen Wohnzimmern wurde dabei gejubelt und auf die erfolgreichen, tapferen Streitkräfte angestoßen! Aber sollte man sich darüber wirklich freuen?

Jetzt zum Ende des Jahres 1942, wo sich bereits die Kriegswende abzeichnete, die Gegner an allen Fronten vorrückten, und die Feinde Deutschlands triumphierten, merkten empfindsame Menschen allmählich, wie fragwürdig doch Freude und Genugtuung in Kriegszeiten waren, denn immer gab es dabei Tod und schweres Leid, und unendliche Werte gingen verloren.

Tatsächlich waren im Verlauf des Jahres Nacht für Nacht englische und amerikanische Bombengeschwader nach Deutschland geflogen, um ihre vernichtende Fracht auf große Industrie- und Rüstungszentren, Verkehrsanlagen, aber auch auf nichtmilitärische Ziele abzuwerfen, so dass die Bewohner in Westdeutschland von Angst und Schrecken zermürbt wurden und täglich um ihr Leben und das ihrer Angehörigen bangen mussten. Vorwiegend waren die Städte im Rheinland das Ziel der verheerenden Angriffe, aber selbst die Reichshauptstadt wurde nicht verschont, und dann gab es in Mitteldeutschland stets Voralarm. Näherten sich allerdings die Bomber den Leunawerken oder Halle und Leipzig, meldeten die Sirenen auch in Weißenfels Vollalarm, und es war Vorsicht geboten.

Während der Großvater stets ungerührt im Bett oder auf seinem Sessel im Wohnzimmer blieb, brachte Fräulein Albrecht die ängstliche und hilflose Oma gleich in den Luftschutzraum. Mama und die beiden Schwestern folgten etwas widerwillig, besonders wenn die Flak pausenlos schoss und Leuchtraketen den Himmel erhellten. Aber im Grunde glaubte im Haus niemand so recht, dass es die Geschwader auf Weißenfels abgesehen hätten, und es ging ja auch wirklich lange Zeit gut.

Inzwischen hatte Maidi im März 1943 ihr Abitur durch Fleiß und Eifer gut geschafft und war zum Arbeitsdienst nach Sitzenroda bei Torgau eingezogen worden. Dies eine Jahr, in dem Margrit nach ihrem Pflichtdienst wieder daheim in Weißenfels mit Maidi zusammen sein konnte, hatten die Schwestern sehr genossen. Sie fühlten sich wie immer eng miteinander verbunden, obwohl beide, Margrit durch ihr Studium in Halle und Maidi durch das bevorstehende Abitur, stark eingespannt waren. Zum Glück kehrte Margrit fast jeden Abend und manchmal auch früher von Halle zurück, und es blieb immer genug Zeit, einander von allen Erlebnissen zu berichten und über Probleme zu sprechen, vielfach auch noch nachts im Bett.

Ganz glücklich waren die Mädchen, wenn ein Wochenende ohne Exkursion oder sonstige Verpflichtungen vor ihnen lag, und sie es wie in alten Zeiten mit Mama und Papa, der öfter von Oschatz kam, verbringen konnten.

Doch wie schnell war dieses Jahr vergangen, und nun lagen wieder viele Kilometer zwischen den unzertrennlichen Schwestern, obwohl Sitzenroda nicht so weit weg war wie damals Mecklenburg, als Margrit dort ihren Arbeitsdienst ableistete.

Wie sehr die beiden aneinander hingen, kam in den liebevollen Briefen zum Ausdruck, die sie sich wöchentlich schickten und in denen sie ihre Sehnsucht nacheinander zum Ausdruck brachten. Vor lauter Heimweh schrieb Maidi an einem Sonntag im Juni an Margrit, dass sie nur noch weinen könne und sich nichts sehnlicher wünschte, als daheim bei ihrem Schwesterchen zu sein, das immer so lustige Gedanken hätte, und wo es immer so schöne Stunden gäbe.

Am Ende ihres Briefes stand, dass manche der gebildeteren Mädchen im Lager hofften, dass der Krieg bald verloren ginge und Hitler gestürzt würde und die jetzigen Arbeitsmaiden keinen Kriegshilfsdienst mehr machen müssten!

Leider sollte sich diese Hoffnung nicht erfüllen, denn in seinem Größenwahn hielt Hitler weiter an seinen Durchhalteparolen fest, und an ein Kriegsende war vorläufig nicht zu denken.

Doch für Maidi kam in den letzten Monaten der Arbeitsdienstzeit eine unerwartete Wendung: Ihr wurde die Betreuung des sechs Monate alten Babys der neuen Lagerleiterin übertragen, da sie durch das Praktikum im Säuglingsheim während der Schulzeit mit Babypflege vertraut war. Diese Aufgabe nahm Maidi mit großer Freude wahr, zumal nun für sie jeglicher Außendienst entfiel und sie ganz für das kleine Fränzchen sorgen musste, solange seine junge Mutter ihren Dienst tat.

Das Schönste war, dass Maidi auch später anstelle vom Kriegshilfsdienst weiterhin für Fränzchen sorgen und im Lager bleiben durfte, weil sie ihre Aufgabe sehr gewissenhaft und voller Liebe erfüllt hatte.

Die junge Mutter von Fränzchen war überzeugt von Maidis Zuverlässigkeit und legte ihr schon bald bei einer unerwarteten Dienstreise nahe, Fränzchen übers Wochenende mit nach Weißenfels zu nehmen, wo Mama ebenfalls ein wachsames Auge auf das Baby hatte, und alle von dem munteren, sich gut entwickelnden Bübchen begeistert waren.

Leider konnte Maidi dieser Aufgabe nicht allzu lange nachkommen, da sie im Herbst plötzlich eine schmerzhafte Nierenentzündung bekam, die sich länger hinzog, so dass sie auf ärztlichen Rat hin vorzeitig aus dem Kriegshilfsdienst entlassen wurde. Noch vor Weihnachten kehrte sie nach Weißenfels zurück und konnte Berufspläne schmieden, als es ihr langsam besser ging, und sie im neuen Jahr ihre endgültige Entlassung aus dem Kriegshilfsdienst schriftlich bestätigt bekommen hatte.

26.

Margrit war in Halle inzwischen im vierten Studiensemester und musste nun im chemischen Praktikum quantitative und Gas-Analysen durchführen und hatte sich außerdem für das große Botanische Praktikum angemeldet.

In den langen Sommerferien hatte sie mit Herta, Erika und zwei anderen Studentinnen ihren Kriegsdienst im Botanischen Garten abgeleistet. Hier sollten die Mädchen täglich acht Stunden den Gärtnerinnen beim Sauberhalten der Beete, Rabatten und Wege helfen, was zwar nötig, aber mit der Zeit schrecklich langweilig wurde, obwohl alle versuchten, sich dabei Pflanzennamen einzuprägen und Angehörige der verschiedenen Pflanzenfamilien kennen zu lernen.

Die Lust, mehr zu schwätzen als zu arbeiten und an heißen Tagen irgendwo versteckt im Gras zu liegen, nahm leider immer mehr zu, und da niemand genau prüfen konnte, was die Mädchen am Tag geschafft hatten, war die Arbeit auch unbefriedigend und wenig erfolgreich, so dass Margrit manchmal etwas wehmütig an die interessanten Tage beim Leuna-Einsatz im letzten Jahr zurückdachte, wo aber jetzt wegen der täglich drohenden Luftangriffe niemand mehr eingesetzt wurde.

Am Ende des Wintersemesters 1943/44, das für Margrit wegen des großen Botanischen Praktikums und der komplizierten chemischen Analysen anstrengend war, hörte sie beim Studentensport durch Zufall, dass noch Teilnehmer für einen zweiwöchigen Ski-Aufenthalt auf der Alpenrosenhütte bei Kitzbühl gesucht würden – auch Studenten, die nicht Sport studierten, jedoch Skier hätten und etwas geübt seien.

Wie konnte so etwas mitten im fünften Kriegswinter möglich sein? Und wäre das nicht eine herrliche Gelegenheit, mal in den Alpen Ski zu fahren mit netten Kommilitoninnen, die sie vom Sport her kannte? Es sollte zwar primitiv auf der Hütte zugehen, ohne fließendes Wasser, schlecht geheizt, mit Matratzenlager und einfachem Essen, aber Schnee im Überfluss!

Margrit meldete sich und wurde angenommen! Sie startete am 28. Februar 1944 nachts in einem überfüllten D-Zug voller gespannter Erwartung mit den Hallenser Sportfreunden gen Süden. Die nächtliche Fahrt stehend auf dem Gang mit großer Verspätung und Umsteigen in München und Wörgl war schon anstrengend, aber der dreistündige Anstieg von Westendorf auf die erstrebte Alpenrosenhütte durch dicken Schnee, mit Rucksack und Skiern auf den Schultern, nahm allen die letzten Kräfte.

Die Gruppe war von drei Uhr nachmittags bis sechs Uhr abends unterwegs, und kam „halbtot“ oben an, wie Margrit ins

Tagebuch schrieb, jedoch nach der ersten Nacht in einer Dachstube zu sechst, sah die Welt anders aus, und alle fanden den primitiven, aber gemütlichen Hüttenbetrieb ganz in Ordnung. Auch das Waschen am Brunnen draußen im Schnee, wobei es nur zum Zähneputzen eine Kanne mit warmen Wasser gab, war lustig und nicht so schlimm wie befürchtet.

Nun folgten zwölf Tage, an denen die eifrigen Skifahrer bei fast jedem Wetter draußen am Hang waren, im Kreuz- oder Stufenschritt hinaufstiegen und im Tiefschnee abfuhren, bis allmählich eine Art Piste entstand. Ein Sportstudent aus Halle und ein junger Österreicher, die beide prima Ski fahren konnten, gaben Anweisungen, und es wurden Schwünge zum Hang hin und vom Hang weg geübt, Tiefschnee gefahren und eine Slalompiste „präpariert".

Da Margrit zu den „fortgeschrittenen Anfängern" gehörte, durfte sie bald mit höher hinaufsteigen und an Touren mit Fellen, die unter die Skier geschnallt wurden, zum Nachtsöllberg oder zum Brechhorn teilnehmen.

Immer wieder kam Neuschnee, und die Pisten mussten erneut glatt gefahren werden, es gab jedoch auch Stunden, wo bei wildem Schneegestöber oder Nebel keine Sicht war und niemand hinaus konnte. Dann wurde im großen Aufenthaltsraum der Hütte gespielt und erzählt oder geschrieben und abends oft gesungen und sogar getanzt.

Der Höhepunkt für Margrit war der Tag, an dem sie als einziges Mädchen, das nicht zu den Sportstudenten gehörte, die Tour zum Hahnenkamm bei Kitzbühl mitmachen durfte. Mit der Schwebebahn ging es von Kitzbühl aus hinauf, aber beim Anblick der steilen, wie eine enge Rodelrennbahn gestalteten „Hahnenkamm-Abfahrt", die in vielen Kurven ins Tal führte, verließ sie plötzlich der Mut.

Doch sie hatte keine Wahl! Als die sechsköpfige Gruppe von der Alpenrosenhütte startete, und Margrit mit eingereiht wurde, musste sie all ihre Kraft zusammennehmen. Sie sauste los, nur darauf achtend, nicht zu stürzen, und es gelang ihr tatsächlich bei dem Tempo die Skier durch die steilen Kurven zu lenken und nicht zu fallen, so dass sie voller Freude und Stolz heil unten ankam.

Ja, es war beglückend für Margrit, hier in der herrlichen Bergwelt täglich mit eifrigen Kameradinnen auf tiefverschneiten Hängen die Kunst des Skifahrens zu üben, wenn es auch noch keine Lifte und keine präparierten Pisten gab und keine ausgebildeten Skilehrer, die die richtigen Techniken vermittelten.

27.

Mitte März kehrte sie ganz begeistert und erfüllt von all ihren Erlebnissen nach Weißenfels zurück, und es klingt fast unglaublich: Hier in ihrem Elternhaus waren trotz Krieg und Entbehrungen die Vorbereitungen für ein großes Fest im Gange: Die goldene Hochzeit der Großeltern Richard und Helene sollte am 28. März – im Kriegsjahr 1944 – festlich begangen werden, so wollten es die drei Töchter.

Seit langem hatte Mama, die schon während des ganzen Krieges gut organisieren konnte, Lebensmittel gespart oder eingetauscht, und an Geflügel, Eiern, Mehl, Gemüse und Obst fehlte es ohnehin nicht, so dass ein mehrgängiges Festessen mit der engeren Familie und vielen Verwandten geplant war.

Und das Schicksal meinte es gut, denn nicht nur der Papa aus Oschatz konnte kommen, sondern auch die Vettern Peter und Klaus aus Weimar, die inzwischen ebenfalls eingezogen waren, erschienen in schicken Uniformen. Hans-Dieter hatte nach einer Blinddarmoperation am 9. März auf dem Hauptverbandsplatz in Luga und Weiterbehandlung im Reserve-Lazarett in Zichenau (im südlichen Ostpreußen) vom 18. bis 30. März Genesungsurlaub in Weißenfels.

Am Vormittag der goldenen Hochzeit kamen viele Gratulanten aus der Stadt und noch mehr Blumen und Post, und Margrit und Maidi spielten für die Großeltern den fleißig geübten Militärmarsch von Schubert vierhändig auf dem Klavier.

Der Höhepunkt des Tages war das große Festessen an einer blumengeschmückten Tafel unten im Esszimmer mit vielen Reden und Gedichten über die lange Ehe in bewegten Zeiten. Die leckeren Gerichte, die von Frau Pätzold, der extra bestellten Kochfrau, bereitet und fein angerichtet serviert wurden, ließen kaum glauben, dass längst alle Lebensmittel knapp bemessen nur auf Karten zu haben waren, so gut hatten die Töchter vorgesorgt. Sie wollten den geliebten Eltern als Dank für alles, was sie in den vielen Jahren für die Familie getan hatten, eine besonders schöne Feier bereiten, die niemand so schnell vergessen sollte.

Die jungen Mädchen trugen wie ihre Mütter lange Kleider, die aus älteren Festkleidern für sie umgeändert worden waren, und nach dem Abendessen wurde sogar getanzt, wobei Margrit, Maidi und Gina zu dritt einen kleinen Extratanz aufführten.

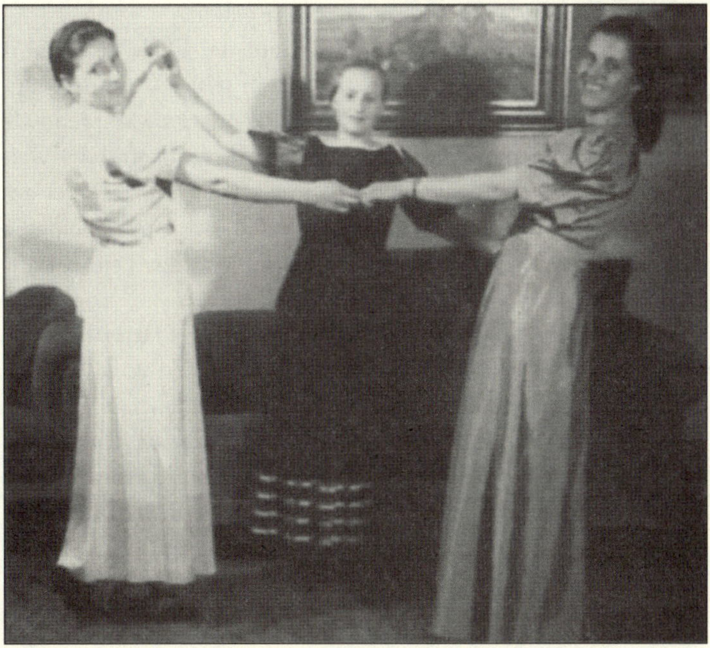

Die Großeltern genossen den schönen Tag im Kreis ihrer nun auch schon betagten Geschwister, Kinder und Enkel voll stiller Dankbarkeit, obwohl Helene, trotz aller äußeren Beherrschung, in ihrem festlichen, schwarzen Kleid und mit ihren gepflegten, weißen Haaren recht blass und müde wirkte. Und es schien tatsächlich, als hätte sie nur noch mit Mühe die letzten Kräfte für dieses große Familienfest aufgespart, da die Familie ihr Leben war! In den nächsten Wochen und Monaten wurde sie zusehends schwächer – ein Nierenleiden quälte sie – und kurz nach ihrem 74. Geburtstag im September schlief sie in ihrer vertrauten Umgebung für immer ein.

Margrit und Maidi – obwohl sie während all der Jahre im Krieg von Tod, Leid und Nie-mehr-Wiedersehen gehört hatten – konnten es einfach nicht fassen, dass die Großmutter nun nicht mehr bei ihnen sein sollte, denn obgleich sie schon lange krank war, so gehörte sie einfach mit dazu und stets konnte man zu einem Gespräch zu ihr gehen.

Sie wurde noch am gleichen Tag auf der Diele aufgebahrt und lag nun festlich gekleidet und schön frisiert in ihrem blumengeschmückten Sarg, so als schliefe sie nur. Es war irgendwie tröstlich, dass sie noch daheim war. Auch Arsands und die Weimarer kamen, um Abschied zu nehmen. Als der Sarg aber am nächsten Tag von vier ernst aussehenden, schwarzgekleideten Männern aus dem Haus getragen wurde, war das Leid für alle fast unerträglich!

Erst als bei der Trauerfeier der freundliche Pfarrer Pape die Worte aus dem ersten Buch Mose (24, Vers 56) vorlas: *Haltet mich nicht auf, denn der Herr hat Gnade zu meiner Reise gegeben. Lasst mich, dass ich zu meinem Herrn ziehe,* ahnten die Enkelinnen, dass sie nicht traurig sein dürften, da der Tod die Menschen heimwärts führt und sie von allem Erdenleid erlöst. Und sie fühlten sich dadurch ein wenig getröstet.

28.

Maidi hatte sich nach dem vorzeitigen Ausscheiden aus dem Kriegshilfsdienst im Lauf des Winters von ihrer Nierenentzündung erholt und beschlossen, in Weimar Innenarchitektur zu studieren. Das dafür erforderliche Praktikum in einer Tischlerei konnte sie bereits im April in Weimar beginnen, wo sie bei Tante Leli und Onkel Eduard wohnen durfte und bei dem netten Tischler ganz neue Fertigkeiten erlernte, die ihr viel Freude bereiteten. Als Abschlussarbeit „baute" sie später tatsächlich einen wunderschönen Tisch mit eingelegtem Schachbrett, den alle bestaunten, und an dem sogar viel, viel später noch ihre Enkel in Ostfriesland ihre Freude hatten.

Im Haus von Müllers lernte sie in dieser Zeit Horst Nebe, einen jungen, sehr redegewandten Leutnant kennen, der eigentlich Lenelore den Hof machte, die ihn aber immer wieder mit kecken Worten abwies, so dass er sich bald Maidi zuwendete und deren Freundschaft suchte. Diese fand ihn zwar nett und unterhaltend, konnte jedoch seine Zuneigung nicht so recht erwidern; trotz allem war er jahrelang ein gern gesehener Gast bei Tante Leli in Weimar und sollte auch in Margrits Leben später noch eine Rolle spielen.

Margrit war inzwischen in ihrem fünften Semester in Halle mit dem großen Zoologischen Praktikum und pflanzenphysiologischen Übungen bei Professor Montfort beschäftigt. Sie war etwas traurig, denn sie vermisste ihre Freundinnen: Erika hatte nämlich mit dem Studium aufgehört und den Sohn der Familie, bei der sie in Halle wohnte, geheiratet. Anfang Mai feierte auch Herta ihre Hochzeit mit dem jungen Arzt Ingwert Groh aus Dresden, den Margrit besonders nett fand!

Er hatte eine Stelle in einem Dresdner Lazarett in Aussicht, so dass Herta dort im Wintersemester an der Technischen Hochschule weiterstudieren wollte.

Zum Glück verstand sich Margrit zu dieser Zeit mit Maria Kretschmann, einer Pfarrerstochter aus Wuppertal, die ebenfalls Biologie studierte, recht gut, und da Herta kaum da war, traf sich Margrit an den Abenden jetzt öfter mit Maria, nicht um zu arbeiten, sondern über aktuelle Probleme zu sprechen, besonders auch über Glaubensfragen. Marias Vater gehörte allerdings zu den *Deutschen Christen,* die sich mit den Hitlerleuten in gewisser Hinsicht arrangiert hatten, und Margrit merkte bald, dass sie mit Maria nicht immer einer Meinung sein konnte.

Trotzdem hing sie an Maria, die ihr immer sehr erwachsen vorkam und ihr in Uni-Fragen viel helfen konnte. Am meisten bedeutete ihr jedoch ihre Freundin Herta.

Im Lauf des Sommers spielte daher Margrit öfter mit dem Gedanken, Hertas Vorschlag zuzustimmen und mit ihr an die Technische Hochschule nach Dresden zu gehen, weil sie ohnehin einmal in einer anderen Stadt studieren wollte. Dresden war nur gut drei Bahnstunden von Weißenfels entfernt, das heißt, sie könnte regelmäßig heimfahren, um die Eltern und Maidi, die ja in der Woche sowieso in Weimar war, wiederzusehen. Auch wohnte Opas jüngster Bruder Walter mit seiner Frau Ella in Dresden, die ihr gewiss bei der Zimmersuche behilflich wären. So wurde der verlockende Gedanke, Herta in die schöne Stadt an der Elbe zu folgen, bald eine fest beschlossene Sache.

Aber es blieb noch viel zu tun, denn der Kriegseinsatz, den Margrit in den Semesterferien diesmal bei der Saatzuchtanstalt van Waveren in Weißenfels ableistete, wo sie acht Wochen lang täglich von 7 bis 12 und von 13 bis 18 Uhr Samen von gekreuzten Möhren, Kümmel, Tomaten, Gurken und anderen Gemüsen ernten, trocknen und in Tüten sortieren musste, war oft sehr anstrengend, besonders an heißen Tagen, dass wissenschaftliches Arbeiten abends nicht mehr in Frage kam.

Doch Margrit war fest entschlossen, alle Vorlesungen vom letzten Semester noch abschließend auszuarbeiten und die Wissensgrundlagen von Praktikum und Übungen in den einzelnen

Fächern schriftlich festzuhalten, ehe sie ihr Studium an einer anderen Hochschule fortsetzen würde.

29.

So vergingen die letzten Tage der Semesterferien mit viel Arbeit, und am 30. Oktober exmatrikulierte sie sich in Halle, um am 2. November frühmorgens nach Dresden abzureisen.

Wegen Bombengeschwadern, die ausgerechnet einmal den Süden von Mitteldeutschland zum Ziel hatten und überall Fliegeralarm auslösten, fuhren an diesem Tag fast alle Züge verspätet ab, so dass kein Anschluss klappte, und Margrit erst nachmittags um vier Uhr ziemlich erschöpft in Dresden eintraf. Sie wurde von Tante Ella und Onkel Walter herzlich empfangen und zum Kaffee eingeladen, wo sie hörte, dass sie zunächst nebenan in einem einfachen Zimmer bei dem netten Pfarrer Mickel und seiner Frau unterkommen könnte, bis Anfang Dezember ihr eigentliches Quartier in der Gerokstraße zu beziehen sei.

Am nächsten Tag traf sie mit Herta, die in Dresden-Klotzsche bei den Schwiegereltern wohnte, an der Uni zusammen, und gemeinsam erledigten sie die nötigen Formalitäten, belegten die geplanten Vorlesungen und meldeten sich zum großen Botanischen Praktikum für Fortgeschrittene an, das Professor Tobler leitete, der sich sehr um seine Studenten kümmerte.

So war für alles gut gesorgt, und Margrit fühlte sich schon nach kurzer Zeit recht wohl in der schönen, unbeschädigten Stadt, deren vielen Sehenswürdigkeiten sie an freien Tagen von Herta und ihrem Mann Ingwert gezeigt bekommen sollte. Bald lernte sie auch Ingwerts Eltern und Schwester kennen, die sehr an Musik und Kunst interessiert waren, und wurde öfter in deren schönes, altes Haus nach Klotzsche eingeladen.

Zum ersten Adventssonntag fuhr sie endlich mal wieder heim, um von allem zu berichten, und nachmittags gab es mit der ganzen Familie eine gemütliche Adventsfeier bei Arsands und Kaffeetrinken in großer Runde.

In Dresden konnte sie nach ihrer Rückkehr, wie geplant, zu der alten Frau Goltz in die Gerokstraße umziehen, wo sie ein größeres, möbliertes Eckzimmer mit Waschgelegenheit bekam, was sie gemütlich einrichtete und adventlich schmückte, und in dem sie sich bald recht heimisch fühlte.

Wer hätte an dem schönen Wochenende, das Margrit daheim in Weißenfels verbrachte hatte, ahnen können, dass kurze Zeit später die geliebte Villa an der Saale nicht wiederzuerkennen war! Am 15. Dezember hatte nämlich eine verirrte Luftmine bei ihrem Auftreffen mitten auf der Insel etwa fünfzig Apfelbäume aus der Erde gerissen und durch die Luft geschleudert und einen Bombentrichter von vierzehn Meter Durchmesser hinterlassen.

Durch die enorme Druckwelle waren außerdem in der Villa nicht nur gut fünfzig Fenster mit über fünfhundert Scheiben zerstört, sondern auch viele Türen aus den Angeln gehoben worden, und die Wände hatten bedrohliche Risse bekommen.

Zum Glück saßen Mama, Maidi und Fräulein Bahr, die neue Haushälterin aus Hohensalza, im Luftschutzkeller, wo sie voll Schrecken den Donner des Einschlags vernahmen und natürlich wegen des Großvaters in Angst waren, der wie immer seinen Sessel im Wohnzimmer nicht verlassen hatte. Er war tatsächlich durch den Luftdruck mitsamt seinem Sitz quer durch den ganzen Raum geschlittert, jedoch wie durch ein Wunder unverletzt geblieben und fragte nur verärgert, als die Familie nach ihm schaute: „Was ist denn nun schon wieder los?"

Margrit war traurig beim Anblick ihres demolierten Zuhauses, als sie Weihnachten heimkam, denn besonders die Veranda und das große Dielenfenster sahen trostlos aus, aber die Mama meinte aufmunternd: „Das lassen wir alles wieder machen, doch Weihnachten müssen wir diesmal im Wohnzimmer statt auf der Diele feiern!"

Es wurde bei provisorisch abgedichteten Fenstern trotz allem ein friedlicher Heiligabend im kleinen Kreis, zu dem nur Tante Leni kam, und selbst in der Silvesternacht bei Arsands wünschten sich alle um Mitternacht ein gesundes und gutes neues Jahr, obwohl jeder wusste, dass ein katastrophales Kriegsende unaufhaltsam auf Deutschland zukam!

Da Papa Anfang Januar überraschend Urlaub bekam, kehrte Margrit erst in der zweiten Januarwoche nach Dresden zurück, um das Semester noch zum Abschluss zu bringen.

Einerseits war die heranrückende russische Armee noch weit genug entfernt, andererseits glaubten viele Dresdner, ihre schöne Stadt würde von Fliegerangriffen verschont, damit sie den Feindmächten unversehrt in die Hände fiele. Deshalb herrschte in Dresden Anfang 1945 noch eine relativ ruhige und gelassene

Stimmung, und selbst die Familie in Weißenfels ließ Margrit unbesorgt an ihren Studienort zurückkehren.

Hier erlebte sie gleich am zweiten Abend eine tolle Überraschung, als nämlich Horst Nebe, Maidis Bekannter aus Weimar, unangemeldet bei ihr auftauchte. Er war für einige Wochen in Dresden stationiert, hatte von Maidi die Adresse in der Gerokstraße erhalten und stand nun vor ihr mit strahlenden Augen und überfließender Herzlichkeit. Wenn er auch an diesem Abend nur eine halbe Stunde Zeit zum Plaudern hatte, so lud er doch Margrit für Samstag zum Ausgehen ein und schien so glücklich über das Wiedersehen zu sein, dass es Margrit ganz warm ums Herz wurde.

Diese Verabredung wurde für Margrit in ihrem sonst eher bescheidenen Studentenleben ein ganz besonderer Höhepunkt, denn Horst, der als junger Fliegeroffizier noch mancherlei Vergünstigungen hatte, lud Margrit zu einem feinen Abendessen in den „Luisenhof" auf dem „Weißen Hirsch" oberhalb von Dresden ein. Im Anschluss daran besuchten sie kurz das „Italienische Dörfchen", und im Keller-Restaurant des Palasthotels unten in der Stadt wurde der Abend mit anregenden Gesprächen beendet. Margrit war so erfüllt von diesem Treffen, dass sie später in ihr Tagebuch schrieb: *Alles war sehr, sehr schön!*

Trotz der bedrohlichen Kriegslage wurde auch das nächste Wochenende zu einem besonderen Erlebnis, denn Lenelore hatte sich für ein paar Tage bei Margrit zu Besuch angemeldet, und wieder wurde Horst zum perfekten Gastgeber, indem er die beiden jungen „Damen" zu Kaffee und „Quarkkeulchen", einer sächsischen Spezialität, auf den „Weißen Hirsch" einlud, wo man an diesem sonnigen Wintertag einen herrlichen Blick über die wunderschöne Elbestadt mit all ihren Kuppeln und Türmen hatte.

Am Abend wurde im Ratskeller, am nächsten Tag im Palasthotel lecker gegessen. Dort gab es sogar noch Wein zu bestellen, und alles spendierte Horst wie selbstverständlich, obwohl Lenelore ihn nach wie vor mit kecken Bemerkungen bedachte und seine charmante Art nicht ernst zu nehmen schien.

Margrit fand das traurig und irgendwie ungerecht, weil sie sich, ohne es wahrhaben zu wollen, ein wenig in ihn verliebt hatte. Als er Ende Januar vor seinem Einsatz im Osten zum Lebewohlsagen in die Gerokstraße kam, nahmen sich beide fest in die Arme, versprachen sich zu schreiben und träumten von einem Wiedersehen.

Da sich im Osten durch die russische Offensive immer mehr Menschen zur Flucht gezwungen sahen, die mit Treckern, Pferdewagen, Handwagen und zu Fuß in Scharen auf dem Weg nach Westen waren oder in überfüllten Zügen in Dresden eintrafen, wurden alle verfügbaren Kräfte zur Flüchtlingsbetreuung eingesetzt. Selbst Margrit, die das letzte Wochenende im Januar wegen Kohlenmangels bei Herta und Familie Groh in Klotzsche verbrachte, musste zur Einsatzbesprechung für den Bahnhofsdienst nach Dresden kommen, und in den folgenden Wochen fiel vieles an der Uni wegen der dringenden Flüchtlingsbetreuung aus.

Auch für Nachtwachen auf den Speichern der Institute, wofür Margrit schon in Halle regelmäßig eingesetzt worden war, wurden Studentinnen gebraucht, und strafgefangene Frauen aus dem Osten, die im Unigebäude putzten, mussten beaufsichtigt werden, so dass an ein ordnungsgemäßes Studium kaum mehr zu denken war. Margrit hatte nur noch das Ziel, ihr Botanisches Großpraktikum und Vorlesungen in Biochemie sowie die über Faserstoffe und Tropenpflanzen zu einem vernünftigen Ende zu bringen.

Anfang Februar hörte Herta tatsächlich mit dem Studium ganz auf, weil sie ein Kind erwartete. Wegen der Gefahr aus dem Osten wollte sie schnell in ihre ländliche Heimat nach Hessen zurück, um dort das Baby zur Welt zu bringen. Margrit begleitete sie am 12. Februar gegen fünf Uhr zu dem geplanten Zug, doch der Bahnsteig war so voller Menschen, dass sich keiner auch nur einen Schritt vorwärts bewegen konnte, und Herta fürchtete verzweifelt, dass sie nicht mehr von Dresden wegkäme. Nach langer Wartezeit fuhr die Bahn endlich mit viel Verspätung ein, und wie durch ein Wunder erreichte Herta in dem Gedränge eine Abteiltür und wurde mit ihrem Gepäck hineingeschoben. Von diesem Moment an waren die Freundinnen für viele Jahre voneinander getrennt.

30.

Am nächsten Abend – es war Dienstag, der 13. Februar 1945 – war Margrit erst um acht Uhr abends von einer Vorlesung heimgekommen und saß nach dem Abendbrot ruhig lesend in ihrem Zimmer in der Gerokstraße, als es gegen halb zehn zu ihrem Erstaunen gleich Vollalarm gab. Obwohl ihre Wirtin und die anderen Untermieter der Wohnung eiligst in den Keller gingen, beschloss Margrit zuerst oben zu bleiben und abzuwarten, wie sie es bisher immer getan hatte.

Doch irgendwie war ihr die Sache nicht ganz geheuer, und obwohl alles ruhig blieb, zog sie plötzlich die Stiefel an, packte ihre wichtigsten Papiere in die Mappe und suchte zum ersten Mal, seitdem sie in Dresden war, den Luftschutzkeller auf.

Kaum war sie fünf Minuten dort, als das Krachen schon losging! Sofort war jedem klar, dass dies Bomben sein mussten. Es war so ohrenbetäubend und schrecklich, dass sich alle unwillkürlich auf den Boden duckten und jede Minute glaubten, dass das Haus über ihnen zusammenfiele. Schlag auf Schlag kamen die Einschläge, die Mauern erzitterten, und über ihnen im Haus klirrte und krachte es.

Es waren furchtbare Minuten, die zu Ewigkeiten wurden, und während denen Margrit immer klarer wurde, dass jeder Schlag den tödlichen Treffer bringen konnte. Es herrschte atemlose Stille im Keller, nur ein paar Kinder weinten ängstlich, und ab und zu stöhnte jemand verzweifelt auf. Margrit schlug das Herz bis zum Halse.

Als dann endlich, endlich das Krachen nachließ, und die Menschen sich langsam erhoben, zitterte Margrit am ganzen Körper. Ihre Zähne schlugen aufeinander, obwohl sie wusste, dass nun die schlimmste Gefahr vorüber war.

Vorsichtig öffneten einige mutige Hausbewohner die Kellertür, doch es drang so brenzlicher Geruch und Rauch herein, dass jeder dachte, im Haus würde es brennen. Das war zum Glück nicht der Fall. Wie aber sah es draußen aus! Die Nacht war taghell von dem glühenden Feuerschein der Brände ringsum. Am schlimmsten brannte das Nachbarhaus, in dem Tante Ella und Onkel Walter früher mal gewohnt hatten, von Margrits Haus lediglich durch eine Seitenstraße getrennt. Wild schlugen die Flammen aus den Fenstern und drohten weitere Häuser anzuzünden.

Es eilten gleich einige Bewohner, darunter auch Margrit, in die Wohnungen hinauf, um bei dem schrecklichen Sturm, der aufgekommen war, die Funken, die in die Zimmer flogen, zu löschen. Obwohl das elektrische Licht nicht mehr funktionierte, war es ganz hell im Raum, so dass Margrit in aller Eile ihre Koffer packen konnte.

Das Zimmer sah wüst aus: Verdunklungsvorhänge und Fenster waren herausgeflogen, Waschschüssel und Wasserkanne lagen kaputt auf dem Boden, und der Inhalt war über den Teppich geflossen. Die Tür hing nur noch im Rahmen, und der Boden war bedeckt mit Glasscherben und Mörtelbrocken. Blitzschnell rannte Margrit hin und her, und alles, was sie im Feuerschein von ihren Sachen finden konnte, stopfte sie in die Koffer.

Immer wieder lief sie zum Eckzimmer der Wohnung, um nach dem brennenden Nachbarhaus zu sehen. Der Wind trieb zum Glück die Flammen in die entgegengesetzte Richtung, so dass sie eigentlich annehmen konnte, dass „ihr" Haus vom Feuer verschont blieb.

Trotzdem brachte sie die gepackten Koffer gleich in den Keller und half anderen Bewohnern Gepäck und Bettzeug hinunterzubringen, in der ständigen Sorge, dass durch Funkenflug das Gebäude vielleicht doch noch zum Brennen käme. Und das war gut so!

Ab und zu eilte Margrit sogar auf die Straße und schaute von außen, ob keine Feuersgefahr bestünde. Es war wirklich ein schauriges Bild, was sich da bot. Wie ein Orkan fegte der Wind durch die Straßen und jagte glühenden Rauch und Funken vor sich her. Die Bürgersteige waren bedeckt mit Glas, Ziegeln, Steinen und Mörtel. Über der Straße hingen die Drähte der elektrischen Straßenbahn herab, überall lagen zersplitterte Bäume. Am schaurigsten war der Anblick der brennenden Häuser und der armen Leute, die mit ihren Koffern verzweifelt davor saßen und in die Flammen starrten.

Das prasselte und krachte nur so da oben. Ein Giebel nach dem anderen stürzte brennend herab, die Balken fielen glühend von einer Etage in die nächste, Flammen schlugen meterweit aus den Fenstern. Wie lange würde dieses furchtbare Schauspiel noch dauern können, bis alles ausgebrannt war?

Es war gegen ein Uhr nachts, und Margrit stand wieder mit einigen Nachbarn auf der Straße und schaute ins Feuer, als es plötzlich einen wahnsinnigen Lärm von tieffliegenden Flugzeugen über ihren Köpfen gab. Und schon krachten erneut die Bomben! Eine Sirene existierte ja nicht mehr! Jeder lief, so schnell er konnte, in sein Haus zurück und stürzte in den Keller, denn jetzt folgte der zweite furchtbare Angriff!

Diesmal glaubte Margrit wirklich nicht, dass sie mit dem Leben davonkäme. Wie Donnerschläge gingen die Bomben nieder, und die Wand, an der sie lag, wackelte schrecklich, als würde sie gleich einstürzen. Es waren furchtbare Minuten, die kein Ende nehmen wollten. Es schien, als ginge die Welt unter.

Im Haus dröhnte und krachte es unaufhörlich, als gingen sämtliche Bomben direkt hier herab. Was würde noch alles kommen? Alle lagen wie gelähmt auf dem Boden.

Doch, gottlob, auch diesmal hielt das Haus stand! Allmählich hörte der Lärm auf, und zitternd erhoben sich die Menschen. Jetzt brannte es bestimmt im Haus, denn der Qualm und der brenzliche Geruch im Keller wurden immer schlimmer. Alles drängte zur Treppe. Da konnte aber niemand mehr hinauf, denn beim Öffnen der Tür drang dichter, roter Rauch von oben in den Keller hinein, und die Leute schrien: „Es brennt, es brennt!“ Und keiner wusste so recht wohin. Irgendwo musste doch ein Notausgang sein?

Die Menschen waren vor Aufregung halb wahnsinnig und liefen verzweifelt hin und her. Soldaten, die zum Glück mit im Keller gewesen waren, fanden schließlich den Durchbruch zum Nachbarhaus und machten ihn frei. Durch das enge Loch in der Mauer konnte nun einer nach dem anderen hindurchklettern. Doch das ging so langsam, dass die hinten Stehenden vor lauter Rauch fast erstickt wären, wenn sie nicht Tücher in das Wasser der Löscheimer getaucht und vor den Mund gehalten hätten.

Endlich kroch auch Margrit mit ihren beiden Koffern in den Durchbruch zum Nachbarkeller, aber was mussten hier noch alle für Angst ausstehen, denn niemand fand den Kelleraufgang, und immer hieß es „Zurück, hier geht´s nicht weiter“.

Es war schrecklich! Lieber wäre man von einer Bombe getroffen worden, als jetzt im Keller ersticken zu müssen. Die Leute waren wie erlöst, als die Soldaten endlich die Treppe entdeckten, die zu einer Hauseinfahrt führte, wo es nur so von Funken regnete und Margrit ihren Mantel mit Löschwasser nass machte, um hindurchzulaufen.

Was bot sich jedoch vorn an der Straße für ein schreckliches Bild: Alles ringsum brannte lichterloh, und keiner wusste wohin. Ein Soldat rief: „Rennen Sie hinüber zum Friedhof, da brennt es weniger!" So schnell Margrit mit ihren Koffern vorwärts kam, lief sie durch den glühenden Rauch hinüber zur Friedhofsmauer, wo sie ganz zufällig Tante Ella und Onkel Walter traf, die hier verzweifelt mit ihrem Gepäck saßen.

Wie glücklich war Margrit, als sie endlich im Freien war, obwohl sie die Angst vor einem neuen Angriff nicht losließ. Wo sollte man dann hin? Jedes Haus, so weit man sehen konnte, brannte. Margrit erfüllte nur ein Gedanke: Hinaus aus diesem Flammenmeer und hinaus aus dieser Stadt, ehe die Bomber wiederkämen.

Wie sollte sie das jedoch mit ihren schweren Koffern machen? Und stehen lassen wollte sie ihr Gepäck auch nicht, nachdem sie es glücklich aus dem Keller gerettet hatte. Deshalb ging sie zunächst ganz langsam wegen der Schlepperei mit ihren Verwandten mit, immer an der Friedhofsmauer entlang bis zur Fürstenstraße. Dort wollte sie hinunter zur Elbe, weil die Straße nach rechts so lichterloh brannte, dass die Menschen, die hindurchwollten, mit ihren Kleidern Feuer fingen.

Inzwischen fing es auch noch an zu regnen, und alle suchten Schutz an einer überdachten Hauswand, wo sie auf den Koffern sitzend ausruhen konnten. Hier traf Margrit mit einem jungen Mädchen zusammen, das in Dresden in Stellung, jedoch bei Leipzig zu Hause war und sich ihr anschließen wollte. Sie hatte nichts gerettet, auch kein Geld, und bot Margrit an, die Koffer tragen zu helfen, wenn sie ihr dafür mit Geld und Essen aushelfen würde, was Margrit gern versprach.

Die beiden machten sich also zusammen auf den Weg, nachdem sich Margrit von Tante Ella und Onkel Walter verabschiedet hatte, die zu ihrer Tochter wollten.

Zuerst gingen die Mädchen geradewegs zur Elbe hinunter und dann elbabwärts bis zur Albertbrücke. Sie kamen jedoch nur langsam vorwärts, da sie die schweren Koffer oft absetzen mussten und vor lauter Rauch, Ruß und Funken kaum sehen konnten. Als sie endlich über eine nicht gar so beschädigte Brücke zum anderen Ufer gelangten, hieß es: „Hier geht es nicht weiter, denn man erstickt vor Rauch!" Deshalb setzten sie sich zunächst auf eine zur Elbe hinunterführende Treppe, um zu beraten, konnten aber auch hier nicht lange bleiben, da der starke Funkenflug die Kleidung zu versengen drohte.

Wohin man schaute sah man nichts als Feuer und Zerstörung! Drüben brannte das Schloss, die Schlosskirche, die Kunstakademie, die Oper, ja alles, was man erblickte. Im Dämmerlicht des beginnenden Tages bot sich wirklich ein Bild des Jammers!

Trotz Rauch und Funkenflug setzten die beiden Mädchen schließlich ihre Wanderung am Elbufer fort, obwohl Margrits Begleiterin kaum noch gehen konnte. Sie waren heilfroh, als zwei Männer, die mit den jungen Dingern Mitleid hatten, die Koffer ein Stück auf dem Fahrrad mitnahmen. Über Bombentrichter und schlammiges Ufergelände kamen sie dadurch in verhältnismäßig kurzer Zeit unter der Marien- und Augustusbrücke hindurch bis zur Eisenbahnbrücke. Hier nahmen die Männer einen anderen Weg, und auch die Mädchen verließen das Elbufer und bogen in die Leipziger Straße ein, die Richtung Radebeul führte, von wo aus noch Züge nach Leipzig fahren sollten. Wie glücklich waren die beiden, als sie das hörten.

Nun hatten sie bald die brennenden Häuser hinter sich, und da ab Mickten noch Straßenbahnen fuhren, gelangten sie schnell nach Coswig, wo sie sich waschen konnten und etwas zu essen bekamen. Überall mussten sie von ihren Erlebnissen erzählen, waren sie doch mit die ersten, die aus der zerstörten Stadt herauskamen, was ihnen jeder an ihren schwarzen Händen, Gesichtern und Kleidern ansehen konnte.

In Coswig ging bereits halb elf Uhr ein Zug nach Leipzig, und dort angekommen, trennte sich Margrit von ihrer netten Begleiterin, die froh war, von ihr Geld für die Fahrkarte bekommen zu haben, während Margrit für die treue Hilfe beim Koffertragen dankte.

Sie selbst fuhr später über Halle nach Weißenfels, weil die direkte Strecke zerbombt war, und traf schließlich gegen zehn Uhr abends zu Hause ein. Gerade hatte Mama im englischen Sender von den schrecklichen Angriffen auf Dresden gehört, als es klingelte und sie ihre Tochter glücklich in die Arme schließen konnte.

31.

Wie geborgen fühlte sich Margrit nach diesen entsetzlichen Erlebnissen in Dresden nun wieder daheim. Nachdem ihr Mama nachts in der Badewanne stundenlang mit immer frischem Wasser die rußdurchtränkten Haare gewaschen hatte, und sie dann in ihrem frisch bezogenen Bett die schmerzenden Glieder wohlig ausstrecken konnte, war sie von einem nie erlebten Gefühl der Dankbarkeit erfüllt! Wusste sie doch, wie unendlich viele Menschen in diesem Inferno von Dresden den Tod hatten finden müssen oder geliebte Angehörige, ihre Gesundheit und ihr gesamtes Hab und Gut verloren hatten.

Am nächsten Tag hieß es in den Radiomeldungen, dass noch zwei weitere Angriffe auf Dresden gefolgt seien, wo sogar die obdachlosen Menschen in den offenen Parks und Anlagen, wohin sie sich vor dem Feuer gerettet hatten, von tieffliegenden Bombern beschossen wurden, was kaum zu glauben war! Jedoch der Hass der Feinde auf das verbrecherische Nazi-Deutschland kannte keine Grenzen, und kaum jemand weiß heute mehr, wie viel verzweifelte und unschuldige Menschen und Flüchtlinge, die bereits Haus und Heimat verloren hatten, hier den Tod fanden.

Und es war kein Ende abzusehen, denn nach der Invasion der Alliierten im Westen rückten jetzt die Gegner von beiden Seiten auf Deutschland vor, und weiterhin wurden für Hitlers Wahnsinn unendlich viele unschuldige Leben sinnlos geopfert.

Durch Abhören von fremden Sendern, was Mama trotz strengsten Verbots jeden Abend versuchte, wusste sie stets, wie weit die vordringenden Feinde gekommen waren und kennzeichnete mit Stecknadeln auf einer Karte die Stellungen der Truppen in Ost und West. Natürlich hofften alle in Mitteldeutschland auf das schnellere Vorrücken der Amerikaner, da die Furcht vor den brutalen, russischen Soldaten größer war als die vor westlicher Besatzung.

Der Krieg war nun wirklich in der Endphase, und ohne Pause flogen Bombengeschwader über Deutschland, um Verbindungslinien und Städte zu zerstören, damit den vorrückenden Truppen kaum noch Widerstand geleistet werden konnte. Allein in Weißenfels gab es in den letzten sechs Wochen vor Kriegsende mehr als 150-mal Vor- und Hauptalarm, wie es Margrit in ihrem Tagebuch exakt notiert hatte. Und nach diesen Aufzeichnungen hatten seit Kriegsbeginn tatsächlich 487-mal die Sirenen geheult, da Bombenflugzeuge im Anflug auf Mitteldeutschland gewesen waren.

Bei Margrit saß die Angst vor den Bombern nach der Schreckensnacht in Dresden so tief, dass sie die Familie bei Alarm immer mehr bedrängte, in den Keller zu gehen, wenn Leuchtkugeln am Himmel standen, die Schießerei der Flak begann und Fliegerverbände Werke in der Nähe angriffen. Zum Glück blieb Weißenfels jedoch wie durch ein Wunder weiterhin verschont.

Umso mehr Flüchtlinge aus dem Osten mussten in den unversehrten Städten aufgenommen werden. Nachdem bereits im Februar eine Frau mit vier Kindern aus Breslau im Gartenhaus auf der Insel notdürftig untergekommen war, zog Mitte März ein Oberstaatsanwalt Knobloch aus Warschau mit Frau, zwei Söhnen, einem kleinen Töchterchen und dem älteren Kindermädchen Mitte März in die Villa ein.

Sie bekamen das große Esszimmer unten und zwei Gästezimmer im zweiten Stock eingerichtet, waren aber keine angenehme Einquartierung, da sie nur Ansprüche stellten und kaum ein Wort des Dankes fanden.

Inzwischen standen die Feinde von Ost und West unmittelbar vor Berlin, und die Bewohner mussten weitgehend evakuiert werden. Deshalb traf Ende März zur Freude von allen Tante Tilde aus Berlin in Weißenfels ein, denn sie wollte das Kriegsende hier verbringen. Ihre Schwester Maria, die 1943 mit ihren vier netten Kindern wegen der vielen Bombennächte schon mal einige Zeit in der Villa zu Gast gewesen war, wollte allerdings jetzt vor der drohenden Besetzung der Stadt ihren Mann und das Haus in Dahlem nicht verlassen. Margrit und Maidi waren darüber traurig, hatten sie doch damals mit Andrea, Rainer, Yvonne und Elga schön gespielt und sehr viel Spaß gehabt. Sie hätten sich gefreut, wenn die vier besonders reizenden und an allem interessierten Kinder mit ihrer Mutter und Tante Lisbeth, der Oma, vor dem Sturm auf Berlin in Weißenfels Zuflucht gesucht hätten.

Sie waren nun glücklich über Tante Tildes Besuch, mit der sie sich immer gut verstanden hatten, und auch Mama, die für alle in dieser unsicheren Endphase des Krieges die Verantwortung trug, sah in ihr eine willkommene Unterstützung.

Abend für Abend und selbst öfter tagsüber saß die ganze Familie im Keller, während die Flieger über sie hinwegdonnerten, und die feindlichen Panzer vom Westen her näherrückten, und besprachen die Situation am drohenden „Ende". Im Beuditzer Berg, direkt gegenüber der Villa auf dem Gelände der metallverarbeitenden Firma Stehning, gab es zum Glück einen tief in das felsige Gestein gehauenen Bierkeller einer früheren Brauerei, der als sichere „Zuflucht vor dem Feind" galt.

Fräulein Bahr, die ängstliche Hausdame von Opa, blieb schon mindestens seit der zweiten Aprilwoche regelmäßig bei jedem Alarm mit vielen verschreckten Beuditzern in dem fensterlosem Verließ, nahm sich meist etwas zu essen mit und hielt stundenlang aus in der Angst, die Amis könnten plötzlich auftauchen.

Mama kümmerte sich in dieser Zeit um die Tiere und alles in Haus und Garten, vor allem auch um die Mahlzeiten, die jetzt im Keller eingenommen wurden, zu denen Opa kurz erschien, der aber sonst seinen Sessel im Wohnzimmer nicht verließ.

Während Maidi inzwischen nicht mehr in Weimar, sondern bei der Baufirma Hoffmann in Weißenfels als Praktikantin eingesetzt war, konnte Margrit Mama helfen, wenn sie nicht fürs Studium arbeitete.

Seit Tante Tilde aus Berlin da war, wurde jetzt abends während der längeren Alarme wieder Bridge gespielt, oder die Schwestern stickten an ihren Trachtenröcken, die sie aus der schwarzen Bahn einer Fahne genäht hatten und mit bunten Borden und Trägern versahen.

32.

Am 11. April 1945 schrieb Margrit in ihr Tagebuch, dass die ersten amerikanischen Panzer bereits bis Freiburg an der Unstrut vorgerückt seien! Mittags gab es tatsächlich, außer dem täglichen Fliegeralarm, auch sogenannten „Panzeralarm", und alle bereiteten sich für einen längeren Aufenthalt im Keller vor und gingen abends sogar mit Kleidung zu Bett. Am folgendem Donnerstag, den 12. April, wurde Maidi vormittags von Hoffmanns heimgeschickt, und Margrit, die mit dem Rad noch mal kurz zur Stadt fuhr, stellte fest, dass alle Betriebe und Geschäfte geschlossen waren.

Tatsächlich konnte man nachmittags jenseits der Saale auf den Markwerbener Wiesen zahlreiche Panzer und die ersten feindlichen Truppen erkennen. Ein erschreckendes Geschieße setzte ein, als eine Restgruppe deutscher Soldaten vom Beuditzer Berg das Feuer eröffnete, und es wurde höchste Zeit zu Stehnings hinüberzueilen, um Zuflucht in dem sicheren Bergkeller zu finden.

Kurz danach tauchten amerikanische Soldaten auch diesseits der Saale direkt am Bahndamm auf, und Mama wagte sich noch mal schnell zurück in die Villa, um als Zeichen der Kapitulation weiße Bettücher aus den Fenstern zu hängen, damit die Amerikaner hier nicht noch Gegner vermuteten. Bei dieser Gelegenheit entdeckte sie, dass Opa gar nicht wie sonst in seinem Wohnzimmer saß und auch im Haus nicht zu finden war, so dass sie besorgt zurückkehrte und alle zunächst im Ungewissen blieben.

Und wirklich hatte sich der gute Großvater, wie immer donnerstags, auf den Weg zu Arsands in die Neustadt gemacht, wo sonst die Familie regelmäßig zum Kaffeetrinken zusammenkam. Auf dem Hinweg hatte er sogar noch kurz bei seinen Schwestern im Haus an der Promenade „vorbeigeschaut", die zu seiner Missbilligung „mal wieder im Keller gesessen hätten", wie er später erzählte. Trotz der Schießerei kam er pünktlich bei seiner jüngsten Tochter Gretel und deren Familie in der Nordstraße an, die ihn natürlich ganz aufgeregt empfingen, da schon die ersten amerikanischen Truppen in der Stadt seien, und die Deutschen gerade die beiden Saalebrücken gesprengt hätten, so dass er nicht mehr heimkönne.

Das ließ sich aber der kaum einzuschüchternde, fast achtzigjährige Großvater beim besten Willen nicht einreden, denn gleich, nachdem er seinen Kaffee getrunken hatte, strebte er wieder den Heimweg an, und niemand konnte ihn daran hindern.

Selbst die zerstörten Brücken waren für ihn kein Hindernis, da er solange auf dem Saaleweg direkt am Ufer auf- und abmarschierte, bis er zufällig den ihm gut bekannten Fischermeister Beyer mit seinem Boot entdeckte, der ihn bereitwillig hinüberruderte. In der Beuditzvilla, wo Tante Gretel inzwischen angerufen hatte, wurde er erleichtert begrüßt, und die Vorwürfe hielten sich in Grenzen, weil im Grunde alle seinen Mut und seine Entschlossenheit bewunderten.

Nach ruhiger Nacht ging die Schießerei am 13. April in den frühen Morgenstunden erneut los. Eine Einheit der Amerikaner stand jetzt bei Markwerben direkt an der Saale, und die Familie eilte noch vor acht Uhr zu Stehnings in den Bergkeller, da die Villa genau in der Schusslinie der Artillerie lag. Zum Glück zeigten sich später nur leichte Einschüsse an der Westseite des Hauses, weil die Truppen weiter nach Weißenfels vorgerückt waren und die Stadt, die am 14. April kapitulierte, nach und nach besetzten.

Obwohl das beunruhigende Schießen in gewisser Entfernung noch länger andauerte, wagten sich Mama, Tante Tilde und die Mädchen im Lauf des Tages ins Haus zurück. Sie nahmen jedoch alle Mahlzeiten im Keller ein und schliefen sogar nachts unten, bis es endlich am Sonntag, den 15. April, gegen Mittag ruhiger wurde, und das Schlimmste überstanden war!

Nun kehrte auch Fräulein Bahr aus Stehnings Keller in die Villa zurück, und die ganze Familie hatte genug zu tun, überall Mörtel und Glasscherben zu entfernen und die vielen Räume, so gut es ging, wieder in Ordnung zu bringen. Mama war es nämlich durch gute Beziehungen zu Handwerkern im Verlauf des Winters gelungen, sämtliche Schäden, die im Dezember durch die Luftmine auf die Insel entstanden waren, reparieren zu lassen, ja sie konnte sogar die Wiederherstellung des großen Dielenfensters bei einem Spezialisten für Bleiglasfenster in Auftrag geben. Leider hieß es jetzt erneut, die bei der Schießerei zersplitterten Scheiben überall zu ersetzen.

33.

Niemand konnte in diesen Tagen in Weißenfels so recht glauben, dass hier der Krieg nun wirklich zu Ende sei, es nie mehr Alarm geben und die Verdunklung der Fenster überflüssig sein würde.

Von den Amerikanern merkte man allerdings draußen in der Saalevilla wenig, nur einmal kamen zwei junge Offiziere ins Haus, schauten sich höflich um, fragten nach deutschen Soldaten und verschenkten Apfelsinen und Schokolade, wodurch natürlich alle von den freundlichen Eroberern sehr beeindruckt waren, und Tante Tilde wechselte sogar ein paar englische Worte mit ihnen.

Aber noch war in Deutschland Krieg, denn die Russen erreichten erst am 24. April 1945 Berlin, und es entbrannten erbitterte Kämpfe um die Reichshauptstadt. Doch bereits am 25. April hatte die Rote Armee Berlin vollkommen eingeschlossen, und eine Woche später kapitulierte der Stadtkommandant mit den restlichen Verteidigern nach verzweifeltem Widerstand.

Hitler nahm sich am 30. April, wie am 1. Mai nachts im Radio gemeldet wurde, in seinem bombensicheren Bunker in Berlin mit seiner Lebensgefährtin Eva Braun das Leben, nachdem er Großadmiral Dönitz zu seinem Nachfolger als Staatsoberhaupt ernannt hatte. Und auch der Reichspropagandaführer Josef Goebbels wählte für sich, seine Frau und die fünf Kinder in einem Berliner Keller den Freitod durch Gift.

Inzwischen war ganz Deutschland von den aus allen Richtungen vorrückenden Feinden eingenommen worden, am 25. April trafen die sowjetischen Kräfte bei Torgau an der Elbe mit den amerikanischen Truppen zusammen, und am 8. Mai wurde in Berlin endlich die bedingungslose Kapitulation vom Chef des Oberkommandos der Wehrmacht Generalfeldmarschall W. Keitel unterzeichnet. In den letzten Tagen hatte sich zum Glück die Hälfte des Ostheeres (1,8 Millionen Mann) noch in den westlichen Machtbereich absetzen und sich damit vor der Gefangennahme durch die Sowjets retten können.

Die Welt atmete auf, aber Deutschland lag in Schutt und Asche, und schwere Jahre des Wiederaufbaus standen bevor.

In Weißenfels war die Familie natürlich in großer Sorge um Papa und Hans-Dieter, denn nachdem Mitteldeutschland besetzt worden war, gab es keinerlei Verbindung mehr zu den ehemaligen deutschen Soldaten. Die Stadt Oschatz, wo der Vater seit 1941 als Hauptmann der Reserve seinen Dienst getan hatte, war genau wie Weißenfels von den Amerikanern eingenommen worden. Aber Hans-Dieter war nach einem Unterarmdurchschuss in Lettland im Juli 1944 längere Zeit in einem Weißenfelser Lazarett versorgt worden, wo er sogar zu Hause wohnen konnte, war jedoch im März 1945 wieder zu einer Feldeinheit bei Lauban in Schlesien versetzt worden, konnte also nur von den Russen gefangen genommen worden sein.

Wie durch ein Wunder wurde Hans-Dieter allerdings dort bei den Rückzugsgefechten von seiner Truppe „versprengt", und hatte sich dadurch tatsächlich der Gefangenschaft entziehen und allein auf den Rückweg in die Heimat machen können. Von Reichenberg im Sudetenland auf abseitigen Straßen und mit einer Fähre über die Elbe bis in die Nähe von Dippoldiswalde ging alles gut, doch am 15. Mai wurde er ganz unerwartet von bewaffneten, russischen Kriegsgefangenen festgenommen und mit drei anderen Kameraden in ein provisorisches Lager bei Teplitz-Schönau in der Tschechei gebracht.

Hier kampierten die Häftlinge im Freien, wurden streng bewacht und wären wirklich fast verhungert, wenn nicht die freundlich gesinnte, sudetendeutsche Zivilbevölkerung unermüdlich für Lebensmittel und Getränke gesorgt hätte.

Hans-Dieter erfüllte jedoch von Anfang an nur der eine Gedanke, irgendwie zu entkommen, aber schon den Aufenthalt in der Nähe der Zäune ließen die ständig patroullierenden, russischen Wachtposten nicht zu. So blieb nur eine Möglichkeit, nämlich beim Gang zu den Latrinen, die sich außerhalb des Lagers im freien Feld befanden, irgendwie den Weg in die „Freiheit" zu finden. Tatsächlich gelang es ihm am 21. Mai in einem geeigneten Moment nicht den Trampelpfad von den Latrinen zum Lager zurück, sondern den in entgegengesetzter Richtung, der zu einer Straße führte, einzuschlagen, wodurch er in wenigen Minuten durch eine günstige Bodenwelle den Blicken der Aufseher entging.

Nun hieß es, abseits der großen Straßen, über Äcker und Wiesen, durch Wälder und kleine Dörfer zurück in die Heimat zu kommen und hin und wieder bei freundlichen Bauern um Essen und Nachtlager zu bitten und natürlich als erstes die Uniform in Zivilkleidung zu tauschen.

Zum Glück war das Wetter in diesem Mai warm und trocken, und da er jede größere Straße mied, geriet er in keine Kontrolle und kam am 28. Mai nachmittags erschöpft, aber froh zu Hause an. Niemand konnte fassen, dass Hans-Dieter tatsächlich diese weite Strecke zu Fuß zurückgelegt hatte, und alle waren mehr als dankbar, als sie ihn gesund und unversehrt vor sich stehen sahen.

Die Schwestern brachten schnell sein kleines Zimmer oben in Ordnung, und als sich der ausgehungerte Heimkehrer satt gegessen hatte, konnte er sich nach den vielen Strapazen endlich mal wieder in seinem heimatlichen Bett gründlich ausruhen. Abends gab es zur Feier des Tages Sekt und frisch gebackene Waffeln, und Hans-Dieter konnte gar nicht genug von seinen aufregenden Erlebnissen bei der Flucht erzählen.

Mama war wie erlöst, dass ihr Sohn nach den vielen Jahren der Angst und Schreckensmeldungen diesen mörderischen Krieg heil überstanden hatte, war sie doch in manchen Nächten der letzten Zeit einem Nervenzusammenbruch so nahe, dass sie ihren zitternden Töchtern am Bett erklärte, sie werde jeden Parteibonzen, der die Nachricht von Hans-Dieters „Heldentod" brächte, zusammenschlagen. Nun war Hans-Dieter tatsächlich wieder da, und wenn er auch noch manche Verhöre und Kontrollen über sich ergehen lassen musste, konnte ihm voraussichtlich nicht mehr viel passieren.

Um ihren Mann – Vater Gerhard – brauchte sich Mama zunächst wohl keine großen Sorgen zu machen, da ja Oschatz von den Amerikanern besetzt worden war. Aber warum hörte man nichts von ihm?

Endlich am 16. Juni kam ein ausführlicher Brief von Frau Lotte Wolf-Matthäus, einer Sängerin aus Oschatz, die Papa von Konzerten in der Kaserne her kannte. Sie schrieb, dass er am 25. April angeblich mit dem Fahrrad die Stadt verlassen hätte und versuchen wollte, nach Hause durchzukommen, aber niemand könnte Näheres sagen.

Jetzt hieß es also weiter warten, bis sich schließlich vierzehn Tage später in Weißenfels ein Herr Kolditz meldete, der mit Papa im großen Kriegsgefangenenlager bei Bad Kreuznach zusammen gewesen war und ihm versprochen hatte, seiner Familie Bescheid zu geben. Sie hätten dort alle unter freiem Himmel gelegen und wenig zu essen bekommen, und er würde ihm nur wünschen, dass er ebenfalls bald freigelassen würde und unversehrt heimkehren könnte. Das sollte jedoch leider noch lange dauern.

34.

Bereits im Mai hatte sich überall die Schreckensnachricht verbreitet, dass Mitteldeutschland – wie im Vertrag von Jalta festgelegt – nun doch unter russische Besatzungsmacht kommen würde, obwohl es von den Amerikanern erobert worden war. Die Bevölkerung konnte es kaum glauben, denn sie hatte sich schnell mit den im allgemeinen korrekten und höflichen Besatzungssoldaten arrangiert und war sehr dankbar, dass häufig mal Sonderzuteilungen aus den amerikanischen Beständen an die hungernden Menschen ausgegeben wurden.

Und junge Leute freuten sich über jede Gelegenheit, ein paar Worte Englisch mit den fremden Soldaten zu sprechen, wenn auch viele Hausbesitzer, wie Arsands beispielsweise, nicht gerade glücklich waren, als anfangs ihre Häuser zum Unterbringen von höheren Offizieren vorübergehend beschlagnahmt worden waren.

Tante Tilde, die sich durch ihr gutes Englisch öfter auf Gespräche einließ, sobald Soldaten im Garten oder auf der Insel auftauchten, war allerdings entrüstet, als sich eines Tages ein korpulenter Schwarzer in mit Orden geschmückter Uniform auf der frisch gestrichenen, weißen Gartenbank im Alpinum niedergelassen hatte. Sie stellte ihn zur Rede, aber seine freundliche, entschuldigende Art war so entwaffnend, dass sie ihm einfach nicht böse sein konnte.

Nun sollten also die westlichen Sieger, die Mitteldeutschland entgültig vom Nazi-Regime befreit hatten, für immer Abschied nehmen und der gefürchteten russischen Besatzungsarmee Platz machen, was Herrschaft des Kommunismus und Zerstörung aller noch vorhandenen Werte in dieser Zone bedeutete.

Tatsächlich hatten die Leute Tränen in den Augen, als sie am 3. Juli 1945 in Weißenfels am Straßenrand standen, und die schweren Panzer der Sowjet-Armee durch die Jüdenstraße rollten, und die Katastrophe im Osten ihren Anfang nahm!

Schon bald tauchten die ersten russischen Soldaten in der Beuditz-Villa auf, durchstöberten mit finsterer Miene alle Räume und ließen manches mitgehen, was sie unauffällig in ihren Taschen verschwinden lassen konnten. Margrit und Maidi vermissten zu ihrem großen Kummer hinterher ihre kleinen, goldenen Armbanduhren, die sie beide von den Großeltern zur Konfirmation geschenkt bekommen und in der Aufregung nicht gleich gut versteckt hatten.

Beim nächsten „Besuch“ der Soldaten unten in Omas Küche im Souterrain drängte einer der primitiv aussehenden Männer Margrit und Maidi, die hier gerade Geschirr spülten, mit Gewalt in den benachbarten Bügelraum und verschloss hinter sich die Tür, während sein Kumpan davor Wache hielt.

Instinktiv und ohne große Angst hielten sich jedoch die beiden Schwestern fest in den Armen, schlugen gegen die Tür und riefen so laut sie konnten nach der Mama, dass die Burschen Angst bekamen und die Mädchen schnell wieder freiließen.

Eines Tages fuhr im Verlauf des Sommers sogar ein größerer Militärlastwagen an der Villa vor, und auf höheren Befehl wurden mehrere Betten, darunter die von Margrit und Maidi sowie die altvertrauten und geliebten Veranda-Möbel kurzerhand abgeholt, da sie zur Möblierung beschlagnahmter Villen für die Machthaber gebraucht würden. Als Mama sich dagegen zu wehren versuchte, wurde ihr schroff erklärt, sie solle froh sein, dass sie mit ihrer Familie noch im Haus bleiben könne, und die Schwestern schliefen von nun an auf doppelt übereinander gelegten, älteren Matratzen am Boden.

Auch sonst waren die Zeiten unmittelbar nach Kriegsende nicht einfach, denn die Lebensmittelrationen, die es weiter auf Karten gab, wurden immer knapper bemessen, und alle jungen Leute, deren Ausbildung zunächst nicht weiterging, weil die Universitäten und Fachhochschulen geschlossen waren, wurden „dienstverpflichtet".

Margrit und Maidi kümmerten sich wie bisher um die vielen Tiere auf der Insel und waren zusätzlich sechs Stunden täglich im Garten beschäftigt, während Hans-Dieter bereits im Juni seine Ausbildung als Müller anfing, da es schon damals hieß, wenn er einmal Chef der Mühle werden wollte, müsste er als erstes eine Lehre machen. Durch Mehl, Geflügel, Eier, Gemüse und Obst, woran es dank des Einsatzes der Geschwister nie fehlte, war im Ganzen gesehen die Ernährung der Familie gesichert, und Mama konnte fehlende Lebensmittel durch Tausch beschaffen, was ihr bereits im Krieg immer bestens gelungen war.

In diesem Sommer hatten Margrit und Maidi ganz unerwartet noch einmal die große Freude, einen kleinen Hund zu bekommen, weil sie den Verlust ihres geliebten Surrys noch nicht ganz verkraftet hatten. Es war ein allerliebster kleiner, weißer Spitz, den Leute in der Geibelstraße aus einem größeren Wurf verkauften und den die Schwestern „Peterle“ nannten. Maidi hatte ihn als Hauptgeschenk zu ihrem 20. Geburtstag bekommen, und bald hing er genau wie Surry mit großer Liebe an den beiden Schwestern.

Im Spätherbst, als er einmal voller Ungestüm den Mädchen auf die Insel nachlaufen wollte, merkte er zu spät, dass die Brücke zurückgezogen war und stürzte unversehens zwischen den Schleusenmauern in das kalte Wasser. Hastig schwamm er zwischen den hohen Wänden hin und her, wo es jedoch keine Rettung für ihn gab, aber er ließ sich auch nicht durch Margrits verzweifelten Rufe zum zehn Meter entfernten, grasbewachsenen Ufer locken. Als Margrit sah, dass der kleine Kerl kaum noch schwimmen konnte, zog sie kurzentschlossen Kleider und Schuhe aus, sprang in Unterwäsche ins kalte Wasser und rettete das geliebte Hundchen vor dem drohenden Ertrinken.

Zum Glück schadete weder dem Hund noch seiner Retterin das eisige Bad, ja, die Mädchen hingen von diesem Tag an nur noch mehr an dem kleinen Kerl. Doch eine längere Freude an Peterle war ihnen auch diesmal nicht vergönnt, denn im nächsten Jahr erlitt er das gleiche Schicksal wie Surry, indem er die für alle jungen Hunde so gefährliche Staupe bekam und bald darauf starb.

Ein besonderer Höhepunkt im ersten Sommer nach Kriegsende war Opas 80. Geburtstag am 1. August 1945, der trotz der schlechten Zeiten für alle ein schöner Festtag werden sollte.

Am Vormittag kamen viele Gratulanten aus der Stadt, und Margrit und Maidi holten per Kutsche, wie sie es nur zu gern taten, Tante Goethert und ihre Tochter, Tante Lylli, aus Halle vom Bahnhof ab.

Zum großen Festessen kamen außer Tante Leli und Lenelore, die schon am Vorabend eingetroffen waren, alle Arsands sowie Opas Schwestern, Tante Mieze und Tante Hanna, aus der Stadt, und später führten Margrit und Maidi mit ihren Kusinen Gina und Ute ein kleines Theaterstück „Opas Taufe“ auf, was großen Anklang fand.

Tante Tilde gehörte leider nicht mehr zur Festgesellschaft, da sie am 25. Juli nach mehr als drei Monaten Aufenthalt in Weißenfels nach Berlin abgereist war, um nach ihrer Mutter zu schauen, die seit längerer Zeit bei Zwicks in Dahlem wohnte, nachdem ihr schönes, altes Haus in der Meineckestraße durch Bomben zerstört worden war. Tante Tilde wollte sich jetzt nach einer neuen Unterkunft für sich und ihre Mutter umschauen und den Verkauf des Ruinengrundstücks in der Innenstadt in die Wege leiten.

Die Universitäten blieben weiterhin den ganzen Sommer über geschlossen, doch um nicht alles zu vergessen, setzte Margrit ihr wissenschaftliches Arbeiten bald wieder fort und machte Schluss mit dem Garteneinsatz. Sie plante jetzt in der „Zeit ohne Studium“ Latein nachzulernen, weil sie es in der Schule nie gehabt hatte, denn es hieß an der Uni, dass für das Staatsexamen mit naturwissenschaftlichen Fächern das kleine Latinum unbedingt verlangt würde.

Zunächst fand sich in Weißenfels ein junger Mann, der ins Haus kam, und bei dem sie als erstes das Deklinieren von Substantiven und Adjektiven sowie das Konjugieren von Verben in den verschiedenen Zeitformen kennen lernte.

Später wurden im Unterricht bei einem erfahrenen Lateinlehrer in der Stadt Texte aus dem Gallischen Krieg von Julius Cäsar übersetzt. Gewissenhaft arbeitete Margrit täglich mehrere Stunden in ihren Lehrbüchern und für den Lateinunterricht, zumal der Unibetrieb nicht, wie erhofft, im Oktober, also zum Wintersemester, sondern erst Anfang Februar 1946 wieder aufgenommen wurde.

Im November gab es nach zermürbender Ungewissheit über Papas Ergehen diesmal von einem Herrn Fischer aus Leipzig die Nachricht, dass er im September in Lothringen mit ihm in einem Lager zusammen gewesen sei, und es ihm den Umständen nach gut ginge.

Doch erst am 28. 11. traf von ihm selbst eine Karte aus Ostfriesland ein, dass er aus der Gefangenschaft entlassen sei und sich nun bei Onkel Menno und Tante Leni auf deren Hof in Loquard befände. Hier könne er sich satt essen und von den Strapazen erholen, bis er hoffentlich in nicht zu ferner Zeit die Ausreise in die Ostzone genehmigt bekäme. Was war das für eine Freude in Weißenfels, als die Familie hörte, dass der geliebte Vater nun frei sei und eines Tages nach Hause zurückkehren würde.

Am bevorstehenden Weihnachtsfest jedoch konnten alle nur in Gedanken beieinander sein, aber man wusste Papa in Sicherheit, und der Krieg war vorüber! Wie oft und voll Inbrunst hatten alle in den vergangenen Jahren am Heiligen Abend die schöne Weihnachtsliedzeile *Friede soll´s noch einmal werden* gesungen, und nun war es endlich soweit, und es herrschte tatsächlich wieder Frieden in Europa!

Doch noch waren die Zeiten schlecht, und es würde ein bescheidenes Weihnachten werden, aber dass Margrit am dritten Advent – genau eine Woche vor Heiligabend – im Weißenfelser Notkrankenhaus in der ehemaligen Oberrealschule am Blinddarm operiert werden musste, hatte niemand ahnen können!

Zum Glück ging alles gut, und sie lag anschließend mit zehn anderen Frauen in einem großen, ehemaligem Klassenraum, wurde von netten Schwestern betreut und bekam viel Besuch: Mama und die Geschwister kamen täglich, und ebenso schauten Arsands, Tante Leni, Tante Hanna, Fräulein Bahr sowie Friederike und Christel Glaß nach ihr.

Abends wurde im Krankenhaus bei Kerzenschein gesungen, und die eindringlichen Worte eines jungen Pfarrers bei der Weihnachtsfeier am vierten Advent gingen Margrit so zu Herzen, dass sie sich seine Gedanken am nächsten Tag aufschrieb und selbst eine kleine Predigt für den Heiligen Abend zu Hause verfasste.

Obwohl Margrit noch liegen musste, wurde sie doch auf Mamas Drängen hin am 24. Dezember vormittags mit dem Krankenwagen heimgebracht, und abends stieg auf der Veranda vorm brennenden Lichterbaum eine wunderschöne Feier mit vielen Liedern und den Worten der Weihnachtsgeschichte, und dann las Margrit mit innerer Anteilnahme ihre kleine Predigt vor.

Außer der Familie nahmen in diesem Jahr auch Tante Hanna und Familie Meusel, ebenfalls Verwandte, an der Feier teil, die alle zur Zeit mit in der Villa wohnten, weil das Haus an der Promenade geräumt werden musste.

Nach einer kleinen Bescherung gab es ein festliches Essen und viele gute Gespräche im vertrauten Kreis, denn alle waren erfüllt von Glück und Dankbarkeit an diesem ersten Weihnachtsfest im Frieden. Auch an Silvester, das bei Arsands gefeiert wurde, und wo Margrit sogar über Nacht bleiben durfte, stießen alle auf den Frieden an und gingen voll Zuversicht in das neue Jahr.

35.

Als im Februar 1946 die Universität in Halle endlich wieder ihre Pforten öffnete, setzte Margrit, die sich schnell von der Operation erholt hatte, ihr Studium mit Eifer fort. Sie wusste nun, dass nur das „Staatsexamen fürs höhere Lehramt“ als Abschluss ihres Studiums in Frage kam, und sie dafür drei Fächer benötigte, so dass sie sich neben Biologie und Chemie kurz entschlossen für Geographie als drittes Fach entschied.

Das bedeutete, neben den geographischen Vorlesungen noch einige in Geologie, Mineralogie, beziehungsweise Klimatologie und Kartenkunde zu belegen, und da Margrit auch in ihren Hauptfächern noch manches zu „tun“ hatte, war ihre Zeit so ausgefüllt, dass sie nicht mehr täglich hin und her fahren konnte, sondern sich in Halle ein Zimmer suchen wollte.

Sie erkundigte sich bei Tante Goethert, und ihre Freundin Maria Kretschmann war behilflich, doch schließlich fand sie allein durch Zufall in der Ludwig-Wucherer-Straße Nr. 70 im vierten Stock eine geeignete Unterkunft bei der freundlichen, alten Frau Bär.

Am 18. Februar zog sie mit Sack und Pack in das möblierte Zimmer ein und fühlte sich in dem sonnigen Raum, von dem aus sie in die breite, verkehrsreiche Straße von hoch oben hinunterschauen konnte, schnell wohl. Von hier aus konnte sie zu Fuß und vom Frühjahr an gut mit dem Fahrrad alle Institute, in denen sie sich zum großen Praktikum angemeldet hatte oder Vorlesungen hören wollte, leicht erreichen und war abends schnell zurück, so dass noch genug Zeit zum Nacharbeiten und Lernen blieb. Mittags aß sie auf Lebensmittelkarten in kleinen Restaurants einfache Gerichte, war aber auch öfter wieder bei Tante Goethert eingeladen, und für abends besorgte sie sich Brot und Aufstrich, während Frau Bär fürs Frühstück und ab und zu für heißen Tee zuständig war.

In den Wintermonaten hatte Margrit jedoch Sorgen wegen der Kälte in ihrem Zimmer, da die Kohlezuteilung so knapp war, dass sie abends höchstens drei bis vier Briketts verheizen durfte. Mit viel Papier und Holz brachte sie in ihrem eisernen Ofen erst einmal ein Brikett zum Glühen und saß beim Arbeiten direkt vor der wärmenden Flamme, bis diese kleiner wurde, und das nächste Brikett aufgelegt werden musste. Schließlich schlüpfte sie ins wärmende Bett, wenn die vier Briketts verbrannt waren, und die Kälte von unten her an ihr hoch kroch.

Selbst in der Villa in Weißenfels gab es für alle nur zwei geheizte Räume: Opas Wohnzimmer unten mit dem kleinen, grünen Kachelofen, wo außer ihm Fräulein Bahr meist saß, und oben das Wohnzimmer mit dem großen, wärmespeichernden Ofen für die übrige Familie, in dem sich jeder aufhielt, der im Haus war, und wo auch gegessen wurde. Konzentriertes Arbeiten war hier meist nicht möglich, und deshalb war Margrit froh, dass sie in Halle ihr Zimmer hatte, und das Heimweh von ihrem Lerneifer verdrängt wurde.

An den Wochenenden fuhr sie natürlich regelmäßig heim und hin und wieder zwischendurch, wenn zu Hause „Leseabend" war oder sonst etwas vorlag. Bei den Leseabenden traf sich die Familie vierzehntägig mit Arsands in der Neustadt oder in der Saale-Villa, und mit verteilten Rollen wurden Stücke aus der klassischen Literatur oder bekannte Dramen gelesen, was allen viel Spaß machte, und immer gab es dabei etwas Leckeres zu essen.

So war Margrit auch am 27. März an einem Mittwochnachmittag zum Leseabend bei Arsands heimgekommen, und als sie um halb sieben am nächsten Morgen gerade frühstücken wollte, um danach wieder nach Halle zu fahren, hörte sie plötzlich Papas Stimme im Garten.

Er hatte mit einem Sondertransport ganz unerwartet die Zonengrenze passieren können, und während die Familie noch schlief, stürzte Margrit überglücklich die Turmtreppe hinunter und fiel dem lang ersehnten Vater stürmisch um den Hals. Was war das für eine Freude für alle, die jetzt eiligst aus den Betten kamen, und es wurde erzählt, ausgepackt und gefrühstückt, bis Margrit dann leider doch noch nach Halle fahren musste, aber abends schnellstens wiederkam, um die Heimkehr des Vaters mit der ganzen Familie zu feiern.

Ausführlich berichtete Papa von seinem langen Leidensweg seit seiner Gefangennahme am 25. April des vorigen Jahres, wo ihn amerikanische Truppen in Luppa in Sachsen, als er per Fahrrad heim wollte, in Gewahrsam nahmen, und er im Lastwagen sogar durch Weißenfels transportiert wurde und zuerst in das Massenlager bei Bad Kreuznach kam. Hier lagen die Gefangenen ohne Zelte, ohne Stroh, ohne Mäntel oder Decken bei schlechtester Verpflegung sieben Wochen unter freiem Himmel, wo Tausende starben, aber der Vater trotz seiner 60 Jahre wie durch ein Wunder überlebte.

Von Juni bis September verbrachte er anschließend qualvolle Monate im Stammlager von St. Avold und noch mal zwei Monate in Attichy nordöstlich von Paris, bis er schließlich mit einem schweren Hüftgelenkleiden, wodurch er kaum gehen konnte, im November 1945 nach Ostfriesland entlassen wurde.

Nach dieser Zeit der Erholung und guten Ernährung auf dem Hof von Onkel Menno war er nun endlich wieder daheim bei seinen Lieben und hoffte auf bessere Zeiten, doch die russischen und kommunistischen Machthaber verhießen nichts Gutes!

36.

Tatsächlich hörte er schon bald, dass ihn die Gewerkschaft der „Linken" nicht mehr als Geschäftsführer der „Mühlenwerke Beuditz" zulassen wollte, obwohl er sie als Mitinhaber von 1921 bis 1940 geleitet hatte und niemals Parteimitglied bei den Nazis gewesen war. Herr Kleemann, der frühere kaufmännische Leiter wurde wegen seiner Zugehörigkeit zur NSDAP bereits im Mai verhaftet, und danach war Herr Poetzsch, ursprünglich Geschäftsreisender und altes SPD-Mitglied, als Treuhänder für den Mühlenbetrieb eingesetzt worden.

Zum Glück verstand sich Karl Poetzsch von jeher gut mit dem Vater und besprach anfangs noch manches betriebsinterne Problem mit ihm, aber nach und nach sollte auf Wunsch der Kommunisten der Einfluss der ehemaligen Besitzer ausgeschaltet werden. So ging Papa nur ab und an ins Kontor und kümmerte sich mehr um die Außenanlagen und vor allem um den Anbau von Gemüse und Obst auf der Insel, was in den schlechten Nachkriegsjahren von großer Wichtigkeit war.

Mama war weiterhin für die Tiere zuständig, vor allem für die Aufzucht von Küken, jungen Enten und Gänsen, wobei Maidi ihr eifrig zur Seite stand, während der gute, alte Herr Siegel beim Futterbeschaffen und Sauberhalten der Ställe half.

Wie beglückend war es nach den verheerenden Kriegsjahren, dass im Frühjahr 1946 die ganze Familie nun wieder beisammen war, und auch die Vettern in Weimar unversehrt heimkehren konnten, doch niemand wagte mehr zuversichtlich in die Zukunft zu schauen, nachdem die Russen Mitteldeutschland besetzt hatten und als rachsüchtige Machthaber das geschundene Land rücksichtslos ausbeuteten.

Sämtliche Gutsbesitzer, die große Ländereien bewirtschaftet hatten, waren längst von ihren Höfen vertrieben worden, alle noch intakten Fabriken und Unternehmen wurden nach und nach enteignet und in kleineren Betrieben setzte man Treuhänder ein, die den Siegern den Hauptanteil der Gewinne zu überlassen hatten. Selbst bei der Bahn wurden Schienen und elektrische Oberleitungen ausgebaut und nach Russland verfrachtet, so dass wieder luftverschmutzende, mit Braunkohle betriebene Dampfloks in Betrieb genommen werden mussten.

Auch in Weißenfels war die Familie auf das Wohlwollen von Herrn Poetzsch angewiesen, der die Mühlenbesitzer mit Geld versorgte und ihnen noch Mehl und Gries zukommen ließ, da er einen gewissen Sinn für Gerechtigkeit besaß. Hans-Dieter, der in den schlechten Nachkriegsjahren immer Hunger hatte, nahm sich außerdem beim Abfüllen der Säcke in der Mühle oft ein kleines Tütchen Mehl in der Hosentasche mit, um sich vor dem Schlafengehen noch einen Mehlpfannkuchen extra zu backen.

Margrit war in Halle inzwischen im siebten und ab Juni sogar im achten Studiensemester und belegte so viele Vorlesungen und Übungen wie möglich, um sich trotz des späten Beginns ihres Geographiestudiums bald zum Staatsexamen melden zu können, weil sich möglicherweise die Prüfungsbedingungen ändern könnten.

Viel Zeit verbrachte sie täglich beim großen zoologischen Praktikum, wo Tiere, zum Beispiel Schnecken und Insekten, präpariert wurden, was ihr nicht ganz leicht fiel, und im Sommersemester stand dann das große botanische Praktikum mit anatomischen Untersuchungen und ein weiteres für Keim- und Sprossentwicklung auf dem Programm.

Es war deshalb gut, dass sie jetzt in Halle ein Zimmer hatte und täglich auch noch die verschiedenen Vorlesungen und Übungen in Geographie besuchen konnte.

Ein ganz besonderes Anliegen war für sie jedoch das geplante „Kleine Latinum", was sie unbedingt ablegen wollte, weil sie nun einmal mit dem Unterricht angefangen hatte. Zum Glück besaß sie einen Lehrer, der sehr erfahren mit den externen Prüfungen in Leipzig war, da er von jedem seiner Schüler nach dem Examen wissen wollte, welchen Abschnitt er aus dem Gallischen Krieg zu übersetzen hatte. Danach erstellte er eine genaue Übersicht und übte mit seinen Kandidaten die Texte am fleißigsten, die statistisch am häufigsten drankamen, und schrittweise die anderen, die in der Häufigkeit folgten.

Margrit nahm sich also vor, nach Ende des Sommersemesters neben dem wöchentlichen Unterricht bei ihrem Lehrer intensiv Latein zu wiederholen, um sich dann bald in Leipzig zur Prüfung zu melden.

Sie hatte jedoch nicht damit gerechnet, dass es der immer unternehmungslustigen Mama trotz der schlechten Zeiten gelungen war, einen Ferienaufenthalt auf der Insel Rügen zu ermöglichen. Nach mehrfachen Erkundigungen konnte Mama in dem kleinen Ort Baabe tatsächlich ein Zimmer vorbestellen und hoffte dort auf weitere Unterkünfte, denn außer Margrit und Maidi sollten Tante Gretel und Gina mitkommen.

Diese tolle Gelegenheit, nach all den schlechten Jahren jetzt einmal auf Reisen zu gehen und sogar ans Meer fahren zu können, wollte Margrit sich natürlich nicht entgehen lassen. Alle waren begeistert von dem Plan, und Latein konnte man auch unterwegs oder nach der Rückkehr lernen.

Papa, der solche abenteuerlichen Unternehmen nie mitmachte, würde zu Hause nach dem Rechten sehen, und so konnten die „Damen" Mitte August unbesorgt abreisen – schwer bepackt mit Mehl, Gries, Honig und anderen begehrten Dingen, die in dieser Zeit zum „Bezahlen" wichtiger waren als Geld. Tante Gretel nahm sogar zwei Paar funkelnagelneue Arbeitsschuhe mit, die später in Baabe bei der Zimmerbeschaffung Wunder bewirkten.

Ja, die Reise im Sommer 1946 wurde wirklich zum Abenteuer, denn schon in Rostock, wo die Familie nach anstrengender Fahrt und mehrfachem Umsteigen abends zwischen neun und zehn Uhr eintraf, waren die vorbestellen Zimmer bereits besetzt, und Margrit schrieb in ihr Tagebuch: Wir übernachteten alle miserabel auf unseren Koffern in einer engen Rotkreuzunterkunft.

Am frühen Morgen ging es mit dem Personenzug weiter nach Stralsund und mit einem Pferdewagen über den Rügendamm bis zur Inselkleinbahn, die man gerade noch mit Müh und Not erreichte. Sie tuckerte um zwölf Uhr los, fuhr nur einmal am Tag und brauchte bis Baabe fünf Stunden.

Hier war zum Glück das Dreibettzimmer im „Haus Waldesruh" wirklich reserviert, aber sonst fand sich selbst nach langem Suchen keine weitere Unterkunft in der Nähe, so dass in der ersten Nacht alle fünf in dem engen Raum schlafen mussten. Trotzdem waren die Reisenden begeistert von dem malerischen, kleinen Ort direkt am Meer und dem nahen Strand und stürzten sich bei dem schönen Wetter gleich in die Fluten.

Am nächsten Vormittag brachten dann die neuen Arbeitsschuhe aus Onkel Hans´ Fabrik, die Tante Gretel extra zum „Tausch" dafür mitgebracht hatte, den gewünschten Erfolg!

Im Kurhaus war tatsächlich auf einmal für Mama und Tante Gretel ein geräumiges Vierbettzimmer frei, in dem sogar noch Klaus und Arne, die zwei Tage später eintrafen, Platz fanden, und die mitgebrachten Lebensmittel bewirkten, dass alle im Haus Waldesruh, wo die Mädchen wohnten, einigermaßen gut zu essen bekamen.

Nun stand ungetrübten Ferientagen nichts mehr im Wege, die natürlich in erster Linie am Strand und im Wasser verbracht wurden, wo auch eine große Sandburg entstand – genau wie in alten Zeiten! Selbst ein Strandkorb konnte gemietet werden, und an schönen Tagen wurde die strahlende Sonne zum Bräunen genutzt, und bei schlechterem Wetter und Wind tobten alle begeistert in den hohen Wellen.

Hin und wieder standen kleinere Ausflüge auf dem Programm, und abends wurde Bridge gespielt, so dass Margrit sich nur selten zum Lateinlernen entschloss. An den Wochenenden gab es sogar im Kurhaus Tanz, was Gina, die inzwischen 16 Jahre alt geworden war, besonders interessant fand, aber außer Klaus gab es wenig geeignete Tänzer, weshalb die Mädchen vorwiegend der Dorfjugend zuschauten.

So vergingen die frohen Tage wie im Flug, und nachdem Arsands und Klaus etwas früher abgereist waren, erlebten Margrit und Maidi mit der Mama wieder eine dramatische Heimfahrt. Sie hatten das Gepäck schon abends mit der Kleinbahn zum Schiff vorausgeschickt, standen am nächsten Tag gegen vier Uhr auf und liefen im Morgengrauen zu Fuß nach Sellin, um den Dampfer nach Stralsund um sechs Uhr zu erreichen. Dort ging es erst nachmittags um drei Uhr weiter und zwar nach Berlin, denn diesmal war bei Zwicks in Dahlem eine Übernachtung und ein kurzer Aufenthalt vorgesehen, doch leider erreichte der überfüllte Personenzug nicht vor 23 Uhr die Reichshauptstadt.

Um diese nächtliche Zeit fuhr die S-Bahn seltener und die anschließende Straßenbahn ab Mitternacht nur noch bis Steglitz, so dass Mama, Margrit und Maidi mit den schweren Koffern fast eine Stunde nach Dahlem laufen mussten und immer wieder vor Erschöpfung stehen blieben und ausruhten. Erst gegen 1 Uhr hatten sie endlich ihr Ziel erreicht und wurden trotz der späten Stunde von Zwicks und Tante Lisbeth herzlich empfangen, bekamen noch eine kleine Stärkung und sanken todmüde in die Betten.

Am nächsten Tag fuhren Mama und die Mädchen zur Auskunft an den Anhalter Bahnhof und waren tief erschüttert, als sie das Ausmaß der Zerstörung in der Innenstadt sahen. Erst der Besuch einer lustigen Komödie am Nachmittag und die anschließende Einladung in Tante Tildes neue Wohnung nach Berlin-Westend ließ sie die schrecklichen Eindrücke ein wenig vergessen.

Papa war glücklich, als er am Folgetag abends seine Lieben unversehrt in Empfang nehmen konnte, und das Reiseabenteuer ein gutes Ende gefunden hatte. Nun fing für Margrit der Ernst des Lebens schnell wieder an, indem sie sich voll Eifer aufs Lateinlernen stürzte und mit ihrem Lehrer noch einmal alle Abschnitte aus Cäsars Gallischem Krieg vornahm, die bevorzugt bei den Prüfungen drankommen konnten.

Mit drei anderen Mädchen fuhr sie am 2. Oktober 1946 klopfenden Herzens zum Examen nach Leipzig, wo in einer Oberschule von neun bis zwölf Uhr die schriftliche Prüfung stattfand und gleich anschließend mündlich Fragen gestellt wurden. Trotz einer gewissen Aufregung konnte Margrit die vorgelegten Texte, die ihr zum Glück nicht ganz fremd vorkamen, richtig übersetzen und die grammatischen Formen später korrekt analysieren, so dass sie zu ihrer Freude das Latinum mit der Note „Gut“ bestand und froh heimkehrte.

37.

Dieser Erfolg spornte Margrit nun erst recht an, ihr Staatsexamen in nicht mehr allzu ferner Zeit abzulegen, aber das bedeutete mindestens noch zwei volle Studiensemester. Außer den fehlenden Vorlesungen und Übungen in Geographie musste sie sich nämlich noch der Philosophie zuwenden, da das Examen für das höhere Lehramt neben den Prüfungen in zwei Hauptfächern und einem Nebenfach auch grundlegende Kenntnisse in Philosophie und eine entsprechende Prüfung darin erforderte.

So standen Margrit arbeitsreiche Zeiten bevor, und in den beiden folgenden Semester belegte sie von den nötigen Vorlesungen und Übungen, die ihr noch fehlten, so viele wie sie in ihrem wöchentlichen Stundenplan nur unterbringen konnte, wie zum Beispiel: *Systematik der Blütenpflanzen und Entwicklungsgeschichte der Botanik – Wirbeltiere und Grundlagen der Entomologie – Physische Geographie und Morphologie der Landoberflächen – Physikalische Chemie und Grundzüge der Atom- und Molekulartheorie – Einführung in die Philosophie sowie Kants Erkenntnistheorie* und anderes!

Bei all den Sorgen um den Wissensstoff für ihr Staatsexamen fühlte sich Margrit weiterhin mit Maria Kretschmann eng verbunden, mit der sie sich zum Besprechen von schwierigen Vorlesungen traf, aber auch nette gemeinsame Abende mit persönlichen Gesprächen verbrachte. Außerdem kam sie durch die Geographie viel mit Ruth Wunderlich zusammen, die in Halle zu Hause war und sie manchmal in ihr Elternhaus einlud, so dass bald eine gewisse Freundschaft entstand.

Schließlich lernte sie im Botanischen Institut nach dem Krieg noch zwei nette Studentinnen aus Breslau kennen. Diese hatten ursprünglich dort Biologie studiert, mussten jedoch vor den Russen fliehen, lebten jetzt in Halle und setzten hier ihr Studium fort.

Vor allem Anneliese Spallek, die Jüngere der beiden, ein blondes, bescheidenes Mädchen, war gern mit Margrit zusammen, um sich Rat in allen Studienfragen an der für sie neuen Universität zu holen und auch sonst verstanden sie sich recht gut, so dass sie über Jahre hinaus Kontakt behielten und eine lebenslange Freundschaft entstand.

Margrit war froh, nette Kameradinnen mit den gleichen Sorgen gefunden zu haben, denn niemand wusste eigentlich genau, was man können musste, um die gefürchteten Prüfungen zu bestehen.

So blieb sie oft die ganze Woche über an ihrem Studienort, um mit den Freundinnen zusammen zu sein und gemeinsam zu lernen, während sie Samstag/Sonntag zu Hause von ganz anderen Problemen hörte, die sich vor allem um die Bewältigung des täglichen Lebens drehten. Natürlich war Maidi, ihr geliebtes Schwesterchen, die nach wie vor mit viel Einsatz daheim die Tiere betreute, da es für sie noch keine Studienmöglichkeit gab, ihr weiterhin die engste Vertraute, und an den Wochenenden erzählten sie sich gegenseitig ausführlich von all ihren Erlebnissen.

Inzwischen gab es in Halle sogar einen jungen Verehrer, der sich für Margrit interessierte, nämlich einen dunkelhaarigen, großen Mann mit braunen Augen und freundlichem Blick. Er aß oft im selben Lokal wie Margrit in der Ludwig-Wucherer-Straße zu Mittag, und weil er gern zu ihr hinüberschaute, beobachtete er, dass sie neben dem Essen immer in naturwissenschaftlichen Lehrbüchern las.

Als sie zufällig einmal einen farbigen Bildband mit Insekten vor sich hatte, sprach er sie an, da er zwar nicht Student, sondern Mitarbeiter einer Firma war, die Tiere für Schaukästen präparierte, und er auf diesem Gebiet ein weitreichendes Wissen hatte.

Margrit erzählte ihm zutraulich, dass sie Bestimmungsübungen für Insekten belegt hätte, doch nicht ahnen konnte, wie unendlich viele ähnliche Tiere es in diesem Bereich gäbe. Besonders bei den winzigen Fliegen und Käfern wäre es fast unmöglich, die kleinen, kaum erkennbaren Merkmale zu finden, durch die sie sich unterschieden und danach zu bestimmen seien.

Und wie staunte sie, als sie von dem jungen Mann hörte, dass er fast alle einheimischen Arten kenne und auseinander halten könne, ja, sie seit Jahren sammelte, naturgetreu präparierte und in Schaukästen mit Namen versehen nach Arten und Familien einordnete. In der Schule und natürlich auch im Zoologischen Institut hatte Margrit solche Kästen – vorwiegend mit schönen Schmetterlingen – schon oft bewundert, aber nie darüber nachgedacht, wie sie entstanden, und nicht für möglich gehalten, dass alle tausend und abertausend Insekten der heimischen Fauna bekannt seien und in den Sammlungen der Universitäten zur Verfügung standen.

Theo Schmidt, so hieß der nette Bekannte, traf sich von nun an häufig mit Margrit zum Mittagessen und sie konnten sich auf vielen Gebieten gut unterhalten, so dass bald eine herzliche Freundschaft entstand, und Theo nach einiger Zeit Margrit auch ab und zu in ihrem Zimmer besuchte. Frau Bär, die ihn mochte und immer kleine Scherze mit ihm machte, hatte nichts dagegen einzuwenden, wenn sich der „Herrenbesuch" nur pünktlich, wie es damals vorgeschrieben war, um 22 Uhr wieder verabschiedete.

Theo war für Margrit wie ein väterlicher Freund, dem sie all ihre Sorgen hinsichtlich des Studiums anvertrauen konnte, und der stets einen guten Rat wusste.

Sie freute sich, dass er sie regelmäßig besuchte, sie ihm von allem, auch von ihrem Elternhaus in Weißenfels erzählen konnte, und er ihr oft liebevoll übers Haar strich. Sie mochte ihn wirklich gern, aber sie fühlte von Anfang an, dass er für sie sicher nicht der Partner fürs Leben sein konnte, da er aus ganz anderen Verhältnissen stammte.

Theo empfand das ebenso und zwar besonders, als er anlässlich einer botanischen Exkursion ins Saaletal, der er sich auf Margrits Bitten anschloss, mit einer Gruppe von Studenten kurz Margrits Zuhause in der Villa und vor allem die schöne Saale-Insel mit vielen, für ihn interessanten Insekten kennen gelernt hatte.

So nahm er sie an einem der nächsten Abende in Halle bei seinem Besuch ganz plötzlich in die Arme und schaute ihr liebevoll, aber auch traurig in die Augen und meinte: „Wir wollen immer gute Freunde bleiben, selbst wenn wir uns irgendwann trennen müssen, denn wir gehören nicht zusammen, da wir aus zu verschiedenen Lebenskreisen kommen. Denn ich bin Kommunist!"

Das traf Margrit wie ein Schlag und erschien ihr zunächst unfassbar, weil sie bisher Kommunisten für rachsüchtige und feindselig eingestellte Menschen gehalten hatte, und dazu sollte der so warmherzige und stets freundliche Theo gehören? Sie lernte jedoch daraus, dass es eben auch Kommunisten gibt, die wirklich für alle das Gleiche und das Gute wollten – ähnlich wie christlich denkende Menschen – und das bewunderte sie und machte sie nachdenklich und verband sie umso herzlicher mit Theo.

An der Uni selbst gab es nach dem verheerenden Krieg kaum junge Männer in Margrits Alter, und die wenigen, die heimgekehrt waren, fingen gerade erst mit dem Studium an – zusammen mit den Abiturienten, die von der Schule kamen. So lernte sie bei Führungen durch den Botanischen Garten und auf Exkursionen, die nun von Professor Meusel, dem bisherigen Assistenten, geleitet wurden, Stefan Vogel und Klaus Stopp kennen, zwei überdurchschnittlich begabte Studenten, die alle bestaunten, weil sie jede einheimische Pflanze auf Anhieb mit lateinischem Namen benennen konnten und sie sogar als winzige Keimlinge voneinander zu unterscheiden wussten. Die beiden netten Botaniker sollte sie später in Mainz wieder treffen, wo sie bei Professor Troll, der dort seit 1946 Ordinarius am Botanischen Institut war, ihre wissenschaftlichen Studien fortsetzten.

Dieser von allen geschätzte und von Margrit geliebte, ehemalige Professor für Botanik in Halle war leider mit vielen anderen Wissenschaftlern vor dem Eintreffen der Russen nach dem Westen geflohen. Deshalb musste sie nun bei den bevorstehenden Prüfungen mit neuen Professoren rechnen, die erst nach Kriegsende die Leitung der Institute übernommen hatten, und die sie jetzt durch den fleißigen Besuch ihrer Collegs nach und nach kennen lernte.

Immer wieder hatte Margrit allerdings das Gefühl, dass sie in ihren Fächern die wichtigsten Grundlagen längst nicht beherrschte, und so beschloss sie etwa ein Jahr vor dem geplanten Examen, alle Lehrbücher noch einmal von Anfang bis Ende durchzuarbeiten und sich von den wichtigsten Kapiteln schriftliche Auszüge zu machen. Das kostete natürlich unübersehbar viel Zeit und schien in der kalten Jahreszeit in den schlecht geheizten Räumen, wo man selten ungestört arbeiten konnte, fast unmöglich.

So war sie wirklich Onkel Hans sehr dankbar, als er ihr in seiner Fabrik in der Weißenfelser Neustadt einen leer stehenden, sowieso geheizten Büroraum zum Arbeiten anbot, wo sie in den Wintermonaten 1947 und 48 von Montag bis Freitag viele Stunden über ihren Büchern sitzen konnte, um alles noch einmal zu wiederholen.

Und damit Margrit nicht jeden Tag per Rad zum Essen heimfahren musste, lud sie die freundliche Oma Arsand, die im selben Gebäude im ersten Stock wohnte, regelmäßig zur Mittagsmahlzeit ein, denn sie freute sich über Gesellschaft und hatte auch noch eine nette Haushilfe zur Seite.

Nach Abschluss des Wintersemesters im Februar 1947 kam Margrit wirklich durch mehrere Wochen ungestörter Arbeit in Onkel Hans´ Büro so gut voran, dass sie sich im Sommersemester neben den noch fehlenden Vorlesungen und Seminaren vor allem ihrer Staatsexamensarbeit über die „Xeromorphie der Hochmoorpflanzen" widmen konnte. Hier ging es um das interessante Phänomen, dass trotz der feuchten Umgebung die Pflanzen im Moor vorwiegend Merkmale von trockenheitsliebenden Pflanzen aufwiesen, was mit dem Säuregehalt des Moorwassers zu tun hatte, und was wissenschaftlich zu erläutern war.

Margrit bekam diese Aufgabe von Professor Schmidt gestellt, dem älteren, freundlichen Botaniker, der viele Jahre mit Professor Troll in Halle zusammengearbeitet hatte, jedoch nicht in den Westen gegangen war und sich nun um die Staatsexamenskandidaten in Botanik und deren schriftliche Arbeiten kümmerte. Diese mussten in einer Frist von genau drei Monaten nach Themenempfang fertiggestellt sein, denn erst dann konnten sich die jungen Leute zum Examen melden. Zu ihrer Freude hörte Margrit schon jetzt, dass sie auf jeden Fall von Professor Schmidt auch im mündlichen geprüft würde.

38.

Am Ende des arbeitsreichen Sommersemesters wünschte sich Margrit tatsächlich erst einmal eine kleine Erholungspause und plante deshalb mit Maidi nur zu gern einen Besuch bei den Verwandten in Ostfriesland, obwohl es nicht so einfach sein sollte, die Grenze zwischen Ost und West, also zwischen der russischen und der englischen Besatzungszone zu überschreiten.

Maidi hatte es inzwischen aufgegeben, auf die Zulassung zu einem Studium für Innenarchitektur zu warten, da alle Kriegsteilnehmer, die sich bewarben, noch vor ihr berücksichtigt wurden. Auch das Aufsuchen einer Geflügelzuchtanstalt bei Halle, wo sie eine Ausbildung in Erwägung zog, enttäuschte sie, so dass sie mit dem Gedanken spielte, in Ostfriesland eine landwirtschaftlich-hauswirtschaftliche Lehre zu machen, weil ja Papa dort einen Hof besaß, auf dem sie vielleicht später einmal arbeiten könnte.

„Meint ihr wirklich, dass ihr es wagen könnt, ohne behördliche Genehmigung schwarz über die Grenze zu gehen?“ fragten immer wieder die besorgten Eltern, obwohl sie selbst diesen Besuch bei Papas Familie vorgeschlagen hatten. „Aber es fahren doch so viele junge Leute rüber, und mehr als zurückschicken können uns die Russen ja nicht“, meinten die optimistischen Schwestern und starteten per Bahn am Morgen des 5. August 1947, mit Rucksack und Umhängetasche bepackt, voller Mut und Zuversicht Richtung Grenze.

Man hatte ihnen den Grenzübergang zwischen Stapelburg und Harzburg empfohlen, weil hier das Hinüberkommen nicht schwierig sein sollte. Jedoch war der verspätete Personenzug von Halle nach Halberstadt durch „Grenzgänger“ so überbesetzt, dass die beiden nur noch auf Brettern, die auf den Puffern befestigt waren, Platz fanden.

Auf den luftigen Sitzen ging die Fahrt ganz gemächlich bis Halberstadt, und von dort mit weiterer Verspätung nach Wernigerode, wo es noch einmal eine lange Wartezeit gab. Als dann endlich abends gegen 22 Uhr das Bähnle nach Stapelburg – dem letzten Ort vor der Grenze – abfuhr, hatte die Spannung unter den Reisenden ihren Höhepunkt erreicht, denn nun waren nur noch Leute im Zug, die hinüber wollten, und man redete von nichts anderem!

Margrit und Maidi schlossen sich am Ziel den vielen Menschen an, die den etwa zwanzig Minuten langen Weg zur Grenze entlang der Schienen folgen wollten, obwohl ein Gewitter heraufzog und es bereits heftig blitzte und donnerte, was jedoch niemand beachtete.

Zuerst ging alles gut, doch nach etwa zehn Minuten kam ganz unerwartet die Menge den beiden Schwestern wieder entgegen, und alle riefen in wilder Flucht: „Die Russen kommen, schnell, schnell zurück", und schon rannten russische Soldaten zwischen den aufgescheuchten und verängstigten Deutschen herum, schossen mit ihren Pistolen in die Luft und brüllten „Stoi, stoi!"

Margrit und Maidi liefen, so schnell es mit dem Gepäck ging, querfeldein davon und standen plötzlich im strömenden Regen mutterseelenallein auf einem abgelegenen Stoppelfeld, von wo aus sie zum Glück beim kurzen Aufleuchten der Blitze ein Dorf erkennen konnten, auf das sie zu eilten.

Hier wirkte zu dieser nächtlichen Stunde alles wie ausgestorben, und erst nach langem Suchen und dauernd in Angst, dass sie auf Russen treffen könnten, fanden die beiden auf einem Gehöft versteckt einige Leute, die auch über die Grenze wollten.

An eine Scheune gelehnt wartete die Gruppe jedoch erst das Nachlassen des Regens und das Ende der Schießerei ab, und als alles ruhig blieb, und kein Schuss mehr fiel, wagte sich die kleine Gemeinschaft unter Führung einer ortskundigen Frau auf den Weg – immer geduckt unter Büsche und Bäume – an Hecken entlang. Nach einer Viertelstunde hieß es dann „Schuhe und Strümpfe aus", und vorsichtig kletterte die Gesellschaft eine Böschung hinunter und watete durch ein flaches Gewässer. Nun war es tatsächlich geschafft, denn jenseits des Baches begann das von Engländern besetzte Gebiet, und die Gefahr war vorüber.

Jedoch das Ziel der Reise war noch weit! Margrit und Maidi mussten erst einmal mit den anderen Grenzgängern auf der Landstraße zwei Stunden nach Bad Harzburg laufen und in der Bahnhofshalle bis fünf Uhr auf den ersten Zug warten, der sie nach Hannover brachte. Hier ging es weiter nach Bremen und über Oldenburg und Leer nach Emden, wo sie nachts eintrafen und von Familie Tergast, Verwandte von Papa, nett aufgenommen wurden und endlich mal wieder, allerdings zu zweit in einem Bett, gut schlafen konnten.

Auf ein Telegramm hin, das die Mädchen am nächsten Vormittag abschickten, holte Onkel Menno, Papas Bruder, die beiden am Mittag mit einem zweirädrigen Pferdewagen in Emden ab, und jetzt erst begannen für Margrit und Maidi auf dem „Loquarder Hammrich", dem Hof von Onkel Menno und Tante Leni, auf dem Papa aufgewachsen war, schöne Urlaubstage.

Am Wochenende traf auch Hans-Dieter ein, der auf langen, nächtlichen Fußmärschen im Eichsfeld südlich vom Harz unbehelligt von Russen über die Grenze gelangt war, und die Geschwister wurden von allen Verwandten, die sie reihum einluden, sehr verwöhnt.

Auf Papas Hof in Pewsum, der ihm im Rahmen des Erbhofgesetzes 1942 zugesprochen worden war, wurden sie von den jetzigen Pächtern, Vetter Martin und seiner jungen Frau Annchen, sehr herzlich zum Mittagessen und Tee eingeladen und bekamen später alles auf dem Hof gezeigt.

Bei Tante Maaike und Onkel Heinrich Sanders in Loquard, auf deren Hof die beiden Mädchen in ihrer Kinderzeit so gern gespielt hatten, waren sie zweimal zum Übernachten eingeladen. Maidi erkundigte sich natürlich gleich nach der Möglichkeit einer Lehre im nächsten Jahr, was selbstverständlich klappen würde, denn bei Sanders handelte es sich um einen Musterbetrieb mit preisgekrönten Zuchtrindern, und Tante Maaike war staatlich anerkannte Lehrfrau.

Der Höhepunkt in diesen Tagen war für die Geschwister eine Dampferfahrt zur Insel Norderney, die Onkel Heinrich ermöglichte, indem er sie mit seinem Auto nach Norddeich brachte und abends wieder abholte, während sie sonst fast alle Wege zu Fuß zurücklegen mussten, weil kaum Omnibusse fuhren.

Die schöne Zeit bei den Verwandten verging leider viel zu schnell, und bei der Abreise bekamen sie von Onkel Menno und Tante Leni noch manche guten Dinge, wie Käse, Speck und Schinken eingepackt. Mit schweren Rucksäcken ging es am 18. August frühmorgens zunächst mit dem Mietauto nach

Emden, und von dort in langer Fahrt nach Hannover, wo sie nachmittags eintrafen. Auf Hans-Dieters Rat hin wollten sie diesmal südlich vom Harz den Grenzübergang zwischen Duderstadt und Leinefelde wagen, wo er es auf seiner Hinreise so gut geschafft hatte, und so fuhren sie von Hannover Richtung Kassel und stiegen um 22 Uhr in Duderstadt aus.

Hier legte ein Mann, dem sie etwas Geld gaben, ihr gesamtes Gepäck unter eine Decke auf seinen Handwagen, und mit ihm gingen sie ganz unauffällig wie Einheimische auf einer abgelegenen Landstraße über die Grenze. Nun mussten sie allerdings versuchen, auf Waldwegen in östlicher Richtung weiterzukommen, um in Leinefelde die Bahn zu erreichen. Doch leider verliefen sich die Drei bald in der Dunkelheit der Wälder und konnten sich nur auf Lichtungen an den Sternen orientieren, die in der klaren Nacht hell am Himmel standen. Es war eine unheimliche Wanderung, denn immer wieder vernahmen sie im Dickicht deutliches Knacken oder glaubten, in der Nähe Schritte zu hören, aber sie hofften zuversichtlich, dass es ebenfalls Grenzgänger seien und keine versteckten Wachposten, und verhielten sich ganz still.

Sie waren deshalb glücklich, als endlich der Wald hinter ihnen lag und ein Ort auftauchte, auf den sie voller Hoffnung zusteuerten. Es war allerdings erst der kleine Ort Teistungen und noch längst nicht Leinefelde, das leider, wie auf einem Straßenschild zu lesen war, noch 14 Kilometer entfernt war. Wohl oder übel wanderten die Geschwister weiter, doch als sie endlich im Morgengrauen den ersehnten Bahnhof erreichten, waren sie der Erschöpfung nahe.

Im ersten Zug am frühen Morgen konnten die müden Wanderer nun wenigstens die Glieder ausstrecken und etwas Nachtschlaf nachholen, doch bis sie endlich ihr Elternhaus erreichten, verging noch ein halber Tag voller Mühe und Anstrengung!

Was konnten sie jedoch später alles von ihrer abenteuerlichen Fahrt erzählen, und wie dankbar waren die Eltern für die guten Sachen vom Bauernhof, aber am größten war die Freude, dass die Geschwister trotz mancherlei Gefahren wohlbehalten heimkehren konnten, und die Familie wieder beisammen war.

39.

Durch die schöne und abwechslungsreiche Reise in den Westen, die sich allerdings schwieriger gestaltet hatte, als man ahnen konnte, waren Margrits Sorgen wegen des bevorstehenden Examens etwas in den Hintergrund getreten, doch nun stand wirklich der „Endspurt“ bevor.

Mit dem Ende des Sommersemesters 1947 hatte sie alle für die Zulassung zur Prüfung erforderlichen Bedingungen erfüllt und wurde jetzt für das Wintersemester beurlaubt, um ihre Staatsexamensarbeit einreichen zu können und sich intensiv auf die Abschlussprüfung vorzubereiten.

In ihrer fast übertriebenen Angst, den Lehrstoff nicht sicher genug zu beherrschen, saß sie jetzt wieder Woche für Woche bei Arsands im Büro und arbeitete erneut alle Bücher ihrer drei Prüfungsfächer gründlich durch.

Onkel Hans, der seine Nichte gern mochte, freute sich, ihr den geheizten Raum zur Verfügung stellen zu können, und wenn sie gar zu lange hinter ihren Aufzeichnungen saß, kam er abends mal zu einem Schwätzchen zu ihr.

Aber Margrit war viel zu eifrig mit ihrem Lernstoff beschäftigt, um sich ablenken zu lassen, doch sie wollte Onkel Hans nicht abweisen, denn er war immer nett und hilfsbereit und nahm sie auch öfter mit dem Auto, das ihm als Fabrikant wichtiger Gebrauchsgüter schon wieder zur Verfügung stand, mit nach Halle, wenn er dort zu tun hatte.

Diese Fahrten und gelegentliche Einladungen zu einem Essen im Restaurant nahm sie gern an, denn seit ihren Kindertagen war ihr Onkel Hans vertraut, sie fühlte sich in seiner Nähe wohl und ließ sich in dieser kärglichen Zeit gern ein wenig verwöhnen.

Zunächst ging es jetzt mit Riesenschritten auf das gefürchtete Examen zu, das für Anfang April 1948 in Halle vorgesehen war. Die schriftlichen Prüfungsarbeiten in Botanik, Zoologie, Chemie und Erdkunde, die in der letzten Märzwoche in den jeweiligen Instituten vormittags in vier Stunden geschrieben werden mussten, versetzten Margrit zwar jedes Mal in Angst, aber da sie gut vorbereitet war, kam sie immer, sobald sie ihre Aufgabe gesehen und durchdacht hatte, leicht damit zurecht und erhielt gute Noten für ihre Ausführungen.

Die mündlichen Prüfungen am 7. und 8. April allerdings lagen, genau wie damals das mündliche Abitur, als unüberwindlicher Berg vor ihr, und sie nahm an beiden Tagen ganz gegen ihre Gewohnheit ein leichtes Beruhigungsmittel ein, um überhaupt ohne Zittern vor der Kommission sprechen zu können.

Außerdem war Maidi zur seelischen Unterstützung am 7. April mittags mit nach Halle gefahren, versorgte die Schwester im Zimmer bei Frau Bär mit Tee und Kuchen und redete ihr gut zu, ehe sie um sechs Uhr abends in den Frankeschen Stiftungen zur Erdkundeprüfung antreten musste.

Da sie über das nordost- und das nordwestdeutsche Tiefland im geomorphologischem Vergleich sprechen sollte, ein Thema, das sie einmal für ein Referat schriftlich ausgearbeitet hatte, wusste sie so sicher Bescheid, dass sie fließend darüber berichten konnte.

Dieser gute Einstieg half ihr auch am nächsten Nachmittag bei den Prüfungen in Botanik, Zoologie und Chemie, bei denen die Professoren, weil sie von der Kandidatin von vornherein einen guten Eindruck hatten, sehr hilfreich und wohlwollend fragten, so dass Margrit jede Angst verging, und sie mehr erzählen konnte, als sie überhaupt gefragt wurde, und dadurch bestand sie in allen drei Fächern „mit Auszeichnung", und nur in der ungeliebten Philosophie musste sie ein „Befriedigend" hinnehmen.

Maidi hatte bei Margrit in Halle übernachtet und mittags für beide bei Frau Bär gekocht und holte sie nun mit Maria Kretschmann abends nach dem langen Prüfungsnachmittag in den Frankeschen Stiftungen ab. Niemand konnte fassen, dass alles so gut gegangen war nach der vielen Angst und Aufregung, und selbst Onkel Hans und Tante Gretel, die auch gerade in Halle waren, staunten, als sie später zum Gratulieren in die Ludwig-Wucherer-Straße kamen, und die Schwestern im Auto mit nach Hause nahmen, wo ebenfalls große Freude herrschte.

Am nächsten Abend kamen Arsands zur Examensfeier in die Villa, und bei Torte und Likör ging es vergnügt zu, und in der Woche darauf lud Margrit in Halle alle ihre Studienkameradinnen zu einem kleinem Fest in ihr Zimmer ein, wo Maidi bei den Vorbereitungen half und gern mitfeierte.

40.

Niemals hätte Margrit sich vorstellen können, wie glücklich sie sich nach dem schönen Erfolg in Halle fühlen würde, und sie wusste jetzt, dass es sich wirklich lohnte, eine mühsame und nicht immer leichte Aufgabe zu einem guten Abschluss zu führen!

Nun hatte sie also das Staatsexamen für das höhere Lehramt geschafft und würde jederzeit in den Schuldienst eintreten können, aber die Eltern meinten gleich, junge Leute aus sogenannten „kapitalistischen“ Familien hätten hier im Osten kaum eine Zukunft, und sie solle sich erst einmal richtig ausruhen, den Sommer genießen und dann Pläne machen.

Hans-Dieter hatten sie sogar geraten, jetzt nach seiner abgeschlossenen Müllerlehre gleich nach Westdeutschland zu gehen, da er wahrscheinlich gar keine Chance hätte, irgendwann die

Mühle zu übernehmen, und auch Maidi wollte nun auf jeden Fall in Ostfriesland ihre Lehre beginnen.

Es war für Margrit ein großer Kummer, als ihre geliebte Schwester bereits Mitte April die ersten Reisevorbereitungen traf und sich am 27. April mit Dieter Richtung Westen aufmachte, und sie selbst zuerst bei den Eltern blieb, um sich nach der vielen Lernerei zu erholen und um auch den Eltern in Haus und Garten und bei den Tieren zu helfen.

Maidi kehrte zwar am Wochenende überraschend noch einmal heim, weil sie wegen ihres zu großen Koffers bei Wartha/Bebra von keinem Grenzhelfer mitgenommen wurde, aber sie versuchte es nach Beratung mit einem Freund von Arne und nach gründlichem Umpacken ihrer Sachen bei Osterwiek im nördlichen Harz zum zweiten Mal und telegrafierte einen Tag später von Oldenburg aus, dass es geklappt hätte.

Hans-Dieter dagegen fuhr nach geglücktem Grenzübergang in Thüringen zu Mousons nach Frankfurt, um sich dort beraten und weiterhelfen zu lassen und landete schließlich in einer Mühle in Kilianstätten nicht weit von Frankfurt, da er im Westen nur Zuzug bekommen konnte, wenn er zuerst in seinem gelernten Beruf anfinge.

Gleich vom ersten Tag der Trennung an schrieb Margrit mindestens zweimal pro Woche einen langen Brief nach Ostfriesland, um von allem daheim zu berichten, und oft ging ein Päckchen mit guten Dingen auf die Reise, denn Margrit ahnte, dass es Maidi in der ersten Lehrzeit bei der gestrengen Tante Maaike nicht leicht haben würde, und sie bestimmt unter Heimweh litt.

Auch sie selbst fühlte sich abends sehr traurig ohne die Schwester, obwohl sie gern daheim und in der Nähe der geliebten Eltern war und jetzt – frei von Examenssorgen und strengen Verpflichtungen – unbeschwerte Tage hätte genießen können. Aber täglich fehlte ihr das Beisammensein mit Maidi und unentwegt beschäftigte sie der Gedanke, irgendwann nach Ostfriesland zu reisen.

Zunächst hatte sie jedoch viel zu tun, bis alle Lehrbücher und die Mappen mit ihren Aufzeichnungen gut geordnet in die Schränke verstaut waren und sie alle Bücher aus der Arsandschen Schuhfabrik per Fahrrad abgeholt hatte. Anschließend fuhr sie mehrere Tage nach Halle, um dort ihre Sachen einzupacken, sich an vielen Stellen abzumelden und sich überall zu verabschieden.

Ihr Zimmer bei Frau Bär behielt sie allerdings den ganzen Sommer über, da sie auch jetzt noch gern mit Kommilitoninnen zusammenkam, die später mit dem Studium begonnen und noch kein Examen gemacht hatten. Unter ihnen gab es neue Freundinnen, die ihr am Herzen lagen, denn sie ahnte, dass es bald ein Abschiednehmen für längere Zeit geben würde.

Außerdem planten die Botanikstudenten und -studentinnen seit längerem ein Sommerfest im Hof der Moritzburg, bei dem als Höhepunkt „Die Laune des Verliebten" von Goethe aufgeführt werden sollte. Margrit und ihre neue Freundin Edeltraut Schmidt aus Nietleben hatten diese Idee und waren so begeistert von dem Plan, das sie sich bereit fanden, selbst die Hauptrollen zu übernehmen, vom Theater echte Kostüme und Perücken besorgen wollten und natürlich mit den übrigen Beteiligten eifrig üben mussten.

Im Burghof, umgeben vom grün überwucherten Gemäuer, kamen dann tatsächlich Anfang Juli an einem milden Sommerabend fünfzehn fröhliche, junge Botaniker zusammen, die an blumengeschmückten Tischen Kirschbowle, belegte Brote und Rote Grütze genossen und in übermütiger Stimmung auf die große Überraschung warteten:

Und dann gab es ganz unverhofft eine so tolle, ideenreiche und schwungvolle Aufführung von Goethes Jugendwerk „Die Laune des Verliebten", das sich alle begeistert mitreißen ließen, und bei Torte und leckeren Getränken die ganze Nacht gelacht, gesungen und getanzt wurde, und man kein Ende finden konnte.

Gleich am nächsten Tag schrieb Margrit in ihrem Glück über das gelungene Fest einen ausführlichen Brief an ihre geliebte Schwester, die ihr in den schönen Stunden so gefehlt hatte, und von nun an stand ein Besuch in Ostfriesland für Margrit unumstößlich fest, auch wenn dabei wieder manche Schwierigkeiten zu überwinden waren.

41.

Diesmal war das neue Geld das Hauptproblem für Besucher aus dem Osten, denn seit der Währungsreform im Juni 1948 konnte man nur noch mit der „wertvollen" D-Mark in Westdeutschland bezahlen.

Zum Glück hatte Papa durch die Verpachtung seines Hofes in Ostfriesland ein westdeutsches Konto, auf dem das vorhandene Guthaben zehn zu eins in D-Mark getauscht worden war, so dass der Vater Margrit Reisegeld zusichern konnte, jedoch gleich nach dem Grenzübergang musste sie sich irgendwo Geld leihen, um weiterzukommen.

Schon Mitte Juli ging die aufregende Reise los und wieder wurde Stapelburg nördlich vom Harz als Grenzübergang gewählt. Im nahen Ilsenburg, wo eine Hallenser Studienfreundin von Margrit wohnte, traf sie deren Schwester Bärbel, die auch „rüber" wollte, und mit der sie auf einem Pferdewagen zur Grenze gelangte.

Leider liefen die beiden Mädchen gleich zu Anfang ihres Weges einem patroullierenden Russen in die Arme, der ihnen die Pässe abnahm, dem sie aber gerade noch entwischen konnten. Während Bärbel erschreckt aufgab und heimfuhr, wartete Margrit in einem Gasthaus in Stapelburg bis zum Abend und erkundigte sich bei ebenfalls wartenden Gästen, wie sie die Kontrollen am besten umgehen könnte. Tatsächlich hatte sie

Glück und kam, als es schon dunkel war, an einer günstigen, schlecht einsehbaren Stelle mit einigen anderen Leuten ungehindert über die Grenze.

In Eckerntal, dem nächsten Ort, nahm sie später ein freundlicher Busfahrer, der ihr sogar die erbetenen zehn D-Mark lieh, nach Bad Harzburg mit, wo sie im Wartesaal die Nacht verbrachte.

Dieses Geld reichte gerade zur Fahrt nach Lehrte bei Hannover, und hier konnte sie sich bei Onkel Fritz, Papas ältestem Bruder, und Tante Martha ausruhen, essen und nochmals Geld leihen, ehe sie am frühen Nachmittag zu Patentante Steffi nach Minden weiterreiste.

Die Tante war so begeistert von dem unerwarteten Besuch, dass Margrit zwei Nächte bleiben musste, und deshalb traf sie erst am übernächsten Tag bei der lang ersehnten Schwester in Ostfriesland ein. War das eine Freude für die beiden, nun wieder beisammen zu sein!

Da Maidi als Lehrling jedoch bei der gestrengen Tante Maaike trotz des beglückenden Besuchs weiterhin ihr festes Arbeitspensum erfüllen musste, half Margrit bei allen Tätigkeiten in Haus und Garten eifrig mit.

Abends nach Feierabend konnten die Schwestern dann endlich das Beisammensein aus vollem Herzen genießen und nachts im gemeinsamen Schlafzimmer stundenlang miteinander reden. Ja, in der ersten Nacht hatte Margrit soviel von daheim zu erzählen, dass die arme Maidi, als sie morgens um fünf Uhr zum Melken geweckt wurde, kaum ein Auge zugetan hatte!

Margrit fühlte sich nach den langen Studienjahren in Halle und dem endlich gut bestandenen Examen in der geliebten Heimat des Vaters und in der Nähe der Schwester so glücklich, dass sie vier Wochen bei Sanders in Loquard blieb, und Tante Maaike freute sich über den hilfsbereiten Besuch, wusste sie ja auch, wie sehr die Mädchen aneinander hingen.

Trotz ihres Einsatzs in Haus und Garten blieb für Margrit noch genügend Zeit, um alle ihre von früheren Reisen her vertrauten Verwandten zu besuchen, denen sie natürlich viel von den schwierigen Verhältnissen in der „Ostzone" und den aufregenden Grenzübergängen erzählen musste.

So war sie nicht nur ein paar Tage in Marienchor im Rheiderland, wohin Didi Bussen, ihre einzige Cousine von Vaters Seite her, geheiratet hatte, sondern auch auf dem Pewsumer Hammrich (Papas Hof) bei Martin und Annchen sowie bei Familie Gruis auf dem benachbarten Helenenhof, wo sie schon als Kind mit den sechs fröhlichen, blonden Schwestern gern gespielt und geturnt hatte.

Doch unvergesslich blieb für Margrit ein Besuch in „Heiselhusen", einen besonders schönen und von alten Bäumen umgebenen Hof dicht am Meer, auf dem sie Papas Vetter – Onkel Jelto – wiedersehen sollte, der in Mecklenburg einen viele Hektar großen Gutshof durch die Kommunisten verloren hatte und jetzt mit seiner Familie in die ostfriesische Heimat zurückgekehrt war.

Er war am Tag von Margrits Besuch gleich nach dem Essen mit ihr und seinen großen Töchtern zum Baden ans Meer gegangen. Während er mit seiner Nichte noch ein Stück auf der Deichkrone mit weitem Blick über die endlose, sonnenbeschienene Wasserfläche spazieren ging, sprach er mit so viel Liebe und Wärme von seiner Bindung an Boden und Heimat, dass Margrit meinte, er spräche genau das aus, was sie immer empfand, wenn sie in Ostfriesland war – aber auch, wenn sie an ihr schönes Zuhause in Weißenfels dachte.

Er nahm sie plötzlich ganz unvermittelt bei der Hand und sah sie mit seinen strahlend blauen Augen sehr lieb an, und sagte voll innerer Überzeugung, es wäre wirklich wichtig, sich für das Land der Eltern und Vorfahren einzusetzen und dafür zu leben, um es eines Tages an kommende Generationen unversehrt weiterzugeben! Margrit wurde von diesem Gespräch tief berührt und fühlte sich von nun an innerlich mit Onkel Jelto eng verbunden, wenn sie ihn auch lange nicht wiedersehen sollte.

Die letzten, unbeschwerten Tage flogen nur so dahin, und zum Schluss gab es bei Sanders einen schönen Abschiedsabend, an dem sich Tante Maaike – wie so oft – ans Klavier setzte; und dann wurden all die vertrauten Volks- und Heimatlieder und vor allem auch die geliebten Löns-Lieder noch einmal gesungen.

Wenige Tage später stand Margrit sehr beeindruckt am Fenster ihres D-Zugs, der sie nach herzlichem Abschied in Ostfriesland und kurzen Besuchstagen in Bonn weiter nach Frankfurt bringen sollte, als er zwischen Koblenz und Bingen unmittelbar am Rhein dahinrollte.

Hier hatte der breite Strom sein Bett tief in die Felsen des Schiefergebirges eingegraben, die direkt an seinen Ufern hoch aufragten und zu beiden Seiten gerade noch genug Raum für Straße und Schienen ließen.

Wie konnten die Mitreisenden nur so unbeteiligt in ihren Zeitungen lesen, während draußen vor ihren Abteilfenstern eine unbeschreiblich schöne Landschaft vorüberglitt, dachte Margrit und konnte sich kaum satt sehen.

Nicht nur der breite, rasch dahinströmende Fluss mit den vielen von Schleppern gezogenen Lastkähnen, den großen, weißen Ausflugsdampfern und den unzähligen Booten begeisterte sie, sondern auch die endlosen, grünen Weinberge an den steilen Hängen mit den schmucken Häuserreihen direkt am Strom wirkten wie ein Gemälde auf sie. Doch am meisten beeindruckten sie die großartigen Burgen und Burgruinen, die immer wieder jenseits des Flusses wie Bilder aus längst vergangenen Tagen auftauchten und langsam vor ihrem Blick vorüberzogen.

Nie mehr seit Ende des Krieges hatte Margrit so bewusst empfunden, wie schön doch ihre deutsche Heimat trotz allen Elends und aller Zerstörung noch war, und das Gespräch mit Onkel Jelto am Deich kehrte in ihr Gedächtnis zurück:

„Es würde sich lohnen, seine Kräfte für dieses Land zu geben, es wieder aufzubauen und für die kommenden Generationen in Frieden zu bewahren!"

In Erinnerung an diese Worte und im Bewusstsein all der Probleme im Osten wurde für Margrit der Gedanke immer mehr zur Gewissheit, dass auch sie in Westdeutschland Fuß fassen wollte, um ihre Fähigkeiten und Gaben hier einzusetzen, obwohl sie ahnte, dass ihr der Abschied von Heimat und Eltern sehr schwer fallen würde.

In der vagen Hoffnung, mit ihrem gut bestandenen Examen vielleicht eine Assistentenstelle bei Professor Troll bekommen zu können, unterbrach sie noch vor ihrem Frankfurtbesuch ihre Fahrt in Mainz und machte sich auf den Weg zur Universität. Sie wusste, dass Professor Troll, ihr geschätzter Lehrer von Halle, hier das Botanische Institut leitete und viele Angehörige seines ehemaligen Instituts damals bei der Flucht vor den Russen mit ihm gegangen waren.

Sie traf auch gleich mit alten Bekannten wie Herrn Zahn (Trolls technischem Zeichner) und Herrn Heiner (dem Hausmeister und Trolls rechte Hand) sowie den früheren Studenten Klaus Stopp, Stefan Vogel und vor allem Anneliese Meister, ihre ehemalige Freundin von Halle, zusammen, die sie alle mit Begeisterung begrüßten und ihr sofort rieten, so bald wie möglich als „Mitarbeiterin" nach Mainz zu kommen. Leider war Professor Troll selbst nicht im Haus, doch sie versprach, bald wiederzukommen, um Pläne zu machen.

Erst einmal fuhr sie weiter nach Frankfurt zu ihren „Mouson-Verwandten", wo sie schon erwartet und herzlich empfangen wurde und bei Tante Boby wohnen konnte.

Bei den netten Tanten verbrachte sie schöne Tage, traf in Tante Bobys Haus sogar mit Onkel August und Tante Mariechen zusammen und erlebte mit Tante Boby und ihrem Neffen „Figaros Hochzeit“ im Frankfurter Opernhaus.

Auch ihre Weimarer Vettern Peter und Klaus waren zur Zeit in Frankfurt, und als Dieter am Wochenende aus Kilianstetten herüberkam, sahen sie gemeinsam im Börsensaal „Des Teufels General“ von Carl Zuckmeyer und am Sonntag ein spannendes Pferderennen. Zweimal fuhr Margrit sogar zu Dieter nach Kilianstetten hinüber und lernte dort die Mühle, wo er arbeitete, und die Familie des Mühlenbesitzers kennen.

Am meisten lag Margrit jedoch das Treffen mit Professor Troll am Herzen, denn davon hing ihre nächste Zukunft ab. Bei einem erneuten Besuch in Mainz konnte er ihr zwar nicht die erhoffte Assistentenstelle versprechen, schlug ihr aber vor, dass sie zum Wintersemester wiederkommen solle, wo sie bei ihm eine Doktorarbeit in Botanik beginnen könnte und dann als Studentin der Universität Mainz einen leichteren Start im Westen hätte.

Diese Möglichkeit, durch das Schreiben einer wissenschaftlichen Arbeit hier in Westdeutschland Fuß zu fassen, erschien Margrit natürlich sehr verlockend. Aber wäre sie einer solchen Aufgabe überhaupt gewachsen, und woher bekäme sie das nötige Geld?

Von diesem Gedanken erfüllt dachte sie nun allmählich an die Heimreise, um alles mit den Eltern besprechen zu können. Nach herzlichem Abschied in Frankfurt reiste sie also in der letzten Augustwoche über Fulda nach Gersfeld weiter. Hier war sie noch mit Lenelore, ihrer Weimarer Cousine, verabredet, die in einer Schule in dem kleinen, malerischen Ort Schwarzerden in der Rhön ihre Ausbildung als Krankengymnastin gerade abgeschlossen hatte.

Margrit konnte bei ihr schlafen, an der fröhlichen Abschiedsfeier teilnehmen und am nächsten Tag auf einer langen Wanderung das schöne Land ringsum erleben, musste sich dann jedoch wieder auf einen aufregenden Grenzübertritt innerlich vorbereiten.

Da die Bahnverbindungen nach Bad Harzburg schlecht waren, wollte sie es diesmal bei Bebra versuchen. Hier hatte sie enormes Glück, denn der Fahrer eines Interzonen-Lastzugs nahm sie zur Grenze nach Wartha mit, wo die Polizei bei den langwierigen Lastwagenkontrollen so beansprucht war, dass Margrit sich am Schlagbaum einfach vorbeischmuggeln und „hinübergehen" konnte, als gehöre sie zu dem Lastzug.

Nach längerer Wartezeit auf dem östlichen Parkplatz konnte sie abends in einem Messebus nach Leipzig mitfahren und gelangte morgens gegen vier Uhr mit dem ersten Zug nach Weißenfels. Hier wurde sie nach ihrer fast sechswöchigen Reise von allen aufs Herzlichste begrüßt und musste ausführlich von ihren vielen Erlebnissen erzählen.

42.

Für Margrit stand inzwischen der Entschluss fest, dass sie zum Wintersemester an die Universität Mainz wechseln würde, um dort wissenschaftlich zu arbeiten, und auch die Eltern stimmten ihrem Plan vorbehaltlos zu, da sie im Osten für ihre Tochter keine beruflichen Chancen sahen.

Erst viel später erkannte Margrit, welches Opfer Mama und Papa damals freiwillig auf sich nahmen, als sie in einem Jahr alle drei Kinder aus ihrer Obhut entließen und in den Westen schickten, um ihnen für die Zukunft die besten Möglichkeiten zu geben.

Noch hatte Margrit zwei Monate Zeit, um das behütete Leben daheim zu genießen, ihre Freunde in Halle zu besuchen und sich mit den Eltern über ihren Neuanfang im Westen zu beraten: Sie würde anfangs bei Tante Boby in Frankfurt wohnen, von Papas Konto in Ostfriesland etwas Geld bekommen und von Mama Päckchen aus Weißenfels erbitten mit den Dingen, die ihr fehlten.

Schon jetzt schickte sie selbst viele Pakete mit Büchern und anderen nötigen Sachen nach Frankfurt, da sie ihre Hinreise über die Grenze natürlich nur mit Tasche und Rucksack wagen konnte.

Ein letzter Höhepunkt in Margrits Leben im Osten war eine Reise mit Mama zu den Verwandten nach Berlin, wohin man zu dieser Zeit noch ohne weitere Probleme gelangen konnte, obschon die Stadt in vier Besatzungszonen aufgeteilt worden war. Tante Tilde unternahm mit ihrem Besuch abwechslungsreiche Ausflüge, ermöglichte mehrere gemeinsame Theaterbesuche, und für kurze Zeit fuhr Margrit sogar nach Neustrehlitz zu ihrer Arbeitsdienstfreundin Gerdi Heidenreich, die inzwischen mit Musikprofessor Krietsch verheiratet war.

So rückte der Tag von Margrits Abreise nach dem Westen Ende Oktober immer näher, und wenn ihr auch der Abschied von der Heimat und dem geliebten Elternhaus sehr, sehr schwer wurde, blickte sie doch dem neuen Leben in der „Fremde“ mit einer gewissen gespannten Erwartung entgegen.

43.

Zum Glück konnte sie nicht ahnen, welche Probleme gleich zu Anfang auf sie zukommen würden, denn der vor ihr liegende Grenzübergang sollte der schlimmste und aufregendste werden, den sie je erlebt hatte, und niemals würde sie die Angst vergessen, die sie unterwegs ausstand.

An sich sah alles so gut aus, weil sie von Erika Nahnsen, ihrer langjährigen Hallenser Freundin aus Sonneberg in Thüringen wusste, dass ihr Bruder Jochen dort seit einiger Zeit mit viel Erfolg nachts Leute über die nahe Grenze brachte. Zu Beginn des Wintersemesters Anfang November plante Margrit in Mainz zu sein, und so verabredete sie sich mit Jochen für den 29. Oktober in Sonneberg.

Da Onkel Hans zufällig in dieser Woche in Meiningen zu tun hatte und immer mal wieder gern seine Nichte im Auto mitnahm, fuhren sie gemeinsam los. Sie übernachteten in Meiningen und sahen im dortigen Theater abends sogar noch ein gutes Kriminalstück an, ehe Onkel Hans am nächsten Tag nach seiner geschäftlichen Verabredung Margrit nach Sonneberg brachte, wo sie herzlich Abschied voneinander nahmen, und er ihr alles Gute für den Grenzübergang und ihren Neuanfang in Mainz wünschte.

Jochen, der noch die Schule besuchte, lebte in Sonneberg in einem schönem Haus bei den Großeltern, die dort eine Spielzeugfabrik besaßen. Er erzählte ihr gleich, als sie eintraf, dass sie erst gegen Mitternacht aufbrechen könnten, weil vorher die Russen viel zu oft Kontrollgänge machten und man dann nicht ungesehen über die Grenze käme. Sie hatten also viel Zeit, so dass Margrit Jochen ein wenig bei den Schulaufgaben helfen konnte, sie von den netten Großeltern zu Kaffee und Abendbrot eingeladen wurde und ein Weilchen auf dem Sofa schlief, ehe beide nachts halb elf Uhr zur Grenze aufbrachen.

Sie machten einen fast zweistündigen Weg, um eine ganz abgelegene Übergangsstelle zu erreichen, wo die Russen nur selten auftauchten, wie Jochen sicher wusste. Hier gestand er ihr plötzlich ein, dass er sie nun allein lassen müsste, da er schon öfter „geschnappt" worden sei und leicht als „Grenzführer" verhaftet werden könnte.

Sie müsse nur den Waldweg weiter verfolgen bis zu einer Lichtung, dann könnte sie im Tal die Lichter eines Dorfes sehen, auf das sie geradewegs zulaufen sollte, und hier sei sie bereits im Westen!

Obwohl Margrit auf der Wanderung bis dahin ganz zuversichtlich gewesen war, so fand sie es doch auf einmal recht unheimlich, mitten in der Nacht mutterseelenallein in fremder Gegend unterwegs zu sein, zumal sie jetzt ihr gesamtes Gepäck (Tasche und Rucksack) selbst tragen musste. Jochen ließ sich jedoch nicht umstimmen, und mit ihm umkehren wollte sie auch nicht, da sie schon zu weit gelaufen waren. Sie nahm also allen Mut zusammen, bedankte sich kurz bei ihrem „Helfer", dem sie schon in Sonneberg sein „Honorar" gegeben hatte, und machte sich auf den Weg!

Zum Glück war es nicht stockdunkel, doch durch die halbhohen Latschenkiefern rechts und links des Weges konnte Margrit wohl kaum von jemanden gesehen werden, und um diese nächtliche Stunde (etwa ein Uhr) waren sicher keine Russen mehr unterwegs. Doch woher sollte sie wissen, wann sie im Wald die Grenze überschritten hatte, und konnten nicht später auf ihrem Weg auch noch Kontrollen auftauchen?

Als sie dann endlich die Lichtung erreicht hatte, sah sie tatsächlich unten im Tal in weiter Entfernung kleine Lichtpunkte, die wohl das Dorf andeuteten, aber hier, wo sie stand, gab es gar keinen Weg ins Tal hinunter, und sie musste noch ein ganzes Stück am Berghang entlang gehen, bis sie einen kleinen Trampelpfad, der bergab führte, entdeckte. Nach mühsamem Abstieg auf unebenem Gelände wurde es unten noch schwieriger, denn es gab jetzt überhaupt keine Möglichkeit in Richtung der Lichter zu laufen, sondern nur offene Wiesen und Weiden mit Zäunen ohne jeden Sichtschutz!

Sie setzte sich erst einmal auf einen Baumstumpf, um ein wenig auszuruhen und um zu überlegen, was zu tun sei, und ob es möglich wäre, einfach über die Viehweiden hin zu der entfernten Ortschaft zu laufen und dabei über die Zäune hinwegzuklettern. Die Angst vor Russen war inzwischen verflogen, und Margrit dachte sogar, wenn jetzt Kontrollen kämen, wäre sie wenigstens nicht mehr so schrecklich allein!

War hier überhaupt schon westdeutscher Boden, und wie viele Kilometer musste man noch zu dem schwach erleuchteten Dorf gehen?

Doch sie durfte nicht aufgeben und wusste auch, dass sie im Leben bisher stets „geführt" worden war, und so raffte sie sich langsam auf und marschierte tapfer über den weichen Grund auf die Lichter zu.

Aber in dieser Nacht schien nichts zu klappen, denn schon nach wenigen Minuten merkte Margrit, dass es unter ihren Füßen immer nasser wurde und sie unversehens in einen Sumpf geraten war, wo das Wasser langsam tiefer wurde. Nur mit Müh und Not fanden sich durch vorsichtiges Abtasten mit den Füßen trockenere Bereiche, wobei jedoch im leicht aufsteigendem Nebel das Gefühl für die Richtung vollkommen verloren ging und die tröstlichen Lichter bald überhaupt nicht mehr zu sehen waren. Sollte man denn in dieser schrecklichen Nacht nie ans Ziel kommen und nirgends Menschen finden, die helfen konnten?

Doch dann geschah tatsächlich das Wunder, als Margrit nach endlosem Suchen in der Dunkelheit plötzlich Telegrafenmasten ganz dicht neben sich entdeckte, die an einem Fahrweg standen, der direkt in das kleine Dorf Wildenheid führte, dessen Laternen man schon vor Stunden vom Berg aus gesehen hatte, und die Erlösung war da.

Ohne Bedenken eilte Margrit, so schnell sie trotz ihrer Erschöpfung noch konnte, auf den Ort zu und steuerte das erste erleuchtete Haus, eine bayrische Gaststätte an, aus der in dieser Nacht zum Sonntag noch laute Musik ertönte!

Bei ihrem Eintreten drehten sich schlagartig alle Gäste um, und die vielen Zecher an der Theke begrüßten sie mit übermütigem „Hallo" und forderten sie fröhlich auf, sich zu ihnen zu setzen! Doch der erfahrene Wirt sah an ihrem müden Aussehen und dem Gepäck gleich, dass sie um diese späte Stunde bestimmt nicht zum Trinken, sondern über die Grenze gekommen war und bot ihr erst einmal einen Platz und etwas zu essen an.

Nach dem langen Alleinsein und den vielen Aufregungen in dieser Nacht war für Margrit die menschliche Nähe und Freundlichkeit des Wirts so wohltuend, dass sie gleich vertrauensvoll ihm und den Umstehenden von ihren Erlebnissen berichtete und um Weiterhilfe bat.

Man erklärte ihr, dass sie zwar jetzt im „Westen" sei, aber die Bayrische Grenzpolizei Anweisungen hätte, alle Grenzgänger mit Personalausweisen vom Osten ohne Ausnahme zurückzuschicken! Und einen Studentenpass von Mainz hatte sie zu diesem Zeitpunkt noch nicht!

Sie müsste versuchen, am nicht mehr weit entfernten Bahnhof von Neustadt den ersten Zug nach Lichtenfels zu erreichen, in dem es keine Kontrollen mehr gäbe, während hier in Grenznähe dauernd Polizisten die Leute nach ihren Pässen fragten.

Margrit wurde also geraten, durch abseits gelegene Villenstraßen zur Bahnstation zu laufen, um nicht als Grenzgängerin aufzufallen, aber zunächst noch etwas zu warten, damit sie nicht zu früh am Bahnhof sei, sondern erst dann, wenn der Zug bereits da sei und sie gleich einsteigen und abfahren könnte.

Nach einer wohltuenden Ruhepause und einem kleinen Imbiss machte sich Margrit also zum vorgeschlagenem Zeitpunkt mit einer Skizze zur Orientierung herzklopfend auf den Weg.

Zum Glück waren an diesem Sonntagmorgen die Straßen vollkommen menschenleer, und als sie einmal verdächtige Schritte hörte, konnte sie noch rechtzeitig in einen Seitenweg ausweichen. So näherte sie sich ohne Zwischenfall dem kleinen Bahnhof und fühlte sich bereits ganz sicher, als urplötzlich ein junger Polizist mit Taschenlampe vor ihr stand und nach ihrem Ausweis fragte.

Margrit war wie vor den Kopf geschlagen und reichte ihm fast willenlos das Dokument, wusste sie doch, dass nun alles umsonst gewesen war und sie zurückgeschickt würde. Als er jedoch ihren Pass einsteckte und nur kurz „mitkommen“ sagte, war es bei ihrer nervlichen Überbelastung einfach um die Beherrschung geschehen, und sie fing verzweifelt an zu weinen.

Und da geschah – wie Margrit es in der hinter ihr liegenden Nacht schon einmal erlebt hatte – wieder ein Wunder, denn der junge Mann, der die Tränen sah, blieb unvermittelt stehen, gab ihr den Ausweis zurück und sagte fast freundlich „Wir haben uns nie gesehen“ und verschwand in der Dunkelheit.

Margrit konnte das Glück kaum fassen, als sie kurz danach, zwar noch ängstlich in eine Ecke gedrückt, im Zug nach Lichtenfels saß, und als dieser endlich abfuhr, waren mit einem Schlag alle Grenzsorgen und Ängste wie weggefegt. Sie gelangte ohne Probleme über Bamberg nach Schweinfurt und von dort per Anhalter nach Frankfurt, wo sie von Tante Boby herzlich empfangen wurde.

44.

Auch in Mainz wurde Margrit im Botanischen Institut freudig begrüßt, doch der Neuanfang im Westen war keineswegs so leicht, wie sie es geglaubt hatte. Professor Troll ging zwar persönlich mit ihr zum Dekan, damit sie sich trotz ihres bereits abgelegten Examens erneut immatrikulieren konnte, aber wegen des Zuzugs in der französischen Zone, der polizeilichen Anmeldung und der Ausstellung von Lebensmittelkarten gab es viel Lauferei zu den Ämtern, und auf die Beantwortung eingereichter Anträge musste man lange warten. Am schwierigsten schien es jedoch zu sein, ein geeignetes, nicht zu teures Zimmer zu finden!

Zum Glück konnte sie ja vorläufig bei Tante Boby wohnen, die sich sogar sehr darüber freute, doch das tägliche Fahren von Frankfurt nach Mainz und zurück kostete viel Zeit und Geld, wenn sie sich sicherheitshalber auch gleich eine Monatskarte besorgt hatte.

In jeder freien Minute war Margrit also auf Zimmersuche, und obschon sie jeder Adresse nachging, die sie beim Studentenwerk, von Institutsangehörigen oder durch die Zeitung bekam, erschien alles vergeblich, so dass sie schließlich in der Nähe der Uni in der sogenannten „Görtzstiftung" von Haus zu Haus ging und nach einer Bleibe fragte. Dabei lernte sie die nette Frau Bickerle kennen, die manche Hinweise gab, so dass Margrit endlich Ende November in Bretzenheim bei einer Frau Mühlen eine vorläufige Unterkunft fand. Allerdings musste sie den Raum mit einem anderen jungen Mädchen teilen, welches das Bett beanspruchte und Margrit gern das Sofa überließ. Da Erika Rehren, ihre neue Zimmergenossin, freundlich und unkompliziert zu sein schien und ihr auch etwas Platz in Schrank und Kommode freimachte, willigte Margrit ein, wenn sie auch lieber einen eigenen Raum gehabt hätte.

Am 25. November brachte sie dann ihre gesamte Habe von Frankfurt nach Mainz, und gleich in der nächsten Woche erhielt sie bei Professor Troll zwei Themen für eine Doktorarbeit. Sie sollte sich in den nächsten Tagen beide Aufgaben ansehen, Literatur darüber besorgen, die Untersuchungsmöglichkeiten durchdenken und sich dann in Ruhe für ein Thema entscheiden.

Gleichzeitig bekam Margrit im Doktorandenzimmer des Instituts, in dem schon sechs junge Kommilitonen saßen, einen Arbeitsplatz nebst Mikroskop zugewiesen, wo sie nun ihre wissenschaftliche Arbeit in Angriff nehmen konnte.

Leider war ihre Unterkunft im nahen Bretzenheim, in der sie sich notdürftig eingerichtet hatte, nicht so beschaffen, dass sie sich dort wohlfühlte, so dass sie meistens abends lange im Institut blieb, sich zu ihrem Butterbrot Tee in einem Becherglas machte, las und Briefe schrieb, um das drohende Heimweh zu vertreiben.

Mit einem von Tante Boby geliehenen, älteren Fahrrad radelte sie dann zu später Stunde in etwa zehn Minuten durch an die Uni grenzende Schrebergärten zu ihrem Zimmer und legte sich gleich schlafen, um Erika nicht aufzuwecken. Wenn diese allerdings an den Wochenenden zum Tanzen ging und nachts heimlich ihren Freund mitbrachte, der leise mit ihr im Bett verschwand, stellte Margrit sich schlafend, fand es aber doch irritierend, dass sich die beiden durch ihre Anwesenheit gar nicht gestört fühlten.

Zum Glück fuhr Margrit an den meisten Samstagen nach Frankfurt zu Tante Boby, der sie von allem erzählen konnte, und auch Dieter kam oft zu gemeinsamen Unternehmungen aus Kilianstetten, nur die geliebte Schwester konnte er nicht ersetzen.

Zu einem Menschen jedoch fühlte sie sich hier in der Fremde ganz unerwartet hingezogen, und das war Fräulein Dr. Kugler, die Assistentin von Professor Troll, die ihren Arbeitsraum neben dem der Doktoranden hatte und die jungen Wissenschaftler beaufsichtigen und betreuen sollte.

Sie bewohnte im zweiten Stock des Gebäudes ein Dachzimmer, machte sich ihr Abendbrot aber stets unten und lud die „neue Doktorandin aus der Ostzone“, die ja jeden Abend allein im Institut las oder schrieb, eines Tages dazu ein. Dabei erkundigte sie sich natürlich nach Margrits Ergehen in Mainz, und es entwickelte sich bald ein herzliches Gespräch, was Margrit sehr glücklich machte. Von da an mochte sie Fräulein Dr. Kugler gern und fragte sie in vielen Dingen um Rat, wenn auch eine gewisse Distanz immer bestehen blieb.

Das Thema ihrer Doktorarbeit *Untersuchungen über die Bewurzelung der Keimpflanzen im Verwandtschaftskreis der Monocotylen* stand inzwischen für Margrit fest. Es war eine morphologische Arbeit, bei der sie an vielen Beispielen untersuchen sollte, ob die Anordnung der Wurzeln mit denen der Blätter an jungen, einkeimblättrigen Pflanzen in Beziehung steht und bestimmte Gesetzmäßigkeiten daraus abzuleiten wären.

Die erste Aufgabe für Margrit bestand also darin, möglichst viele Keimpflanzen aus dem genannten Verwandtschaftskreis heranzuziehen, um sie dann vergleichen zu können. Sie besprach sich zunächst mit Gartenmeister Top in den Gewächshäusern, die zum Botanischen Institut gehörten. Er wies ihr für die Aufzucht der jungen Pflanzen einen festen Platz im Treibhaus zu, und so konnte sie sich Samen besorgen und mit der Aussaat beginnen.

Inzwischen war es Dezember geworden; doch Margrit fühlte sich im Grunde noch recht fremd und verloren in Mainz, obschon sie neben den Vorbereitungen zu ihrer Doktorarbeit bei Professor Troll eine interessante Vorlesung über „Goethe und die Naturwissenschaften" hörte, regelmäßig zu den Morgenandachten in der Uni ging und öfter mit Fräulein Dr. Kugler zu Abend aß und sich herzlich mit ihr unterhielt.

Selbst der rege Briefwechsel mit Maidi und den Eltern half nicht über die Einsamkeit und das Verlassensein hinweg, ja, sie ahnte, dass sie seelisch oder körperlich krank würde, wenn sie nicht bald heimführe!

Und Margrit, die sich bisher immer gesund und widerstandsfähig gefühlt hatte, wurde tatsächlich krank! Ob es wirklich das Heimweh war oder ob sie sich bei Tante Boby angesteckt hatte, jedenfalls bekam sie eine schwere Gelbsucht, wie der endlich herbeigerufene Arzt feststellte, nachdem sie mehrere Tage mit Fieber und sich schlapp und elend fühlend auf ihrem Sofa in Bretzenheim gelegen hatte. Er gab ihr Spritzen und Tabletten, und von der Uni kamen Anneliese Meister, Stefan Vogel, Fräulein Dr.

Kugler und sogar Dieter aus Frankfurt, um nach ihr zu sehen und um ihr stärkende Lebensmittel zu bringen, aber sie konnte einfach nichts essen, und die Krankheit wurde nicht besser.

Als es Mitte Dezember hieß, sie müsse mindestens noch zwei Wochen liegen, fasste Margrit trotz ihres schlechten Zustands einen gewagten Entschluss, denn sie wollte auf jeden Fall zu Weihnachten zu Hause sein:

Sie stand kurzerhand auf, packte ihre Sachen, besorgte an der Uni Reisebescheinigung und Fahrkarte und fuhr am nächsten Morgen nach Frankfurt zu Tante Boby, bei der sie einen Tag ausruhte. Und wie durch ein Wunder ging es Margrit schon hier durch den Gedanken „heimzufahren“ viel besser.

Allerdings lag der schwierige Grenzübergang noch vor ihr, doch sie hatte gehört, dass sie mit einem Pass von Weißenfels, also vom Osten, bei Kontrollen garantiert auch nach dort geschickt würde. Sie reiste also zuversichtlich nach Bad Harzburg und versuchte zwischen Eckernthal und Stapelburg direkt am Schlagbaum hinüberzukommen!

Aber so einfach, wie man erzählt hatte, ging das natürlich nicht, sondern man nahm Margrit gleich mit vielen anderen Grenzgängern zusammen fest und sperrte sie bei der russischen Kommandantur in einen vollen Keller. Nach ungewissem Warten wurden dann alle registriert und abends in Stapelburg bei der Polizei abgeliefert, wo sie in einem großen Raum die Nacht verbrachten.

Am folgenden Morgen ging es unter Aufsicht in einem zwölf Kilometer langen Marsch nach Lüttgenrode und wieder in einen Keller, und hier wurden die Grenzgänger einzeln zur Wache gerufen. Margrit kam endlich nachmittags halb fünf an die Reihe, musste 50 Mark Strafe zahlen und das Gepäck gründlich untersuchen lassen, bis sie schließlich mit einigen anderen Leuten noch mehrere Kilometer zum Bahnhof zu laufen hatte und mit dem letzten Zug über Halberstadt und Aschersleben nach Halle fahren konnte.

Hier ging sie nachts zu Fuß fast eine Stunde zu ihrer guten, alten Frau Bär, übernachtete auf dem Sofa in der Küche und fuhr am nächsten Morgen nach Hause.

Die Freude war unbeschreiblich, als sie von den Eltern und Maidi, die schon heimgekommen war, am Bahnhof empfangen wurde, und im Nu waren alle Strapazen und das Kranksein vergessen, und die Gelbsucht hatte auch keine Nachwirkungen mehr, so groß war das Glück, wieder daheim zu sein! Nun folgten wunderschöne Tage wie in alten Zeiten, und am liebsten wären die Schwestern immer zu Hause geblieben, wenn sie nicht im Westen inzwischen einen neuen Anfang gemacht hätten.

Nach Weihnachten und einem lustigen Silvesterabend mit der Aufführung der Feuerzangenbowle waren die ersten Tage im neuen Jahr ganz damit ausgefüllt, Freunde und Bekannte zu besuchen, und in Halle traf Margrit ihre Freundin Maria Kretschmann, jetzt Frau Forner, die gerade ein Baby bekommen hatte sowie Edeltraud Schmidt, Ruth Wunderlich, Insektenfreund Theo Schmidt, der sich inzwischen verlobt hatte, und viele andere.

45.

Die Rückkehr nach dem Westen schob sich jedoch etwas hinaus, da die Schwestern hofften, diesmal alle Schwierigkeiten zu umgehen und von Berlin aus mit einem leeren Flugzeug der „Luftbrücke“, wieder nach Westdeutschland zu gelangen. Durch die Blockade der Russen von Juni 1948 bis Mai 1949 wurde nämlich Berlin von amerikanischen und englischen Transportgeschwadern mit allen notwendigen Gütern durch die Luft versorgt, und es hieß, dass die leeren Maschinen Passagiere, die in den Westen wollten, mitnehmen würden.

Man musste allerdings ein ärztliches Attest und die behördliche Abmeldung eines Westberliner Bezirks vorlegen, ehe man sich um Flugkarten bemühen konnte. Nach einigem Hin und Her war es den beiden Mädchen Mitte Januar tatsächlich in drei Tagen, während denen sie bei Zwicks in Berlin wohnten, gelungen, alle Unterlagen zu bekommen und mit etwas Glück auch Berechtigungsscheine für einen Flug nach Lübeck am 22. Januar 1949.

Als das feststand, fuhr Margrit von Berlin noch einmal kurz nach Weißenfels zurück, um Bücher, Silber, Wäsche und wichtige Papiere zu holen, die in einem größeren Koffer ohne Gefahr mit nach dem Westen transportiert werden konnten, und dann rückte der große Tag heran!

Schon länger war Margrit im Besitz eines besonders schönen, verschließbaren Tagebuchs, in das sie einmal ihre ergreifendsten Erlebnisse und innersten Gedanken hineinschreiben wollte, und nun sollte der erste Flug in ihrem Leben, der sie tief beeindruckt hatte, an den Anfang des Büchleins gestellt werden:

Den ganzen Tag über waren wir in froher Erwartung, und als wir dann ganz vorn im oberen Stock eines Berliner Omnibusses zum Flugplatz fuhren, waren wir überglücklich. Das rasante Leben und Treiben auf dem Flugplatz nahm uns ganz gefangen, und stundenlang hätten wir zuschauen mögen, wie die großen, wuchtigen Maschinen eine nach der anderen landeten und wieder aufstiegen.

Endlich war es soweit, und auch wir durften einsteigen. Im Nu war das ganze Gepäck verstaut, und wir saßen auf heruntergeklappten Sitzen seitlich an den Wänden des großen Rumpfes. Wir wurden angeschnallt, der Pilot gab Verhaltensmaßregeln, und schon brausten die Motoren los. Aber noch waren wir auf der Erde, und durch die kleinen Luken hinter unseren Rücken konnten wir, obwohl es schon dunkel war, alles draußen ganz genau beobachten.

Zunächst fuhren wir langsam und im weiten Bogen an den vielen Markierungslichtern und hellerleuchteten Flugplatzgebäuden vorbei bis zur Startbahn. Dort wurde kurz Halt gemacht, obwohl die Motoren weiter dröhnten. Dann aber donnerten sie wirklich los, und in rasender Geschwindigkeit sausten wir über die kerzengerade, von blauen Lichtern gesäumte Rollbahn und ganz langsam, beinah unmerklich hoben wir uns in die Höhe. Gespannt starrten wir durch unsere kleinen Fensterchen in die dunkle Tiefe, wo die Lichter immer kleiner wurden und versanken. Wie ein einziges leuchtendes Meer lag schließlich Berlin unter uns und löste sich allmählich in kleine Lichthaufen auf.

Es erschien uns wie ein Traum, dass wir nun wirklich hoch oben in der Luft über die dunkle Welt dahinflogen, und immer wieder schauten wir fassungslos in die Tiefe. So ruhig, so gleichmäßig glitt die stolze Maschine dahin, und jeder der Insassen hing still seinen Gedanken nach. Das Gefühl, einmal frei von aller Erdenschwere zu sein, war unsagbar schön, und stundenlang hätte die Reise dauern mögen.

Doch viel zu schnell vergingen die anderthalb Stunden Flug, und schon tauchte das Lichtermeer von Lübeck auf. Langsam ging es tiefer und tiefer, und bald erschienen die ersten Lichter des Flugplatzes um uns herum. Nur noch wenige Sekunden, und die Maschine setzte mit sanftem Ruck auf und glitt über die weite Rollbahn. Wir waren am Ziel!

Trotz des Glücks im Westen zu sein, überkam mich eine unbeschreibliche Wehmut, als wir das Flugzeug verließen, und mir bewusst wurde, dass ich nun wieder in der Fremde war, denn ein Zurück gab es vorläufig nicht!

Ach, warum hänge ich nur so mit allen Fasern meines Herzens an Daheim! Aber kann es denn auch ein schöneres Elternhaus als das unsere geben, in dem wir jetzt wieder glückliche Ferien verlebten und täglich spüren konnten, wie lieb uns die Eltern haben.

Wie schnell vergingen die wenigen Stunden, die mir mit Maidi zusammen noch vergönnt waren, doch dann rollte ihr Zug davon, und ich stand allein und traurig auf dem Hamburger Bahnhof!

Warum muss man im Leben nur so oft Abschied nehmen von den liebsten Menschen? Und Maidi und die Eltern sind mir wirklich die Liebsten auf der Welt."

Doch ein neues, unfassbares Glück sollte bald auf Margrit zukommen...

„Ein neuer Anfang“

TEIL II

1.

Trotz des Glücks, nun wieder im Westen zu sein und ihre neue Aufgabe in Mainz bald in Angriff nehmen zu können, überfiel Margrit in dem bequemen, gut geheizten Schnellzug nach Frankfurt unerwartet eine große Traurigkeit: Es lag wohl an der Trennung von der geliebten Schwester und den Eltern, aber auch am Abschied von einer glücklichen und behüteten Kinder- und Jugendzeit – auch in schweren Kriegsjahren – die nie wiederkommen würde.

„Die Fahrkarten bitte", so ertönte plötzlich die Stimme eines energischen Schaffners und riss Margrit aus ihren Gedanken heraus. Sie suchte eilig nach der gewünschten Karte, die sie in Hamburg auf ihren Mainzer Studentenausweis hin mit dem knappen Westgeld erstanden hatte.

Doch der prüfende Blick des uniformierten Mannes verriet nichts Gutes, als er Margrits „Schülerkarte" in Händen hielt und gleich darauf erklärte, dass sie für diesen Zug nicht gültig sei und sie eine neue Karte und eine entsprechende Nachlösegebühr zahlen müsse. Ja, wenn sie das nicht könne, müsse sie an der nächsten Station aussteigen und bekäme für die bereits gefahrene Strecke schriftlich eine Nachzahlungsaufforderung mit einer Strafgebühr.

Wie vom Blitz getroffen stand die arme Studentin aus dem Osten ohne ausreichendes Westgeld vor dem gestrengen Mann und fühlte alle Blicke der Mitreisenden auf sich gerichtet. Einige versuchten sogar mit freundlichen Worten den Schaffner um Nachsicht zu bitten, aber er erklärte, dass er seine Vorschriften hätte und Margrit ihre Sachen packen und aussteigen solle, denn in wenigen Minuten sei man in Kassel.

Doch ehe sie überhaupt reagieren konnte, reichte ein gut aussehender Herr, der bis dahin unbeteiligt am Fenster des Abteils gesessen hatte, dem Kontrolleur die erforderlichen 40,- DM für eine gültige D-Zugkarte von Hamburg nach

Frankfurt und meinte freundlich, er solle die junge Dame doch – bitte schön – weiterhin mitreisen lassen.

Margrit konnte es gar nicht fassen, bedankte sich stürmisch und versprach das Geld, so bald wie möglich, zurückzuerstatten. Aber der freundliche Helfer wehrte ab und fügte hinzu, was könne denn die heutige Jugend dafür, dass es in Deutschland jetzt zwei Währungen gäbe, und der Osten so arm sei.

Mit einem Schlag war die Welt für Margrit wie verwandelt, erlebte sie doch, dass es auch in der vermeintlichen Fremde Hilfe und Nähe von freundlichen Menschen gab und sie gar nicht so allein zu sein schien.

Sie genoss nun die Weiterfahrt umso mehr, da alle Mitreisenden im Abteil sich ihr freundlich zuwendeten, und erzählte ganz unbefangen, dass sie plane, in Mainz bei ihrem Professor von der Universität Halle, der 1945 vor den Russen nach dem Westen geflohen war, eine Doktorarbeit zu schreiben, um wieder den Status einer Studentin zu haben, und vielleicht in absehbarer Zeit eine Assistentenstelle bekommen könne.

Hin und wieder blickte sie voll Dankbarkeit zu ihrem freundlichen Helfer am Fenster hinüber, der sich nicht an den Gesprächen beteiligte, sondern in sein Buch vertieft war und seine großzügige Geste so selbstverständlich zu finden schien, dass Margrit nicht wagte nach seiner Adresse zu fragen, um ihm vielleicht doch irgendwann einen Extra-Dank abzustatten.

Zum Glück war die Aufregung wegen der nicht gültigen Fahrkarte schon halb vergessen, als der Zug gegen Abend in Frankfurt einlief, denn hier wurde Margrit in Sachsenhausen von Tante Boby erwartet, die in besten Verhältnissen lebte und sich nur schwer vorstellen konnte, dass die jungen Leute aus der Ostzone oft nicht genug Geld hatten, um das tägliche Leben zu bestreiten.

Aber sie mochte Margrit, deren Oma die Schwester ihres Vaters, also eine geborene Mouson war, auf deren großem Mühlengrundstück in Weißenfels sie selbst vor dem Krieg oft schöne

Tage als junges Mädchen verlebt hatte, und nahm ihre Nichte gern bei sich auf. Diesmal war Margrits Besuch jedoch nur von kurzer Dauer, denn sie hatte inzwischen in Mainz-Bretzenheim ein Zimmer gefunden und wollte sich jetzt endlich mit vollen Kräften ihrer Doktorarbeit widmen.

2.

Die Universität Mainz, die schon 1477 von Kurfürst Diether von Isenburg gegründet wurde, hatten 1561 die Jesuiten für mehr als zweihundert Jahre übernommen, wonach sie allerdings 1797 in schwierigen Zeiten ganz „erloschen" war.

Erst 1946 konnte sie nach dem Ende des Zweiten Weltkriegs in der von französischen Truppen besetzten Zone wieder eröffnet werden. Sie war mit Verwaltungsgebäuden, einer großen Aula und zahlreichen Instituten der verschiedenen Fakultäten in den ehemaligen Kasernen der deutschen Wehrmacht außerhalb der Stadt untergebracht, denn die Innenstadt von Mainz glich zu diesem Zeitpunkt noch einem großen Trümmerfeld.

Wollte man zur Uni gelangen, musste man – vom Bahnhof kommend – in Richtung Osten gehen und nach Überqueren einer großen Brücke, die über Gleise führte, der Binger Straße folgen und am Zentralfriedhof hinaufwandern, um bald das Pförtnerhaus und das Eingangstor der Johannes Gutenberg-Universität von Mainz vor sich zu haben.

Im Mittelpunkt des Universitätsgeländes fand sich an einem großen Platz die ansehnliche Aula mit der breiten Freitreppe sowie der Bereich der naturwissenschaftlichen Institute, wo im ersten Stock in einem der langgestreckten Gebäude die „Botanik" untergebracht war. Deren Leitung hatte bei der Wiedereröffnung der Uni Professor Troll aus Halle an der Saale als Ordinarius übernommen.

In diesem Institut sollte Margrit sich trotz anfänglicher Schwierigkeiten und manchen Entbehrungen bald heimisch fühlen und so etwas wie ein zweites Zuhause finden, nachdem sie zu Beginn des Wintersemesters im November bei Professor Troll eine Doktorarbeit übernommen hatte. Sie schätzte und verehrte ihren Doktorvater, hatte sie ihn doch zu Beginn ihres Biologiestudiums in Halle als außergewöhnlich guten Lehrer und hoch anerkannten Wissenschaftler kennen gelernt.

Inzwischen war ihr in dem schmalen „Doktoranden"-Zimmer mit der breiten Fensterfront ein fester Arbeitsplatz in der zweiten Reihe der Mikroskopiertische zugewiesen worden, da vorn am Fenster bereits sechs junge Wissenschaftler mit ihren Untersuchungen beschäftigt waren. Margrit hatte sie alle schon vor Weihnachten etwas näher kennen gelernt und wurde nun freudig begrüßt, als sie nach längerer Abwesenheit aus der Ostzone wiederkehrte.

Da saßen in der ersten Reihe Herr Napp-Zinn aus Mainz, Fräulein Köhler aus Saarbrücken, Fräulein Schröder aus Langenfeld bei Darmstadt, Fräulein Schneider aus der Pfalz und ganz rechts Fräulein Wieling aus Ludwigshafen, also lauter junge Leute aus Westdeutschland, die sich teilnehmend nach Margrits immer schwieriger werdenden „Grenzüberschreitungen" erkundigten.

Auch am Tag zuvor, als sie nachmittags von Frankfurt kam, wurde sie von Mühlecks, ihren Wirtsleuten in Bretzenheim, herzlich in Empfang genommen und hatte viel zu erzählen.

Am nächsten Tag galt es zunächst, sich in Bretzenheim wegen einer Kennkarte anzumelden, um die erforderlichen Lebensmittelmarken auf dem Ernährungsamt zu bekommen. Schließlich musste Margrit auf der Post ihre Päckchen abholen, die sie mit vielen wichtigen Dingen von daheim schon rübergeschickt hatte.

Erst dann wendete sie sich der Uni zu, wo sie nach der Begrüßung im Doktorandenzimmer in eins der Gewächshäuser des botanischen Instituts hinunterging, um nach ihren Keimpflanzen zu schauen, die sie noch vor der Weihnachtsreise ausgesät und deren Betreuung sie während ihrer Abwesenheit Gartenmeister Top und seinen Mitarbeitern überlassen hatte.

Zum Glück hatten sich die jungen Pflänzchen inzwischen so gut entwickelt, dass sie mit den Zeichnungen und den morphologischen und anatomischen Vergleichen beginnen konnte – ihre Hauptaufgabe für die nächste Zeit!

Darauf wies sie Professor Troll am nächsten Tag bei einem eingehenden Gespräch auch hin, und Fräulein Dr. Kugler, seine Assistentin, würde ihr in praktischen Dingen zur Seite stehen.

Mit ihr fühlte sich Margrit schon länger herzlich verbunden, da sie ihr in den ersten Wochen in Mainz oft behilflich war und sie immer mal wieder an ihrem Abendessen im Institut teilhaben ließ.

Aber auch die anderen Doktoranden konnten gute Ratgeber sein, hatten sie doch fast alle anatomische Untersuchungen an Pflanzen durchzuführen. Sie waren dadurch ständig bemüht, mit dem Rasiermesser möglichst dünne Schnitte für ihre mikroskopischen Präparate herzustellen, was nur mit scharfen Messern gelang. So half man sich gegenseitig, und es entstand bald eine gewisse Gemeinschaft unter den jungen Leuten, die sich beim Zeichnen gelungener Schnitte, deren Zellgewebe im Mikroskop einwandfrei zu erkennen war, auch gut unterhalten konnten.

„Wissen Sie schon, wo Sie am Sonntag zum Gottesdienst gehen?“ so wurde Margrit bereits am ersten Wochenende nach ihrer Rückkehr aus Weißenfels ganz unerwartet von dem jungen Studenten gefragt, der vorn links am Fenster arbeitete und sehr fleißig zu sein schien, da er schon eine ganze Mappe anatomischer Zeichnungen neben sich liegen hatte.

„Sie sind bestimmt evangelisch, und ich könnte Ihnen Pfarrer Trabandt im Paulussaal empfehlen, denn in Mainz gibt es nur wenig evangelische Gemeinden, und nicht überall ist sonntags Gottesdienst!“ Erstaunt schaute Margrit von ihrer Arbeit auf, und ehe sie antworten konnte, fuhr der junge Mann fort: „Wir könnten uns treffen, und ich würde Ihnen gern den Weg dorthin zeigen!“

Noch nie hatte Margrit jemand eine solche Frage gestellt, und sie selbst war bei all den Schwierigkeiten in der neuen Universitätsstadt noch gar nicht auf den Gedanken gekommen, wann und wo sie einmal zur Kirche gehen könnte, sodass sie lächelnd zu dem freundlichen Frager aufsah und ohne Bedenken einwilligte.

Es war für Margrit wie ein Geschenk, diesen ersten Sonntag fern von daheim nicht ganz allein verbringen zu müssen, denn an den Wochenenden fuhren fast alle Doktoranden heim zu ihren Eltern und sie hätte die Zeit wie schon öfter vor Weihnachten mit Briefe schreiben, lesen oder stricken im Institut verbracht, wenn sie nicht zu Tante Boby nach Frankfurt gefahren wäre.

Mit dem alten Fahrrad, das ihr die hilfsbereite Tante vor einiger Zeit überlassen hatte, fuhr sie also am Sonntagmorgen von Bretzenheim nach Mainz zum vereinbarten Treffpunkt und erlebte mit Herrn Napp-Zinn, dem jungen Mann aus dem Doktorandenzimmer, einen ersten schönen Gottesdienst bei Pfarrer Trabandt im Paulussaal der evangelischen Gemeinde in diesem Stadtteil.

Auf dem gemeinsamen Weg dorthin und zurück, auf dem sie beide die Fahrräder schoben, hörte Margrit von ihrem jungen Begleiter zum ersten Mal, wie schwer es die evangelischen Christen in einer überwiegend von Katholiken bewohnten Stadt wie Mainz hätten und dass man fest zu den Thesen von Luther und seiner Reformation vom Jahr 1517 stehen müsse, in denen die unwürdigen, katholischen Glaubenslehren dieser Zeit endlich in Frage gestellt wurden.

Margrit, die in einer rein evangelischen Gegend von Deutschland aufgewachsen war, hatte sich darüber bisher keine Gedanken gemacht, fand es jedoch erstaunlich, dass sich ein junger Mensch so für seinen Glauben einsetzte, während sie selbst in all den Jahren in der Nazizeit und auch noch danach erlebt hatte, dass christliches Denken unter Jugendlichen kaum ernst genommen wurde.

Es imponierte ihr, und immer wieder schaute sie zu dem netten, noch so jung wirkenden Mitstudenten an ihrer Seite auf, der die evangelischen Glaubenslehren so ernst nahm, dass sie fast traurig war, als er sich in Bahnhofsnähe verabschiedete. Er wohnte bei seinen Eltern im Süden von Mainz und wurde daheim zum Essen erwartet, sodass Margrit nachdenklich allein zur Uni hinauf fuhr und sich im Institut zu einem Butterbrot ein Glas Tee im Becherglas bereitete und noch lange an den Gottesdienst und die anschließenden Gespräche dachte.

In den folgenden Tagen schaute sie im Doktorandenzimmer immer mal wieder interessiert zu dem jungen Studenten hinüber, und auch er blieb öfter mit freundlichen Worten neben ihrem Arbeitsplatz stehen und schaute sich ihre Zeichnungen an.

Als er dann eines Tages in den immer noch dunklen Winterwochen ganz unerwartet fragte, ob sie nicht Lust hätte, mit ihm zum Collegium musicum zu gehen, um im Studentenchor mitzusingen, willigte sie ohne Zögern ein – einfach nur ihm zuliebe! Und voller Eifer und Hingabe sang sie von da an im Sopran viele schöne Sätze geistlicher Chormusik, wenn auch Herr Napp-Zinn, der eine gute Bassstimme besaß, immer weit ab von ihr auf der anderen Seite des großen Studentenchors seinen Platz hatte.

Doch es bestanden bereits unsichtbare Schwingungen zwischen den beiden jungen Menschen, und es gab etwas, was sie innerlich verband, was sie aber nicht genau definieren konnten. Die Stunden zu zweit waren bisher auch immer viel zu kurz, sodass sie wenig voneinander wussten, aber bald ereigneten sich gewisse äußere Dinge, die sie einander näher brachten:

Es war üblich, dass im Doktorandenzimmer vor- und nachmittags eine kleine Arbeitspause eingelegt wurde und sich jeder auf dem Bunsenbrenner in einem Becherglas heißen Tee bereitete und ein Butterbrot dazu aß, während Margrit sich meist mit einem Keks begnügte, da sie mit ihrem Westgeld sehr haushalten musste.

Eines Tages rückte Klaus Napp-Zinn in solch einer „Teestunde“ spontan mit seinem Stuhl zu ihr hinüber und reichte ihr ein gut belegtes Butterbrot. Er meinte, seine Mutter gäbe ihm jeden Tag mehrere davon mit, was ihm sowieso zuviel sei, und sie solle es sich schmecken lassen.

Margrit schaute ihn zunächst verlegen an, aber er nickte ihr so warmherzig zu, dass sie ein großes Glücksgefühl überkam und sie es gern und voll Dankbarkeit annahm. Von nun an saßen die beiden fast täglich vor- und nachmittags beim Vespern zusammen, teilten sich die guten Brote von der fürsorglichen Mutter und hatten sich immer viel zu erzählen.

An den Wochenenden fuhr Margrit fast regelmäßig mit einer verbilligten Studentenfahrkarte nach Frankfurt zu Tante Boby und traf sich dort regelmäßig mit ihrem Bruder Hans-Dieter.

Es war schön für die Geschwister, ihre freie Zeit gemeinsam in Frankfurt verbringen zu können, wenn auch die zerbombte Stadt noch nicht viel zu bieten hatte und das Geld knapp war. Aber sie schlenderten durch die wenigen Straßen, in denen es schon wieder Schaufenster mit verlockenden Angeboten gab. Sie gingen ins Kino und in preiswerte Lokale zum Essen und ab und zu auch zu Mousons, ihren Verwandten, die allerdings in den schwierigen Nachkriegsjahren wenig Zeit für die jungen Leute aus dem Osten hatten.

In Mainz war es für die vielen Studenten, die knapp bei Kasse waren, eine große Hilfe, dass sie mittags täglich beim Studentenhilfswerk für zwanzig Pfennig ein warmes Essen bekommen konnten. Da die jungen Leute nicht verwöhnt waren, machten sich viele mittags auf den halbstündigen Weg zur Mombacher Straße, wo die einfachen Gerichte (finanziert durch die amerikanische „Hoover"-Stiftung) ausgeteilt wurden. Im Wechsel gab es Milchreis mit Rosinen, Sauerkraut mit Speck, Kakao mit Brötchen oder einen Gemüseeintopf, was natürlich langweilig, aber wenigstens sättigend war.

Die meisten der jungen Leute im Doktorandenzimmer aßen höchstens die Hälfte der täglichen Ration, die sie in ihren Kochgeschirren mit ins Institut brachten, sodass Margrit abends und am Wochenende, wenn sie nicht nach Frankfurt fuhr, im Kühlschrank immer noch genügend Reste vorfand.

So brauchte sie von ihrem knappen Geld nur Brot und Margarine, Milch und gelegentlich etwas Zucker zu kaufen, denn von daheim, wohin sie zweimal im Monat ihre Sachen zum Waschen schickte, bekam sie regelmäßig Äpfel sowie Marmelade oder Honig mitgeschickt.

Es war wirklich erstaunlich, mit wie wenig Geld man auskommen konnte, wenn man keine regelmäßigen Einnahmen hatte. Tatsächlich war Margrit in den ersten Monaten ihres Westaufenthalts darauf angewiesen, dass sie von den Pachteinnahmen ihres Vaters, der im Krieg den verschuldeten Hof seines Bruders in Ostfriesland übernommen hatte, gelegentlich einen Fünfzig-Markschein nach Mainz geschickt bekam, denn die erhoffte Hilfsassistentenstelle im Institut wurde ihr frühestens zu Beginn des Sommersemesters in Aussicht gestellt.

Eine kleine Möglichkeit, nebenher an etwas Geld zu kommen, ergab sich jedoch für Margrit ganz unerwartet durch Herrn Kleemann, einem Kommilitonen aus Halle an der Saale, der ebenfalls wenig Westgeld besaß. Er hatte durch Zufall die Gelegenheit gehabt, von einem ihm durch seine Eltern bekannten Mainzer Kunstverlag einen großen Posten von überzähligen Drucken alter Meister und Mappen voller Postkarten mit klassischen Motiven für ganz wenig Geld zu übernehmen, und er plante, sie in Schulen billig zu verkaufen.

Als er Margrit eines Tages fragte, ob sie mitmachen wollte, weil er seine etwas ungelenke Art kannte, willigte sie gleich ein, denn sie sah darin eine gute Sache und hatte gern mit Kindern zu tun.

So bat Herr Kleemann schon bald bei der Leiterin einer größeren Grundschule in Mainz um einen Termin und einen freien Raum, wo die Kunstdrucke, Stiche und Postkarten den Kindern zum Kauf angeboten werden konnten und machte sich mit Margrit auf den Weg.

Gleich beim ersten Mal war der Erfolg überraschend, denn die Kinder waren begeistert von den schönen Postkarten mit Gemälden alter Meister, die sie für zehn Pfennig pro Stück kaufen konnten und suchten mit Unterstützung ihrer Lehrer meist auch noch für den Klassenraum ein oder zwei größere Bilder oder alte Stiche aus, die sie gemeinsam bezahlten.

Da an einem Vormittag nacheinander viele Klassen am Verkaufsstand der Studenten erschienen und Bilder auswählten, kam ein netter Geldbetrag zusammen, den Herr Kleemann nach einigen Tagen abholen konnte und den er sich mit Margrit redlich teilte, was für beide eine große Hilfe war.

Auch die Lehrer waren mit der Aktion zufrieden, da auf diese Weise ihre kleinen Schüler schon früh berühmte Werke alter Meister, aber auch einige modernere Kunstwerke kennen lernten, die sie bewunderten und gern kauften, um sie zu Hause aufzuhängen oder zu verschicken.

Angespornt durch den schönen Erfolg meldete sich Herr Kleemann schon eine Woche später in der nächsten Schule an, und Margrit ging gern wieder mit, hatte sie doch Spaß an den unbefangenen Kindern, die eifrig in ihren Taschen nach einem Groschen suchten, wenn ihnen eine Postkarte gefiel, die sie dann gleich strahlend in Empfang nehmen konnten.

Bei Bildern oder Drucken, die etwas mehr kosteten und fürs Klassenzimmer ausgesucht wurden, sammelte der Lehrer das Geld in den nächsten Tagen ein, und nicht selten kamen an einer einzigen Schule 30 oder 40 DM zusammen.

Wie glücklich war Margrit über diese unerwartete Möglichkeit, etwas Geld zu verdienen, denn sie wusste oft kaum, wenn sie am Monatsanfang Frau Mühleck 20 DM für die Zimmermiete gegeben hatte, wovon sie noch Lebensmittel kaufen sollte, denn einen Zuschuss von Papas Pachtkonto in Ostfriesland wollte sie auch nicht zu oft erbitten.

3.

Inzwischen war es Februar geworden, und mit Erstaunen erlebte Margrit in diesem ersten Winter in Mainz mit, was es hieß, wenn im Rheinland die Karnevalszeit begann.

Sie erinnerte sich aus ihren Kindertagen, dass die Eltern vorm Krieg in den winterlichen Monaten hin und wieder bei Bekannten oder Freunden zu Kostümfesten eingeladen wurden und lustig verkleidet und auffällig geschminkt gegen Abend aufbrachen und nach einer durchtanzten Nacht in den ersten

Morgenstunden wieder heimkehrten. Sie brachten dann zur Freude der Kinder oft bunte Luftballons und Papierschlangen, Knallbonbons und Strohhütchen mit, womit diese daheim ihr Zimmer schmückten und lustig spielten.

Auch gab es in der Schule am Fastnachtsdienstag in der letzten Stunde oft eine spaßige Aufführung in der Aula, die von den oberen Klassen dargeboten wurde, und zum Abschluss bekamen alle Kinder einen „Berliner" vom Direktor spendiert. Aber von Weiberfastnacht, Rosenmontag oder gar von Karnevalszügen wusste niemand etwas Genaueres.

Hier in Mainz sah es dagegen ganz anders aus. Trotz der Nachkriegszeit mit all den vielen Entbehrungen wollten die Rheinländer endlich ihre fröhliche Karnevalszeit, die sie in den Kriegsjahren so lange vermisst hatten, wieder einmal richtig feiern.

An der Uni begann es damit, dass Anfang Februar die große Aula mit Papierschlangen, Girlanden und bunten Luftballons festlich geschmückt und Musikgruppen organisiert wurden, sodass in den folgenden Wochen ein Institut nach dem anderen einen „Karnevalsball" veranstalten konnte.

Auch die jungen Botaniker freuten sich auf die lustigen Abende in der Aula bei schwungvollen Klängen, und Ideen zum Verkleiden fanden sich immer. Selbst Margrit ließ sich anstecken, und mit Hilfe von Fräulein Dr. Kugler und den Doktorandinnen, die von Zuhause geeignete Stoffe, Krepp oder alte Klamotten mitbrachten, war schnell ein Kostüm „gezaubert". Auch günstige Getränke wurden besorgt und Tische vorbestellt, und schon stand einer fröhlichen Nacht mit Tanz und lustigen Spielen im Kreise der Kommilitonen nichts mehr im Wege.

Margrit hatte Angst, dass sie im Tanzen keine Übung mehr hätte, aber bald sorgten die unbekümmerten jungen Leute, die flotte Karnevalsmusik und ein Gläschen Wein dafür, dass sie sich fröhlich herumwirbeln ließ.

In der eigentlichen Woche des närrischen Treibens von Weiberfastnacht bis Aschermittwoch war die ganze Stadt mehr oder weniger im Karnevalsfieber, und täglich fand in der geschmückten Aula der Ball irgendeines Instituts statt, zu dem durch Freunde und Bekannte auch die Studenten anderer Fakultäten eingeladen wurden.

Meist hieß es in den späteren Abendstunden, wenn die mitreißende Tanzmusik aus der Aula bis zu den Arbeitsräumen der Botaniker herüberschallte: „Wer kommt mit zum Fest der Mathematiker oder sonst wem, die heute feiern? Wir haben eine Einladung und kennen auch Leute, die uns reinlassen."

Dann ging es in kleineren Gruppen hinüber zur Aula, wo man desto leichter Einlass fand, je später man kam, da dann schon viel Alkohol geflossen war und die „Türhüter" mitfeierten. Nun wurde die ganze Nacht getanzt, gespielt und gesungen bis in die frühen Morgenstunden, denn alle waren jung und voller Lebenslust, und nach einigen Stunden Schlaf und einem halben Tag etwas nachlässiger Studienarbeit zog die fröhliche Gesellschaft am nächsten Abend wieder los.

Margrit war ganz fasziniert von der ausgelassenen Lebensweise, die für sie ganz neu war, und sie lernte auch schon bald Rudolf Strothjohann, einen jungen Mathematiker aus Rüdesheim kennen, der sie immer wieder zum Tanzen aufforderte und mit dem sie sich gern unterhielt. Leider kam Klaus Napp-Zinn zu den Karnevalsveranstaltungen in der Uni nie mit, da er abends pünktlich zum Essen daheim sein musste und seine Mutter prinzipiell nicht viel von der „übertriebenen" Ausgelassenheit in der Faschingszeit hielt.

So war es für Margrit tröstlich, an den turbulenten Abenden in der Aula in Rudolf einen so eifrigen Tanzpartner gefunden zu haben, der sie mochte und sie bat, jeden Abend wieder zu kommen.

Der Höhepunkt in diesen Tagen war der große Uni-Ball am Fastnachtsdienstag für alle Fakultäten, wo fast das ganze Institut mitfeierte, auch Stefan Vogel und Herr Kleemann aus Halle, Fräulein Dr. Kugler, Professor Weber und andere.

Natürlich war Rudolf wieder Margrits unermüdlicher Tanzpartner in den überfüllten Räumen, in denen es hoch her ging, und der Trubel kein Ende nehmen wollte.

Ganz unabhängig vom Karnevalstreiben wurde während der Wintermonate auch regelmäßig im Studentenchor des Collegium musicums fleißig geübt, denn im März stand ein größeres Konzert in der Aula bevor. Margrit ging voll Eifer regelmäßig zu den Proben, denn so sicher wie Herr Napp-Zinn, der gut vom Blatt absingen konnte, fühlte sie sich bei den schwierigeren Sätzen der geistlichen Chormusik nicht, da sie ja noch nicht lange dabei war.

Umso größer war der Eindruck für sie, als sie zum ersten Mal im Sopran des großen Chores vorn auf der Bühne stand unter all den jungen Menschen, die zu Ehren Gottes ihre Stimmen voll erklingen ließen und vom Publikum der vollbesetzten Aula jubelnden Beifall erhielten.

Nach drei Aufführungen in der Mainzer Aula, die recht gut klappten, fuhr schließlich der gesamte Studentenchor Mitte März nachmittags mit der Bahn nach Frankfurt, wo das Konzert im Sendesaal des Hessischen Rundfunks zur Radioübertragung aufgenommen wurde. Wieder ein Erlebnis, das Margrit tief beeindruckte. Und auf der Heimfahrt abends im vollen Zug waren die jungen Leute so erfüllt von der schönen Musik und den vielen Eindrücken in Frankfurt, dass Klaus sehr nahe an Margrit heranrückte und ihr leise „mein Liebstes“ ins Ohr flüsterte, was sie ganz glücklich machte.

Es sollte jedoch noch eine Weile dauern, bis sich die beiden voll zueinander bekannten. Margrit konnte einfach nicht glauben, dass alles gut werden könne, war sie doch über vier Jahre älter als ihr junger Verehrer, was nach ihren Vorstellungen für eine Partnerschaft unmöglich erschien.

4.

Inzwischen war das Wintersemester zu Ende gegangen, die Tage wurden wieder länger, und die Osterferien rückten heran, die Margrit natürlich daheim in Weißenfels verleben wollte. Mit dem Grenzübergang schien es diesmal einfacher zu werden, denn sie konnte als Studentin der Mainzer Universität einen Interzonenpass beantragen, solange sie im Osten noch ihren ersten Wohnsitz hatte und Mainz nur ihr Studienort war.

Sie verabredete sich in der Osterwoche mit ihrem Bruder Hans-Dieter und zusammen fuhren beide mit dem Zug nach Bebra, der letzten größeren Bahnstation vor der Grenze. Hier besorgten sie sich mit Hilfe ihrer Interzonenpässe, die sie auf Antrag erhalten hatten, Fahrkarten für den Interzonen-Omnibus nach Eisenach, mussten jedoch im Wartesaal übernachten, da nur ein einziger Bus morgens um 8 Uhr fuhr.

Nachdem bei der Grenzkontrolle der Amerikaner alles gut gegangen war, wurde Hans-Dieter leider bei der russischen Grenzpolizei abgewiesen und zurückgeschickt. Er musste es nun doch wieder nachts wagen, schwarz über die Grenze zu kommen, während Margrit schon einen Tag früher glücklich von den Eltern daheim in Empfang genommen werden konnte.

So schön das Osterfest und die Tage daheim bei den Eltern auch waren, so wanderten Margrits Gedanken doch immer wieder über die weite Entfernung hinweg nach Mainz zu dem geliebten, jungen Menschen, mit dem sie sich schon jetzt eng verbunden fühlte. Immer wieder dachte sie und schrieb es ihm auch: „Ach, könnten Sie doch hier mit bei uns daheim sein und könnte ich Ihnen alles zeigen!“

Ja, damals bestand zwischen den beiden noch das unpersönliche „Sie“, obschon sie innerlich schon längst „Du“ zueinander sagten, wie es jemand so schön auszudrücken wusste.

Das ging noch so weiter bis Ende Mai, als die beiden an einem Samstagnachmittag spontan mit den Rädern in den

„Gonsenheimer Sand“ gefahren waren, wo sie lange miteinander im Gras saßen und endlich das in Worte kleideten, was sie beide empfanden und was das Herz ihnen eingab, nämlich endlich „Du“ zueinander zu sagen.

Und wie schön klang dann das vertraute Wort und der Vorname des anderen im Gespräch zwischen ihnen, und ein unendliches Glück überkam Margrit. Man müsste Dichter sein, so dachte sie, um das zu beschreiben, was sie empfand, und auch dann reichten die Worte wohl kaum aus, um all die Liebe und Seligkeit hineinzulegen, die sie jetzt erfüllten.

Und das war erst der Anfang, denn Klaus plante schon seit einiger Zeit eine Radtour mit Margrit, auf der er ihr etwas besonders Schönes zeigen wollte.

Am Pfingstmontag war es endlich soweit, und bei herrlichem Wetter trafen sich die beiden schon um 8 Uhr im Süden von Mainz und radelten gut anderthalb Stunden an „ihrem geliebten Rhein“ entlang bis nach Oppenheim, wo inmitten des am Hang gelegenen Ortes die großartige, gotische Sankt Katharinenkirche aufragt und von oben über die steilen Weinberge und das liebliche Rheintal herabschaut.

Dieses wunderbare Gotteshaus wollte Klaus Margrit zeigen, und zufällig war an diesem Pfingstmontag der festliche Konfirmationsgottesdienst mit der Einsegnung einer großen Zahl von Jungen und Mädchen, der für die beiden so glücklich Verliebten zu einer einzigartigen Feierstunde werden sollte.

Schon allein die Größe und Erhabenheit des Raumes, die wunderbaren Klänge von Posaunenchor und Orgel, die ergreifenden Worte des Pfarrers und nicht zuletzt die festlich gekleideten jungen Menschen, die in die Gemeinschaft der Christen aufgenommen werden sollten, machten die Stunden für Margrit und Klaus zu einem unvergesslichen Erlebnis.

„Dies ist der Tag, den der Herr gemacht hat, lasset uns freuen und fröhlich darinnen sein“, hieß es gleich am Anfang, und es war wie für sie persönlich gesagt. Sie verweilten fast drei Stunden in dem schönen Gotteshaus, das sie nach der Teilnahme am Abendmahl noch eingehend besichtigten.

Anschließend fuhren sie hinauf zur Ruine Landeskrone, wo sie auf einer breiten Mauer mit Blick ins weite Rheintal Picknick machten, und hier kam es – ausgelöst durch die unbeschreiblich schöne Atmosphäre des Augenblicks – zum ersten Kuss zwischen den beiden, so voll Liebe und Hingabe, dass ihnen das Herz vor Glück überströmte.

Margrit lag im Schoß ihres geliebten Klaus und schaute in seine schönen, blauen Augen, die warm und tief leuchteten, und sie wusste, dass sich darin sein ganzes Herz widerspiegelte.

Nach der Rückkehr von diesem unvergesslichen Ausflug gab es ein gemeinsames Abendessen bei Klaus' Eltern, wo sich Margrit sehr freundlich aufgenommen fühlte, und zum Abschluss des so beglückenden Pfingstfestes fuhren beide noch kurz an den Rhein und sangen im Licht des zu Ende gehenden Tages voll Dankbarkeit „Der Mond ist aufgegangen".

Margrit fühlte sich ganz überwältigt von dem großen Glück, das sie von nun an erfüllte, ließ sich aber – wie mit Klaus verabredet – im Institut nichts anmerken, zumal ihr durch die täglichen Anforderungen auch gar keine Zeit für private Dinge blieb.

Wie erhofft war ihr zu Beginn des Sommersemesters Mitte April 1949 die angekündigte Hilfsassistentenstelle zugesprochen worden, die sie allerdings mit einer anderen Studentin teilen musste, sodass sie statt 120 DM nur 60 DM pro Monat bekam. Trotzdem war sie zufrieden, denn mit diesem Geld konnte sie am Monatsende fest rechnen, und die dafür zu leistende Arbeit machte ihr Spaß und förderte sie sogar noch.

Margrit war Professor Höhn, der neben Prof. Troll und Prof. Weber eine Dozentenstelle im Botanischen Institut innehatte, als Hilfsassistentin zugeteilt worden und musste ihn beim „Mikroskopierkurs für Anfänger" unterstützen, wo dünne Schnitte pflanzlichen Gewebes unter dem Mikroskop untersucht und dann gezeichnet wurden.

Was sie vor vielen Jahren zu Beginn ihres Studiums in Halle kennen gelernt und nun bei den Untersuchungen für ihre Doktorarbeit täglich praktizierte, sollte sie jetzt Anfängern nahe bringen, die dreimal pro Woche vormittags zum Mikroskopieren oben in den großen Kurssaal zusammenkamen.

Sobald die Studenten nach einer kurzen Einführung durch den Chef mit der anatomischen Untersuchung der vorgesehenen Pflanzenteile begannen, ging sie von Tisch zu Tisch, half bei den Schnitten und der Herstellung der Präparate, erklärte das nicht immer leicht zu deutende mikroskopische Bild und unterstützte das Zeichnen.

An anderen Tagen musste Margrit im Bereich ihrer Aufgabe als Hilfsassistentin die Vorlesung des Professors vorbereiten und Pflanzen als Anschauungsmaterial aus den Gewächshäusern holen, Bildtafeln aufhängen oder Literatur bereitstellen und anschließend war sie verantwortlich, dass alles wieder an seinen Platz kam. Darüber hinaus brachte ihr Prof. Höhn fast jede Woche eine Liste mit Aufgaben, die sie für ihn erledigen sollte, sodass sie schnell Einblick in die verschiedensten Bereiche des Instituts bekam.

Klaus Napp-Zinn, der schon länger eine Hilfsassistentenstelle inne hatte, war für die Bibliothek zuständig. Er sorgte für die Ordnung der Bücher in den Regalen, musste Neuzugänge katalogisieren und das Ausleihen der Lehrbücher oder sonstiger Bände mit wissenschaftlichen Veröffentlichungen überwachen.

In den Tagen nach Pfingsten hatte er „zufällig" viel öfter dort zu tun, besonders wenn Margrit sich dort aufhielt, um etwas nachzulesen, denn versteckt hinter den Bücherwänden konnten die beiden sich schnell mal ein Küsschen geben. Sonst waren sie fast nie allein und hatten auch wenig Zeit füreinander, da Klaus abends pünktlich zum Essen erwartet wurde und seine Mutter auch sonst über sein Tun immer genau informiert werden wollte.

Umso regelmäßiger gingen sie an den Sonntagen zusammen in den Gottesdienst und zwar entweder zu Pfarrer Trabandt in den Paulussaal, zum Universitätsgottesdienst im Hörsaal der Evangelischen Fakultät der Uni oder ins notdürftig renovierte Gemeindehaus der stark zerstörten Christuskirche. Wenn Klaus dann anschließend heim musste und Margrit allein zur Uni hinauffuhr, waren sich beide durch den gemeinsam erlebten Gottesdienst so nahe gekommen, dass sie sich für den Rest des Tages eng miteinander verbunden fühlten.

In diese Zeit der ersten Vertrautheit fiel auch eine botanische Exkursion in den Taunus, an der beide teilnahmen. Ein großer Rheindampfer brachte die Studenten unter Führung von Professor Troll zunächst nach Eltville. Von hier ging es botanisierend in Richtung Kiedrich und dann durch ein größeres Waldgebiet, wo in der Nähe eines Aussichtsturms ein lustiges Picknick stattfand und die übermütige Jugend in halsbrecherischer Weise auf den treppenlosen Turm hinaufzuklettern suchte. Später in Rauenthal tranken alle in einem gemütlichen Weinlokal einen herrlich süßen Rheinwein, und in fröhlicher Stimmung ging es abends mit dem Schiff zurück.

Sogar an einer interessanten theologischen Exkursion nach Wiesbaden nahmen beide teil, wo sie in einer wunderschönen, mit farbenfrohen Ikonen ausgeschmückten Kapelle einem russisch orthodoxen Gottesdienst beiwohnten, sehr gepflegt in einem christlichen Hospiz zu Mittag aßen und nachmittags eine Kunstausstellung besuchten.

Der nächste Höhepunkt war Margrits 26. Geburtstag am 13. Juni, einem Montag, an dem Klaus ihr schon auf dem Weg zur Uni entgegenkam und ihr gleich nach einem lieben Geburtstagskuss voll Freude erzählte, dass sie heute bei seinen Eltern zum Mittagessen eingeladen sei! Er schenkte ihr ein kleines Büchlein mit lieben Worten und eine große Tafel amerikanischer Schokolade, und von allen anderen im Institut wurde sie überreich mit bunten Sommerblumen verwöhnt.

Nach schönen Stunden im Haus der Eltern Napp-Zinn kehrten die beiden nachmittags wieder ins Institut zurück, denn abends war eine vergnügte Geburtstagsfeier oben in Fräulein Dr. Kuglers Zimmer mit zehn netten Kommilitonen aus der Botanik geplant.

Margrit hatte eine Kaffeetorte gebacken, Frau Mühleck für Streusel- und Napfkuchen gesorgt und Erika feine Rhabarberschnitten mitgebracht, wozu Fräulein Dr. Kugler Kaffee kochte, sodass es wirklich an nichts fehlte.

Später gab es noch lustige Gesellschafts- und Ratespiele, und am Ende des schönen Tages fiel Margrit auf, dass sie das fehlende „Daheim" gar nicht so sehr vermisst hatte, zumal Päckchen mit lieben Briefen von den Eltern und Maidi eingetroffen waren.

Aber sie spürte immer mehr, wie die Liebe zu Klaus ihr ganzes Herz erfüllte, sie an nichts anderes mehr denken konnte und alles Sonstige in den Hintergrund rückte. Ja, eine unaufhaltsame Kraft trieb die beiden aufeinander zu, von der es kein Zurück mehr gab und die stärker war als alle Bedenken und Zweifel.

Schon zwei Tage später bei einem Spaziergang durch ein kleines Wäldchen auf dem Unigelände, als die beiden immer stärker fühlten, wie lieb sie einander hatten, meinte Margrit: „Was soll nur aus uns werden?"

Und da antwortete Klaus mit einem ganz besonderen Leuchten in den Augen: „Ich glaube, es wird alles gut, denn Gott hat uns zusammengeführt. Es haben schon viele Paare mit ganz anderen Altersunterschieden zueinander gefunden, und wenn ich dir nicht zu jung bin, so bist du mir nicht zu alt." Wie schön klangen diese Worte, und wie nichtig erschien jetzt die Frage des Alters, denn das Herz hatte entschieden, und der Herrgott hatte es gefügt.

„O, wie schön und göttlich ist die Berührung zweier Seelen, die sich auf dem Weg zur Gottheit begegnen!"

Diese schönen Worte, die Schiller mal an Gottfried Körner schrieb, standen bereits in dem Büchlein, das Klaus Margrit zum Geburtstag geschenkt hatte, denn er wusste längst, dass sie beide füreinander bestimmt waren.

Er meinte auch, er könne sich keine andere Frau denken, die so sei wie sie und er könnte nie jemand anderen so lieb haben.

Und dann erzählte er ihr, dass er am Vorabend mit seinem Vater als seinem besten Freund und Berater ein ernstes Gespräch gehabt hätte, denn dieser hatte längst bemerkt, welches Feuer jedes Mal in seinen Augen geleuchtet hätte, wenn Margrit bei ihnen zu Besuch war.

Er hätte wirklich nichts gegen den Altersunterschied einzuwenden, wenn sonst alles gut sei, zumal Margrit aussähe, als sei sie erst 22 oder 23. Genau wie er hätten seine Frau und auch Klaus´ Oma Margrit schnell liebgewonnen und würden sie herzlich in der Familie willkommen heißen.

Schon am folgenden Sonntag schrieb Margrit einen zehn Seiten langen Brief an ihre Schwester Maidi, mit der sie sich von Kind an so eng verbunden fühlte und die nun als erstes von ihrem übergroßen Glück wissen sollte. Sie schilderte ihr noch mal in allen Einzelheiten das erste Kennenlernen im Doktorandenzimmer und das schrittweise Näherkommen bei den Gottesdienstbesuchen und im Studentenchor und all die folgenden Ereignisse, die sie unaufhaltsam zusammenführten bis zum 15. Juni, dem Tag, an dem sie sich „heimlich" verlobt hatten!

„Ach, Du müsstest meinen lieben Klaus erleben und sehen, was er alles kann und weiß, nicht nur in unseren Fächern, sondern auch in Kirchengeschichte, Sprachen, Rechtswissenschaft, Politik, ja eigentlich auf jedem Gebiet, und ich kann ihn nach allem fragen und von ihm lernen. Ich glaube bestimmt, dass er bei seinem Eifer und seiner Begabung mal ein tüchtiger Professor wird wie sein Vater, der hier an der Uni als Ordinarius das betriebs- und verkehrswissenschaftliche Institut leitet", so schrieb Margrit in ihrer Begeisterung:

„Schon jetzt verfasst Klaus regelmäßig zusammenfassende Berichte auf Englisch über alle Forschungsergebnisse auf dem Gebiet der Botanik in den naturwissenschaftlichen Zeitschriften und schickt sie nach Amerika, wo sie in den „Biologial Abstracts" veröffentlicht werden. Dafür wird er in Dollar bezahlt, die er in Form von Büchern oder Care-Paketen bekommt.

Es klingt für mich einfach zu schön, wenn Klaus jetzt stets von „unseren" Büchern oder von „unserem" Rhein spricht, denn das Rheinland soll nun auch meine Heimat werden!

Ach, Maidi, ich könnte noch endlos schreiben, denn du sollst alles wissen, aber mein größter Wunsch wäre, wenn du mal hierher kämst, um ihn zu erleben. Er selbst meinte, er wolle dich unbedingt bald kennen lernen, denn du wärst ihm schon jetzt ganz nahe, da ich soviel von dir erzählt hätte und wir so unzertrennlich zusammen gehörten.

Bitte schreib mir recht bald und ganz offen, was du über uns beide meinst, denn Zweifel und Bedenken schleichen sich immer mal wieder heimlich an mein Herz heran, obwohl wir uns im Innersten längst füreinander entschieden haben. Aber deine Meinung ist mir außerordentlich wichtig!"

So endete Margrits langer Brief an die geliebte Schwester, und sie sah mit Spannung ihrer Antwort entgegen.

5.

Als Klaus bei dem so wichtigem Gespräch mit Margrit am 15. Juni abschließend meinte, zunächst wollten sie alles für sich behalten und sich ganz frei fühlen, um sich zu prüfen, kam ihr natürlich auch Rudolf in den Sinn:

An den vielen Tagen in der ausgelassenen Karnevalswoche, wo sie Abend für Abend unbeschwert miteinander getanzt und geflirtet hatten, waren sie sich natürlich näher gekommen und trafen sich danach auch immer mal wieder auf dem Unigelände zu einem Schwätzchen oder gingen ein Stück spazieren.

Als es dann endlich Frühling wurde, gab es an einem schönen Mai-Sonntag auch mal eine kleine Radtour mit Rudolf, da Klaus nach den Gottesdienstbesuchen ja immer gleich nach Hause musste.

Und kurz danach, als Margrit mit Herrn Kleemann in einer Binger Mädchenschule mal wieder zum Bilderverkaufen unterwegs war, wovon sie Rudolf erzählt hatte, bat er sie herzlich, ihn doch einmal in Rüdesheim zu besuchen.

Gern fuhr sie also nach gutem Erfolg in der Schule mit der Autofähre über den Rhein, wo Rudolf sie in Rüdesheim erwartete und sie kurz mit nach Hause nahm und seinen Eltern vorstellte. Dann wanderten die beiden durch ausgedehnte

Weinberge hinauf zum Niederwalddenkmal und genossen den märchenhaften Blick über das breite Rheintal – für Margrit ein unvergessliches Erlebnis in so netter Begleitung!

Ja, für sie war Rudolf seit den Karnevalstagen, an denen sie so ausgelassen miteinander getanzt hatten, ein wirklich guter Freund und stets interessierter Gesprächspartner, den sie immer wieder gern traf, aber sie wusste jetzt, dass Klaus und sie unabänderlich zueinander gehörten und das musste sie Rudolf sagen.

Trotz einer gewissen Traurigkeit auf beiden Seiten wurde es ein gutes Gespräch, und wie Margrit später hörte, fand Rudolf schon einige Zeit danach die richtige Partnerin fürs Leben, mit der er sehr glücklich wurde.

Für Margrit und Klaus folgte nach dem 15. Juni – ihrem heimlichen Verlobungstag – eine unbeschreiblich glückliche Zeit, in der sie täglich im Institut zusammentrafen und ihnen das Herz vor Liebe überfloss, wenn sie sich nur ansahen. Sie ließen sich natürlich nichts anmerken, sondern unterhielten sich über ihre Untersuchungsergebnisse und Zeichnungen, plauderten und lachten mit den anderen Doktoranden, tranken gemeinsam Tee und erfüllten ihre Aufgaben als Hilfsassistenten.

Auch einige Vorlesungen besuchten sie zusammen, waren abends vierzehntägig am „Botanischen Kolloquium" beteiligt und wie alle Troll-Schüler sahen sie es als selbstverständliche Pflicht an, die Vorträge ihres Doktorvaters über „Goethes Naturanschauungen im Faust und in anderen Dichtungen" anzuhören und an der anschließenden Diskussion teilzunehmen.

Aber eine besondere Rolle spielte in diesem Sommersemester für die beiden so glücklich Verliebten das Singen im Studentenchor, denn es wurde die „Schöpfung" von Josef Haydn einstudiert, die sie beide in dieser ersten Phase der großen Liebe tief berührte.

Der Text des einmaligen Oratoriums schildert die Entstehung des Lichts aus der Finsternis, die Erschaffung von Himmel, Gestirnen und Erde sowie die Schöpfung von Pflanzen und

Tieren in all ihrer Vielfalt bis hin zur Gestaltung des Menschen nach dem Ebenbild Gottes.

All dies und die erhabene Größe des Schöpfers wird in Haydns einmaligem Musikepos von Orchester, Chor und Solostimmen in so wunderbaren Passagen gepriesen, dass alle Beteiligten davon innerlich berührt wurden und die jungen Chorsänger voll Ehrfurcht die schönen Texte sangen.

Und besonders die innigen Verse aus dem Duett zwischen Adam und Eva am Schluss des Oratoriums klangen für Margrit und Klaus wie aus ihrem eigenen Herzen gesprochen:

Mit dir erhöht sich jede Freude!
Mit dir genieß ich doppelt sie!
Mit dir ist Seligkeit das Leben,
Dir sei es ganz geweiht!

Und bei jeder Probe, wenn die beiden es hörten und in tiefstem Herzen bejahten, suchten sie sich über den ganzen Chor hinweg mit den Augen zu finden und sich gegenseitig ihre Liebe zu bestätigen.

Als dann nach längeren Wochen des Einstudierens Haydns Werk Mitte Juli mehrmals in der Aula der Mainzer Universität zur Aufführung kam, wurde es ein großartiger Erfolg!

Nicht nur die Eltern und die Oma von Klaus waren beim ersten Mal unter den Zuhörern, sondern auch Margrits Bruder Hans-Dieter kam bei der zweiten Aufführung an einem Sonntag von Frankfurt nach Mainz, um die schöne Musik zu erleben.

In den so abwechslungsreichen Wochen dieses Sommersemesters gab es für Margrit und Klaus zum Glück auch immer mal wieder die Möglichkeit, miteinander allein zu sein, um Kümmernisse zu besprechen oder innere Gedanken auszutauschen: Sie bot sich in der warmen Jahreszeit, wenn Klaus von seiner Mutter den Auftrag erhielt, auf dem der Uni nahe gelegenen Friedhof die schön bepflanzten Gräber der Großeltern zu begießen. Nur zu gern war er in diesem Sommer dazu bereit, weil Margrit ihn meist dorthin begleitete und sie dort ein Weilchen zu zweit sein konnten.

Dazu verließen die beiden in den Mittagsstunden unauffällig ihren Arbeitsplatz im Doktorandenzimmer und spazierten, sobald sie auf den von Hecken umsäumten Fußweg hinter der Uni gelangt waren, Hand in Hand zum nahen Friedhof.

Dort gossen sie voll Eifer die beiden schön angelegten Grabstätten und reinigten auf Mutters Wunsch auch öfter die dunkle Grabplatte mit der goldenen Inschrift der Groß- und Urgroßeltern Napp-Zinn oder den großen Friedensengel auf dem Eller´schen Grab.

Sobald alles fertig war, setzten sie sich auf die Randsteine eines der Gräber, besprachen kleinere „Probleme" oder schmiegten sich einfach aneinander und küssten sich in inniger Liebe. Dabei waren sie so glücklich, dass die Zeit still zu stehen schien und sie alles um sich herum vergaßen.

So kam es, dass eines Tages Klaus´ Vater, der auch hin und wieder nach den Gräbern schaute, ganz unerwartet vor ihnen stand und die beiden erschreckt hochfuhren und strenge Kritik fürchteten. Aber mit freundlichem Lächeln winkte er ab und meinte, es wäre doch wirklich schön und voller Symbolkraft, wenn hier an diesem Ort, wo die Vorfahren der jetzt lebenden Generation der Ahnenreihe ruhten, sich Liebe und Glück anbahnten, die allein die Fortsetzung der Geschlechterreihe sichern könnten.

Doch es sei wohl besser, Mutter nichts davon zu sagen, die es bestimmt unpassend fände, wenn sich die jungen Leute auf dem Friedhof in die Arme nahmen und küssten, was sie schon daheim nicht duldete.

Ja, Klaus´ Mutter war bei aller Fürsorge und Hilfsbereitschaft eine gestrenge Frau, die sich selbst fest in der Gewalt hatte, aber auch von anderen Gottesfurcht, Selbstbeherrschung und Pflichtbewusstsein als höchste Tugenden forderte. Um in den schlechten Zeiten zu helfen, besuchte sie nicht nur alte und kranke Menschen aus ihrem Bekanntenkreis, soweit die Kräfte reichten, sondern lud auch regelmäßig jede zweite Woche eine Gruppe junger Studenten zu Kaffee und Abendbrot ein, wenn sie hörte, dass diese allein standen oder wenig finanzielle Mittel hatten.

Es waren ihre sogenannten „Studentenkinder", zu denen jetzt auch Margrit gehörte, die in diesem Kreis schöne Stunden im Hause Napp-Zinn verbrachten, wo man nicht nur leiblich gut versorgt wurde, sondern sich auch angeregt unterhielt und zum Abschluss schöne Klaviermusik hörte, die Frau Napp-Zinn gern für ihre Gäste spielte.

Dabei lernte Margrit viele nette junge Leute, zum Teil gute Kameraden von Klaus, auch aus anderen Fachbereichen, kennen, von denen einige später zu Freunden fürs Leben wurden.

Aber bei allen Einladungen im Haus „auf der Steig", wo Napp-Zinns damals noch zur Miete wohnten, durften die beiden sich ihre Zuneigung äußerlich nicht merken lassen, und selbst beim Abschied radelte Margrit nach kurzem, unauffälligem Kuss mit den anderen davon, weil die Mutter Klaus im Auge behielt oder ihn längst zum Helfen in die Küche geschickt hatte.

6.

Nach diesen so glücklichen Sommerwochen stand im August die erste größere Trennung für die beiden bevor, denn Margrit plante, an der seit längerem angekündigten Alpenexkursion auf die Traunsteiner Hütte bei Bad Reichenhall unter der Leitung von Professor Weber teilzunehmen.

Zu ihrer Freude waren auch Fräulein Dr. Kugler sowie Stefan Vogel und Anneliese Meister, ihre Bekannten von Halle, mit dabei. Klaus war bereits im letzten Sommer Teilnehmer einer Alpenexkursion mit Professor Troll in der Obersdorfer Bergwelt und würde dieses Jahr mit seinem Vater in den Schwarzwald reisen.

Für Margrit war es das erste Mal, als Botanikerin die Vielfalt der wunderbaren Alpenflora zu erleben, und sie bemühte sich bei den Wanderungen und Aufstiegen möglichst viele von den in so kräftigen Farben blühenden Bergblumen zu sammeln und die lateinischen Namen aufzuschreiben.

Aber die Vielfalt war einfach zu groß, besonders wenn sie auch die mit Blüten überdeckten Polsterpflanzen der verschiedenen Steinbrecharten und die Vielfalt der wunderschönen Bergenziane hoch oben in den Felsregionen mit in die Sammlung einbezog.

Zum Glück wurden abends in der Hütte alle gesammelten Pflanzen noch mal exakt bestimmt und die lateinischen Namen aufgeschrieben, ehe sie in den mit saugfähigem Papier ausgestatteten Pflanzenpressen zum Trocknen kamen.

Da die Studentengruppe nur die ersten drei Tage in der Traunsteiner Hütte blieb, um von hier aus zum Botanisieren in höhere Regionen aufzusteigen, mussten sie am vierten Tag mit vollem Gepäck zur nächsten Unterkunft weitermarschieren. Es wurde also auch körperlich den jungen Leuten einiges abverlangt, aber gerade die sportlichen Aktivitäten bedeuteten für Margrit eine tolle Herausforderung.

Nachdem schon in der ersten Woche drei Gipfel in etwa 2300 m Höhe erstiegen worden waren, wo sich alle an der intensiv leuchtenden Blütenpracht der vielen Polsterpflanzen begeisterten und der weite Blick über die schneebedeckte Hochgebirgswelt faszinierte, wurde Margrit geradezu von einem Bergfieber erfasst:

Sie träumte davon, den bis zu knapp 3000 m hoch aufragenden Watzmann besteigen zu dürfen, zu dessen Füßen die Wimbach-Grieshütte lag, in der sie zwei Nächte auf engem Dachboden zusammen schliefen, und sie sprach sogar im Schlaf von der ersehnten Bergtour, wie ihr die anderen am nächsten Tag erzählten.

Aber Professor Weber wollte diesen anstrengenden Aufstieg mit einer so großen Gruppe von jungen Leuten nicht riskieren, zumal er auch nicht beurteilen konnte, ob es kräftemäßig alle schafften.

So ging es bald weiter zum Kärlinger Haus am Funtensee, in dem abends geschwommen wurde, und am nächsten Tag auf den höchsten Berg der Funtensee-Tauern in 2577 m Höhe, wo der einmalige Blick überwältigte.

Bis dahin hatten die Bergsteiger bei ihren Unternehmungen immer schönes Wetter gehabt, doch die hochsommerliche Hitze wurde jetzt beim Abstieg zum „Steinernen Meer" fast zuviel, sodass sie nur mit Mühe die Ingolstätter Hütte erreichten und todmüde auf die Matratzen sanken.

Und in dieser Nacht schlug das Wetter um. Schon am frühen Morgen war der Himmel bewölkt und auf der fast siebenstündigen Wanderung zur Götzenalm (oberhalb vom Königssee) begann es schließlich zu regnen.

Zum ersten Mal musste die Schutzkleidung aus den Rucksäcken geholt werden, doch der Regen wurde in den letzten zwei Stunden des Wegs so stark, dass alle bis auf die Haut nass wurden und die Kleidung trotz geheizter Gaststube bis zum nächsten Morgen nicht trocknete.

Trotzdem musste mittags bei Dauerregen auf steilen Serpentinen zum See abgestiegen werden, um noch rechtzeitig die Fähre zum Ort Königsee zu erreichen, wo man sich im Wartesaal des Bahnhofs umziehen und stärken konnte.

Aber bereits um halb fünf ging der Bus nach Berchtesgaden und um sechs der Zug nach München, von wo alle müde, aber beglückt von den einmaligen Erlebnissen, die ganze Nacht hindurch zurück nach Mainz fuhren. Margrit konnte das Wiedersehen mit Klaus nun kaum noch erwarten.

Ein kleines goldenes Ringlein in hübscher Filigranarbeit mit hellgrünem Stein, das Klaus schon vor einigen Jahren von seiner Oma Napp-Zinn bekommen hatte, um es einmal seiner zukünftigen Frau zu schenken, hatte Margrit auf der ganzen

Reise begleitet. Sie steckte es jedoch nur manchmal auf einsamen Bergpfaden heimlich an ihren kleinen Finger, um Klaus ganz nahe zu sein.

Als Anneliese Meister, die es als einzige bemerkte, einmal danach fragte und das Glück in Margrits Augen leuchten sah, ohne dass sie antwortete, wusste Anneliese Bescheid und nickte nur lieb und verständnisvoll, denn durch ihre alte Freundschaft aus der Hallenser Zeit fühlten sie sich immer noch eng verbunden.

Nach der langen nächtlichen Heimfahrt von München bis Mainz kehrte Margrit am nächsten Morgen so schnell wie möglich in die Uni zurück, um endlich ihren geliebten Klaus zu begrüßen, nach dem sie sich trotz der so schönen Tage in den Alpen immer gesehnt hatte.

Am Sonntag erlebten sie voll Dankbarkeit einen schönen gemeinsamen Gottesdienst im Paulussaal, und nachmittags spazierten sie nach fröhlichem Kaffeetrinken bei Klaus' Eltern auf der Steig über die große Eisenbahnbrücke zur sogenannten „Mainspitze", wo sie lange im Gras saßen, schwätzten und sich liebevoll in die Arme nahmen.

7.

Die anschließenden Uni-Tage, an denen sie sich täglich sahen, aber sehr beschäftigt waren, währten diesmal nicht lange, denn Margrit plante noch im August heim zu den Eltern zu fahren, denen sie von ihrem großen Glück mit Klaus noch nichts geschrieben hatte, da sie lieber alles erzählen wollte.

Margrit lag es sehr am Herzen, noch in diesen Semesterferien heimfahren zu können, nicht nur, um den Eltern von Klaus zu erzählen, sondern weil auch die geliebte Schwester wegen einer akuten Anämie Ende August für längere Zeit zum Auskurieren nach Weißenfels kommen wollte.

Leider klappte es diesmal nicht mit dem Interzonenpass und einer behördlichen Genehmigung, aber Margrit hatte ja inzwischen genügend Erfahrung, um „schwarz" über die Grenze zu gelangen. Sie traf bereits im Zug nach Bebra eine freundliche, grenzerfahrene Frau aus dem Zonenrandgebiet, die nach Eisenach wollte und sie gern mitnehmen würde.

Bahnbeamte schlugen vor, nachts mit dem letzten Zug zu fahren und sich in Obersuhl und im Bahnhof von Gerstungen auf den Boden des Abteils zu hocken, da die Kontrolleure nicht in „leeren" Wagen nach Fahrgästen schauten. Nach einiger Wartezeit in geduckter Haltung sollten sie dann vorsichtig aussteigen und hinten um den Zug herum und über die Schienen den Bahnhof verlassen.

Das klappte auch wirklich gut, aber jetzt hieß es, in dieser streng bewachten Gegend auf keinen Fall mehr auf Grenzpolizei zu treffen, doch die nette Frau kannte sich aus und gelangte mit Margrit samt Tasche und Rucksack über Feldwege ins Nachbardorf, wo sie bei Bauern schlafen konnten.

Am nächsten Morgen war das Problem, ungesehen mit dem Gepäck aus der Gefahrenzone heraus zu kommen, und das gelang mit Hilfe eines dafür bekannten Kartoffelhändlers, der für 6 Mark pro Person die Reisetaschen unter seinen vielen Säcken versteckte und die Grenzgänger oben darauf sitzen ließ, so als hätten sie bei der Ernte geholfen.

Als im Verlauf des Vormittags sich nach und nach acht Leute zusammen gefunden hatten, fuhr der Mann gegen 11 Uhr endlich los, und wie zu erwarten war, gab es unterwegs noch zwei aufregende Kontrollen; doch es ging gut, weil alle einen Ausweis vom Osten hatten, sodass sie nach Eisenach mitfahren durften.

Wieder einmal hatte Margrit mit Hilfe netter Menschen die Grenze ohne größere Probleme hinter sich gebracht, und bereits im Erfurter Wartesaal schrieb sie beglückt an Klaus, dass sie nun „drüben" sei und frohen Tagen entgegen sähe.

Das große Glück, das ihr bei allem widerfahren wäre, hätte ihr sicher der kleine goldene Ring von der Oma gebracht, den sie die ganze Zeit am kleinen Finger getragen hatte.

In Margrits schönem, alten Elternhaus in Weißenfels gab es nun abends ein glückliches Wiedersehen mit Mama und Papa, und einige Tage später würde auch Maidi, die so ersehnte Schwester kommen. Sie sollte von einem Geschäft in Emden einen Messeausweis bekommen und nachts mit einem durchgehenden Omnibus von Emden nach Leipzig fahren.

An den gemütlichen Abenden, an denen Margrit, wie es daheim immer selbstverständlich war, mit den Eltern bei einem Gläschen Wein zusammensaß und man von allem, was das Herz erfüllte, erzählte, wusste Margrit einfach nicht, wann und wie sie nun endlich von ihrem großen Glück berichten sollte.

Die Eltern „schienen“ wirklich nichts zu ahnen und fragten nur mal ganz allgemein und wie zufällig nach dem netten Studenten in Mainz, mit dem Margrit öfter zum Gottesdienst ginge oder sich sonst manchmal träfe.

Als dann zwei Tage vor Maidis Eintreffen Papa mal etwas eher zu Bett ging, fragte Mama ganz unvermittelt mit soviel Herzlichkeit nach Klaus, dass Margrit nur gar zu gern von ihm erzählte, und auch ein Foto, dass sie immer bei sich trug, voll Glück zeigte.

Der Bann schien wie gebrochen zu sein, und sie berichtete nun mit viel Liebe von allen bisherigen Erlebnissen und konnte auch den 15. Juni nicht mehr verschweigen. Mama schaute das Foto von Klaus lange an und fand es sehr nett, und trotz einiger Bedenken wegen des Altersunterschieds schien sie sich im Grunde ihres Herzens sehr zu freuen!

Margrit zeigte Mama dann auch den kleinen Ring, den sie bis dahin nur nachts getragen hatte, und er gefiel ihr gut.

Schon am nächsten Tag konnte sie abends auch ihrem Vater unbefangen von Klaus erzählen, der zu ihrem Erstaunen durch die Briefe der letzten Wochen längst geahnt hatte, welch´ großes Glück Margrit erfüllte. Er sagte ihr mit warmen Worten, dass es heute unter den jungen Leuten noch selten jemand gäbe, der von seiner christlichen Überzeugung so erfüllt sei wie Klaus, und das freue ihn und er sei als Schwiegersohn herzlich willkommen.

Margrit konnte es kaum fassen, dass die Eltern so selbstverständlich ihrer Entscheidung zugestimmt hatten und umso mehr sehnte sie den Tag herbei, an dem Klaus zum ersten Mal mit ihr nach Weißenfels fahren und Mama und Papa und ihr geliebtes Zuhause kennen lernen würde.

Gleich am nächsten Tag schrieb sie ihm ausführlich von den guten abendlichen Gesprächen mit den Eltern und meinte am Schluss des Briefes:

„Ach, könntest Du doch schon recht bald mit nach Weißenfels kommen und alles kennen lernen, denn wer weiß, wie lange es hier noch gut geht? Das Wohnungsamt droht, das gemeinsame Zimmer von Maidi und mir wegzunehmen, da wir ja jetzt im Westen seien, und dann kommen unsere Sachen in Kisten und Schränke auf den Speicher, und wenn wir heimkommen, haben wir keinen eigenen Raum mehr.

Auch sonst drohen überall Einquartierungen und Enteignungen, und so schön wie es jetzt daheim noch ist, wird es sicher nicht mehr lange sein. Aber ich will gar nicht daran denken, denn vielleicht geht es doch besser, als es zur Zeit aussieht, und ich will einfach nur an Dich und unsere Liebe denken. Wenn Du jetzt hier wärst, würde ich mich ganz eng an dich schmiegen und gar nicht mehr loslassen und lieb und innig küssen!“

Immer Deine Margrit.

Als dann am nächsten Tag Maidi gegen fünf Uhr nachmittags in Weißenfels eintraf, nachdem sie mit einem Messe-Omnibus gut und problemlos von Emden nach Leipzig durchgefahren war, kannte die Freude keine Grenzen, und bis elf Uhr abends saß die ganze Familie zusammen, und konnte gar nicht genug von allem erzählen.

Doch gleich, nachdem die Schwestern nach der langen Trennung allein waren und gemeinsam in einem Bett dicht aneinander gekuschelt lagen, meinte Maidi: „Nun will ich aber endlich etwas von deinem Klaus hören", und zu gern berichtete Margrit ganz ausführlich von ihrer großen Liebe und dem unsagbaren Glück, das sie erfüllte, und dass sie bereits mit den Eltern gesprochen hätte, und diese tatsächlich einverstanden seien und sich mit ihr freuten.

Schon wenige Tage später kam ein langer Brief von Klaus, den er kurz vor der mit seinem Vater geplanten Reise in den Schwarzwald geschrieben hatte, und Margrit konnte ihn gar nicht oft genug lesen, denn aus jeder Zeile war seine grenzenlose Liebe herauszuspüren!

Er hätte inzwischen drei Briefe von ihr erhalten, auf die er so sehnsüchtig gewartet hatte, dass er in den ersten Tagen nach ihrer Abreise kaum hätte arbeiten können. Aber nun sei er wie erlöst nach all den guten Nachrichten und den vielen lieben Worten über das, was sie beide fühlten und bewegte und er könnte getrost seine Fahrt antreten.

Nach seinem Abschiedsbesuch von der Oma wäre er noch mal kurz zur nahen Lutherkirche spaziert und genau an dem Fenster, wo sie sich mal so nahe waren, hätte er für sie beide gebetet und wäre so glücklich bei dem Gedanken, dass sie das auch täte, denn „Wo zwei unter euch eins werden auf Erden, worum es ist, dass sie bitten wollen, das soll ihnen widerfahren von unserem Vater im Himmel".

Diese schönen Worte aus der Bibel hätte er schon in das Büchlein zum 13. Juni geschrieben und von dem großen Glück geahnt, das ihnen geschenkt würde. Und jetzt, wo er es zum zweiten Mal schriebe, hätte er vor Freude Tränen in den Augen, denn was der

Herr Jesu zwei Menschen verheißen hat, die in ihren Bitten so einig sind wie wir beide, das wird der Vater im Himmel nicht versagen!

Mit diesem Glück im Herzen vergingen für Margrit bei hochsommerlichem Wetter die 14 Tage daheim wie im Flug.

Täglich gab es gemütliche Kaffeestunden auf dem Balkon oder im Garten, mittags und nachmittags wurde in der Saale geschwommen und abends bei Wein mit den Eltern und Maidi lange erzählt. Am letzten Tag wurden Arsands – die Weißenfelser Verwandten – zu einem lustigen Lampionabend im Steingarten auf der Insel erwartet.

Dann hieß es leider auch schon wieder Sachen für Mainz in Paketen vorauszuschicken, denn bei der Rückreise musste Margrit erneut „schwarz" hinübergelangen und konnte es nur mit Rucksack und Tasche und ihrem Mainzer Studentenausweis wagen. Zum Glück hatte ihr schon auf der Hinreise die nette Frau aus Eisenach Hilfe angeboten, wenn sie vor ihrem geplanten Grenzübertritt zu ihr käme.

Tatsächlich sollte es für Margrit diesmal ein ganz abenteuerliches Unternehmen werden, als sie am 15. 9. nach kurzer Nacht bei Tante Leli in Weimar um fünf Uhr morgens Richtung Westen weiterfuhr und gegen sieben Uhr bei ihrer Bekannten von der Hinreise in Eisenach eintraf.

Diese schlug vor, den nächsten Zug nach Wartha, dem letzten Ort vor der Grenze zu nehmen und dort zum HO-Verkaufsstand am Omnibusparkplatz für „Transit-Reisende" zu gehen, wo sie den Verkäufer kannte, der ihr bestimmt weiterhelfen würde.

In den sogenannten HO-Läden (Abkürzung für Handelsorganisation) der DDR gab es zu überhöhten Ostpreisen oder für Westgeld bestimmte Dinge, die man in den normalen Geschäften nicht kaufen konnte, wie Bohnenkaffee, Tee oder Schokolade, was hier an der Grenze den Transitreisenden angeboten wurde.

Der nette HO-Mann in dem Verkaufsstand direkt an der großen Straße zur Grenzkontrollstelle, wo die Transitreisenden von ihrem Ostbus zum Westbus zu Fuß hinübergehen mussten, begrüßte Margrit herzlich, da er von Frau Sünderhauf aus Eisenach informiert worden war, und erklärte ihr, sie sei jetzt seine neue Helferin im HO-Laden.

Sie solle Mantel, Schultertasche, den Rucksack und ihre Reisetasche auf einen bereitstehenden Handwagen legen und stattdessen eine Schürze mit der Aufschrift „HO-Verkauf" umbinden und mit ihm die Kunden bedienen.

Dabei erklärte ihr der gewitzte Mann mit leiser Stimme, er würde sie bald mit einem Tonkrug auf den parallel neben der Transitstraße verlaufenden Höhenweg zu einer Quelle hinaufschicken, und wenn sie beim Aufstieg von einem russischen Grenzwächter gesehen und angehalten werden sollte, könne sie ganz unbefangen erklären, sie solle Quellwasser für den HO-Mann zum Teekochen holen.

Dagegen wäre nichts einzuwenden und er könnte sie höchstens zurückschicken, aber wenn alles gut ginge und sie ungesehen die Quelle, die hinter einer buschbewachsenen Erhebung lag, erreichte, sollte sie den Krug dort abstellen und den Höhenweg nach Westen weitergehen, da hier oben hinter dem steilen Felsabhang zur Straße hin niemand mehr vermutet würde.

Nach etwa 2 km führe der Weg dann im Bogen wieder zur Transitstraße zurück, aber hier sei man bereits im Westen hinterm Schlagbaum, wo die Reisenden mit Interzonenpass nur noch auf ihr Gepäck warteten, dass nach der Kontrolle im Osten von Helfern per Handwagen hinübergebracht wurde.

Margrit vertraute dem netten HO-Mann, musste sie ihm doch ihre gesamte Habe nebst Umhängetasche, Geld und Papieren da lassen, was er ihr später im Handwagen durch die Gepäckfahrer hinüberschicken lassen wollte. Sie half ihm wohlgemut eine halbe Stunde beim Bedienen, ehe sie sich bei schönstem Wetter in ihrem Dirndlkleid und der umgebundenen HO-Schürze mit dem Tonkrug auf den Weg zur Quelle machte.

Beim Aufstieg von der Straße aus, wo sie jedermann sehen konnte, auch die vielen russischen Grenzpolizisten, die hier die aussteigenden Busreisenden und ihr Gepäck streng kontrollierten, bekam sie doch etwas Herzklopfen, aber niemand schien auf sie zu achten, nur der HO-Mann winkte ihr aufmunternd zu.

So erreichte sie ungehindert die Höhe und entdeckte auch bald die Quelle, an der sie gleich von dem klaren Wasser etwas trank und sich ausruhte, ehe sie dem Weg nach Westen folgte, immer in Sorge, doch noch einem russischen Grenzposten zu begegnen.

Wie erleichtert war sie, als sie nach einer halben Stunde ungehindert die Transitstraße wieder vor sich hatte und sich unter die Reisenden einreihte, die auf ihre Koffer warteten. Doch sie musste noch bange Minuten durchstehen, da auf keinem der ankommenden Leiterwagen ihr Gepäck zu sehen war. Sie hatte nichts in der Hand, um den Verlust zu melden und zurück zum HO-Mann konnte sie auch nicht mehr, ohne ihn und sich zu verraten.

Sie stand und wartete und hoffte nur, dass sie sich in dem netten Helfer drüben nicht getäuscht hatte. Gerade als sie dachte, nun sei kaum noch Hoffnung, entdeckte sie ihre Sachen auf dem Wagen eines älteren Mannes, der ihr alles vollzählig übergab und dem sie vor Freude fast um den Hals gefallen wäre, ehe sie ihm ein gutes Westtrinkgeld gab.

Bei der nun folgenden amerikanischen Grenzkontrolle wurden nach dem Vorlegen ihres Mainzer Studentenausweises zwar ihre Personalien aufgenommen, aber sie konnte ohne Probleme passieren und in den Transitbus nach Bebra einsteigen, von wo es mit dem D-Zug nach Frankfurt weiterging und gegen Abend nach Mainz. Hier erwartete sie Klaus am Bahnhof und beide waren überglücklich, nach der langen Trennung wieder beisammen zu sein.

8.

Seit 1. Juli 1949 wohnte Margrit übrigens endlich allein in einem kleinen, aber sehr netten Zimmer bei Frau Höhler in der Draiserstraße 67 in Bretzenheim. Diese hatte ihrer bisherigen Mieterin wegen zu häufiger und dauernd wechselnder Herrenbesuche gekündigt, was sie der in der Nähe wohnenden Frau Mühleck erzählte, die gleich Margrit als Nachmieterin empfahl.

Margrit hatte sich nämlich seit dem Anfang ihrer Mainzer Zeit bei Frau Mühleck ein Zimmer mit Erika Rehren teilen müssen, mit der sie sich zwar gut vertrug, wo sie jedoch kaum Platz für ihre Sachen hatte und auch nur auf einem schmalen Sofa schlafen konnte.

Als sie jetzt von der Möglichkeit hörte, ein eigenes Zimmer mieten zu können, war sie gleich einverstanden, zumal es so in der Nähe war, dass sie ihre gesamten Sachen eigenhändig hinübertragen konnte. Begeistert richtete sie sich ihr kleines Reich gemütlich ein und verstand sich auch gut mit ihrer neuen Wirtin und deren Tochter, mit denen sie manchmal zusammen frühstückte.

Zum Glück gingen Mutter und Tochter abends früh zu Bett, so dass sich Margrit ab 22 Uhr ungestört in der Küche waschen konnte, denn ein extra Bad gab es natürlich nicht.

Der Weg zur Uni, ein ebener Fahrradweg durch eine größere Schrebergartenanlage, der ganz nahe beim Botanischen Institut aufs Unigelände stieß, blieb natürlich der gleiche, und so war Margrit mit ihrer neuen Unterkunft in jeder Hinsicht zufrieden.

In den folgenden Wochen und Monaten gab es für die Mainzer Doktoranden weiterhin genug mit anatomischen Untersuchungen zu tun, zumal sie inzwischen gelernt hatten, mit dem „Mikrotom" noch viel dünnere Schnitte von pflanzlichen Geweben herzustellen, als es mit einem Rasiermesser jemals möglich gewesen wäre.

Diese Präzisionsschneidegeräte zur Herstellung sehr dünner, meist aufeinanderfolgender Schnitte von biologischen Objekten setzten voraus, dass man die Pflanzenteile zur Vermeidung von Deformationen in leicht schneidbare, feste Stoffe wie Paraffin einbettete, was viel Zeit in Anspruch nahm, da die Gewebe entwässert werden mussten.

Kleine, erhärtete Paraffinwürfel wurden schließlich nach Fertigstellung ins Mikrotom eingesetzt und der nötige Vorschub der Schnittfläche mit einer Mikrometerschraube reguliert, sodass man Schnittdicken von wenigen Millimü erreichen konnte.

Die Zellstrukturen waren dadurch viel genauer im Mikroskop zu erkennen und leichter zu interpretieren, und die Zeichnungen wurden exakter, aber die Vorbereitungen bedeuteten einen großen Zeitaufwand und setzten auch einige Erfahrungen voraus, sodass es ohne gegenseitige Hilfeleistungen kaum klappte.

Daneben musste Margrit sich um neue Aussaaten kümmern, ihre Keimpflanzen betreuen und morphologische Zeichnungen anfertigen, sodass sie wirklich von morgens bis abends in der Uni beschäftigt war. Als Hilfsassistentin hatte sie auch regelmäßig Aufgaben für Professor Höhn zu erledigen und musste schließlich bei Beginn des Wintersemesters wieder im Anfängerpraktikum assistieren.

Mit Klaus, der inzwischen angefangen hatte, an seiner Doktorarbeit zu schreiben, saß sie täglich mittags und beim Tee trinken im Kreis der anderen Doktoranden zusammen, aber nur an den Wochenenden hatten sie etwas mehr Zeit füreinander, gingen gemeinsam zum Gottesdienst, fuhren Rad oder verbrachten schöne Stunden bei Klaus' Eltern daheim auf der Steig.

Mittlerweile gab es für Margrit auch manch nette Kontakte mit anderen Kommilitonen im Institut, und häufig traf man sich abends in kleinen Gruppen zum Tischtennisspiel im Souterrain des Botanikgebäudes, woran auch Klaus manchmal teilnahm.

Außer den netten Leuten im Doktorandenzimmer, die täglich zusammentrafen und bei Geburtstagen und in der Adventszeit gern miteinander feierten, gab es für Margrit auch noch Herrn Zahn, Professor Trolls technischen Zeichner, den sie noch von Halle her kannte und den sie gern aufsuchte, da er in seinem großen Arbeitsraum wie früher in Halle zwei wunderschöne Aquarien mit Warmwasserfischen betreute.

Sie hatte damals auf seine Anregung hin mit ihrer Schwester Maidi in Weißenfels ebenfalls ein schönes Becken mit Steinen und interessanten Unterwasserpflanzen eingerichtet und nicht nur Freude an den vielen bunten Fischarten aus tropischen Gewässern gehabt, sondern auch farbenprächtige, lebend gebärende Guppys „gezüchtet".

Margrit interessierte sich nach wie vor sehr für die wunderbaren Lebensgemeinschaften aus den tropischen Gewässern und unterhielt sich immer wieder gern mit Herrn Zahn über die Vielfalt der einzigartigen, bunten Fische und ihre Verhaltensweisen.

Auch mit Ingrid Moller aus Bingen, die im zoologischem Institut im gegenüberliegenden Teil des Gebäudes arbeitete und die sie bei den Vorlesungen von Professor Buddenbrock kennen gelernt hatte, verband sie bald eine herzliche Freundschaft. Sie saßen beide abends öfter bei guten Gesprächen zusammen, spielten manchmal auf den Uni-Plätzen Tennis, und ab und an nahm Ingrid Margrit am Wochenende mit in ihr schönes Elternhaus (hoch über dem Rhein gelegen) nach Bingen.

Zu den „fortgeschrittenen" Doktoranden wie Stefan Vogel und Klaus Stopp, die Margrit schon in Halle wegen ihrer großen Pflanzenkenntnis bewundert hatte, gehörte auch Carl Wetter, der bei Professor Weber arbeitete und in einem eigenen Raum forschte. Er war mit Rosemarie Schneider aus dem Doktorandenzimmer fest befreundet, wohnte jedoch wie Margrit in Bretzenheim, sodass die beiden beim gemeinsamen Heimweg oft gute Gespräche hatten.

Mit Herrn Kleemann, an sich ein Einzelgänger, der nur ab und zu im Institut auftauchte, gab es kaum noch gemeinsame Schulbesuche zum Verkauf von Bildern, da die meisten Schulen versorgt waren und der Vorrat zur Neige ging. Aber das bedeutete auch für Margrit, dass sie monatlich mit den 60 DM, die sie für ihre Hilfsassistentenstelle bekam, auskommen musste. Je länger sie in Mainz war, desto schwieriger wurde das, denn immer wieder gab es unerwartete Geldforderungen, zumal sie das neue Zimmer nun auch allein zu zahlen hatte.

Von vielen Seiten bekam sie daher den verständlichen Rat, sich doch beim Schulamt um eine Referendarstelle für den Schuldienst zu bewerben, da ihr Staatsexamen vom Osten hier anerkannt würde und sie durch ihre guten Abschlussnoten bestimmt Chancen hätte.

9.

An sich hatte Margrit nie vorgehabt, Lehrerin zu werden, aber sollte sie es nicht wenigstens mal versuchen? Es hieß, sie bekäme gleich im ersten Referendarjahr 100 DM monatlich ausgezahlt, und das erschien ihr eine beachtliche Verbesserung ihrer finanziellen Situation.

Im Oktober 1949 erkundigte sie sich zunächst einmal auf dem wissenschaftlichen Prüfungsamt in Mainz, wo sie hörte, dass sie sich auf dem Kultusministerium in Koblenz bewerben müsse und dort Genaueres erfahren könne. Freundlicherweise schenkte ihr Ingrid Moller eine verbilligte Karte für die Bahn, und wie schon im vorigen Jahr, als sie von Ostfriesland kommend nach Frankfurt fuhr, war Margrit hellbegeistert von der wunderschönen Fahrt am Rhein entlang.

Auf dem Kultusministerium empfing sie ein freundlicher, älterer Herr, der ihr sagte, dass sie bei ihm die nötigen Unterlagen einreichen könne und der ihr sogar Mut machte, weil er sah, dass sie das Staatsexamen mit Auszeichnung bestanden hatte. Er bestätigte ihr auch, dass die ehemalige „preußische" Prüfungsordnung noch in ganz Deutschland gültig sei.

Dankbar und erleichtert verabschiedete sie sich, doch der freundliche Beamte lud sie ganz unerwartet zum Mittagessen in das schöne Restaurant „Zum Koblenzer Riesen" am Rhein ein, was sie sehr genoss und auch als ein gutes Vorzeichen für ihren Start in den Schuldienst empfand.

Aber es sollte noch lange dauern, bis die Entscheidung fiel, obschon Margrit umgehend den erforderlichen Antrag mit Lebenslauf und Zeugnissen ans Kultusministerium nach Koblenz abschickte.

Umso mehr bemühte sie sich in den folgenden Herbst- und Wintermonaten mit den Untersuchungen für ihre Doktorarbeit voran zu kommen, wusste sie doch, dass ihr während der Referendarzeit an einer Schule nur noch wenig Zeit für wissenschaftliches Arbeiten an der Uni bleiben würde.

In der Vorweihnachtzeit wurde in diesem Jahr im Collegium musicum das Weihnachtsoratorium von Heinrich Schütz eingeübt, und im Dezember dreimal mit viel Erfolg in der Aula aufgeführt, woran Margrit und Klaus voll Begeisterung teilnahmen, war doch das Singen dieser schönen Chorsätze eine willkommene Abwechslung im arbeitsreichen Alltag.

Aber auch im Doktorandenzimmer wurde in der Adventszeit beim nachmittäglichen Tee viel gesungen, und bei Napp-Zinns gab es schöne Stunden am Niklausabend und bei einer Vorweihnachtsfeier am 17. Dezember, wo Margrit Klaus´ Mutter mit einem selbst gebastelten Postkartenkalender überraschte.

Am 19. 12. fuhr sie über die Festtage und Silvester problemlos mit dem Interzonenzug nach Weißenfels und verlebte schöne Weihnachten mit den Eltern, Hans-Dieter und dem Opa, der inzwischen 84 Jahre geworden, doch recht gealtert war und kaum noch etwas sagte.

Maidi konnte diesmal leider nicht kommen, was Margrit traurig fand, aber dafür besuchte sie fast alle ihre Freundinnen in Halle, die sie lange nicht gesehen hatte.

In Mainz verging schließlich noch der ganze Winter, ehe Margrit vom Kultusministerium etwas über ihre Bewerbung hörte.

Doch als sie kaum noch daran glaubte, erhielt sie am 27. März 1950 unerwartet die Zuweisung einer Referendarstelle an der Maria-Ward-Schule in Mainz, einer katholische Mädchenschule der sogenannten „Englischen Fräulein".

Sie konnte es kaum fassen, und musste es gleich überall begeistert erzählen, denn mit einem Schlag waren nun auch ihre finanziellen Sorgen behoben.

Gleich am nächsten Tag stellte sie sich in der neuen Schule vor und lernte die Frau Oberin, eine gestrenge Ordensschwester mit schwarzer Tracht und weißer Haube kennen, die sie um Zeugnisabschriften und einen ausführlichen Lebenslauf bat und sie für zwei Tage später erneut bestellte. Bei dieser Gelegenheit lernte Margrit auch die beiden anderen Referendarinnen kennen, die wie sie in der Maria-Ward-Schule zu jungen Lehrerinnen ausgebildet werden sollten, und sie wurden gemeinsam vereidigt.

Jedoch ging es nun erst mal in die Osterferien, die Margrit wie immer in Weißenfels verleben wollte. Diesmal sollte sie auch wieder mit Maidi zusammentreffen, was sie kaum erwarten konnte. Es folgten glückliche Tage, wo Mamas Geburtstag und Ostern im Familienkreis schön gefeiert wurden. Sogar Tante Tilde, Mamas Kusine aus Berlin, an der die Schwestern besonders hingen, konnte kommen.

Regelmäßig schickte Margrit liebe Grüße an Klaus, dem sie ausführlich von allem berichtete, sollte er doch endlich im Sommer zur offiziellen Verlobungsfeier nach Weißenfels reisen.

Doch bis dahin mussten noch viele Wochen vergehen, und zunächst stand für Margrit der aufregende Anfang in der Schule bevor, konnte sie sich doch einfach nicht vorstellen, dass sie allein vor einer großen Klasse ohne Angst und Herzklopfen stehen sollte und ihren Unterrichtsstoff sicher vortragen könnte.

So kehrte sie Mitte April nach den schönen Tagen in Weißenfels mit gemischten Gefühlen nach Mainz zurück, denn bereits am nächsten Tag musste sie um 8 Uhr zum ersten Mal in der Schule sein.

Hier fand zuerst eine Lehrerkonferenz, wie zu Beginn jedes Schuljahrs, statt, bei der Margrit und die beiden anderen Referendarinnen dem Kollegium vorgestellt wurden. Außer den etwa zehn meist älteren Ordensschwestern unterrichteten an der Maria-Ward-Schule noch einige „weltliche" Lehrer, da die Zahl der Schülerinnen ständig zunahm und es nicht genug Nachwuchs im „Kloster der Englischen Fräulein" gab.

Die Referendarinnen mussten zu Anfang in ihren drei Fächern in verschiedenen Klassenstufen „hospitieren", das heißt, in einer der Bänke hinten sitzen und dem Unterricht des jeweiligen Fachlehrers zuhören und sich Notizen machen.

Zur Unterstützung bei allen Fragen bekamen sie eine „Mentorin" zur Seite gestellt, die sich während der gesamten Referendarzeit um sie kümmern würde und für das Erlernen von gutem, selbständigem Unterricht der Lehramtskandidaten verantwortlich war. Margrit wurde Mater Soteris zugeteilt, einer älteren Ordensschwester, die Biologie und Erdkunde unterrichtete und an sich recht freundlich und warmherzig war, aber hohe Ansprüche stellte, wenn es um guten Unterricht ging.

Das bedeutete für Margrit beim Zuhören in den Stunden von Mater Soteris gut aufzupassen und sich ihre anschließenden Hinweise gut einzuprägen, denn schon bald würde sie selbst vor der Klasse stehen und von Mater Soteris beurteilt.

So fuhr Margrit also täglich mit dem Fahrrad von Bretzenheim nach Mainz, wo sie in ihrer Schule vormittags jeweils vier oder fünf Stunden in Biologie, Erdkunde oder Chemie hospitierte und meist beeindruckt war vom guten Verlauf des Unterrichts. Besonders gefiel ihr die Disziplin der Schülerinnen und der Eifer, mit dem sie dem Unterricht der Schwester folgten, sodass ihr die Angst vor den eigenen selbständigen Stunden ein wenig genommen wurde.

Mittags kehrte sie dann erfüllt von den vielen Eindrücken ins Institut zurück, und hatte viel zu erzählen, bevor sie sich wieder der wissenschaftlichen Arbeit zuwendete. Noch durfte sie in der Schule nur zuhören, ohne selbst Stunden vorbereiten zu müssen, sodass sie die Nachmittage weiterhin für ihre Untersuchungen nutzen konnte.

Ehe aber der aufregende Tag kam, an dem sie zum ersten Mal selbst vor einer Klasse stehen sollte, erlebte sie die große Freude, von der sie schon so lange geträumt hatte, nämlich, dass ihre geliebte Schwester Maidi zu Besuch nach Mainz kommen würde.

Da Margrit vormittags in der Schule war, holte Klaus sie am Bahnhof ab, wo sie sich schnell fanden und zusammen durch die Stadt spazierten.

Maidi sollte alles kennen lernen, was Margrit in den anderthalb Jahren ihres Mainzer Aufenthalt so vertraut geworden war: Nicht nur das Institut mit Doktorandenzimmer, Kurssaal und Gewächshäusern und alle ihre lieben Freunde und Bekannten, sondern auch ihr Zimmer in Bretzenheim und die Stadt mit dem großartigen Dom und den vielen Sehenswürdigkeiten einschließlich der Maria-Ward-Schule, wo sie sich mittags trafen. Klaus hatte es Freude gemacht, Maidi die schöne Stadt zu zeigen, und zum Essen waren sie bei Klaus' Eltern auf der Steig eingeladen.

Am nächsten Tag stieg die schon lange geplante Schifffahrt nach Bacharach mit dem Köln-Düsseldorfer „Drachenfels", einem der großen, weißen Rheindampfer, bei der die beiden Schwestern mit Klaus ganz vorn im eleganten Speisesaal ein feines Frühstück genossen. Die Fahrt ab Bingen, hindurch zwischen den felsigen Hängen des rheinischen Schiefergebirges, mit den vielen Burgen, steilen Weinbergen und malerischen

Orten, wurde für die Schwestern ein unvergessliches Erlebnis, das sie an ihre erste Rheinreise mit den Eltern in längst vergangenen Kindertagen erinnerte.

In Bacharach besichtigten sie die schöne romanische St. Peterskirche sowie die gotische Werner-Kapelle und stiegen dann zur Jugendherberge auf die Burg Stahleck hinauf, wo sie im Tagesraum ihre Brote verzehrten, ehe sie die etwa 45 km lange Rückfahrt mit den mitgebrachten Fahrrädern antraten. Zum Abschluss des ereignisreichen Tages sangen sie abends noch beim Kirchenchor im Paulussaal mit und kehrten später todmüde in Margrits Bretzenheimer Zimmer zurück.

Vor Maidis Weiterreise nach Ostfriesland trafen sie sich am Wochenende noch mit Hans-Dieter in Frankfurt, der jetzt dort in einem Uhrengeschäft arbeitete und der den beiden nicht nur ein gutes Essen vorsetzte, sondern ihnen auch sein Bett für die Nacht anbot, während er selbst mit dem Sofa vorlieb nahm. Nach einem ausgiebigen Bummel durch das Zentrum von Frankfurt verlebten die drei Geschwister abends bei Wein gemütliche Stunden in seinem Zimmer und nahmen am nächsten Morgen herzlich Abschied voneinander.

Schon in der folgenden Woche kam der aufregende Tag, an dem Margrit ihre erste selbständige Unterrichtsstunde halten musste, und zwar sollte sie in Erdkunde in einer 6. Klasse mit den Kindern über den Hunsrück sprechen. Sie hatte sich gut vorbereitet und den Verlauf des Unterrichtsgesprächs genau festgelegt und zur Sicherheit in Stichworten auf einem Zettel notiert, sodass alles prima klappte.

Die munteren, zwölfjährigen Mädchen waren voll Eifer bei der Sache und meldeten sich bei den meisten Fragen so stürmisch, dass sie oft kaum wusste, wen sie zuerst dran nehmen sollte. Fast hatte sie den Eindruck, die Kinder wollten ihr zuliebe alles so gut wie möglich machen, wussten sie doch, dass ihre neue, junge Lehrerin von Mater Soteris, die hinten saß und zuhörte, kontrolliert und verbessert würde.

Von nun an musste Margrit neben dem Hospitieren wöchentlich acht Stunden Erdkunde selbständig unterrichten und zwar jeweils zwei Stunden in den Klassen fünf bis acht, sodass sie vier verschiedene Stoffgebiete vorzubereiten hatte, wobei ihr zum Glück die Schulbücher gute Dienste leisteten.

Mater Soteris war erstaunlich zufrieden mit der ihr anvertrauten Referendarin, wenn sie auch in vielen Einzelheiten hinsichtlich Form und Inhalt des Unterrichts noch Verbesserungsvorschläge zu machen hatte, aber sie zeigte ihre Anerkennung dadurch, dass sie Margrit schon bald die eine oder andere Stunde allein halten ließ.

Wie durch ein Wunder waren die Kinder im großen Ganzen auch ohne die Autorität der Ordensschwester sehr brav und arbeiteten voll Eifer mit, da Margrit den vorgesehenen Unterrichtsstoff fröhlich und unbefangen vortrug, sodass sie die neue Lehrerin bald mochten und jubelnd begrüßten, wenn sie die Klasse betrat.

Nie hätte Margrit gedacht, dass ihr die jetzt übernommene Aufgabe so viel Spaß machen würde. Da sie die Kinder gern hatte, und mit Hilfe von Sitzplänen, die sie von jeder Klasse bekam, die Namen schnell auswendig lernte, entstand bald ein gewisses Vertrauensverhältnis, und in der Pause kamen immer einige Schülerinnen zu einem kleinen Schwätzchen zu ihr.

Umso härter traf sie der Schlag, als sie Ende Mai von der Frau Oberin der „Englischen Fräulein" erfuhr, dass sie und die beiden anderen Referendarinnen der Maria-Ward-Schule bereits zum 1. Juni an ein Gymnasium nach Bad Kreuznach wechseln müssten, da sie evangelisch seien und als Lehrerinnen einer Katholischen Ordensschule nicht geeignet wären!

Verzweifelt verfasste Margrit ein Bittschreiben nach Koblenz, ja, sie fuhr sogar an einem der nächsten Tage mit Fräulein Severin, die auch betroffen war, zum Kultusministerium in die Landeshauptstadt, aber es half kein Reden und Bitten um Verständnis: Sie mussten am 1. Juni an der Elisabeth-Charlotte-Schule in Bad Kreuznach ihre Ausbildung fortsetzen.

Wohl oder übel fuhren die beiden Referendarinnen zum vorgeschriebenen Tag über Bingen nach Bad Kreuznach, um sich beim Direktor ihrer neuen Schule vorzustellen, der sie sehr freundlich empfing. Er händigte ihnen einen günstigen Stundenplan aus, nach dem sie zunächst nur in verschiedenen Klassen hospitieren sollten und die Stunden so lagen, dass sie durch die täglichen Bahnfahrten nicht zuviel Wartezeit in Kauf nehmen mussten.

Die dritte der jungen Referendarinnen, Fräulein Voit, trat ihren Dienst in der neuen Schule gar nicht an, da sie einen einflussreichen Vater hatte, der Chefarzt an der Mainzer Universitätsklinik war und der versuchen wollte, die sinnlosen Versetzungen rückgängig zu machen.

Margrit und ihre Kollegin dagegen machten das Beste aus der zunächst aussichtslosen Situation und fuhren im Juni pflichtgetreu Tag für Tag nach Bad Kreuznach, hospitierten in den vorgesehenen Klassen und freuten sich, dass sie erst mal keinen eigenen Unterricht zu geben hatten, was ihnen viel Arbeit ersparte.

Der freundliche Schulleiter unterrichtete sie dafür einmal pro Woche im Pädagogischen Seminar, was in Mainz noch nicht angelaufen war und wovon sie profitierten. Damit sie möglichst viel Umgang mit den Kindern hätten, setzte er sie auch als Begleitung bei Klassenausflügen ein.

Abgesehen von der zeitraubenden Bahnfahrt gefiel es Margrit und Fräulein Severin recht gut an der neuen Schule, zumal sie auch bald das schöne Städtchen und die Kollegen etwas näher kennen lernten. Aber Zeit für ihre Doktorarbeit in Mainz blieb Margrit kaum noch und ihren geliebten Klaus sah sie an manchen Tagen gar nicht mehr.

Umso größer war darum die Überraschung und Freude, als Mitte Juni den drei Referendarinnen schriftlich mitgeteilt wurde, dass sie ihren Dienst ab nächster Woche wieder an der Maria-Ward-Schule in Mainz aufnehmen sollten. Es war ihnen sofort klar, dass diese neue Entscheidung Professor Voit von der Universitätsklinik in Mainz zu verdanken war, der sich beim Kultusminister beschwert hatte, da er seiner Tochter diese „lächerliche“ Versetzung wegen der „falschen“ Konfession nicht zumuten wollte.

Mater Soteris freute sich offensichtlich über die Rückkehr der jungen Referendarinnen, da sie Margrits Unterricht in ihren Klassen positiv beurteilte und ihr ihn jetzt öfter allein überließ. Dagegen erklärte die Frau Oberin bei der Begrüßung etwas verunsichert, man durchschaue einfach nicht, was am Ministerium so vor sich ginge! Doch es war allen klar, dass sie selbst die unnötige Versetzung veranlasst hatte.

Nach der Rückkehr an die alte Schule in Mainz kam auf Margrit jetzt viel Arbeit für die Vorbereitung ihrer selbständig zu haltenden Stunden zu, denn außer dem Erdkundeunterricht in vier verschiedenen Altersstufen sollte sie nun auch noch Biologie in Klasse fünf und sechs geben.

Es waren die selben Klassen, in denen sie bisher schon Erdkunde unterrichtet hatte, und die Kinder liefen ihr nach der Pause freudig entgegen, als sie davon hörten. Margrit machte es ganz glücklich, dass die Kleinen so an ihr hingen, und der Unterricht bei der fröhlichen Schar machte ihr von Tag zu Tag mehr Freude.

Nicht ganz so leicht hatte sie es beim Chemieunterricht, der an der Maria-Ward-Schule in Klasse neun begann und den Fräulein Roch, eine Lehrerin mittleren Alters erteilte, die sich Ende Juni sehr freundlich als Margrits Mentorin für Chemie vorstellte.

Doch schon beim ersten Hospitieren merkte Margrit, dass Fräulein Roch viel zu gutmütig war, um sich bei den halbwüchsigen Mädchen durchzusetzen. Es wurde dauernd gelacht und geschwatzt, und niemand hörte richtig zu, wenn Fräulein Roch etwas erklären wollte, und es schien so, als hätte überhaupt noch niemand eine richtige Ahnung von dem neuen Stoffgebiet.

Voll Sorge dachte Margrit daran, wie sie eines Tages selbst den Chemieunterricht gestalten sollte, wenn sie an nichts anknüpfen konnte. Würde es ihr gelingen, sich bei den Mädchen durchzusetzen, wenn sie allein vor der Klasse stünde? Zum Glück konnte sie mit Fräulein Roch ohne weiteres darüber sprechen und diese beschönigte auch nichts, sondern meinte, Chemie sei eben für Mädchen ein uninteressantes Fach, und da könne man nicht viel machen!

Das wollte Margrit aber nicht gelten lassen, hatte sie selbst in ihrer Schulzeit gerade Chemie besonders beeindruckt. Auch hatte sie trotz einiger Anfangsschwierigkeiten in Halle dieses Fach immer interessant gefunden und gut verstanden, da alles so logisch aufgebaut war.

Eines Tages musste Margrit ganz unerwartet den Chemieunterricht in den beiden „schwierigen" Klassen selbst übernehmen, da Fräulein Roch sich krank gemeldet hatte.

In ihrer Sorge, sich nicht genug Autorität verschaffen zu können, sagte sie gleich nach der Begrüßung ihren Schülerinnen, sie hätte den Eindruck, dass viele den Stoff noch nicht verstanden hätten, und sie wolle das letzte Kapitel noch mal ganz von vorn besprechen. Wichtig sei allerdings, dass alle zuhörten und mitmachten, denn zweimal würde sie die Sache nicht erklären und sie wolle am Ende der Stunde ein paar Fragen daraus schriftlich beantwortet haben.

Tatsächlich wirkte diese Ankündigung wie ein Wunder. Alle schauten die neue Referendarin erwartungsvoll an und hörten gespannt zu, wie diese den nicht ganz einfachen Sachverhalt Schritt für Schritt erklärte, sodass sie gut folgen konnten und die schriftlichen Fragen richtig beantworteten.

Schon nach der zweiten Chemiestunde, die Margrit besonders intensiv vorbereitete, um auch unerwartete Fragen erläutern zu können, erklärten viele der jungen Mädchen, das neue

Fach mache richtig Spaß, und Margrit war ganz glücklich, dass es ihr gelungen war, die Schülerinnen so schnell für sich zu gewinnen.

Auch Fräulein Roch, die bald wiederkam, war in ihrer gutmütigen Art mit der veränderten Situation sehr zufrieden, ließ Margrit immer häufiger allein unterrichten und schrieb ihr eine gute Beurteilung.

So vergingen die wenigen Wochen bis zu den Sommerferien wie im Flug, und Margrit erfüllte ihre neue Arbeit in der Schule mit immer mehr Begeisterung.

10.

Am 7. Juli 1950 war der große Tag, an dem Klaus die mündliche Prüfung zu seiner Promotion ablegen musste, und wie nicht anders zu erwarten war, bestand er mit „magna cum laude", was alle riesig freute. Margrit war zur Feier des Tages bei Napp-Zinns zum Essen und Kaffee eingeladen.

Nun stand also der eigentlichen Verlobung des glücklichen Paares nichts mehr im Wege, und beide zählten bereits die Tage, bis es endlich zur Feier nach Weißenfels gehen sollte.

Zu Margrits Kummer gab es vorher noch eine 8-tägige Trennung, da Klaus seine Eltern auf eine Schwarzwaldreise begleiten sollte und sich auf der Rückfahrt beim Max-Plank-Institut in Tübingen für ein Forschungsstipendium bewerben wollte.

Durch wichtige Lehrproben in der Schule, die Margrit noch vor den Ferien in allen drei Fächern zu halten hatte und die auch gut ausfielen, blieb ihr jedoch kaum Zeit für traurige Gedanken.

Am 4. August saßen sie endlich voll froher Erwartung im späten Interzonenzug nach Berlin, der an der Grenze wieder stundenlang Aufenthalt hatte, sodass sie erst morgens um sieben Uhr in Weißenfels eintrafen und von der ganzen Familie aufs Herzlichste empfangen wurden.

Dieter und Maidi waren schon am Vortag gekommen, und tags darauf folgten zur Feier der Verlobung glückliche Stunden mit Freunden und Verwandten, und ein festlicher Lampionabend auf dem Balkon des Gartenhauses auf der Insel beschloss den schönen Tag.

Bei hochsommerlichem Wetter gab es eine feine Kirschbowle und belegte Brote, und in froher Stimmung wurden viele alte Volks- und Abendlieder gesungen, denn Mama, Papa und Maidi waren genauso begeisterte Sänger wie Klaus und Margrit.

Zum Abschluss des gelungenen Festes überraschte der Vater noch alle mit einem kleinen Feuerwerk, bei dem die schönsten, bunten Sterne und Kugeln aus dem sommerlichen Nachthimmel „hernieder regneten".

In den nächsten Tagen wurden Verlobungsanzeigen bestellt und verschickt, Freunde und Bekannte besucht und manche Ausflüge unternommen: Klaus lernte in den zwölf Tagen seines Weißenfelser Aufenthaltes nicht nur das schöne Saaletal mit seinen Burgen und Schlössern kennen, sondern auch den Naumburger Dom und die Stadt Weißenfels selbst mit Schloss,

Marienkirche, dem Heinrich-Schütz-Haus und der Gustav-Adolf-Gedenkstätte. Außerdem standen Fahrten nach Halle, Leipzig und Weimar auf dem Programm.

Doch am glücklichsten machte es Margrit, dass Klaus nun endlich ihr geliebtes Elternhaus, die großen Mühlengebäude, die schöne Saale-Insel mit dem blühenden Steingarten und den vielen Tieren erleben konnte. In ihrer Freude darüber verdrängte sie ganz den Gedanken, dass der schöne Besitz in großer Gefahr stand, durch die kommunistischen Machthaber bald verloren zu gehen.

Wie immer fiel der Abschied von daheim schwer, besonders natürlich von Maidi und den Eltern, aber Margrit war klar, dass sie den Rest der Sommerferien nutzen musste, um mit dem Schreiben ihrer Doktorarbeit anzufangen. Inzwischen hatte sie die morphologischen und anatomischen Untersuchungen so gut wie abgeschlossen, doch über die Ergebnisse nun eine wissenschaftlich fundierte und korrekte Abhandlung zu schreiben, war schwerer als sie je geahnt hatte.

Anfangs saß sie lange und verzweifelt vor leeren Manuskriptseiten und wusste einfach nicht, wie sie ihre Ergebnisse beschreiben und interpretieren sollte. Zum Glück konnte ihr Klaus, der durch seine Arbeit für Biologial Abstracts schon viele schwierige Texte formuliert hatte, gut weiterhelfen. Er verbesserte geschickt ihre etwas ungelenken Ausführungen oder schrieb auch mal einen Abschnitt ganz neu, sodass Margrit allmählich in die schwierige Aufgabe hineinwuchs und Schritt für Schritt vorankam.

Doch schon bald sollte die Arbeit für die Schule sie wieder voll in Anspruch nehmen, zumal sie nach den Ferien mehr Stunden selbständig zu unterrichten hatte und neue Stoffgebiete vorzubereiten waren. Außerdem mussten die Referendarinnen nun auch regelmäßig am pädagogischen Seminar bei der Frau Oberin teilnehmen und gelegentlich ein Referat halten, sodass Margrit für ihre Dissertation kaum noch Zeit blieb.

So heimisch sie sich auch im Institut mit all den ihr nahe stehenden Menschen fühlte und so unendlich glücklich sie auch mit Klaus war, den sie auf dem Weg des wissenschaftlichen Arbeitens kennen gelernt hatte, so merkte sie doch, dass ihr das naturwissenschaftliche Forschen und Untersuchen nicht so am Herzen lag, wie es ihr anfangs erschienen war.

Zu ihrem Erstaunen stellte sie fest, dass der Unterricht in der Schule und das tägliche Zusammensein mit den ihr bald so vertrauten und anhänglichen Kindern ihr Denken mehr erfüllte, als sie je geahnt hatte, und sie sich jeden Tag auf ihre Klassen freute.

Dabei wurde ihr immer mehr bewusst, welch Glück es für sie bedeutete, jungen und wissbegierigen Menschenkindern von der Natur und den großen und schönen Dingen dieser Welt zu erzählen und ihre Herzen dafür aufzuschließen.

Ja, sie gelangte sogar zu der Überzeugung, dass es kaum einen schöneren Beruf als den des Lehrers geben könne.

11.

Welch anderen Weg war dagegen Maidi, ihre geliebte Schwester, im fernen Ostfriesland gegangen. Sie hatte sich 1948 entschlossen, auf dem Musterbetrieb von Sanders in Loquard eine landwirtschaftlich-hauswirtschaftliche Lehre zu machen, um vielleicht mal auf Papas ererbten Hof in Pewsum arbeiten zu können, da ihr der erhoffte Studienplatz für Innenarchitektur in Weimar kaum mehr erreichbar erschien.

Tante Maaike Sanders war staatlich anerkannte Lehrfrau, unter deren strengen Anleitung sie in Haus, Küche und Garten viel lernen konnte. Darüber hinaus musste sie täglich melken und im Stall helfen und wurde außerdem bei der Versorgung der Jungtiere und des Geflügels gebraucht.

Inzwischen verbrachte sie bereits ihr zweites Lehrjahr bei Familie Ellerbroek in Freepsum, auch Verwandte von Papa, und besuchte von hier aus die Landwirtschaftsschule in Emden, um dort bald den Abschluss zu machen.

Gerade in dieser Zeit hatte Papa in Weißenfels etwas Sorgen wegen eines neuen Pächters auf seinem Hof in Ostfriesland, da die zwölfjährige Pachtzeit von Vetter Martin Bussen, der auf dem väterlichen Hof gebraucht wurde, zu Ende ging.

Durch die Ost-West-Grenze war die Neuverpachtung des Hofes für Papa nicht so einfach, und umso überraschter war er, als er im Herbst ganz unerwartet von Detert Gruis, der auf dem benachbarten Helenenhof aufgewachsen war und von Martins Kündigung gehört hatte, einen Brief erhielt, in dem er sich offiziell um die Pacht bewarb.

Da Maidi ja nun schon seit anderthalb Jahren in Ostfriesland lebte und Detert kannte, erkundigte sich Papa im nächsten Brief nach ihm und hörte gleich viel Positives von seiner Tochter. Sie schrieb, Detert sei sehr an einer Pacht interessiert und eigne sich trotz seiner Jugend bestimmt, da er seit Jahren auf dem Hof seines verstorbenen Vaters gearbeitet hätte und sehr erfahren sei.

Zum Schluss meinte sie ganz offen, sie sei schon länger mit Detert befreundet, und wenn Papa ihn als Pächter akzeptierte, würden sie sich beide bald verloben und in absehbarer Zeit heiraten, um zusammen den Hof zu bewirtschaften.

Das war natürlich eine große Überraschung und für Papa eine Riesenfreude, denn nichts wünschte er sich sehnlicher, als dass sein geliebter Pewsumer Hammrich zum wirklichen Familienhof würde.

Längst waren sich die beiden jungen Leute, die sich bei ländlichen Tanzabenden in Pewsum kennen gelernt hatten, herzlich zugetan, aber Maidi hatte bisher gemeint, dass Detert als Partner nicht in Frage käme, weil er vier Jahre jünger war.

Nun hatte jedoch Margrit glücklicherweise solche Bedenken in den Wind geschlagen und sich im Sommer mit dem jüngeren Klaus Napp-Zinn verlobt! Warum sollte Maidi es trotz des Altersunterschieds nicht auch wagen, mit Detert den Bund fürs Leben zu schließen.

Natürlich war Papa einverstanden, und in großer Vorfreude wurde die Verlobung in Weißenfels für Silvester geplant, und da die Pachtzeit am 1. Mai 1951 begann, sollte dann im schönsten Monat des Jahres Hochzeit gefeiert werden.

Möbel für die jungen Leute gab es zum Glück in Weißenfels genug, doch schon bald stellte sich heraus, dass die DDR-Behörden ohne vorliegenden Trauschein keinen Transport in den Westen genehmigen würden, und so gaben sich Maidi und Detert bereits am 29. Dezember 1950 auf dem Standesamt in Weißenfels das Ja-Wort.

Obschon das junge Paar nun schon verheiratet war, gab es an Silvester eine frohe Verlobungsfeier in der alten Villa, an der die ganze Ostfamilie, also Eltern, Geschwister, Opa und Arsands sowie Tante Leli und Lenelore, teilnahm.

Für Margrit gab es zu Beginn des neuen Jahres in Mainz neben dem Schuldienst nachmittags und abends viel in der Uni zu arbeiten, denn ihre mündliche Doktorprüfung war auf den 22. Februar festgelegt worden. Die Doktorarbeit selbst war inzwischen schön gebunden und mit vielen Zeichnungen versehen auf dem Dekanat eingereicht worden, aber die mündliche Prüfung machte Margrit viel Kopfzerbrechen, wie bisher alle ihre Prüfungen!

Da sie schon das Staatsexamen fürs höhere Lehramt besaß, würde die mündliche Doktorprüfung nur in Form eines wissenschaftlichen Gesprächs stattfinden, hatte ihr Professor Troll zugesichert, doch auch dafür musste man vorbereitet sein, zumal neben der Botanik, auch Zoologie und Chemie zur Sprache kommen konnten.

Am Tag der Promotion sah sich Margrit vormittags im Institut noch manches in den Lehrbüchern an, bis Klaus sie um zwölf Uhr mit beruhigenden Worten zum Dekanat hinüberbrachte, wo die mündliche Prüfung festgesetzt war.

Trotz klopfendem Herzen konnte sie sich jedoch in einem längeren Gespräch mit Professor Troll wissenschaftlich klar äußern und auch in Zoologie und Chemie die Fragen von Professor von Buddenbrock und Professor Kern sicher beantworten, sodass sie ohne Probleme die Doktor-Prüfung mit cum laude (mit Lob) bestand und Klaus sie schon bald voller Freude wieder abholen konnte.

Mittags luden die Eltern die jungen Leute zum Essen in die Taverne ein, und nachmittags gab es auf der Steig ein fröhliches Kaffeetrinken mit der Oma und später ein festliches Abendessen, wozu sich auch Klaus' Freund – Wolfgang Thoenes – einfand.

Beglückt und erleichtert kehrte Margrit abends nach Bretzenheim zurück, hatte sie doch mal wieder eine schwierige Aufgabe erfolgreich zum Abschluss gebracht, wofür sie allerdings zwei Jahre lang ihre ganzen Kräfte einsetzen musste. Im übrigen war die Doktorarbeit überhaupt die Grundvoraussetzung für ihren Anfang in Westdeutschland gewesen, der ihrem Lebensweg dann eine so entscheidende und beglückende Wendung gegeben hatte.

Nun konnte sie sich neben dem täglichen Unterricht in der Schule und den entsprechenden Vorbereitungen dafür auch voll und ganz ihrer „pädagogischen Arbeit" widmen, die sie am Ende ihrer Ausbildung bei den „Englischen Fräulein" schreiben und bei Mater Soteris noch vor den Osterferien abgeben musste.

Alles in allem hatte Margrit damit ihr erstes Referendarjahr recht erfolgreich hinter sich gebracht. Sie wusste nun auch, dass der Beruf der Lehrerin ihr wirklich viel mehr Freude brachte, als sie jemals für möglich gehalten hätte.

Bereits Anfang April, als sie nach schönen Ostertagen in Weißenfels wieder mit dem Interzonenzug problemlos nach

Mainz zurückgekehrt war, erfuhr sie auf dem Kultusministerium, dass sie im zweiten Jahr als Referendarin ans Mainzer „Gymnasium am Kurfürstlichen Schloss" käme, ein Gymnasium für Jungen in einem großen, alten Gebäude unmittelbar am Rhein.

Oberstudienrat Dr. Schmidt, ein großer, schlanker, nicht mehr ganz junger Biologie- und Chemielehrer würde sie betreuen, und schon bei ihrer Vorstellung, als sie ihren Hospitierplan und wichtige schulische Anweisungen erhielt, spürte sie, dass Dr. Schmidt ihr mit besonderem Wohlwollen entgegenkam. Das tröstete sie ein wenig darüber hinweg, dass sie jetzt ausschließlich Jungen unterrichten musste, mit denen sie sicher nicht so gut zurechtkommen würde wie mit den braven und anhänglichen Mädchen an der Maria-Ward-Schule.

Klaus war im April, als das neue Schuljahr begann, gerade auf einer großen, botanischen Exkursion auf Korsika, sodass sie mit ihren Sorgen allein war und seine Rückkehr sehr herbeisehnte. Doch als die beiden sich nach der langen Trennung dann endlich wieder glücklich in die Arme schließen konnten, erschienen die Probleme wie verflogen, und tatsächlich ging es in der neuen Schule besser, als Margrit vorher gedacht hatte, zumal sie ja anfangs nur hospitieren musste.

Beim ersten selbständigen Unterricht saß dann zum Glück Dr. Schmidt hinten und sorgte für Disziplin, sodass Margrit, wie gewohnt, ihren Stoff lebendig und anschaulich vermitteln konnte, und die Schüler vom ersten Moment an von der neuen Biolehrerin angetan waren.

Die Schulsorgen traten jedoch bald ein wenig in den Hintergrund, denn der schöne Monat Mai kam heran und damit die Hochzeit der geliebten Schwester, die erste in der Beilschmidtschen Enkelgeneration, und Klaus würde nun endlich auch einmal mit nach Ostfriesland reisen.

Die Eltern aus Weißenfels hatten zu diesem Anlass eine offizielle Reisegenehmigung bekommen und trafen schon mehrere Tage vor dem großen Festtag in Ostfriesland ein.

Margrit und Klaus kamen ebenfalls am Wochenende, zusammen mit Bruder Hans-Dieter. Alle Gäste wurden auf dem Helenenhof, wo Detert aufgewachsen war, von Mutter „Willy" und den Schwestern herzlich empfangen und mit guten Mahlzeiten versorgt. Zur Nacht wurden allerdings einige Verwandte auch auf dem Pewsumer Hammrich untergebracht, wo Maidi und Detert sich im Lauf des Winters nach erfolgreichem Möbeltransport schon einigermaßen eingerichtet hatten und sich ab 1. Mai um den Betrieb kümmerten.

An den Tagen vor der Hochzeit lernte Klaus bereits einiges vom schönen Ostfriesland kennen. Auf einer halbstündigen Fußwanderung ab Hamswehrum gelangten sie beide zum Meer, das allerdings noch nicht zum Baden einlud, und am Sonntag gab es einen schönen Gottesdienst in der Pewsumer Kirche.

Schließlich rückte der langerwartete Tag der **Doppel-Hochzeit,** der 15. Mai 1951 heran. An diesem Tag wurden Maidi und Detert gemeinsam mit Deterts Schwester Anneliese und Eddi Jansen aus Groothusen um 17 Uhr auf dem Helenenhof im großen Wohnzimmer von Pfarrer Vink nach einer guten Predigt und der gegenseitigen Zusicherung der ehelichen Treue feierlich getraut.

Anschließend gab es ein üppiges Hochzeitsessen an festlich gedeckter Tafel im Esszimmer mit vielen Reden und mancherlei Darbietungen, und später folgte das Auspacken der Geschenke, das übliche Teetrinken und Tanz, Spaß und Freude bis in die frühen Morgenstunden.

Klaus verstand sich vom ersten Moment an gut mit den neuen Verwandten und besonders auch mit dem jungen Pfarrer Vink, mit dem er trotz aller nächtlichen Ausgelassenheit auch theologische Gespräche führte. Margrit und Clara (die vorletzte von Deterts Schwestern) schlossen in diesen Tagen, wo sie nachts ein Zimmer teilten, innige Freundschaft, sodass der Abschied schwer fiel.

Da auch Klaus sich in Margrits so geliebtem Ostfriesland gleich heimisch fühlte, kamen die beiden schon in den Sommerferien zu glücklichen Urlaubstagen wieder. Sie besuchten an zwei Sonntagen den Gottesdienst von Pfarrer Vink in Großmidlum, waren mit Clara öfter zum Baden am Meer und unternahmen sogar mit ihr eine gemeinsame Dampferfahrt nach Norderney, denn Maidi und Detert hatten viel Arbeit auf dem Hof und nur abends Zeit für den Besuch. Außerdem fühlte sich Maidi oft nicht so gut, denn sie erwartete bereits ihr erstes Kind.

Am letzten Abend gab es auf dem Helenenhof ein kleines Abschiedsbeisammensein, wo zum Schluss draußen in der lauen Sommernacht auf einer Gartenbank viele vertraute Volkslieder gesungen wurden. Nach dem schönen Lied von Matthias Claudius vom „aufgehenden Mond“, der wirklich an diesem Abend voll vom Himmel herableuchtete, beschlossen Clara und Maidi sowie Margrit und Klaus in jeder zukünftigen Vollmondnacht um 22 Uhr zum Mond hinauf zu schauen, um sich dort in Gedanken zu treffen! Das sollte sie über die weite Entfernung hin verbinden, und tatsächlich wurde diese schöne Vereinbarung lange beibehalten.

12.

Schon einige Wochen vor den Sommerferien hatte Margrit in der Schule gehört, dass die jetzigen Referendare, wenn sie geeignet seien, nach anderthalb Jahren Ausbildungszeit vorzeitig ihre Assessorprüfung ablegen könnten, da es an den Gymnasien überall an Lehrkräften fehlte.

Als Margrit jetzt nach vielen frohen Ferienwochen, von denen sie die letzten in Weißenfels verbracht hatte, Mitte September an ihr Gymnasium zurückkehrte, teilte ihr Dr. Schmidt zu ihrem Erstaunen mit, dass er sie beim Schulrat zur vorzeitigen

Assessorprüfung vorgeschlagen hätte. Erschreckt wehrte sie sich und erklärte entschieden, dass sie sich noch nicht sicher genug im Unterrichten fühle, zumal sie gehört hatte, dass Schulrat Dr. Eiserloh hohe Anforderungen stelle.

Aber Dr. Schmidt blieb bei seinem Vorhaben und versprach, sie in jeder Hinsicht zu unterstützen, denn er wüsste, dass sie die Begabung hätte, auch größeren Schülern schwierige Dinge nahe zu bringen. Durch ihre bescheidene Art und freundliche Zuwendung bekäme sie immer schnell Kontakt zu den jungen Leuten, und auch bei den Kleinen sei sie in kürzester Zeit beliebt und könne sie für den Unterricht begeistern.

Wenn sie jetzt im Herbst die Prüfung bestünde, und davon sei er überzeugt, würde sie nach den Herbstferien als Studienassessorin sofort in den Schuldienst übernommen und ein gutes Gehalt bekommen.

Das klang natürlich verlockend, aber warum mutete man ihr nur immer Aufgaben zu, die sie sich nicht zutraute und die sie in Angst und Schrecken versetzten? Doch sie wusste auch, dass Dr. Schmidt bei seiner Meinung bleiben würde und sie sich fügen musste.

Selbst Klaus redete ihr zu, denn für ihn stand nun fest, dass er zum Wintersemester als junger Wissenschaftler am Max-Plank-Institut für Züchtungsforschung in Tübingen ein Stipendium bekäme, und Mainz sowieso verlassen würde, nachdem er inzwischen auch noch sein Staatsexamen abgelegt hatte.

Die schöne Mainzer Studentenzeit, die für Margrit und Klaus so beglückend war und die für sie beide fachlich den erhofften Erfolg gebracht hatte, schien damit zu Ende zu gehen, und ein neuer Lebensabschnitt würde beginnen.

Zunächst aber hieß es für Margrit, auf Wunsch ihres Mentors das zweite Staatsexamen nach nur anderthalb Jahren Ausbildungszeit im Herbst erfolgreich zu bestehen. Dazu war eine

Unterrichtsreihe vorzubereiten, über die in einer Abschlussarbeit ausführlich berichtet werden musste.

Nachdem sie ihr Thema mit den Schülern erarbeitet hatte und ihre schriftlichen Ausführungen von Dr. Schmidt gut beurteilt worden waren, folgte am 24. September die erste Prüfungslehrprobe, eine „Einführung in die Vererbungslehre" in Klasse 12, die zum Glück gut klappte.

Viel schwieriger war es für Margrit in der folgenden Woche, den Abschied von Klaus zu verkraften, der am 1. Oktober zu seinem neuen Arbeitsplatz nach Tübingen fuhr.

Doch der Prüfungsstress ließ keine Zeit für wehmütige Gedanken, denn bereits am 8. Oktober mussten alle Kandidaten, die schon nach anderthalb Jahren Referendarzeit zur Abschlussprüfung vorgeschlagen worden waren, zum Examen bei Schulrat Dr. Eiserloh in Koblenz erscheinen.

Margrit hatte einen frühen Zug genommen, um in der Hildaschule, wo die Prüfung stattfand, noch in Ruhe die bevorstehende Lehrprobe und die anschließenden pädagogischen und methodischen Fragen des Schulrats vorzubereiten. Aber dem gestrengen Dr. Eiserloh war, wie sich bald herausstellte, keiner der Prüflinge gewachsen.

Während Margrit ihre Erdkunde-Lehrprobe in einer Klasse 7, wo sie keinen der Schüler kannte, selbst als mittelmäßig einschätzte, empfand sie die anschließende pädagogische Prüfung bei Dr. Eiserloh einfach schrecklich, während es nachmittags in der Methodik etwas besser ging.

Doch der Schulrat meinte abends um 18 Uhr vor der Bekanntgabe der Ergebnisse, dass im Grunde alle acht Kandidaten fürs selbständige Unterrichten noch längst nicht genug könnten und nur drei mit „befriedigend" und fünf mit „ausreichend" bestanden hätten.

Margrit gehörte zu ihrer Überraschung und Freude zu ersteren, aber fand es schade, dass sie eben doch noch nicht gut genug ausgebildet zu sein schien.

Trotzdem fuhr sie froh und erleichtert um 19 Uhr nach Mainz zurück, schrieb noch im Zug voll Glück einen Brief an Klaus und wurde abends bei seinen Eltern herzlich empfangen und gefeiert.

Schon in der nächsten Woche sollte sie ihre neue Stellung als junge Studienassessorin am **Pädagogium für Knaben** in Speyer antreten, und so reiste sie am Samstag nach telefonischer Anmeldung bei Schulleiter Dr. Klingler zu ihrer neuen Wirkungsstätte.

Sie wurde von dem freundlichen, älteren Herrn sehr herzlich empfangen und gleich zum Kaffee eingeladen, und zu ihrer großen Freude konnte er ihr sogar eine vorläufige Unterkunft bei Prof. Seithers ganz in der Nähe der Schule vermitteln.

Am Sonntag wurde sie zum Abschied noch mal bei den Eltern Napp-Zinn zum Essen erwartet, wo Klaus' Vater, der ihn inzwischen in Tübingen besucht hatte, nur Gutes von ihm berichten konnte. So fuhr Margrit am Montag, den 15. Oktober, getrost und zuversichtlich nach Speyer, um einen neuen Lebensabschnitt zu beginnen.

13.

Noch am Ankunftstag, nachdem sie mit Seithers einen Begrüßungskaffee getrunken und etwas ausgepackt hatte, bekam sie in der Schule von Dr. Klingler ihren neuen Stundenplan ausgehändigt, wonach sie täglich vier Stunden in verschiedenen Fächern und Altersstufen zu geben hatte und tatsächlich schon am nächsten Tag mit dem Unterricht beginnen sollte.

Das war natürlich ein Schreck und erschien Margrit fast eine Zumutung!

Sie wusste, dass es sich bei dem sogenannten „Pädagogium für Knaben" um eine Schule handelte, auf der begabte und interessierte Schüler vom Land, nach abgeschlossener Grundschulausbildung, in sechs Jahren zum Abitur geführt werden sollten, also im Alter zwischen 14 und 20 Jahren waren.

Wie sollte sie vor solch´ großen Jungen in vier verschiedenen Bereichen der Biologie und Chemie morgen schon guten Unterricht halten auf Gebieten, die sie eben erst erfahren hatte?

Aber Dr. Klingler hielt es wohl für selbstverständlich, und Margrit blieb nichts anders übrig, als sich umgehend in ihrem neuen Zimmer hinzusetzen und sich, so gut sie es bei der Kürze der Zeit konnte, vorzubereiten.

Herzklopfend betrat sie am nächsten Tag das große, alte Gebäude mitten in der Stadt, wo Dr. Klingler sie in seiner ruhigen Art empfing und im Lehrerzimmer mit herzlichen Worten den Kollegen vorstellte, die sie freundlich musterten.

Und in den Klassen war es nicht anders, denn die „gefürchteten" Schüler sahen jedes Mal gespannt auf, wenn der Schulleiter mit der neuen Lehrerin den Unterrichtsraum betrat. Sie schienen ihr durchaus freundlich gesinnt zu sein und waren eifrig bei der Sache, sobald Margrit mit ihrem Unterrichtsgespräch begann, sodass der erste Tag wirklich zufriedenstellend verlief.

Das machte ihr natürlich Mut, und so bereitete sie sich nachmittags weiterhin mit viel Eifer und Zeitaufwand für die vier verschiedenen Stunden täglich vor, und da sie auch komplexe Dinge gut erklären konnte, waren die jungen Leute schnell mit der neuen Lehrerin einverstanden.

Sie hatte das Glück hier an einer Schule zu sein, wohin die Schüler, die von ihren Grundschullehrern vorgeschlagen wurden, **freiwillig** kamen, um das Abitur zu machen und dankbar für guten Unterricht waren.

Sie kamen durchweg aus der näheren und weiteren Umgebung von Speyer, wo sie keine höhere Schule besuchen konnten und wohnten die Woche über im Josefsheim, einem katholischen Internat in der Stadt, das von Herrn Schulz – einem Geistlichen – geleitet wurde.

Das Kollegium von Margrits neuer Schule bestand nur aus acht Lehrern, die in den sechs Klassen zu unterrichten hatten, und darunter gab es außer ihr nur eine weitere weibliche Lehrkraft, Fräulein Schäfer, die Englisch gab, und mit der sich Margrit von Anfang an gut verstand.

Schon in den ersten Tagen durfte sie nachmittags die Kollegin öfter zum Kaffee trinken und Arbeiten besuchen, da ihr Zimmer bei Prof. Seithers nur abends geheizt wurde.

Zu ihrer Überraschung und Freude hörte Margrit schon nach kurzer Zeit durch Umfragen, dass sie im ersten Stock der Speyerer Hauptpost bei Familie Sitzenstuhl ein Zimmer mit Zentralheizung zu einem günstigen Mietpreis bekommen könne. Gleich beim ersten Anschauen war sie begeistert von dem schönen Raum mit Parkettboden, soliden Möbeln und zwei großen Fenstern vorn hinaus auf die Speyerer Hauptstraße.

Außerdem kam ihr Frau Sitzenstuhl gleich mit soviel Wärme und Freundlichkeit entgegen, da sie ihrer älteren, kürzlich verstorbenen Tochter so ähnlich sei, und so wurde man sich schnell einig.

Bereits Ende Oktober zog Margrit in das neue Zimmer um, wenn ihr auch der Abschied von Ehepaar Seithers leid tat. Aber so angenehm wie hier in dem gediegenen Raum im Postamt, der zentral geheizt wurde, hätte sie es sonst nirgends haben können.

Auch in der Schule ging es Margrit gut, denn sie fühlte sich hier von Anfang an unter Direktor Klinglers freundlicher Führung in einer fest gefügten Gemeinschaft, wie sie es bisher noch in keinem Gymnasium erlebt hatte.

Jeden Morgen saß der Schulleiter mit seinem kleinen Kollegium vor Beginn des Unterrichts im Lehrerzimmer zusammen und besprach alle anliegenden Probleme, wodurch die erste Stunde immer etwas später begann. Es verband die Lehrer tatsächlich enger miteinander, wenn alle Mängel gemeinsam besprochen wurden und sie von Schwierigkeiten außerhalb ihres Bereiches wussten.

So bot Herr Hill, ein junger Referendar, Margrit schon bald seine Hilfe beim Vorführen von Schulfilmen an. Sie wusste, dass es ausgezeichnete Tierfilme zur Ergänzung des Unterrichts gab, konnte aber allein noch nicht mit dem zur Verfügung stehenden Projektor umgehen. So traf sie sich gern nachmittags mit dem jungen Kollegen, der ihr alles genau zeigte.

Die Schüler waren jedes Mal hell begeistert, wenn ihnen Margrit nach Abschluss eines Themas einen Film in Aussicht stellte. Hier wurden in wunderschönen, naturnahen Aufnahmen nicht nur das Leben einheimischer Tiere und ihre Verhaltensweisen gezeigt, sondern auch die Aufzucht von Jungtieren in Höhlen und Nestern, oder man konnte Tiere aus fernen Lebensräumen kennen lernen.

Schon nach kurzer Zeit empfand Margrit zu ihrer großen Freude, dass sie hier in ihrer ersten Stelle als junge Assessorin einen guten Anfang gemacht hatte, denn in allen Klassen, in denen sie unterrichtete, zeigten ihr die Schüler ihre Zuneigung, begrüßten sie vor jeder Stunde herzlich und erklärten, dass sie gern bei ihr lernten.

Umso gründlicher bereitete Margrit ihre Stunden täglich vor, um mit sicherem Wissen den Gesprächsablauf gut zu gestalten. Aber sie wusste auch, dass sie das Interesse der Schüler für ein Stoffgebiet wach halten musste, damit sie mitarbeiteten und auch schwierige Dinge meisterten.

Für das Fach Biologie erschien ihr schon bald nichts geeigneter, als gemeinsam für alle Klassen ein Aquarium einzurichten, was ihr ja selbst schon immer Freude gemacht hatte.

Längst hatte sie ein altes Becken in der Schule entdeckt, das noch in Ordnung zu sein schien, und sie beschloss, es zunächst in ihrem Zimmer in der Post aufzustellen, um es erst mal unter Kontrolle zu haben.

Natürlich sollte es ein Warmwasserbecken mit farbenprächtigen Fischen aus den tropischen Gewässern sein, die sie kannte und mit denen sie schon einige Erfahrungen gesammelt hatte. Mit einer einfachen Aquariumheizung würde sie leicht die Wassertemperatur konstant halten, und so hieß es bald, schöne Fische für das neue Becken auszusuchen.

Zwei Schüler ihrer eigenen Klasse begleiteten sie in die Tierhandlung, und gemeinsam erstanden sie lebend gebärende Guppys, blauweiß-gestreifte Zebrafische, rote Schwertträger, bunte Sumatrabarben und leuchtende Neonfische, die das reich mit bunten Steinen und grünen Pflanzen geschmückte Becken in eine Märchenwelt verwandelten.

Täglich kamen die beiden Jungen zu Margrit ins Postamt, um sich mit ihr um Fische und Pflanzen zu kümmern, und schon bald waren sie mit der Betreuung so sicher, dass sie vorschlugen, das Aquarium ins Josefsheim „umzusiedeln", wogegen Pater Schulz zum Glück nichts einzuwenden hatte.

Margrit war von nun an gern gesehener Gast im Josefsheim, denn immer gab es etwas zu fragen oder zu entscheiden, sodass sie sich nicht nur mit Pater Schulz anfreundete, sondern auch oft an den Mahlzeiten im Heim teilnehmen durfte, was die Jungs freudig begrüßten.

Auch sonst fühlte sich Margrit in Speyer längst heimisch, denn schon in den ersten Tagen hatte sie allein die Stadt durchstreift, längere Spaziergänge am Rheinufer unternommen und den großen Kaiserdom bewundert. Sonntags besuchte sie fast regelmäßig den Gottesdienst in der schönen, gotischen Gedächtniskirche, und immer mal wieder wurde sie von Fräulein Schäfer zum Kaffee oder Abendessen eingeladen, da sie längst eine herzliche Freundschaft verband.

Das Einzige, was Margrit hier in Speyer wirklich vermisste, war die Nähe ihres geliebten Klaus'. Wenn sie sich auch an den Wochenenden immer mal wieder in Mainz bei den Eltern trafen und ständig Briefe wechselten, so fehlte Margrit doch das regelmäßige Zusammensein, wo sie sich Freuden und Sorgen miteinander teilen konnten.

Selbst Weihnachten verbrachten sie getrennt, denn nach einer kleinen Vorweihnachtsfeier in Mainz fuhr Margrit nach Ostfriesland, um dort mit Detert und Maidi, die inzwischen hochschwanger war, die Festtage zu verleben.

Da es zu dieser Zeit auf dem Hammrich noch keinen elektrischen Strom gab, sondern nur Petroleumlampen und Kerzenschein, und ein großer Kachelofen Wärme spendete, war hier das Weihnachtsfest mit den vielen brennenden Lichtern am geschmückten Christbaum besonders traulich und stimmungsvoll.

Margrit konnte von Maidi gar nicht genug über die Vorfreude auf das zu erwartende Baby hören, das sich durch seine Bewegungen im Bauch schon deutlich bemerkbar machte. Es sollte bereits im Februar kommen, sodass die Schwestern im neuen Jahr begeistert die Erstausstattung in Emden besorgten.

Mit den Gedanken an ein eigenes Baby konnte Margrit ihr Glück kaum fassen, als Klaus ihr im Januar ganz unerwartet schrieb, dass sie im Sommer vielleicht heiraten würden, wenn er im Tübingen die erhoffte Assistentenstelle bekäme.

Doch leider sollte es anders kommen, da es mit der Stellung nicht klappte, und Klaus weiter auf sein noch laufendes Forschungsstipendium angewiesen war. So beschloss er, sich nebenher erst mal an der Uni zu habilitieren, um dann Dozent zu werden, was jedoch viel Zeit kosten würde, sodass an Hochzeit vorläufig nicht zu denken war.

Je länger Klaus von Margrit getrennt war und je weniger Zeit er für sie hatte, desto mehr schloss sie sich in Speyer ihren Schülern an, die inzwischen fast alle für sie schwärmten.

So war sie fast täglich im Josefsheim, um nach den Fischen zu sehen, und auch weil Pater Schulz sie mochte und er für sie wie ein väterlicher Freund war. Mit ihm konnte sie über alles sprechen, besonders auch über schwache Schüler, denen geholfen werden musste, und an manchem langen Winterabend wurde sie sogar mit einigen Kollegen ins Josefsheim zu einem guten Glas Wein eingeladen.

Bei all diesem Glück, das ihr in Speyer widerfuhr, war es für Margrit einfach unfasslich, als sie ganz unerwartet am 10. März in der Schule die Mitteilung vom Kultusministerium erhielt, dass sie zum 1. April an das naturwissenschaftliche Gymnasium nach Zweibrücken versetzt werden sollte, wo sie ihren Dienst nach den Osterferien antreten müsse.

Sie konnte und wollte es einfach nicht glauben, und als sie nach der schrecklichen Mitteilung nur mit Mühe noch die letzten zwei Stunden durchgestanden hatte, ging sie erst mal heim und weinte bitterlich. Auch Pater Schulz konnte sie nachmittags beim Kaffeetrinken im Josefsheim nicht trösten, doch Direktor Klingler gab ihr für den nächsten Tag unterrichtsfrei, damit sie nach Mainz zum Ministerium fahren könne.

Leider blieb ihre Bitte, in Speyer bleiben zu dürfen, dort so gut wie ungehört, und auch die Eltern auf der Steig wussten keinen Rat. Zum Trost wurde sie jedoch zum festlichen Essen eingeladen, denn Vater hatte Geburtstag und Mutters Bruder Fritz und seine Frau Marga waren zu Gast, und alle nahmen liebevoll Anteil an ihrem Kummer.

Erst abends in Speyer, als sie in letzter Verzweiflung ein Telefongespräch mit Schulrat Dr. Eiserloh in Koblenz wagte, machte ihr ausgerechnet dieser sonst so gefürchtete Herr ein wenig Hoffnung.

Wie sich bald herausstellte, war der Grund für ihre Versetzung der gleiche wie damals in ihrer Referendarzeit in Mainz, als sie mit zwei Kolleginnen nach Bad Kreuznach geschickt wurde! Es sei unvorstellbar, dass eine evangelische Lehrerin an einer katholischen Schule heranwachsende, junge Menschen unterrichtete, ohne sie in ihren Glaubensfragen zu beeinflussen, und deshalb sei es besser, wenn Margrit in Zukunft an einer staatlichen Schule arbeiten würde.

Man könne darüber wirklich nur den Kopf schütteln, meinte Pater Schulz, der Margrit ja inzwischen gut kannte, und ihre jüngeren Schüler erklärten voll Empörung, „dann werden wir eben evangelisch, wenn wir sonst Fräulein Dr. Bussen nicht behalten dürfen."

Da schon am nächsten Tag Margrits Schüler aus der obersten Klasse ihr mündliches Abitur machten, musste sie den Gedanken an die schreckliche Versetzung ein wenig verdrängen. Sie hatte von den 16 Kandidaten einen einzigen in Biologie zu prüfen und sonst Protokoll zu schreiben. Doch bei dem Fleiß der Schüler verliefen die Prüfungen gut, sodass alle bestanden und Margrit später zum festlichen Mittagessen ins Josefsheim eingeladen wurde.

In den folgenden Tagen bekam sie immer wieder Besuch von anhänglichen Schülern, mit denen sie herzliche Gespräche führte. Oder sie fuhr mit ihnen per Rad hinaus aus der Stadt an umliegende Tümpel oder Teiche, um rote Mückenlarven als Futter für die Fische zu holen, und so wurde sie abgelenkt und hatte mit den netten Jungen Freude draußen in der Natur.

Doch trotz allem konnte Margrit die Angst vor der drohenden Versetzung nicht loswerden, bis ihr am 28. März von Direktor Klingler morgens in der Schule mitgeteilt wurde, dass die Sache endgültig sei.

Zum Glück plante sie, in den Osterferien heim zu den Eltern zu fahren, worauf sie sich schon lange freute. Sie wusste, dass dort trotz mancher Sorge wegen der politischen Verhältnisse frohe Stimmung herrschte, weil im Februar in Ostfriesland das erste Enkelkind, die kleine Ines, geboren worden war.

Margrit selbst hatte ein Telegramm mit der guten Nachricht erhalten und einen langen Brief und ein süßes Strampelhöschen an ihre Schwester geschickt und von ihr einen glücklichen Bericht über das goldige Baby bekommen.

Gleich am Tag nach der festlichen Abschiedsfeier der Abiturienten, bei der auch Margrit verabschiedet wurde und an dem sie später noch einen ausgelassenen Tanzabend mit den Primanern erlebte, erhielt Margrit wieder ein Telegramm.

Diesmal brachte es allerdings keine frohe Kunde, sondern meldete den Tod des inzwischen 87 Jahre alten Opa Beilschmidt in Weißenfels. Am 2. April war er zu Hause ganz ruhig eingeschlafen, ohne krank gewesen zu sein, obschon er längst kaum noch Anteil an seiner Umgebung genommen hatte.

Bereits am ersten Wochenende im April fuhr Margrit nachts mit dem Interzonenzug nach Hause, um bei Opas Trauerfeier, auf der Pfarrer Pape in der Friedhofskapelle einfühlende Worte sprach, dabei sein zu können.

Wieder erlebte Margrit einen Abschied für immer, aber an der Seite der Eltern erschien alles viel leichter. Die folgenden ruhigen Tage daheim und ein sonniges Osterfest in der Geborgenheit lieber Menschen gaben Margrit viel Kraft für alles Kommende, ja die Eltern vermittelten ihr auch Mut und Zuversicht für den Neuanfang in Zweibrücken.

Viel ernster sah es dagegen hier im Osten mit der „Gier" der politischen Machthaber aus und dadurch auch mit der Zukunft des großväterlichen Mühlenbetriebes. Nach dem Tod von Großvater Richard Beilschmidt, der durch seine Initiative und Aktivität das Unternehmen erst zu dem gemacht hatte, was es heute war, meinten die Kommunisten, nun sei es ohne Besitzer und leicht zu schlucken.

Aber sie übersahen, dass die drei Töchter und auch Margrits Vater, Gerhard Bussen, Miteigentümer und Kommandantisten der Mühlenwerke Beuditz waren, also Erben und Besitzer eines völlig intakten Betriebs, der durch den Krieg nicht gelitten hatte, und fast den ganzen Kreis Weißenfels mit Mehl versorgte.

Doch wie jetzt überall in der DDR, der neugegründeten „Deutschen Demokratischen Republik", hatten Privatbesitzer eines Unternehmens keine Rechte mehr, geschweige denn Einfluss auf das innerbetriebliche Geschehen. So durfte schon zu diesem Zeitpunkt keiner der Familienangehörigen mehr die Geschäftsräume der Mühle betreten.

Nur durch Papas guten Kontakt zu Herrn Pötzsch, den früheren Prokuristen und jetzigen Treuhänder, blieb auf der Insel mit den Tieren und dem Ernten von Obst und Gemüse alles wie bisher, d.h. die Eltern konnten sich weiter darum kümmern, und unter der Hand sorgte Herr Pötzsch für den finanziellen Unterhalt und Mehl für die Familie.

14.

Am 20. April reiste Margrit nach zwei schönen Wochen in der vertrauten Umgebung des Elternhauses relativ erholt und gestärkt über Mainz nach Speyer zurück, wo sie von Frau Sitzenstuhl und ihrer Tochter Mädi abgeholt wurde und mit ihren netten Wirtsleuten einen herzlichen Abschiedsabend verlebte.

Auch in Schule und Josefsheim bekam sie liebe Worte und gute Wünsche mit auf den Weg, und außer den Schülern ihrer Klasse, die ihr in Speyer das Gepäck zum Bahnhof brachten, kamen auch in Germersheim, wo der Zug kurz hielt, viele ihrer anhänglichen Jungs, die wegen der Ferien noch nicht in Speyer waren, zum Lebewohlsagen an die Bahn.

Auf der Weiterfahrt durch den schönen Pfälzerwald kam sich Margrit allerdings im Zug doch recht fremd und verlassen vor, denn nun kannte sie ja niemanden mehr, der ihr weiterhelfen würde, obschon sie ihre Ankunft bei der Schulleitung gemeldet und um eine Hotelreservierung gebeten hatte.

Umso erstaunter schaute Margrit auf, als sie an ihrem Ziel gegen Abend von einem netten, älteren Herrn auf dem Bahnsteig begrüßt wurde, der sich als ihr Schulleiter Dr. Strebel vorstellte und sie als neue Kollegin herzlich willkommen hieß.

Gemeinsam transportierten sie auf dem im Zug mitgebrachten Fahrrad das Gepäck ins „Hotel Hirsch“, wo Margrit zunächst gut unterkam, und zu ihrer Freude lud sie Dr. Strebel gleich freundlich zum Essen ein. So verbrachte sie ganz unerwartet den ersten Abend in Zweibrücken bei dem netten Ehepaar in sehr gemütlicher Atmosphäre und bekam bei dieser Gelegenheit schon vieles von der Schule und ihrem neuen Aufgabenbereich zu hören.

Margrit sollte in allen Klassen von 5 bis 12 den Biologieunterricht übernehmen und ebenso von Klasse 9 bis 12 den Unterricht in Chemie, während Dr. Strebel, der auch Naturwissenschaftler war, die angehenden Abiturienten in Klasse 13 selbst unterrichten würde. In Erdkunde wurde sie nicht eingesetzt, da es genug Erdkundelehrer an der Schule gab. In Klasse 12 hatte man ihr die Klassenleitung zugedacht, da in diesem Alter die Schüler schon Kavaliere seien und es ihr nicht schwer machen würden. Sie war gleich einverstanden, denn sie hatte ja von Speyer her Erfahrung mit jungen Leuten in dieser Altersstufe.

Nach der ersten Nacht im Hotel machte sie sich also am nächsten Morgen ganz zuversichtlich auf den Weg zum naturwissenschaftlichen Gymnasium, einem langgestreckten, vierstöckigen Gebäude etwas außerhalb des Stadtzentrums. Hier nahm sie als erstes am evangelischen Schulgottesdienst teil, und bei der anschließenden Lehrerkonferenz wurde sie von Dr. Strebel mit freundlichen Worten dem Kollegium vorgestellt und bekam zum Schluss ihren Stundenplan.

Das war an diesem ersten Tag alles, was in der Schule von ihr erwartet wurde, sodass sie nun erst mal Zeit hatte, sich um ein Zimmer zu kümmern. Zum Glück lagen im Sekretariat einige Angebote vor, und sie machte sich gleich mit dem Fahrrad auf den Weg. Schon nach kurzem Anschauen der verschiedenen Möglichkeiten entschied sie sich für ein großes, sonniges Zimmer bei Frau Weiß in der Gutenbergstraße, nicht weit von der Schule entfernt. Hier konnte sie allerdings erst am 1. Mai einziehen.

Am selben Abend war sie bei Ehepaar Dehof eingeladen, nette, junge Leute, die sie vom Studium bei Troll in Mainz her kannte und die beide seit kurzem hier wohnten und am neusprachlichem Gymnasium unterrichteten. Sie hatten von Margrits Versetzung nach Zweibrücken gehört und freuten sich nun, ihr beim Neuanfang helfen zu können. Wie selbstverständlich boten sie ihr für die nächsten Tage das Gästezimmer in ihrer schönen Neubauwohnung an, wo sie jederzeit einziehen könne, damit sie nicht länger im Hotel bleiben müsse.

Für die kommende Nacht war sie allerdings dort noch vorgemerkt und nutzte die späten Stunden zur Vorbereitung, da sie am folgenden Tag ihren ersten Unterricht in der neuen Schule zu geben hatte.

So fröhlich und unbefangen wie möglich, wenn auch innerlich etwas aufgeregt, begrüßte sie dann am nächsten Morgen in der Unterstufe die sie erwartungsvoll anschauenden Schüler und spürte gleich eine gewisse Zuneigung.

Noch am selben Nachmittag transportierte sie ihre größeren Koffer zu Frau Weiß in die Gutenbergstraße und zog mit den restlichen Sachen vom Hotel zu Familie Dehof um.

Gegen Ende der Woche musste sie zum ersten Mal in ihrer eigenen Klasse unterrichten und wurde von den Schülern mit einer kleinen Begrüßungsrede und einem schönen Blumenstrauß herzlich empfangen. Auch sie kam der netten Schar von etwa 20 jungen Leuten mit freundlichen Worten entgegen, und von Anfang an bestand eine gute Atmosphäre zwischen ihnen und der neuen Klassenlehrerin.

So sollte auch der erste Wandertag zu Beginn des Schuljahrs etwas Besonderes werden, und die Schüler schlugen spontan eine Radtour zum etwa 40 km entferntem Johanniskreuz im Pfälzer Wald vor. Margrit hatte sich inzwischen von ihrem ersten Gehalt in Mainz ein schönes Fahrrad mit 3-Gangschaltung gekauft und war auch längst eine geübte Fahrerin, aber sie wusste nicht, ob sie hier in dem bergigen Gelände auf oft steilen Straßen mit ihren sportlichen Schülern mithalte könnte.

Jedoch ohne lange zu überlegen, willigte sie ein und besorgte sich noch eine gute Landkarte, ehe sie am 30. April morgens um 7 Uhr mit ihrer Klasse vor der Schule zusammentraf. Die 40 km bis zum Johanniskreuz müssten bei dem guten Wetter wohl bis mittags zu schaffen sein, zumal einige Schüler die Strecke gut kannten, und so ging es in flotter Fahrt los.

Bei der ersten etwas steileren Wegstrecke stieg Margrit nicht ab, sondern trat tüchtig in die Pedale, um sich vor den Jungs nicht zu blamieren, und umgekehrt dachten diese, wir wollen unsere sportliche Lehrerin doch nicht enttäuschen und kämpften sich tüchtig bergan, bis es wieder ebener wurde. Da liefen die Räder dann fast von allein, sodass man Kräfte sammeln konnte und den nächsten Anstieg um so besser schaffte.

So ging es von Ort zu Ort durch freies Gelände und bewaldetes Bergland, und da niemand eine Ruhepause vorschlug, wurden die begeisterten Radfahrer immer schneller, und ehe sie sich versahen, gelangten sie auf ansteigenden Serpentinen zum Johanniskreuz hinauf.

Erhitzt, aber auch beglückt ließen sie sich zunächst auf einer größeren Wiese neben dem Kreuz nieder und stellten fest, dass es noch keine zehn Uhr war und sie tatsächlich ihr Tagesziel, eine Wegstrecke von 40 km, in knapp drei Stunden geschafft hatten. Während sie sich ihr wohlverdientes Frühstück schmecken ließen, berieten sie gemeinsam den weiteren Verlauf der Fahrt. Ortskundige Schüler schlugen Burg Trifels bei Annweiler als Ziel vor, wohin es allerdings wieder bergauf, bergab ging und man noch manche Kräfte brauchte.

Fragend schauten sie ihre Lehrerin an, und Margrit willigte sofort ein, da ihr Ehrgeiz einmal geweckt war und sie sich inmitten ihrer temperamentvollen Schüler kaum müde fühlte. Mit Hilfe der Karte wurden die richtigen Straßen herausgefunden, und bereits gegen Mittag standen die eifrigen Radfahrer hoch oben auf der schönen Reichsburg Trifels und genossen im Sonnenschein den Blick über die weite Landschaft.

Nach Mittagsrast und Ruhepause in einem Waldgasthaus hieß es nun ab 15 Uhr noch etwa 50 km Landstraße über Pirmasens zurück nach Zweibrücken zu bewältigen!

Es wäre sicher alles ohne Probleme verlaufen, wenn nicht einer der Jungen auf abschüssiger Straße vor lauter „Geschwindigkeitsrausch" zu schnell geworden wäre, unten nicht mehr bremsen konnte und gegen eine geschlossene Bahnschranke prallte. Zum Glück blutete er nur leicht am Auge, aber das Fahrrad war so verbogen und der Junge so geschockt, dass ihn ein Autofahrer heimbringen musste.

Margrit und die anderen Schüler fuhren nach dem Schreck nun doch ein wenig geknickt das letzte Stück nach Zweibrücken zurück. Und in Sorge um ihren verletzten Schüler besuchte Margrit abends noch die Eltern des „Patienten", die sich sehr verständnisvoll zeigten und sich für Margrits Einsatz bedankten, so dass der Wandertag letztendlich für alle in schöner Erinnerung blieb.

15.

Anfang Mai gab es endlich mal wieder ein Treffen mit Klaus, das Margrit schon lange herbeigesehnt hatte. Er wollte lieber nach Speyer als nach Zweibrücken kommen, da es für ihn verkehrsbedingt einfacher war, und beide auch bei Sitzenstuhls gut übernachten konnten.

Margrit traf an diesem Wochenende schon nachmittags in der „Post" in Speyer ein und bereitete mit Frau Sitzenstuhl gleich ein leckeres Essen vor, ehe sie abends ihren geliebten Klaus am Bahnhof überglücklich in Empfang nehmen konnte. Nach der langen Trennung gab es natürlich viel zu erzählen, auch später in einer fröhlichen Runde mit Sitzenstuhls, die sich freuten, Margrit mal wieder bei sich zu haben.

Am Sonntag erlebten beide einen schönen Gottesdienst in der Heiliggeist-Kirche und waren mittags bei Fräulein Schäfer und nachmittags und abends im Josefsheim eingeladen. Die Schüler begrüßten Margrit stürmisch und erklärten immer wieder, wie sehr sie in Speyer fehle, während Pater Schulz abends bei einem Gläschen Wein meinte, der junge Herr Doktor aus Tübingen käme viel zu selten und ließe seine Braut zu lange allein.

Er schlug sogar vor, wenn er selbst demnächst zu einem Fußballspiel nach Stuttgart käme, Margrit mitzubringen, damit sie in Tübingen ein schönes Wochenende zusammen verbringen könnten. Das machte beide glücklich, aber Margrit wusste auch, dass Klaus′ vieles Arbeiten nur das Ziel hatte, bald eine gute Stellung zu bekommen, um heiraten zu können.

Inzwischen hatte Margrit sich in ihrem neuen Wirkungskreis durch den guten Kontakt zu ihren Schülern und durch Direktor Strebels freundliche Zuwendung gut eingelebt. Sie war auch mit dem Zimmer bei Frau Weiß, wo sie seit dem 1. Mai wohnte, recht zufrieden, sodass sie ihren Kummer wegen der ungewollten Versetzung langsam vergaß. Aber die Nähe eines Menschen, der zu ihr gehörte, fehlte doch.

So war es nur zu verständlich, dass sie sich schon bald zu einem jungen Referendar für Mathematik und Physik hingezogen fühlte, der genau wie sie regelmäßig nachmittags in der Schule Experimente für den Unterricht vorbereitete.

Als sie bei einem Versuch, Wasser elektrolytisch in Sauerstoff und Wasserstoff zu spalten, mit den Stromanschlüssen nicht zurecht kam, ging sie kurz entschlossen zu ihm hinüber und bat um Hilfe, denn Chemie- und Physiksaal lagen unmittelbar nebeneinander. Es war für Herrn Langenbahn kein Problem, den elektrolytischen Vorgang in Gang zu bringen, und als Margrit sich erleichtert dafür bedankte, schaute er sie so warmherzig an, dass sie Vertrauen zu ihm fasste und gern mit ihm plauderte, wenn sie nachmittags in der Schule zusammentrafen.

Da Margrit sich hier am naturwissenschaftlichen Gymnasium den gesamten Biologie- und Chemieunterricht mit Direktor Strebel teilte, der sich natürlich regelmäßig mit ihr besprach, gab es keine direkten Fachkollegen für sie. So freute sie sich, auf diese Weise die Bekanntschaft des netten Referendars gemacht zu haben. Er selbst ließ keinen Zweifel daran, dass er Margrit mochte, doch er wusste auch, dass sie verlobt war, und so konnten sie ganz unbefangen miteinander reden und ein wenig Freundschaft schließen.

Er kam aus dem benachbarten Saarland, wo er bei seiner Mutter wohnte, die Kriegswitwe war, und fuhr jeden Tag mit dem Zug über die Grenze. Da er abends daheim aß, erschien es Margrit sinnlos zu fragen, ob er sie nicht gelegentlich mal zu ihrem privaten Mittagstisch bei den Schwestern Kamm begleiten könne, wo sie täglich allein ihr Essen einnahm.

Stattdessen lud sie ihn schon bald einmal zu Kaffee und Erdbeertorte in ihr Zimmer bei Frau Weiß ein, was er gern annahm, und einige Zeit später besuchten sie auch mal sonntags gemeinsam ein Pferderennen in Zweibrücken. Da sie an der gleichen Schule arbeiteten und teilweise die selben Schüler unterrichteten, gab es immer genug Gesprächsstoff, und Klaus, dem sie unbefangen von dem netten Kollegen berichtete, freute sich mit ihr, denn er wusste, dass er sie wegen seines großen Arbeitspensums in Tübingen viel zu viel allein ließ.

Aber außer Herrn Langenbahn gab es in der Schule noch jemanden, dem Margrit ihr Herz zuwendete. Es war das nette Fräulein Richter, die Sekretärin von Direktor Strebel, die sich von Anfang an sehr um sie kümmerte, als sie in den ersten Tagen bei vielen Dingen nicht Bescheid wusste. Später besuchte Margrit sie auch gern mal in ihrem Büro, um sich Rat zu holen oder mit ihr zu plaudern, und beide wurden bald zu guten Freundinnen.

Fräulein Richter lebte mit ihrer Mutter in einer schönen alten Villa in der Stadt, und Margrit wurde immer mal wieder zum Kaffee oder zum Abendessen bei Richters eingeladen und fühlte sich dort bald wie zu Hause, denn auch die ältere Dame hatte Margrit schnell in ihr Herz geschlossen.

So schien die Versetzung nach Zweibrücken manche Bereicherung in Margrits Leben gebracht zu haben, was sie nach der glücklichen Speyerer Zeit einfach nicht für möglich gehalten hatte. Aber umgekehrt hätte Margrit auch nie geglaubt, welch unauslöschliche Spuren sie dort in den Herzen der ihr anvertrauten, jungen Menschen hinterlassen würde.

So hatte sie sich im Juni für die Blumen und Glückwünsche eines Speyerer Oberschülers zu ihrem Geburtstag herzlich bedankt, und schon zwei Tage später erhielt sie folgenden Dankesbrief, der sie tief beeindruckte, ahnte sie doch nicht, was sie für diesen jungen Menschen bedeutet hatte.

Speyer, am 17. 6. 1952.

Sehr geehrtes Frl. Dr. Bussen!

Oder darf auch ich schreiben:

Liebes Frl. Dr. Bussen!?

Heute mittag erhielt ich Ihren Brief und muß mich nun gleich hinsetzen, um Ihnen zu schreiben, sonst kann ich heute nacht nicht schlafen. Denn ich hab' mich so gefreut und wes das Herz voll ist, des läuft der Mund, bei mir die Feder, über. Tausend Dank für dieses teure Geschenk, Frl. Dr. Bussen. Ich hab' mich unsagbar gefreut und gehe nun stolz wie ein Spanier durchs Leben, mir meiner Pflicht voll bewußt. Muß ich doch als Ihr Freund Ihnen alle Ehre machen. Sie dürfen sich auf mich verlassen!

Sehen Sie, das Einzige, was ich mir wünschte, als Sie von uns weggingen, war, Sie nie ganz aus den Augen zu verlieren, mit Ihnen so lange wie nur möglich in Verbindung bleiben zu dürfen.

Ich bin so vertrauensduselig gewesen, früher! und so oft wurde ich enttäuscht, gerade von meinen Lehrern. Bis Sie kamen. Dann wußte ich, daß es auch noch Lehrer gibt, die versuchen, auch mich, auch uns zu verstehen. Oh, wir hatten Sie alle liebgewonnen u. würden für Sie durch's Feuer gehn. Und weil ich sah, daß Sie auch bei uns Mensch waren, nicht nur Lehrer, hab' ich alles auf Sie gesetzt – und gewonnen! Ja, es war eine einzige frohe, schöne Zeit für mich, die ich nie vergessen werde, weil ich an Sie immer denken muß. Wissen Sie, als ich Sie zum ersten Mal ins Schulzimmer treten sah, wie sie beim Anblick dieser Rangen so hilfesuchend um sich blickten, da war es um mich geschehn. Ich wollte nicht nur Ihr Schüler, sondern Ihr Ritter sein. Sie hätten von mir verlangen können, was Sie wollten (auch heute noch), ich hätte es getan......

In Speyer ist noch so ziemlich alles beim Alten. Dom und Altpörtel stehn noch.

Auch in der Schule hat sich, außer dem Lehrerwechsel in verschiedenen Fächern, was Sie ja auch schon erfahren haben, nichts geändert. Chemie hab' ich, nebenbei gesagt, nur einmal gelernt, und zwar in meiner „schönsten Zeit". Aus ist der Traum. Meinen Kameraden geht es ebenso.

In der Hoffnung auf ein baldiges Wiedersehen grüße ich Sie von ganzem Herzen und bleibe

in alter Treue

Ihr Werner K.

16.

Zu Beginn der Ferien machte Margrit dann auch mit einigen der anhänglichen Schüler aus Speyer ganz privat eine zweitägige Radtour in die Pfalz, und bei dieser Gelegenheit gab es einen netten Besuch im Elternhaus von Werner Kuhn in Leimersheim, was dieser sich so wünschte.

Obschon Margrit sich inzwischen auch in Zweibrücken mit ihren Schülern eng verbunden fühlte, hielt sie zu Werner, ihrem treuesten Verehrer aus der Speyerer Zeit noch lange Kontakt, nachdem er ihr im Januar noch mal einen sehr herzlichen Brief geschrieben hatte.

In den langen Sommerferien verbrachte sie zunächst mit Klaus in Mainz wunderschöne, gemeinsame Tage, die an seinem Geburtstag am 26. Juli bei einem frohen Fest im Elternhaus ihren Höhepunkt fanden. Dann ging es für die nächsten drei Wochen zu Maidi, Detert und der süßen, kleinen Ines nach Ostfriesland, ehe sie schließlich nach Weißenfels weiterreiste, wo sie den Rest der Ferien verbrachte.

Ende Oktober nutzte Margrit zwei freie Tage zu einem Besuch bei Klaus in Tübingen, wo sie im Gästezimmer des Max-Plank-Instituts schlafen durfte und endlich Klaus´ neue Wirkungsstätte richtig kennen lernte.

Nach der langen Trennung waren die beiden überglücklich, mal wieder zusammen zu sein, und Klaus zeigte Margrit ausführlich das moderne Institut, die Gewächshäuser mit den vielen Kästen seiner Versuchspflanzen und natürlich auch die schöne Stadt.

Am nächsten Tag lernte sie Professor Melchers, Klaus´ Chef, kennen, und am Sonntagmorgen erlebten sie zusammen einen schönen Gottesdienst in der Kirche von Schloss Bebenhausen.

Die Weihnachtstage verbrachte sie in diesem Jahr zum ersten Mal zusammen mit Klaus bei seinen Eltern in Mainz und fuhr zum Jahreswechsel nach Ostfriesland, da es mit den Reisegenehmigungen in die DDR immer schwieriger wurde.

Mit umso mehr Eifer und Liebe packte sie rechtzeitig zum Fest ein größeres Weihnachtspaket für die Eltern, schrieb einen lieben, langen Brief dazu und fühlte sich an den Festtagen eng mit ihnen verbunden, würden sie doch nach dem Tod des Großvaters in diesem Jahr zum ersten Mal nur zu zweit Weihnachten verleben.

Wie unfasslich erschien es Margrit daher, als sie gleich zu Beginn des neuen Jahres bei Maidi in Ostfriesland von Mama einen verzweifelten Brief erhielten, dass Papa am 27. Dezember ohne Angabe irgend eines Grundes verhaftet worden sei. Ein Polizeiwagen sei vorgefahren und hätte ihn nach kurzem Warten, wo er noch Wäsche und ein paar persönliche Sachen einpacken konnte, einfach mitgenommen.

Mama schrieb, sie hätte sich gleich am nächsten Tag bei Rechtsanwalt Glaß nach der Rechtslage erkundigt und sei sogar zum Gericht nach Halle gefahren, um Berufung einzulegen, aber niemand konnte oder wollte ihr eine Erklärung zu der unbegreiflichen Situation geben.

Herr Pötzsch, der als Treuhänder im Mühlenbetrieb jetzt für alles verantwortlich war, hätte wohl von einem ungeklärten Wirtschaftsvergehen gehört, das man den ehemaligen Besitzern anlastete. Doch ehe Mama in ihrer unerschrockenen Art sich für ihren Mann einsetzen konnte, der ja nach seiner Rückkehr aus der Gefangenschaftt überhaupt nichts mehr in der Mühle zu sagen hatte, wurde auch sie verhaftet.

Margrit bekam die schreckliche Nachricht in einem Brief von Onkel Hans mitgeteilt, den sie nach dem Ende der Ferien am 9. Januar mittags in Zweibrücken vorfand und der sie in tiefste Verzweiflung stürzte. Wie konnte sie nun noch Näheres vom Ergehen der Eltern erfahren? Wen konnte sie um Hilfe bitten? Oder hätte es Sinn selbst nach Weißenfels zu fahren?

Die einzige Hoffnung waren Tante Gretel und Onkel Hans, die ja dort wohnten und mit den Eltern ein enges Verhältnis hatten. Bestimmt würden sie alle erdenklichen Schritte unternehmen, um zu helfen, die Eltern frei zu bekommen. Aber waren sie nicht auch in Gefahr?

Die nette, junge Frau Schröder, bei der Margrit seit September wohnte, versuchte sie nach der unfasslichen Nachricht vergeblich zu trösten. Erst abends bei Richters, die sie in ihrer Verzweiflung besuchte und denen sie ausführlich von allem berichtete, kam sie durch deren liebevolle Zuwendung etwas zur Ruhe.

Wie erhofft, erhielt sie schon bald von Tante Gretel, die Mama im Weißenfelser Gefängnis besuchen durfte, einen Brief mit der tröstlichen Nachricht, dass diese erstaunlich gefasst und zuversichtlich sei und ihr sogar mit einem gewissen Humor berichtet hätte, wie die Gefangennahme am Silvestertag vor sich gegangen wäre.

Mama hätte, als sie gegen Mittag aus der Stadt nach Hause kam, das Polizeiauto, die „Grüne Minna“, vorm Haus stehen sehen, und den jungen Polizisten erklärt, sie sollten mit hinein kommen und erst mal auf der Diele Platz nehmen und warten! Sie wüsste schon, dass man sie nun auch abholen wollte und sie müsste erst in Ruhe Mittag essen, ihre Sachen packen und noch manches erledigen. Vor allem wollte sie ihre vorhandenen Lebensmittel mitnehmen, denn in der Haft gäbe es bestimmt nichts Vernünftiges zu essen, und es wäre schade, wenn ihre mühsam ersparten Vorräte zu Hause verkämen.

Mama sagte das alles so energisch, dass die jungen Leute sie ohne weiteres respektierten und fast eine Stunde geduldig warteten, bis sie mit ihr zum Weißenfelser Gefängnis fuhren, wo sie nun wie viele andere „unschuldige“ Frauen eingesperrt wurde.

Von jetzt an setzte sich Tante Gretel, die schnell von der Sache erfuhr, für die verhafteten Eltern, die ja nun selbst ganz machtlos waren, voll und ganz ein. Sie brachte in Erfahrung, dass Papa in ein Gefängnis nach Halle gebracht worden sei, wo sie aber persönlich nicht vorgelassen wurde, sodass sie Rechtsanwalt Glaß in Weißenfels bat, überhaupt erst mal den Grund für die Verhaftungen zu erfahren, um sich zur Wehr setzen zu können.

Wie bei allen juristischen Dingen ging das natürlich nicht so schnell, doch Tante Gretel konnte wenigstens regelmäßig den drei im Westen lebenden Kindern über den Stand der Dinge Bericht erstatten. Zunächst war es für die Geschwister tröstlich, dass es beiden Eltern den Umständen nach einigermaßen erträglich ging und sie fest damit rechneten, bald wieder frei zu kommen, da sie sich unschuldig fühlten.

Anfang Februar durfte Margrit zum ersten Mal eine Karte an die Eltern schreiben, die Tante Gretel ihnen zukommen lassen würde. Etwas später schickte sie sogar einen kurzen Brief an beide, in dem sie viele gute Wünsche übermitteln und etwas von ihren eigenen Erlebnissen berichten konnte, denn sie wusste, dass jedes Schreiben an die Gefangenen streng kontrolliert wurde.

Zum Glück bekam sie in dieser traurigen Zeit regelmäßig von Klaus liebevolle und tröstliche Post, ja er besuchte sie sogar an einem Wochenende kurz in Zweibrücken und war ihr durch seine Nähe und viele gute Gespräche eine große Hilfe.

Er erzählte ihr, dass er ganz intensiv auf Stellensuche sei, und sie beide vielleicht bald heiraten könnten, damit sie jetzt in dieser Not nicht mehr so allein sei. Aber davon wollte Margrit im Moment nichts wissen, denn sie konnte sich eine Hochzeit, auf die sie sich schon so lange freute, ohne die geliebten Eltern einfach nicht vorstellen. Sie war auch ganz sicher, dass deren Festnahme nur ein schrecklicher Irrtum sei, und die beiden bald wieder aus der Haft entlassen würden.

Umso härter traf sie der Schlag, als sie Ende Februar über Arsands zwar endlich die ersten kurzen Briefe von den Eltern aus dem Gefängnis erhielt, aber auch einen schrecklichen Zeitungsausschnitt, in dem von den „verbrecherischen Machenschaften der Kapitalisten in ihren ehemaligen Betrieben" berichtet wurde.

Als Volksfeinde hätten die Besitzer der Mühlenwerke Beuditz in Weißenfels zentnerweise Getreide unterschlagen, denn die Bestände für die Versorgung der Bevölkerung im Silo stimmten nicht mehr mit der anfangs eingelagerten Menge überein. Auf Kosten des Volkes hätten sich die Kapitalisten also unrechtmäßig bereichert und müssten zur Rechenschaft gezogen werden. (Dass frisch eingelagertes Getreide beim längeren Liegen durch Wasserverlust an Gewicht verlor, bedachte niemand.)

Herr Gerhard Bussen, der als leitender Geschäftsführer die volle Verantwortung für die Bestände hätte, sei darüber hinaus Reaktionär und Militarist, da er sich ohne Bedenken für die Nazi-Machthaber als Reserveoffizier zur Verfügung gestellt hätte, sodass er nun eine noch festzusetzende Haftzeit verbüßen müsse. Der Mühlenbetrieb würde selbstverständlich enteignet und zum Volkseigentum erklärt.

Etwas später hörte Tante Gretel, dass die Kriminalpolizei inzwischen auch die versiegelte Villa nach verdächtigen Dingen durchsucht hätte und dabei auf dem Speicher ein kurzer Säbel des gefallenen Onkels (Mamas Bruder) aus dem Ersten Weltkrieg gefunden worden wäre, den die Oma zur Erinnerung aufgehoben hatte.

Daraus konstruierten die kommunistischen Machthaber nun auch einen geeigneten Grund für Mamas Inhaftierung und eine entsprechende Gefängnisstrafe und schrieben in ihre Anklageschrift: „Unerlaubter Waffenbesitz!"

Das waren wirklich schlimme Nachrichten, und jeder der davon hörte, war empört. Nach der Enteignung des Großgrundbesitzes und der wichtigsten Industrieunternehmen, gleich nach der Besetzung durch die Russen, sollte jetzt in der DDR auch jeder kleinere Privatbesitz enteignet werden, und das ließ sich am besten durchführen, wenn man die Besitzer in Gewahrsam nahm, um sie wehrlos zu machen.

Damit waren alle Hoffnungen auf eine baldige Freilassung der Eltern zerschlagen, und Margrit wusste kaum ein noch aus. Nur bei Fräulein Richter und deren liebevollen Mutter, bei denen sie fast jeden Abend verbrachte, fand sie etwas Halt und Trost.

Auch mit Maidi, mit der sie regelmäßige Briefe wechselte, fühlte sie sich in dieser schweren Zeit eng verbunden, aber da diese inzwischen ihr zweites Kindchen erwartete, musste Margrit eher ihr Mut zusprechen als ihrer eigenen Verzweiflung Raum geben zu können. Klaus schrieb fast täglich, und im Gebet suchten sie gemeinsam über die Entfernung hin Kraft zu finden, aber wie sah Gottes Ratschluss wirklich aus?

Als Klaus dann im Verlauf des Winters ganz unerwartet eine Stelle als Redaktionsassistent beim Franck-Verlag in Stuttgart angeboten bekam, war er fest davon überzeugt, dass er Margrit in ihrer Verzweiflung nur helfen könne, wenn er sie jetzt bald heiratete und er immer bei ihr sein und sie trösten und lieb haben konnte.

Als dann im März die schreckliche Nachricht kam, dass Papa zu dreieinhalb Jahren Zuchthaus und Mama zu zwei Jahren Haft verurteilt worden sei, was einfach niemand fassen konnte, schrieb Klaus voller Anteilnahme herzliche Worte an die Eltern Bussen ins Gefängnis und bat um ihr Einverständnis zur baldigen Hochzeit, damit Margrit in dieser schlimmen Zeit nicht mehr so allein sei.

Wie immer vermittelte Tante Gretel die Briefe und bekam schon bald die Antwort, das die Eltern unabhängig voneinander zustimmten und sich sogar beruhigt fühlten, wenn Margrit nun bald mit ihrem Klaus für immer zusammen leben und er ihr in schweren Stunden beistehen könnte.

So unendlich traurig es Margrit erschien, nun bald Hochzeit ohne Mama und Papa zu feiern, während diese in Haft waren, so klar war es ihr auch, dass sie nun den „großen Tag" nicht mehr hinausschieben konnten, bis die Eltern nach Jahren wieder frei sein würden.

Sie stimmte also schweren Herzens Klaus´ Plänen zu, zumal seine Eltern sich rührend dafür einsetzten, für ihren einzigen Sohn ein schönes Fest zu gestalten. Es sollte in St. Goar am Rhein stattfinden, dem Ort, wo die Vorfahren der Napps herstammten und wo es sogar noch ein altes, guterhaltenes Haus des Ur-Urgroßvaters von Klaus gab, in dem zur Zeit die alte Tante Eugenie Napp lebte.

Im innersten Herzen war Klaus´ Mutter vielleicht sogar ganz froh, dass die Hochzeit nun nicht, wie es sich Margrit und Klaus erträumt hatten, in der alten Villa in Weißenfels gefeiert werden konnte, da sie als Halbjüdin nach der schrecklichen Zeit der Judenverfolgung bei den Nazis jetzt auch eine abgrundtiefe Angst vor den Kommunisten im Osten hegte. Sie konnte sich einfach nicht vorstellen, dorthin zum großen Fest ihres geliebten Sohnes zu fahren.

Margrit besprach schon bald mit Direktor Strebel, ihrem so freundlichen Schulleiter, dass sie nur noch bis zu den Osterferien am Gymnasium in Zweibrücken tätig sein könnte, da sie heiraten und nach Stuttgart ziehen würde. Er bedauerte das zwar zutiefst, verstand aber auch gut, dass sie unter den gegebenen Umständen nun bald ganz mit ihrem Verlobten zusammen sein wollte.

Er stellte ihr ein ganz besonders positives Zeugnis über ihre eineinhalbjährige Tätigkeit als junge Assessorin für Biologie und Chemie an seinem Gymnasium aus, wo sie guten Unterricht erteilt und sich nicht nur die Herzen der Schüler aller Altersklassen erobert hätte, sondern auch überall bei Kollegen und Eltern beliebt gewesen wäre. Ihm selbst als Fachkollege und Schulleiter und besonders auch seiner Sekretärin Fräulein Richter, und vielen Familien in Zweibrücken, die Fräulein Dr. Bussen kennen gelernt hatten, fiele der Abschied schwer, und alle wünschten ihr viel Glück zur Hochzeit und dem Beginn ihres neuen Lebensabschnitts.

Wieder stand Margrit ein Abschied von liebgewordenen Menschen bevor, aber in der Vorfreude auf ein gemeinsames Leben mit ihrem Klaus traten alle traurigen Gedanken in den Hintergrund.

Nach dem Gottesdienst zum Schluss des Schuljahrs am 27. März und der Zeugnisverteilung in ihrer 8. Klasse bekam sie von den Schülern zum Abschied zwei Dürer-Aquarelle und schöne Blumen geschenkt, und am selben Abend gab es mit den jungen Leuten noch ein letztes Treffen im Café Rückert zu einem Gläschen Wein.

Auch bei Direktor Strebel war sie wenige Tage zuvor mit einigen Kollegen zu einen netten Abend eingeladen, und einen besonders herzlichen Abschied gab es bei Carola Richter und ihrer Mutter, die sie auf alle Fälle einmal in Stuttgart besuchen wollten.

Am meisten berührte sie jedoch die Trennung von Benno Langenbahn, von dem sie längst wusste, dass er sie wirklich liebte, was sie aus vielen freundlichen Gesten immer wieder zu spüren bekam, wenn er ihr auch stets höflich und zurückhaltend begegnete.

In den eineinhalb Jahren, die sie beide am Zweibrücker Gymnasium zusammen tätig waren, hatte er sie immer mal wieder, wenn sie sich etwas traurig oder allein fühlte, zu einer kleinen Unternehmung aufgefordert oder zu einem tröstlichen Gespräch besucht. In den Sommermonaten waren sie auch öfter zusammen Rad gefahren, und er hatte ihr viel von der Stadt Zweibrücken und der schönen Umgebung gezeigt.

Zweimal forderte er sie sogar auf, ihn daheim in Blickweiler im nahen Saarland zu besuchen, wo sie von seiner Mutter sehr freundlich empfangen und mit guten Mahlzeiten verwöhnt wurde, und immer spürte Margrit in seiner Nähe Wärme und Geborgenheit, aber nichts im Vergleich zu der großen Liebe, die sie für Klaus empfand.

Beim endgültigen Abschied wurde es ihr jedoch sehr weh ums Herz, als er zusammen mit Fräulein Richter am Zug stand und sie seine traurigen Augen sah, wusste sie doch, dass es kein Wiedersehen geben konnte.

17.

Inzwischen war das Hochzeitsfest von Margrit und Klaus auf das letzte Wochenende im April festgelegt worden, und Klaus´ Mutter ließ es sich nicht nehmen, mit Margrit zusammen in Mainz alles für den großen Tag vorzubereiten.

Gemeinsam besuchten sie Mutters Schneiderin, die aus einem duftigen, weißen Stoff, den Margrit schon vor Jahren von ihrer Patentante Steffi aus Minden geschenkt bekommen hatte, ein langes, festliches Brautkleid nähen und sich um Schleier und Kopfschmuck kümmern sollte.

Auch die von den Brautleuten verfassten Anzeigen mussten rechtzeitig bei der Druckerei bestellt, die Adressen der Verwandten und Freunde geschrieben und die Einladungen für die Gäste verschickt werden.

Klaus´ Vater dagegen sorgte für den äußeren Rahmen. Als Professor für Betriebswirtschaft an der Universität Mainz kannte er unter seinen ehemaligen Studenten den Sohn eines Hotelbesitzers aus Sankt Goarshausen, einen sich rechts am Rheinufer hinziehenden Ort, der mit Sankt Goar durch eine Autofähre verbunden war.

In dessen großem und gediegenem „Haus Colonius" direkt am Rhein, sollte die Hochzeit stattfinden, und der Saal für das Festessen sowie die Zimmer für die Gäste mussten bestellt und das Menü ausgewählt werden. Unter den gegebenen Umständen war Klaus´ Vater natürlich bereit, die gesamten Kosten der Hochzeit zu übernehmen, und er legte somit auch die Zahl der Gäste fest.

Da Klaus inzwischen seine Tätigkeit beim Franck-Verlag in Stuttgart aufgenommen hatte und gleich nach Ostern wieder dorthin zurück musste, begleitete Vater Napp-Zinn Margrit am Osterdienstag zum Mainzer Standesamt, um das Aufgebot zu bestellen und die Trauzeugen zu benennen.

So waren die Tage sehr ausgefüllt, und Margrit konnte zum Glück immer mal wieder für ein paar Stunden ihren großen Kummer über das unfassliche Schicksal der Eltern vergessen. So oft es ging, schrieb sie liebevolle Briefe an beide und konnte aus den kurzen Antworten ein wenig über ihr Ergehen herauslesen.

Mama war inzwischen in ein Gefängnis bei Quedlinburg am Harz verlegt worden und mit 14 anderen Frauen, die sich zum Glück ganz gut verstanden, in einem großen Raum untergebracht. Sie vertrieben sich durch Lesen, Singen und Geschichten erzählen die Zeit und machten sich gegenseitig Mut, die ungerechte Haft durchzustehen.

Es hieß, dass sie voraussichtlich im Mai tagsüber das Gefängnis verlassen dürften, um unter Aufsicht bei der Feldarbeit eingesetzt zu werden, was alle sehr begrüßten. Durch die vielen Menschen in einem Raum, in dem auch noch hinter einem Vorhang der Latrineneimer stand, war die Luft oft unerträglich. Letzteres hörte Margrit nur über Tante Gretel, denn schreiben durften die Häftlinge nichts darüber.

Papa dagegen schien es im Zuchthaus von Coswig, wohin er nach der Verurteilung verlegt worden war, viel schlechter zu gehen. Aus seinen kurzen schriftlichen Mitteilungen, in denen er nur Grüße und gute Wünsche übermittelte, konnte man heraushören, dass er litt. Tante Gretel berichtete, dass allen Zuchthäuslern gleich zu Anfang die Haare kurz rasiert worden seien und sie wenig zu essen bekämen, sodass sie ihm bei jedem Besuch etwas Stärkendes mitbrachte, aber das Schlimmste sei die seelische Belastung.

Margrit machten all diese Nachrichten so traurig, dass sie Mitte April, als das meiste für die Hochzeit vorbereitet war, noch für ein paar Tage nach Ostfriesland fuhr, um mit Maidi und Clara zusammen zu sein, die den Kummer mit ihr teilen konnten. Durch die süße, kleine Ines, die nun schon zu laufen anfing, und die sie fast täglich baden und füttern durfte, vergaß sie ein wenig die schrecklichen Gedanken.

So rückte der Hochzeitstag schnell heran, und als Margrit dann am Abend des 22. April Klaus am Südbahnhof von Mainz abholte und sie sich glücklich in die Arme schlossen, meinte sie voll Zuversicht, mit ihm zusammen und mit Gottes Hilfe würde sie Kraft finden, in Zukunft alles Schwere und alle Not dieser Welt zu ertragen.

Am nächsten Tag fuhren die Brautleute mit den Eltern Napp-Zinn und der Oma um 11 Uhr zur standesamtlichen Trauung ins Mainzer Rathaus, wo auch Klaus´ besten Freunde, Wolfgang Thoenes und Christoph Dudensing, als Trauzeugen zugegen waren. Anschließend wurde im „Deutschhaus" in der Stadt zu siebt festlich zu Mittag gegessen, und schon um halb zwei Uhr ging es von Mainz-Castel auf der rechten Rheinseite mit dem Eilzug nach Sankt Goarshausen zum eigentlichen Hochzeitsfest!

Bruder Hans-Dieter und Maidi mit ihrem Mann Detert Gruis waren bereits im „Hotel Colonius" eingetroffen, ebenso Margrits Vettern Peter Müller-Beilschmidt und Arne Arsand, die sie von ihrer Verwandtschaft als Gäste ausgewählt hatte. Von Klaus Familie waren Tante Maria (Mutters Schwester) und Gerda Schmoll, eine Kusine zweiten Grads, eingeladen, und es gab mit allen ein herzliches Wiedersehen.

Nach kleinem Abendessen im Hotel fuhr die ganze Festgesellschaft gegen 20 Uhr mit der Fähre über den Rhein, um bei Tante Eugenie im 200 Jahre alten Familienhaus der Napps den Vorabend der Hochzeit festlich zu verleben.

Im zweiten Stock des gediegenen, alten Hauses hatte die fürsorgliche Tante in ihren hübschen Wohnräumen, die durch hohe Schwellen voneinander getrennt waren und deren kleine, unterteilten Fenster zum Rhein hinausgingen, alles für die

Gäste gemütlich hergerichtet. Zu kleinen Schnittchen wurde ein ausgezeichneter Rheinwein, der auf den Hängen um Sankt Goar herum gereift war, angeboten, und Tante Eugenie war als Gastgeberin freundlicher Mittelpunkt.

Wie immer berichtete sie von den Vorfahren, die schon seit Generationen in diesem Haus gelebt hatten, denn sie wusste, dass Klaus ein begeisterter und unermüdlicher Ahnenforscher war, der mit Margrit schon in der Verlobungszeit öfter Sankt Goar besucht hatte, um ihr das Haus seiner Vorfahren und die schöne, gotische Stiftskirche, in der sie getraut würden, zu zeigen.

In der letzten Nacht vor der Hochzeit schlief Margrit noch mal mit Maidi in einem schönen Doppelzimmer im Hotel Colonius zusammen, was beide sehr freute, konnten sie sich doch noch mal in alter Vertrautheit über Liebe, Ehe und das Glück zu zweit unterhalten.

Am nächsten Morgen besuchte Pfarrer Kays gleich nach dem Frühstück die Brautleute zu einem verständnisvollen und herzlichen Gespräch, denn er wusste, welcher Kummer auf Margrit lastete.

Alsdann führte Klaus seine geliebte Braut im festlichen Hochzeitskleid, geschmückt mit Myrtenkranz und Schleier, zum Girlanden umrankten Mercedes von Herrn Colonius, mit dem sie per Fähre hinüber nach Sankt Goar in die ehrwürdige, alte Stiftskirche zur Trauung gelangten, wo die Gäste schon versammelt waren und ihnen erwartungsvoll entgegensahen.

Vorm Altar des schönen, alten Gotteshaus wurde das Paar nun in einer feierlichen Zeremonie getraut, und Pfarrer Kays einfühlsame Worte berührten Margrit und Klaus im tiefsten Herzen. Das große Glück, das sie beide von Gott zusammengeführt worden waren, erschien ihnen wie ein kostbares Geschenk, und als sie das „Ja-Wort" sprachen, gelobten sie, diesen Weg nun gemeinsam in Liebe und Treue weiter zu gehen und immer füreinander da zu sein.

Erst zum Schluss, als der Pfarrer seine Hände segnend auf die Jungvermählten legte, konnte Margrit in Gedanken an die Eltern, trotz ihrer großen Liebe zu Klaus und ihrem unendlichen Glück, die Tränen nicht mehr zurückhalten.

Doch als er sie dann liebevoll an der Hand nahm und sie hinaus vor das Portal der Kirche führte, fühlte sie sich an seiner Seite getröstet und geborgen, und es entstanden wunderschöne Aufnahmen eines glücklichen Paares inmitten einer sie schützenden Familie.

Beim großen Festessen im Hotel Colonius an schön geschmückter Tafel mit freiem Blick über den Rhein hielt Klaus´ Vater eine zu Herzen gehende Rede, in der er auch der Eltern Bussen mit warmen Worten gedachte, und Margrit verfasste gleich herzliche Briefe an beide, die alle Gäste unterschrieben.

Später gab es schöne Musik und Tanz, Glückwunschschreiben und Telegramme wurden vorgelesen, manches Nette dargeboten und vielerlei Geschenke ausgepackt.

Bei dem milden Frühlingswetter konnte der Kaffee sogar draußen auf der Terrasse eingenommen werden, wo auf dem Rhein Lastschiffe, Boote und Ausflugsdampfer sanft vorüberglitten, und alle Gäste genossen das festliche Beisammensein an diesem schönen Tag, der leider viel zu schnell zu Ende ging.

Am Abend nahmen Maidi und Detert das junge Paar in ihrem Auto mit nach Kastelaun im Hunsrück, wohin eine kleine Hochzeitsreise geplant war. Im „Hotel Benz" aßen sie noch gemeinsam zu Abend, ehe die beiden wieder zurück nach Ostfriesland fuhren, denn Maidi wollte bald heim in ihre gewohnte Umgebung und zu Töchterchen Ines, zumal sie inzwischen im achten Monat schwanger war. Bereits vier Wochen später, am 25. Mai 1953, brachte sie dann ihren ersten Sohn, den kleinen Hajo, zur Welt.

Klaus hatte Kastellaun zum Ziel der kurzen Reise gewählt, weil er auch hier Vorfahren hatte. Die Familie seiner Oma väterlicherseits, die übrigens als einzige der Großelterngeneration das schöne Fest von Margrit und Klaus mitfeiern konnte, stammte von hier.

Voll Glück und Liebe verbrachten die beiden in Kastellaun unvergesslich schöne Tage, besuchten Kirche und Friedhof, machten kleine Ausflüge und wurden zu einem Hausmusikabend bei der Familie des Pfarrers eingeladen, ehe sie am 28. April zusammen über Mainz nach Stuttgart zu ihrem ersten gemeinsamen Wohnort reisten.

18.

Durch den schnellen Entschluss zur Heirat hatten die beiden natürlich noch keine Wohnung in Aussicht, was zu dieser Zeit ohnehin schwierig war, sodass Margrit zunächst mit im möblierten Zimmer von Klaus bei Frau Schramm wohnen sollte, um gemeinsam nach einer geeigneten Bleibe zu suchen.

Mit ihrer Kündigung in Zweibrücken war Margrit übrigens ganz aus dem Schuldienst und damit auch als Beamtin ausgeschieden, denn es war damals selbstverständlich, dass man nach der Hochzeit nur noch Hausfrau und Mutter sein würde, wenn der Ehemann eine Stelle hatte und den Familienunterhalt verdienen konnte.

So hatte Margrit also jetzt genug Zeit, das möblierte Zimmer bei Frau Schramm für sie beide zweckmäßig und einigermaßen gemütlich einzurichten.

Der etwas dunkle, langgestreckte Wohnraum im Parterre eines älteren Mehrfamilienhauses endete zur Straße hin mit einer Glastür, die auf einen kleinen, ummauerten Balkon hinausführte und ließ sich gut mit den vorhanden Möbeln in zwei Bereiche teilen.

Im vorderen Teil, den man vom Flur aus betrat, befand sich links ein großer, dunkler Kleiderschrank, rechts neben der Tür die ebenfalls dunkle Waschkommode mit Porzellanschüssel und Wasserkanne und quer im Raum das große Bett von Klaus, an das die Chaiselongue für Margrit direkt herangerückt war. Die beiden Liegestätten bildeten sozusagen die Trennwand zum Wohnraum, in dem sich vorm Fenster Klaus´ Schreibtisch, an den Wänden seine Bücherregale und in der Mitte ein kleiner Couchtisch befanden.

Außer Schreibtisch und Bücherregale, die Klaus von Mainz „mitgebracht" hatte, gehörten alle Möbel Frau Schramm und reichten zunächst für die wenigen Besitztümer der jungen Eheleute aus. Natürlich hoffte Margrit, irgendwann auch einiges von ihren Sachen aus Weißenfels offiziell über die Grenze kommen zu lassen, aber daran war vorläufig noch nicht zu denken.

So bemühte sie sich, mit den wenigen Dingen, die sie und Klaus zur Zeit besaßen, ihr kleines Reich so nett wie möglich zu machen und räumte alles aus Koffer, Kartons und Kisten in Schrank und Kommode sorgfältig ein. Da es keine Kochgelegenheit im Zimmer gab, durfte Margrit Frau Schramms Küche mitbenutzen, bekam aber genau gesagt, welche Teller, Tassen, Schüsseln und Töpfe sie verwenden durfte, die sie nach Gebrauch exakt wieder an den richtigen Platz im Schrank stellen musste.

Genaue Anweisungen gab es auch bei der Wäsche, die Margrit in einem großen Waschtopf in der Küche erhitzen und im Bad durchwaschen, spülen und aufhängen konnte, aber dafür musste sie auch diese Räume sowie Diele und Eingangsbereich putzen.

Zum Glück verstand sich Margrit recht gut mit Frau Schramm und ihren Töchtern Heidi und Traude, die beide in die Realschule gingen, während ihre Mutter als Bürokraft bei der evangelischen Kirche arbeitete, da sie Witwe war und Geld verdienen musste. Deshalb hatte sie auch eins ihrer Zimmer an Klaus vermietet und freute sich nun, in Margrit und Klaus junge Eheleute gefunden zu haben, die ebenfalls evangelisch waren und sonntags regelmäßig zur Kirche gingen, und so entstand schon bald ein echtes Vertrauensverhältnis.

Margrits Hauptaufgabe in den ersten Stuttgarter Wochen war es nun, eine geeignete Wohnung im Ortsteil Gablenberg in der Nähe des Franck-Verlags zu finden. Es war nicht einfach, denn durch die starken Zerstörungen im Krieg gab es kaum Altbauwohnungen, und bei allen Neubauten mussten relativ hohe Baukostenzuschüsse gezahlt werden, ehe man überhaupt eine Wohnung mieten konnte.

Margrit besorgte sich bei einem Vermittlungsamt Adressen und ging die wöchentlichen Zeitungsannoncen durch, um dann per Rad schon mal im Voraus die Lage und das Haus in Augenschein zu nehmen, wo man vielleicht einziehen könnte, und schon in der zweiten Woche ihres Umschauens entdeckte sie etwas Geeignetes.

Daraufhin besuchten Margrit und Klaus am 11. Mai abends nach telefonischer Anmeldung das Ehepaar Staus in der Libanonstraße 35, die im dritten Stock ihres wieder im Aufbau befindlichen Hauses eine helle Zweizimmerwohnung mit Kachelofenheizung, Küche und Bad anzubieten hatten, die nicht zu teuer war und ihnen gefiel.

Der Baukostenzuschuss von 4000,- DM müsse allerdings schon bald zur Verfügung stehen, aber dafür würde er als Vorauszahlung für die ersten zwanzig Monate Wohnzeit angerechnet. Die jungen Leute konnten also fast zwei Jahre „mietfrei" wohnen, wenn jeder von ihnen 2000,- DM von dem in der Verlobungszeit zurückgelegten Geld im Voraus zahlen würde.

Das war zwar viel, aber die beiden waren damit einverstanden und entschlossen sich, hier einzuziehen, denn die Wohnung und vor allem die Lage des dreistöckigen Hauses gefiel ihnen. Es befand sich auf einer Anhöhe oberhalb des Stadtkerns, wo man vom Wohnzimmerfenster aus einen freien Blick über den Ostteil von Stuttgart hatte und hinunter auf den Ausgang des Gablenbergtunnels blicken konnte.

Trotzdem erbaten sie sich etwas Bedenkzeit und sahen noch einige andere Wohnungen an, ehe sie ihre Zustimmung gaben, und Klaus am 1. Juni bei Herrn Staus den Mietvertrag unterschrieb. Allerdings würde das Haus frühestens im Herbst bezugsfertig werden, denn der erst vor kurzem fertiggestellte Rohbau musste noch längere Zeit trocknen, bevor mit der Innenausstattung begonnen werden konnte.

Es hieß also, noch etwas Geduld zu haben, aber die äußeren Lebensumstände standen für die beiden in den ersten Wochen ihrer Ehe ganz im Hintergrund und nur die Freude zählte, nun endlich zusammen leben zu können.

Ja, es erschien ihnen wie der Himmel auf Erden, wenn sie jetzt abends dicht aneinandergeschmiegt gemeinsam ihr Gebet sprachen und glückliche Nächte verbrachten in der festen Zuversicht, eines Tages auch zum Glied in der Kette der Generationen zu werden und teilhaben zu können am unendlichen Wunder der Schöpfung.

Klaus´ Tätigkeit als Redaktionsassistent bei der Herausgabe des „Kosmos", einer naturwissenschaftlichen Zeitschrift, die monatlich einmal erschien, war tatsächlich ein Glückstreffer für ihn, da er im Formulieren von Texten durch die Mitarbeit bei den „Biologial Abstracts“ schon viel Erfahrung hatte, sodass ihm die neue Aufgabe von Anfang an viel Freude machte.

Sein Chef, Dr. Reinig, verlangte allerdings vollen Einsatz, sodass Klaus in den kurzen Mittagspausen fast nie zu seiner jungen Ehefrau heimkommen konnte und Margrit viel allein war. Umso mehr freute sie sich, dass sie beide in den ersten Monaten ihrer Ehe an den Wochenenden regelmäßig mit der Bahn nach Tübingen fuhren, wo Klaus weiter mit den Versuchen zu seiner Habilitationsschrift zu tun hatte, und Margrit helfen konnte.

Sie durften meist im Gästezimmer des Instituts wohnen, und hier konnte Margrit auch für die Mahlzeiten sorgen, aber sonst hatte sie mit Klaus im Gewächshaus viel mit dem Aussäen, Pikieren und Eintopfen seiner Versuchspflanzen zu tun, was sie gern machte und ihr wichtig erschien.

Natürlich gab es auch freie Zeit für Konzerte, Vorträge, kleinere Ausflüge und Radtouren, wofür Margrit einmal allein an einem Wochenende mit dem Rad 40 km von Stuttgart nach Tübingen fuhr, um ihr Rad dorthin zu bringen.

Da sie in Stuttgart inzwischen ihr „kleines Heim“ fertig eingerichtet hatte und auch die neue Wohnung gefunden war, hatte sie nun in der Woche keine rechte Aufgabe mehr und dachte voll Wehmut an ihren geliebten Schuldienst zurück.

So kam sie eines Tages auf die Idee, einfach mal zum Stuttgarter Kultusministerium zu fahren, um sich zu erkundigen, ob sie nicht an irgendeinem Gymnasium der Stadt ein paar Vertretungsstunden in Biologie oder Chemie geben könne, da sie gehört hatte, dass überall Stunden ausfielen, weil Lehrer fehlten.

Der zuständige Beamte ging interessiert auf ihr Anliegen ein, und als Margrit eifrig hinzufügte, sie würde auch, wenn das problemloser ginge, unentgeltlich bis zu den Sommerferien unterrichten, meinte er lächelnd, er würde ihr gern eine Vertretung vermitteln, aber ohne Bezahlung ginge das nicht.

Schon wenige Tage später erhielt sie die Nachricht, dass sie am Hölderlin-Gymnasium – einer Mädchenschule jenseits der Innenstadt – bis zu den Sommerferien die Vertretung einer erkrankten Studienrätin übernehmen könne. Noch am gleichen Tag fuhr sie mit der Straßenbahn hinüber, um mit der Schulleiterin zu sprechen und sich die Räumlichkeiten zeigen zu lassen, und schon am nächsten Morgen sollte sie in der Unterstufe die ersten zwei Biologiestunden geben.

Voll Freude bereitete sie sich abends gut vor, und tatsächlich wurde sie am nächsten Tag von den Kindern erwartungsvoll empfangen. Die kleinen Mädchen freuten sich über die junge Vertretung und waren gleich eifrig bei der Sache.

Im Ganzen sollte Margrit pro Woche 20 Stunden geben, also sämtliche Stunden der erkrankten Kollegin übernehmen und auch in der Oberstufe unterrichten, was für sie zum Glück kein Problem war, denn sie hatte sich in den zwei Jahren ihrer Schultätigkeit in Speyer und Zweibrücken ausreichend Fachwissen angeeignet und auch methodisch genügend Erfahrungen gesammelt.

Außerdem gab es am Hölderlin-Gymnasium relativ kleine Klassen mit höchstens zwanzig Schülerinnen, die wohlerzogen und fleißig waren, denn hier in dem schönen Villenviertel kamen die meisten Kinder aus gutsituierten Elternhäusern, sodass Margrit von Anfang an viel Freude an ihrer Tätigkeit hatte und ihren Entschluss nicht bereute.

Allerdings hatte sie nicht damit gerechnet, dass es ihr schon bald, nachdem sie die Vertretung im Hölderlin-Gymnasium übernommen hatte, nicht mehr so gut ging und sie sich oft übel fühlte, sodass sie fast damit rechnen konnte, schwanger zu sein, zumal ihre Periode schon länger auf sich warten ließ.

Ihr sehnlichster Wunsch, bald ein Baby zu bekommen, schien also schneller in Erfüllung zu gehen, als sie je zu hoffen gewagt hatte, und sie konnte das Glück kaum fassen. Für ihre Tätigkeit in der Schule war das natürlich im Moment nicht so günstig. Trotzdem wollte sie sich bis zu den Ferien Ende Juli nichts anmerken lassen und es außer Klaus, der sich natürlich auch riesig freute, niemanden davon erzählen.

Doch eines Tages im Juni verlor Margrit nach vier Stunden Unterricht zum Schluss der letzten Stunde plötzlich das Bewußtsein und konnte gerade noch mit Mühe eine freie Schulbank erreichen. Die erschreckten Kinder eilten sofort ins Lehrerzimmer, um Hilfe zu holen, aber bis diese kam, ging es ihr schon wieder besser, und sie bat etwas verlegen um Entschuldigung.

Wahrscheinlich ahnte die Kollegin gleich, worum es ging und brachte Margrit fürsorglich ins Sekretariat, wo sie sich auf einem Sofa noch etwas ausruhen konnte, ehe sie sich auf den Heimweg machte.

Von nun an hatte Margrit stets ein Stück Brot oder einen Keks in der Tasche, denn sobald sie eine Kleinigkeit aß, fühlte sie sich besser. Sie hatte fest vor, bis zu den Sommerferien die einmal übernommene Vertretung beizubehalten, zumal sie in allen Klassen, in denen sie unterrichtete, gut zurecht kam und die Schülerinnen sie mochten.

Am glücklichsten machte sie aber das nun ständige Zusammenleben mit Klaus, mit dem sie Freud´ und Leid teilen konnte, wenn auch die äußeren Umstände zu Beginn ihrer Ehe noch recht bescheiden waren, und die Sorge um die Eltern weiterhin auf ihr lastete.

19.

Von Weißenfels hörte sie jedoch aus Briefen von Tante Gretel, dass es zur Zeit in gewisser Hinsicht wieder Hoffnung für die Verhafteten gäbe. Man hätte der von Rechtsanwalt Glass im März eingelegten Berufung gegen die ungerechte Verurteilung der Eheleute Bussen stattgegeben, und die Strafsache Ende April vom zweiten Senat des Reichsgerichtes Halle an das

Kreisgericht Weißenfels zurückverwiesen. Auch aus den kurzen Nachrichten der Eltern, die Margrit von Zeit zu Zeit auf ihre regelmäßig ins Gefängnis geschickten Briefe erhielt, hörte man etwas Zuversicht heraus.

Tatsächlich schien sich in den politischen Verhältnissen eine gewisse Veränderung anzubahnen, denn die arbeitende Bevölkerung in der sowjetisch besetzten Zone, jetzt Ostzone genannt, wollte sich nicht länger von den kommunistischen Machthabern unterdrücken lassen.

Am 17. Juni 1953 kam es zu einem geheim vorbereiteten Arbeiteraufstand in Ost-Berlin, der sich schnell auf weitere Großstädte ausweitete, und auch in vielen Betrieben kleinerer Städte gingen die Werktätigen unter Anführung ihrer Vorgesetzten oder Chefs auf die Straße und demonstrierten gegen die kommunistische Diktatur. Selbst Onkel Hans zog mit der voll hinter ihm stehenden Belegschaft seiner Schuhfabrik durch die Merseburger Straße, in der Hoffnung auf einen baldigen Umschwung.

Aber schnell zeigte sich, dass die kommunistischen Befehlshaber stärker waren als die Masse der arbeitenden Bevölkerung, weil sie die sowjetische Besatzungsmacht im Rücken hatten, die mit Panzern gegen die Aufständischen vorging und in kurzer Zeit den Aufstand niederschlug.

Doch indirekt hatte sich durch diese Ereignisse eine gewisse Verunsicherung bei den kommunistischen Behörden eingeschlichen, sodass ganz unerwartet die langen Haftstrafen der Eltern Bussen vom Kreisgericht Weißenfels auf ein halbes Jahr reduziert wurden, die sie bereits Ende Juni 53 abgegolten hatten. Die vollständige Enteignung ihres Besitzes blieb allerdings bestehen.

Als Margrit am 5. Juli morgens in Stuttgart ein Telegramm von Mama und Papa erhielt, dass sie beide wieder zu Hause seien, konnte sie das Glück kaum fassen. Papa sei am 2. Juli aus dem Zuchthaus von Coswig entlassen worden und zwei Tage später sei auch Mama aus Quedlinburg heimgekehrt, und das Gefängniselend hatte für immer ein Ende.

Die Nachricht sprach sich in Weißenfels wie ein Lauffeuer herum, und von allen Seiten kamen Blumen, Glückwünsche und Geschenke. Der Bäcker in Beuditz schickte Brot und eine Willkommenstorte. Herr Poetzsch, der frühere Prokurist und jetzige Leiter des Mühlenbetriebs, der den Eltern nahe stand, sorgte unter der Hand für Geld, und die ehemaligen Helfer von Garten und Insel gaben sich alle Mühe, das alte Haus wieder wohnlich zu machen und das Leben der Eltern nach der ungerechten Haftzeit so schön wie möglich zu gestalten.

Wenn auch inzwischen weitere Mieter in die Villa eingewiesen worden waren, so konnten Mama und Papa doch die verhältnismäßig große Wohnung im ersten Stock, in der sie immer gelebt hatten, ganz für sich behalten und waren glücklich und zufrieden darüber.

Überhaupt empfanden sie nach den schrecklichen Monaten im Gefängnis das jetzt wiedergewonnene Leben in Freiheit wie ein unbegreifliches Geschenk und konnten es kaum verstehen, dass sie früher über manches so leicht unzufrieden oder verärgert waren. Besonders die unmenschliche Trennung voneinander, wo keiner vom Ergehen des anderen wusste, hatte den Eltern in der monatelangen Haft so zugesetzt, dass sie jetzt wie in glücklichen Flitterwochen wieder miteinander lebten und sich soviel zuliebe taten, wie sie nur konnten.

Die Enteignung des Mühlenbetriebs war natürlich schmerzlich, aber man hatte es im Grunde genommen längst vorausgesehen, dass die linken Machthaber keinen Privatbesitz mehr dulden würden, und die Familie war nur froh, dass der Großvater dieses Unrecht nicht mehr erleben musste.

Was die Zukunft bringen würde, war ungewiss, doch die Eltern wollten zunächst im Haus bleiben, sich erholen und gut ernähren, um wieder zu Kräften zu kommen. Die Entbehrungen in dem halben Jahr der Gefangenschaft hatten Papa tatsächlich gesundheitlich so zugesetzt, dass er die angedrohten drei Jahre Zuchthaus bestimmt nicht überlebt hätte.

Von all dem hörte Margrit, als sie endlich bei Beginn der Ferien Ende Juli zu den Eltern heimfahren konnte. Sie hatte in Stuttgart noch viel Lauferei wegen einer neuen Kennkarte und der nötigen Reisegenehmigung und traf nach abenteuerlicher Fahrt über Nürnberg und Probstzella am 1. August nachts gegen 3 Uhr in Weißenfels ein.

Die Wiedersehensfreude war unbeschreiblich, und in den drei Wochen im August, die Margrit jetzt mit den Eltern zusammen verbringen konnte, genossen sie jeden Tag wie einen Festtag, hätten sie doch nie gedacht, dass ihnen dieses Glück so bald wieder geschenkt würde.

Mama kochte täglich und pflegte die Wohnung, Papa war bemüht, den Garten nach seiner langen Abwesenheit wieder schön zu gestalten, und Margrit unterstützte beide, so gut sie konnte, denn an eine Haushilfe war vorläufig nicht zu denken.

Anfangs erhielten die Eltern noch einen minimalen Teil von Papas ehemaligem Gehalt aus der Mühle, was Herr Poetzsch ermöglichte, doch später mussten Möbel, Bilder und Wertsachen aus der Villa verkauft werden, um nur an das dringend erforderliche Geld für den täglichen Bedarf zu kommen.

Natürlich hatte Margrit den Eltern gleich am ersten Morgen des Wiedersehens von ihrer großen Freude auf das zu erwartende Baby erzählt, und wenn es ihr jetzt auch viel besser ging und sie das anfängliche Übelsein kaum noch plagte, so waren die Eltern doch sehr besorgt um ihre Gesundheit und mahnten sie bei jeder Gelegenheit, sich zu schonen und vorsichtig zu sein.

Sie freuten sich auch von Herzen, dass Klaus´ Eltern im April für eine so schöne Hochzeitsfeier in Sankt Goar gesorgt hatten, bei der sie natürlich gern dabei gewesen wären! Aber sie waren dankbar, dass die jungen Eheleute in Stuttgart nun so glücklich miteinander lebten und sogar schon eine Wohnung in Aussicht hatten.

Jetzt wurde eifrig beraten, was an Möbeln, Bettzeug, Porzellan und sonstigen Dingen aus Weißenfels für Margrit und

Klaus' Wohnung in Frage kam und in dem neuen Hausstand nötig erschien, damit ein Transport über die Grenze beantragt werden konnte.

Das wurde allerdings unter den damaligen Umständen zu einer schwierigen Angelegenheit, denn ohne zwingenden Grund durfte niemand aus der DDR in den Westen übersiedeln.

Da Margrit jedoch seit einigen Monaten mit einen jungen Mann aus dem Rheinland verheiratet war, mit ihm zusammen einen festen Wohnsitz in Stuttgart hatte und auch eine Wohnung in Aussicht war, bestand die berechtigte Hoffnung, einen Möbel- und Hausrattransport von Ost nach West genehmigt zu bekommen.

Niemand konnte jedoch ahnen, wieviel Schwierigkeiten damit verbunden waren. Margrit wurde vom Landratsamt zur Kreisverwaltung und von dort zu den polizeilichen Dienststellen geschickt, und überall gab es Einwände, die sie entkräften musste. Schließlich brauchte sie vom Westen noch zahlreiche Bescheinigungen und Unterlagen, sodass Sommer und Herbst vergingen, bis endlich Hoffnung auf Erfolg bestand.

Die Eltern freuten sich natürlich, dass Margrit nach den frohen Tagen im August nun zusätzlich viele Herbstwochen in Weißenfels verbrachte, um ihre offizielle „Übersiedlung“ und den dadurch erst ermöglichten Möbeltransport durchzusetzen. Schließlich hieß es auch noch, jeden einzelnen Gegenstand, der für den Transport vorgesehen war, in doppelter Ausführung aufzulisten, und bei jedem Buch, das mitgenommen werden sollte, mussten Titel, Verfasser und Verlag angegeben werden.

Margrit und Klaus fiel allerdings die unvorhergesehene Trennung gleich im ersten Ehejahr recht schwer, doch sie schrieben einander so oft sie konnten, und trösteten sich damit, dass sie im Herbst eine schöne Wohnung in Aussicht hatten, die sie dann hoffentlich mit den Weißenfelser Möbeln gemütlich einrichten konnten.

Andererseits machte es Margrits langes Daheimsein den Eltern leichter, nach der Haft wieder in ein normales Leben zurückzufinden und die schrecklichen Erlebnisse innerlich aufzuarbeiten.

Während Papa jedoch nur wenig von der schlimmen Zeit der Entbehrungen und des Leidens berichten mochte, konnte Mama sich jetzt oft wieder an groteske Episoden im Gefängnis erinnern, und mit viel Witz und im typisch sächsischem Dialekt berichtete sie oft davon.

Besonders eine Frau Lehmann aus Merseburg hatte durch ihre Erzählungen im Gefängnis von Quedlinburg immer wieder für Spaß und gute Unterhaltung gesorgt:

„Nee, nee, mit meenem Mann wors immer schwierig un mer ham uns nie richdich verstande, wenn we ooch seeven Kinder zusamme hadde. Un de Scheedung späder hat ooch nischt genützt, denn mer krischten bede keene Wohnung und leven heite noch in enem Zimmer zusammen!

Später erzählte sie dann, warum sie vor Wochen überhaupt im Gefängnis gelandet sei:

„Ja, wissen se, dat wa so: Eenmol im HO (Einkaufszentrum in der DDR), als ich jerade bem Enkofe war, fäld doch weje sone unjeschickte Depp ne janze Biramide mit Bichsen um, un alle rollern vor mene Fiesse. Da heb ich doch ohne zu überlege janz spondan eene off, stek se in de Dasche un renne wech. Aber glech war so e junge Vopo (Volkspolizist) hinder me her un ich kriechte Angst un werfe de Bichse in e Jarden in de Schnee. Aber es had mich nischt jenützt. Er had misch festjehalde, de Bichse rusjehold un nu siz ich hier.

Als sie dann endlich schriftlich den Grund für ihre Verhaftung erfuhr, meinte sie ganz aufgeregt: *„Un nu höre se blos mal, was hier in de Anglageschrift steht!“*

„Frau Lehmann hadde Appedit off Krebsflesch!“

„Ich Appedit off Krebsflesch? Ich hab doch blos de Bichse vom Bode enfach mal mitjenomme un wusste doch gar nisch, wie das Zeuch schmeckt.

Aus ähnlich nichtigen Gründen saßen die meisten Frauen in Haft, wie auch eine ehemalige Gutsbesitzerin, mit der sich Mama recht gut verstand. Sie war im Zug nach Berlin mit einem silbernem Tablett im Koffer erwischt worden, das sie ihrer Tochter zum Geburtstag schenken wollte. Sie wurde sofort verhaftet, weil die Kontrolleure glaubten, es sollte in den Westen geschmuggelt werden.

Das von allen erlebte, so ungerechte Schicksal verband natürlich die Frauen, die hier viele Wochen und Monate auf engem Raum miteinander verbringen mussten, sodass sie bald zu einer festen Gemeinschaft zusammenwuchsen. Sie sangen oft, erzählten viel, halfen und trösteten sich gegenseitig, sodass im Ganzen gesehen die Haftzeit für Mama nicht so entwürdigend war wie die von Papa.

Im Oktober war es eine besondere Freude für alle, als Maidi mit ihrer kleinen Ines für einige Zeit nach Weißenfels kam, um die Eltern nach der Gefangenschaft endlich wiederzusehen, nachdem in Ostfriesland die Hauptarbeit in der Landwirtschaft getan und der kleine Hajo abgestillt war, sodass die zuverlässige Hilfe Elli für das Baby sorgen konnte.

Es wurden glückliche Tage für alle, und Margrit war froh, mal wieder längere Zeit mit der Schwester im Elternhaus zusammen zu sein und sich an der kleinen Ines, ihrem Patenkind, zu erfreuen. Sie würde ja nun selbst bald Mutter sein und konnte sich in allem, was Schwangerschaft und Geburt betraf, bei Maidi, ausführlich erkundigen.

Gerade in diese Zeit fiel auch die Hochzeit von Kusine Gina Arsand mit Eberhard Otto aus Lichtenstein in Sachsen, der eine Stelle als Chemiker in den Buna-Werken bei Merseburg übernehmen konnte und Gina in der Chemie-Fachschule in Zwickau kennen gelernt hatte.

Die beiden wurden in der schönen Marienkirche am Markt getraut, und anschließend folgte im Haus von Arsands in der Neustadt ein großes Festessen und ein frohes Beisammensein mit der ganzen Familie. Ja, Onkel Hans konnte als Chef seiner Schuhfabrik zu dieser Zeit noch manches besorgen, was für andere unerreichbar war.

Mitte November kam dann auch Detert, Maidis Mann, mit Hans-Dieter, der seit einiger Zeit in Pewsum eine Stelle als kaufmännischer Angestellte innehatte und auf dem Hammrich wohnte, per Auto nach Weißenfels, um seine Familie abzuholen.

Auch Margrit drängte es längst zurück nach Stuttgart zu ihrem so lange entbehrten Klaus, zumal im November die Wohnung in der Libanonstraße bezugsfertig werden sollte und der Möbeltransport von Weißenfels nach dem Westen endlich genehmigt worden war.

20.

Einen Tag, nachdem Maidi, Detert, Ines und Hans-Dieter mit dem Auto nach Ostfriesland abgereist waren, brachten die Eltern dann auch Margrit morgens an den Interzonenzug nach München, der an der Grenze bei Probstzella wegen gründlicher Gepäckkontrollen fast zwei Stunden Aufenthalt hatte. Das mitgenommene Federbett wurde zum Glück „genehmigt“, doch in Nürnberg war der Anschlusszug weg, sodass Margrit erst abends um halb zehn Uhr in Stuttgart eintraf, wo Klaus sie überglücklich in Empfang nahm.

Mit der Taxe ging es gleich in die neue Wohnung in der Libanonstraße, denn diese war inzwischen fertig geworden, und Klaus hatte den kleinen Umzug allein zustande gebracht.

Im Wohnzimmer konnte er zunächst seinen Schreibtisch und die Bücherregale unterbringen und von einer Kollegin beim „Kosmos“ Luftschutzbetten ausleihen, sodass auch das Schlafzimmer nicht leer war. Außerdem hatte er die bereits ausgepackten Bücherkisten umgedreht und zu kleinen Tischen umfunktioniert, die er mit Deckchen und Blumen geschmückt hatte, sodass das neue Heim schon recht gemütlich aussah und sich die jungen Eheleute beim ersten Anschauen erst mal glücklich in die Arme nahmen.

Nur an Sitzgelegenheiten haperte es, denn außer Kissen, die Klaus auf den blank geputzten Linoleum um die kleinen Tische verteilt hatte, gab es nur einen einzigen Stuhl vorm Schreibtisch, den er vom Büro mitgebracht hatte. Da Margrit inzwischen im siebten Monat schwanger war und schlecht auf den Kissen am Boden sitzen konnte, musste Klaus sein „Häs´chen" eben auf den Schoß nehmen, als sie am Schreibtisch ihr erstes Abendbrot einnahmen. In der Küche gab es außer Wandschränken und einer eingebauten Spüle nur eine elektrische Kochplatte auf der Fensterbank.

Trotzdem waren die beiden überglücklich, nach der langen Trennung endlich in ihrer eigenen kleinen Wohnung beisammen zu sein, und alles Fehlende, was noch dringend gebraucht wurde, wollten sie in den nächsten Tagen besorgen, denn niemand konnte voraussehen, wann die Sachen aus Weißenfels wirklich eintreffen würden.

Da bei dem Transport von daheim keine Betten zu erwarten waren, richteten die jungen Eheleute als erstes ihr Augenmerk auf geschmackvolle und zeitlose Schlafzimmermöbel, die sie voraussichtlich ihr ganzes Leben lang begleiten würden. Noch hatten beide trotz des zu bezahlenden Baukostenzuschusses einiges Ersparte auf dem Konto, sodass sie bei dieser Anschaffung Wert auf gute Qualität legen konnten.

Schon nach kurzer Zeit fanden sie im Möbelhaus Schöttle eine wunderschöne Schlafzimmereinrichtung aus hellem Kirschholz – in der Form schlicht, aber gediegen – zu der außer den Ehebetten, ein Kleiderschrank mit vier Türen, eine niedrige Spiegelkommode und zwei Nachtschränkchen gehörten. Sie gefiel ihnen beiden gut und konnte schon Anfang Dezember geliefert werden. Für die Küche wurde außer einem

Gasherd ein rechteckiger Tisch und zwei Stühle ausgesucht, da bis zum Eintreffen des Möbeltransportes hier gegessen werden musste.

Leider stellte sich bald heraus, dass dieser sich trotz der längst vorliegenden Umzugsgenehmigung noch monatelang hinziehen würde, sodass sich Margrit und Klaus vor Weihnachten bereit fanden, das Angebot von Dr. Reinig anzunehmen, ein paar Möbel aus den Aufenthaltsräumen im Franck-Verlag auszuleihen.

So konnten sie ihr Wohnzimmer schon bald mit einem Sofa, Tisch und zwei Stühlen ausstatten, die ihnen auf Veranlassung von Dr. Reinig gebracht wurden. Darüber hinaus gelang es ihnen sogar, noch Gardinen für Wohn- und Schlafzimmer nähen und aufhängen zu lassen, sodass sie sich bereits in der Adventszeit in ihrem kleinen Reich wohl fühlten.

In den Abendstunden sangen sie fast täglich beim brennenden Adventskranz die schönen und so vertrauten Lieder der Vorweihnachtszeit und waren ganz erfüllt von der Freude auf ihr erstes Kindchen, das nun schon längst durch kräftige Bewegungen sein baldiges Kommen ankündigte. Umso froher war Margrit, dass sie es im Wohnzimmer durch die geliehenen Sachen etwas bequemer hatten und sie sich auch immer mal schnell auf dem Sofa ausruhen konnte.

Da noch in den fünfziger Jahren über das Thema Schwangerschaft mit Außenstehenden so gut wie nicht gesprochen wurde, war Margrit die ganzen Monate nicht auf die Idee gekommen, irgendwann einen Arzt aufzusuchen, zumal ihr auch zu keinem Zeitpunkt der Gedanke kam, dass ihr Kindchen vielleicht nicht gesund und munter zur Welt kommen würde.

Nun hieß es allerdings, sich zur Entbindung in einer Klinik anzumelden, und Frau Schramm, die Margrit um Rat fragte, meinte, die sogenannte „Hebammenschule“ in Stuttgart hätte den besten Ruf, sodass Margrit sich Ende November dort vorstellte.

Hier zeigte sich der diensttuende Oberarzt nach kurzer Untersuchung mit der Entwicklung des Babys zufrieden, und die jungen Eltern sahen sich in ihrer Meinung bestätigt, dass eine Schwangerschaft ein ganz natürlicher Vorgang im Körper der Frau sei, und man nur in Ausnahmefällen zum Arzt müsste.

Zu ihrer großen Freude durfte sich Margrit in den Weihnachtstagen im Wäschehaus Schneider in Mainz mit Klaus´ Mutter die Erstausstattung für das Baby aussuchen, und in Stuttgart sollten Bettchen und Wickelkommode ebenfalls als Geschenk der fürsorglichen Großeltern besorgt werden.

Mit viel Liebe wurden dann die süßen, kleinen Hemdchen, Jäckchen, Strampelhosen und Windeln in der neuen Kommode untergebracht, und auf der alten Nähmaschine aus Weißenfels nähte Margrit mit viel Sorgfalt die Bespannung für das Gitterbett und die kleinen Kissenbezüge. So war alles für das Baby bereit, denn bis zum errechneten Geburtstermin im Februar verblieben nur noch wenige Wochen.

Um genügend Bewegung an frischer Luft zu haben, hatte Margrit, seitdem sie mit Klaus in der Libanonstraße wohnte, fast täglich ein einfaches Mittagessen bereitet und es in kleinen Töpfen warm verpackt zu Fuß zum Kosmos-Verlag gebracht. Dort ließen sie es sich in Klaus´ Büro gut schmecken, und nach kurzem Plauderstündchen machte sich Margrit wieder auf den Heimweg.

Auf diese Weise war Margrit tagsüber nicht so lange allein, und Klaus schmeckten auch die liebevoll von seinem „Häs´chen" bereiteten Mahlzeiten viel besser als das Kantinenessen beim Verlag.

21.

Auch sonst fehlte es trotz der vorgerückten Schwangerschaft nicht an Aktivitäten bei den jungen Leuten! Sonntags besuchten sie – je nach dem Prediger, der ihnen gefiel – in verschiedenen Gemeinden den Gottesdienst, erlebten Kirchenkonzerte, wurden eingeladen oder bekamen Besuch.

So hatten sie Ende Januar Klaus´ Chef, Dr. Reinig, mit seiner netten Frau zu Kaffee und Apfelsinentorte eingeladen und einen unterhaltsamen Nachmittag verbracht, als nachts um 4 Uhr ganz unerwartet bei Margrit die Wehen einsetzten, also fast drei Wochen vor dem errechneten Termin.

Da diese sich im Verlauf der Morgenstunden ziemlich regelmäßig wiederholten, brachte Klaus gegen 7 Uhr Margrit mit der Taxe in die Klinik, wo sie untersucht wurde und dableiben sollte, da die Geburt nicht mehr aufzuschieben sei.

Margrit sollte sich trotz leichter Wehen noch nicht hinlegen, sondern zunächst mit Klaus herumlaufen, bis sie nachmittags in den Kreißsaal gebracht wurde und Klaus sich verabschiedete.

Leider mussten die jungen Eltern nun doch noch viel Geduld aufbringen, da die langsam stärker werdenden Wehen das Baby anfangs kaum in seiner Lage veränderten, denn Margrit hatte immer viel Sport getrieben und dadurch eine viel zu feste Bauchmuskulatur, um den Geburtsweg zu weiten und freizugeben.

Als Klaus abends wiederkam, war Margrit von den stundenlangen Wehen schon reichlich erschöpft, aber das Kind lag immer noch zu hoch im Mutterleib und konnte nicht so schnell geboren werden. Leider wurden Väter damals nicht im Kreißsaal geduldet, sodass Klaus nach einem kurzem Besuch wieder nach Hause gehen musste und auf weitere Nachrichten warten sollte.

Um 21 Uhr abends wurde die Fruchtblase, die noch immer nicht geplatzt war, künstlich geöffnet und wegen der starken Wehen Lachgas gegeben, doch es dauerte noch lange bis endlich die Presswehen begannen.

Ganz zum Schluss bei den schlimmsten Schmerzen drückte eine liebevolle, junge Schwester bei jeder Wehe Margrit fest die Hand, bis kurz vor 23 Uhr (am 25. Januar 1954) endlich ein blondes Schöpfchen zum Vorschein kam, und bei den nächsten starken Presswehen ein gesundes Bübchen geboren wurde, das kräftig schrie und mit einem Schlag alle Mühen vergessen ließ.

Als Klaus gegen Mitternacht kam, und das Baby gewaschen und gewickelt in Margrits Armen lag, kannte das Glück keine Grenzen. Am liebsten wäre der stolze Vater die ganze Nacht bei seiner Familie geblieben, hatte er doch den 2 km weiten Weg von der Libanonstraße zum Krankenhaus bei minus 8 Grad Kälte mindestens vier mal zu Fuß zurückgelegt.

Der kleine Georg, ein zierliches Kind mit heller Haut, weißblondem Haar und blauen Augen, schaute von Anfang an gespannt und aufmerksam in die Welt, wenn er nicht, wie anfangs ja meistens, selig schlief.

Für Margrit folgten nach der langwierigen Geburt nun erholsame Tage im Krankenhaus in einem freundlichen Doppelzimmer, das sie mit Frau Seyerle teilte, die Zwillingsbübchen zur Welt gebracht hatte. Die Babys wurden von einer erfahrenen Säuglingsschwester im Kinderzimmer auf dem selben Flur gut versorgt und nur zum Stillen den Müttern gebracht, damit diese sich erst mal richtig erholen konnten.

Klaus kam täglich und brachte Blumen und Glückwünsche von allen Seiten und viel Post mit, und schon bald erhielt Margrit nachmittags netten Besuch von Freunden und Bekannten aus Stuttgart, die gratulierten und durch ein Glasfenster die Babys im Säuglingszimmer bewundern durften.

Schon am Tag nach der Geburt wurden die Kleinen ihren Mamis mehrmals täglich an die Brust gelegt, damit sie zu saugen versuchten, was die Milchbildung anregen sollte. Und welch beseligendes Gefühl war es dann für die jungen Mütter, als sie bald den Milchfluss spürten und die Kleinen ihren ersten Hunger durch die köstliche Labe stillen konnten.

Der Tagesablauf in der Klinik richtete sich von nun an ganz nach den Bedürfnissen der Babys, die täglich fünf mal zum

Stillen gebracht wurden. Danach durften sie noch eine Weile bei der Mami bleiben, bis das nötige „Bäuerchen“ kam und sie dann wieder in die Bettchen im Säuglingszimmer zum Schlafen gelegt wurden.

So fing für Margrit die eigentliche Sorge um ihr Kind erst an, als sie nach zehn Tagen geruhsamen Klinikaufenthalts in die Wohnung in der Libanonstraße zurückkehrte und sie für sein pünktliches Stillen, Einhalten der Pausen sowie Baden und Trockenlegen allein die Verantwortung hatte.

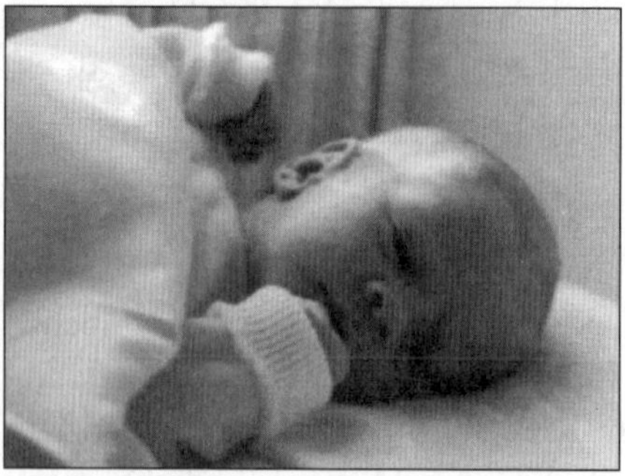

Für das Baby stand alles bereit, und Tante Maria, die Schwester von Klaus´ Mutter, mit der sich Margrit schon immer gut verstanden hatte, war für eine Woche zu Gast und half beim Einkauf und Kochen.

Mit Hilfe der Babywaage, auf der das Kind vor und nach jedem Anlegen gewogen wurde, konnte die besorgte Mami jedes Mal genau feststellen, ob es die vorgeschriebene Menge getrunken hatte, und sie war erst dann glücklich und zufrieden, wenn die Milch ausreichte und der kleine Kerl auch wöchentlich genug zunahm.

Er wurde, wie in der Klinik, alle vier Stunden gestillt, und war dann meist so satt und zufrieden, dass er kaum weinte und sich erst kurz vor der nächsten Mahlzeit wieder meldete. Nur in der Nacht musste Margrit immer mal wieder aufstehen und ihren Liebling mit süßem Tee trösten oder ihn doch mal kurz anlegen, bis er im April endlich durchschlief.

Wie alle Mütter in der damaligen Zeit hatte Margrit viel Arbeit mit der Babywäsche, denn sie besaß weder eine Waschmaschine noch gab es Zellstoffwindeln: Jeden Tag wurde ein großer Topf voll Windeln auf dem Herd zum Kochen gebracht und der Inhalt in der Badewanne durchgewaschen, ausgewrungen und über der Wanne aufgehängt. Auch mit der übrigen Wäsche wurde so verfahren und beim Bügeln einmal in der Woche las Klaus ihr abends gern vor, wodurch sie manches interessante Buch gemeinsam kennen lernten.

Schon kurze Zeit nach Tante Marias Abreise hatte sich Margrits Tagesablauf mit den neuen Aufgaben ganz gut eingespielt: Zwischen den Stillzeiten wurde die kleine Wohnung geputzt, die Wäsche besorgt und das Essen gekocht, und wenn ihr Baby fest schlief, lief Margrit auch mal schnell hinunter zum nahen Lebensmittelladen, Bäcker oder Fleischer, um einzukaufen.

Der kleine Georg gedieh prächtig, denn seine Trinkmenge nahm vorschriftsmäßig zu, und ab Mai fütterte ihn Margrit mittags mit einem Breichen aus zerdrückten Bananen, Zwieback oder pürierten Möhrchen. Nur der in einem Fläschchen gegebene, vitaminreiche Orangensaft war dem kleinen Georg mit seiner zarten Haut nicht zuträglich. Er wurde schlagartig so wund, dass Margrit in großer Sorge Dr. Schlack herbeirief, der Penatencreme, viel Puder und schützende Pflaster empfahl und natürlich den Orangensaft absetzte.

An einem der ersten sonnigen Frühlingstage im März fuhren die stolzen Eltern ihren kleinen Liebling in dem breiten Korbwagen mit den kleinen Rädern, den die Mainzer Großeltern zur Geburt geschenkt hatten, zum ersten Mal spazieren und von da an brachte Margrit auch immer mal wieder Klaus das Essen per Kinderwagen ins Büro.

So gern Klaus beim Frank-Verlag tätig war und soviel ihm auch die Arbeit als Redakteur bedeutete, so intensiv hörte er sich in dieser Zeit jedoch auch nach einer Assistentenstelle an den Universitäten um, als Voraussetzung für die geplante Habilitation.

Nach einigen vergeblichen Anfragen stellte er sich schließlich im Wintersemester 1954 bei Professor Walter an der landwirtschaftlichen Hochschule in Stuttgart-Hohenheim vor, wohin er leicht per Bus von Stuttgart aus gelangen konnte, und bereits im Februar erhielt er die gute Nachricht, dass er im April als Assistent in Hohenheim anfangen könne.

Diese Möglichkeit hatte den großen Vorteil, dass die jungen Leute in ihrer schönen Wohnung in der Libanonstraße bleiben konnten, wenn auch Klaus´ Weg zum Arbeitslatz nun mehr Zeit in Anspruch nahm und die beiden sich nicht mehr zum Mittagessen treffen konnten.

Zum Glück hatte sich Margrit inzwischen mit der jungen Frau Stimpfig angefreundet, die mit ihrem Mann im 1. Stock des Hauses wohnte. Sie traf sich immer mal wieder mit Margrit, trank mit ihr Kaffee, strickte und erzählte, während eine Frau Egert aus der Nachbarschaft sie öfter beim Spazieren fahren mit dem Baby begleitete.

Frau Hils dagegen, eine Witwe um die Vierzig, die Tür an Tür mit Napp-Zinns im 3. Stock wohnte, war berufstätig und nur abends und sonntags da. Dann war sie aber immer bereit, den Schlüssel zur Wohnung zu übernehmen und nach dem Baby zu sehen, wenn die Eltern zur Kirche, zu einem Vortrag oder einem Konzert gingen.

Die Ankunft des kleinen Georg war natürlich für die Mainzer Großeltern ein ganz besonderes Ereignis, war er doch ihr erstes Enkelkind. Sie besuchten gleich nach der Geburt Margrit und das Neugeborene in der Entbindungsstation der Hebammenschule und im März ein zweites Mal bei der Durchreise zu einem Erholungsaufenthalt im Schwarzwald und staunten über die Fortschritte, die der kleine Kerl bis dahin schon gemacht hatte.

Margrits Eltern in Weißenfels dagegen konnten ihre Freude über die gute Ankunft des Babys zunächst nur durch liebe Briefe und herzliche Glückwünsche bekunden. Sie beantragten dann aber im Mai die Genehmigung für eine Reise nach Stuttgart zur Taufe ihres Enkelkinds, die am 20. Juni stattfinden sollte.

Außer den vier Großeltern waren natürlich auch die Paten Maidi und Berthild eingeladen und für alle sollte es ein froher Festtag werden. Die Eltern aus Weißenfels trafen bereits am Freitag vor der Taufe ein und Maidi am Samstag ganz früh, und voll Stolz stellten Margrit und Klaus ihr süßes Baby vor.

Am Tauftag selbst fuhr die ganze Familie bei hochsommerlichen Temperaturen gegen Mittag zum Stuttgarter Hauptbahnhof, um die Eltern Napp-Zinn abzuholen, und hier lud der Mainzer Großvater alle zu einem festlichen Essen in die „Schillerstuben" ein, wozu sich etwas später auch Tante Berthild gesellte.

Um halb vier Uhr fand schließlich die festliche Taufe des kleinen Johannes Georg in der Gablenberger Petruskirche statt, die Pfarrer Epting vornahm. Der Täufling sah in dem alten Familientaufkleid von 1896, in dem als erste die Weißenfelser Oma getauft wurde, ganz goldig aus und verhielt sich mustergültig brav, ja er schaute den Pfarrer während der gesamten Taufzeremonie unverwandt mit großen Augen an.

Trotz der großen Hitze war er auch später daheim sehr vergnügt und in seinem Bettchen ununterbrochen in Bewegung, ohne auch nur ein einziges Mal durch Weinen die vergnügte Kaffeerunde am festlich gedecktem Tisch nebenan im Wohnzimmer zu stören.

Viel zu schnell ging der schöne Tag zu Ende, doch die Weißenfelser Großeltern, die im Dachgeschoß in Stimpfigs kleinem Fremdenzimmer wohnten, konnten noch bis zum 12. Juli bleiben. Maidi dagegen, die auf dem Sofa schlief, hatte bis Donnerstag Zeit, sodass noch viel Schönes unternommen werden konnte, und Margrit das Beisammensein sehr genoss.

22.

Anfang August – als schon fast niemand mehr daran dachte – meldete sich vormittags bei Margrit überraschend eine freundliche Frau, die berichtete, dass sie von der Zonengrenze bei Hof käme, wo sie mit Mama zusammen getroffen wäre. Sie hätte auch einen Möbeltransport von Ost nach West beantragt und wäre schriftlich aufgefordert worden, bei der Kontrolle an der Grenze dabei zu sein. Hier sollte sie unter Aufsicht der Grenzpolizei nachsehen, ob jedes einzelne Teil in den Waggons und den Umzugskisten richtig auf den Listen vermerkt sei, nichts Unerlaubtes eingeschmuggelt worden wäre und umgekehrt auch nichts fehle.

Dabei hätte sie Margrits Mama kennen gelernt, die ebenfalls wegen der Möbel an die Grenze kommen musste und die sie gebeten hätte, ihr die Nachricht nach Stuttgart zu bringen. Margrit konnte es kaum glauben, doch die nette Frau bestätigte, dass alles gut geklappt hätte, und das Umzugsgut sicher bald eintreffen würde.

Auch Klaus war abends überrascht, als er davon hörte, und beiden war klar, dass sie nun umgehend die „Leihmöbel" vom Franck-Verlag von einem Kleintransporter zurückbringen lassen mussten.

Bereits zwei Tage später kam per Post die Nachricht, dass das Weißenfelser Umzugsgut auf dem Stuttgarter Bahnhof eingetroffen und bei der Güterabfertigung abholbereit sei, und Klaus fuhr gleich hin und regelte alles, so gut er konnte.

Noch am selben Nachmittag fuhr ein Auto der Speditionsfirma „Von Maur" in der Libanonstraße vor, und zwei junge Männer brachten die Mahagonimöbel aus Mamas „Damenzimmer" sowie die Kisten mit Büchern, Wäsche, Porzellan und Silber hinauf in den dritten Stock. Margrit erschien das nach der langen Wartezeit fast wie ein Wunder, hatte sie doch um die Umzugsgenehmigung in Weißenfels schon vor mehr als einem dreiviertel Jahr so verzweifelt gekämpft.

Als die Möbel in der kleinen Wohnung ihren Platz gefunden hatten, gab es für Margrit noch alle Hände voll zu tun, um die Kartons nach und nach auszupacken, doch das Einräumen der schönen Sachen aus ihrem Elternhaus stimmte sie froh und glücklich, hing doch an jedem Stück ein wenig Heimat, die sie so liebte und die sie endgültig verlassen hatte.

Margrit war froh, dass sie am vorangegangenen Wochenende den kleinen Georg mit Klaus zusammen nach Mainz gebracht hatte, als ob sie vom Eintreffen der Möbel geahnt hätte! Hier würde ihn Klaus´ Mutter zum ersten Mal allein betreuen, denn die jungen Leute wollten in den nächsten Tagen mit Professor Walter nach Kärnten zu einer Alpen-Exkursion aufbrechen.

So schwer ihr die Trennung von dem Kind auch fiel, so sehr freute sie sich nun auch auf den ersten richtigen Urlaub mit Klaus in den Bergen, und sie war sich sicher, dass das Baby bei der

Großmutter in Mainz gut versorgt würde und in sicherer Obhut war.

Viel zu schnell vergingen für Margrit und Klaus die schönen Tage mit abwechslungsreichen Touren in die Hochgebirgsregionen der Kärntner Alpen, und als die jungen Eltern nach fast drei Wochen Abwesenheit ihren kleinen Liebling in Mainz wieder in die Arme schließen konnten, war die Freude übergroß.

Er hatte unter der rührenden Obhut der Großeltern gute Fortschritte gemacht, zog sich, wenn man ihm die Händchen hielt, gern zum Sitzen hoch, doch am liebsten lag er auf dem Bauch und schaute mit gehobenen Köpfchen durch die Gitter seines Bettchens oder über den Rand des neuen Sportwagens.

Schon im nächsten Monat ging es erneut auf Reisen, und zwar fuhren die Eltern mit ihrem kleinen Sohn im Interzonenzug nach Weißenfels, wo sie mit den Großeltern bei sommerlichem Wetter in Haus und Garten erholsame Urlaubstage verbringen konnten.

In Weißenfels stand sein Gitterbettchen im Schlafzimmer der Großeltern, wo ihn morgens die Oma gern versorgte, damit seine Eltern ausschlafen konnten, und später verbrachte er die meiste Zeit in seinem mitgereisten Korbwagen, wo er sich herumrollen, mit den Beinchen strampeln und herrlich austoben konnte. Eines Tages im Garten versuchte er, sich unerwartet am Rand des Kinderwagens so hochzuziehen, dass er beinahe hinausgepurzelt wäre, wenn der Opa ihn nicht noch schnell festgehalten hätte.

Nun musste Margrit ihm wohl oder übel den schützenden Gürtel anlegen, was ihn aber nicht hinderte, das Kunststück erneut zu probieren. Eines Tages gelang es ihm tatsächlich, im Wagen zum Stehen zu kommen, da der Gurt einen guten Halt bot, und voll Stolz schaute er aus der höheren Position strahlend um sich.

Zum Glückt konnten Margrit und Klaus gleich nach der Heimkehr bei Freunden in Stuttgart ein Ställchen leihen, denn nun reichten Bett und Kinderwagen für die Aktivitäten ihres temperamentvollen Bübchens nicht mehr aus, da er sich überall zum Stehen hochziehen wollte, und es dauerte gar nicht lange, bis er die ersten kleinen Schritte am Ställchengitter entlang wagte.

In dieser Zeit gab es in der inzwischen recht gemütlich eingerichteten Wohnung in der Libanonstraße immer häufiger Besuch, denn Freunde und Bekannte wollten das Baby kennen lernen, und die glücklichen Eltern freuten sich über jeden Gast.

Da die Couch aus Weißenfels zum Schlafen recht bequem war, blieben die Gäste von außerhalb auch über Nacht, und so gab es zum Ende des Jahres manches nette Wiedersehen. So kamen aus Margrits Klasse Christel Glaß und etwas später Susanne Maaß, letztere mit ihrem Mann, dem netten Pfarrer Wolfram Maaß, der sich mit Klaus gleich gut verstand.

Auch Carola Richter aus Zweibrücken, die sich während Margrits großem Kummer über die Verhaftung der Eltern so rührend um sie gekümmert hatte, war unter den Gästen, und da sie selbst keine Kinder hatte, war sie ganz entzückt von dem kleinen Georg.

Zu netten Kaffee- und Abendbesuchen kamen auch die Freunde und Mitarbeiter von Klaus aus Tübingen, wie Hans-Günter Aach, Fräulein Dr. Atzler, Professor Melchers mit Frau und auch Tante Berthild Klöß meldete sich eines Tages an, um nach ihrem kleinen Patenkind zu sehen.

So verging die Zeit wie im Flug, und mit einem Kränzchen im Haar stand der kleine Mann im Januar des nächsten Jahres strahlend vor seinem ersten Geburtstagstisch, auf dem ein kleines Spielauto das wichtigste Geschenk war. Wenn er auch schon längst in seinem Ställchen am Gitter entlang von einer Ecke zur anderen spazieren konnte, so dauerte es doch noch bis zum Frühjahr, bis er es schaffte, die ersten Schritte frei zu wagen, um dann bald durch die ganze Wohnung zu trippeln.

Auch mit dem Sprechen ließ sich der sonst so aufgeweckte, kleine Mann viel Zeit, und neben „Mama" und „Papa" gab es lange Zeit nur noch das Wort „Auto" für ihn, und vom Herbst ab auch „Baby", aber richtig sprechen konnte er erst im dritten Lebensjahr.

23.

Ja, es hatte seinen Grund, dass der kleine Georg unter seinen ersten Äußerungen das Wort Baby besonders liebte, denn am 3. Oktober 1955, bekam er ein winziges, dunkelhaariges Brüderchen, das sein ganzes Interesse in Anspruch nahm.

Margrit hatte sich von jeher mehrere Kinder gewünscht und war zwischendurch schon etwas in Sorge, dass es mit einem zweiten Baby nicht klappte. Doch als sie im Verlauf des Winters bald sicher war, wieder schwanger zu sein, war sie so glücklich, dass sie das anfängliche Übelsein gefasst in Kauf nahm.

Außerdem wurde sie den ganzen Tag über von ihrem kleinen Wildfang so in Anspruch genommen, dass sie sich trotz häufigen Erbrechens immer wieder schnell aufraffen musste, um nebenbei auch die nötigen Hausarbeiten zu schaffen.

In den ersten Schwangerschaftswochen verbrachte Margrit um die Osterzeit zwei glückliche Wochen bei Maidi in Ostfriesland, die inzwischen drei kleine Kinder hatte, denn zu Ines und Hajo, die im Februar 1952 und im Mai 1953 geboren worden waren, hatte sich im August 1954 noch der kleine Daniel gesellt.

Durch die gute Seeluft und vielleicht auch durch das Glück, mal wieder bei der geliebten Schwester zu sein, ließ hier das Übelsein sichtlich nach, zumal die vier kleinen Kinder die jungen Mütter auch ständig in Atem hielten.

Klaus hatte Margrit die Reise nach Ostfriesland selbst vorgeschlagen und ihr sogar einen Schlafwagenplatz von Stuttgart nach Dortmund besorgt. Er selbst wollte die vorlesungsfreie Zeit im April nutzen, um in Tübingen die Ergebnisse seiner Untersuchungen zur Vernalisation als Grundlage für seine Habilitationsschrift auszuwerten.

In der Pfingstwoche verbrachten die beiden dann eine gemeinsame Woche in Freudenstadt, der erste richtige Urlaub, den die jungen Eheleute mal ganz für sich genossen, während die Oma in Mainz gern für den kleinen Enkel sorgte.

Und im August folgten glückliche Wochen bei den Weißenfelser Großeltern, wo Georg mit dem Opa fast den ganzen Tag im Garten verbrachte, auf dem Schaukelpferd reiten oder mit dem Leiterwagen herumkutschen durfte, sodass Margrit – inzwischen im 8. Monat – etwas Ruhe hatte.

Die Geburt, am 3. Oktober, war für Margrit wieder nicht leicht, denn es handelte sich um eine Steißlage, d.h. das Baby lag mit dem Köpfchen nach oben in der Gebärmutter. Es dauerte deshalb Stunden lang, bis sich trotz starker Wehen die Geburtswege endlich öffneten, und zum Schluss ging es nicht ohne Dammschnitt ab.

Als das kleine Bübchen nach verzweifeltem Kampf dann endlich in Margrits Armen lag und Klaus zu ihr durfte, meinte sie trotz des Glücks über den zweiten Sohn, dass sie nun leider kein Mädchen mehr haben könnten, denn solche Schmerzen würde sie kein zweites Mal verkraften.

Wenn auch der kleine Christoph nur wenige Tage vor dem errechneten Geburtstermin auf die Welt kam, so wog er doch nur knapp drei Kilo, also weniger als Georg bei der Geburt, war dafür aber 1 cm länger. Auch sonst unterschied er sich in allem so auffallend von dem großen Bruder, dass es die Eltern anfangs kaum fassen konnten.

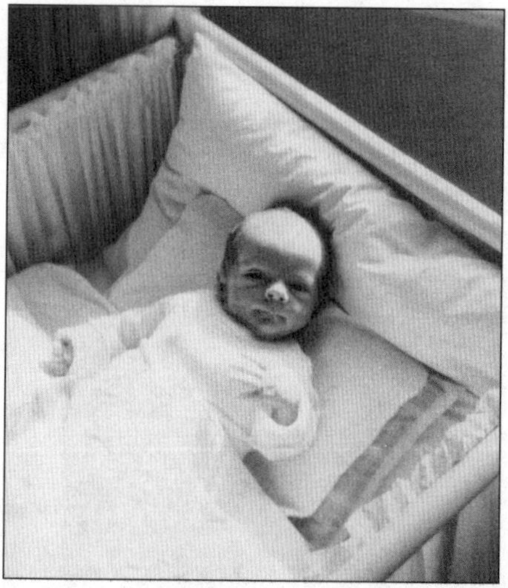

Er hatte große, fast schwarze Augen, ganz dunkle, relativ lange Haare und eine feine, bronzefarbene Haut. Dazu kam ein süßes Stupsnäschen, was dem kleinen Kerl von Anfang an ein schelmisches Aussehen gab.

Schon am nächsten Abend wurde er bei der Mami angelegt und am darauf folgenden Tag fünf mal von der fürsorglichen Schwester zum Saugen gebracht, damit die Milchbildung gut in Gang kam.

Aber der kleine Kerl war von Anfang an ein genügsames Kind und trank immer weniger, als es für ein Baby seines Alters normal gewesen wäre, sodass der Kinderarzt zu sieben Mahlzeiten am Tag riet, damit er die ausreichende Menge an Muttermilch bekäme. Auch daheim wurde diese Regelung noch beibehalten, denn Margrit hatte genug Milch und war immer traurig und besorgt, wenn ihr Baby zu früh beim Stillen einschlief.

Nach der Heimkehr in die Libanonstraße kam in den ersten Tagen vormittags Schwester Hedda, eine freundliche, ältere Wochenpflegerin, um den Kleinen zu versorgen, sich um die Windelwäsche zu kümmern und für Margrit stärkende Mahlzeiten zu bereiten. Sie sollte natürlich auch Kräfte sammeln, damit sie bald wieder allein den Haushalt und beide Kinder versorgen könne.

Der kleine Georg war nämlich am Tag von Christophs Geburt vormittags zu Frau Stimpfig gebracht worden, wo ihn Opa Napp-Zinn nachmittags abholte und zur Betreuung bei der „Omu“ im Zug mit nach Mainz nahm. Einige Wochen später, als Margrit wieder bei Kräften war und sich sehr nach ihrem Blondschopf sehnte, brachte er ihn dann nach Stuttgart zurück.

Der Mainzer Großvater übernahm diese Bahntransporte des kleinen Enkels gern, denn er hatte als wissenschaftlicher Beirat der deutschen Bundesbahn eine Freifahrkarte für das ganze deutsche Bundesgebiet, und der noch kostenlos fahrende Enkel war im Beisein des „Opus“ immer vorbildlich brav.

Die Wiedersehensfreude in Stuttgart nach der langen Trennung war dann auch groß, aber im Mittelpunkt des Interesses stand jetzt natürlich das neue Baby, und bei jeder Gelegenheit rückte sich Georg einen Stuhl an das Bettchen, um nach dem kleinen Bruder zu sehen und ihm mit den Händchen liebevoll ins Gesicht zu patschen.

Zum Glück hatte inzwischen der Tischler ein praktisches Gitter für die Türen angefertigt, sodass Georg neuerdings seinen eigenen Spielraum im Flur hatte, wo er lernte, sich täglich längere Zeit allein zu beschäftigen. Das Gitter trennte ihn dann jeweils von dem Raum ab, in dem Margrit zu tun hatte, und so konnten sich beide sehen und unterhalten, und Georg fühlte sich nicht allein gelassen.

Eine weitere große Erleichterung an den Wochentagen war Georgs täglicher Spaziergang mit Inge Renz, einer jungen Schülerin aus der Nachbarschaft, die mit ihm ab November jeden Nachmittag zwei Stunden unterwegs war. Sie erkundeten die nähere Umgebung und schienen immer viel Spaß zu haben, denn Georg freute sich täglich auf Inge, die ihn auch umgekehrt schnell in ihr Herz schloss. So konnte Margrit sich eine kleine Mittagsruhe gönnen und auch weiterhin ihr Baby gut stillen, bis in der Vorweihnachtszeit mit dem Fläschchen nachgeholfen werden musste und es auch mal mit einem Obstbrei versucht wurde, was anfangs viel Geduld erforderte.

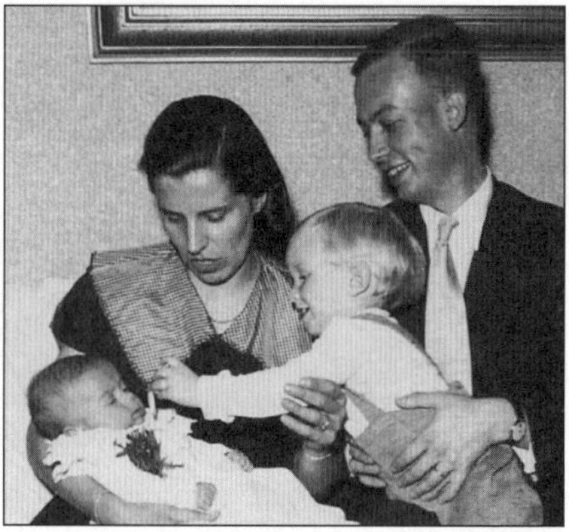

Zum Glück wurden in diesem Jahr die Weißenfelser Großeltern zu den Weihnachtstagen erwartet, die wieder oben in Stimpfigs Gästezimmer wohnen konnten, und da sie nur zu gern bei der Betreuung der beiden Enkelkinder halfen, gab es für alle frohe und geruhsame Festtage, und als Höhepunkt eine festliche Taufe am 1. Januar, wozu auch Oma und Opa aus Mainz kamen.

Wie bei Hans-Georgs Taufe lud Großvater Napp-Zinn die Familie und Klaus´ Tübinger Freund, Dr. Hans-Günter Aach, als Paten in die „Schillerstuben“ zum festlichen Essen ein, und nachmittags wurde der kleine Christoph in der Gablenberger Kirche feierlich getauft.

Kaffee und Abendbrot gab es dann zu Hause, und zwischendurch zeigte Klaus schöne Farbdias von den verschiedenen Reisen und natürlich auch von den Kindern.

Zu Margrits großer Freude hatten die Weißenfelser Großeltern von den DDR-Behörden eine Reisegenehmigung für vier Wochen erhalten und konnten während dieser langen Zeit bei der Betreuung der Kinder und im Haushalt viel helfen. So blieb genug Zeit zum Spazierengehen und erzählen, und abends konnte Doppelkopf gespielt werden, was Klaus besonders viel Spaß machte.

Als dann der Tag des Abschieds kam, waren die beiden kleinen Enkel den Großeltern so ans Herz gewachsen, dass sie sich kaum von ihnen trennen konnten, und Margrit war in den ersten Tagen ohne die Eltern so traurig, dass sie öfter Tränen vergoss, wie sie ihrem Tagebuch anvertraute.

Doch die folgenden Wochen waren so ausgefüllt mit Haushalt und Kindern, dass der Winter schnell verging.

Schon Ende März kam die frohe Nachricht, dass Maidi über Ostern einen kurzen Besuch in Stuttgart plane, da sie mit Vetter Bonno Sanders von Ostfriesland zum Steinbachhof bei Vaihingen/Enz im Auto mitgenommen werden und vier Tage bleiben konnte.

Bereits eine Woche später kam die geliebte Tante Tilde aus Berlin zu einem kurzem Besuch, wohnte allerdings im Hotel, und um Himmelfahrt waren Tante Leli (Mamas Schwester) und Tochter Lenelore aus Weimar für drei Tage in der Libanonstraße zu Gast, und alle waren begeistert von der glücklichen Familie in der kleinen Dachwohnung.

Für Margrit gab es schon bald eine große Erleichterung, da Inge Renz sich nach Abschluss ihrer Schulzeit im Frühjahr 1956 entschloss, täglich als Haushaltshilfe in die Libanonstraße zu kommen, denn die beiden kleinen Bübchen waren inzwischen ihr Ein und Alles!

Sie kam vormittags von neun bis halb zwei und nachmittags von halb vier bis sieben Uhr und stand Margrit in allem, was der Tageslauf erforderte, getreulich zur Seite.

Schon längst hatte sie gelernt, beide Kinder auch mal allein zu betreuen, und bereits am zweiten Tag ihres „Dienstantritts" Mitte April musste sie ihr Können unter Beweis stellen, denn beide Eltern waren zur ersten Fahrstunde angemeldet.

Ja, Margrit und Klaus hatten nach reiflichen Überlegungen den Entschluss gefasst, sich der Kinder wegen ein Auto anzuschaffen, denn jede Unternehmung mit öffentlichen Verkehrsmitteln mit den beiden Kleinen kostete viel Mühe und war allein kaum zu schaffen.

Da Klaus' Verdienst als Assistent an der Uni noch recht bescheiden war, hatten sie den kleinen, viersitzigen Lloyd aus Kunststoff ins Auge gefasst, der ihnen gerade noch erschwinglich erschien.

Bei einem Stuttgarter Opelhändler wurde günstiger Fahrunterricht angeboten, und nach der Anmeldung und einem Abend mit theoretischen Unterweisungen folgte am Tag danach für beide die erste Fahrstunde. Klaus hatte in einem Opel Kapitän beim Chef der Fahrschule und Margrit in dem etwas kleineren Opel Rekord bei einem jüngeren Lehrer Unterricht.

Schon beim ersten Mal durften die Schüler das Steuer übernehmen und ihr Fahrzeug selbst lenken, wobei der Lehrer natürlich eingreifen konnte, und Margrit war von Anfang an hellbegeistert von dieser neuen Tätigkeit.

Ganz leicht war es natürlich nicht, in einer Stadt wie Stuttgart Auto fahren zu lernen, da es überall bergauf und bergab ging und es nur im innersten Stadtbereich ebene Straßen gab. Am schwierigsten war es für die Anfänger, am Berg anzufahren oder an steilen Stellen aus einer Parklücke rückwärts herauszukommen, besonders in Straßen mit Schienen. Hier hatten die

Bahnen immer Vorfahrt und wenn diese hielten, durfte natürlich nicht rechts an ihnen vorbeigefahren werden.

In der folgenden Zeit hatten die beiden pro Woche ein bis zwei Stunden Unterricht und zwar ganz unabhängig voneinander, sodass sie sich abends voll Eifer berichten konnten, was sie inzwischen gelernt hatten. Den theoretischen Unterricht besuchten sie natürlich gemeinsam und staunten, wie viel man wissen musste, wenn man die Fahrprüfung machen und zu den Autofahrern gezählt werden wollte.

So sehr Margrit sich jedes Mal auf die Fahrstunde und ihren netten Lehrer freute, der mit ihren Fortschritten recht zufrieden war, so wenig vertrug sie neuerdings die Fahrerei und fühlte sich abends oft übel, was sie von früher her gar nicht kannte. Erst ganz allmählich wurde ihr klar, dass dies sicher nichts mit dem Auto fahren zu tun hatte, sondern dass sie wahrscheinlich wieder schwanger war, obwohl sie Christoph immer noch etwas Muttermilch gab und geglaubt hatte, so lange gestillt würde, könnte man kein Baby empfangen.

Der verständnisvolle Fahrlehrer, dem sie davon erzählte, meinte zuversichtlich, dass ihr Baby später bestimmt mal ein guter Autofahrer würde, da es schon vor der Geburt am Unterricht teilgenommen hätte.

Während Klaus bereits am 13. Juni – Margrits Geburtstag – seine Fahrprüfung erfolgreich bestand, war sie am 16. Juni an der Reihe. Von morgens sieben bis halb zehn Uhr nahm sie gemeinsam mit anderen jungen Leuten in einer Schule an den theoretischen Prüfungen teil, wobei in einem Klassenraum die Fahrschüler einzeln an bunten Bildtafeln abgefragt wurden und Margrit gutes Wissen zeigte.

Anschließend folgte eine letzte, kurze Fahrstunde, und irgendwo unterwegs stieg der gefürchtete Prüfer zu, der von hinten genaue Anweisungen gab. Trotz einer gewissen Angst fuhr Margrit ruhig und konzentriert und führte alles aus, was verlangt wurde, und schon nach fünfzehn Minuten Fahrzeit hieß es: Anhalten und herzlichen Glückwunsch!

Zufrieden und dankbar kehrte Margrit mit dem Gedanken heim, dass nun alles geschafft sei und sie – genau wie Klaus – nach 18 Stunden Unterricht glückliche Besitzerin eines Führerscheins war. Von nun an hieß es also, ein Auto ganz allein ohne das wachsame Auge des Fahrlehrers durch den Verkehr zu manövrieren, was sicher viel Mut erfordern würde, aber das stand auf einem anderen Blatt.

Viel bedeutsamer für die junge Familie war, dass wieder ein Baby kommen sollte, was inzwischen so gut wie sicher schien. Offensichtlich musste es schon fünf Monate nach der Geburt des kleinen Christophs gezeugt worden sein, was Margrit und Klaus kaum glauben konnten!

Wenn es auch etwas schnell auf das Brüderchen folgte, so überwog bei den Eltern doch die Freude, da sie sich einig waren, das ihnen mit dem dritten Kindchen auch die Kraft geschenkt würde, es mit den beiden anderen in Liebe und Dankbarkeit großzuziehen.

Wie immer hatte Margrit es auch diesmal mit häufigem Übelsein und Erbrechen zu tun, und um diese Zeit etwas besser in guter Nordseeluft zu überstehen, reiste sie schon wenige Tage nach der Fahrprüfung mit ihren beiden Bübchen zu Maidi und Detert auf deren Bauernhof nach Ostfriesland.

Nach 14 erholsamen Tagen kamen Anfang Juli auch noch die langersehnten Eltern aus Weißenfels (mit Hilfe mühsam erkämpfter Reisepapiere) auf den Hammrich zu Besuch und genossen voll Freude und Dankbarkeit das Zusammensein mit ihren beiden Töchtern und den fünf kleinen Enkeln.

Margrit trat mit den Kindern nach den letzten, schönen Tagen im großen Familienkreis allein die lange Rückreise an, die sie allerdings in Mainz unterbrach, wo sie von Klaus glücklich in Empfang genommen wurde. Er hatte seine kleine Familie in Stuttgart sehr vermisst, war allerdings seit einigen Tagen durch

den Besitz eines neuen blauen Lloyds mit dem er beglückt nach Mainz gekommen war, sehr in Anspruch genommen.

War das eine Überraschung für alle, ja der inzwischen zweieinhalbjährige Georg redete von nichts anderem mehr, und fuhr voll Glück und Stolz mit Eltern und Brüderchen am darauf folgenden Tag in dem schönen Fahrzeug nach Stuttgart zurück.

Auch Margrit war begeistert von der neuen Errungenschaft und machte schon bald mit Klaus ihre erste Probefahrt in dem kleinen Lloyd, musste allerdings noch lernen, beim Kuppeln Zwischengas zu geben, was bei den Autos im Fahrunterricht nicht nötig war.

Von nun an sorgte Klaus dafür, dass Margrit bei jeder gemeinsamen Fahrt, die sie an den Wochenenden unternahmen und die sie oft nach Hohenheim führte, zur Übung ein Stück chauffierte. Als sie aber in Stuttgart zum ersten Mal allein in Gablenberg zur Apotheke fahren wollte, um für Georg einen Hustensaft auf Rezept zu kaufen, würgte sie den Motor ungewollt an einer steilen Straße ab. Tatsächlich gelang es ihr, ihn in letzter Minute wieder in Gang zu setzen, als sich bereits eine Straßenbahn bedrohlich näherte, doch Margrit kehrte danach so geschockt heim, dass sie am liebsten gar nicht mehr fahren wollte, wenn Klaus nicht darauf bestanden hätte.

Zum Glück konnten die gestressten Eltern noch im August einen herrlichen Erholungsurlaub im Kleinen Walsertal genießen, während die Kinder zusammen mit Inge von Klaus´ Mutter in Mainz betreut wurden.

Margrits Kusine Lenelore, die in Hirschegg als Krankengymnastin tätig war, hatte in dem Haus, wo sie selber wohnte, für ein günstiges Quartier gesorgt. Von hier aus konnten viele schöne Unternehmungen gestartet werden, ja, selbst größere Bergtouren standen trotz Margrits Schwangerschaft regelmäßig auf dem Programm.

In der zweiten Septemberhälfte gab es dann bei herrlichem Herbstwetter noch zwei erholsame Wochen in Weißenfels, wo die gute Oma täglich lecker kochte und der Opa den immer unternehmungslustigen Georg im Garten mit Burgenbauen, Roller- und Leiterwagenfahren beschäftigte, während Christoph lieb im Ställchen oben spielte oder in seinem Wagen auf dem Balkon schlief.

Margrit war dankbar für die schönen Tage daheim, wo die Eltern ihr viel abnahmen, denn die Schwangerschaft fing an, beschwerlich zu werden, zumal sie das Gefühl hatte, dass ihr Kindchen wie beim letzten Mal wieder mit dem Köpfchen nach oben in der Gebärmutter lag, was sie sogar von außen ertasten konnte.

24.

Zum Glück hatte sie längst entschieden, diesmal zur Entbindung ins „Charlottenhaus“ in die Privatklinik von Professor Meyer zu gehen, von dem sie gehört hatte, dass er stets versuchte, den Müttern so gut wie möglich schwierige Geburten zu erleichtern und unnötige Schmerzen zu ersparen.

Bei der ersten Untersuchung im Sommer war er mit der Entwicklung des Babys und Margrits Gesundheitszustand recht zufrieden, doch jetzt im Oktober bestätigte er Margrits Annahme, dass es sich wieder um eine Steißlage handele, er aber bei der Geburt für Erleichterung sorgen würde, wenn sich die Lage des Kindes nicht mehr ändern sollte.

So rückte der errechnete Geburtstermin Anfang Dezember allmählich heran, und schon Ende November holten die Mainzer Großeltern ihren großen Enkel in Stuttgart ab und am 8. Dezember reiste Inge mit dem gut einjährigen Christoph nach Mainz. Sie sollte der Oma bei der Betreuung der beiden Kinder helfen, bis das Baby in Stuttgart angekommen sei und sie dann vor den Festtagen alle zusammen nach Stuttgart zurückfahren würden, um fröhliche Weihnachten zu feiern.

Es sollte jedoch anders kommen, da das Baby zwar durch kräftige Bewegungen seit langem sein Temperament bekundete, aber nun doch auf sich warten ließ, sodass für Margrit unerwartet viel freie Zeit blieb und sie die trauliche Adventszeit mit Klaus in Ruhe genießen konnte.

Da keine Kinder zu versorgen waren und Klaus den ganzen Tag in Hohenheim verbrachte, ordnete und putzte sie nicht nur gründlich die komplette Wohnung und schmückte alles weihnachtlich, sondern nähte nach einem hübschen Schnitt auch noch zwei niedliche, lange Hosen für ihre beiden Buben. Schließlich schickte sie kurz vorm Fest schöne Weihnachtspäckchen nach Weißenfels, Ostfriesland und Mainz, ohne ungeduldig auf die längst fälligen Wehen zu warten.

Von Tag zu Tag wurde es nun wahrscheinlicher, dass in diesem Jahr Georg und Christoph die Festtage bei den Großeltern verleben würden und die Oma versprach ihrem großen Enkel ganz besonders schöne Überraschungen, wenn er weiterhin brav sei und nicht immerzu nach der Mami fragte.

Inge redete sie gut zu, sich auch hier auf Weihnachten mit den ihr anvertrauten Kleinen zu freuen, und gemeinsam kauften sie schöne Geschenke für ihre Eltern und Geschwister, sodass bald ein großes Paket nach Stuttgart auf Reisen ging.

Endlich spürte Margrit am 19. Dezember in den Morgenstunden die ersten Wehen, die sich im Charlottenhaus bald verstärkten. Doch sie brauchte sich nicht lange zu quälen, denn wie Professor Meyer angekündigt hatte, bekam sie nach dem Blasensprung gegen Mittag eine leichte Narkose, und ohne jede Mühe und weitere Schmerzen konnte sie eine halbe Stunde später ihr drittes Bübchen – den kleinen Winfried – glücklich in den Armen halten.

Er war durch einen Dammschnitt trotz Steißlage relativ leicht zur Welt gekommen und ein gesundes, wohl ausgebildetes Kerlchen, das an Länge und Gewicht seine beiden Brüder bei der Geburt übertraf und diesen Vorsprung auch zeitlebens beibehielt.

Eine schöne, glatte Haut umspannte den zierlichen Körper, und trotz hellem Teint hatte er braune Haare und dunkle Äuglein, mit denen er neugierig in die Welt blickte.

Durch die etwas verspätete Geburt war er kräftig genug, um schon am nächsten Tag die Milchbildung bei der Mami in Gang zu setzen, sodass er von Anfang an die erforderliche Menge trank und regelmäßig zunahm.

Leider brauchte Margrit diesmal längere Zeit, um sich nach der Geburt zu erholen und blieb auf Anraten von Dr. Meyer bis ins neue Jahr unter seiner Obhut in der Klinik.

Am Tag vor Heiligabend kam Frau Schmid in Margrits Zimmer, die ihr drittes Töchterchen geboren hatte, und deren Mann in Hohenheim Landwirtschaftsrat war und Klaus kannte, sodass gleich ein netter Kontakt entstand.

Neben vielen Besuchen von Freunden und Bekannten erschien Klaus täglich im Charlottenhaus und brachte am Weihnachtsabend zu einer kleinen Feier ein Tannenbäumchen und liebevoll ausgesuchte Geschenke mit, und an Silvester erlebten die jungen Mütter vom Bett aus ein tolles Feuerwerk.

Trotz aller Fürsorge und guter Verpflegung in dem schönen Haus fühlte sich Margrit leider nach dieser Geburt noch längere Zeit schwach und müde und konnte sich nur langsam erholen, obwohl sie dankbar und glücklich über ihr gesundes Kindchen war, das so gut trank und ganz problemlos gedieh.

Als sie dann am 2. Januar endlich heim durfte, kam in den ersten Tagen wieder eine nette Wochenpflegerin, die bestens für alles sorgte, sodass es allmählich aufwärts ging und Margrit sich kräftig genug fühlte, um wieder für ihre ganze Familie zu sorgen.

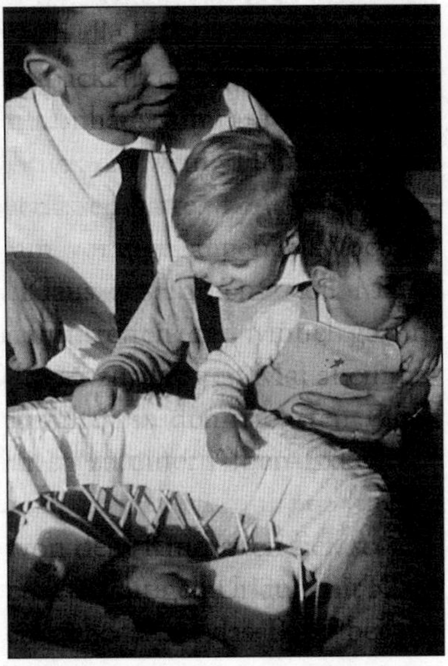

So kehrten Mitte Januar Inge und Christoph aus Mainz zurück, und einige Tage später brachte der Opa auch Georg zu seinen Eltern heim in die Libanonstraße. War das eine Freude, als die Kinder nach der langen Trennung wieder von Mama und Papa in die Arme geschlossen werden konnten und dann endlich auch das neue Baby sehen durften, das lieb in seinem Körbchen im Schlafzimmer schlief.

Was war in den vier Wochen, die beide Buben in Mainz verbracht hatten, besonders aus dem kleinen Christoph geworden: Ein richtig großes, verständiges und kluges Kind, das nicht nur munter laufen, sondern auch herzig sprechen konnte, ja, das alles sah und verstand und durch seine schelmische Art und seinen Liebreiz alle Herzen eroberte.

Beide Jungen waren ganz begeistert von dem kleinen Brüderchen und konnten es gar nicht genug bewundern und liebevoll streicheln, sodass die Eltern ganz gerührt waren und beglückt auf ihr Bubentrio hinabschauten.

Auch Inge, die wieder täglich kam, schloss das Baby schnell in ihr Herz, obwohl der kleine Christoph ihr ausgesprochener Liebling blieb und Georg ihr ein richtiger kleiner Freund und Gesprächspartner wurde. Margrit war glücklich, in ihr eine so kinderliebe und zuverlässige Hilfe zur Seite zu haben, die fest zur Familie gehörte und auf die sie sich immer verlassen konnte.

So spielte sich der Tagesablauf, der sich mit wenigen Ausnahmen regelmäßig wiederholte, schnell ein: Georg beschäftigte sich mit seinen Spielsachen nach dem Frühstück auf dem kleinen Flur und Christoph im Ställchen im Wohnzimmer, manchmal auch beide lieb zusammen, während das Baby brav in seinem Körbchen im Schlafzimmer lag und viel schlief, sodass Margrit und Inge die Hausarbeit erledigen konnten.

Nach dem Essen, Küche aufräumen und Stillen gelang es Margrit sogar fast immer, mit allen drei Kindern ein Stündchen im gleichen Raum zu schlafen. Inge war dann zwei Stunden daheim und kam nachmittags zum Spazierengehen und spielen wieder und blieb, bis die drei Kleinen zu Bett gebracht waren.

Klaus freute sich natürlich, abends seine Kinder noch ein Stündchen zu erleben, wenn er aus Hohenheim zurückkehrte, worauf die Großen schon immer warteten. Doch ab 20 Uhr sollten sie dann in den Betten liegen und nach Singen und Beten möglichst lieb einschlafen, was natürlich nicht immer gelang. Aber die Eltern wollten dann gemütlich essen, erzählen und anschließend Schriftliches erledigen oder vorlesen, wobei Margrit bügeln bzw. nähen konnte.

25.

Inzwischen hatte Klaus nach fast dreijähriger wissenschaftlicher Arbeit im Tübinger Max-Plank-Institut – in den letzten zwei Jahren nur an den Wochenenden – seine Habilitations-arbeit abgeschlossen und sich am 6. Dezember 1956 für das Fach Botanik habilitiert, sodass er nun an Universitäten lehren konnte.

Zur Feier des schönen Erfolges, schon im Alter von 29 Jahren Dozent zu sein, bereitete Margrit daheim ein festliches Essen. Dabei erzählte ihr Klaus von seinen geplanten Bewerbungen an mehreren Hochschulen, denn die jetzige Assistentenstelle in Hohenheim war nur der Ausgangspunkt für seine geplante Universitätslaufbahn.

Im Verlauf des Winters 1957 erhielt er dann tatsächlich den erhofften Lehr- und Forschungsauftrag am Botanischen Institut der Universität Köln unter Leitung von Professor Straub, der verheißungsvolle Beginn von Klaus´ Berufsweg, worüber er ganz glücklich war.

Damit waren die Tage der jungen Familie in Stuttgart gezählt, und Margrit und Klaus bemühten sich, all ihre Freunde und Bekannten im Winter noch mal in die Libanonstraße einzuladen.

Alle freuten sich an der munteren Kinderschar und gratulierten Klaus zu seiner Berufung, aber bedauerten auch, dass die fröhliche Familie nun bald nicht mehr in ihrer Nähe, sondern im fernen Köln leben würde.

Klaus begann dort seine Tätigkeit bereits im April 1957 zu Beginn des Sommersemesters und kehrte nur an den Wochenenden zu seiner Familie nach Stuttgart heim. Mit Inges Hilfe und den vielen netten Bekannten kam Margrit ganz gut allein mit Haushalt und Kindern zurecht, aber sie vermisste ihren Klaus an den Abenden doch sehr.

So freute sie sich, im Mai mit Georg und Christoph mal wieder ein paar schöne Wochen im geliebten Ostfriesland bei Maidi und ihrer Familie verbringen zu können, während Inge mit dem kleinen Winfried, der inzwischen abgestillt war, bei Oma und Opa in Mainz sein durfte.

Anfang Juli kamen die Weißenfelser Großeltern anlässlich Winfrieds Taufe für 14 Tage zum letzten Mal nach Stuttgart und schliefen wie immer oben in Stimpfigs Gästezimmer.

Am 7. Juli, dem Taufsonntag, gab es ein festliches Essen am Eugensplatz, wozu der Mainzer Opa außer der Familie die Paten Helga Leitz und Frank Eberhard sowie Pfarrer Joachim Klöß, Klaus´ Tübinger Freund, einlud, der dann nachmittags das Baby in der Petruskirche in Gablenberg taufte.

Im alten Familientaufkleid sah der kleine Winfried goldig aus und schaute den freundlichen Pfarrer bei der Taufzeremonie mit großen Augen an, während seine beiden Brüder gespannt

zusahen und Georg immer wieder fragte, warum das arme Baby so nass gemacht würde.

Wie bei Georgs Taufe war es hochsommerlich warm, als in großer Runde bei Kaffee und Abendbrot der schöne Tag daheim in der kleinen Wohnung festlich begangen wurde.

Nur Patentante Clara aus Ostfriesland konnte wegen der vielen Arbeit in der Landwirtschaft und wegen ihrer drei kleinen Kinder nicht dabei sein.

Kurz nachdem die Weißenfelser Großeltern wieder abgereist waren, erhielt Margrit per Eilbrief von Klaus die gute Nachricht, dass am Lindenthalgürtel in Köln im August eine geeignete Wohnung frei würde und der Umzug geplant werden könne.

Herr Seidenfuß aus Köln, ein ehemaliger Schüler von Klaus´ Vater, hatte von dieser preisgünstigen Dreizimmer-Wohnung in der Nähe der Universitätsinstitute gehört und sehr empfohlen, zumal es immer noch recht schwer war, in den zerbombten Großstädten passable Wohnungen zu finden.

Wenn sie auch im dritten Stock eines größeren Mietshauses an einer verkehrsreichen Straße lag, so war sie doch in gutem Zustand und gefiel Klaus. Sie lag genau da, wo der Lindenthalgürtel sich in zwei Hälften teilte, um einer baumbestandenen Anlage mit einer größeren, evangelischen Kirche Platz zu lassen.

Nun hieß es also den Umzug vorzubereiten. Das bedeutete für Margrit und Klaus zum ersten Mal in ihrer Ehe mit Hilfe eines Spediteurs, eine komplette Wohnungseinrichtung zu verpacken und in eine andere Stadt transportieren zu lassen.

Bereits am 2. August kam der immer hilfsbereite Mainzer Großvater per Bahn nach Stuttgart, um Inge und die drei Enkel abzuholen, damit sie während der gesamten Umzugstage von der Oma in Mainz betreut werden konnten.

So hatten die Eltern übers Wochenende Zeit, schon mal Bücher, Schreibsachen und Wäsche in größere Kartons zu verstauen. während am Montag ein geübter Packer Gläser, Porzellan, Bilder und Lampen in Zeitungspapier gewickelt in Kisten mit Holzwolle unterbrachte. Auch alles andere wurde gut für den Abtransport vorbereitet, sodass am nächsten Vormittag sämtliche Möbel und der gesamte Hausrat von drei Männern in einen großen Lastwagen verladen werden konnten.

Am Abend vorher waren Stimpfigs und Frau Hilss in die Wohnung gekommen, und – auf Kisten sitzend – wurde zum Abschied mit einem Gläschen Wein auf einen guten Anfang in Köln und ein baldiges Wiedersehen angestoßen.

Als Margrit und Klaus dann jedoch am nächsten Mittag in der leeren Wohnung standen, in der sie die ersten glücklichen Jahre ihrer Ehe verbracht hatten, war es ihnen doch etwas weh ums Herz.

Aber es blieb keine Zeit zum Nachdenken, denn Frau Egert, bei der sie sich umziehen konnten, wartete mit einem kleinen Imbiss, und bereits um 14 Uhr ging es mit dem Zug nach Mainz und nach zweistündigem Beisammensein mit Eltern und Kindern abends weiter nach Köln, ihrem neuen „Zuhause“.

Nach kurzer Nacht bei Klaus´ Wirtin in Höhenhaus und eiligem Frühstück im Botanischen Institut wurde dann mit den Stuttgarter Packern von 10 bis 16 Uhr das gesamte Umzugsgut in die Wohnung am Lindenthalgürtel 17 in den dritten Stock hinauf transportiert.

In das schöne große Wohnzimmer mit Balkon und breitem Fenster zum Lindenthalgürtel hinaus, kamen in den vorderen Bereich Klaus´ Schreibtisch, Margrits Schreibschrank und seitlich die Bücherregale, während Sofa, Ausziehtisch und Sessel in der hinteren Hälfte des Wohnzimmers Platz fanden. In das Kinderzimmer daneben, mit dem Fenster zum Balkon hin, wurden die Gitterbettchen, Wickelkommode und eine Liege für Inge gestellt und die anderen Möbel transportierten die Spediteure ins Elternschlafzimmer, in die Küche und ins Bad, deren Fenster nach hinten hinaus gingen.

Nun fing es mit der Arbeit für Margrit und Klaus erst richtig an, denn die vielen Kisten mussten ausgepackt und die Wohnung gemütlich eingerichtet werden. Darüber hinaus hieß es, Gardinen und Lampen aufzuhängen, Herd und Kühlschrank anschließen zu lassen und manches Neue anzuschaffen, bis endlich auch die Kinder in ihr neues Zuhause nach Köln kommen konnten, nach denen sich Margrit schon sehr sehnte.

Bereits eine knappe Woche nach dem aufregenden Umzug brachte der Mainzer Opa den nun schon gut dreijährigen Enkel Georg im Erste-Klasse-Abteil der Bahn zu seinen Eltern nach Köln, und er staunte bei seinem Eintreffen am späten Nachmittag über die schon so wohnlich eingerichteten Räume.

Der kleine Georg dagegen konnte es gar nicht fassen, dass es hier in der neuen Wohnung ein richtiges Kinderzimmer für ihn und Christoph gab und eine Kommode mit Platz für alle Spielsachen. Am tollsten fand er aber den Balkon, von dem aus er – auf Zehenspitzen stehend – hinunter auf die große Straße und den unaufhörlichen Strom der Autos, Lastwagen und Busse sehen konnte, wozu er immer wieder drängte.

Zwei Wochen später fuhr Klaus am Wochenende mit dem Auto nach Mainz und holte Inge mit Christoph und den kleinen Winfried ab, der zunächst noch mit seinem Körbchen im Elternschlafzimmer unterkam, während Inge bei den beiden Jungen im Kinderzimmer schlief, was alle prima fanden.

Es dauerte gar nicht lange, bis für die Familie das Leben in der neuen Stadt und der größeren, gut renovierten Wohnung am Lindenthalgürtel seinen geordneten Verlauf nahm. Georg und Christoph spielten begeistert in ihrem Kinderzimmer und bei gutem Wetter auch auf dem Balkon, wo sie streng angehalten waren, niemals auf Stühle zu klettern, um unten auf die Straße und nach den Autos zu schauen.

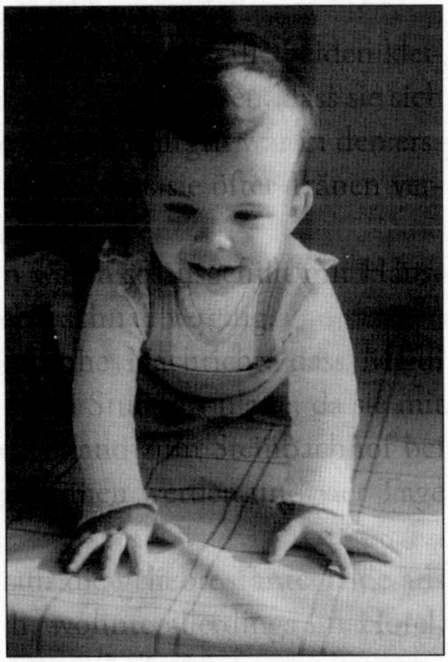

Das Ställchen von Winfried stand dagegen im Wohnzimmer, und da der kleine Kerl bei offenen Türen von hier aus meist jemanden von der Familie sehen konnte, war er lieb und zufrieden, besonders wenn die Brüder ihm immer mal wieder eines ihrer Spielsachen brachten oder zu ihm ins Ställchen kletterten und ihm was Neues zeigten.

Längst konnte er frei sitzen und begann bereits im Herbst sich vorsichtig an den Gitterstäben zum Stehen hochzuziehen, aber mit den ersten Schritten und dem Laufen ließ er sich noch viel Zeit.

Dank Inges Hilfe war die Hausarbeit nebst der vielen Wäsche morgens leicht zu bewältigen, sodass für Margrit Zeit zum Einkaufen und Kochen blieb, denn Klaus kam vom nahen Institut regelmäßig zum Essen heim und freute sich, dass Georg und Christoph schnell gelernt hatten, mit den Großen am Küchentisch die Mahlzeiten manierlich einzunehmen.

Nach kurzer Mittagsruhe folgte dann das übliche Spazieren gehen, was in Stuttgart durch die vielen Ziele im Grünen ringsum kein Problem war, aber hier mit den drei Kindern schon einige Anforderungen stellte und eigentlich nur zu zweit bewältigt werden konnte. Der schöne Stadtwald, der jetzt zum Spielen und Erholen einzig und allein in Frage kam, war nämlich auf dem verkehrsreichen Lindenthalgürtel von der Wohnung aus nur in gut 15 Minuten Gehzeit zu erreichen.

Zunächst mussten also die drei Kleinen angezogen und im Haus drei Treppen hinuntergebracht, der Kinderwagen aus dem Keller geholt und Winfried hineingesetzt werden, ehe es losgehen konnte. Und dann war es nicht leicht, die lebhaften Buben fest an der Hand zu halten und über die vielen Seitenstraßen sicher hinüberzubringen, bis man endlich das ersehnte Ziel erreicht hatte.

Hier war es dann herrlich für die Jungs, über die weiten Rasenflächen zu rennen, mit Roller oder Rädchen, die oft auch noch mitgenommen werden mussten, die schönen Wege entlang zu fahren oder im Sandkasten zu spielen, wobei Margrit und Inge von einer Bank aus zusahen und Winfried im Wagen sich interessiert nach allen Seiten umschaute.

Allein hätte man diese Unternehmung einfach nicht geschafft, und Margrit war froh, Inge hier in Köln stets als Hilfe an ihrer Seite zu haben. Auch Inge fühlte sich glücklich mit den Kindern, sodass sie sich im Herbst eindeutig entschied, erst mal in Lindenthal zu bleiben, als ihre Eltern eine Ausbildung in Stuttgart vorschlugen.

In der Berufsschule, die sie nun regelmäßig montags besuchte, lernte sie auch bald gleichaltrige Mädchen kennen, mit denen sie sich an den freien Nachmittagen oder auch mal sonntags traf, aber am liebsten nahm sie an den Unternehmungen der Familie teil.

So war es auch ganz selbstverständlich, dass Inge mit Margrit, Klaus und den drei Kindern Mitte September im Interzonenzug mit nach Weißenfels fuhr, wo alle in den noch zur Verfügung stehenden Räumen der alten Villa von Margrits Eltern gut unterkamen und herrliche Ferientage verbrachten. Die Großeltern genossen ihre drei munteren Enkel diesmal ganz besonders, da Margrit und Inge sich um alles Praktische kümmerten, sodass vieles unternommen werden konnte und nachmittags regelmäßig netter Besuch kam.

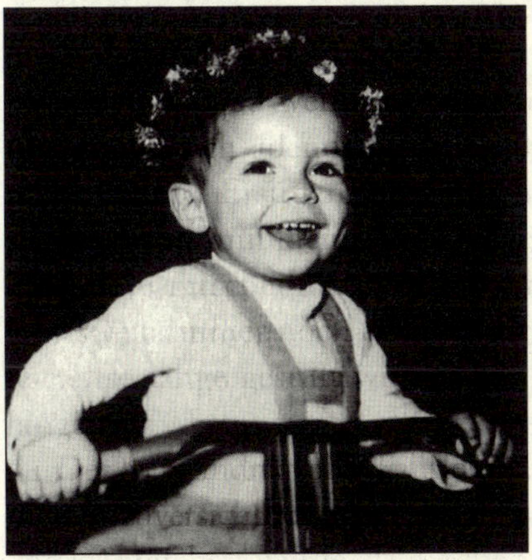

Christoph war an seinem zweiten Geburtstag am 3. Oktober stolzer Mittelpunkt und erhielt zu seiner großen Freude ein kleines Dreirad als Hauptgeschenk, während Kusine Gina mit Klein-Thomas und Freundin Lore Rackelmann mit zwei Kindern nachmittags zum Spielen kamen.

Der Opa war, wie auch sonst bei allen Besuchen in Weißenfels, für die Unternehmungen der Buben im Garten zuständig, während die Oma es sich nicht nehmen ließ, täglich den kleinen, so anschmiegsamen Winfried zu füttern, ihm das Fläschchen zu geben und ihn innig zu liebkosen.

Für Klaus waren die Tage in Weißenfels vom 19. September bis zum 7. Oktober, also in den Semesterferien, eine willkommene Zeit der Erholung, denn seine vielen, recht anspruchsvollen Aufgaben am Botanischen Institut in Köln verlangten von ihm vollen Einsatz.

Neben der Leitung zweier Großpraktika, einiger Übungen und verschiedener Vorlesungen, die er zu halten hatte, kümmerte er sich intensiv um seine Forschungsaufgaben auf dem Gebiet der Vernalisation, wo er sich – wie schon in Tübingen – mit dem Einfluss der Lichtintensität auf die unterschiedlichen Blühhormone beschäftigte und wieder mit jungen Arabidopsis-Pflanzen experimentierte.

Dabei bekam er schnell Kontakt zu seinen Kollegen und auch mit Professor Straub entstand ein freundschaftliches Verhältnis, sodass Margrit und Klaus schon bald nette Einladungen erhielten und bei Universitätsveranstaltungen und Fakultätstreffen viele interessante Leute trafen. Dazu kamen Kollegen und Freunde der Eltern Napp-Zinn aus deren Kölner Zeit, die jetzt auch mit der jungen Familie Kontakt aufnehmen wollten.

Außer bei Ehepaar Seidenfuß, denen sie die Wohnung am Lindenthalgürtel zu verdanken hatten, wurden sie schon bald bei Professor Nipperdey und seiner netten Familie im vornehmen Stadtteil Marienburg mit den Kindern zum Kaffee und später zu geselligen Musikabenden eingeladen. Nipperdeys waren die besten Freunde von Klaus′ Eltern bereits vor dem Krieg und Sohn Thomas damals Klaus′ Klassenkamerad und Freund im Humanistischen Gymnasium in der Krebsgasse in Köln.

Aber nun war es die jüngere Tochter Dorothee, die mit ihrem Mann – Dieter Sölle – und vielen jungen Ehepaaren regelmäßig Hausmusikabende gestaltete, und in Erinnerung an das beglückende Singen im Studentenchor in Mainz, nahmen Margrit und Klaus auch jetzt wieder gern am Einstudieren mehrstimmiger Chorsätze im Hause Nipperdey teil.

Genau wie in Stuttgart wurde nun auch hier in Köln an den Sonntagen der Besuch des morgendlichen Gottesdienstes für Margrit und Klaus zur festen Gewohnheit, zumal die evangelische Paul-Gerhard-Kirche direkt vor ihrer Haustür lag, und mit dem Gemeindepfarrer Dudzus und seiner Frau entstand bald ein freundschaftliches Verhältnis.

Inge, die meist schon am Frühgottesdienst teilnahm, konnte nach gemeinsamem Frühstück ohne Probleme die drei Kinder betreuen, sodass Margrit und Klaus auch gelegentlich zum Universitätsgottesdienst ins evangelische Studentenheim fahren konnten, den Studentenpfarrer Krapp hielt. Hin und wieder besuchten sie auch den Gottesdienst in der schönen Antoniterkirche in der Stadt, wo der berühmte Barlachengel hing, oder hörten in der Clarenbachkirche in Braunsfeld gute Predigten.

Zu Beginn des Wintersemesters kam zu Klaus´ großer Freude auch sein Tübinger Freund Hans-Günter Aach nach Köln, der als Dozent an die physiologische Abteilung des Botanischen Instituts berufen worden war. Er besuchte nur zu gern die Familie am Lindenthalgürtel, da er noch allein lebte und außerdem der kleine Christoph sein Patenkind war, über dessen Fortschritte er immer wieder staunte.

Ein regelmäßiger Gast war schließlich auch Margrits Bruder Hans-Dieter, der schon vor Napp-Zinns von Ostfriesland nach Köln übergesiedelt war, da er hier eine Stelle als kaufmännischer Angestellter gefunden hatte. Er wohnte ebenfalls in Lindenthal und nahm immer gern ein paar Stunden am Leben der munteren Familie teil.

Durch Inges unermüdliche und wirklich tüchtige Hilfe bei den Kindern und im Haushalt konnte es sich Margrit leisten, ab Mitte November an einem Nähkurs in Nippes teilzunehmen, wohin sie mit der Straßenbahn gelangte und abends von Klaus mit dem Auto abgeholt wurde.

Sie war durch ihr hauswirtschaftliches Abitur schon mit dem Maschine nähen vertraut und hoffte, durch diesen Kurs bald vieles für die Kinder selbst nähen zu können, wodurch sie an der Kleidung für die kleine Schar sparen konnte, da Klaus´ Dozentengehalt noch bescheiden war.

Der Unterricht am Dienstagabend von 18 bis 20.30 Uhr bei einer tüchtigen Lehrerin machte Margrit viel Spaß, zumal sie schnell Fortschritte machte. Am ersten Abend fing es zum Einüben mit dem Nähen von Kopfkissenbezügen an, und dann durften die jungen Mütter selbst vorschlagen, was sie gerade für ihre Kinder brauchten und nähen wollten.

Sie lernten bunte Kinderschürzen, Kittel, Blüschen, Nachtwäsche, Kleidchen und schließlich Hosen und Anzüge anzufertigen. Den Stoff kauften die jungen Frauen selbst, und da sie nach Planen und Zuschneiden auch zu Hause weiter arbeiten konnten, entstanden in kurzer Zeit reizende Kleidungsstücke für die Kleinen. So nähte Margrit als erstes zwei niedliche Schürzen für die beiden Buben, nähte und bestickte blaue Kit-

telchen, fertigte kleine Schlafanzüge an und schneiderte zum Schluss für jeden eine schicke lange Hose.

Der schönste Erfolg aber war für Margrit, als es ihr im nächsten Jahr gelang, einen süßen, beigen Wollmantel aus dem Mainzer Kinderladen, den die Omu Georg zu Weihnachten geschenkt hatte, für Christoph und Winfried haargenau aus gleichem Material, braunen Knöpfen, eingesetzten Taschen und Pelzkragen nachzunähen.

Eine andere recht willkommene Abwechslung im regelmäßigem Tagesablauf war für Margrit der wöchentliche Besuch einer Gymnastikstunde in den Universitätskliniken, wo sie körperlich tüchtig durchtrainiert wurde und in erster Linie mit Frauen von Universitätsangehörigen zusammentraf.

Auch gab es immer mal wieder nette Kaffeestündchen bei den Mitbewohnerinnen im Haus, die sie nach und nach kennen lernte. Neben Frau Nielsen im Parterre mit den sechs und acht Jahre alten Töchtern Astrid und Brigitte wurde ihr Frau Deubner aus dem ersten Stock mit zwei größeren Söhnen schon bald zu einer lieben Bekannten, zumal sie aus Naumburg an der Saale stammte und es immer viel Gesprächsstoff über die alte Heimat gab.

Die schöne Möglichkeit, durch Inges ständige Anwesenheit auch mal kurzfristig ohne die Kinder etwas zu unternehmen, sollte allerdings für Margrit leider bald zu Ende gehen, da Inge sich inzwischen auf Anraten ihrer Eltern entschieden hatte, im kommenden Frühjahr eine Ausbildung zu beginnen und nach Stuttgart heimzukehren.

Längst hatte Margrit damit gerechnet und sich schon immer mal nach einer netten Hilfe erkundigt, um schließlich bei der Frauenfachschule in Köln nach einer Praktikantin für Kinderpflege nachzufragen. Aber die zwei jungen Mädchen, die sich vorstellten, schienen nicht geeignet.

Durch Zufall hatte jedoch das nette Pfarrerehepaar Dudzus über einen Kollegen im Westerwald, von einem elternlosen, jungen Mädchen gehört, das gern in einer Familie mit kleinen Kindern aufgenommen und bei der Betreuung helfen wollte. So lernten Margrit und Klaus, bei einem Besuch des Pfarrers in Hilgenroth im Westerwald, Anfang Februar Henny Wagner kennen, die ihnen gleich gefiel und die gern nach Köln kommen wollte, als sie von den drei kleinen Buben hörte.

26.

Bereits am 28. Februar holte Margrit Henny am Zug in Köln ab, und in den nächsten Tagen zeigte ihr Inge alles, was sie bei der Betreuung der Kinder beachten musste. Die beiden jungen Mädchen verstanden sich gut, und Henny bemühte sich, Inges Anweisungen zu folgen, aber sie hatte nie gelernt, praktische Dinge ordnungsgemäß zu erledigen, und so musste sie zunächst immer wieder darauf hingewiesen werden.

Dafür ging sie liebevoll mit den Kindern um, sodass die drei Buben sie sofort akzeptierten, wenn auch die endgültige Trennung von Inge wenige Tage später nach einem lustigen Abschiedsnachmittag mit Apfelsinentorte allen sehr schwer fiel. Georg wollte es einfach nicht glauben, dass Inge nun gar nicht mehr wiederkäme.

So war Henny mit ihrem fröhlichen und unbekümmerten Wesen nicht nur für die Kinder ein großes Glück, sondern auch für die junge Mutter wie ein Geschenk des Himmels. Gerade in diesen Märztagen fühlte sich nämlich Margrit abends wieder öfter übel, und nachdem ihre Periode zum zweiten Mal ausfiel, war sie sicher, dass sie erneut ein Kindchen erwartete.

Im Stillen hatte sie schon immer an das ersehnte Töchterchen gedacht, aber es nicht zu hoffen gewagt. Doch nun war sie voller Glück und der festen Zuversicht, dass es diesmal ein kleines Mädchen sein würde, wenn sie auch wusste, das ihr ein anstrengendes Jahr bevorstand.

Das Übelsein nahm sie zunächst tapfer in Kauf und ließ es sich, so gut es ging, nicht anmerken, denn ganz unerwartet stand noch eine andere Sorge im Vordergrund: Klaus hatte eine Nierenerkrankung, die man anfangs für eine akute Infektion hielt, sodass er öfter wegen Fieber im Bett bleiben musste, aber dann stellte sich heraus, dass es sich um Nierensteine handelte, die früher oder später herausoperiert werden mussten, wenn sie sich nicht durch Medikamente auflösen ließen.

Dazu kam, dass der kleine Winfried, als er allmählich zu laufen begann und sich langsam sicherer auf seinen Beinchen fühlte, unter einem Leistenbruch litt. Immer wenn er länger stand oder herumtrippelte, zeigte sich in der Leistengegend eine etwa pflaumengroße Hervorwölbung, was bedeutete, dass hier die Muskulatur der Bauchdecke nicht straff genug war und eine Darmschlinge zwischen die Muskelstränge trat und unter der Haut zum Vorschein kam.

Das war nur dann gefährlich, wenn man nichts dagegen unternahm, sodass es im Extremfall zum Darmverschluss hätte führen können. Aber Margrit wusste, dass die Hervorwölbung sofort wieder verschwand, wenn man den kleinen Kerl an den Füßchen ergriff und auf den Kopf stellte, sodass der Darm in die Bauchhöhle zurückglitt. Da er dabei keinerlei Schmerzen empfand, fand er es sogar lustig, wenn er für kurze Zeit die Umgebung von unten sah und krähte vor Vergnügen, wenn die Mami ihn an den Füßen in die Luft hob.

In absehbarer Zeit war es jedoch erforderlich, dass der Schaden durch eine kleine Operation in der Kinderklinik behoben und die Muskulatur in der Leiste gestrafft werden musste, sodass also nicht nur Klaus, sondern auch Winfried ein kurzer Krankenhausaufenthalt bevorstand.

Noch wollte niemand daran denken, denn Margrit kämpfte in diesen Frühlingstagen nicht nur gegen das ständige Übelsein, sondern war vormittags durch Hennys unkonzentriertes Helfen beim Putzen, Waschen oder Kochen fast immer in Hetze und dadurch ziemlich überfordert. Ebenso war abends kein Fertigwerden, wenn die Kinder ins Bett gebracht werden sollten, sodass auch Klaus darunter litt.

Andererseits war Henny stets von den besten Absichten erfüllt, sodass man ihr nicht böse sein, geschweige denn mit ihr schimpfen konnte, sondern Margrit sie nur immer wieder freundlich ermahnte.

Zum Glück bekam Georg, der inzwischen vier Jahre alt war, nach Ostern einen Platz im evangelischen Kindergarten im Gemeindehaus direkt gegenüber, wo er täglich vormittags voll Freude hinging und eifrig an allem teilnahm.

Als Margrit ihn jedoch am Anfang selbst hinüber brachte, empfand sie ganz unerwartet eine gewisse Wehmut, weil sie ihr Kind nun zum ersten Mal der Obhut unbekannter, wenn auch sehr netter Kindergärtnerinnen überließ, aber sie wusste auch, dass es Georg gut tat mit gleichaltrigen Kindern zu spielen und sich auch mal unterzuordnen.

Gleichzeitig war es für Margrit eine große Hilfe, dass der vierjährige, kleine Mann, der so voller Wissensdurst und Temperament steckte, nun jeden Vormittag im Kindergarten seinem Alter gemäß beschäftigt und auch wirklich gut gefördert wurde. So konnte sie sich, da das ständige Übelsein ihr noch bis Ende Mai arg zusetzte, etwas mehr schonen und immer mal hinlegen.

Als die stets hilfsbereite Oma in Mainz von dem erneuten Familienzuwachs hörte, war sie zunächst ernsthaft entsetzt und meinte, dass ginge tatsächlich über ihre Kräfte. Sie würde nun bald 60 Jahre alt und könne in Zukunft höchstens mal ein oder zwei der Kinder in Mainz versorgen, wenn es nötig sei, aber alles andere sei zuviel, auch für den Opa bei seiner anstrengenden, wissenschaftlichen Arbeit.

Doch schon nach kurzer Zeit, als die Mainzer Großeltern sich an den Gedanken gewöhnt hatten, noch ein viertes Enkelchen zu bekommen, überwog die Freude, und sie luden schon bald Henny mit dem kleinen Winfried für zwei Wochen nach Mainz ein.

So konnte Margrit Ende Mai zu ihrer Freude mit den beiden großen Jungen nach Weißenfels reisen und sich dort erholen und von den Eltern verwöhnen lassen. Und als Klaus im Juli seiner Mutter von einer Botanischen Exkursion nach Kärnten am Ende des Semesters erzählte, auf die er Margrit gern mitnehmen wolle, durften sogar alle drei Bübchen mit Henny nach Mainz kommen, soviel Freude hatten die Großeltern inzwischen an ihrer kleinen Enkelschar.

Die Tage in den Bergen mit größeren und kleineren Wanderungen und fleißigem Botanisieren auf Almwiesen und an Seen bedeuteten für Margrit und Klaus durch die ständige Bewegung in guter Bergluft die beste Erholung.

Zum Glück hatte Margrit die Zeit des Übelseins hinter sich und Klaus' Nierenbeschwerden waren etwas abgeklungen, sodass beide gestärkt von der schönen Alpenexkursion zurückkehrten und voll Freude ihre Kinder in Mainz wieder in Empfang nahmen.

Da im Kindergarten noch Ferien waren, nutzten Margrit und Henny jetzt fast jeden sommerlichen Tag, um mit den drei Buben per Bus zum sogenannten „Lido“ im nahen Grüngürtel zu fahren, wo in dem kanalartigen, nicht sehr tiefen Gewässer die Kinder mit Schwimmringen herumplanschen konnten. Auch Klein-Winfried tauchte auf Mamas Arm nur zu gern in das kühle Nass, und im übrigen konnten die kleinen Strolche nach Herzenslust auf den gepflegten Wiesen herumtollen, Ball spielen oder sich hinter den vielen Büschen verstecken, bis der Papi mittags alle wieder abholte.

An den Sonntagen nahm Klaus nach dem Gottesdienstbesuch mit Margrit oft selbst an dieser lustigen Unternehmung teil, da er sehr gern schwamm und im Schatten las oder ruhte, und zum Mittagessen packten dann Margrit und Henny auf einer großen Decke einen reich gefüllten Picknickkorb aus, und alle fanden es herrlich, so im Grünen zu speisen.

Anfang August kamen die Weißenfelser Großeltern auf der Rückreise von Ostfriesland für drei Tage nach Köln, um die

neue Wohnung von Margrit und Klaus kennen zu lernen. Sie schliefen im Hotel „Autohof" direkt gegenüber in zwei Einzelzimmern, verbrachten aber den ganzen Tag drüben bei der Familie und hatten viel Spaß an den munteren Kindern.

Am zweiten Abend gesellte sich auch Hans-Dieter zur Familie und erzählte von Käte Kaulisch, seiner neuen Freundin und späteren Ehefrau, die am nächsten Tag zum Kaffee eingeladen wurde, sodass der erste Kontakt entstand.

Bereits im September bekam Christoph ebenfalls einen Platz im Kindergarten der evangelischen Kirche, obwohl er noch nicht ganz drei Jahr alt war. Georg hatte so viel von seinen Erlebnissen dort erzählt, dass der kleine Mann ganz stolz war, jetzt auch mit den vielen anderen Kindern spielen und basteln zu dürfen.

Klaus brachte am 1. September die beiden Jungens zum ersten Mal zusammen hinüber zu den netten Kindergärtnerinnen, und gleich danach fuhr er mit Margrit und Winfried in die Kinderklinik der Uni, wo die längst fällige Bruchoperation des kleinen Kerls vorgesehen war. Henny hatte Urlaub, und da Georg und Christoph nun vormittags gut betreut wurden, war

Margrit in der Lage, ihren kranken Spatz täglich zu besuchen, falls er sehr nach ihr verlangte.

Schwester Irmgard in der Klinik nahm ihn jedoch von Anfang an so liebevoll in ihre Obhut, dass alles gut ging, er sich in sein Schicksal fügte und eine Woche nach dem Eingriff gesund wieder heim durfte. Hier wurde er freudig empfangen und von allen liebkost und verwöhnt, und zur Feier des Tages schmückte die Mami sogar abends den Balkon mit bunten Lampions.

Die Kliniktage waren jedoch nicht ganz spurlos an dem kleinen Patienten vorübergegangen, denn noch lange Zeit danach zog er sich vor jedem weiblichen Besuch ängstlich in Mamis Nähe zurück, denn es könnte ja wieder eine Krankenschwester sein, die ihn mitnehmen und betreuen wollte.

Viel schlimmere Ängste und Sorgen standen Margrit allerdings nach Winfrieds guter Heimkehr noch bevor, denn Klaus musste sich einer nicht ganz einfachen Nierenoperation unterziehen, da die Steine sich nicht aufgelöst hatten, sondern drohten, in den Harnleiter zu wandern, was unerträgliche Koliken zur Folge haben würde.

Vater Napp-Zinn, der inzwischen einem Ruf als Ordinarius für Volks- und Verkehrswissenschaft nach Frankfurt gefolgt war, hatte dort Professor Geissendörfer, einen erfahrenen Chirurgen der Universitätsklinik kennen und schätzen gelernt, und dieser sollte die Operation übernehmen.

Die Eltern konnten dann ihren Sohn von Mainz aus leichter besuchen, und boten Margrit an, in dieser Zeit mit Henny und den Kindern auf die Karlsschanze zu kommen, um auch in Klaus´ Nähe zu sein.

Als er bereits am 12. September in Köln seine Familie verließ, um nach Mainz und weiter nach Frankfurt in die Klinik zu fahren, war es ein schwerer Abschied für beide.

Margrit selbst hatte noch einen Termin bei Professor Dr. Kauffmann in der Kölner Universitäts-Frauenklinik, wo sie diesmal ihr Kindchen zur Welt bringen wollte, und reiste deshalb erst am Tag von Klaus Operation nachmittags mit Henny und den Kindern zu den Großeltern nach Mainz.

Zu ihrer großen Freude und Erleichterung konnte der Vater, als er abends von Frankfurt kam, nur Gutes aus der Klinik berichten: Mehrere größere Nierensteine waren vormittags bei einer längeren Operation entfernt worden, doch bereits um drei Uhr sei Klaus aus der Narkose erwacht und hätte bald von Vater Besuch haben dürfen.

Margrit begleitete ihren Schwiegervater gleich am nächsten Tag in die Klinik nach Frankfurt und konnte endlich ihren geliebten Klaus voller Glück und Dankbarkeit in die Arme schließen.

Da der Schnitt für die schwierige Operation sehr groß war und Zeit zur Heilung brauchte, sollte Klaus voraussichtlich zwei Wochen in der Klinik unter ärztlicher Kontrolle bleiben, doch Margrit konnte im Wechsel mit der Mutter jeden zweiten Tag hinüberfahren und durch die glücklichen Stunden des Beisammenseins die Genesung beschleunigen.

Die Kinder wurden im geräumigen Mainzer Haus mit Hennys Unterstützung abwechselnd von Oma und Margrit betreut, genossen bei dem schönen Herbstwetter auch den Garten und den großen Stadtpark in unmittelbarer Nähe der Karlsschanze.

Hans-Georg durfte sogar einmal den kranken Vater im großen Frankfurter Klinikgebäude mit besuchen, was ihn so beeindruckte, dass er besonders brav und wohlerzogen neben seinem Papi im Besucherzimmer saß und eifrig von Mainz und seinen vielen Erlebnissen erzählte.

Die fürsorglichen Großeltern hatten inzwischen für Margrit und Klaus im Oktober ein Zimmer im „Hotel Hubertus" in Heigenbrücken im Spessart bestellt, wohin die beiden eine Woche nach Klaus´ Rückkehr aus der Klinik von Mainz aus hin fuhren. Tatsächlich konnten sie während ihres vierzehntägigen Aufenthalts bei guter Verpflegung und auf Spaziergängen und kleineren Wanderungen in der frischen Bergluft die nötigen Kräfte für die kommende Zeit sammeln.

Klaus war natürlich durch die schwere Nierenoperation noch recht geschwächt und Margrit durch die Schwangerschaft im achten Monat jetzt etwas schwerfällig. So war der knapp fünfjährige Georg, der in der zweiten Woche den elterlichen Urlaub mit genießen durfte, tatsächlich beim Wandern am tüchtigsten. Er überraschte dabei die Eltern immer wieder durch seine Begeisterung für die Natur und sein Interesse an Pflanzen und Tieren.

Auch andere Hotelgäste waren von dem temperamentvollen Blondschopf ganz angetan, und als sie hörten, dass er noch zwei kleinere Brüder daheim hätte, bestärkten sie Margrit in der Zuversicht, dass nun bestimmt ein Schwesterchen unterwegs sei, woran sie selbst kaum noch Zweifel hatte und voller Ungeduld den Tag der Geburt herbeisehnte.

Aber noch lagen vier anstrengende Wochen bis zum errechneten Geburtstermin vor ihr, als die Familie in der letzten Oktoberwoche endlich wieder nach Köln heimkehrte. Henny, die inzwischen mit der Betreuung der drei kleinen Buben voll vertraut war, versuchte Margrit nach besten Kräften zu entlasten, und da Georg und Christoph vormittags im Kindergarten waren und Winfried lieb in seinem Ställchen spielte, konnte sie auch die tägliche Hausarbeit fast ganz übernehmen.

Eine große Freude war für alle, als Inge Renz aus Stuttgart Ende Oktober ihren Besuch für eine Woche in Köln ankündigte. Auch sie war mit Haushalt und Kindern noch ganz vertraut, sodass die beiden jungen Mädchen spielend mit allem fertig wurden, viel Zeit für die Buben hatten, und der Tagesablauf sich ruhig und harmonisch gestaltete.

Margrit, die seit Juli zur Schwangerschaftsgymnastik ging, hatte dadurch mehr Zeit für die täglichen Übungen und konnte sich zwischendurch auch immer mal ausruhen. Abends saßen dann die jungen Mädchen mit Margrit bei Handarbeiten und gemütlichen Gesprächen zusammen, und Henny konnte sogar übers Wochenende einen kleinen Urlaub machen und nach Hause in den Westerwald fahren.

27.

Am Sonntag, den 23. November 1958, ging dann tatsächlich Margrit und Klaus´ größter Wunsch in Erfüllung: Es wurde ihnen zu den drei Buben endlich das ersehnte Töchterchen geschenkt.

Nachdem die Wehen nachts gegen zwei Uhr eingesetzt hatten, brachte Klaus Margrit um vier Uhr in die nahe Universitätsklinik, wo sie „vorbereitet“ wurde und in einem kleinen Warteraum noch zwischen den Wehen ein paar Stunden schlafen konnte.

Um 11 Uhr kam sie in den Kreißsaal, und trotz Lachgas und leichter Evipanspritze kämpfte sie wie immer verzweifelt, bis um halb eins endlich das ersehnte Töchterchen geboren wurde. Es war das erste ihrer Kinder, das ganz ohne Schnitt auf die Welt kam und pünktlich zum vorgesehenem Termin erschienen war.

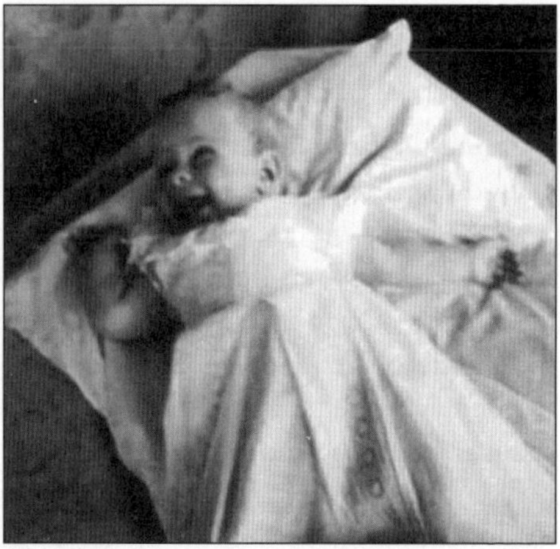

Das Glück war unbeschreiblich, und beide Eltern schlossen sich voll Dankbarkeit immer wieder in die Arme, als sie das süße, blonde Geschöpf mit leuchtend blauen Augen, frisch gebadet und gewickelt, vor sich auf dem Kissen liegen sahen.

Klaus wich den ganzen Nachmittag nicht von Margrits Seite, und da Sonntag war, gab es zum Kaffee feine Torte, und erst dann wurde die junge Mutter in ihr Zimmer zu der netten Frau Axt gebracht, um endlich ausgiebig schlafen zu können.

Nie wird Margrit das Glücksgefühl vergessen, das sie in diesen ersten Stunden nach der Geburt der kleinen Elisabeth durchströmte, wenn sie im Halbschlaf daran dachte, dass tatsächlich im Babyzimmer ein kleines Mädchen lag, das sie heute geboren hatte und das sie nun ein ganzes Leben lang begleiten würde.

Es war auch wirklich ein Kindchen, das von Anfang an nur Freude machte und ohne Schwierigkeiten gedieh. Schon am dritten Tag nach der Geburt trank sie bei der Mami die „vorgeschriebene“ Milchmenge, die sich ganz normal von Tag zu Tag steigerte.

Christoph und Winfried, die in den Tagen von Margrits Krankenhausaufenthalt daheim von Henny betreut wurden, während Georg in Mainz bei den Großeltern war, konnten es gar nicht fassen, dass sie nun tatsächlich ein Schwesterchen bekommen hatten!

Als die Familie Anfang Dezember wieder daheim vereint war, wollten sie am liebsten alle dabei sein, wenn das Baby versorgt und gestillt wurde, aber auch immer nach ihm schauen, wenn es so süß in seinem Körbchen im Schlafzimmer der Eltern schlief.

Und wie sehr genossen Margrit und Klaus in diesem Jahr die immer so traulichen Adventstage trotz der vielen Anforderungen durch die große Kinderschar. Als dann am Heiligabend die Augen der Kleinen im Glanz der brennenden Christbaumkerzen voller Glück strahlten, konnten sich die Eltern nur liebevoll in die Arme nehmen und für alles danken.

Bereits am 19. März unternahm Elisabeth ihre erste größere Autofahrt mit Eltern und Brüdern zu Omas 60. Geburtstag nach Daun in die Eifel. Im Hotel Schramm wurde festlich gegessen und froh gefeiert, und besonders der Opa war ganz begeistert von dem ersten Enkeltöchterchen. Die kleine Maus lag in einer geliehenen Babytragetasche, die bequem im nach innen offenen Kofferraum des Lloyds untergebracht werden konnte, während die drei Buben auf dem Rücksitz des Autos Platz fanden und während der Fahrt lieb spielten.

Schon eine Woche später startete Margrit mit Elisabeth, Christoph und Winfried kurz entschlossen per Bahn für fünf frohe Ostertage zu Tante Tilde nach Berlin, die sie sehr herzlich eingeladen hatte. Dorthin konnten auch die Weißenfelser Großeltern ohne „Grenzprobleme" kommen, um die kleine Elisabeth endlich kennen zu lernen.

Die Freude bei den Großeltern und der immer gastfreundlichen Tante Tilde war dann auch wirklich unbeschreiblich, und alle rissen sich darum, das herzige, kleine Geschöpf zum Stillen der Mami zu bringen oder später im Arm zu halten, bis das „Bäuerchen" kam.

Bei dem herrlichen Frühlingswetter konnte Elisabeth meist draußen in Tante Tildes Garten stehen oder wurde in ihrem Wagen, der mal wieder die große Reise mitgemacht hatte, auf den Ausflügen in den Grunewald oder an den Wannsee mitgenommen.

Der große, helle Korbkinderwagen, in dem sich Klein-Elisabeth nun bereits als viertes Kind der Familie bei Ausflügen heimisch fühlte, sorgte bei der Bahnfahrt nach Berlin allerdings für einige Aufregung. Margrit konnte ihn bei der Ankunft im Bahnhof Zoo wegen der drei Kinder, die sie auf dem Arm und an den Händen hielt, nicht eher am Packwagen abholen, bevor sie die Eltern und Tante Tilde in der Menge entdeckt und ihnen die Kleinen übergeben hatte.

Jedoch in diesem Moment setzte der Zug mitsamt Kinderwagen seine Fahrt zum Bahnhof Friedrichstraße in den Ostsektor der Stadt fort, und alle schauten ihm betroffen nach und fürchteten wegen der gestrengen Ostbehörden das Schlimmste. Aber ein netter Bahnbeamter versprach, gleich mit der nächsten Station zu telefonieren, und eine halbe Stunde später kam der „Ausreißer" im Packwagen des Gegenzugs zum Bahnhof Zoo zurück.

Dieser kurze Schreck sollte aber die schönen Ostertage bei Tante Tilde nicht trüben! Christoph und Winfried waren von allen Unternehmungen begeistert, suchten voll Eifer am Sonntag viele bunte Ostereier und spielten dann mit Sandformen, Eimer und Schaufel, die auch der Osterhase brachte, täglich im Sandkasten in Tante Tildes großem Garten.

Viel zu schnell verging für alle die frohe Zeit des Beisammenseins, und da auch die Rückreise im Mutter-Kind-Abteil der Bahn wieder gut klappte, hatte sich die von Margrit so spontan vorgenommene Unternehmung wirklich gelohnt.

28.

Leider hatten die jungen Eheleute in diesem Jahr, wo nun vier kleine Kinder zu betreuen waren, nicht sehr viel Glück mit ihren Hilfen. Henny, die an sich immer gern bei der Familie in Köln war und inzwischen gelernt hatte, zuverlässig zu helfen, bekam im Winter überraschend gesundheitliche Probleme wie Nasenbluten und Gleichgewichtsstörungen, weshalb sie öfter zum Arzt musste und sich schonen sollte.

Auf Frau Dudzus Rat, der netten Frau des Pfarrers, versuchte Margrit zunächst einmal, als zusätzliche Hilfe eins der jungen Mädchen übers Jugendfürsorgeamt zu bekommen, die in kinderreichen Familien zur Unterstützung eingesetzt wurden. Diese sollten sich durch die Freude und den Spaß mit den Kindern an einen geordneten Tagesablauf gewöhnen, den sie von zu Hause nicht kannten.

Anfangs war Bärbel Arendt, die als Haushaltslehrling schon im Februar zum Helfen geschickt wurde, ganz begeistert von der munteren Kinderschar und der netten Familie, in der sie jetzt leben durfte, wie sie Margrit gern versicherte. Sie ging auch liebevoll mit den Kleinen um, verstand sich prima mit Henny und half so gut sie konnte. In der kleinen Mansarde im vierten Stock des Hauses, die zu Deubners Wohnung gehörte, bekam sie ihren Schlafraum.

Aber lange hielt das labile, junge Mädchen die regelmäßige Tätigkeit und den geordneten Tagesablauf in einer Familie nicht aus. Bald entdeckte Margrit durch Zufall, dass Bärbel, wenn sie frei hatte, nachts nicht heimkam und wahrscheinlich bei ihrem Freund schlief. Zur Rede gestellt, weinte sie bitterlich und versprach, dass es nie mehr vorkommen sollte.

Aber schon in der selben Woche traf sie beim Spazieren gehen mit den Kindern unerlaubt ihren Freund im Stadtwald wieder, von dem der dortige Restaurantbesitzer, der ihn kannte, nichts Gutes berichten konnte. Auch ein Gespräch mit Frau Schehl vom Jugendamt, die Margrit anrief, hatte wenig Erfolg, denn bereits Anfang März kehrte Bärbel nach dem Besuch der Berufsschule nicht zurück und blieb von da an verschwunden.

Zum Glück konnte Henny noch den ganzen Monat über Margrit zur Seite stehen, ehe sie aus gesundheitlichen Gründen kurz vor Ostern für immer heimfuhr.

Als die Familie Anfang April dann wieder daheim war, kam schon am nächste Tag die sechzehnjährige Sabine Blesse aus Krefeld nach Köln, die wirklich dringend gebraucht wurde. Sie hatte sich auf eine Annonce hin mit ihrer Mutter Ende März vorgestellt und wurde nun von allen herzlich begrüßt.

Margrit war froh, wieder jemanden zu haben, der ihr zur Seite stand, denn allein war die viele Arbeit einfach nicht zu schaffen.

Flinkes Saubermachen, Kochen und Waschen waren nur möglich, wenn Georg und Christoph vormittags im Kindergarten waren und Winfried lieb im Ställchen spielte.

Natürlich musste auch die kleine Elisabeth regelmäßig gefüttert und versorgt werden, und nachmittags hieß es einkaufen, wenn Klaus auch zum Glück schon morgens einiges beim Bäcker und im Milchgeschäft besorgte, sobald er die Jungs zum Kindergarten gebracht hatte.

Sabine war an sich bemüht, so gut sie konnte zu helfen, aber da sie als Einzelkind daheim nie gefordert wurde, fehlte ihr die

Übung, um die täglichen Aufgaben flott und gewissenhaft zu erledigen.

Natürlich war Margrit von Inge und Henny verwöhnt und hoffte, dass Sabine sich noch einarbeiten würde. Sie versuchte, trotz der täglichen Eile Geduld zu haben, aber bei der kleinsten Ermahnung verlor Sabine die Nerven und zog sich beleidigt zurück, was alles noch schwieriger machte.

Frau Deubner half, indem sie Georg und Christoph öfter zu sich herunterholte, um mit ihnen zu spielen, und Frau Professor Klenk aus der Nachbarschaft schickte ihre Hausgehilfin nachmittags zum Spazieren gehen mit den Kindern, als sie von Margrits Sorgen hörte.

Aber es half alles nichts, denn das verwöhnte, junge Mädchen verlor die Lust an der neuen Aufgabe und kehrte nach kurzem Pfingsturlaub nicht mehr nach Köln zurück.

Natürlich war nun guter Rat teuer, denn ganz ohne Hilfe war es für Margrit unmöglich, die Arbeit allein zu schaffen. Wie durch ein Wunder fand sich aber schon wenige Tage nach Pfingsten eine ältere Dame, die nachmittags mit den Buben spazieren gehen wollte, da sie über Frau Dudzus in der Gemeinde von Margrits Notlage gehört hatte.

Die freundliche und kinderliebe Frau Schröder, die tatsächlich schon 74 Jahre alt war, kam nun jeden Nachmittag für zwei Stunden und spazierte mit den drei Buben zum Stadtwald, sodass Margrit ohne Kindertrubel Wäsche und Hausarbeit erledigen konnte und auch mal ungestört Zeit für ihr Baby hatte. Natürlich mussten die Jungs bei Frau Schröder brav sein, denn sie wussten, dass sie am nächsten Tag nicht mit ins Grüne durften, wenn sie Frau Schröder nicht gehorchten.

Um die schwierige Zeit zu verkürzen, fuhr Margrit im Juni mit der kleinen Schar per Bahn für zwei Wochen nach Ostfriesland zu Maidi und Familie auf den Bauernhof, was für die „Etagenkinder" aus Köln natürlich ein Paradies war. Hier konnten sie sich in Stall, Scheune und Garten mit Ines, Hajo und Daniel nach Herzenslust austoben, und Elisabeth, die inzwischen sieben Monate alt war, stand in ihrem Wagen bei dem sommerlichen Wetter fast die ganze Zeit im Garten.

Nur Winfried war nicht mitgereist, da ihn die Omu mal wieder betreuen wollte und er mit 2 ½ Jahren noch etwas zu klein für das Spielen und Herumstrolchen auf dem Hof war. Der gute Opu hatte ihn abgeholt, und Klaus brachte ihn nach drei Wochen zur großen Freude aller an einem Wochenende nach Köln zurück.

Da es wirklich mit den vier kleinen Kindern nicht einfach war, wieder ein junges Mädchen zu finden, das sich eignete, zuverlässig bei all der vielen Arbeit zu helfen, entschieden sich Margrit und Klaus wohl oder übel zunächst mal eine Putzhilfe zu suchen, die in der Wohnung sauber machen und alles in Ordnung halten sollte.

Tatsächlich meldeten sich auf eine entsprechende Annonce in der Wochenendausgabe des Kölner Stadtanzeigers gleich vier Frauen, und bereits am darauf folgendem Montag erschien Frau Träter, die nun 1 x pro Woche zum Putzen kam und ihre Arbeit recht ordentlich erledigte.

Da auch Frau Schröder weiter regelmäßig mit den Kindern spazieren ging, kam Margrit jetzt einigermaßen mit der Arbeit zurecht.

Sie fand sogar abends noch Zeit, für die drei Buben niedliche Sommeranzüge zu nähen, womit sie schon in Ostfriesland angefangen hatte und die bis zu Elisabeths Taufe fertig sein sollten.

Leider hörte Margrit Ende Juni von Dieter, dass Mama und Papas Antrag auf eine Reise nach dem Westen diesmal ganz unerwartet von den Weißenfelser Behörden abgelehnt worden sei, obwohl er schon im Frühjahr die Einladung zu seiner Hochzeit mit Käte Kaulisch für den 3. Juli an die Eltern geschickt hatte.

Margrit und Klaus, bei denen Dieter und Käte inzwischen öfter zu Gast waren und von den Hochzeitsplänen wussten, hatten die Taufe von Elisabeth deshalb gleich für den Sonntag danach geplant, damit die Eltern beide Feste miterleben konnten. Doch nun gab es plötzlich diese Enttäuschung und wieder sollten die Eltern die Hochzeit eines ihrer Kinder nicht mitfeiern können, weil die Ostbehörden sich dagegen stellten.

Zum Glück gab es in Bezug auf die bevorstehenden Festlichkeiten auch eine gute Nachricht und zwar von Frau Dudzus, die sich rührenderweise immer Gedanken machte, wie sie Margrit helfen könne.

Sie erzählte von Christel Haupt, einer sehr tüchtigen und lieben Kinderkrankenschwester, die in den Unikliniken arbeitete und angeboten hatte, in ihrem bevorstehenden Urlaub bei Familie Napp-Zinn auszuhelfen. Am letzten Junisonntag kam sie zum Kaffee und brachte abends die Kinder mit ins Bett, und von da an erschien sie täglich ein paar Stunden zum Helfen, und alles lief wie am Schnürchen.

So konnten Margrit und Klaus auch unbesorgt Dieter und Kätes Hochzeit in „Feld“ im Bergischen Land mitfeiern und Klaus war bereits um 9 Uhr in Köln als Trauzeuge auf dem Standesamt dabei. Um 11 Uhr fuhren dann beide Eltern mit Georg und Christoph zur kirchlichen Trauung nach Volkenrath und zum Festessen auf den Bauernhof von Familie Kaulisch im kleinen Dorf Feld, was die Kinder sehr beeindruckte.

Schwester Christel sorgte daheim für die beiden Kleinen, die sich schnell bei ihr wohl fühlten, und auch die Taufvorbereitungen waren durch Christels umsichtige Hilfe kein Problem.

Am Sonntag, den 5. Juli 1959, luden die Mainzer Großeltern bei herrlichem Wetter die ganze Familie, Käte und Dieter, sowie Schwester Christel zum festlichen Essen ins Stadtwaldrestaurant ein, und nachmittags wurde die kleine Elisabeth Dorothea im alten Familientaufkleid in der Kapelle der evangelischen Studentengemeinde von Pfarrer Krapp feierlich getauft.

Als eine von drei Paten hatte sich auch Dorothee Sölle, die jüngere Schwester von Klaus´ Schulfreund Thomas Nipperdey,

eingefunden, die später durch ihre theologischen Veröffentlichungen und ihr Engagement beim „Kölner Nachtgebet" sehr bekannt wurde. Sie nahm mit ihrem Mann nach der Tauffeier gern am Beisammensein der Familie bei Kaffee und Kuchen am Lindenthalgürtel teil und freute sich über ihr süßes Patenkind.

Durch Schwester Christels umsichtige Hilfe, die sie auch nach ihrem Urlaub immer wieder anbot, so oft es ihr Dienst als Kinderschwester in der Uniklinik zuließ, konnte Margrit von nun an ihre vielen Aufgaben gut bewältigen. Schwester Christel schloss nicht nur die kleine Elisabeth schnell in ihr Herz, sondern war auch begeistert von den drei Buben, die ihr gut gehorchten und bald sehr an ihr hingen.

Sie kam fast täglich in ihrer Mittagspause, um Elisabeth zu füttern und wenn sie Zeit hatte, auch abends, um die Kinder mit ins Bett zu bringen. Da sie auch gern an den Wochenenden bei Napp-Zinns weilte, wurde sie für Margrit bald zu einer guten Freundin, die immer einsprang und mit der sie alle kleinen und großen Probleme beraten konnte.

29.

Schon am Anfang ihrer Kölner Zeit war es für Klaus und Margrit klar gewesen, dass die kleine Wohnung im 3. Stock am Lindenthalgürtel nur eine vorübergehende Lösung sein würde, denn die Kinder sollten nicht inmitten der Großstadt, sondern draußen im Grünen und wenn möglich in einem eigenen Haus aufwachsen.

In diesem Frühjahr hatte Klaus zufällig an der Uni gehört, dass die Stadt Köln plane, im nördlich gelegenen Vorort Longerich eine größere Siedlung mit unterschiedlichen Reihenhäusern zu errichten, die über den Sozialen Wohnungsbau preisgünstig an kinderreiche Familien verkauft werden sollten.

Das klang so verlockend, dass Margrit und Klaus bereits an einem Sonntag im März mit Georg und Christoph in die „Gartenstadt Nord“ fuhren und sich mit einem Herrn der Baugesellschaft trafen, um sich beraten zu lassen und Pläne ansehen konnten.

Wenn auch die weite Landschaft mit Wiesen und Feldern ringsum einen verlockenden Eindruck machte, so erschienen ihnen die geplanten Reihenhäuser doch etwas eng und vor allem die vorgesehenen Gärten hinter jedem Häuschen waren einfach zu winzig.

Aber schon beim nächsten Besuch, als Klaus´ Freund Hans-Günter Aach sie begleitete, sahen sie die Sache in einem anderem Licht. Im Vergleich zu einer Mietwohnung, in der auch Hans-Günter lebte, war so ein eigenes Haus mit Keller, Parterre und 1. Stock eine wirkliche Bereicherung und der Garten, wenn er auch klein war, für die Kinder ein wahres Geschenk.

Als auch später die Mainzer Großeltern sehr dazu rieten, das günstige Angebot zu durchdenken, sagten Margrit und Klaus bei der Baugesellschaft zu, unterschrieben den Vertrag und bekamen auch den erhofften Zuschuss von der Stadt bewilligt.

Es hieß nun nur noch, die Lage und die Größe des Hauses und die Aufteilung und Zahl der Räume zu wählen, und von da an kümmerte sich die Baugesellschaft um alles Weitere bis zur schlüsselfertigen Übergabe an die Käufer. Das würde sich allerdings noch bis zum Ende des nächsten Jahres hinziehen, denn außer den Reihenhäusern selbst mussten noch Zufahrtsstraße und Verbindungswege neu erbaut werden.

So blieb zunächst für alle erst mal die Vorfreude auf das eigene Heim, und immer wieder summte Margrit das nette, kleine Liedchen, das sie von Frau Oster aus dem zweiten Stock kennen gelernt hatte, vor sich hin, wenn ihr mal wieder in der Etagenwohnung „die Decke auf den Kopf zu fallen schien“.

Ein Häuschen mit Garten,
nur klein, aber mein,
was braucht man noch mehr,
um ganz glücklich zu sein.

Schon während des Sommersemesters hatte Klaus sich auf Anraten von Professor Straub zur diesjährigen Botanikertagung in Montreal mit Exkursionen in verschiedene Regionen von Kanada angemeldet, wozu er Mitte August starten musste.

Margrit, die auf keinen Fall vier Wochen allein mit den Kindern in der Kölner Stadtwohnung bleiben wollte, was auch ohne Hilfe kaum möglich war, beschloss, während Klaus´ Abwesenheit mit der kleinen Schar zu ihren Eltern nach Weißenfels zu reisen.

Diese hatten Margrit herzlich eingeladen, als sie von Klaus´ großer Unternehmung hörten, damit sich die Buben in Haus und Garten richtig austoben konnten, während sie selbst gern mit Margrit zusammen die Betreuung der kleinen Gesellschaft übernehmen würden.

Am 18. August brachte Margrit Klaus mit dem Auto mittags zum Hubschrauberlandeplatz an der Venloerstraße, von wo er nach Brüssel und von dort weiter nach Montreal fliegen würde, und sie nahmen innig Abschied voneinander.

Wenige Tage später reiste sie selbst mit den vier Kindern morgens halb neun nach Weißenfels ab. Frau Nielsen begleitete sie per Taxe zum Zug, um die Jungs am Bahnhof an der Hand zu halten, während Margrit selbst ihren großen Koffer trug und dazu Elisabeth in einer „Tragetasche“, die sie aus einem stabilen Karton gefertigt und mit Stoff ausgekleidet hatte.

Die weite Reise mit vier kleinen Kindern war schon an sich ein Ereignis, obschon es im Mutter-Kind-Abteil genügend Platz gab und die lange Fahrt recht gut verlief. Aber in Halle beim Umsteigen erregte Margrit mit den drei kleinen Buben an der Hand und einem Baby im Arm wirklich Aufsehen. Zum Glück fand sich schnell eine nette Frau vom Roten Kreuz, die half, die Kinder und das Gepäck zum richtigen Bahnsteig zu bringen, sodass um 18 Uhr die Eltern in Weißenfels ihren Besuch glücklich in Empfang nehmen konnten.

Nun begann für alle eine frohe, ungebundene Zeit, denn bei dem schönen Sommerwetter konnten die Kinder fast den ganzen Tag draußen verbringen. Gleich morgens spazierten die Jungens mit der Oma nach Beuditz, um Milch zu holen, und nach dem Frühstück ging es im Garten richtig los mit Roller-

und Leiterwagen fahren, Burgen bauen, Kuchen backen, Gebüsch durchstreifen oder mit dem kleinen Gewächshaus spielen, immer unter den wachsamen Augen des Opas.

Mittags waren dann alle drei so „schwarz“, dass ein Abduschen in der Wanne das Praktischste schien, und nach Essen und Schläfchen ging das Spielen mit neuen Kräften weiter.

Elisabeth war in einem luftigen Spielhöschen auch immer dabei und strampelte mit Händen und Füßchen munter in ihrem geliebten Kinderwagen, der schon einige Tage vor der Reise per Bahn von Köln nach Weißenfels geschickt worden war.

Die gute Oma hatte natürlich alle Hände voll zu tun, um die große Familie zu versorgen, während der Opa es sich nicht nehmen ließ, seiner kleinen Enkelin mittags und abends das Breichen zu geben. Und fast jeden Nachmittag kamen liebe Verwandte und nette Freunde aus Weißenfels zum Kaffee trinken, um die Kinderschar zu bewundern.

So vergingen die 5 Wochen in Weißenfels wirklich viel zu schnell, denn niemand empfand sie als anstrengend oder hektisch. Selbst die Großeltern, die eigentlich Ruhe gewohnt waren, genossen das muntere Leben mit der kleinen Gesellschaft und die gemütlichen Abende mit Margrit, wo der Gesprächsstoff nie ausging.

Natürlich hatten sie zur Zeit manche Sorgen. Nicht nur wegen der schwierigen, politischen Verhältnisse in der DDR, sondern wegen ihrer eigenen finanziellen Situation. Bei den kommunistischen Machthabern konnten die ehemaligen Besitzer von Betrieben, die nie für eine Rente eingezahlt hatten, auch nach der Enteignung keine finanzielle Unterstützung erwarten.

Herr Pötzsch, der jetzige Betriebsleiter der Mühle, konnte nur ab und zu unter eigener Gefahr den Eltern etwas Geld zukommen lassen und die Mieteinnahmen von den Mitbewohnern im Haus waren minimal.

So war es eine wichtige Hilfe, wenn Margrit jedes Mal, sobald sie nach Weißenfels reiste, ein oder zwei Hunderter der wertvollen Westmark, die sie von den Pachteinnahmen in Ostfriesland geschickt bekam, auf der Kölner Stadtsparkasse 1 : 5 (später sogar 1 : 7) in Ostmark tauschte und in Windeln oder Babynahrung im Koffer versteckt den Eltern mitbrachte.

Das war natürlich strengstens verboten („Devisenvergehen"!) und wurde mit Gefängnis bestraft, aber Margrit wusste, dass Mütter mit kleinen Kindern, die auf den Reisen an sich schon genug durch den Nachwuchs beansprucht waren, bei den Grenzkontrollen kaum Kofferdurchsuchungen zu befürchten hatten.

Jedes Mal, wenn Margrit kurz nach ihrer Ankunft die getauschten Ostmark-Scheine aus den sicheren Verstecken im Koffer herausholte und den Eltern gab, atmeten sie erleichtert auf, denn sie wussten von der Gefahr, waren aber dringend auf diese Hilfe angewiesen.

Nebenbei verkaufte Mama auch immer wieder alte Möbel, Hausrat oder Bilder aus der Villa, die sie nicht unterbringen konnte, da schon so viele Räume beschlagnahmt und an neue Mieter vergeben worden waren.

Bei all den Notmaßnahmen träumten natürlich die Eltern wie viele Menschen im Osten, die nichts mit dem verlogenen System zu tun haben wollten, unbeirrbar von der Wiedervereinigung der beiden deutschen Staaten, die irgendwann kommen musste. Aber das sollte leider noch lange dauern.

So glücklich sich Margrit mit den Kindern in den Wochen bei den Eltern auch fühlte, so vermisste sie doch Klaus immer mehr und wartete täglich auf liebe Post von ihm. Er hatte gleich anfangs seine gute Ankunft in Montreal telegrafiert und später in zahlreichen Briefen viel Interessantes von seinen Erlebnissen in Kanada berichtet.

Nach den schönen Wochen des Beisammenseins brachte Mama am 20. September Margrit und die Kinder mit der Taxe nach Halle und setzte sie in einen durchgehenden Zug nach

Köln, wo sie Klaus, der mittags mit dem Flugzeug von Kanada zurückgekehrt war, abends mit dem Auto abholte. War das eine Freude und ein Glück, als alle wieder beisammen waren und Schwester Christel sie in der geputzten und mit Blumen geschmückten Wohnung herzlich begrüßte.

Wenn auch die hilfsbereite Schwester weiterhin der Familie so oft sie konnte zur Seite stand, so war doch bei den vier kleinen Kindern dringend eine ständige Hilfe von Nöten.

Endlich im Januar 1960 gab es nach den schwierigen Zeiten einen Lichtblick, als Rose Marie Castaing aus dem Städtchen Pau in Südfrankreich als Au pair-Mädchen in die Familie kam. Klaus hatte im sprachwissenschaftlichen Institut ihre ausführliche Anzeige gelesen, aus der hervorging, dass sie deutsch lernen und besonders gern bei Familien mit kleinen Kindern helfen wolle.

Als Klaus sie am 6. Januar 1960 in Köln vom Zug abholte und abends mit heimbrachte, wurde sie von den Kindern begeistert und temperamentvoll begrüßt, doch leider konnte sie das muntere Geplapper der durcheinander redenden Schar so gut wie gar nicht verstehen.

Margrit musste es zunächst mit Englisch versuchen, wenn sie ihr etwas zeigen oder erklären wollte, und Klaus hatte abends immer wieder kleine Missverständnisse auszuräumen. Doch es dauerte gar nicht lange, bis Rose Marie das Wichtigste verstand und auch das meiste vorsichtig auf deutsch sagen konnte, wenn auch mit stark französischem Akzent, was besonders nett klang.

Die Kinder mochten ihre liebe und hilfsbereite Art, und sie selbst schloss die muntere Schar schnell in ihr Herz. Besonders die kleine Elisabeth hatte es ihr angetan, und schon bald wollte sie das süße Ding, das jetzt gerade zu laufen und zu sprechen anfing, am liebsten ganz allein betreuen.

Auch in allen praktischen Dingen fand sie sich gut zurecht und wurde für Margrit schnell zu einer geschickten und zu-

verlässigen Hilfe, sodass Schwester Christel entlastet war, aber immer noch gern kam und sich bald mit Rose Marie anfreundete.

Als Mitte Januar der erste Schnee in diesem Winter fiel und auch liegen blieb, wurde das für Rose Marie allerdings ein Problem, da es in Südfrankreich so gut wie nie schneite.

Die Kinder wollten natürlich alle in der Grünanlage vorm Haus im Schnee toben, sich mit dem Schlitten ziehen lassen oder einen Schneemann bauen und nicht wie sonst spazieren gehen. Aber die arme Rose Marie hatte weder warme Schuhe noch geeignete Kleidung für so ein Wetter und stand im Mantel frierend neben der im Schnee tollenden Schar.

Doch zum Glück war Margrit, die begeistert von der weißen Pracht war, mit dabei und schickte Rose Marie bald hinauf zum Aufwärmen und lieh ihr für das nächste Mal Hosen und feste Schuhe aus. Doch wirkliche Liebe zum Schnee konnte sie bei der jungen Französin nicht erwecken.

30.

Inzwischen hatte Georg im Januar seinen sechsten Geburtstag gefeiert und konnte es kaum erwarten, bis er zu Ostern in die Schule kam.

Schon im Februar bei der Anmeldung mit der Mami lernte er das schöne, neue Gebäude in der Freiligrathstraße kennen. An seinem ersten Schultag begleiteten ihn dann beide Eltern nach kurzem Gottesdienst in der Paul-Gerhardt-Kirche bis in seine Klasse im Parterre der nahen Schule, wo die Kinder mit einer Kasperle-Aufführung und bunten Zuckertüten überrascht wurden.

Von nun an hatten sie täglich 2–3 Stunden Unterricht bei Fräulein Silberbach, einer freundlichen, jüngeren Lehrerin und saßen nicht auf Bänken wie früher, sondern auf kleinen Stühlen vor niedrigen Tischchen.

Nach der sogenannten „Ganzheitsmethode" gab es jetzt nicht Buchstaben, sondern ganze Worte oder Sätzchen wie „Ute ist lieb" an der Tafel zu lesen und abzuschreiben und täglich kamen neue Worte hinzu, die an der Tafel stehen blieben und am folgenden Tag in anderer Kombination wiedererkannt werden mussten.

Georg fiel alles leicht, und er freute sich auf den täglichen Unterricht, und wenn ihn die Mami morgens auf dem Rad zur Schule brachte, wartete er schon voll Wissbegier und Spannung auf die neuen Aufgaben. Mittags konnte er den kurzen Weg bald allein machen und war meist schneller als nötig daheim, um gleich seine Aufgaben in Angriff zu nehmen, um dann endlich spielen zu können.

Christoph und Winfried, die jetzt gemeinsam den Kindergarten besuchten, aber dort in verschiedenen Gruppen spielten, waren meist schon vor ihm daheim und gingen gern auf seine Pläne und Ideen ein, besonders wenn es um Autospiele ging.

Aber auch einzeln konnten sie sich gut beschäftigen, wenn man ihnen dem Alter gemäß verschiedene Spiele vorschlug oder sie alle malen durften, wobei jeder auf seine Art tolle Bilder fabrizierte, solange es keinen Streit um die Buntstifte gab.

Besonders goldig war es, wenn nachmittags nach dem Spaziergang auch Elisabeth im Kinderzimmer in ihrem Laufgitter mit dabei war, und eifrig den Brüdern bei ihren Beschäftigungen zuschaute. Dann schaute die Mami nur gar zu gern voll Glück und Dankbarkeit auf ihre kleine, muntere Schar herab.

Zum Glück konnte Rose Marie bis Ende Juni in Köln bleiben, lernte immer besser deutsch sprechen und lebte sich gut in der großen Familie ein. Durch ihre freundliche und aufgeschlossene Art fand sie auch bald Altersgenossinnen, mit denen sie sich an ihren freien Tagen traf, nahm aber auch gern an allen Unternehmungen der Familie teil.

Nach ihrem Abschied am 29. Juli 1960, den alle sehr bedauerten, war die Familie zunächst wieder ohne Hilfe und auf den unermüdlichen Einsatz von Schwester Christel angewiesen. Zum nachmittäglichen Spaziergang mit den drei Buben kam allerdings noch kurze Zeit Frau Schröder, die jedoch inzwischen 75 Jahre alt geworden war und der es bald zuviel wurde. Daraufhin wechselten sich zwei andere Damen in dieser Aufgabe ab, die etwas jünger waren und denen es leichter fiel.

Im Verlauf des Julis bekamen trotz des sommerlichen Wetters ganz unerwartet die drei Jungen, wohl durch Ansteckung, nacheinander eine Art Grippe mit schrecklichen Hustenanfällen, die von Prof. Everbeck bald als Keuchhusten diagnostiziert wurde, sodass sie längere Zeit weder zur Schule noch zum Kindergarten kommen durften.

Als die ersten schlimmen Krankheitstage vorüber waren und die Ferien bevorstanden, buchten die Eltern kurz entschlossen für Anfang August eine zweiwöchige Busreise nach Knocke an der belgischen Nordseeküste. Dort in der kräftigen Meeresluft würden hoffentlich Georg und Winfried ihren langsam abklingenden Husten auskurieren, während der fünfjährige Christoph, der wegen seinen noch ständigen Hustenattacken nicht mit in ein Hotel durfte, von der besorgten Oma in Mainz gesund gepflegt werden sollte.

Die kleine Elisabeth dagegen, die vom Husten verschont blieb, wurde in dieser Zeit von Frau Nielsen unten im Haus übernommen. Diese hatte sie schon öfter mal betreut und freute sich mit Astrid und Brigitte, ihren beiden Töchtern, riesig über den unerwarteten Besuch.

Zu Beginn der Fahrt ans Meer im großen Bus eines Kölner Reiseveranstalters über Aachen, Maastricht, Löwen, Brüssel und Gent gab es einige Stadtrundfahrten und in Brügge die erste Übernachtung mit feinem Abendessen. Auch in und um

Knocke, wo die Reiseteilnehmer im Hotel Comodore, einem großen, etwas vernachlässigten Haus unterkamen, wurde später vom Veranstalter noch eine Fahrt auf die Insel Walcheren, nach Vlissingen und Middelburg geboten, aber das Schönste war natürlich für die Kinder das Meer und der herrliche Strand.

Hier konnten sie im flachen Wasser nach Herzenslust herumtollen und täglich neue Sandburgen schaufeln, ja sogar mit Hilfe der Mama mal einen richtigen Dampfer aus Sand bauen. Doch das tollste Erlebnis für die beiden Buben war es, als sie einmal bei hohen Wellen mit Schwimmgürteln und an der Hand der Eltern weit hinaus ins Meer durften, wo die Großen noch lange Grund unter den Füßen hatten.

In der guten und salzhaltigen Luft verschwand zum Glück der lästige Husten der Kinder wie von selbst, und gesund und erholt kehrte die Familie Mitte August nach Köln zurück, wo sie von Elisabeth strahlend begrüßt wurden und auch Christoph bald gesund und munter aus Mainz zurückkam.

Inzwischen hatte das neue Haus in Longerich gute Fortschritte gemacht, und nach dem Richtfest im Mai mussten im Verlauf des Sommers nun allmählich Entscheidungen wegen der elektrischen Anlagen, der Installation und der Fußbodenbeläge getroffen werden.

Bis zur endgültigen Fertigstellung des Hauses sollte es allerdings Dezember werden, sodass Margrit froh war, dass sie die letzten beiden sommerlichen Ferienwochen wie alljährlich bei den Eltern in Weißenfels verbringen konnte, wohin sie zwei Kinder mitnahm, während Klaus mit den beiden anderen nach Mainz fuhr.

Im Oktober folgte dann noch für die ganze Familie eine wunderschöne Ferienwoche in Gees in der Eifel bei der guten, alten Maria, Omas langjähriger Haushaltshilfe. Sie nahm nach ihrer Heirat zusammen mit ihrer Schwester im ländlichen Elternhaus regelmäßig Feriengäste auf und hatte Klaus mit Frau und Kindern schon wiederholt eingeladen.

So vergingen die letzten anstrengenden Monate mit der Kinderschar in der Kölner Etagenwohnung wie im Flug, und der Umzug in das ersehnte eigene Häuschen in der Gartenstadt-Nord rückte immer näher und wurde schließlich auf den 8. Dezember festgelegt.

Zum Glück hatten Margrit und Klaus in Köln genug Freunde und Bekannte, welche jeweils eins der Kinder während des Packens und des Abtransportes von Möbeln und Hausrat für einige Tage gern bei sich aufnahmen.

Da waren zunächst Dieter und seine Frau Käte, die seit Oktober 1959 selbst einen kleinen Sohn hatten und in Uninähe wohnten, sowie Klaus´ Freund Hans-Günter Aach, der inzwischen mit Margret Althüser verheiratet war.

Sie waren schon immer mal zur Kinderbetreuung eingesprungen, ebenso Erika Nahnsen, Margrits ehemalige Studienfreundin aus Halle, die jetzt in Köln-Kalk wohnte, oder auch Ehepaar Schmidt, das den evangelischen Hauskreis in Lindenthal leitete, an dem Margrit und Klaus seit einiger Zeit teilnahmen.

31.

Wenn auch der eigentliche Umzug und der viele Schmutz durch die Handwerker, die noch bis ins Frühjahr hinein in und um das Haus zu tun hatten, genug Arbeit und Mühe mit sich brachten, so gab es doch hier draußen außerhalb der Großstadt viele Vorteile und Erleichterungen für die Familie.

Margrit gelang es in der ersten Zeit sogar, Haus, Garten und Kinder ganz allein zu versorgen, ohne Klaus´ Hilfe zu sehr in Anspruch nehmen zu müssen, da sie den Tagesablauf gut einteilte und die Kinder helfen ließ.

Die Jungs konnten jetzt ohne weiteres am täglich vorbeikommenden „Frischdienstauto" Milch, Gemüse und Obst kaufen und alles weitere im nahen Lebensmittelgeschäft, während die Brötchen gebracht wurden, sodass Margrit nur einmal pro Woche zu Besorgungen ausgehen musste.

Auch konnten die Buben nun jederzeit ins Freie hinaus, ohne dass jemand immer dabei sein musste, und was gab es nicht alles zu sehen und zu entdecken in der Umgebung einer gerade fertiggestellten Häuserreihe, wo Straßen und Gärten erst allmählich entstanden.

Selbst die kleine Elisabeth durfte die ersten Frühlingstage direkt vorm Haus auf dem schön gepflasterten Eingang in ihrem Ställchen genießen, wobei der süße Blondschopf und ihr schönes Spielzeug meist schnell kleine Spielgefährten aus der näheren Nachbarschaft anlockte, was die Mami vom Küchenfenster aus natürlich immer unter Kontrolle hatte.

Das Grundstück hinterm Haus glich allerdings zunächst noch einer wüsten Morastlandschaft mit schwerem, lehmigen Boden voller Pfützen und Unrat, und es sollte noch Wochen und Monate dauern, bis das Terrain endlich nach Fertigstellung der Terrasse von der Baugesellschaft gesäubert, eingeebnet, mit Mutterboden versehen und umzäunt wurde.

Nun erst konnten in den ersten Frühlingstagen der Rasen eingesät und an den Längsseiten und vor der Terrasse Beete

angelegt werden, die Margrit und Klaus nach und nach mit Büschen, Stauden sowie bunten Primeln, Stiefmütterchen und später auch Sommerblumen bepflanzten.

Die größte Freude für die Kinderschar war jedoch, als im Verlauf des Junis auch noch ein runder Sandkasten auf der Rasenfläche entstand, den Klaus selbst auszementierte und am Rand mit bunten Steinplatten belegte.

Wie glücklich war Margrit, wenn ihr Nesthäkchen von nun an täglich in dem inzwischen schön blühenden Garten allein im Sand spielen oder mit ihrem Puppenwagen herumfahren durfte und man sie von allen Räumen aus im Auge behalten konnte.

Trotz der vielen Spielmöglichkeiten hier draußen im Grünen stand es für Margrit und Klaus fest, Christoph und Winfried auch nach dem Umzug weiterhin in den Lindenthaler Kindergarten zu schicken.

Erstens schien in der Gartenstadt-Nord vorläufig kein neuer Kindergarten geplant zu sein, zweitens war es für die beiden Buben wichtig, täglich unter Anleitung beim gemeinsamen Spielen, Basteln und Bauen dem Alter gemäß beschäftigt und gut gefördert zu werden, und drittens wäre ein ständiges Zuhausesein der vier Kinder schon aus praktischen Gründen kaum möglich.

So nahm Klaus die beiden Jungs an vier Tagen der Woche morgens, wenn er ins Institut fuhr, zum altbewährten Kindergarten mit, wo sie nun als Mittagskinder auch am Essen teilnahmen und bis 16 Uhr bleiben konnten. Dann musste Klaus allerdings schon um diese Zeit mit ihnen zurückfahren und daheim weiterarbeiten, wenn nicht ab und zu Frau Deubner, Margret Aach oder Frau Schmidt bereit waren, die beiden Kinder gegen 16 Uhr am Kindergarten zu übernehmen, bis Klaus sie abends mit nach Hause nahm.

Erst im Herbst fand sich auf eine Annonce hin Karin Steiner, ein junges Mädchen aus Volkhofen, das die beiden von nun an regelmäßig per Straßenbahn in Lindenthal abholte und dann sogar nach Abschluss ihrer Schulzeit zu Ostern 1962 als ständige Hilfe zu der ihr vertraut gewordenen Familie nach Longerich kam.

Mit der Schule für Georg war die Sache dagegen einfacher, denn schon wenige Tage nach dem Umzug konnten ihn die Eltern in der evangelischen Grundschule in der Paul-Humboldt-Straße anmelden, wo er sich bei dem netten Fräulein Börner, die bis Ostern seine Klassenlehrerin war, gleich wohl fühlte.

Von da an übernahm Frau Willuhn die Klasse, deren muntere, etwas burschikose Art ihm auch gefiel, und bei der Aufführrung von „Peterchens Mondfahrt“ im Sommer bekam er gleich eine größere Rolle zugedacht.

Das Leben im eigenen Häuschen hier draußen in der Gartenstadt erwies sich für Margrit und Klaus nach den anstrengenden Jahren in der Kölner Etagenwohnung wirklich als ein Geschenk, das sie sich nicht schöner wünschen konnten, denn das Haus schien für die nun schon sechsköpfige Familie wirklich wie geschaffen zu sein.

In ihm gab es im Parterre außer dem großen Wohnzimmer, von dem aus eine Glastür hinaus zur Terrasse führte, die gemütliche Wohndiele mit einer Sitzecke für die täglichen Mahlzeiten, direkt daneben die Küche und zwischen Diele und Haustür noch einen kleinen Vorraum.

Im ersten Stock, zu dem eine halbrunde Holztreppe hinaufführte, befanden sich außer Bad und Elternschlafzimmer zwei geräumige Kinderzimmer, wo im vorderen Georg und Christoph im Doppelklappbett schliefen und gleich daneben Winfried und Elisabeth in ihren weißen Gitterbettchen. In beiden Zimmern gab es einen eingebauten Wandschrank und daneben ausreichend Platz für einen Spielschrank, eine Kommode für Bücher- und Schulsachen, Georgs Pult und einen kleinen Kindertisch mit mehreren Kinderstühlen.

Im Keller fand sich ein größerer Raum für Vorräte, in dem auch die Fahrräder, Spielfahrzeuge und Kinderwagen standen und von dem eine Treppe zum Garten führte, und außer dem Heizungs- und Kohlenraum gab es ein kleines Gästezimmer, das Margrit bald gemütlich einrichtete.

Als dann im Verlauf des Winters und Frühjahrs die Handwerker im Haus endlich alles fertiggestellt hatten, die Räume schön eingerichtet waren, und im Mai auch der Garten schon recht gepflegt aussah, konnten Margrit und Klaus mit den drei jüngeren Kindern unbesorgt zu den Pfingsttagen nach Weißenfels reisen. In der anschließenden Woche wollte Klaus dann an der diesjährigen Botanikertagung in Halle teilnehmen.

Dadurch gab es auch Aufenthaltsgenehmigungen für alle Mitreisenden, und wie immer waren Margrits Eltern beglückt über den großen Familienbesuch, wobei nur Georg fehlte, da er bei den Großeltern in Mainz eingeladen war.

Nach der langen Bahnfahrt folgten zwei schöne Pfingstfesttage in Weißenfels mit Besuchen bei Familie Maaß in Schönburg und bei Gina und Eberhardt in der Neustadt, und gleich am Dienstag fuhr Klaus nach Halle, wo er im Gästezimmer der Unikliniken wohnen konnte.

Am nächsten Tag erschien auch Margrit nachmittags in Halle, um mit Klaus abends am großen Empfang der Stadt im Pädagogischen Institut teilzunehmen, wo sie später bei Wein und kaltem Büfett viele befreundete Botaniker traf.

Auch die Aufführung der Händeloper „Orlando" mit anschließendem Beisammensein im HO-Hotel „Weltfrieden" konnte sie am nächsten Tag miterleben, und beide Male fuhr sie erst um Mitternacht nach Weißenfels zurück, denn sie wusste die drei Kinder bei den Eltern in guter Obhut.

Als nach schönen Tagen in der alten Heimat wieder alle gut in die Gartenstadt zurückgekehrt waren, begann Arja Niemi, eine Studentin aus Finnland, ihre sechswöchige Tätigkeit in der Familie. Sie wollte sich genau wie im Jahr davor Rose Marie Castaing in der deutschen Sprache üben und wurde ebenso über das sprachwissenschaftliche Institut vermittelt.

Eine deutsche Freundin und deren Verlobter brachten sie per Auto in die Gartenstadt, und nach dem gemeinsamen Kaffee trinken half sie schon abends die Kinder ins Bett zu bringen und zog dann in das kleine Gästezimmer im Keller ein.

Arja wurde schnell zu einer lieben Hausgenossin, die sich sehr bemühte, die ihr übertragenen Aufgaben gut zu machen und auch schon einigermaßen deutsch konnte, aber sie hatte ein viel zu freundliches und weiches Wesen, um sich bei den Kindern immer durchzusetzen.

Wenn Margrit in der Nähe war, gehorchten ihr die kleinen Strolche natürlich, aber sobald sie mit den Kindern allein zu tun hatte, wurden sie übermütig.

War Margrit bei einer Mahlzeit mal nicht dabei, fanden es die Buben lustig, geschwind auf die Bänke der Sitzecke zu steigen und voll Übermut lachend darauf herumzuhopsen, was sogar die kleine Elisabeth munter mitmachte.

Arjas Ermahnungen in einem für die Kinder ungewohnten Deutsch, sie sollten beim Essen doch schön sitzen bleiben, nutzten dann gar nichts, und Arja war oft dem Weinen nahe, wenn Margrit zurück kam.

Trotz wiederholter Ermahnungen kam es immer mal wieder zu dieser „Gaudi", und wenn Margrit ärgerlich wurde, meinten die Buben treuherzig, das sei doch nur Spaß und sie hätten die Arja trotzdem lieb.

Immerhin hatte sich das freundliche, junge Mädchen nach kurzer Zeit so gut in den Haushalt hineingefunden, dass Margrit es wagen konnte, im Juli die rührende Einladung von Tante Tilde zu einem kleinen Erholungsurlaub in Egmond aan Zee an der holländischen Nordseeküste mit den drei jüngeren Kindern anzunehmen.

Georg musste leider wegen der Schule bei Arja und Klaus zu Hause bleiben, wurde dafür aber mit einem aufblasbaren Schwimmbecken entschädigt, das er an den heißen Tagen gleich ausprobieren durfte.

Christoph und Winfried dagegen tummelten sich in Egmond begeistert im flachen Meer, am liebsten mit der Luftmatratze, und froren auch kaum, während Elisabeth nur bei Ebbe und wenn es warm war, in den zurückbleibenden Wasserlachen badete, denn sie fürchtete sich vor den großen, kalten Wellen.

Für Margrit wurden es erholsame Tage in dem kleinen, recht gepflegten Hotel „ten Anker" in unmittelbarer Nähe des Meeres, wo sie Vollpension genossen und sie sich abends bei Wein mit Tante Tilde angeregt unterhalten konnte. Diese interessierte sich sehr für jedes der Kinder, ging rührend auf sie ein und hatte auch stets Verständnis für kleine Unarten und Missgeschicke.

Während der abwechslungsreichen Tage in Egmond gab es auch einen schönen Ausflug zum Käsemarkt nach Alkmaar, und auf der Heimreise über Amsterdam lud Tante Tilde zum Abschied alle zu einer schönen Grachten- und Hafenrundfahrt sowie einem feinen Mittagessen ins Hafenrestaurant im obersten Stock eines Hochhauses ein.

Die gemeinsame Zeit mit der ihr so vertrauten Tante Tilde und die gemütlichen Abende nutzte Margrit in diesen Tagen, um auch einmal über ihre Sorgen wegen der Eltern in Weißenfels zu sprechen.

32.

Die politischen Probleme im geteilten Deutschland mit der in vier Besatzungszonen gegliederten Hauptstadt konnte Tante Tilde als Berlinerin natürlich viel besser beurteilen als die Menschen in Westdeutschland.

Dank amerikanischer Hilfe ging es dort trotz der stark zerstörten Städte und Industrieanlagen wirtschaftlich gut voran, der Wiederaufbau hatte begonnen, und die Menschen sahen hoffnungsvoll in die Zukunft.

Im Osten dagegen waren fast alle größeren Betriebe, Gutshöfe und Handwerksunternehmen enteignet, die ehemaligen Besitzer hatten weder Arbeit noch Einkommen, und eigene Aktivitäten waren kaum möglich, wenn man nicht der Partei angehörte.

Wegen dieser hoffnungslosen Lage verließen deshalb von Jahr zu Jahr immer mehr Menschen ihre Heimat, um im Westen einen neuen Anfang zu wagen. Aber auch andere Leute, die sich den kommunistischen Machthabern nicht unterordnen wollten, wendeten der DDR den Rücken. Zeitweise waren es mehrere tausend Menschen, die täglich von Berlin in den Westen flohen.

Zum Glück konnte man bisher immer noch über Westberlin dem kommunistischen Staat entrinnen, indem man von Tempelhof oder Tegel nach Westdeutschland flog.

An all den anderen Grenzübergängen brauchte man natürlich Reisegenehmigungen, und die Grenzen selbst wurden immer schärfer bewacht, so dass kaum noch jemand „schwarz" hinüber gelangen konnte.

Tatsächlich lebten die meisten von Margrits Verwandten wegen dieser trostlosen Verhältnisse schon gar nicht mehr im Osten!

So war Margrits Vetter, Arne Arsand, der 1951 als Student an der Humboldt-Universität in Ostberlin wegen Denunziation durch einen Kommilitonen unschuldig verhaftet und im Gefängnis niederträchtig behandelt wurde, kurz nach seiner Freilassung 1952 in den Westen übergesiedelt.

Auch seine Eltern, Gretel und Hans Arsand, die 1958 wegen unrechtmäßig erhobener Steuern einen Rechtsanwalt in Berlin aufsuchten, hörten dort, dass man die Schuhfabrik voraussichtlich enteignen und Onkel Hans verhaften wolle, sodass sie, ohne lange zu zögern, Weißenfels verließen und über Westberlin ins Ungewisse ausreisten.

Und einige Jahre später verließ auch Ute, Arsands jüngste Tochter, kurz nach ihrer Eheschließung mit Manfred Russ, die DDR, da beide als ausgebildete Lehrer in diesem Regime kaum Chancen sahen.

Die Weimarer Vettern dagegen hatten nach Kriegsende ihr Studium gleich im Westen begonnen, und Lenelore, ihre jüngere Schwester, war als Krankengymnastin schon länger im Kleinen Walsertal tätig.

So wohnte nur noch Gina mit ihrem Ehemann Eberhard Otto und den beiden kleinen Kindern Thomas und Gaby in der elterlichen Villa in der Nordstraße, aber auch sie planten die Ausreise, wie Margrit jetzt von Tante Tilde erfuhr.

Sie hatten schon bei jedem ihrer letzten Besuche Silber, Schmuck, wertvolles Porzellan, Bücher und Bilder zu ihr nach Berlin gebracht, wollten aber mit der Ausreise den Beginn der Ferien abwarten, damit man ihr Verschwinden nicht zu schnell bemerkte und man sie vielleicht in Berlin noch verfolgen und verhaften würde.

Wie sollten sich nun aber Margrits Eltern verhalten, die weiterhin unbeirrbar auf eine politische Wende und ein Zusammenkommen der beiden deutschen Staaten hofften und ihr altes, vertrautes Haus mit dem geliebten, großen Garten auch nicht verlassen wollten?

Gina und Eberhardt hatten sich wirklich in all den Jahren nach der Verhaftung 1953 sehr um sie gekümmert, ihnen in schwierigen Situationen geholfen und durch regen Kontakt sich eng mit ihnen verbunden gefühlt.

Es würde also Margrits Eltern wirklich sehr bekümmern, wenn nun auch noch Familie Otto Weißenfels verließe und sie selbst neben vielen praktischen Dingen auch alle Probleme mit den kommunistischen Behörden allein in die Hand nehmen müssten.

Doch dann kam es am 13. August 1961 seitens der linken Machthaber zu einer politischen Aktion, mit der niemand gerechnet hatte:

Für die meisten Berliner unfassbar, begann die DDR an diesem Tag mit Unterstützung der Warschauer Paktstaaten eine unüberwindliche Betonmauer entlang der Grenze zwischen Ost- und Westberlin zu bauen, um dem unaufhaltbaren Flüchtlingsstrom nach dem Westen endlich ein Ende zu setzen. Die Nachricht davon verbreitete sich wie ein Lauffeuer durch die gesamte Ostzone, und fast alle Menschen dort fühlten sich wie gelähmt, ja durch eine solche Maßnahme unwiderruflich eingesperrt.

Während bei den sich überschlagenden Ereignissen in der Hauptstadt zu diesem Zeitpunkt noch einige Kurzentschlossene in die Freiheit entkommen konnten, wagten sich die meisten Menschen, die irgendwann ausreisen wollten, gar nicht mehr in die turbulente Stadt hinein, und das sollte ihnen zum Verhängnis werden.

Auch Gina und Eberhardt beschlossen, erst mal in Ruhe abzuwarten, wie sich die Situation entwickeln würde, denn es erschien ihnen zu riskant, mit zwei kleinen Kindern und viel Reisegepäck nach Berlin zu fahren, ohne zu wissen, ob sie noch zu Tante Tilde nach Westberlin durchkommen konnten.

Margrit und Klaus hörten von dem unerwarteten Mauerbau in Berlin abends in den Nachrichten und zwar in Meggen am Vierwaldstädter See, wo sie in diesem Jahr im „Haus Alpenblick" zum zweiten Mal einen schönen Sommerurlaub verlebten.

Nach dem gemeinsamen Abendessen in der Pension zweier älterer, sehr frommer Damen, die mit ihren Feriengästen auch Andachten abhielten, wurden regelmäßig um 20 Uhr Nachrichten am Radio gehört.

Als an diesem Sonntag von dem unbegreiflichem Mauerbau mitten durch Berlin berichtet wurde, waren nicht nur alle Besucher aus Westdeutschland, sondern auch sämtliche Schweizer Gäste aufs Tiefste erschüttert. Margrit jedoch – als einzige Ostdeutsche hier – empfand es als einen ganz persönlichen Schicksalsschlag, wusste sie doch, was das für die Menschen in ihrer Heimat bedeuten würde.

Tatsächlich entstand in kürzester Zeit nicht nur zwischen West- und Ostberlin, sondern auch entlang der Grenze zwischen Westberlin und der DDR ein scharf bewachtes, militärisches Sperrsystem, das zusätzlich zur hohen Betonmauer noch mit Stacheldrahthindernissen, Gräben, Minen und Selbstschussanlagen ausgestattet wurde.

Dadurch war mit einem Schlag der bisher noch ungehinderte Zugang ins freie Westberlin unterbunden, und für die Menschen in der russisch besetzten Zone gab es keine Möglichkeit mehr zu entkommen. Sie waren wirklich eingesperrt und der Willkür der kommunistischen Machthaber ausgeliefert.

Trotz dieser so schwerwiegenden, politischen Geschehnisse wollten Margrit und Klaus sich ihre Urlaubstage in der Schweiz nicht gar zu sehr trüben lassen, zumal sie den vierjährigen Winfried mitgenommen hatten, der stets für Unterhaltung und Ablenkung sorgte. Er war stolz, diesmal ganz allein mit den Eltern auf Reisen zu sein und an einem großen See mit hohen Bergen wohnen zu dürfen, während die Geschwister, wie immer, bei Großeltern und Tanten in Deutschland betreut wurden.

In der Pension war er schnell beliebt, aber besondere Freundschaft schloss er mit der netten Familie Halbach, deren sechszehnjährige Tochter Ursel ihn gern betreute, wenn die Eltern größere Bergtouren unternahmen, während Herr Halbach ihm oft interessante Bilder in Zeitschriften und großen Büchern zeigte. Er staunte, dass der Onkel nie rauchte, sondern lieber Pfefferminz-Pastillen aß, wie er ihm erklärte, worauf Winfried meinte, wenn er groß sei, würde er auch lieber Pfefferminz-Pastillen essen.

Natürlich nahm der aufgeweckte, kleine Kerl ganz begeistert an den vielen Unternehmungen der Eltern teil, wenn er nur nicht zu weit laufen musste, worin er sich sehr von seinem großen Bruder Georg unterschied, der im gleichen Alter unermüdlich wanderte.

Als Ende August die schönen Urlaubstage zu Ende, die Kinder in Mainz und Ostfriesland abgeholt und alle wieder in Longerich beisammen waren, kam von Weißenfels die tröstliche Nachricht, dass sich zunächst in der DDR durch den Bau der Berliner Mauer nichts geändert hätte, es nur mit den Reisegenehmigungen und Besuchserlaubnissen viel strenger gehandhabt würde und niemand mehr übersiedeln konnte.

So mussten sich auch Gina und Eberhard Otto schweren Herzens damit abfinden, erst mal in Weißenfels zu bleiben und zwar weiterhin im ersten Stock der elterlichen Villa, wo sie nach ihrer Hochzeit 1953 drei Räume mit Küche und Bad übernommen hatten.

Das gesamte Haus, einschließlich Grundstück, war allerdings gleich nach der sogenannten „Republikflucht" von Gretel und Hans Arsand enteignet und deren Möbel abgeholt worden. In die schönen, großen Räume im Parterre zog Frau Bartels ein, die als Parteifunktionärin Chefin bei der Mustergestaltung der Weißenfelser Schuhindustrie war.

Da Eberhard Otto glücklicherweise als Diplom-Chemiker in den Buna-Werken bei Merseburg eine feste Stelle hatte und die Weißenfelser Wohnung im ersten Stock von Ginas Elternhaus zunächst für die kleine Familie ausreichte, durften die jungen Eheleute an sich nicht klagen, denn ein Neuanfang im Westen wäre sicher auch nicht leicht geworden.

Sie konnten allerdings damals nicht ahnen, dass das kommunistische System noch fast 30 Jahre lang die unschuldigen Bewohner in der russisch besetzten Zone belügen, erniedrigen und schikanieren würde, und eine Wiedervereinigung Deutschlands so gut wie unmöglich machte.

Nur die Angehörigen der kommunistischen Partei triumphierten und verschafften sich gute Stellen und viele Vorteile.

Auch Margrits Eltern waren den linken Machthabern ausgeliefert und mussten ohnmächtig erdulden, dass immer mehr Untermieter in die Villa eingewiesen wurden, die in die zu großen Räume eigenmächtig Wände einzogen, elektrische Leitungen verlegten, provisorisch Bad und Küche einbauten und kaum Miete zahlten.

Der einzige Trost war, dass Gina und Eberhard mit ihren Kindern nun doch in Weißenfels geblieben waren und sie mit ihnen und allen anderen Freunden und Bekannten gemeinsam den kommenden Problemen entgegensehen und sich umso fester zusammenschließen konnten.

Gestärkt durch die erholsamen Ferientage am Vierwaldstätter See ging Margrit die Arbeit nach ihrer Rückkehr wieder leicht von der Hand, und der sonnige Herbst ließ Eltern und Kinder den Garten, der jetzt in voller Blüte stand (Astern, Löwenmäulchen, Sonnenblumen und Dahlien), aus vollem Herzen genießen.

An Christophs 6. Geburtstag, zu dem die Zwillinge Kingreen und Frau Deubner eingeladen waren, gab es ein richtiges Gartenfest mit Wettspielen und Gewinnen und ein feines Abendessen auf der Terrasse mit Bowle und Lampions.

Nach den Herbstferien, während der die Familie wieder einige Tage in Gees in der Eifel verlebt hatte, brachte Klaus die kleine Elisabeth zum ersten Mal, zusammen mit Christoph und Winfried, morgens in den Lindenthaler Kindergarten, obwohl sie noch nicht ganz drei Jahre alt war.

Sie fand das wunderschön und war stolz, nun auch schon so groß zu sein. Zum Glück hatte sich ja Karin Steiner aus Volkhofen zum nachmittäglichen Abholen der Kinder gefunden, sodass Klaus ungestört bis abends im Institut arbeiten konnte.

Margrit hatte jetzt vormittags genug Zeit für Haushalt, Wäsche und Garten, und Georg genoss es, wenn er mittags aus der Schule kam, seine Mami ganz für sich allein zu haben, um von allem erzählen zu können.

So rückte das Weihnachtsfest schnell heran, und unvergesslich wird Margrit das beseligende Glück der kleinen Schar am Heiligen Abend sein. Das Wohnzimmer war natürlich den ganzen Tag fest verschlossen, doch als es dunkel wurde, konnten die Kinder das Klingeln des Christkinds kaum mehr erwarten.

Und welch ein strahlender Glanz kam der Familie beim Öffnen der Wohnzimmertür entgegen! Der bunt geschmückte

Christbaum mit seinen vielen Kugeln und Lichtern und davor all die herrlichen Dinge, die Kinderherzen so glücklich machen:

Puppenstube und Knusperhäuschen, Kaufladen und Autos und dazu noch die vielen geheimnisvollen Päckchen und Pakete, unter denen auch das von Tante Berthild mit Georgs erster elektrischen Eisenbahn war. Was gab das für ein Auspacken, Ansehen, Fragen und Aufbauen, und der Jubel und die Freude wollten kein Ende nehmen.

Erst allmählich war es überhaupt möglich, in Ruhe noch einige Weihnachtslieder zu singen und die gelernten Verschen aufzusagen, nachdem beim anfänglichem Singen vorm brennenden Lichterbaum die glänzenden Kinderaugen natürlich vor allem an den reich gedeckten Gabentischen hingen.

So ein schöner Abend dürfte eigentlich nie zu Ende gehen, doch langsam wurde es Zeit, am festlich gedecktem Tisch zu Abend zu essen und unter Mitnahme eines der liebsten Geschenke im Bettchen zu verschwinden, wo nach all der Freude und dem Glück die Augen schnell zufielen. Die Eltern besuchten dann noch voll Dankbarkeit um 23 Uhr die Christmette in der Erlöserkirche in Weidenpesch.

33.

Das neue Jahr 1962 brachte zunächst auch wieder Erfreuliches, denn gleich im Januar bot Schwester Christel während ihres noch verbleibenden Urlaubs ihre Hilfe an und kam vom 15. bis 27. 1. täglich hinaus in die Gartenstadt, betreute die kleine Schar in ihrer ruhigen und umsichtigen Weise und nahm Margrit manche liegengebliebene Arbeit ab.

Im März meldete Maidi ganz überraschend ihren Besuch an, da sie ihren Fuß verstaucht hatte und sich eine Woche schonen sollte. Die Schwestern genossen aus vollem Herzen das Beisammensein, und auch die Kinder waren glücklich über die schönen Tage mit der geliebten Tante.

Gleich nachdem Maidi abgefahren war, reisten Margrit und Klaus mit Georg und Elisabeth, wie schon länger geplant, für zehn Tage zu Tante Tilde nach Westberlin, während Christoph und Winfried von den Großeltern in Mainz betreut wurden. Klaus hatte in der Bibliothek der Freien Universität einiges zu tun, und Tante Tilde freute sich auf den ersten Westbesuch nach dem Mauerbau.

Man konnte jetzt als Westdeutscher jederzeit mit dem Interzonenzug von Westen durch die DDR direkt nach Westberlin durchreisen ohne jeden Halt zwischen Helmstedt und dem Bahnhof Zoo in Berlin. Unterwegs an den ostdeutschen Bahnhöfen wachte allerdings Grenzpolizei streng darüber, dass niemand aus- oder einstieg, falls der Zug doch einmal halten musste.

In Berlin wurden es herrliche Tage des Ausruhens und Erholens, die ausgefüllt waren mit kleinen Ausflügen zum Wannsee und nach Paulsborn, mit Besichtigungen des Dahlemer Museums und des Charlottenburger Schlosses und schließlich mit einem Theaterbesuch, wo von Calderon „Der Richter von Zalamea" auf dem Programm stand.

Der Höhepunkt war eine große Stadtrundfahrt mit einem Ostberliner Bus, auf der auch Georg mit durfte, und wo die Teilnehmer nicht nur im Westen die wichtigsten Sehenswürdigkeiten gezeigt bekamen, sondern auch in den Ostbereich gelangten und neben geschichtlichen Bauwerken die Mauer und das sowjetische Ehrenmal für die Kriegsgefallenen im Zweiten Weltkrieg sahen und den „notwendigen" Mauerbau erläutert bekamen.

Wenn Klaus in der Bibliothek zu tun hatte und die anderen daheim blieben, bastelte Georg unermüdlich kleine und größere Häuser, Autos oder Lastwagen, die er geschickt aus gekauften Bastelbögen ausschnitt und zusammenklebte, während Elisabeth ganz zufrieden dabei spielte oder malte.

Durch ihr zutrauliches Erzählen und ihre goldige Art eroberte sie im Nu nicht nur das Herz von Tante Tilde, sondern auch das von Tante Maria, Tante Tildes Schwester, die ebenfalls in Dahlem wohnte und öfter mit ihrem großen Hund herüberkam, mit dem Elisabeth begeistert herumtollte.

Auf der Heimreise gab es in Braunschweig noch einen netten Besuch bei Margrits Kusine Lenelore Müller, deren Mann und den drei kleinen Söhnen, und in Minden erschien Patentante Steffi zu einer kurzen Begrüßung am Zug.

Leider brachte der April weniger Gutes, da Klaus zwei Mal mit einer fiebrigen Grippe im Bett liegen musste, die er wohl etwas verschleppte, sodass er am Osterdienstag wegen einer „Blutinfiltration" der Lunge für vier Wochen in die Kölner Universitätsklinik eingewiesen wurde.

Wieder mal war Margrit erfüllt von Angst und Sorgen wie bei seiner Nierenoperation vor drei Jahren, aber sie wusste, dass er bei dem Kölner Professor, einem Lungenspezialisten, in besten Händen war.

Zum Glück kam ab 1. April Karin Steiner nach ihrem Schulabschluss nun täglich zum Helfen nach Longerich, sodass Margrit jeden Vormittag Klaus besuchen und ihn etwas aufmuntern konnte, nachdem sie Winfried und Elisabeth in den Kindergarten gebracht hatte.

Ihr Problem dabei war nur, dass die Familie seit Anfang April einen wunderschönen, ganz neuen, hellblauen Ford 17 M besaß, da der Lloyd einfach zu klein geworden war, und Margrit mit dem großen Auto noch nicht oft und vor allem nie allein gefahren war.

Sie stand nun bei jeder Fahrt große Ängste aus, ob sie auch ohne Hilfe das neue Auto richtig bedienen könne, obwohl ihr Klaus, ehe er in die Klinik musste, noch mal alle Handgriffe gezeigt und ihr den besten Weg nach Köln bis in alle Einzelheiten beschrieben hatte.

Wenn Margrit dann am späten Vormittag in die Gartenstadt zurückkehrte, war sie jedes Mal froh und dankbar, dass nichts passiert war und sie das schöne Auto wieder unversehrt vorm Haus parken konnte.

Zum Glück wurde sie von Tag zu Tag sicherer im Auto fahren und vor allem im Stadtverkehr, und schon bald machten ihr die täglichen Fahrten Spaß, zumal es Klaus zunehmend besser ging.

In der Woche nach Ostern, und zwar einen Tag nachdem Margrit Klaus ins Krankenhaus gebracht hatte, kam nun auch Christoph in die Schule und zwar wie Georg in das nahegelegene, neue Gebäude direkt neben der evangelischen Kirche, wo der große Bruder nun schon ins dritte Schuljahr versetzt worden war.

Wie bei Georg gab es für die Schulanfänger nach dem Gottesdienst eine schöne Feier in der Aula, Empfang der Zuckertüten und Aufteilung in die Klassen, wobei Christoph zu Fräulein Schwarzer kam, einer netten, jungen Lehrerin, die er von Anfang an gern mochte.

Er hatte nun an den ersten drei Wochentagen täglich von 9 bis 11 Uhr und in der zweiten Wochenhälfte von 11 bis 13 Uhr Schule, machte den Weg gleich allein und fand die Schule viel schöner als den Kindergarten, da sie so nahe war und nicht so lange dauerte, denn Herumtollen und Spielen daheim war für ihn immer noch das Schönste. Die Hausaufgaben erledigte er nebenher und war immer guter Dinge, auch wenn er abends auf Mama oder Papas Wunsch einiges noch mal neu schreiben musste.

Nachdem Klaus Ende Mai endlich aus der Kölner Klinik entlassen wurde, aber dem Uni-Betrieb noch nicht gewachsen war, fuhr er in der erste Juniwoche (Pfingsten) zur Nacherholung nach Mainz, wohin ihn Christoph und Karin in dem schönen neuen Auto begleiteten.

Margrit und die drei anderen Kinder brachte er vorher zum durchgehenden Interzonenzug nach Dresden mit Halt in

Weißenfels, denn es hatte tatsächlich noch mal mit Aufenthaltsgenehmigungen geklappt.

Dies würde wohl Margrits letzte Reise ins geliebte Elternhaus sein, denn Mama und Papa hatten sich inzwischen schweren Herzens entschlossen, nun doch ihre Ausreise nach dem Westen zu beantragen. Sie fühlten sich einfach nicht mehr in der Lage, mit all den Problemen in der alten Villa und dem Leben in der DDR fertig zu werden.

Da Papa bereits weit über siebzig Jahre und Mama Ende sechzig war, konnten sie auf Bewilligung ihres Antrags rechnen, mussten sich aber zusätzlich noch um eine Umzugsgenehmigung bemühen, was nach wie vor schwierig und langwierig war.

Umso mehr wollten sie jetzt natürlich Margrits letzten Besuch in Weißenfels genießen und die vielen noch vor ihnen liegenden Probleme gut miteinander beraten. Sie planten, nach Pewsum zu Maidi und Detert auf den „Hammrich“ überzusiedeln und hofften, sich dort im ersten Stock des großen Wohnhauses, der zur Zeit noch als Kornspeicher genutzt wurde, eine kleine Wohnung ausbauen zu können.

Es galt natürlich gründlich zu überlegen, was sie an Hausrat und Möbeln mitnehmen sollten, wem sie die nicht benötigten Sachen überlassen könnten und wer nach ihrem Auszug im ersten Stock der Villa als Mieter einziehen würde. Das große Haus blieb zum Glück weiter in ihrem Besitz, sodass ein Hausverwalter gesucht werden musste.

Trotz der wehmütigen Gedanken an den bevorstehenden Abschied verlebte Margrit mit den Eltern und ihren Kindern noch ein letztes Mal bei herrlichem Wetter wunderschöne Tage in Weißenfels.

So gab es mit Mama und allen drei Kindern in der ersten Woche einen schönen Ausflug per Bahn nach Bad Kösen und von dort zur Rudelsburg und zum Himmelreich, und mit Gina, Thomas und der kleinen Gaby wurde das neue Langendor-

fer Schwimmbad besucht. Außerdem bemühte sich Margrit, Georg mit Kork und langer Leine in der Schleuse das Schwimmen beizubringen.

Obschon er hier ohne Strömung von Leiter zu Leiter üben konnte, machten die hohen Schleusenwände dem kleinen Kerl doch etwas Angst, sodass sie den Unterricht später am Bootshaus direkt vom Saaleufer aus fortsetzten, wo auch Oma, Winfried und Elisabeth dabei waren, und die Kleinen mit den Füßen im Wasser planschen durften.

Ein besonderer Spaß war es für die Buben, mit der Mama auf dem schrägen Wehr im herunterströmenden Wasser zu sitzen oder im flachen Grund unterhalb des Wehrs sich die schäumenden Fluten über den Rücken sprudeln zu lassen. Winfried wagte das nur bei der Mama auf dem Arm, während die kleine Elisabeth lieber beim Opa im Garten blieb.

Wie immer kam auch diesmal viel Besuch zur Villa, mit dem beim Kaffee trinken draußen die reich blühenden Beete und Rabatten – Opas ganzer Stolz – bewundert wurden. Abends beim Essen auf dem Balkon ließ Margrit wie in längst vergangenen, glücklichen Zeiten zu gern ihren Blick über die so schöne, friedliche Landschaft bis hin zur Stadt schweifen.

Dieser letzte Aufenthalt in Weißenfels würde ihr wohl stets in etwas wehmütiger Erinnerung bleiben, ahnte sie doch, dass hier nach dem Auszug der Eltern nichts mehr so bleiben würde wie es war. Aber trotz allem Abschiedsschmerz erfüllte sie jetzt noch ein ganz neues, inneres Glücksgefühl, das von Tag zu Tag wuchs, denn es wurde ihr immer mehr zur Gewissheit, dass sie wieder ein Baby bekommen würde.

Als Mutter von vier so munteren und gesunden Kindern, die ihre Zeit voll und ganz in Anspruch nahmen, war es ihr selbst fast unbegreiflich, dass sie sich noch mal so sehr nach einem Baby sehnte. Aber sie meinte, Elisabeth müsse als Gegengewicht zu den drei Brüdern unbedingt ein Schwesterchen haben.

Die unvergleichlich große Freude darüber, tatsächlich wieder ein Kindchen zu bekommen und es trotz aller Mühe und Arbeit liebevoll zu umsorgen und groß zu ziehen, konnte ihr einfach niemand nehmen.

So kehrte sie nach den schönen Weißenfelser Tagen beglückt mit der frohen Nachricht von ihrer erneuten Schwangerschaft zu Klaus heim, denn sie wusste, dass er, genau wie sie, in jedem Kind ein Geschenk Gottes sah.

Auf ihre Urlaubsreise nach Bad Reichenhall im August, wo Klaus wegen seiner Lungenerkrankung im Frühjahr noch eine vierwöchige Kur machen sollte, begleitete Christoph diesmal seine Eltern.

Georg durfte zu seiner Freude die Ferien wieder in Ostfriesland verbringen und Elisabeth reiste zu den Großeltern nach Mainz, während Winfried von Karin daheim bei ihren Eltern in Volkhofen betreut wurde.

Da Klaus in Bad Reichenhall alle die vom Kurarzt verschriebenen Anwendungen täglich schon morgens zwischen 8 und 10 Uhr hinter sich bringen konnte, durfte Margrit ausschlafen.

Nach gemeinsamen Frühstück im Haus Dörtelmann, wo sie wohnten, blieb genug Zeit für die vielseitigsten Unternehmungen.

Diesmal wurde die weite Reise mit dem Auto gemacht, sodass von Reichenhall aus viele interessante Ziele wie der Obersalzberg, Mond- und Königssee, die Ramsau und die Stadt Salzburg mühelos erreicht werden konnten.

Doch als Botaniker fühlten sich Margrit und Klaus auch immer wieder von der wunderbaren Flora der Alpenwelt hinauf in die höheren Regionen der Berge gelockt, wobei Christoph für sein Alter erstaunliche Leistungen im Bergsteigen vollbrachte und alle Touren unermüdlich mitmachte.

Auch sonst zeigte er sich von seiner besten Seite, bastelte im Hotel Kruzifixe, baute im Sand Zollstationen und kleine Alpengärten und war mit allen im Haus gut Freund. Er erfuhr auch bald, wenn er morgens mit der Mami im Bett kuschelte, dass sie im Winter noch ein Baby bekommen würde, was ihn so begeisterte, dass er gar nicht genug davon hören konnte.

In der gesunden Alpenluft klang zum Glück Margrits wieder mal so lästiges Übelsein langsam ab, und bei Klaus wirkten die intensiven Kurbehandlungen wirklich wie ein Wunder.

Am Ende der Sommerferien kehrte dann die ganze Familie erholt und zufrieden in die Gartenstadt zurück, und von allen Erlebnissen wurde noch tagelang ausgiebig erzählt, bis sich der gewohnte Tagesablauf allmählich wieder einspielte.

Georg und Christoph besuchten voll Eifer die nahe Paul-Humburg-Schule, während Winfried und Elisabeth täglich mit dem Papi morgens in den Lindenthaler Kindergarten fuhren und nachmittags von Karin abgeholt wurden, sodass Margrit sich etwas schonen konnte.

An den Sonntagen gehörte auch hier der Gottesdienstbesuch zur festen Gewohnheit der Eltern. Sowohl bei der Studentengemeinde in Lindenthal als auch in der Kölner Clarenbachkirche und der hiesigen Paul-Humburg-Kirche wurden die Kinder von jungen Leuten betreut, wenn sie nicht sogar in den Räumen der angeschlossenen Kindergärten unter netter Aufsicht nach Herzenslust spielen durften.

Zu Margrits Entlastung wurde am Sonntag das Essen auch öfter mal in einer kleinen, nicht zu teueren Gaststätte eingenommen, und wenn nachmittags kein Besuch kam, wurden kleine Spaziergänge oder Ausflüge ins Grüne unternommen, bis sich später alle zu lustigen Tischspielen zusammenfanden.

Im November gab es noch eine kurze Fahrt nach Mainz, wo Klaus und Margrit am Festkolloquium anlässlich von Professor Trolls 65. Geburtstag teilnahmen, und abends mit rund 60 Gästen im großen Gemeinschaftsraum der Universität ein Beisammensein mit kaltem Büfett erlebten und viele nette Freunde und Bekannte wiedertrafen.

34.

Leider erlebte Margrit im Verlauf des letzten Drittels ihrer Schwangerschaft ganz unerwartet eine beängstigende Störung, indem sie eine Woche vor Weihnachten morgens wehenähnliche Rückenschmerzen verspürte und eine Frühgeburt befürchtete. Sie benachrichtigte Klaus, der sie um 14 Uhr in die Klinik fuhr, wo die Schmerzen andauerten, bis sie gegen Abend eine Dolantin-Spritze bekam und zur Beobachtung zwei Tage dableiben sollte.

In ihrer Angst um das Baby, das vielleicht zu früh käme und noch nicht ausreichend entwickelt sei, fragte sie die betreuende Hebamme, wie es wohl so früh zu den wehenartigen Schmerzen kommen könne. Prompt erhielt sie die lieblose Antwort, dass sie als Schwangere doch selbst wissen müsse, was sie gemacht hätte, denn beim fünften Kind sei man bestimmt froh, wenn man es noch rechtzeitig los würde.

Margrit war über diese Meinung so entsetzt, dass sie zu weinen anfing und noch Tränen in den Augen hatte, als Dr. Baldus, ein jüngerer Gynäkologe, kurz danach zu ihr kam. Auf seine freundliche Nachfrage hin erzählte sie ihm von dem Argwohn der Hebamme, und er versprach, sie zur Rede zu stellen, aber auch alles zu tun, damit es zu keiner Frühgeburt käme. Von da an schloss sie den freundlichen, jungen Arzt, der auch später ihr Frauenarzt wurde, fest in ihr Herz.

Zum Glück ging dann wirklich alles gut, und Klaus konnte Margrit am 19. Dezember, an Winfrieds 6. Geburtstag, unbesorgt wieder mit nach Hause nehmen, wo der Festtag natürlich im Familienkreis noch gebührend gefeiert wurde. Karin hatte ihr Bestes gegeben und sogar zweimal mittags gekocht. Abends hatte dann der Papi die kleine Schar betreut und ins Bett gebracht, doch alle waren glücklich, als die Mami noch vor Weihnachten ohne Beschwerden wieder heimkehren konnte.

Der Heiligabend wurde für die Kinder, wie jedes Jahr, ein Fest voller Glückseligkeiten, und am 1. Weihnachtstag fuhr die ganze Familie mit dem Auto für ein paar Tage nach Mainz, wo weitere Überraschungen warteten und die gute Oma wie immer rührend für alle sorgte.

Das neue Jahr 1963 brachte dann viel Kälte und Schnee und die längst erhoffte Übersiedlung der Weißenfelser Großeltern in den Westen. Am Abend des 19. Januar trafen sie mit nur wenig Verspätung in Köln ein und verbrachten nach den letzten anstrengenden Tagen daheim erst mal zwei Wochen bei Margrit und Klaus in der Gartenstadt, wo Mama im nahen Hotel Rosenhof unterkam und Papa das kleine Gästezimmer im Keller bezog.

Sie mussten natürlich wie jeder, der die Ausreise beantragt hatte, Möbel, Hausrat und alles, was mitzunehmen war, genauestens registrieren und bestätigen lassen. Nun wollten sie erst nach Ostfriesland weiterreisen, wenn ihr Umzugsgut dort eingetroffen war, wofür Maidi und Detert ihnen zunächst zwei Räume auf dem Hof in Aussicht gestellt hatten.

Trotz der anfänglichen Wehmut, die alte Heimat für immer verlassen zu müssen, überwog nun die Freude, dass die Sache entschieden war und sie für alle Zeiten nichts mehr mit dem niederträchtigen DDR-Regime zu tun haben würden.

In Köln-Longerich konnten sie sich zunächst nach den turbulenten Umzugstagen erst mal richtig erholen und freuten sich, ihre munteren Enkel tagtäglich um sich zu haben. Besonders viel Spaß gab es bei dem anhaltenden Winterwetter draußen in Schnee und Sonne, und unermüdlich zogen sie mit den begeisterten Kindern hinaus in die weiße Pracht.

Auch daheim konnte Mama nun Margrit manches abnehmen, sodass ihr der große Haushalt in den letzten Wochen der Schwangerschaft nicht zuviel wurde, denn auch Karin kam täglich und kümmerte sich getreulich um die Kinder.

Als die Eltern dann am 31. Januar 1963 in Longerich Abschied nahmen, um nach Pewsum in ihre neue Heimat weiterzureisen, blieb Margrit nicht mehr viel Zeit, um alles für die Ankunft des Babys vorzubereiteten.

An sich wurde das Kindchen erst Anfang März erwartet. Aber als Margrit nach anstrengenden Tagen endlich am 13. Februar spät abends die elektrische Eisenbahn der Buben von einem Stuhl aus im oberen Fach eines Wandschranks unterbringen wollte, sprang ganz unerwartet die Fruchtblase.

Nur mit Mühe konnte sie der vielen Flüssigkeit mit Zellstofftüchern Herr werden und nach Klaus rufen, der schon im Bett lag. Er fuhr sie sofort in die Uni-Klinik, denn nun war die

Geburt des Babys nicht mehr aufzuhalten. Wirkliche Wehen setzten allerdings erst morgens gegen 4 Uhr ein, verstärkten sich gegen 7 Uhr im Kreißsaal und kamen ab 9 Uhr Schlag auf Schlag.

Zum ersten Mal gelang es Margrit bei dieser Geburt, das in der Schwangerschaftsgymnastik Gelernte bewusst anzuwenden und sich trotz starker Schmerzen immer wieder zu entspannen! So kam bereits nach vier bis fünf intensiven Presswehen ein dunkles Köpfchen zum Vorschein und um 9.40 Uhr erblickte ihr fünftes Kindchen das Licht der Welt.

Die kurze Mitteilung des diensthabenden Arztes – „ein Knabe" – nahm Margrit gelassen zur Kenntnis, obschon sie auf ein kleines Mädchen gehofft hatte, aber das süße Geschöpf, das man ihr gleich in die Arme legte, war so herzig, dass sie es voll Glück und Dankbarkeit beseligt an ihr Herz drückte und alle Mühen vergaß.

Winfried und Elisabeth, die gerade in diesen Tagen in der Uni-Kinderklinik die Rachenmandeln herausoperiert bekommen hatten, aber nun wieder heim durften, kamen mit Klaus noch kurz in die Frauenklinik, ehe sie zur Betreuung zu Steiners bzw. zu Bussens gebracht wurden.

Sie begrüßten die Mami stürmisch und staunten über das winzige Baby, das sie von der Säuglingsschwester durch eine Glasscheibe im Kinderzimmer gezeigt bekamen. Elisabeth hüpfte vor Begeisterung immer wieder in die Höhe und rief „Och, der Klitzekleine! Wie süß!"

Da Christoph gleich am Tag von Hellmuts Geburt mit dem Opa nach Mainz reiste und Georg daheim von Karin und abends vom Papi betreut wurde, konnte Margrit sich unbesorgt im Krankenhaus verwöhnen lassen und die geruhsamen Tage genießen.

Sie erholte sich diesmal schnell, da sie keinen Schnitt hatte, und der kleine Hellmut trank von Anfang an die ausreichende Milchmenge, sodass keinerlei Grund zur Besorgnis war. Ja, er war das einzige ihrer fünf Kinder, das nie mehr als fünf Mahl-

zeiten pro Tag benötigte und dabei gut zunahm und bestens gedieh.

Nach all den vielen Regeln, die damals bei der Versorgung der Neugeborenen eingehalten werden mussten, fühlte sich Margrit allerdings inzwischen so erfahren, dass sie daheim „nach amerikanischem Brauch“ ihren Jüngsten erst dann stillte, wenn er wach wurde und Hunger hatte und nicht genau alle vier Stunden, wie sie es gelernt hatte.

Das bewährte sich wirklich, und die Versorgung war viel einfacher. Auch hielt sie bereits im März stets ein Fläschchen mit Alete-Milch bereit, das die Geschwister dem kleinen Bruder nur zu gern gaben, wenn er sich mal früher meldete. Bald stillte Margrit nur noch morgens, mittags und abends und gab zwei Fläschchen zwischendurch.

Trotz des frühen Zufütterns hatte Margrit noch bis Ende Juni immer etwas Milch für ihr Baby, wofür sie bei der Mütterberatungsstelle zu ihrer Freude eine Prämie von 10,- DM erhielt, denn inzwischen war „Stillen“ wieder „in“ und galt als wichtig und empfehlenswert.

Am 17. April 1963 – gleich nach Ostern – wurde dann auch Winfried in der nahen Paul-Humburg-Schule eingeschult. Die Eltern begleiteten ihn morgens zum Schulgottesdienst und zur anschließenden Feier in der neuen Klasse, die Frau Lantzsch übernahm, wo er sich von Anfang an wohl fühlte und gut zurechtkam.

Am 24. April wurde dann Klaus‘ und Margrits 10. Hochzeitstag mit den Mainzer Eltern im Stadtwaldrestaurant schön gefeiert.

Elisabeth besuchte weiter den Kindergarten in Lindenthal, da sie dort ihrem Alter gemäß sinnvoll beschäftigt wurde und viel Schönes lernte. Sie war inzwischen zu einem selbständigen, kleinen Mädchen geworden, das nicht nur in Lindenthal, sondern auch in der Gartenstadt nette Freundinnen fand, mit denen sie sich zum Puppenspielen, Malen oder Basteln traf.

Aber schon bald rollerte sie auch mit ihren Brüdern um die Wette auf den autofreien Straßen durch die Gegend oder zum Spielplatz, denn sie kannte sich gut aus und konnte im nahen Lebensmittelgeschäft auch schnell mal was allein besorgen.

Das tägliche Einkaufen hier draußen in der Gartenstadt hatten nämlich von Anfang an die Kinder mit viel Eifer übernommen. Schon morgens, wenn das Milchauto kam, sauste einer der Jungens los, um Milch, Quark oder Joghurt zu erstehen und noch vor dem Frühstück ging ein anderer mit Tasche, Einkaufszettel und Geldtäschchen zum „Greis", zum Bäcker oder Fleischer, sodass alles, was für den beginnenden Tag gebraucht wurde, im Hause war.

Als im Herbst Karin eine Ausbildung begann und nur noch aushilfsweise kam, blieb Elisabeth weiterhin dem Kindergarten treu und wurde nun von Martina Wittig oder Jutta Kehler, Mädchen aus der Nachbarschaft, gegen ein Taschengeld mit der Straßenbahn abgeholt. Ja, manchmal übernahm sogar Georg die lange Fahrt und freute sich über das Geld für seine Sparbüchse.

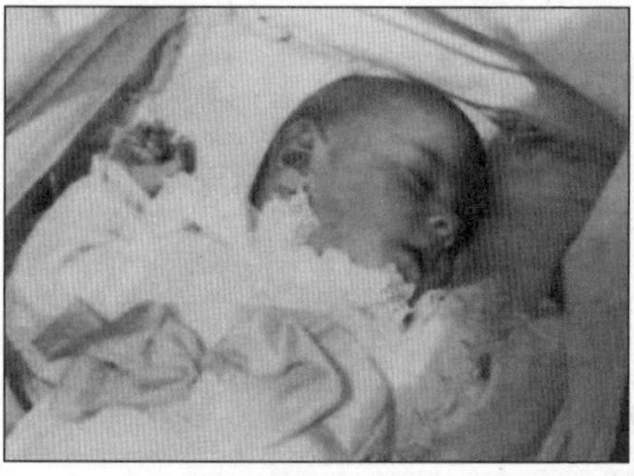

Die Taufe von Hellmut am 20. Juli 1963 im Gemeindehaus der Paul-Humburg-Kirche übernahm wieder, wie bei Elisabeth, Studentenpfarrer Krapp, den Klaus und Margrit beide mochten, und seine einfühlsamen Worte wurden von allen Taufgästen sehr positiv aufgenommen.

Bei hochsommerlichem Wetter wurde das Fest mit allen vier Großeltern, Tante Tilde, Ehepaar Thoenes und Bussens schön gefeiert, und nach dem Mittagessen im „Haus am See“ gab es eine große Kaffeetafel im Garten mit 17 Personen, wobei natürlich auch ein schönes Familienfoto entstand.

Die vier „großen“ Geschwister genossen den vielen Besuch und waren voll Übermut, besonders bei den Autofahrten in zum Teil offenen Autos, während der kleine Täufling vorbildlich brav war und im festlichen Familientaufkleid alles um sich herum mit erstaunten Augen verfolgte.

Er hatte sich inzwischen zu einem kräftigen, kleinen Kerl mit runden Bäckchen entwickelt, der auf dem Bauch liegend sein Köpfchen so weit heben konnte, dass er über den flachen Wagenrand hinüber schauen konnte. Wenn er auf dem Rücken lag, ließ er sich gern an den Händen zum Sitzen hochziehen, ja auf dem Wickeltisch durfte er schon ein wenig mit der Mami „turnen“.

Inzwischen hatten die Kinder längst Sommerferien, und Margrit und Klaus, die in diesem Jahr wirklich mal gründlich ausspannen mussten, planten einen Urlaub mit Georg in den Bergen, während die größeren Kinder in Ostfriesland, Mainz und bei Karin in Volkhofen als Feriengäste erwartet wurden.

Aber wie sah es mit dem kleinen Hellmut aus, von dem die Mami sich nur schweren Herzens trennen konnte, obwohl er jetzt abgestillt und eigentlich leicht zu betreuen war?

Eine gute Lösung schien das Säuglings- und Kinderheim Michaelshofen in Rodenkirchen zu sein, das dem Deutsch-Evangelischen Frauenbund angehörte, bei dem viele Professorenfrauen Mitglied waren.

Klaus hörte an der Uni, das dort regelmäßig Babys und Kleinkinder von erholungsbedürftigen Eltern während ihres Urlaubs aufgenommen und gut versorgt würden.

So brachten Margrit und Klaus Anfang August ihren kleinen Liebling dorthin, und übergaben ihn in die Obhut einer fürsorglichen Säuglingsschwester, die ihn gleich liebevoll in Empfang nahm und sich persönlich um ihn kümmern würde.

Anschließend verlebten sie mit Georg erholsame Tage in Brandberg bei Mayrhofen im Zillertal, wo sie täglich schöne Bergwanderungen unternahmen, vieles in der Umgebung ansahen und sich in zweieinhalb Wochen gut erholten. Auf der Hinreise wurde ein Abstecher zu Familie Dudensing, einem Freund von Klaus, nach Grenzach bei Basel und nach Grenoble gemacht, und auf der Rückfahrt stand ein Besuch bei Familie Thoenes in Würzburg auf dem Programm.

Als es nach den langen Ferien dann endlich ein frohes Wiedersehen in der Gartenstadt gab, zeigte sich nur der kleine Hellmut etwas fremd und still! Aber zum Glück taute er wieder auf, als er die vertraute Familie um sich sah und war bald fröhlich und munter wie immer. Wahrscheinlich hatte er die gewohnte Umgebung im Säuglingsheim doch ziemlich vermisst, wo er zwar brav, aber etwas scheu gewesen sein sollte.

Deshalb nahmen die Eltern ihren Jüngsten Ende Oktober auf eine Reise zu Tante Tilde nach Berlin auch mit, zumal das abnehmbare Oberteil des neuen Kinderwagens recht gut auf dem Rücksitz des geräumigen Ford 17 M Platz fand.

Christoph und Elisabeth, die ebenfalls mitreisten, konnten noch bequem daneben sitzen. Sie spielten während der weiten Fahrt mit fast dreistündiger Wartezeit an der Helmstedter Grenzkontrollstelle recht lieb miteinander und schliefen auch mal ein, sodass die Reise ohne Probleme geklappt hätte, wenn das Unglück mit dem Elefantenwagen nicht passiert wäre.

Bei der früh einbrechenden Dunkelheit tauchte nämlich vor Klaus´ Augen gegen 20 Uhr auf der Transitstrecke nach Berlin ganz unerwartet ein Hindernis auf. Er sah es wegen des herbstlichen Nebels zu spät, sodass er trotz Bremsens und versuchten Ausweichens ziemlich unsanft auf den umgekippten Anhänger eines Zirkustransporters auffuhr.

Zum Glück war die ganze Familie nur unfreiwillig etwas nach vorn „geflogen“, und am Auto zeigten der linke Scheinwerfer und der Kotflügel Beschädigungen, doch an Weiterfahren war leider nicht zu denken.

Das umgekippte Fahrzeug versperrte die ganze Autobahn, und die aufgeregten Insassen des Wagens, die daneben standen, erklärten gestikulierend, dass in dem Anhänger ein junger Elefant vom Zirkus transportiert wurde, der nun auf der Seite lag. Er sei hoffentlich nicht verletzt und müsste erst vorsichtig herausgeholt werden, ehe man den Anhänger wieder aufrichten könne.

Das war natürlich eine große Aktion, wozu ein Kranwagen gebraucht wurde, der erst nach langer Wartezeit eintraf, aber den Elefanten unverletzt retten und wieder auf die Beine stellen konnte.

Natürlich ließ die gestrenge DDR-Polizei ohne gründliches Verhör niemanden weiter fahren, sodass die erschöpfte Familie erst kurz vor Mitternacht bei Tante Tilde in Dahlem eintraf, die sie glücklich und umso herzlicher empfing, da sie sich doch schon etwas Sorgen gemacht hatte.

Nun folgten unbeschwerte Tage bei der von allen so geliebten Tante, die an der jungen Familie sehr interessiert war und was die Kinder anbetraf, viel Geduld und Verständnis hatte.

Besonders viel Spaß hatte sie an dem kleinen Hellmut, ihrem Patenkind, der in seinem Wagen bei allem dabei sein durfte und immer lebhafter und übermütiger wurde.

Genau wie Elisabeth in diesem Alter fing er bald an, sich im Kinderwagen aufzurichten, wobei er Halt durch die Bänder seines Gürtels fand. Dann krähte er vor Vergnügen, und eines Tages wippte er dabei so begeistert hin und her, dass er mit dem ganzen Wagen vorn überkippte, was die Großen mehr erschreckte als ihn selbst.

Auch daheim in seinem Gitterbettchen und ebenso im Ställchen, das er anfangs gar nicht liebte, spazierte er bald geschickt von einer Ecke zur anderen, aber mit dem freien Stehen geschweige denn mit dem Laufen ließ er sich noch lange Zeit.

Die Advents- und Weihnachtszeit verbrachte die Familie in diesem Jahr daheim, und die Mainzer Großeltern kamen am 29. Dezember zu einer Nachfeier in die Gartenstadt, und es gab noch mal eine kleine Bescherung vorm brennenden Christbaum.

Der kleine Hellmut bestaunte in diesen Tagen besonders interessiert die tollen Lichtreflexe, die von den Kerzen des Adventskranzes bzw. des Weihnachtsbaums an die Decke gezaubert wurden. Dann lag er ganz andächtig in seinem Wagen und zeigte sich nie gelangweilt oder ungeduldig, wenn länger gesungen oder vorgelesen wurde.

Im Kreise seiner sich immer liebevoll um ihn bemühten Geschwister war der Jüngste der munteren Schar wirklich ein besonders braves Kind, das bei den gemeinsamen Mahlzeiten stets dabei war und dann von den Eltern oder Karin gefüttert wurde. Und jeden Abend, wenn die vier größeren Kinder in der Badewanne saßen, mussten sie dem Baby auf Mamas Arm etwas Platz machen, damit es gleich mitgebadet werden konnte, was ihm besonders gut gefiel.

Nur in Bezug auf Besuch und fremde Gesichter hatte der kleine Mann Probleme und zeigte eine auffällige Scheu, wenn sich ihm jemand näherte, den er nicht kannte. So wurde sein erster Geburtstag zwar mit fröhlichem „Kaffeetrinken" und Spielen gefeiert, aber ganz ohne Gäste.

Auch am Karnevalsdienstag, als Familie Stubbe zu einer lustigen „Rotkäppchen-Aufführung" in die Gartenstadt eingeladen worden war, blieb Hellmut oben in seinem Gitterbettchen, denn sonst hätte es beim Eintreffen des Besuchs gleich ängstliches Geschrei gegeben.

Bei der Aufführung, die Margrit mit den Kindern eifrig vorbereitet hatte, war Elisabeth ein süßes Rotkäppchen, Winfried mit Schießgewehr der Jäger, Georg mit einem langen Rock und Häubchen die Großmutter und Christoph ein zottiger Wolf mit braunem Anzug und lustiger Hundemaske.

Alle spielten voll Eifer mit, und da die Kinder das Märchen gut kannten, konnte jeder die passenden Worte, die Mama ihnen vorschlug, aus dem Stegreif sagen, und schon nach kurzer Zeit wurden die Gespräche von den Spielern selbst noch lustig ausgeschmückt. So meinte Christoph, der immer zu Späßen neigte, beim Fressen der Großmutter: „Ist die aber zäh!"

Ehepaar Stubbe und ihre beiden Kinder schauten beeindruckt zu, und die Fotos, die Klaus von der Aufführung machte, riefen noch viele Jahre später immer wieder viel Begeisterung hervor.

35.

Im Jahr 1964, das man inzwischen schrieb, erfüllte allmählich der Gedanke einer bevorstehenden Übersiedlung nach Grenoble immer mehr die Herzen und Gemüter. Am Ende des letzten Sommersemesters hatte Klaus nämlich eines Abends seine Familie ganz überraschend gefragt: „Hättet Ihr Lust, in einer Stadt inmitten hoher Berge in den französischen Alpen zu leben?"

Man hatte ihm in diesen Tagen im Institut eine Gastprofessur am Botanischen Institut der Universität Grenoble in Aussicht gestellt und zwar im Rahmen eines Austauschprogramms zwischen den Hochschullehrern verschiedener europäischer Länder. Er sollte dort für zunächst zwei Jahre als Botanikprofessor Vorlesungen, Exkursionen, Praktika und Prüfungen in der Landessprache übernehmen, und im Gegenzug dazu würde ein französischer Wissenschaftler nach Deutschland berufen.

Klaus, der zwar in der Schule nur kurz Französischunterricht gehabt, dafür aber als Student an Ferienprogrammen in Frankreich teilgenommen hatte, war sich dank seiner Sprachbegabung sicher, dass er dieser Aufgabe ohne weiteres gerecht werden könne. Nur zu gern würde er die Gelegenheit nutzen, einige Zeit mit seiner Familie in dieser herrlichen Bergwelt leben und arbeiten zu dürfen.

Als nun auch Margrit und die Kinder sich offen für die neue Zukunftsperspektive zeigten, machten die Eltern mit Georg bereits bei ihrer Sommerreise nach Brandberg in Tirol einen kurzen Abstecher nach Grenoble. Sie lernten dort den netten Professor Ozenda vom Botanischen Institut kennen und wohnten für zwei Nächte auf Einladung der Uni in einem feinen Hotel.

Die herrliche Lage der Stadt umringt von hohen Gebirgsketten, das großzügige Institut inmitten eines weiten Universitäts-Campus und nicht zuletzt das Superhotel, wo sie bei hochsommerlichen Wetter zweimal übernachteten, war so beeindruckend, dass Klaus schon damals (im Sommer 1963) dem Gedanken an ein Leben in dieser so ganz neuen Welt positiv entgegen sah.

Auch Margrit war begeistert und sich sicher, dass sie mit Klaus zusammen alle Probleme, die sich beim Übersiedeln der großen Familie in dieses fremde Land stellen würden, meistern könnte.

Die Sprache, die sie viel länger als Klaus in der Schule gelernt hatte, aber kaum sprechen konnte, müsste sie wieder üben, aber viel wichtiger war natürlich, eine praktische und pflegeleichte Wohnung zu finden, da sie sicher nicht so schnell mit einer Hilfe rechnen konnten.

Als Klaus dann im Frühjahr ein überaus günstiges Gehaltsangebot von der Grenobler Universität erhielt, das weit über seinen monatlichen Verdienst in Köln hinausging, nahm er die verlockende Stellung nur zu gern an. Auf seinen Rat hin verfasste Margrit nun einen Brief, in dem sie ihre Wünsche hinsichtlich der Wohnung in allen Einzelheiten schilderte. Dieses Schreiben schickte Klaus – ins Französische übersetzt – an Professor Ozenda, der seine Sekretärin beauftragte, eine entsprechende Wohnung bzw. ein Haus für die deutsche Familie ausfindig zu machen.

Inzwischen hatte der jetzt zehnjährige Georg sein viertes Schuljahr in Longerich beendet und wurde auf Grund seiner guten Zeugnisse vom altsprachlichen „Gymnasium an der Kreuzgasse“ in Köln problemlos aufgenommen. Klaus hatte sich sehr dafür eingesetzt, da er selbst dort einmal Schüler war und viel gelernt hatte.

Morgens konnte er seinen Ältesten täglich im Auto mitnehmen, doch mittags musste Georg die weite Heimfahrt mit der Straßenbahn machen. Das gefiel ihm weniger, da er durch lästiges Umsteigen recht lange unterwegs war und ihm nachmittags nach Erledigung der Hausaufgaben wenig freie Zeit blieb.

In der Schule selbst kam er mit allem Neuen gut zurecht, verstand sich schnell mit seinen Mitschülern und mochte seinen Klassenlehrer, Herrn Viehhöfer, recht gern.

In diesen Osterferien unternahmen übrigens die Eltern mit zwei Kindern noch eine kurze Reise nach Würzburg, denn am Samstag vorm Osterfest wurde der kleine Martin Thoenes getauft und Klaus übernahm die Patenschaft.

Der freie Tag am 1. Mai wurde zu einem Besuch bei Klaus´ Freund Hans-Günther Aach genutzt, der jetzt an der Uni Aachen eine Professur übernommen hatte und mit seiner kleinen Familie in ein neues Haus in Laurensberg eingezogen war. Dank des großen Ford 17 M konnten alle Kinder mitfahren, und Hans-Günther und seine junge Frau Margret, die zwei kleine Buben hatten, waren begeistert von der großen Kinderschar.

In den Pfingstferien Ende Mai ging es dann mit drei Kindern mal wieder nach Ostfriesland, und dank der rührenden Ausdauer des inzwischen zehnjährigen Daniels lernte Hellmut in diesen Tagen tatsächlich frei zu laufen.

Daniel hatte sich immer wieder vor dem sich noch ängstlich an Stühlen fest haltenden kleinen Mann auf den Boden gesetzt und ihn unermüdlich mit offenen Armen liebevoll zu sich gelockt, bis er sich auf einmal losließ und ein paar Schritte allein wagte.

Und beim nächsten Tee trinken auf dem Rasenplatz vorm Haus kam er tatsächlich ganz allein und noch etwas schwankend von der Treppe bis zum Tisch und in Mamas Arme gelaufen, wofür er gleich mit einem leckeren Stück Kuchen belohnt wurde.

Während der schönen Tage in Pewsum, wo auch ein Ausflug nach Norderney stieg und Clara und Familie in Bunde besucht wurde, hatten die Weißenfelser Großeltern besonders viel Spaß an ihrem jüngsten Enkel, der bei ihnen im Schlafzimmer schlief.

Als Klaus später zum Abholen seiner Familie kam und von einer Botanikertagung in Edinburgh im August berichtete, erklärte sich die Oma daher gleich bereit, Hellmut in dieser Zeit zu betreuen, da er ja auf keinen Fall noch mal ins Kinderheim nach Michaelshoven sollte.

Etwa vier Wochen später kam von Grenoble tatsächlich die beglückende Nachricht, dass man dort für die Familie ein Haus gefunden hätte, das im Herbst zu mieten sei und das den von Margrit geäußerten Wünschen fast in allen Punkten entsprach. Die jungen Leute sollten umgehend kommen, um es anzusehen und den Mietvertrag unterschreiben, wenn es ihnen gefiele.

Dank ihrer vielen Freunde und Bekannten gelang es Margrit und Klaus im Nu, für das bevorstehende Wochenende die Kinderschar unterzubringen: Georg und Christoph durften zu ihrer großen Freude zu Keuneckes auf den Bauernhof nach Fühlingen kommen, wo Georg schon oft die Nachmittage bei seinem Schulfreund Frank-Rüdiger verbracht hatte.

Ehepaar Schmidt vom evangelischen Hauskreis freuten sich, die kleine Elisabeth mal als Gast bei sich zu haben. Winfried und Hellmut nahmen Margrit und Klaus am Donnerstag, den 25. Juni, im Auto mit nach Mainz, wo sie zwei Tage bei den Großeltern bleiben sollten, während ihre Eltern gleich nach dem Essen mit dem IC nach Süden weiterreisten.

Mit Umsteigen in Basel und Genf und einer landschaftlich besonders schönen Fahrt durch die Schweiz erreichten sie kurz nach 1 Uhr nachts Grenoble, das ersehnte Ziel, und kamen in

Bahnhofsnähe im „Hotel Louvre“ gut unter. Frau Dr. Kofler, eine Mitarbeiterin von Professor Ozenda im Botanischen Institut, hatte hier ein Doppelzimmer reservieren lassen, und ein Brief von ihr enthielt Hinweise für den kommenden Tag.

Bereits um 8.30 Uhr wurden Margrit und Klaus am nächsten Morgen von Frau Dr. Kofler und ihrem Assistenten mit dem Auto abgeholt und zusammen mit Madame Cartier-Millon, der Besitzerin des zu vermietenden Hauses, ging es nun vom Rande der Stadt aus den Berg hinauf zum kleinen Ort Corenc, wo die Villa an einem steil abfallenden Hang mit herrlichem Blick auf die schneebedeckte Belledonne-Kette lag.

Margrit und Klaus trauten ihren Augen nicht, als sie bei strahlendem Sonnenschein vom Garten aus zu dem am Berghang gelagerten, weißen Haus mit der von Rosen überrankten Terrasse hinaufschauten und einen gepflegten Engländer im hellen Anzug herabwinken sahen, der zur Zeit noch hier wohnte.

Die Schönheit dieses Anwesens war so überwältigend, dass Margrit voller Begeisterung meinte, hier würde sie auch wohnen, wenn es am Ende der Welt läge und man eine Sprache lernen müsste, die keiner kannte. Als sie dann die gleichfalls von Rosen umrankte Treppe hinaufstiegen und vom Terrassengeländer ins Tal und in die Ferne schauten, waren sie aufs Neue überwältigt und hingerissen von der märchenhaften Landschaft.

Tief unter sich sahen sie das große Universitätsgelände und die sich weit ausdehnende Stadt an der Isère, die von drei hohen Gebirgsketten eingeschlossen wurde: Von der gegenüber liegenden Belledonne-Kette, die über 3000 m hoch aufragte, dem Vercors zur Rechten und dem langen Gebirgszug der Chartreuse, dessen Felsen gleich hinter dem Haus steil anstiegen.

Der Architekt hatte tatsächlich das ganze Haus in Anpassung an diese Lage gebaut, und zwar befanden sich an seiner Rückseite zur Straße hin außer der Haustür, die auf einen breiten Flur führte, nur ein kleines Badezimmerfenster. Da-

gegen besaßen die vier zum Tal hin liegenden Räume große Glasschiebetüren, die sich vollständig in die seitlichen Betonwände hineinschieben ließen. Dadurch gingen im Parterre der Wohn-Essbereich mit Arbeitszimmer, Küche und Kinderzimmer offen in die Terrasse über, Elternschlafzimmer und Bubenzimmer im ersten Stock jedoch hinaus auf einen schmalen Balkon, sodass man die herrliche Landschaft unmittelbar vor Augen hatte.

In Begleitung von Madame Cartier-Millon wurden nun alle Räume, die zum Teil möbliert waren, angesehen, und Margrit und Klaus malten sich im Geiste schon aus, wie sie die einzelnen Zimmer nutzen würden. Das Glück, einmal in diesem Haus wohnen zu dürfen, erschien ihnen wie ein Traum, und so baten sie Madame Cartier-Millon ohne Zögern und voll großer Dankbarkeit den Mietvorvertrag unterschreiben zu dürfen.

Die verbleibende Zeit verbrachten sie dann im Botanischen Institut, wo Klaus schon manches mit Professor Ozenda zu besprechen hatte und Margrit Briefe schrieb. Zwischendurch aßen sie im Restaurant „Concorde" mit Frau Dr. Kofler fein zu Mittag, und abends ging´s gegen 18 Uhr mit der Taxe zur Bahn und um 19 Uhr im durchgehenden Zug nach Genf.

Von hier hatten sie Schlafwagenplätze bis Frankfurt – leider in getrennten Abteilen – und waren bereits um 9.30 Uhr in Mainz. Auf der Karlsschanze wurden sie von den Eltern, Winfried und Klein-Hellmut beglückt empfangen, und beim gemeinsamen Frühstück auf dem Balkon erzählten sie ganz begeistert von dem tollen Haus in Grenoble.

Nachmittags brachte sie dann der Ford 17 M heim nach Longerich, und nach kurzem Aufenthalt im Institut holte Klaus abends Elisabeth bei Schmidts und die großen Jungen bei Keuneckes in Fühlingen ab.

Auf Grund der begeisterten Schilderungen der Eltern vom tollen Haus in Grenoble und den wunderschönen Bergen dort, erfüllte bald die ganze Familie eine riesige Vorfreude auf all das Neue. Aber das Lernen der fremden Sprache nahm zunächst niemand richtig ernst.

Die Kassette, die Klaus mitbrachte und auf der französische Worte in alphabetischer Reihenfolge mit dem entsprechendem deutschen Wort deutlich vorgelesen wurden, war einfach zu langweilig, während das Zählen auf Französisch von den Jungens schnell gelernt wurde, und auch Elisabeth „un, deux, trois" strahlend bis „dix" hersagen konnte.

Darüber hinaus versuchten es die Eltern in den nächsten Tagen mit einfachen französischen Redewendungen bei Tisch oder mit französischen Bitten an die Kinder, jedoch die Sommerferien standen bevor, und die Gemüter waren ganz von den kommenden Ereignissen erfüllt.

Die drei großen Buben waren nämlich in diesem Jahr für einige Wochen im Kurkinderheim Manderscheidt in der Eifel angemeldet, wo Georg schon mal die Ferien verbracht hatte und gut erholt und ganz erfüllt von den vielen Unternehmungen heimgekehrt war.

Elisabeth durfte den ganzen August über die Großeltern in Mainz besuchen, und der kleine Hellmut wurde Ende Juli mitsamt Kinderbettchen und Ställchen von den Eltern im Auto zu Oma und Opa nach Ostfriesland gebracht.

36.

So war alles gut geregelt, und Margrit konnte unbesorgt mit Klaus an der diesjährigen Botanikertagung in Edinburgh und der anschließenden Exkursion ins nördliche Schottland teilnehmen.

Am 3. August flogen sie vormittags mit der Lufthansa von Köln-Wahn nach London und von dort mit British Airways weiter nach Edinburgh, wo sie kurz vor zwei Uhr landeten.

Margrit, die bisher erst einmal geflogen war, und zwar im Januar 1949 abends bei Dunkelheit mit einem leeren Transportflugzeug der Luftbrücke von Berlin nach Lübeck, war auch diesmal hell begeistert von dem tollen Flug. Sie konnte zwischen den Wolken hindurch die leicht gewellten, grünen Ebenen von Belgien und Holland und die Weite des Ärmelkanals sehen, ehe der Flieger zur Landung auf dem Londoner Flugplatz ansetzte.

Beim Weiterflug genoss sie von ihrem bequemen Fensterplatz aus die weite englische Parklandschaft unter sich und die nach Norden langsam ansteigenden Hügelketten Mittelenglands, bis sie nach einer guten Stunde Edinburgh erreichten. Vom Flughafen gelangten sie mit dem Bus in die Stadt und per Taxe ins Hotel „Playfair“, wo sie gut unterkamen.

Abends nach dem Essen stieg in der Usher Hall die festliche Eröffnungsfeier des Botanikerkongress`, wo natürlich alle Reden auf Englisch gehalten wurden, und Margrit nicht viel verstand. Doch zum Glück gab es später noch ein gemütliches Beisammensein mit Stefan Vogel, Fräulein Dr. Stange und anderen netten Bekannten aus Deutschland.

Gleich am nächsten Tag wurde die schöne Stadt Edinburgh von fast allen Kongressteilnehmern gemeinsam besichtigt, doch dann waren die Tage für Klaus ausgefüllt mit unzähligen Vorträgen aus den vielen Teilgebieten der Botanik, und manche Institute wurden besichtigt.

Margrit, die zu wenig Englisch verstand, um den Vorträgen zu folgen, war solange allein zu Sehenswürdigkeiten oder Besorgungen in der Stadt unterwegs, schrieb im Hotelzimmer Briefe oder besuchte den Botanischen Garten, wo sie nach längerem Umherwandern auch gern las.

Nur zu den Mahlzeiten und kleineren Ausflügen rund um die Stadt traf sie sich mit Klaus und den anderen Wissenschaftlern, aber es gab für sie soviel zu erkunden, dass sie sich nie langweilte, zumal es auch Zeit kostete, die richtigen Verkehrsmittel zu finden und mit der englischen Währung zurecht zu kommen.

Nach Abschluss der eigentlichen Kongresstage stieg dann die schon sehnlichst erwartete Exkursion in das nordwestliche Hochland von Schottland, an der 28 Botaniker teilnahmen. Es ging mit dem Bus von Hotel zu Hotel in die abgelegensten Ortschaften, und von allen Standorten wurden bei jedem Wetter Wanderungen unternommen, um die interessante Vegetation in diesem nördlichen Bereich von Europa kennen zu lernen.

Man fuhr zu Hochmooren, Heidelandschaften, Naturschutzgebieten und abgelegenen Seen, und unvergesslich sollte Margrit und Klaus die Suche nach der kleinen Primula scotica an der Küste des Nordkaps von Schottland bleiben.

Von etwa fünfzehn unermüdlichen Botanikern wurde bei Sturm und Regen auf einer stundenlangen Wanderung am

Meer entlang diese winzige, ganz seltene schottische Primel gesucht. Der Wind war dabei so stark, dass manche Regencapes zerfetzten und viele bis auf die Haut nass wurden, aber ein Aufgeben kam nicht in Frage. Endlich nach dreieinhalb Stunden wurde der „Kampf" belohnt, als eine Stelle mit mehreren dieser so seltenen, blau blühenden, kleinen Primel gefunden wurde und sie alle begeistert bewunderten und fotografierten.

Nach diesem Erfolg war natürlich das spätere Beisammensein am wärmenden Kamin im Hotel umso beglückender, als alle geduscht und in trockener Kleidung den üblichen englischen Nachmittagstee mit feinem Gebäck genossen.

Zum Schluss der Rundreise wurden die Exkursionsteilnehmer im Städtchen Iverness, im Osten Schottlands, noch mit einem außerordentlich feinem Hotel verwöhnt, wo es neben dem vornehmen, sehr elegant eingerichteten Wohn-, Schlafraum ein exklusives Badezimmer mit jedem Komfort und einer riesigen Wanne gab.

Beim Rückflug ging es zunächst wieder nur bis London, wo Margrit und Klaus zwischen 13 und 17 Uhr die Stadt etwas kennen lernten, indem sie an einer Busfahrt durch die riesige Metropole teilnahmen und von einer netten, deutschsprachigen Führerin die Sehenswürdigkeiten gezeigt bekamen.

Der Weiterflug nach Köln (abends zwischen 19.30 und 20.45 Uhr) über den im Abendlicht hell glitzernden Ärmelkanal war wieder ein tolles Erlebnis, und mit Bahn und Taxi ging es dann vom Flughafen schnell heim in die Gartenstadt, wo das Haus zwar leer, aber dank Schwester Christels Fürsorge in bester Ordnung war.

Schon am bevorstehenden Wochenende, nachdem Margrit die Koffer ausgepackt, alles weggeräumt und die Wäsche erledigt hatte, fuhren Klaus und Margrit mit dem Auto nach Ostfriesland, um Hellmut, ihren kleinen Liebling abzuholen, der ihnen gleich strahlend entgegenlief. Die Großeltern konnten nur Gutes von ihm berichten und auch Familie Gruis hatte den kleinen Mann ins Herz geschlossen, sodass der Abschied am Sonntag allen schwer fiel.

Zwei Tage später fuhr Klaus zu seinen Eltern nach Mainz, und kehrte abends mit Elisabeth zurück, die bei Oma und Opa viel erlebt und gelernt hatte und einfach ganz goldig war.

Der Höhepunkt für alle war schließlich der Tag, als Onkel Hans-Dieter Anfang September die drei Jungens aus Manderscheid endlich heimbrachte. Sie waren noch eine Woche länger als geplant im Kinderheim geblieben, da Klaus acht Tage nach der Rückkehr von Schottland auf einem „Symposium" in Prag erwartet wurde, und Margrit ausgerechnet in diesen Tagen eine schmerzhafte Kieferoperation über sich ergehen lassen musste und froh war, nur die beiden Kleinen um sich zu haben.

Für die drei Buben war das Glück unbeschreiblich, nach dieser unerwarteten „Verlängerung der Kur" nun endlich wieder heimkehren zu können, und der Jubel und das Erzählen nahm kein Ende.

Voll Unternehmungslust genossen alle zusammen die nun noch verbleibenden Ferientage, aber die Jungen freuten sich auch wieder auf die Schule, in die sie tatsächlich hier in Deutschland nur noch 14 Tage zu gehen hatten, da der große Umzug nach Grenoble unmittelbar bevorstand.

Für das Haus in der Gartenstadt hatten sich inzwischen sehr nette Nachmieter gefunden, nachdem auf eine Zeitungsannonce hin fast täglich interessierte Ehepaare gekommen waren, um es anzusehen.

Schwierig war für Margrit und Klaus, dass ein Teil ihrer Sachen in ein Möbellager gebracht werden musste, da das Grenobler Haus teilmöbliert war. Es hieß also, genau zu überlegen, was mitgenommen werden sollte und was ins Lager kam, und schon beim ersten Packen der Umzugskartons war die Entscheidung wichtig, und alles musste entsprechend beschriftet werden.

37.

Schließlich wurde der Umzugstag auf den 22. September festgelegt, doch Klaus fuhr mit Georg, Winfried, Hellmut und zwei großen Koffern bereits am Samstag, den 19. 9. im geräumigen 17 M nach Mainz zu seinen Eltern, damit Margrit in Ruhe mit nur zwei Kindern den Auszug managen konnte.

Winfried und Hellmut blieben dann erst mal bei den Großeltern, und Klaus setzte am Sonntag mit Georg seine Fahrt nach Grenoble fort, denn dort begann am Montag im „Lycee-Champolion“ die Schule, und Georg sollte pünktlich zu Beginn da sein. Er hatte vom altsprachlichen „Gymnasium an der Kreuzgasse“ ein gutes Abgangszeugnis mitbekommen und war nun gespannt auf alles Neue.

In Longerich standen schon viele Kartons, und vor allem Klaus´ Bücherkisten, fertig gepackt für den Umzug bereit, und am Sonntag holte Ehepaar Susi und Gerhard Schmidt mittags die kleine Elisabeth für zwei Tage ab, sodass nun nur noch Christoph der Mami als fleißiger Helfer zur Seite stand und sogar abends bei ihr in Papis Bett schlafen durfte. Sonntag und Montag hieß es dann, Gardinen abzunehmen, Teppiche zu saugen und zusammenzurollen und die letzten Schränke zu leeren, denn mittags kamen bereits vier Packer von der Umzugsfirma „Schenker“, die bis um 17 Uhr alles Restliche in Kartons und Kisten verstaut hatten.

Zwischendurch meldete Klaus telefonisch seine glückliche Ankunft in Grenoble sowie Georgs interessanten Schulanfang und wünschte für den Umzug gutes Gelingen.

Morgens erschien als erster der Installateur zum Abmontieren der Waschmaschine, doch das Möbelauto kam wegen einer Panne leider erst gegen 10 Uhr nach Longerich, sodass bis mittags nur die Sachen für Grenoble verladen werden konnten.

Zum Glück hatten Hans-Dieter und Käte ihre Hilfe für den Nachmittag angeboten, sodass Käte das Einladen der Sachen fürs Lager überwachen und das leere Haus säubern und abschließen konnte. Hans-Dieter dagegen brachte Margrit und Christoph zum Bahnhof nach Köln, wo Elisabeth mit Schmidts schon wartete, und nach herzlichem Abschied fuhren Margrit und die beiden Kinder um 15 Uhr nach Mainz.

Hier gab es bei den Großeltern nur ein kurzes, aber recht munteres Wiedersehen, denn bereits um 20 Uhr reiste Margrit mit den drei größeren Kindern weiter nach Heidelberg zu Tante Gretel.

Der eineinhalb jährige Hellmut sollte zunächst bei Oma und Opa bleiben, bis in Grenoble das Haus einigermaßen eingerichtet sei, und dann wollten die Großeltern selbst nach Grenoble kommen, das Traumhaus und die schöne Umgebung kennen lernen und ihren jüngsten Enkel zu seiner Familie zurückbringen.

Von Heidelberg aus, wo Margrit mit ihren drei Kindern von Tante Gretel aufs Herzlichste empfangen wurde, ging es am nächsten Tag mittags im durchgehenden Zug nach Genf weiter, und während der schönen Fahrt an den großen Schweizer Seen entlang genossen sie sehr „vornehm" einen kleinen Abendimbiss im Speisewagen.

In Genf allerdings wurde die fast zweistündige Wartezeit in dem großen, von Menschen wimmelnden Bahnhof am Abend des langen Reisetags für die Kinder zu einer wirklichen Geduldsprobe! Als sie dann endlich um 21.45 Uhr in einem wenig gepflegten, dunklen Zugabteil nach Grenoble, dem erträumten Ziel, weiterreisen konnten, fielen ihnen auf den harten Holzbänken die Augen zu, und nur Christoph fragte immer mal wieder schlaftrunken, wann sie denn endlich da seien.

Zum Glück war der Zug pünktlich, und Klaus konnte seine Lieben um 1.12 Uhr am dunklen Bahnhof von Grenoble froh in Empfang nehmen und mit dem Ford 17 M schnell in das schon so sehnlichst erwartete Haus nach Corenc bringen.

Wer hätte gedacht, dass hier beim Betreten des tollen, neuen Zuhauses die todmüden Kinder mit einem Schlag wie umgewandelt schienen. Sie standen mit den Eltern und Georg, der wieder erwacht war, auf der schönen Terrasse und schauten ganz verzaubert auf das Lichtermeer von Grenoble, das nebelerfüllte Isère-Tal und die vom blassen Mondlicht beschienenen Berggipfel der Belledonne-Kette.

Als nächstes stürmte dann die kleine Gesellschaft durch die vielen Räume und wollte alles ansehen und bewundern und genau wissen, wie die Zimmer verteilt würden. Alles war toll und alles war neu und interessant, und am liebsten hätte man die ganze Nacht geguckt und geschwatzt. Nur mit Mühe gelang es schließlich den Eltern, die vier auf den von Klaus provisorisch gerichteten Lagerstätten zur Ruhe zu bringen.

Doch welch´ unvergessliche Eindrücke sollte dann für alle der nächste Tag bringen. Bereits um 9 Uhr, als die ganze Familie noch schlief, klopften die Umzugsleute energisch an die Haustür, und der große Kölner Möbelwagen stand unten vor dem Gartentor.

Im Nu waren alle in den Kleidern und stürmten auf die Terrasse, wo strahlender Sonnenschein sie umfing, und der Blick auf die herrliche Bergwelt war einfach überwältigend.

Ja, es erschien der Familie wirklich wie ein Traum, dass sie nun hier für einige Jahre „zu Hause“ sein und diese großartige Landschaft immer vor Augen haben sollten.

Selbst die Kölner Möbelleute blieben wie gebannt stehen, als sich bei steigender Sonne die höchsten Berge der Belledonne-Kette aus dem Dunst heraushoben und ihre zackigen Gipfel sich klar vom blauen Himmel abzeichneten.

Während jetzt die Eltern mit Hilfe der Möbelpacker daran gingen, dieses schöne und großzügig gebaute Haus mit den bereits vorhandenen Möbeln und den eigenen, daheim sorgfältig ausgesuchten Sachen wohnlich einzurichten, eroberten sich die Kinder auf ihre Weise die neue Welt. Sie inspizierten gründlich Haus, Garage und Garten und tollten schon bald auf der benachbarten Wiese unter den alten Nussbäumen fröhlich herum.

Als dann endlich auch die Fahrräder der Kinder aus dem großen Möbelauto ausgeladen und fahrbereit waren, radelten die Jungens munter den Chemin Malanot hinauf und hinunter und entdeckten am Weg auch bald das alte „Bouqueron“, ein Chateau aus dem 11. Jahrhundert, das sie sehr beeindruckte.

Doch die steilen, steinigen Wege hier waren nicht zu vergleichen mit den glatten Asphaltstraßen in Longerich, und so dauerte es auch gar nicht lange, bis Georg nach einem ordentlichen Sturz mit aufgeschlagenen Knien im Haus auftauchte und von der Mami erst mal verarztet werden musste. Aber das trübte die Freude in keiner Weise.

Gegen 14 Uhr war das Möbelauto endlich leer, und die Leute von „Schenker“ traten nach herzlichem Abschied die weite Rückreise an. Sie hatten ihre Arbeit wirklich zur großen Zufriedenheit von Margrit und Klaus geleistet.

Nun war es auch Zeit für eine kleine Mahlzeit, und zum ersten Mal wurde der Tisch für die ganze Familie draußen auf der Terrasse gedeckt.

Alle ließen sich in der noch wärmenden Herbstsonne das von Klaus unten in Meylan schnell besorgte französische Weißbrot, Käse, Tomaten und Obst gut schmecken, und Margrit und Klaus waren so erfüllt von Glück und Dankbarkeit, dass sie mit den Kindern den gerade erst kennen gelernten französischen Kanon:

«Pour ce repas, pour toute joie
nous te louons, Seigneur»
(Für diese Mahlzeit,
für alle Freude danken wir Dir, o Herr)

zu singen versuchten, was durch die innere Freude aller auch gut gelang.

Es folgten nun frohe und abwechslungsreiche Wochen bei herrlichem Wetter, wenn es auch noch viele Tage dauerte, bis die Zimmer eingerichtet, alles geordnet und die Kisten ausgepackt waren.

Außer dem großen Wohnzimmer, dem dahinter liegenden kleinen Arbeitszimmer für Klaus und der Küche gab es im Parterre am Ende des Flurs noch ein weiteres Zimmer neben dem Bad, das Winfried und Elisabeth als Schlaf- und Spielraum bekamen.

Oben bezogen die Eltern mit den aus Longerich mitgebrachten Schlafzimmermöbeln einen größeren Raum, in dem auch Gitterbett und Wickelkommode für den kleinen Hellmut ihren Platz fanden, und wozu noch eine kleine Toilette mit Waschbecken gehörte.

Das große „Billardzimmer" nebenan wurde dagegen Georg und Christoph zugedacht. Sie übernahmen das französische Doppelbett der Hausbesitzer sowie den Spielschrank aus Longerich, und fanden auch den Billardtisch am Fenster, der viel Platz einnahm, nicht störend, da man prima dort spielen und an Weihnachten bestimmt die Märklin-Eisenbahn gut auf ihm aufbauen konnte.

Nun sollte es auch gar nicht mehr lange dauern, bis der von allen schon sehnlichst erwartete Jüngste sein neues Elternhaus in Frankreich kennen lernen würde, denn bereits am 29. September machten sich die Mainzer Großeltern mit ihrem jüngsten Enkel auf die weite Reise.

Sie trafen nachts um 1.12 Uhr mit dem gleichen Zug wie Margrit und die drei Kinder vor knapp einer Woche in Grenoble ein, wo die Eltern am Bahnhof nur ihr schlafendes Kind in Empfang nahmen, die Großeltern aber zur Nacht erst mal ins Hotel brachten.

Am nächsten Vormittag kamen sie dann per Taxe nach Corenc zur Hausbesichtigung und einem kleinen Frühstück.

Sie trafen jetzt nur Margrit, Klaus und Hellmut an, waren aber von den schon recht gut eingerichteten Räumen sehr beeindruckt und natürlich ganz begeistert von der Lage und dem einmaligen Blick auf die herrliche Bergwelt. Ja, Margrit und Klaus hätten mit der Schilderung von ihrem „Traumhaus“ wirklich nicht zuviel versprochen.

Die vier größeren Kinder waren um diese Zeit natürlich nicht daheim, da inzwischen auch für sie „der Ernst des Lebens“ wieder begonnen hatte und sie zur Schule mussten.

Georg fuhr bereits vom ersten Tag seines Grenoble-Aufenthalts an täglich mit dem Papi morgens um 8 Uhr hinunter in die Stadt zu dem riesigen Gymnasium „Lycée Champolion“ (mit 4000 Schülern und rund 100 Lehrern), wo er auch zu Mittag aß, um dann mit Klaus gegen 17 Uhr wieder heimzukehren.

Christoph, Winfried und selbst die kleine Elisabeth, die erst in zwei Monaten 6 Jahre alt wurde, hatten dagegen an jedem Vormittag von 8.30 bis 11.30 Uhr und nachmittags von 14 bis 17 Uhr in der Dorfschule in Corenc ihren regelmäßigen Unterricht, mussten also ihren Schulweg von knapp 1 km viermal täglich zurücklegen.

Christoph kam zu den größeren Kindern zu Monsieur Chaix, dem Leiter der kleinen Schule, Winfried und Elisabeth dagegen zu einer älteren, freundlichen Lehrerin, denn es gab nur zwei Klassen und zwei Lehrkräfte an der ganzen Schule. Allerdings wurden die einzelnen Altersstufen in jeder Klasse unterschiedlich unterrichtet bzw. beschäftigt, was für die drei deutschen Kinder natürlich belanglos war, da sie ja noch nichts verstanden.

Trotz des Versuchs der Eltern, ihre Kinder schon in Köln ein wenig mit der französischen Sprache vertraut zu machen, war es am Anfang doch ein großes Problem.

Selbst Georg, der den ganzen Tag mit französisch sprechenden Schulkameraden verbrachte, machte nicht die Fortschritte, die seine Eltern erhofften. So bekam er bald bei einer sehr hilfreichen Lehrerin an seiner Schule mittags Privatunterricht, während etwas später auch Herr Chaix in Corenc den jüngeren Kindern sprachliche Nachhilfe anbot.

Es dauerte allerdings noch eine ganze Weile bis das Wunder geschah, das viele vorausgesagt hatten: Die Kinder lernten die neue Sprache nicht durch Vokabeln oder Verstehen von Formen, sondern wie ihre Muttersprache durch einfaches Hören und Nachsprechen. Dadurch waren sie tatsächlich am Ende des Schuljahres ihrer Mami, die abends eifrig die Berlitzschule besuchte, schnell im flüssigen Sprechen und Verstehen bei einfachen Unterhaltungen überlegen.

38.

Der kleine Hellmut dagegen, der ja zur Zeit des Umzugs nach Grenoble erst gut eineinhalb Jahre alt war, lebte sich tatsächlich ganz ohne Probleme in der neuen Umgebung ein – ja, die beachtliche Veränderung in seinem jungen Dasein kam ihm wohl kaum zum Bewusstsein, solange die vertrauten und geliebten Menschen um ihn herum waren.

Das schöne Haus mit der großen Terrasse davor war auch für ein Kind in seinem Alter einfach ideal. Die sonst so schwierige Zeit um das zweite Lebensjahr herum, wo die Kleinen schon

soviel wollen, aber noch so wenig können, ohne gefährdet zu sein, bedeutete für Margrit hier kaum Mühe, sondern nur Freude.

Die langgestreckte Terrasse, auf die von allen Räumen im Erdgeschoss aufschiebbare Glastüren führten, war durch eine niedrige Mauer mit hübsch geschwungenen Gittern darauf so gesichert, dass Hellmut einen freien Blick hatte, aber ein Herunterfallen unmöglich war, selbst wenn er auf die kleine Mauer stieg. Margrit konnte ihn durch die großen Scheiben von allen Zimmern aus sehen und er selbst schaute gern zur Mami hinein und fühlte sich dadurch keineswegs ausgeschlossen.

Wie herrlich ließ es sich hier draußen mit dem kleinen Dreirad, dem alten Weißenfelser „Ruderrenner", Elisabeths Roller und sogar mit dem Puppenwagen herumkutschieren, an der Küchentür immer mal wieder die Mami aufsuchen und sich gelegentlich einen guten Bissen holen.

Und mittags, gerade wenn es so allein etwas langweilig wurde, hörte Hellmut draußen unerwartet von weitem die Stimmen der Geschwister und entdeckte sie auch gleich, wie sie mit lautem Rufen und Winken von der Schule kommend den Berg herunterstürmten.

Nun ging das Leben auf der Terrasse erst richtig los, und Hellmut kannte keinerlei Angst, wenn er zwischen den Brüdern auf dem flachen Ruderrenner saß, der in rasanten Tempo um die Kurven geschoben wurde. Auch er selbst konnte schon tüchtig schieben, bewältigte sogar Ruderrenner und Dreirad auf einmal, und mit besonderer Vorliebe zog er Elisabeth mit Rollschuhen hinter sich her.

Bei schlechtem Wetter und in den Wintermonaten war es natürlich auch im Haus ideal, wo der kleine Mann begeistert die lange Strecke vom Ende des Flurs und durchs Esszimmer zum Arbeitszimmer lief. Hier versteckte er sich gern und machte gelegentlich die Tür hinter sich zu, um von Papas Schreibtischstuhl aus Bleistifte oder aus irgendeiner Schublade Schokolade zu erwischen.

Meist kam er mit dem Eroberten strahlend bei der Mami an, die ihm dann ernsthaft erklären musste, dass man so etwas nicht durfte. Noch verlockender als „Bleirif" oder „Ladi" waren aber oben die Modellautos der Brüder, von denen er genau wusste, welche er nicht haben durfte, da sie zu „gut" für ihn waren. Tatsächlich wagte er noch vor seinem zweiten Geburtstag allein die große Steintreppe hinaufzusteigen, um in das verlockende Zimmer zu gelangen, wenn die Brüder in der Schule waren.

Hier gab es neben den Autos die schönsten Schätze wie Legohäuser, Garagen und herrlich bebilderte Bücher, und wenn die Mama oben die Betten machte, durfte er sogar unter Aufsicht ein wenig damit spielen.

Dafür ging er später auch bereitwillig noch kurz mit irgend einem verlockenden Spielzeug in sein Ställchen, damit Margrit ungestört das Mittagessen zubereiten konnte, denn schon kurz vor 12 Uhr kehrten die hungrigen Schulkinder wieder heim.

Auch nachmittags ließ sich Hellmut nach dem Mittagsschlaf immer noch für kurze Zeit ins Ställchen verbannen, wo er zufrieden spielte und nicht hinauskletterte, obwohl er es längst konnte. Aber er war einmal dabei abgerutscht und so unglücklich gefallen, dass er es später lieber gar nicht mehr versuchte.

Margrit genoss zur Zeit die ruhigen Vormittage mit ihrem Jüngsten wirklich von ganzem Herzen, denn es gab ihrer Meinung nach nichts Schöneres als so ein Kleinkind, dass sich langsam seine Welt erobert, alles beobachtet und zu verstehen sucht und auf drollige Weise dabei plaudert.

Auch war er immer bemüht, alles nachzumachen, was die Großen taten, und half überall, wo er konnte. So schleppte er Papis Mappe stets gleich an den Schreibtisch, wenn sie Klaus irgendwo abstellte, holte die Hausschuhe herbei, und beim Frühstück brachte er die fertigen Toastscheiben an den Tisch, die er in sein Lätzchen wickelte, wenn sie zu heiß waren.

Und immer kam er zwischendurch mal wieder zur Mami, hob die Ärmchen, um auf den Schoß zu dürfen, und flüsterte liebevoll „Küssi" in ihr Ohr. Dann war Margrit so gerührt, dass sie ihren kleinen Schatz voll Glück und Dankbarkeit fest an ihr Herz drückte.

Viel zu schnell waren die vier „Großen" aus dem für die Eltern so beglückendem Kleinkinderalter herausgewachsen und inzwischen tüchtige Schulkinder geworden. Selbst Elisabeth zeigte sich hier in Corenc als Erstklässlerin sehr selbstbewusst und erledigte alles, was die Schule betraf, allein und zuverlässig, denn sie wollte ihren Brüdern nicht nachstehen.

Ein ganz besonderes Erlebnis war für sie, als sie bereits in der dritten Woche ihres Hierseins auf dem Heimweg von der Schule eine schöne, fast neue Brieftasche am Straßenrand fand, die sie ganz aufgeregt mittags der Mami heimbrachte. Sie enthielt außer einigen Ausweisen 370,- neue französische Francs, also einen beachtlichen Betrag, den der Papi samt Brieftasche gleich nachmittags beim Fundbüro auf dem Bürgermeisteramt in Meylan abgab.

Wie stolz war dann die kleine Elisabeth, als wenige Tage später der Besitzer der Brieftasche und seine Frau in Corenc vor der Tür standen, und für die ehrliche Finderin eine niedliche Puppe und einen reichlichen Finderlohn fürs Sparbuch mitbrachten.

39.

Nachdem im neuen Haus am Chemin Malanot nach und nach alles seinen Platz gefunden hatte, die Räume schön und praktisch eingerichtet und die Wandschränke geordnet waren, nahmen die Tage nun schon bald ihren geregelten Verlauf.

Welch´ unvergessliche Eindrücke sollte jedoch das neue Leben hier in der herrlichen Bergwelt nun schon bald für alle bringen.

Bereits am ersten Sonntag im November schlug Klaus am späten Vormittag eine kleine Spazierfahrt in die „Chartreuse“

vor, wo oberhalb der Felsen, die hinter dem Haus aufragten, eine ehemalige, schon ziemlich zerfallene Festung liegen sollte, die der Vater den interessierten Kindern gern zeigen wollte.

Trotz des ziemlich trüben und nebligen Novemberwetters stiegen alle gespannt ins Auto, und statt wie sonst hinunter in die Stadt ging es nun auf schmalen, kurvenreichen Straßen durch Corenc hinauf in Richtung Col de Porte. Überraschenderweise lichtete sich schon auf halbem Wege der dichte Nebel, wurde heller und heller und hörte plötzlich ganz auf, sodass die Straße unerwartet im schönsten Sonnenschein lag.

Als Klaus dann nach etwa 6 km Fahrt rechts abbog und in wenigen Minuten den St. Eynard in 1100 m Höhe erreichte, auf dessen Hochfläche die alte Festung am Rande der steil abfallenden Felsen im 9. Jahrhundert erbaut wurde, trauten alle den Augen nicht, denn unter ihnen lag ein riesiges, weißes Wolkenmeer, das ganz Grenoble, das Isère-Tal und auch Corenc vollständig bedeckte.

Darüber erhoben sich vor einem strahlend blauen Himmel in wundervoller Klarheit die herrlichen Schneeberge der Belledonne-Kette und zur Rechten das gesamte Vercors mit all seinen vielen, weit nach Süden ziehenden Gipfeln.

Der Anblick war so faszinierend, dass alle nur standen und staunten und den Blick kaum von der unfassbaren Szenerie wenden konnten. Erst viel später wurde auch der alten Festung Beachtung geschenkt, in dessen Gemäuer die kleine Gesellschaft dann bald auf Entdeckungsreisen ging, ehe man nach über zwei Stunden die Heimfahrt antrat.

Das nächste große Erlebnis für die Kinder war der erste Schneefall, den sie hier in Corenc erlebten und zwar genau am 1. Adventsonntag, am 29. November 1964! Der Schnee war ganz unerwartet über Nacht in großen Mengen gefallen und hatte die ganze Landschaft in eine einzigartige Märchenwelt verzaubert.

Die Kinder stürmten gleich nach dem Frühstück mit ihren Schlitten hinaus in die weiße Pracht und rodelten den Chemin Malanot hinunter, auf dem der Schnee von den Autos schon etwas festgefahren worden war. Die Eltern folgten mit Hellmut auf seinem kleinen Schlitten etwas später und waren ganz fasziniert von der märchenhaften Landschaft ringsum.

Trotz Temperaturen in Nähe des Gefrierpunkts gab es noch die ganze Woche hindurch reichlich Neuschnee. Der Blick an jedem Morgen hinaus auf die Terrasse, wenn auf Tisch und Stühlen sowie auf Mauer und Geländer Hauben von etwa 30 bis 40 cm Schnee lagen und dahinter die riesige schneebedeckte Belledonne-Kette aufragte, war wirklich einmalig.

Voll Eifer halfen natürlich die Kinder täglich den vielen Schnee auf der Terrasse zusammen zu schieben, und nun gab es nichts Schöneres, als daraus einen großen Schneemann zu bauen mit Hut, Stock und einer Mohrrübe als Nase, wobei auch die Mami gerne half.

In Erinnerung an ihre Kinderzeit in Weißenfels kam auch bald ihr Vorschlag, im Garten ein richtiges Schneehaus zu „errichten", denn die Schneemassen vor der Garage waren sonst kaum zu bewältigen.

Klaus brauchte natürlich sein Auto unten in der Stadt, um zur Uni zu gelangen und fuhr die steile Strecke nach Meylan möglichst bei Temperaturen über 0 °C hinunter. Wenn es abends zu glatt wurde, ließ er es auch manchmal unten stehen und kehrte zu Fuß nach Hause zurück.

Margrit dagegen war so begeistert von dem herrlichen Schneewetter, dass sie in diesen Tagen den Haushalt so schnell wie möglich erledigte, um dann, so oft es ging, mit der glücklichen Kinderschar draußen zu rodeln oder im Schnee zu tollen.

Auch entschlossen sich die Eltern ohne Zögern, den vier älteren Kindern in den „Nouvelles Galeries", dem großen Kaufhaus von Grenoble, noch vor Weihnachten preisgünstig Skier und passende Skistiefel zu kaufen, die sie dann als Weihnachtsgeschenk bekommen sollten, denn Skifahren gehörte hier in den Bergen einfach zum Leben dazu.

Die schönen Spaziergänge draußen in der herrlichen Winterluft führte Margrit und Hellmut auf dem Schlitten jetzt auch öfter zu Familie Denat, ihre ersten Bekannten von der evangelischen Kirche, die etwas höher am Hang in Corenc wohnten und bald zu guten Freunden von Napp-Zinns wurden.

Das Weihnachtsfest sollte auch hier in Grenoble für die Kinder ein Fest voller Glück und Seligkeit werden, wie es wohl nur Kinder erleben können, und diesmal nahm auch der kleine Hellmut bewusst daran teil.

Die Gabentische waren trotz der großen Anschaffung der Skier durch die vielen Pakete und Päckchen aus Deutschland reich gedeckt, Kaufladen und Puppenküche fehlten nicht, und der buntgeschmückte Baum erfüllte mit seinem vertrauten und milden Lichterglanz das große, festliche Wohnzimmer. Oben im Jungenzimmer war auf dem wie eigens dazu geschaffenen Billardtisch die Märklin-Eisenbahn von den Jungens wunderschön aufgebaut worden.

Zwischen Weihnachten und Neujahr kamen sogar die Mainzer Großeltern für ein paar Tage und genossen die herrliche Schneelandschaft, das gemütliche Haus und viele schöne Stunden beim Singen vorm brennenden Lichterbaum im glücklichen Familienkreis.

Wer hätte in diesen Tagen gedacht, welch großes Leid im neuen Jahr der ganzen Familie durch Opas unerwartete Krankheit und seinen viel zu frühen Tod widerfahren würde?

Doch zunächst erlebten Eltern und Kinder in Corenc noch einen tollen Winter und unternahmen an den Sonntagen manchen Ausflug nach Le Sappey oder St. Nizier in den Schnee, denn inzwischen hatte sich auch Klaus Skier angeschafft, um sich im Skilaufen zu versuchen.

In den malerischen, kleinen Wintersportorten bemühten sich alle auf möglichst flachen, aber gut präparierten Hängen die neue „Kunst" zu erlernen, wobei Margrit, die als Kind schon Ski fuhr, es vorzumachen und zu erklären versuchte. Allerdings musste sie nach den vielen Jahren der Unterbrechung erst wieder in Übung kommen.

Der kleine Hellmut war mit seinem Schlitten natürlich stets dabei, und abwechselnd rodelte eines der Geschwister mit ihm an der Seite der Piste den Hang hinunter oder tobte mit ihm vergnügt im Schnee.

40.

So vergingen die Winterwochen wie im Flug und ganz erfüllt von den vielen Erlebnissen in der neuen Heimat traten zu Ostern alle zusammen die erste „Deutschlandreise" an. Klaus hatte von Genf bis Frankfurt für die ganze Familie zwei Schlafwagenabteile mit je drei Betten gebucht, sodass es bereits morgens zum Frühstück bei den Großeltern in Mainz ein frohes Wiedersehen gab.

Während Christoph und Elisabeth dort die Osterferien, anfangs mit dem Papi zusammen, verbrachten, fuhr Margrit mit den drei anderen Kindern weiter nach Köln und besuchte dort zum ersten Mal die Eltern in ihrem neuen Haus in Odenthal-Glöbusch im Bergischen Land.

Diese hatten nämlich nach einem Aufenthalt von 1¼ Jahren schweren Herzens den Pewsumer Hammrich in Ostfriesland wieder verlassen, da sie den Hof aus finanziellen Gründen verkaufen mussten, doch Maidi und Detert zum Glück als Pächter bleiben konnten.

Mit dem Verkaufserlös war es ihnen dann im Winter 1965 gelungen, in der waldigen Gegend östlich von Bergisch-Gladbach, ganz in der Nähe vom Altenberger Dom, ein fast neues, zweistöckiges Haus mit einem schönen Grundstück zu erwerben, worum sich Hans-Dieter gekümmert und sehr eingesetzt hatte.

Die Eltern zogen nämlich mit ihm, Käte und den zwei Kindern, die bis dahin in einer Etagenwohnung in Köln-Mühlheim gelebt hatten, zusammen in das neuerworbene Haus. Dort boten sie ihnen kostenloses Wohnen im ersten Stock an, wenn dafür Käte das Kochen übernähme und die Eltern im Alter betreuen würde. Das vom Hofverkauf noch verbliebene Geld wurde in Aktien und Wertpapieren gut angelegt und reichte zum Lebensunterhalt.

Margrit kam bei ihrem ersten Besuch in Oma und Opas neuem Haus mit Winfried und Hellmut gut im Gästezimmer unter, während Georg gleich nach der Ankunft in Köln mit der Straßenbahn zu Frank Keunecke, seinem Freund aus der Grundschulzeit, nach Fühlingen fuhr, wo er ein paar Ferientage auf dem großen Bauernhof verbringen durfte.

Margrit war glücklich, bei den geliebten Eltern in dem so schönen, neuen Haus zu sein und konnte gar nicht genug von ihrem jetzigen Leben in Grenoble berichten. Zu Ostern (18. 4.) kamen dann auch Klaus und Georg nach Glöbusch, und es gab ein lustiges Eiersuchen im großen Wohnzimmer, da es draußen regnete, und Käte sorgte bestens für das leibliche Wohl der ganzen Familie.

Kurz davor gab es noch einen besonderen Tag für die Kinder, als Mami nämlich ihr neues Auto, einen dunkelroten Ford 12 M in Köln beim Autohaus Kierdorf in der Nähe der Uni abgeholen konnte.

Klaus hatte ihn schon vor längerer Zeit bestellt, denn Margrit sollte bald mit einem eigenen Auto in Grenoble die Fahrten mit den Kindern, zu Besorgungen in der Stadt oder zum täglichen Einkaufen übernehmen.

Jetzt in Köln allerdings benutzte Klaus das neue Auto erst mal selbst, da er noch in Köln-Vogelsang am Max-Plank-Institut einige Tage zu arbeiten hatte und anschließend zu einem wissenschaftlichen Symposium nach Göttingen fuhr. Nach seiner Rückkehr holte er dann Christoph und Elisabeth in Mainz ab, die ganz begeistert waren, in dem schönen, neuen Auto die lange Heimfahrt nach Grenoble erleben zu dürfen.

Margrit hatte die weite Reise zwei Tage zuvor mit den drei anderen Kindern per Bahn gemacht und zwar genau wie beim Umzug im vorigen Jahr: Mit Mittagsaufenthalt in Mainz, Übernachten in Heidelberg und ab Genf im trostlosen Nachtzug bis Grenoble, von wo es mit der Taxe ins kalte Haus ging.

Doch gleich am nächsten Tag, als die Sonne schien und Margrit ausgepackt und sauber gemacht hatte, fühlten sich alle wieder glücklich daheim und freuten sich auf Papi und die Geschwister, die gegen Abend wohlbehalten mit Mamis neuem Auto eintrafen.

Es fand in der langen Garage hinter dem Ford 17 M noch gut Platz, und nun musste Margrit bald zeigen, wie sie allein mit dem schönen Wagen in der neuen Umgebung zurecht kommen würde.

Jetzt, Ende April, gab es bereits wundervolle, warme Frühlingstage, denn hier im südlichen Europa war trotz des vielen Schnees das Klima im Ganzen doch viel milder als in der Kölner Gegend.

Als Mitte Mai die geliebte Tante Maria, Omas Schwester, als erster Logierbesuch mit ihrem Auto in Corenc eintraf, standen bereits die ersten Rosen um Haus und Terrasse in schönster Blüte, und man kam sich wie in einem Märchenschloss vor.

Margrit hatte für den Besuch alles bestens vorbereitet und konnte es kaum erwarten, bis endlich das Auto vorfuhr, und die Tante beim Kennen lernen der „Corniche“ aus dem Staunen gar nicht herauskam.

Sie schlief unten in Winfried und Elisabeths Zimmer, während die beiden Kinder oben bei den Geschwistern mit unterkamen, und verbrachte mit der munteren Familie zehn abwechslungsreiche Tage, an denen sie Margrit bei den täglichen Dingen unermüdlich zur Seite stand.

An den Wochenenden wurden kleine Ausflüge unternommen: zum Saint Eynard und zur „Chapelle“ in der Chartreuse oder zum Schloss von Vizille mit dem schönen, großen Park. Für die Fahrten mit acht Personen waren natürlich zwei Autos nötig, und Margrit hatte Gelegenheit, sich im Fahren zu üben, was sie in diesen Tagen sehr gern tat, da Tante Maria neben ihr saß und mit aufpasste.

Tante Maria war ganz begeistert von der herrlichen Landschaft und den vielen Sehenswürdigkeiten ringsum, hatte aber auch ihren Spaß an den fröhlichen und anhänglichen Kindern, die sie schon immer mochte.

Wenn die vier Großen in der Schule waren, spielte sie auch gern mit Hellmut, der inzwischen ein selbständiger, kleiner Kerl geworden war und in Haus und Garten mit allem Bescheid wusste. Als er aber eines Tages die Klotür von innen zuschloss und selbst nicht wieder aufbekam, war doch guter Rat teuer.

Trotz aller Erklärungen von außen, wie man den Schlüssel zurück drehen müsse, ging die Tür nicht wieder auf, und das kleine Klofenster, das zwar offen stand, war zum Hinaufklettern für den Zweijährigen viel zu hoch. Zum Glück kehrten bald die Geschwister von der Schule heim, und dem schmalen und sehr gelenkigen Christoph gelang es, sich vom benachbarten Badezimmerfenster aus hinter den Gitterstäben zum Klo-Fenster hinüber zu schlängeln, um den armen Spatz zu befreien.

Mitten in diesen so frohen und ungetrübten Frühlingstagen mit Tante Maria kam eines Morgens ganz unerwartet die schlimme Nachricht von Klaus' Mutter aus Mainz, die allen unfassbar erschien:

Sie schrieb, Vater hätte sich seit einiger Zeit nicht ganz wohl gefühlt und wegen wiederholter Bauchbeschwerden beim Hausarzt Rat gesucht und sich schließlich in der Mainzer Uni-Klinik zu einer Untersuchung angemeldet. Die Ärzte wären zunächst ratlos gewesen, und hätten wegen Blinddarm-Verdachts zu einem operativen Eingriff geraten. Dabei hätten sie eindeutig Darmkrebs im fortgeschrittenen Stadium festgestellt, der nicht mehr zu operieren sei.

Wie schrecklich muss diese Nachricht die armen Eltern getroffen haben, und wie schwer war für alle anderen der Gedanke, dass Klaus' geliebter Vater nun nicht mehr lange unter ihnen weilen würde. Er stand mit seinen gerade erst 66 Jahren noch mitten im Berufsleben und hatte noch manche wissenschaftliche Veröffentlichung geplant.

Klaus erster Gedanke war, möglichst bald nach Mainz zu fahren, um von den Ärzten Näheres zu hören und den Eltern seelisch beizustehen.

So stand auch der schon sehnlichst erwartete Besuch von Margrits Eltern im Juni sehr im Schatten dieser Ereignisse, denn gerade am Tag ihrer geplanten Ankunft in Genf, am 4. 6., wurde Klaus dringend in Mainz erwartet. Rührenderweise bot die so nette Madame Denat aus der Nachbarschaft ihre Hilfe an und fuhr selbst nach Genf, um den Besuch abzuholen.

Wie glücklich war Margrit, die Eltern zum ersten Mal hier zu haben und ihnen alles zeigen zu können, was sie selbst so beglückte. Nach anfangs etwas regnerischen Tagen folgte bald herrlichstes Wetter, und das Leben der Familie spielte sich vorwiegend auf der Terrasse oder im Garten ab, und die Eltern konnten gar nicht genug staunen und sich freuen.

Nach Klaus´ Rückkehr aus Deutschland, wo er durch Vaters eigene noch so zuversichtliche Einstellung zu seiner Krankheit etwas Trost fand, gab es einen schönen Ausflug zum St. Eynard, und an Margrits Geburtstag ein Mittagessen auf der Bastille, der großen Festung von Grenoble jenseits der Isère.

Etwas später folgte ein Treffen mit Tante Tilde in Aix les bains, wo sogar eine Dampferfahrt auf dem schönen See zum Kloster Haute Combe unternommen wurde. Georg, der wegen Abiturprüfungen an seiner Schule zufällig einige Tage schulfrei hatte, durfte übers Wochenende bei Tante Tilde in deren Hotel in Aix les bains bleiben, wo er von der kinderlieben Tante natürlich sehr verwöhnt wurde.

Anschließend kam Tante Tilde noch ein paar Tage nach Grenoble, wohnte allerdings im „Hotel Révirée“ unten in Meylan, war aber fast den ganzen Tag oben bei der Familie im schönen Haus in Corenc, was sie gar nicht genug bewundern konnte.

Ein Höhepunkte für die Gäste aus Deutschland war ein größerer Ausflug mit Margrits Auto nach St. Nizier im Vercors, zusammen mit den beiden jüngeren Kindern. Nach einem kleinen Imbiss im Ort fuhren alle mit der Schwebebahn zum Moucherotte hinauf und genossen den atmberaubenden Blick auf Grenoble und die einmalige Bergwelt ringsum.

Doch dann hieß es für die Eltern nach drei Wochen glücklichen Beisammenseins leider wieder Abschiednehmen, und Klaus brachte sie am 25. Juni vormittags nach Genf zum durchgehenden Zug nach Köln. Tante Tilde setzte am selben Tag ihre Urlaubsreise fort und fuhr nachmittags per Bahn nach Burgund weiter.

Inzwischen waren nun auch für die Kinder die langersehnten, fast drei Monate dauernden Ferien endlich angebrochen, nachdem es schon Anfang Juni zum Abschluss des Schuljahrs Zeugnisse gegeben hatte.

41.

Darüber soll an dieser Stelle etwas ausführlicher berichtet werden, da das Bewerten der schulischen Leistungen in Frankreich schon tagtäglich eine viel größere Rolle spielte, als man es in Deutschland kannte. So standen die Kinder das ganze Schuljahr hindurch unter ständiger Kontrolle, und Tag für Tag wurde jede Leistung benotet.

Für den Lehrer bedeutete das natürlich eine große Mehrbelastung, worüber Margrit und Klaus nur immer wieder staunen konnten, nachdem sie den Schulalltag in Corenc etwas genauer kennen gelernt hatten.

So besaß jedes Kind in der Grundschule ein „cahier de jour", in das täglich kleine Übungen geschrieben wurden, sei es im dictée, calcul, grammaire, science, histoire oder geographie. Diese Hefte wurden jeden Tag eingesammelt und nach dem berühmten französischen System mit Noten von 1 bis 20, bzw. in den Nebenfächern von 1 bis 10 bewertet.

Außerdem gab es täglich die „interrogation écrite", schriftliche Fragen auf Zetteln, die ebenfalls benotet wurden, und die Kinder erfuhren täglich, welchen Platz sie in jedem Fach unter ihren Kameraden einnahmen.

Jeweils vor den Zeugnissen (5 x pro Jahr) wurden dann noch die compositionen (Klassenarbeiten) in allen Fächern geschrieben, deren Ergebnisse doppelt zählten. Die Zeugnisse (bulletins) enthielten dann eine aus sämtlichen Leistungen errechnete Durchschnittsnote.

Das gesamte Schuljahr wurde übrigens in Frankreich in fünf Abschnitte von jeweils sechs Wochen gegliedert, an deren Ende es regelmäßig Zeugnisse und größere oder kleinere Ferien gab: Von September bis Ende Oktober (Allerheiligen), von November bis Weihnachten, von Januar bis Mitte Februar (Winterferien), von Ende Februar bis Ostern und schließlich von Ende April bis Juni, wo dann die langen Sommerferien begannen.

Die Kinder hatten die Ferien wirklich verdient, denn die normalen Schultage waren anstrengend, da alles bis ins Detail geregelt war. Die Schüler wurden streng angehalten, ihre vielen verschiedenen Hefte in bunten Umschlägen sauber und exakt zu führen und Wichtiges farbig zu unterstreichen. In Sachkunde mussten Skizzen und Tabellen von der Tafel genau abgezeichnet werden, und in den Heften mit Texten und Gedichten wurden die Zeilenanfänge durch farbige Großbuchstaben oder kleine Randzeichnungen verziert.

Jedes einmal gelernte Gedicht und jeden Merksatz sollten die Schüler auswendig wissen, und ebenso mussten sie sich die Texte der erlernten Lieder und ihre Melodien sicher einprägen. Am Anfang durften die drei Geschwister aus Deutschland sogar einmal deutsche Volkslieder vorsingen, worauf sie sehr stolz waren, aber im Verlauf des Jahres klappte es auch mit den französischen Liedern, die sie schnell im Kopf hatten.

Um seine Schutzbefohlenen wirklich zum Arbeiten zu bringen und um sie zu Disziplin und Ordnung zu erziehen, gab es bei Monsieur Chaix in Corenc ein besonderes System der Bestrafung und der Anerkennung, das wirklich ausgesprochen kurios war.

Bei jedem Vergehen gab es je nach Schwere der „Untat" 5 bzw. 10 „coups de règles" oder 5 bzw. 10 „verbes", d. h. 5 oder 10 Schläge auf die Hand, oder man hatte ein Verb 5 oder 10 x in allen Zeitformen durchzudeklinieren.

Letzteres musste zu Hause erledigt werden und nahm viel Zeit in Anspruch, sodass die kleine Elisabeth treuherzig meinte, die Schläge seien besser, da sie viel schneller gingen.

Auf der anderen Seite gab es bei guten Leistungen auch sog. „verbes d´avances", eine Art Guthaben, die gegen die geschilderten Bestrafungen angerechnet werden konnten.

Durch das strenge Reglement und den Leistungsdruck während des ganzen Schuljahrs, der sich natürlich bei Georg im Lycée-Champolion noch stärker bemerkbar machte als bei den

Grundschülern, waren die Kinder nun überglücklich, endlich Ferien zu haben.

Nach Herzenslust genossen sie die hochsommerlichen Tage erst mal daheim mit ausgiebigem Frühstück auf der Terrasse, Roller- und Radfahren, Tischtennisspielen, häufigen Schwimmbadbesuchen und Herumtollen in Haus und Garten.

42.

Und in diese Zeit fielen auch die ersten größeren Bergtouren in die Chartreuse, die mit den Eltern bei gutem Wetter unternommen wurden, wo immer einer der Buben daheim blieb, um den zum Bergsteigen noch zu kleinen Hellmut liebevoll zu betreuen.

So ging es gleich Anfang Juli auf den 1870 m hoch aufragenden Charmont Som, den man in einer guten halben Stunde von einer Alm in der Nähe des Col de Porte aus leicht erreichen konnte. Über blühende Almwiesen, wo Kühe grasten, stiegen sie auf Zick-Zack-Wegen steil bergan und weiter über steinige Rhododendronhänge hinauf zum Ziel.

Diesmal war Georg daheim bei Hellmut geblieben und die drei anderen liefen wie die Wiesel ohne viel Rücksicht auf die schmalen Wege die Hänge hinauf und waren begeistert, als sie vor den Eltern am Gipfel anlangten. Hier hatte man einen herrlichen Rundblick über die Felsenwelt der Chartreuse und konnte mit Hilfe einer erläuternden Messingplatte die Berge ringsum in allen Himmelsrichtungen identifizieren.

Beim Abstieg wurden kleine, bunte Bergblumensträuße gebunden, und nach der Rückkehr zur Alm gab es für die tüchtigen Bergsteiger „Fromage frais", eine besonders leckere Erfrischung mit flüssiger Sahne und Zimt, die sich traditionsgemäß alle Wanderer hier schmecken ließen.

Die nächste größere Tour führte die Familie zum 2080 m hohen Chamchaude, wo der Aufstieg gleich hinter dem Col de Porte begann und ein netter Schäfer sie anfangs begleitete, der den ganzen Sommer hier oben mit seinen Schafen unterwegs war.

Als die endlosen Serpentinen eines steinigen Wiesenhangs mit Latschenkiefern endlich hinter den Wanderern lag, ging es zwischen Felsen weiter und das letzte Stück war so steil, dass man sich an Drahtseilen festhalten und richtig klettern musste, was die Kinder natürlich mit Begeisterung taten.

Auf dem Gipfel war der Blick wieder beeindruckend und ging hinunter ins Isère-Tal und hinüber zur majestätische Belledonne-Kette, aber es wehte ein kalter Wind und die freie Sicht wurde immer wieder von Wolken verdeckt. Diesmal hatte sich Winfried daheim lieb um Hellmut gekümmert und ließ sich abends gern von allem erzählen.

Anfang August war dann der Dent de Crolles (2060 m) das Ziel der Bergwanderung. Christoph war mit der Betreuung von Hellmut an der Reihe, was er voll Eifer übernahm. Wie immer ging´s mit dem Auto zum Ausgangspunkt der Tour und bereits nach halbstündiger Wanderung gab es ein lustiges Picknick. Kurz danach wurde der Eingang des „Trou de Glaces“ erreicht, ein riesiges Höhlensystem, das den ganzen Berg durchzog.

Gespannt kletterten die Kinder ein Stück ins Dunkel hinein, aber als sie kaum noch was sehen konnten, kehrten sie schnell zu den Eltern zurück, denn es hieß, es hätten sich schon Wanderer darin verirrt und mussten von der Bergwacht herausgeholt werden.

Auch bei dieser Tour gab es ein steiles Kletterstück mit Seilen zum Festhalten (route delicate), doch dann ging es über breite Rasenmatten schräg zum Gipfel hinauf, wo der herrliche Blick jede Mühe belohnte.

Da Klaus dort nach längerer Ruhepause noch etwas fotografieren wollte, war Margrit auf dem Rückweg mit den Kindern schon ein Stück voraus gegangen und pflückte mit ihnen voll Begeisterung Margeritten und Glockenblumen, die hier in unendlicher Vielzahl blühten.

Doch plötzlich fuhr sie erschreckt auf, als sie Klaus hoch oben plötzlich nicht mehr in der Nähe eines steilen Felsenabbruchs entdecken konnte, wo er gerade noch mit seinem Fotoapparat gestanden hatte. Wie vom Blitz getroffen, ließ sie Rucksack und Blumen bei Christoph und Elisabeth im Gras liegen und stürmte mit Georg laut rufend den weiten Weg wieder hinauf bis zu der Stelle, wo sie Klaus zuletzt gesehen hatte.

Voller Angst dachte sie, er wäre beim Fotografieren einen Schritt zu nah an den Abgrund geraten und dabei abgestürzt, denn nirgends war eine Menschenseele zu sehen, obwohl sie jetzt den ganzen Hang überblicken konnte. Zitternd vor Sorge erreichte sie endlich mit Georg die Stelle, wo der Fels steil abfiel und man zwischen Krüppelkiefern hinunter schauen konnte und da endlich hörten sie von unten auf ihr Rufen eine Antwort.

Klaus hatte hier in der Nähe ein Hinweisschild zu einer Abkürzung gesehen, die er gehen wollte, um seine Familie zu überraschen, wenn er im Tal plötzlich vor ihnen auftauchte, hatte allerdings nicht bedacht, was das für Folgen haben könnte.

Margrit und Georg waren wie erlöst und überglücklich, als sie Klaus' Stimme hörten und sicher waren, dass ihm nichts passiert war. Sie mussten natürlich selbst den viel weiteren Rückweg über die Almwiesen nehmen, um die beiden anderen schon ungeduldig wartenden Kinder abzuholen.

Als sie endlich nach fast einstündigem Abstieg mit Klaus wieder zusammentrafen, nahmen sich alle glücklich in die Arme und kehrten spät abends nach dem aufregenden Tag voll Glück und Dankbarkeit nach Hause zurück.

Die letzte Bergtour vor der Urlaubsreise fand noch in der selben Woche statt, denn das schöne Wetter schien nicht mehr lange zu halten. Das Ziel war diesmal der Grand Som, ein Gipfel in 2025 m Höhe, dessen Besteigung im Bergführer mit der Bemerkung „Nur für schwindelfreie Wanderer" gekennzeichnet war.

Das fanden die Kinder so verlockend, dass alle die aufregende Tour mitmachen wollten, was auch tatsächlich möglich war, da Ehepaar Wagner, Kollegen von der Uni, den kleinen Hellmut übernahmen.

Zunächst ging es mit dem Auto über den Col de Porte nach St. Pière en Chartreuse, einem kleinen, abgelegenen Bergdorf, wo der etwa dreieinhalb stündige Aufstieg begann. Zuerst führte der Weg eine gute Stunde durch dichten Mischwald und anschließend eine ganze Weile durch niedriges Latschengehölz mit herrlich blühenden Alpenrosen, ehe etwas höher die strauchlosen Almwiesen begannen.

Hier wurde der gekennzeichnete Weg allmählich immer schmaler und führte unversehens 15 Minuten lang so nah an einem steilen Felsabhang entlang, dass Margrit schier das Herz stehen blieb, als sie die Kinder unbesorgt und ohne die leiseste Angst vor sich her laufen sah.

Nur zu gut verstand sie jetzt die Warnung auf der Wanderkarte, und wenn sie auch selbst kaum Schwindel kannte, so fühlte sie jetzt beim Anblick der so fröhlich wandernden Kinder ein nicht zu unterdrückendes, inneres Zittern. Doch es ging alles gut und die letzte Wegstrecke führte sicher zum Gipfel hinauf, von wo im Südosten tatsächlich im fernen Dunst der Montblanc zu sehen war.

Das Glück, mal wieder das Ziel erreicht zu haben, und den einmaligen Blick genießen zu können, war so überwältigend, dass jetzt die ausgestandene Angst ganz belanglos erschien. Ja, Klaus meinte tröstend, dass Kinder bei ihrer geringeren Körpergröße viel sicherer auf schmalen Wegen seien und kaum Schwindelgefühl empfinden.

Nach längerer Ruhepause auf dem Gipfel schlug er aber dann doch für den Abstieg einen Weg am Westhang vor, der etwas weiter, aber sicherer war, und nach gut zweistündiger Wanderung kehrte die ganze Familie wohlbehalten zum Auto zurück.

43.

Den Sommerurlaub verbrachten Klaus und Margrit in diesem Jahr im Wallis in der Schweiz, wohin sie die siebenjährige Elisabeth begleiten durfte, die inzwischen auch Freude am Bergwandern gewonnen hatte.

Georg nahm an einem französischen Ferienkurs in Le Chambon in den Cevennen teil, wo er durch guten Unterricht Fortschritte für die Schule machen und sich gleichzeitig im Französisch-Sprechen üben sollte.

Christoph und Winfried durften Tante Maria in Darmstadt besuchen, die sie jedoch bald in ein Kinderheim nach Todtmoos bringen würde, wo sie selbst in einem schönen Hotel ihren Urlaub plante und die beiden immer mal zu einer kleinen Unternehmung abholen wollte.

Hellmut dagegen wurde von den Großeltern in Glöbusch erwartet, die schon im letzten Jahr soviel Freude an dem kleinen Kerl hatten, während die Mainzer Oma durch die Pflege ihres kranken Mannes diesmal gar keine Enkel einladen konnte.

Den Transport an die verschiedenen Ferienorte der Kinder teilten sich die Eltern. Klaus brachte Georg in Margrits 12 M nach Le Chambon mit einem kurzem Zwischenaufenthalt am Col de Lautaret, wohin er auch Elisabeth mitnahm, während Margrit mit den drei anderen Kindern im Zug nach Köln fuhr, um Hellmut wie geplant zu den Großeltern nach Glöbusch zu bringen.

Nach zwei schönen Tagen mit den Eltern und Hans-Dieters Familie im neuen Haus, ging es schließlich zu dritt im durchgehenden Schnellzug von Köln nach Darmstadt zu Tante Maria, die Christoph und Winfried voll Freude übernahm.

Nach gemütlicher Kaffeerunde bei Tante Maria fuhr Margrit abends schweren Herzens zur Übernachtung nach Mainz, wo es mit den Schwiegereltern herzliche, wenn auch traurige Gespräche gab, denn der bevorstehende Abschied von Vater war inzwischen zur traurigen Gewissheit geworden.

Er selbst wusste es nun auch und übergab Margrit einen ihr sehr zu Herzen gehenden Brief, in dem er sich bei ihr für die muntere Enkelschar bedankte, deren Heranwachsen er nur zu gern miterlebt hätte.

Nach schwerem Abschied fuhr Margrit dann am nächsten Vormittag mit der Bahn durch herrliche Landschaften über Basel und Bern nach Brig in der Schweiz. Hier holte sie Klaus abends gegen 21 Uhr ab und brachte sie in aufregender Fahrt hinauf zum „Hotel Schwarzhorn“ in Gruben, wo eine Woche Urlaub geplant und er mit Elisabeth schon am Vortag eingetroffen war.

Die Eltern unternahmen mehrere größere Bergtouren und erreichten ohne Probleme den Gipfel des Schwarzhorns in

3200 m Höhe sowie die Bella Tola auf 3025 m, da das Hotel schon auf 1800 m lag. Aber das so empfohlene Bieshorn auf 4000 m war ihnen leider nicht vergönnt, da der Führer für diese Tour auf der Turtmannhütte bei ihrer Ankunft seine Zelte für dieses Jahr schon abgebrochen hatte.

Elisabeth machte nur kleinere und mittlere Wanderungen mit den Eltern, denn sie blieb mit besonderer Vorliebe bei Fräulein Jäger, der Hotelinhaberin, die sie ins Herz geschlossen hatte.

Auch im Hotel „Alpenrose" in Grächen (im Zermatter Tal) in der nächsten Woche war die kleine Elisabeth wieder überall beliebt und entzückte alle Gäste, weil sie mit jedem Besucher aus Frankreich sofort sehr nett französisch sprach.

Hier begleitete sie die Eltern auf fast allen Bergwanderungen und Ausflügen, doch die voll Spannung erwartete Fahrt zum Fuß des Matterhorns wurde leider zur Enttäuschung. Zunächst ging es ohne Probleme mit der Zahnradbahn von St. Niklaus nach Zermatt, doch die anschließende Fahrt mit der Gornergradbahn endete nach 20 Minuten, da die Schienen wegen eines Erdrutsches verschüttet waren und der Zug zurückfahren musste.

Im Ganzen gesehen waren jedoch die Urlaubstage in der Schweiz für alle Beteiligten abwechslungsreich und erholsam, und voll Vorfreude auf das Wiedersehen mit den anderen Kindern ging es im September heimwärts.

Es gab zunächst ein frohes Zusammentreffen bei Margrits Eltern in Odenthal-Glöbusch, wo am Sonntag, den 12. September, die kleine Martina Bussen getauft und Klaus zum zweiten Mal Pate wurde.

Hellmut war selig, die Eltern und zwei der Geschwister wieder zu haben, obwohl er bei den Großeltern die ganze Zeit sehr vergnügt und munter gewesen sein sollte und manche Fortschritte gemacht hatte.

Wegen einer Autoreparatur verbrachten Margrit und die Kinder noch bis zum 18. September glückliche Tage in Glöbusch, während Klaus per Bahn nach Mainz fuhr, um seinen Eltern in dieser schweren Zeit noch einige Tage beizustehen.

Gemeinsam ging´s dann wieder nach Freiburg zu Familie Krietsch, wo Klaus´ Auto stand, ehe am Sonntagmorgen Christoph und Winfried im Kinderheim Bergwiese abgeholt wurden und alle froh vereint in zwei Autos die Heimreise nach Grenoble antraten.

In der folgenden Woche begann nach den langen französischen Sommerferien die Schule wieder und alles nahm seinen gewohnten Verlauf.

Doch schon während der schönen Tage in Glöbusch war beschlossen worden, dass Margrit im November die weite Reise von Grenoble nach Köln noch einmal unternehmen sollte, um am 11. 11. den 80. Geburtstag ihres Vaters mitfeiern zu können, da sie in all den letzten Jahren an diesem Tag nicht hatte dabei sein können.

Klaus meinte zuversichtlich, vom Dienstag bis Samstag die vier großen Kinder allein betreuen zu können, während Hellmut die Mami begleiten sollte. Voll Eifer versprachen alle, brav zu sein und bei häuslichen Arbeiten zu helfen.

Klaus brachte Margrit und Hellmut am Dienstagabend zur Bahn, und wie schon oft benutzten sie dann ab Genf den Schlafwagenzug nach Frankfurt, wo sie mit ihrem Nesthäkchen in einem Oberbett schlief.

In Frankfurt hatten sie eine Stunde Zeit, um im Bahnhof zu frühstücken, und waren mittags in Köln. Hier übernahm Bruder Hans-Dieter gleich bei der Ankunft den kleinen Hellmut, der die ganze Reise mustergültig brav war, und brachte ihn zu den Großeltern nach Glöbusch.

Margrit konnte dadurch noch einige Dinge für die Kinder und das Weihnachtsfest in der Stadt besorgen und fuhr dann mit Hans-Dieter nach dessen Dienstschluss von Mühlheim aus zu den Eltern heim, wo es ein frohes Wiedersehen gab. Tante Tilde aus Berlin war schon da und Maidi wurde abends erwartet.

Der Geburtstag am nächsten Tag wurde dann ein frohes Fest für alle, zumal die drei Geschwister seit langer Zeit mal wieder diesen Ehrentag des Vaters mitfeiern konnten und Papa war strahlender Mittelpunkt.

Er freute sich über die vielen Glückwünsche und besonders auch über die Besuche von Pfarrer Hage vom Altenberger Dom sowie vom Bürgermeister von Odenthal und vielen netten Nachbarn.

Käte sorgte für ein festliches Mittagessen und nachmittags für eine Kaffeetafel mit verschiedenen, feinen Torten, und Hans-Dieter zeigte interessante Farbdias von den letzten Familienreisen. Ein gemütlicher Abend in fröhlicher Runde bei belegten Broten und einer guten Bowle beschloss den schönen Tag.

44.

Umso härter traf dann alle am nächsten Morgen beim Frühstück die telefonische Nachricht von Klaus´ Mutter aus Mainz, dass Vater in den ersten Stunden des 12. November für immer von seinem schweren Leiden erlöst worden sei. Voll Trauer und Mitgefühl gedachten alle der armen, verlassenen Mutter, und Margrit versuchte gleich wegen ihrer erforderlichen Rückkehr, Klaus im Institut telefonisch zu sprechen, erreichte aber nur Frau Professor Kofler.

Zum Glück rief Klaus dann selbst gegen 14 Uhr an und berichtete, dass er die vier Kinder ohne Probleme bei hilfsbereiten Freunden (Ozendas, Denats und Blondeaus) für ein paar Tage untergebracht hätte, sodass Margrit erst mal in Deutschland bleiben solle, um bei Vaters Beisetzung in Mainz in der nächsten Woche an seiner Seite sein zu können.

So verlebte sie mit Hellmut noch ein stilles Wochenende bei den Eltern und Tante Tilde in Glöbusch und fuhr am Sonntagnachmittag mit ihrem kleinen Liebling im D-Zug nach Mainz.

Dort konnten Mutter, Klaus und Margrit zusammen mit Tante Maria und deren Sohn Fritz Ruppert am Montag, den 15. November, nachmittags in aller Stille Vater zur letzten Ruhe geleiten, während Frau Karl daheim den kleinen Hellmut betreute.

Es war ein schwerer Abschied für alle, besonders für die arme Mutter, die ausdrücklich darauf bestanden hatte, dass außer Ehepaar Fröhlich aus dem Haus nur die nächsten Angehörigen Vaters Sarg von der Friedhofskapelle zu der schönen Familiengrabstätte unter lichten Kiefern begleiten sollten.

Sie blieb auch still und gefasst allein, als Margrit und Klaus mit Hellmut schon am nächsten Abend im Schlafwagen von Frankfurt nach Genf heimreisten.

Die vier größeren Kinder, die übers Wochenende in den befreundeten Familien gut betreut worden waren, konnten es gar nicht fassen, dass sie den Großvater nun nie mehr sehen würden und dass er wirklich im Himmel sei.

Obschon sich Kinderglück in den beseligenden Advents- und Weihnachtstagen, die nun bald folgten, kaum dämpfen lässt, gab es in diesem Jahr doch für alle eine recht ruhige und ernste Zeit, und in der Silvesternacht erfüllten wehmütige Gedanken Herz und Gemüter.

Ehe jedoch die Familie mit ihrem großen Kummer fertig werden konnte und der Verlust des geliebten Großvaters innerlich bewältigt war, gab es zu Beginn des neuen Jahres wieder einen schweren Abschied, der alle ganz unerwartet traf.

Am 29. Januar erlitt Papa in Glöbusch einen schweren Schlaganfall, gerade als Mama für ein paar Tage bei Tante Tilde in Berlin weilte, und musste ins Leverkusener Krankenhaus gebracht werden.

Mama kehrte natürlich umgehend nach Hause zurück, doch trotz aller Mühen der Ärzte und aller Wünsche und Hoffnungen seiner Lieben konnte sich Papa nicht mehr erholen und schied am 10. Februar 1966 für immer aus dem Leben.

Wieder traten Margrit und Klaus die weite Reise nach Deutschland an, nachdem sie die Kinder bei befreundeten Familien in Obhut gegeben hatten (Moretos, Denats, Grünerts und Stierstadts).

An der Trauerfeier und Einäscherung auf dem Kölner Westfriedhof am 14. Februar nahmen dann außer Mama und ihren drei Kindern (mit Ehepartnern) nur noch Klaus´ Mutter und Oskar Dietrich, Papas Freund aus Weißenfels teil, der jetzt in Beuel lebte.

Seine letzte Ruhestätte fand Papa jedoch auf dem schönen kleinen Waldfriedhof in Odenthal, wo die Urne später beigesetzt wurde, doch Margrit und Klaus mussten wegen der Kinder umgehend zurück und benutzten wie immer den Schlafwagenzug zwischen Frankfurt und Genf.

Für die Kinder war natürlich der Verlust beider Großväter in so kurzem Zeitabstand ein einschneidendes Erlebnis, das sie es kaum fassen konnten und worauf sie immer wieder mit ihren kindlichen Fragen zurückkamen. Doch wirklich geweint und gelitten hat nur Georg, der als einziger schon ahnen konnte, was sie alle verloren hatten.

45.

Aber das Leben ging weiter, und zum Glück konnten die Kinder durch ihre unbekümmerte Fröhlichkeit und ihre natürliche Lebenslust die Eltern so mitreißen, dass sie ihrem Kummer allmählich Herr wurden und sich auch wieder an den täglichen Dingen freuen konnten.

In den Wintermonaten stand natürlich das Skilaufen im Vordergrund, und nach einigen Fahrten zu den Übungshängen von Le Sappey und St. Nizier ging es im März auch zweimal mit Herrn Grünert in der Belledonne-Kette zum Skifahren.

Hier erreichte man mit dem Sessellift den Col de Balme, einen leichten Übungshang, wo die Jungs und auch Klaus recht gut die Hänge hinabkamen, doch leider war die endgültige Abfahrt zum Schluss so steil und verharscht, dass Klaus die Lust am Skifahren verlor.

Der Winter ging nun dem Ende zu, und in den Osterferien reiste die ganze Familie wieder nach Deutschland. Diesmal ging es mit zwei Autos auf die große Reise, was die Kinder herrlich fanden, und in Freiburg und Mainz wurde Station gemacht.

Am 5. April feierte die Oma in Glöbusch ihren 70. Geburtstag, zum ersten Mal leider ohne ihren geliebten Mann, aber mit einigen ihrer Kinder und Enkel.

Trotz aller Wehmut wurde es ein festlicher Tag mit dem Besuch der inzwischen schön angelegten Grabstelle in Odenthal, und neben leckeren Mahlzeiten gab es die Vorführung eines Farbfilms von Haus und Kindern in Frankreich. Eine besondere Überraschung für die Oma war Christophs erstes auf der Geige vorgetragenes Liedchen „Lang, lang ist's her", was er einfühlsam spielte.

Nach Ostern, wo bei sonnigem Wetter zum ersten Mal im noch vom Opa so schön angelegten Garten in Glöbusch Ostereier gesucht wurden, ging es bald wieder auf die weite Rückreise mit Übernachtungen bei Krietschs in Freiburg bzw, Dudensings in Grenzach.

Die nächste große Freude daheim war für alle der Besuch von Gerdi und Bert Krietsch mit den drei Töchtern Gabriele, Angelika und Bettina Anfang Mai. In dieser Zeit stiegen Ausflüge zum St. Eynard, auf den Mont Rachais und in die Grand Chartreuse, und dazwischen gab es bei nicht so gutem Wetter geruhsame Tage daheim mit Spielen, Singen oder Spaziergängen.

Abends wurde meist auf der Terrasse bei Wein gemütlich erzählt, einmal sogar wegen Regenwetter vorm Kamin, den Bert unbedingt entfachen wollte, und zum Schluss stieg ein schönes Abschiedsessen im Restaurant „La Concordia" in der Stadt.

Strahlende Sonnentage erlebten Margrits Bruder Hans-Dieter mit Käte und den Kindern Gerd (6) und Martina (2) bei ihrem Besuch Ende Mai. Sie schliefen wie die Eltern Krietsch unten im kleinen Zimmer, doch Hans-Dieter zog später in sein Zelt auf dem Rasen, wo er sich ungestörter fühlte.

Der nächste liebe Gast war die Mainzer Großmutter, die im Juni vierzehn Tage bei ihren Lieben in Corenc weilte. Sie half unermüdlich im Haushalt und bei der Bereitung von Kirschmarmelade, denn der große Baum im Garten trug die schönsten Früchte.

Aber auch das Beschäftigen der Kindern lag ihr sehr am Herzen und vor allem natürlich das Überwachen von Christophs Geigenspiel. Sie hielt ihren zweiten Enkel für so begabt, dass sie ihm zum 9. Geburtstag eine Dreiviertel-Geige geschenkt hatte und den Unterricht bei Mademoiselle Mercier in Grenoble anregte und selbstverständlich finanzierte.

Bei schönem Wetter nahm die noch im Wandern geübte Großmutter auch gern an Ausflügen teil und war besonders vom Besteigen des Charmand Som in der Chartreuse begeistert, wo die schönsten Bergblumen blühten und später manches bunte Sträußchen das Haus schmückte.

Vom Moucherotte im Vercors, der von St. Nizier aus mit der Schwebebahn zu erreichen war, zeigte sie sich ganz begeistert, denn es gab einen bequemen Abstieg und immer wieder herrliche Ausblicke ins Tal, und selbst der dreijährige Hellmut lief munter mit.

Schließlich lud die gute Oma am letzten Wochenende alle zum Abschiedsessen auf die Bastille (oberhalb von Grenoble) ein, wo jedoch ganz plötzlich ein überraschend aufgezogenes Gewitter, ja ein richtiges Unwetter tobte. Während es sich die Familie in der Glasveranda schmecken ließ, richteten draußen Sturm und Regen manche Verwüstungen an und auch in Corenc hatte das Wetter auf der Terrasse und im Garten seine schlimmen Spuren und viel Arbeit hinterlassen.

Und gleich nach Omas Abreise begannen auch schon wieder die herrlich langen, französischen Sommerferien mit ausgiebigen Mahlzeiten auf der Terrasse, Tischtennisspielen, Hüttenbauen im Garten und unzähligen Schwimmbad-Besuchen in Meylan, denn in diesem Jahr leistete sich die Familie zum ersten Mal ein Abonnement für die ganze Badesaison.

Klaus nahm bei schönem Wetter die Jungs meist gleich nach dem Frühstück mit hinunter ins Bad, und Margrit kam nach erledigter Hausarbeit mit Elisabeth und Hellmut per Auto nach.

Dann genossen alle zusammen die Sonne, das kühle Nass und die vielen Spielmöglichkeiten, bis sich der Hunger allmählich meldete und es zum späten Essen wieder heimging.

Ausflüge führten in diesem Sommer zum Grand Sur, wo Hellmut bei Denats blieb, per Auto zum Lac Paladru und schließlich zum Lac Crozet, bei der Hellmut die 800 m Aufstieg ohne Probleme mitmachte, denn er wollte unbedingt wie die anderen auch den schönen Bergsee anschauen.

Ein andermal wagte die wanderlustige Familie sogar die Tour über den Lac Crozet hinaus bis zur Schutzhütte „La Pra", wo die Kinder bei Bekannten zum Spielen und Ausruhen blieben, während Klaus und Margrit noch bis zu den vereisten Lac Dominons hinaufstiegen.

Das Croix de Belledonne, den höchsten, erreichbaren Gipfel dieser Gebirgskette (um 3000 m) bestiegen die beiden allerdings ohne Kinder erst im September mit Madame Denat, der netten, sportbegeisterten Nachbarin aus Corenc.

Vom Autoparkplatz in 1600 m Höhe aus mussten tatsächlich 1400 m Aufstieg bewältigt werden – ein beachtliches Unterfangen – doch am Ziel bot sich ein so einmaliger Ausblick über die märchenhafte Bergwelt ringsum, dass sich jede Mühe gelohnt hatte.

Die letzte Bergtour in dieser Saison stieg mit den Kindern Anfang Oktober zu den „Sept Laux" im Romanche-Tal auf 2100 m Höhe. Sie blieb für alle so unvergessen, weil die Familie beim Abstieg in die Dunkelheit geriet und nur das Standlicht am Auto tief unten an der Straße der einzige Hinweis für die Richtung der Absteigenden blieb. Der 11-jährige Christoph war besonders tüchtig, weil er vorauskletterte und wie ein Hundchen auf allen Vieren den schmalen Bergpfad nie aus den Augen verlor.

Für den Sommerurlaub hatten Margrit und Klaus diesmal (im Jahr 1966) den „Almenhof" in Kitzbühel vorgesehen, wohin Christoph und Winfried die Eltern begleiteten, während

Georg wieder den Ferienkurs in „Le Chambon" besuchte, und Elisabeth und Hellmut jeweils zu den Großmüttern nach Deutschland reisten.

Trotz des ziemlich unbeständigen Wetters in den Bergen wurden es geruhsame Urlaubstage mit den verschiedensten Bergwanderungen, einmal sogar durch nassen Schnee, doch das Schönste für die Kinder war das kleine Schwimmbad im Garten der gepflegten Privatpension und der nette Kontakt zu Frau Diergarten und ihren beiden Jungens (ebenfalls Gäste), mit denen abends und bei schlechtem Wetter eifrig gespielt wurde.

Beim Abholen der Kinder in Deutschland nahm Margrit diesmal Mama im 12 M mit nach Badenweiler im Schwarzwald, wo diese eine Woche mit Tante Tilde verabredet war – ja, sie verbrachten sogar alle gemeinsam einen Tag in dem tollen „Hotel Saupe", wozu Tante Tilde einlud.

Klaus, der Anfang September von Mainz aus an der Frankfurter Botanikertagung teilnahm, brachte dann Mama für 2½ Wochen mit nach Grenoble, und für den Rest der Ferien waren alle wieder im schönen Haus in Corenc vereint.

Bei dem im Herbst fast immer sonnigem Wetter konnte mit der inzwischen 70-jährigen Oma noch manches Schöne unternommen werden: Besteigen des Charmont Soms, Besuch der „Grande Chartreuse", des berühmten Karthäuser-Klosters, was sie besonders beeindruckte, und eine Fahrt im Auto nach Chamrousse in der Belledonne-Kette. Zwei Mal ging es auch noch in das offene, gut geheizte Schwimmbad in Grenoble, was bei dem schönen Wetter alle besonders genossen.

Der November brachte dann für Eltern und Kinder noch ein ganz außergewöhnliches Erlebnis, und zwar schlug Klaus eine viertägige Fahrt (zu siebt im Ford 17 M) an die Côte d´Azur vor.

Nach der ersten Übernachtung in Digne im feinen „Hôtel du Grand Paris" gab es gleich am nächsten Morgen eine große

Aufregung wegen des versehentlich im Kofferraum eingeschlossenen Autoschlüssels, den zum Glück nach einigem Hin und Her ein Mann von der Fordwerkstatt von innen öffnen konnte.

Erst dann ging es über zwei bis zu 1000 m hinaufführende Passstraßen der französischen Alpen weiter nach Süden, bis man endlich bei Grasse von der Höhe aus das langersehnte Mittelmeer erblicken und die Familie eine halbe Stunde später am Strand von Cannes in der warmen Nachmittagssonne herrlich baden konnte.

Dabei hörte Klaus wie Umstehende meinten, diese Badelustigen seien bestimmt Deutsche oder Skandinavier, die sich im „Winter“ noch ins „kalte“ Meer wagten.

Später fand sich im Ort Golfe Juan etwas östlich von Cannes eine gute Unterkunft im „Hôtel California“, wo die ganze Familie in zwei Zimmern mit französischen Doppelbetten Platz fand, doch leider ging es am Abend Georg und Christoph, den beiden großen Buben, gar nicht gut.

Schon auf der kurvenreichen Autofahrt hatten sie über Übelsein geklagt, wahrscheinlich die übliche „Krankheit“ mancher Kinder im Auto, die jedoch zum Glück nach dem Baden etwas besser geworden war. Doch in der Nacht litten sie dann unter so schlimmen Erbrechen und Durchfall, wohl wegen eines nicht gut durchgebackenen Kuchens von daheim.

Aus Sorge der Eltern um ihre beiden Patienten wären beinahe alle Tagespläne ins Wasser gefallen, doch die freundlichen Wirtsleute boten an, die Kinder, die am liebsten im Bett bleiben wollten, zu betreuen und sie mit Suppe und Tee zu versorgen.

So fuhren die Eltern etwas beunruhigt mit ihren drei jüngeren Kindern auf herrlicher Küstenstraße über Antibes nach Nizza und dann über die wunderbare Höhenstraße „La Grande Corniche“ hinunter nach Monaco, dem kleinen, so reichen Fürstentum am Mittelmeer.

Hier bewunderten alle das schöne Schloss am Meer, aber besonders auch die gestrenge Wache davor und die disziplinierte

Wachablösung der jungen Posten, die bei ihrer exakt geregelten Aufgabe ganz „entrückt" zu sein schienen.

Nach kleiner Stärkung aus dem Picknickkorb oben in den Anlagen, wo der Blick weit übers Meer schweifen konnte, wurde noch die schöne Kathedrale und das Ozeanische Museum besucht, ehe es an der berühmten Spielbank von Monaco vorüber nach Mentone und weiter zur Grenze bei Ventimilia an der italienischen Riviera ging.

Bei der Rückfahrt auf einer höher gelegenen Route wirkte besonders das Lichtermeer der langen Küstenstraße von Nizza tief unten am Wasser beeindruckend, denn jetzt im November wurde es früh dunkel.

Zum Glück ging es abends den beiden Patienten im Hotel nach der ausgiebigen Bettruhe besser, vor allem Christoph verspürte wieder Appetit, während Georg die nächste Nacht doch lieber bei der Mama schlafen wollte, da er sich noch ziemlich elend fühlte.

Leider musste die Familie schon am nächsten Tag wieder die Heimfahrt antreten, doch Klaus interessierte sich noch für das Malerstädtchen Cagnes sur Mer, das er allein besuchte. Die Kinder wollten lieber am Strand spielen und mit den Füßen im Wasser tollen, während Margrit und Winfried in den leicht welligen Fluten ein Stück hinaus schwammen.

Auf der langen Heimfahrt (350 km), wo Margrit das Steuer übernahm, erschien in den recht einsamen Ausläufern der Alpes Maritimes die herrliche Laubfärbung besonders beeindruckend.

Doch als es dann am Col de la Croix Haute noch dichten Nebel und leichten Schneefall gab, waren alle froh, als sie gegen 21 Uhr wieder wohlbehalten in Corenc eintrafen.

46.

Die nun folgenden Wintermonate verliefen in den gewohnten Bahnen, und trotz aller Wehmut in Gedanken an den Verlust der beiden Großväter wurde das Weihnachtsfest dank der Glückseligkeit der Kinder zu einem schönen, harmonischen Fest, zu dem die Mainzer Großmutter gekommen war.

Zum ersten Mal gelang es in diesem Jahr Eltern und Kindern das schöne Hirtenlied von Rudolf Alexander Schröder „Es lagen im Felde die Hirten bei Nacht" (vertont von Lahusen) vierstimmig mit gutem Erfolg zu singen. Margrit hatte jede einzelne Stimme unermüdlich in den Tagen vor Weihnachten mit den Kindern gesummt und gesungen, sodass nun alle die unterschiedlichen Melodien fest im Kopf hatten, und jetzt jeder nur die ihm zugeteilte Stimme durchhalten musste.

Alle waren begeistert und besonders die musikliebende Oma vom großen Eifer der Kinder angetan, und tatsächlich wurde dieses Lied mit dem von echtem Glauben erfüllten Text nun an allen folgenden Weihnachtsfesten mehrstimmig gesungen.

Da die Wintermonate des neu beginnenden Jahres (1967) diesmal viel Schnee brachten, war Margrit mit den Kindern viel häufiger zum Skifahren als im Vorjahr. Bei den Buben war die Begeisterung für den neuen Sport ohnehin kaum noch zu bremsen, und sie selbst hatte sich auf Anraten von Herrn Grünert neue Bindungen und Stahlkanten an ihre alten Weißenfelser Skier machen lassen und konnte nun viel besser die modernen Parallelschwünge an steileren Hängen üben.

Der Höhepunkt am Ende des Winters, als die Tage länger wurden, war die Fahrt der ganzen Familie nach dem weiter entfernt liegendem Alpe d'Huez.

Hier fuhren Klaus und Hellmut mit der großen Schwebebahn zur zweiten Bergstation auf 2700 m Höhe hinauf, wo sie bei herrlichem Weitblick im Schnee spazieren gingen, während

Margrit mit den vier anderen Kindern auf einem breiten, nicht zu schweren Hang schöne Abfahrten machte.

Zu ihrer Freude kam Margrit jetzt in Grenoble nach vielen, vielen Jahren auch mal wieder zum Schlittschuhlaufen, was sie in ihrer Kinderzeit so begeisterte, wenn in kalten Wintern die Saale zufror.

Es war der immer aktive Herr Grünert, der Margrit dazu verlockte und mit ihr an ruhigen Wochentagen zum Eislaufstadion, dem „Patinoir", fuhr und ihr richtigen Unterricht erteilte, während der kleine Hellmut bei Frau Grünert blieb.

Die Osterferien verbrachte die Familie in Deutschland, und die Kinder wurden mit einigem Geschick so verteilt, dass es nirgends zuviel wurde.

Die Ostertage selbst verlebte die Familie „getrennt" auf der Karlsschanze bzw. in Glöbusch, wo jedoch an beiden Orten wegen des nassen Wetters die bunten Eier im Haus gesucht werden mussten.

Bei der Heimfahrt nach Corenc nahm Margrit außer Elisabeth und Hellmut dieses Mal wieder Mama mit, die nur gar zu gern im schönen Haus in Corenc ein paar fröhliche Frühlingswochen bei Kindern und Enkeln verbringen wollte.

Außer den täglichen Spaziergängen auf dem Chemin Malanot in Richtung Bouqueron, die für Mama und Margrit schnell zur festen Gewohnheit wurden, da es sich dabei so gut von allem erzählen ließ, standen auch manche schöne Ausflüge auf dem Programm.

Bereits eine Woche später kam der lange geplante, wenn auch kurze Besuch von Margrits Studienfreundin Herta Plötz mit ihrem Mann und dem 15-jährigen Jochen aus Darmstadt, die wegen des unsicheren Wetters nur den St. Eynard und die Fahrt zur Grand Chartreuse erlebten.

Das Lustige an diesen Tagen war die Begeisterung von Georg, Christoph und Winfried für den „großen" Jochen, mit dem sie sich gleich so gut verstanden, dass sie stets um ihn herum waren. Alles was er sagte, wurde anerkannt und für richtig befunden, und Jochen seinerseits genoss es sehr, im Mittelpunkt des allgemeinen Interesses zu stehen und schien sich in der lebhaften Kinderschar wirklich glücklich zu fühlen.

Jedenfalls schrieb er in einem rührenden Dankesbrief, dass die Tage in Corenc zu seinen schönsten Ferienerlebnissen gehörten.

Wie immer kam auch die Mainzer Großmutter im Juni für zweieinhalb Wochen zu ihren Lieben in die schöne Bergwelt. Es wurde viel unternommen, aber für die Oma war das wichtigste Ereignis in diesen Tagen das Geigenkonzert bei Mademoiselle Mercier. Christoph hatte nach eineinhalb Jahren Unterricht recht ordentliche Fortschritte gemacht und spielte jetzt mit gutem Erfolg in einem kleinen Quartett mit, was die Großmutter sehr begeisterte.

Der nächste liebe Gast war Margrits Patentante Steffi (72) aus Minden, die mit besonderer Freude und Dankbarkeit alles hier genoss, was sie dann im Gästebuch in einem seitenlangen Text in Gedichtform lobend zum Ausdruck brachte.

Sie nahm begeistert an allen Ausflügen teil, fuhr auch allein nach Grenoble aus Interesse an der kulturell bedeutsamen Stadt und half in Haus und Garten, wo sie nur konnte. Darüber hinaus ermöglichte sie den Eltern zwei schöne Bergtouren, indem sie an den Ausgangspunkten mit den jüngeren Kindern auf Decken spielte oder vorlas und sie einige Stunden bestens betreute.

Der letzte Besuch in diesem Sommer waren die Freiburger Freunde, Gerdi und Bert Krietsch, die mit ihren drei Töchtern im Mai 1966 schon mal nach Corenc kamen und so begeistert waren, dass sie Ende Juli 1967 wieder ein paar Ferientage mit allen Napp-Zinns in der herrlichen Bergwelt verleben wollten.

Zum Abschluss der schönen Sommertage gab es dann noch ein Lampionfest auf der Terrasse mit Bowle, belegten Broten und vergnügtem Singen, was Bert Krietsch fachmännisch leitete.

Ihren Sommerurlaub verbrachten Margrit und Klaus in diesem Jahr in Obermünstertal im Schwarzwald, wo in besonders reiner und gesunder Luft abwechslungsreiche Bergwanderungen unternommen werden konnten, Klaus aber auch im „Haus Vogelsang“, einer freundlichen Privatpension, ungestört an seiner „Blattanatomie“ arbeiten konnte.

Diesmal begleiteten Georg und Christoph die Eltern, während Elisabeth zu Familie Leitz in deren Ferienhaus nach Aichelberg im Nordschwarzwald reisen durfte, wo es unter den sechs Leitz-Kindern zwei fast gleichaltrige Mädchen zum Spielen gab.

Hellmut dagegen, der mit seinen vier Jahren nun gar kein „Mamakind“ mehr war, blieb bei der Mainzer Oma und winkte beim Abschied der Mami fröhlich nach, als diese mit Winfried weiter nach Glöbusch fuhr, um ihn zur anderen Oma zu bringen, die mit ihm zu schönen Ferientagen nach Ostfriesland reisen wollte.

Vorher durfte sich Winfried sogar mit der Mama in Odenthal noch sein sehnlichst gewünschtes, neues Fahrrad aussuchen, das er nach seiner Rückkehr auf kleinen Fahrten im Bergischen Land mit Vetter Gerd ausprobierte.

So war für alles gut gesorgt, und die Urlaubstage im schönen Obermünstertal wurden ein voller Erfolg. Georg und Christoph tobten sich täglich mit anderen Kindern im neuen Schwimmbad aus, dessen Umgebung allerdings noch einer Baustelle glich, was natürlich seine Reize hatte.

Beide machten aber auch bereitwillig alle Bergwanderungen der Eltern mit, wenn man dann hinterher ins Wasser springen konnte und freuten sich über jeden Besuch, den die Eltern hier in Obermünstertal empfingen.

So kamen Krietschs von Freiburg zum gemeinsamen Wandern, Tante Maria vor ihrer Fahrt nach Todtmoos zum Forellen-Essen, und sogar die von allen geliebte Tante Tilde aus Berlin, die in Badenweiler zur Kur war, wollte gern Margrit und ihre Familie wiedersehen.

Die mit ihr gemeinsam unternommene Fahrt nach Colmar wurde dann für alle ein besonderes Erlebnis, denn außer dem Isenheimer Altar von Matthias Grünewald und den vielen grotesken Zeichnungen von Pablo Picasso im Unterlinden-Museum wurde auch die „Madonna im Rosenhag“ (von Martin Schongauer) im Colmarer Münster bewundert.

Klaus konnte zum Glück trotz aller Urlaubs-Unternehmungen für seine Arbeit an der geplanten „Blattanatomie“ noch manch ruhige Stunde finden, sodass er sich am Ende der erholsamen Zeit befriedigt auf die Teilnahme an der Botanikertagung in Göttingen vorbereiten konnte, wohin ihn Margrit und Christoph Anfang September begleiteten.

Für Margrit war dort das Wiedersehen mit Fräulein Dr. Stange, bei der sie wohnten, eine besondere Freude, aber auch Aachs, Stubbes und Melchers waren zur Tagung gekommen, und es gab abends nette Treffen zum gemeinsamen Essen oder einem Gläschen Wein.

Christoph verstand sich recht gut mit der 14-jährigen Kathi, einer Nichte von Fräulein Stange, die mit im Hause wohnte, und sein Patenonkel Günter Aach fuhr sogar einmal mit ihm in die Stadt, wo er sich als Geburtstagsgeschenk ein elektrisches Faller-Auto aussuchen durfte.

Nach Abschluss der Tagung wurden schließlich die übrigen Kindern bei den Omas in Glöbusch und Mainz abgeholt, und in zwei Autos ging es nach Grenoble zurück. Die langen, französischen Sommerferien waren nun wirklich zu Ende, und für die Kinder begann damit das letzte Schuljahr im fremden Land.

47.

Schon zu Beginn des vorangegangenen Schuljahrs, das heißt im September 1966, hatte es übrigens für Georg und Christoph in schulischer Hinsicht eine grundlegende Änderung gegeben.

So besuchten die beiden von diesem Zeitpunkt an die Katholische Privatschule im „Rondeau de Montfleury", etwa eineinhalb Kilometer von Corenc entfernt.

Ausschlaggebend für diese Neuerung war letzlich Madame Heyler, eine sehr nette, aus dem Elsaß stammende Deutschlehrerin, die Simone und Isabelle, die Töchter von Madame Denat, in Grenoble am Mädchengymnasium unterrichtet hatte und die jetzt im Ruhestand Privatstunden gab.

Zu ihr fuhr Margrit schon seit einiger Zeit einmal pro Woche zum Französischunterricht, wo sie sich vor allem im täglichen Sprechen und Verstehen der für sie immer noch schwierigen Sprache üben wollte. Dabei entstand ein netter menschlicher Kontakt und Margrit berichtete ihr in diesem Herbst voller Sorge, dass man im Lycée Champollion Georg nach den ersten beiden Jahren dort wegen unzureichender Sprachkenntnisse nicht in die nächste Klasse versetzen wolle.

Madame Heyler, die genau wie Margrit und Klaus, es nicht gut fand, Georg wiederholen zu lassen, schlug einen gemeinsamen Besuch im Rondeau de Montfleurie vor, und der nette, noch verhältnismäßig junge Superior, der die Schule leitete, war ohne weiteres bereit, Georg in die Quarta zu übernehmen.

Gleichzeitig sah er auch keine Schwierigkeit darin, Christoph als Sextaner in seinem Gymnasium aufzunehmen, als er hörte, dass dieser inzwischen vier Grundschuljahre hinter sich hätte. Er erkundigte sich allerdings auch noch bei Monsieur Chaix in Corenc über die Fähigkeiten des kleinen Neuanfängers an seiner Schule.

So besuchten also Georg und Christoph bereits ein ganzes Schuljahr (66/67) das Gymnasium im Rondeau de Montfleurie, und in diesem Herbst sollte sich nun auch Winfried dazu gesellen. Bei seinem Eifer in Corenc stimmte Herr Chaix ohne weiteres dem Wunsch der Eltern zu, ihn nach den Ferien in die „Sixième" (Sexta) des Rondeaus zu schicken, nachdem der Superieur bereits eingewilligt hatte.

Im übrigen war Georg inzwischen im Rondeau durch Fleiß und Ausdauer in die Troisième aufgestiegen und konnte gut mit seinen gleichaltrigen Kameraden Schritt halten.

Während die beiden Großen genau wie im vergangenen Jahr gern am Mittagessen in der Schule teilnahmen, also „Demi-Pensionäre" waren, zog es Winfried unbedingt vor, täglich mit seinem neuen Fahrrad zwischen 11.30 und 13.30 Uhr zum Essen heimzufahren, weil er es so gewohnt war und weil er dann auch gleich von seinen Schulerlebnissen erzählen konnte.

Christoph hatte 1966, ebenso wie Winfried zu seinem 11. Geburtstag ein sehr schönes, halbgroßes Jungenfahrrad (aus Deutschland) geschenkt bekommen, sodass alle drei Buben täglich den etwa eineinhalb km langen Weg auf dem geschotterten Chemin Malanot munter hin und her radeln konnten und dabei oft die lustigsten Dinge erlebten.

Der Schulalltag begann im Rondeau für die Kinder täglich um 8 Uhr mit einer halben Stunde „Etudes" morgens vor Beginn und endete nachmittags 16.30 Uhr. Zwischen den Unterrichtsstunden, von denen 3 Stunden vor- und 3 Stunden nachmittags erteilt wurden, gab es in der zweistündigen Mittagspause genügend Zeit für Sport und Spiel.

Im Ganzen hatten die Eltern einen guten Eindruck von der Arbeit im Rondeau, denn die Klassen waren nicht zu groß, die Lehrer nahmen sich Zeit für die einzelnen Kinder und die Leistungen wurden überwacht.

Elisabeth war übrigens in Corenc bei Monsieur Chaix nach drei Grundschuljahren vom „Cours elementaire" in den „Cours moyen" aufgerückt, sprach und verstand ohne Probleme einfaches Französisch und machte ihre Sache wirklich gut.

Das nächste große Erlebnis, das für die ganze Familie unvergesslich bleiben sollte, war eine Autofahrt zu den Loireschlössern in den relativ kurzen Herbstferien.

In den vier Tagen von Samstag bis Donnerstag wurden nicht weniger als 12 der schönsten und großartigsten Schlösser an der Loire besucht und dabei Eltern und Kindern eine wichtige Epoche der französischen Geschichte in anschaulichster Weise nahe gebracht.

Die Kinder waren voll sprühendem Eifer, alles zu sehen und zu hören, ja aufzuschreiben und zu fotografieren. Christoph und Winfried kauften sich sogar von ihrem Spargeld kleine Loire-Führer mit vielen Farbdrucken und deutschem Text, und Georg zeigte erstaunlich gute Kenntnisse in französischer Geschichte, was selbst die engagierten Schlossführer sehr bewunderten.

Nach dem Start am Samstagnachmittag im geräumigen Ford 17 M, wo Hellmut vorn zwischen den Eltern und die vier anderen Kinder hinten saßen, ging es zunächst über Lyon 200 km bis ins Städtchen Roanne. Hier nahmen nach guter Nacht und Frühstück im Hotel „Terminus" alle am Reformationsgottesdienst in der evangelischen Kirche teil.

Nach weiteren 300 km Fahrt und Picknick im Auto wurde in Bourges die riesige, gotische Kathedrale besichtigt und sogar der Turm bestiegen, von dem sich eine herrliche Aussicht bot. Nun war es nicht mehr weit bis Valencay (80 km), wo die Familie im Hotel „Lion d'Or" übernachtete und am nächsten Vormittag im Ort das erste wunderschöne Schloss erlebte, das mit Museum und großem Tierpark alle sehr beeindruckte.

Im nicht weit entfernten Azey le Rideau (rund 25 km) ging es dann wieder auf Hotelsuche, was für die Familie, die im Auto blieb, immer spannend war, denn schon Klaus´ Gesichtsausdruck bei seiner Rückkehr vom Hotel verriet, ob es geklappt hatte oder nicht.

Die kinderliebenden Franzosen machten es den Eltern leicht und boten gern und preiswert zwei nebeneinander liegende Doppelzimmer mit jeweils zwei französischen Ehebetten an, wo alle Platz fanden. Außerdem wurde der großen Familie meist ein günstiger Pauschalpreis für ein reichhaltiges, mehrgängiges Abendmenü zugesagt, was alle toll fanden, denn tagsüber gab es ja nur ein Picknick im Auto und nachmittags Milch und Kuchen aus der Bäckerei.

Nach einer guten Nacht im feinen Hotel „Grand Monarque" wurden am Dienstag, den 31. Oktober, nicht weniger als sieben Schlösser angesehen:

Zunächst das von Wasser umgebene, relativ kleine Schloss von Azey le Rideau, die schlossartige Festung von Chinon und das große Schloss von Ussé.

Dann ging´s aufs andere Ufer der Loire zum Schloss von Langeais und schließlich zum riesigem Gebäudekomplex von Villandry und den Gärten mit den quadratisch angelegten Beeten und den toll beschnittenen Buchsbaumhecken.

Als nächste folgte das hoch über der Loire gelegenen Schloss Amboise, wo zum Staunen der Kinder die „ungläubigen" Hugenotten einfach aus den Fenstern gestürzt worden waren und schließlich folgte das einmalige Schloss von Chenonceau, das auf großartigen Brückenbögen über den Cher errichtet wurde und von einem tollen Park umgeben war.

Den Abschluss und wohl auch den Höhepunkt der Reise brachte nachmittags der Besuch von Schloss Chambord, das mit seinen riesigen Ausmaßen alles bisher Gesehene übertraf und durch eine breite Doppeltreppe für Wagen sehr beeindruckte.

Die letzte Nacht – nach 180 km Fahrt gen Südwesten – wurde schließlich in der „Auberge St. Louis", einem tollen Hotel in Nevers verbracht, ehe es am nächsten Tag über Bourg im Elsaß mit einem Abstecher zur Klosterruine von Cluny heimwärts ging.

Nach dieser eindrucksvollen Reise folgten im November für die Kinder normal verlaufende Schulwochen mit mancherlei Anforderungen, doch für Margrit und Klaus gab es jetzt ganz ungewohnt viele abendliche Fahrten in die Stadt. Sie hatten sich im Herbst entschlossen, bei der Aufführung der h-Moll-Messe von J. S. Bach im Chor der Kirche von Saint André mitzusingen, als auf Plakaten nach „Sängern" gesucht wurde.

Schon seit vielen Wochen hatten sie nun regelmäßig am Einstudieren dieses schwierigen Musikwerks teilgenommen, doch die strenge und ehrgeizige Chorleiterin wollte die Aufführung zu einem vollen Erfolg werden lassen. So probte sie jetzt im November mehrmals pro Woche, zum Schluss natürlich in Zusammenarbeit mit dem Orchester.

Genau am 23. November, Elisabeths 9. Geburtstag, fand schließlich die Hauptprobe statt, und zur Feier des Tages durften Christoph, Winfried und Elisabeth abends an dieser „Aufführung" teilnehmen, während Georg lieber bei Hellmut bleiben wollte.

Es war ein Donnerstag ohne Schule, sodass schon vorm Frühstück beschert und nach dem Religionsunterricht mittags festlich im Esszimmer gegessen wurde. Nachmittags kamen Christine, Ariane und Mylène, drei Freundinnen von Elisabeth, und nach Kaffee und Kuchen gab es Spiel und Spaß mit allen Kindern und viele Gewinne.

Als dann abends die drei Geschwister ab 20.30 Uhr ganz vorn in der ersten Bankreihe der schönen, alten Kirche saßen, die interessante Musik hörten und den Wechsel zwischen Orchesterspiel, Chor und Sologesang erlebten, kamen sie sich wie die „Großen" vor und bestaunten die ansehnliche Zahl der Sänger, die mit den Eltern zusammen die feierliche Musik erklingen ließen.

Wenn es auch sehr spät wurde und dem kleinen Geburtstagskind zum Schluss die Augen zufielen, so waren doch am Ende alle drei sehr stolz, dabei gewesen zu sein.

Nun rückten auch die Weihnachtstage schon wieder heran, und in diesem letzten Jahr in Grenoble wurde die Oma aus Glöbusch zum Fest erwartet, die tatsächlich seit 1955 nicht mehr mit der Familie zusammen gefeiert hatte.

Sie kam schon am Sonntag, den 3. Advent, mit dem TEE nach Genf und wurde von Klaus, Margrit und 3 Kindern abgeholt, während Christoph und Elisabeth mit Denats an der kirchlichen Weihnachtsfeier in Grenoble teilnahmen.

Die festlichen Tage im großen Familienkreis erinnerte die Oma tatsächlich sehr an die Feierlichkeiten in Weißenfels, was sie sehr genoss, und nur zu gern sang sie die vertrauten Weihnachtslieder mit und freute sich an den neuen, mehrstimmigen Sätzen, die ihr die Familie vortrug.

Während ihres vierwöchigen Besuchs gab es diesmal besonders viel Schnee, und die täglichen Spaziergänge mit Margrit in dieser verzauberten Märchenwelt genossen beide.

Das Tollste aber waren die unvergleichlichen Schlittenfahrten vom Chemin Malanot aus hinunter zum Gasthaus „Moulin Rouge", die Groß und Klein täglich nach der Schule in die weiße Pracht hinauslockte. Noch immer war die altgeübte Weißenfelser Oma die Schnellste und Beste, und alle wollten mit ihr auf dem Schlitten sitzen.

Omas Abreise Mitte Januar 1968 brachte unerwartet noch große Aufregung, da durch Mengen von nächtlichem Neuschnee das Auto nicht aus der Garage zu fahren war. Nur durch Klaus´ unermüdliches Schaufeln und das kräftige Anschieben der Nachbarn erreichte die Oma noch rechtzeitig den Zug am Grenobler Bahnhof.

Der viele Schnee in den folgenden Wochen war natürlich ein wunderbares Geschenk für Margrit und die Kinder, denn es war ja nun der letzte Winter, in dem sie hier in dieser herrlichen Bergwelt jede Gelegenheit zum Skifahren nutzen konnten.

Die schönsten Erlebnisse brachten im März 1968 die Fahrten nach Alpe d´Huez, wohin Margrit mit den vier größeren Kindern zweimal fuhr und dort sogar die schöne und nicht zu schwere Abfahrt vom „Signal" wagte.

Der Schnee in dieser Höhe war trocken und weich wie Watte, die Luft war klar und kühl und die Sonne wärmte und bräunte, während ringsum die gewaltigen Bergriesen in majestätischer Schönheit vorm tiefblauen Himmel emporragten.

Der Höhepunkt bei der letzten Fahrt war der anschließende Besuch des geheizten, aber offenen Schwimmbads von Alpe d´Huez. Mit Blick auf die tief verschneite Landschaft konnte man schier endlos im wohlig warmen Wasser schwimmen, und hätte es am liebsten gar nicht wieder verlassen, denn draußen war die eisige Kälte der Winterluft im Badeanzug fast eine Zumutung.

Ein besonderer Spaß war es für alle, wenn Zuschauer vom Zaun aus Schneebälle ins Wasser warfen, die sofort tauten, aber beim Berühren mit dem Körper ein herrliches Erschauern hervorriefen.

Dieses unvergleichliche Erlebnis, mitten im Schnee hoch oben in den Bergen in wohlig warmen Wasser schwimmen zu können, bedeutete nun aber auch das Ende der herrlichen Winterunternehmungen in Grenoble, die in Deutschland so schnell nicht wieder möglich sein würden.

48.

Es war natürlich für alle Napp-Zinns ein nicht unbedeutender Zufall, dass ausgerechnet in dem letzten Winter, den sie in Frankreich verbrachten,

„Les X. Jeux Olympiques d'Hiver de Grenoble 1968"

stattfanden und sie die riesigen Vorbereitungen, die Begeisterung und den Trubel während der aufregenden Tage miterleben konnten.

Es fing damit an, dass ein netter Bekannter aus Klaus´ Institut am Samstag, den 3. Februar, unmittelbar vor Beginn der großen Tage, einen Fernsehapparat besorgen und im Haus installieren konnte.

Am Sonntag gab es sogar in der evangelischen Kirche in Grenoble einen deutschen Gottesdienst, den die ganze Familie besuchte, und wo ein junger „Sport-Pfarrer" aus Württemberg sehr nett und anschaulich predigte, wobei Napp-Zinns tatsächlich die einzigen Gottesdienstbesucher waren.

Am Montag begannen dann für die Kinder die sogenannten Olympiaferien, und da das Wetter herrlich war, fuhr Margrit auf gut Glück mittags mit der ganzen Gesellschaft Richtung Chamrousse. Als ob sie es geahnt hätten, war noch nichts abgesperrt, und sie konnten ohne Probleme ganz nah zu den Tribünen für die großen Abfahrtsläufe gelangen.

Hier „rasten" zur Zeit ununterbrochen junge Athleten bei ihren letzten Übungsläufen die Rennstrecke hinunter, und man konnte sie jetzt besser bewundern und fotografieren als mit teuren Eintrittskarten bei den eigentlichen Wettkämpfen der nächsten Tage.

Für die große Eröffnungsfeier am Dienstag im riesen Stadion von Grenoble hatte Georg in der Schule eine Freikarte für besonders gute Leistungen erhalten. Da er aber selbst keine Lust hatte, sich in das Getümmel zu stürzen, überließ er Christoph die begehrte Karte.

Klaus setzte Christoph daraufhin mittags in der Stadt ab, und zu Fuß folgte er unbeirrt den Menschenmassen und erreichte nach etwa 3 km Marsch durch die vollen Straßen das große Stadion.

Hier erlebte er das feierliche Einmarschieren der Mannschaften aus aller Welt, die festlichen Darbietungen und schließlich das Entzünden der Olympischen Flamme und war von allem hellbegeistert. Stolz brachte er abends eine echte Fackel, die ihm ein Militärangehöriger geschenkt hatte, mit heim und zündete sie bei jedem deutschen Sieg auf der Terrasse an.

Die übrigen Familienmitglieder eilten zur selben Stunde, als die Eröffnungsfeier in der Stadt begann, hinauf nach Corenc und erwarteten inmitten einer großen Menschenmenge die olympische Flamme, die von einer jungen Sportlerin – von der Chartreuse kommend – getragen wurde. 40 Schulkinder, darunter auch Elisabeth, standen mit Fahnen sämtlicher beteiligter Länder Spalier, der Bürgermeister hielt eine Ansprache, hob selbst die Flamme in die Höhe und übergab sie dann einem jungen Athleten, der sie weiter in die Stadt zum Stadion brachte.

Danach kehrte die Familie eiligst heim, um am Fernseher die Übertragung der großartigen Eröffnungsfeier mitzuerleben. Die Flugzeuge, die Rosen über die aufmarschierten Sportler aus alle Herren Länder im Stadion abwarfen, konnte man in Corenc von der Terrasse gut beim An- und Abflug beobachten, ebenso das Entstehen der farbigen olympischen Ringe, die sie an den sich langsam dunkelnden Abendhimmel „zeichneten".

Bei klarem Wetter war an den folgenden Tagen natürlich auch der Schein des olympischen Feuers, das in einer offenen Schale loderte, von hier aus zu sehen, ja der kleine Hellmut war richtig stolz, dass er es sogar im Liegen von seinem Bett aus erkennen konnte.

In den nächsten Tagen verfolgten nun Eltern und Kinder mit größtem Interesse im Fernsehen die verschiedenen Wettkämpfe, selbst Klaus verbrachte manchen Vormittag bei den Direktübertragungen vorm Bildschirm.

Die Jungs stellten voll Eifer große Listen mit sämtlichen Sportarten zusammen, in die sie die Gewinner der Gold-, Silber- und Bronzemedaillen eintrugen, und abends wurde bei den Nachrichten die Siegerliste vervollständigt.

Der erste Höhepunkt in diesen Tagen war der Besuch des Eishockeyspiels zwischen Schweden und Ostdeutschland, wozu Klaus – angesteckt vom allgemeinen Olympiafieber – für die Familie Karten in den obersten Rängen des neuen Eislaufstadions besorgt hatte.

Von hier gab es einen guten Überblick auf die hellerleuchtete Eisfläche, und es war toll mit anzusehen, wie sich in den 3 x 20 Minuten die jeweils fünf Spieler einer Mannschaft den Puck zuspielten, dem Gegner streitig machten und ihn versuchten ins Tor zu schießen.

Selbstverständlich hielt die deutsche Familie auch zu der deutschen Mannschaft, selbst wenn diese zur DDR gehörte und 5 : 2 verlor, doch die Schweden waren wirklich überlegen. Allerdings wurde zweimal ein schwedischer Spieler wegen unfairen Verhaltens auf die Strafbank geschickt, was die Kinder natürlich begeisterte.

Nach Beendigung des Spieles folgte gleich hier im Eisstadion die Siegerehrung und Medaillenverleihung für die drei besten Sportlerinnen beim Damenabfahrtslauf in Chamrousse.

Es wurden rote Teppiche ausgerollt, Fahnenmaste auf Sockeln hereingerollt und die Ehrentribüne für die Sieger aufgestellt, und unter den Klängen der österreichischen Hymne stiegen die Nationalflaggen langsam in die Höhe.

In der zweiten Woche der olympischen Spiele wurden weiterhin die wichtigsten sportlichen Wettkämpfe im Fernsehen verfolgt und die Ergebnisse abends in die Medaillenlisten eingetragen.

Am Freitag gab der Rektor der Grenobler Universität nachmittags einen festlichen Empfang für die französischen Studenten, die bei den olympischen Kämpfen aktiv mitgewirkt hatten, und auch Professoren und Ehefrauen wurden erwartet. Margrit und Klaus nahmen voll Interesse an allem teil und konnten sogar die Skiläuferin Annie Famose persönlich begrüßen, die sehr nett und bescheiden von ihren Erfolgen erzählte.

Am Sonntag, dem letzten Wettkampftag der Olympiade, erlebte die Familie einen zweiten Höhepunkt bei diesen Winterspielen und zwar die Endausscheidung beim Skispringen in Saint Nizier.

Christoph und Elisabeth blieben diesmal daheim und durften fernsehen, während Hellmut, der noch keinen Eintritt bezahlen musste, mitgenommen wurde. Bereits um 10 Uhr fuhren Eltern und Kinder zum vorgesehenen Parkplatz in der Stadt, von wo es dann mit Bussen hinauf zur großen Sprungschanze von Saint Nizier ging.

Ein Bus nach dem anderen fuhr hier vor, und sobald er voll war, startete er, sodass man auf der kurvenreichen Bergstraße vielfach bis zu 20 Busse hintereinander sehen konnte.

Oben spazierte man mit dem riesigen Menschenstrom zu den „gebuchten“ Plätzen hinter einem Zaun, wo Schanze und Landebahn der Skispringer aus unmittelbarer Nähe zu sehen waren.

Welch´ großartiges Erlebnis bot sich nun, als die Kämpfe begannen und ein Sportler nach dem anderen die steile Schanze heruntergesaust kam, todesmutig durch die Lüfte schwebte und möglichst weit die markierte Schneefläche überflog, ehe er vorsichtig aufsetzte.

Die Zuschauer konnten an den Markierungslinien gleich sehen, wie weit jeder einzelne gesprungen war und jubelten ihm begeistert zu, wenn er beim Auslaufen in die Nähe der Absperrzäune kam.

Margrit, Klaus und die Kinder fanden gute Plätze, wo sie nicht so eng von Menschen umringt waren, und verfolgten begeistert jeden Sprung, fotografierten und filmten. Da die Sonne kräftig schien und gut wärmte, bemerkte niemand die eisige Winterluft ringsum.

Selbst der erst 5-jährige Hellmut schaute immer wieder gebannt zu, wenn ein Springer durch die Lüfte schwebte, zumal er von freundlichen Umstehenden auch oft auf die Schulter genommen wurde, damit er alles richtig sehen konnte. Zwischen den Sprüngen wurde mit den Brüdern natürlich tüchtig im Schnee getollt und gegen den Hunger hielt die Mami warmen Kakao, Brote und Kekse bereit.

So vergingen die zwei Stunden an der Schanze wie im Flug, da es auch nette Gespräche mit anderen Zuschauern gab, besonders mit einem amerikanischen Militärarzt, der in der Pfalz stationiert war, und mit seiner Frau die Spiele erleben wollte.

Damit nach Beendigung des Springens das Gedränge zu den Bussen nicht überhand nahm, wurden die Zuschauer noch länger mit Musik und Raketenabschüssen unterhalten, durch die Luftballons und kleine Olympiafallschirme vom Himmel herabwirbelten, die Groß und Klein begeistert auffingen.

Als die Familie dann nach längerer Fahrt durchs Vercors endlich wieder unten in Grenoble angelangt war und wohlbehalten im eigenen Auto saß, fuhr Klaus zum Abschied noch mal am Stadion und dem Olympischen Feuer vorbei, und die glanzvolle Abschiedsfeier wurde später daheim von allen gemeinsam am Fernseher bewundert.

49.

Das letzte halbe Jahr des so beglückenden Aufenthalts der Familie in der herrlichen Bergwelt von Grenoble eilte nun unaufhaltsam dem Ende zu, und ein wenig Wehmut erfüllte die Herzen.

Als Hugenotten-Nachkommen der Mousons, was durch Opa Bussens Ahnenforschung eindeutig nachgewiesen werden konnte, hätte die Familie die französische Staatsangehörigkeit beantragen und weiterhin in Frankreich leben können.

Aber die Kinder wollten trotz der vielen schönen Erlebnisse im Gastland nicht ihre ganze Schulzeit in Frankreich verbringen, um dann ein französisches Abitur zu machen und hier studieren zu müssen, sondern wollten nach Deutschland zurück.

Das verstanden die Eltern nur zu gut, zumal auch die beiden Großmütter in Deutschland sowie Verwandte und Bekannte fest mit der Rückkehr der Familie rechneten. Margrit dachte an ihre Freundinnen und meinte sogar, so nett alle französischen Kontakte auch seien, so könne man doch, wenn man die Sprache nicht gut genug beherrschte, nur in der Muttersprache feste Freundschaften schließen und ernste, tiefer gehende Gespräche führen.

So blieb es also bei den vier Traumjahren in den Bergen und Klaus´ Arbeitsvertrag an der Grenobler Universität!

Es war klar, dass sich nun im Frühjahr und Sommer zum Abschied noch mancher Besuch anmeldete, der die schönen Ausflugsziele mit der Familie ein letztes Mal aufsuchen wollte.

So kamen Tante Gretel und Onkel Hans bereits Ende März bei herrlichem Frühlingswetter, bewunderten die Olympiaschanze in Saint Nizier, fuhren mit der Familie in die Chartreuse und bei strahlendem Sonnenschein zum Croix de Chamrousse, wo Margrit ein letztes Mal die Abfahrt auf Skiern genoss.

Als nächster Gast kam Ende Mai Tante Maria aus Darmstadt, wo jedoch der lang anhaltende Generalstreik und die Studentenunruhen an den Universitäten die Fröhlichkeit der Erwachsenen etwas beeinträchtigte, während die Kinder natürlich die unerwarteten, schulfreien Tage genossen.

Außer mehreren schönen Ausflügen gab es einen fröhlichen Abschiedsabend vorm brennenden Kamin mit Bowle und belegten Broten, wobei die Kinder voll Eifer Tante Maria mit Gedichten, Liedern und Zauberkunststücken unterhielten.

Im August wollte schließlich auch Tante Steffi aus Minden noch mal die schöne Bergwelt mit der ihr so lieb gewordenen Familie in Grenoble genießen und machte trotz ihrer 74 Jahre tapfer manche Bergtour und lustige Schwimmbadbesuche mit.

Die beiden Deutschlandreisen in diesem Jahr stiegen – wie gewohnt – in den Osterferien und im Sommer nach Abschluss des Schuljahres Ende Juni.

Während im April die Großmütter in Mainz und Glöbusch sich über lieben Osterbesuch freuten, galt die Fahrt nach Deutschland im Sommer ausschließlich der Haussuche für den Herbst und zwar im Kölner Raum, denn Klaus sollte wieder an seinen Arbeitsplatz im Botanischen Institut zurückkehren.

Oma Bussen hatte längst Inserate mit Hausangeboten aus ihrer Zeitung ausgeschnitten, und nach manchen Besichtigungen (12 insgesamt) fanden Margrit und Klaus ein geräumiges, ganz neu hergerichtetes Haus in Bensberg-Refrath, das ihnen geeignet erschien.

Das ältere Besitzerehepaar machte einen sehr freundlichen Eindruck, sodass ihr nahes Wohnen in einem direkten Anbau kein Problem sein würde, und somit konnte der Mietvertrag unterschrieben werden.

Für die etwas kleine Küche wurden daraufhin gleich praktische Einbaumöbel bestellt und für andere Räume Teppichböden ausgesucht, damit alles für den Einzug im September vorbereitet war.

Winfried und Elisabeth nahmen an all´ diesen Unternehmungen teil, während Georg schöne Ferientage bei Krietschs in Freiburg und später bei Arsands in Heidelberg verlebte, und Christoph und Hellmut mit Unterstützung von Simone Denat bei der Oma in Mainz betreut wurden.

Georg erzählte anschließend ganz begeistert von seinen vielen Unternehmungen sowohl bei Krietschs als auch später bei Arsands, und beide Familien lobten sein immer fröhliches, aufgewecktes und anhängliches Wesen.

Das Lustigste von allen Erlebnissen war in Freiburg sein Auftreten als „französischer Austauschschüler" in Gaby Krietschs Klasse, wo man ihn tatsächlich für einen kleinen Franzosen hielt und die Schulleiterin sich große Mühe gab, mit ihm französisch zu sprechen.

Nach der Heimkehr Mitte Juli blieben nun für die Familie nur noch wenige Wochen in Corenc, die in den verbleibenden Ferientagen nach besten Kräften genutzt werden sollten. Die bergbegeisterten Eltern ließen es sich nicht nehmen, auch noch die letzten der empfehlenswerten Gipfel im Bereich von Grenoble anzusteuern, und manche der Grenobler Freunde meinten, „was ihr in den vier Jahren eures Hierseins an Berggipfeln ‚erstürmt' habt, schaffen wir in unserem ganzen Leben nicht".

Ein letzter Höhepunkt war schließlich Anfang August die sechstägige Autoreise der ganzen Familie in die Provence.

Über Valence ging es zunächst Richtung Cevennen und weiter nach Le Chambon sur Lignon, wo Georg zweimal im

College Cevenol die Ferien verbracht hatte und voll Eifer der Familie alles zeigte.

In den folgenden Tagen gab es malerische Schluchten, Kathedralen und Museen zu besichtigen, wie das Musée von Mas Soubeyron, wo der Name Mouson auf einer Tafel der ausgewanderten Hugenotten stand, und Klaus Elisabeth ein Hugenottenkreuz an einem silbernen Kettchen schenkte.

Schließlich wurde die schon sehnlichst erwartete riesige Brücke aus der Römerzeit, die Pont du Gard, erreicht, unter der eine Rast mit leckerem Imbiss stattfand, nachdem alle in dem klaren Wasser des kleinen Flusses herrlich geschwommen waren.

Anschließend liefen Eltern und Kinder mutig über den obersten Bogen der hohen Brücke, was schön, aber nicht ungefährlich war, denn es gab nichts zum Festhalten und man musste vollkommen schwindelfrei sein.

Das nächste Ziel war die Stadt Nîmes mit einem Diana-Tempel und der berühmten Arena, wo schon Vorbereitungen für den nächsten Stierkampf getroffen wurden, sodass sie nicht zu besichtigen war.

Nun endlich ging es weiter ans Mittelmeer, worauf sich die Kinder schon lange gefreut hatten und bei herrlichem Wetter wurde begeistert im Wasser getollt und am Strand gepicknickt.

Die Eltern und Winfried fuhren zwischendurch noch kurz nach Aigues Mortes, einer nahezu quadratisch aufgebauten, alten Stadt, die von einer breiten Mauer eingeschlossen war, auf der die Besucher rings herumlaufen und Häuser und Straßen von oben bewundern konnten.

Abends ging´s zum Übernachten nach St. Gilles und am nächsten Tag wurde nach beindruckender Fahrt durch die einsame Camarque die Stadt Arles angesteuert und die große Stierkampfarena besucht, auf deren obersten Rand man zum Spaß der Kinder frei herumlaufen durfte.

Nach kurzem Besuch der alten Mühle von Alfonce Daudet blieb man in St. Remy über Nacht und gedachte hier dem Maler van Gogh, der geistig umnachtet sein letztes Jahr im hiesigen Irrenhaus verbrachte, aber weiterhin wundervolle Werke schuf.

Der weitere Weg führte über Les Antiques, das Felsendorf Les Baux und Tarascon nach Avignon mit dem Papstpalast und der berühmten halben Brücke.

Die letzte Nacht verbrachte die Familie in der Stadt Orange mit vielen Sehenswürdigkeiten, wo in einem feinen Hotel alle fünf Kinder in einem Zimmer mit zwei aneinander gerückten Doppelbetten schliefen, was sie in bester Erinnerung behielten.

Die Eltern erlebten an diesem Abend „Son et Lumière“ im riesigen, noch gut erhaltenen Freilichttheater aus der Römerzeit, ehe es schließlich am nächsten Tag über Valence nach einem letzten Picknick neben einem duftenden Lavendelfeld wieder heimwärts ging.

Nach dieser so erlebnisreichen Woche wurde daheim das schöne Augustwetter noch zu regelmäßigen Schwimmbadbesuchen in Meylan genutzt, denn auch dieses Jahr hatte die Familie ein sogenanntes Jahresabonnement für den ganzen Sommer.

Besonders Hellmut ließ keine Gelegenheit aus, um mit den Geschwistern den Tag am oder im Wasser zu verbringen. Schon bald kannte er auch keine Angst mehr vor dem tiefen Becken, sondern sprang munter – anfangs noch mit Korkgürtel – überall hinein. Eifrig paddelte er dann mit Händen und Füßen zur Leiter, bis er es auch ohne Korken schaffte und mit seinen fünf Jahren sozusagen „frei schwimmen" konnte. Ordentliche Schwimmbewegungen, die ihm die Geschwister immer wieder vormachten, lernte er allerdings erst Schritt für Schritt im nächsten Jahr.

Wenn die Mama Zeit hatte und man mit dem Auto fahren konnte, ging es auch mal zu dem schönen Kiessee bei Touvet zum Sonnen, Baden und Spielen, oder bei kühlerem Wetter ins große, geheizte Schwimmbad in der Stadt bzw. zum neuen Hallenbad auf dem Universitätsgelände.

Inzwischen rückte der Abschied vom geliebten Corenc und der bevorstehende Umzug nach Deutschland immer näher, und Eltern und Kinder begannen bereits Ende August Bücher, Schreib- und Spielsachen in Umzugskisten zu packen und Überflüssiges auszusortieren.

Doch in diesen Tagen waren sich alle einig, dass die herrliche Bergwelt nicht verlassen werden konnte, ohne dass die unvergleichlich schöne Tour zum Croix de Belle Donne (in 3000 m Höhe) nicht noch ein letztes Mal von allen gemeinsam unternommen werden müsste, und Madame Denat und ihre Tochter Simone sollten wieder dabei sein.

So wurden also täglich abends der Wetterbericht gehört, und am 5. September war es dann endlich soweit, und bei zunächst leichter Bewölkung, dann aber schönstem Sonnenschein ging der Aufstieg gegen 9.30 Uhr hinter dem kleinen Ort Frédiere auf 1600 m Höhe los.

Am Lac Crozet gab es die erste Stärkung, in der Hütte von La Pra eine kurze Pause und am milchig-blauen Lac Dominon gegen 13 Uhr ein gutes Picknick. Von hier aus ging´s weiter über große Schneefelder mit erstaunlich viel Neuschnee, der von nun an die eifrigen Bergsteiger bis zum Gipfel begleitete.

Trotz guter Bergschuhe wurden die Füße schnell nass, wenn auch die Sonne warm schien und das Ziel in greifbarer Nähe lag. Doch der letzte Anstieg war anstrengend und erforderte viel Kraft, bis endlich gegen 15.30 Uhr alle, außer Georg, der schon vorausgestürmt war, das Bergkreuz erreicht hatten.

Welch´ beseligendes Gefühl erfüllte trotz starker Erschöpfung die „Gipfelstürmer", die hier oben auf großen Steinblöcken dicht beieinander saßen und den einmaligen Blick genossen, der wirklich jede Mühe reich belohnte. Ringsum lagen die schneebedeckten Hochgebirgsgipfel im strahlenden Sonnenschein und unter tiefblauem Himmel breitete sich bis zum Horizont ein wogendes Wolkenmeer aus.

50.

Nach diesem beglückendem Erlebnis in der ersten Septemberwoche blieb nun gar keine Zeit mehr für wehmütige Gedanken, denn die Umzugsvorbereitungen liefen auf vollen Touren.

Zu Herzen gehend waren natürlich die Abschiedseinladungen bei Freunden und Bekannten und ein besonderer Empfang im Institut, wo in verschiedenen Reden Klaus´ vierjährige Tätigkeit an der Uni gelobt wurde und Margrit von Madame Kofler wunderschöne Strelitzien aus Afrika geschenkt bekam.

Am letzten Abend, als sämtliche Kisten und Kartons gepackt und im Flur zum Verladen bereit standen, war die ganze Familie noch zu einem typisch französischen Menue bei Familie Denat eingeladen, und der Abschied bei einem guten Wein hätte nicht herzlicher sein können.

Genau wie am Ankunftstag vor vier Jahren strahlte dann auch am Tag der Abreise am 10. September 1968 die Sonne vom wolkenlosen Himmel. Befreundete Nachbarn und Madame Denat waren zum endgültigen Lebewohlsagen herüber gekommen, ehe der Möbelwagen davonfuhr und alle Napp-Zinns in zwei Autos die ihnen so lieb gewordene „Corniche" für immer verließen.

Die erste Nacht auf der weiten Heimreise wurde im „Hotel Kreuz" in Herzogenbuchsee in der Schweiz verbracht und in der zweiten Nacht kamen alle bei der Oma in Mainz auf der Karlsschanze unter.

Unterwegs gab es noch ein fröhliches Mittagessen bei Krietschs und einen kurzen Kaffeebesuch bei Frau Grünert in Freiburg. Am zweiten Tag nach der Abreise stand schließlich die ganze Familie gespannt vor ihrem neuen Zuhause in Bensberg-Refrath und wartete auf den Umzugswagen aus Frankreich, der endlich am frühen Nachmittag eintraf.

In vier Stunden hatten die Umzugsleute aus Frankreich dann sämtliche Möbel und alles weitere Umzugsgut in das tadellos renovierte Haus gebracht. Zum Schluss fuhren sie noch mit Klaus zum Botanischen Institut nach Köln, um dort die vielen Kartons mit den wissenschaftlichen Akten und Büchern abzuladen, ehe sie die weite Rückfahrt antraten.

Abends war die ganze Familie zu einem festlichen Begrüßungsessen mit Sekt bei der Oma in Glöbusch eingeladen, so sehr freute sie sich, Kinder und Enkel wieder in ihrer Nähe zu haben. Die Kinder konnten sogar alle dort schlafen, da Hans-Dieter und Familie im Urlaub waren und in Refrath noch zuviel „Umzugschaos" herrschte.

Allerdings kamen die Eltern am nächsten Tag schon zum Frühstück zur Oma zurück, denn nun begann für die vier Großen wieder der Ernst des Lebens, d. h. sie mussten in der Schule angemeldet werden.

Während Hellmut zunächst bei der Oma blieb, fuhren die Eltern mit den vier anderen zum neusprachlichem Albertus-Magnus-Gymnasium nach Bensberg, wo der sehr nette, noch junge Schulleiter Dr. Fleiter Georg ohne Bedenken in die Obertertia (Klasse 9) und Christoph und Winfried in die Quinta (Klasse 6) aufnahm.

Elisabeth dagegen kam in die Sexta (5) des naturwissenschaftlichen Gymnasium in Bensberg-Moitzfeld, was man ihr ohne weiteres zutraute, obwohl sie nie eine deutsche Grundschule besucht hatte. Aber sie las schon in Frankreich nebenher immer deutsche Kinderbücher und musste an die Großeltern auch deutsche Briefe schreiben, sodass ihr die Orthographie nicht schwer fiel.

Der fünfjährige Hellmut hatte zum Glück noch ein Jahr Zeit bis zum Schulbeginn und hatte die unvergleichliche Fähigkeit, sich ganz allein und selbständig zu beschäftigen. Ja – er konnte sogar Gesellschaftsspiele ohne die Geschwister spielen, indem er nacheinander immer den Platz eines anderen Spielers einnahm und am Schluss genau wusste, wer gewonnen oder verloren hatte.

So beschlossen die Eltern, ihn im letzten Jahr vor Schulbeginn gar nicht mehr in den Kindergarten zu schicken, denn auch im Malen und Basteln war er durchs Zuschauen bei den älteren Geschwistern schon sehr selbständig und seinem Alter weit voraus.

Auch blieb er gern daheim bei der Mama, war immer voll Unternehmungslust und Lebensfreude und daher nach wie vor Margrits kleiner Liebling und Sonnenschein, gerade in diesem Anfangsjahr in Deutschland, das für die Familie nicht leicht werden sollte.

Zunächst sah alles recht gut aus, wenn auch die Möbel auf dem Lager nicht gerade pfleglich behandelt worden waren, aber als die Sachen gesäubert ihren Platz gefunden hatten und die vielen Kisten ausgepackt waren, konnte man mit dem neuen Haus zufrieden sein.

Doch schon bald fingen die Probleme mit dem anfangs so freundlich erscheinenden Vermietern an und zwar als erstes mit Beginn der kalten Jahreszeit, als langsam geheizt werden musste.

Herr Derichsweiler, der von vornherein die gemeinsame Heizung regulierte und seine festen Prinzipien hatte, stellte diese abends um 23 Uhr einfach ab, da normale Menschen, wie er meinte, dann zu Bett gingen.

Er wollte durchaus nicht verstehen, dass Klaus als Wissenschaftler vielfach bis 2 Uhr nachts am Schreibtisch saß und gerade beim Stillsitzen etwas mehr Wärme brauchte, worum er ihn immer wieder bitten musste. Als schließlich nach mehreren Diskussionen eine gewisse Einigung erzielt war, kamen dafür so unberechtigt hohe Abrechnungen, dass der Streit von Neuem losging.

Ein anderes Problem war die Betreuung des Gartens, die Margrit, wie anfangs ausgemacht, gern übernehmen wollte, wenn ihn dafür die Familie mit benutzen dürfe. Die verschiedenen Beete – vorn an der Straße, neben der Einfahrt und hinten um den Sitzplatz herum – sollte sie nach Gutdünken pflegen und bepflanzen dürfen.

Sobald sie sich bei sonnigem Herbstwetter Zeit dazu nahm und in der ihr eigenen, sehr akkuraten Art eine der Rabatten von Unkraut befreien, durchhacken und glatt harken wollte, kam Herr Derichsweiler aus seiner Wohnung, stellte sich pfeiferauchend hinter sie und gab gute Ratschläge.

Natürlich fand er alles, was sie machte, nicht ganz richtig oder zu unpraktisch, und wenn sie Sommerblumen vom Markt mitbrachte, um den Garten etwas bunt zu gestalten, fand er sie nicht geeignet oder sie gefielen ihm oder seiner Frau nicht.

Wenn sie sich vorsichtig wehrte, wurde er schnell unfreundlich und sobald sie kurzerhand ins Haus ging, um später weiterzumachen, war er beleidigt und meinte, „Studierte" könnten keine Kritik vertragen.

Mit dem Blätter harken und dem Schnee kehren im Winter war es nicht anders. Wann, wie oder wohin das Laub bzw. der Schnee gekehrt wurde, hatte er zu entscheiden, und in seinen Augen machte es die Familie niemals richtig. Auch das Parken der Autos vorm Haus hatte er ständig unter Kontrolle, und als Klaus ihm einmal widersprach, drohte er mit einer Anzeige bei der Polizei.

So fiel Margrit das Einleben in Deutschland nicht leicht, denn sie spürte täglich die Spannung zwischen ihrer Familie und den ständig auf Kritik eingestellten Vermietern.

Zum Glück entwickelten sich aber sonst alle anderen Dinge in der wieder gewonnenen Heimat recht gut, sodass sie versuchte, ihren Unmut zu verdrängen.

Die Jungen fühlten sich im Albertus-Magnus-Gymnasium mit den großen, hellen Räumen wirklich wohl, fanden schnell nette Freunde und meinten, die Lehrer seien längst nicht so streng und penibel wie die in Frankreich. Elisabeth wurde in

Moitzfeld als fleißige Schülerin schnell anerkannt, fand den Unterricht in den jetzt so vielen unterschiedlichen Fächern interessant und bekam überall gute Noten.

Auch Klaus wurde an der Uni gleich wieder in den Kreis seiner Kollegen herzlich aufgenommen und fand sich im Botanischen Institut schnell in seinen altvertrauten Arbeitsbereich zurück. Professor Straub war weiterhin sein oberster Chef und Direktor des gesamten Instituts, während Professor Menke, Professor Willenbrink und er selbst jeweils Chef und Leiter im eigenen Fachbereich waren.

51.

Zum ersten Weihnachtsfest in Deutschland kam die Großmutter aus Mainz, und am Heiligabend wurde vorm bunt geschmückten Baum unten im Wohnzimmer wie immer viel und mehrstimmig gesungen, schön beschert und festlich gegessen.

Am 1. Feiertag gab es dann ein weihnachtliches Kaffee trinken in Glöbusch mit beiden Omas und Familie Bussen, und hier wurde auch eine Woche später am Silvesterabend fein gegessen, gespielt und fröhlich ins neue Jahr hineingefeiert.

Die leidenschaftliche Lust am Skifahren – in Grenoble einmal geweckt – schlummerte natürlich noch in allen Herzen, und so reiste Margrit Anfang Januar mit den größeren Kindern im Liegewagen für ein paar Tage nach Balderschwang im Allgäu – eine von Touropa angebotene Reise, die die Mainzer Oma Margrit und den Enkeln zu Weihnachten geschenkt hatte.

Klaus lud sie für diese Zeit nach Mainz ein, und Hellmut blieb nach der Silvesternacht bei der Oma in Glöbusch, da ihn die Abfahrten überfordert hätten.

Die nächste Reise der ganzen Familie folgte im März, und zwar wurde Omas 70. Geburtstag am 19. 3. sehr schön in Sankt Goarshausen im Hotel Colonius gefeiert, im selben Haus, wo vor vierzehn Jahren Margrit und Klaus ihre Hochzeit erlebten und nun mit der großen Kinderschar Omas Ehrentag schön gestaltet wurde.

Was die Gottesdienstbesuche der Familie seit der Rückkehr nach Deutschland anbetrafen, so fuhr man jetzt sonntags fast immer nach Bensberg-Kippekausen zur Kirche, und zwar zu Pfarrer Reinhardt oder der holländischen Pastorin Poppezyn, deren Predigten Margrit und Klaus in ihrer besonderen Eigenart sehr ansprachen.

Auch Georg, der bei ihr Konfirmandenunterricht hatte und im Februar an einer von ihr geleiteten „Freizeit" in Dürscheid teilnahm, fühlte sich von ihrer netten Art sehr angezogen.

Am 27. April 1969 – drei Wochen nach Ostern – wurde dann Georg als erstes der fünf Napp-Zinn-Kinder in der kleinen Kirche von Refrath-Vürfels nach einer sehr eindringlichen Predigt von Pfarrer Reinhard feierlich eingesegnet. An dem schönen Konfirmationsfest nahmen außer den beiden Omas auch Maidi als Patin und Tante Tilde aus Berlin teil.

Das festliche Mittagessen wurde im Restaurant Hummelsbroich am Ortsrand von Refrath – ganz im Grünen gelegen – eingenommen, während Kaffee und Abendessen daheim an fein gedeckter, langer Tafel im ersten Stock des „neuen" Hauses stattfanden.

Georg, der als Konfirmand natürlich im Mittelpunkt des Festes stand, hatte als Hauptgeschenk eine moderne Filmkamera bekommen und war nun eifrig bemüht, seinen großen Tag zur bleibenden Erinnerung auf beweglichen Bildern festzuhalten.

Abends kamen außer Hans-Dieter und Käte noch Pfarrer Reinhard und Frau zu einem Glas Wein und man saß lange gemütlich beisammen, nachdem Klaus anfangs seinen Film von den unvergesslichen Erlebnissen in Frankreich gezeigt hatte.

Mit Beginn der wärmeren Jahreszeit begannen nun auch leider wieder die Probleme mit dem immer unzufriedenen und nörgelnden Herrn Derichsweiler.

Sei es, dass die Jungens im Garten beim Fußballspiel mit Freunden zu laut waren oder der Ball „absichtlich" in die Hecke geschossen wurde, die natürlich beim Herausholen Schaden leiden konnte. Prompt bekamen sie strafende Worte zu hören, und wenn sie sich wehrten, gab es schnell einen großen Krach.

Auch sollten keine Spielsachen auf dem Rasen liegen gelassen und mit den Rädern nicht zu knapp um die Hauswand gekurvt werden, da sie beschädigt werden könnte, und ein kleines Kabel vom Kindertelefon außen zwischen zwei benachbarten Fenstern würde den Anblick des Hauses verschandeln.

Bald wurde fast alles, was die Kinder machten, beanstandet, und je mehr der nörgelnde Hauswirt schimpfte, je kecker wehrten sich die Buben, und schließlich wurde Margrit zur Rede gestellt, die abends dann verzweifelt Klaus ihr Leid klagte.

Längst waren sich alle einig, dass unter diesen Umständen das Wohnen bei solch´ zänkischen Vermietern auf Dauer nicht zu ertragen war, denn auch Frau Derichsweiler mischte sich jedes Mal in die Diskussionen ein, und Margrit war bei dem Gezanke oft den Tränen nahe.

So kam es, dass an den Wochenenden in der Tageszeitung nicht nur von den Eltern, sondern auch schon bald von den Kindern eifrig nach geeigneten Häusern oder Wohnmöglichkeiten auf der östlichen Rheinseite zwischen Köln und Bensberg gesucht wurde.

So bald sich etwas „Geeignetes" fand, vereinbarte Margrit mit dem Makler einen Termin und sah sich die angebotenen Häuser kurz an, um einen allgemeinen Eindruck zu gewinnen, aber zunächst fand sich nichts, wofür sich ein Umzug gelohnt hätte.

Als dann im Juli nach einem erneuten Streit mit Derichsweilers verschiedene Hausangebote im Bergischen Land den Eltern verlockend erschienen, fuhr Margrit am 21. 7. mit dem Makler, Georg und Christoph mal wieder zum „Hausanschauen" ins Grüne und zwar nach Wahlscheid und Seelscheid in eine landschaftlich besonders schöne Gegend.

Trotz der guten Lage und der günstigen Preise beider Häuser wurde Margrit jedoch schnell klar, dass für Klaus von hier aus die täglichen Fahrten zur Uni einfach zu weit waren. Der verständnisvolle Makler sah das ein, fuhr aber, ohne lange zu reden, auf der Rückfahrt noch zu einem Haus bei Lohmar, welches in der Zeitung zum Kauf angeboten wurde und er für geeignet hielt. Für Margrit und Klaus kam es wegen mitangebotenen Lampen und Gardinen, die sicherlich unansehnlich waren, eigentlich nicht in Frage.

Und hier geschah das Wunder: Das relativ große, von der Straße aus gesehen schlichte Haus begeisterte die drei Besucher schon gleich beim Betreten der Diele und des Wohnzimmers. Der breite, sehr gediegene, mit geschmackvollen Gardinen und Lampen ausgestattete Raum mit der breiten Fensterfront, war wirklich beeindruckend. Besonders auch durch den freien Blick auf die weite Rasenfläche hinter einem buntblühenden Staudenbeet und einer Gruppe schöner Blautannen in der Mitte.

Hier einmal wohnen zu dürfen, wünschte sich Margrit schlagartig nach all den Enttäuschungen über die bisher gesehenen Häuser. Interessiert folgte sie dem Makler durchs Esszimmer in die helle Küche nebenan und das separate Arbeitszimmer, dessen Fenster ebenfalls den Blick auf den Garten freigab. Schöne hellbraune Eichentüren schlossen die Räume zum Flur hin ab, und eine halbrunde Treppe mit gusseisernem Geländer führte in die obere Etage. Dort gab es außer dem großen Elternschlafzimmer mit breitem Balkon drei geräumige Schlaf- bzw. Spielzimmer für die Kinder und ein schickes Bad mit zwei Waschbecken, Wanne und Duschraum.

Margrit telefonierte gleich ganz beglückt mit Klaus, und der Makler vereinbarte noch für den Abend ein erstes Verkaufsgespräch mit Herrn Scheidt, dem Besitzer des schönen Hauses in Donrath, für den es zu groß wurde, weil seine beiden Töchter erwachsen und ausgezogen waren.

Bei dem Treffen abends nahmen die Eltern diesmal Winfried und Elisabeth mit, die gleich munter im Garten auf Entdeckungsreisen gingen. Herr Scheidt, der einen passablen Verkaufspreis vorschlug, freute sich, eine kinderreiche Familie für sein schönes Anwesen gefunden zu haben.

Der Einzug war allerdings erst 1970 möglich, da die halbjährliche Kündigungsfrist bei Derichsweiler eingehalten werden musste, und wegen der bevorstehenden Urlaubsreise der Familie konnte auch erst in der zweiten Augusthälfte ein Notartermin vereinbart werden. Zum Glück sagte Herr Scheidt den Eltern das Haus fest zu, woran Margrit sehr gelegen war, während Klaus eine gewisse Bedenkzeit begrüßte.

In diesem Sommer war eine Urlaubsreise nach Mamaia am Schwarzen Meer geplant, wo Winfried und Elisabeth mitreisen durften, die sich dafür schon im Frühjahr ein wunderschönes, blaues Schlauchboot vom Geburtstags- und Weihnachtsgeld gekauft hatten.

Das Hotel in Mamaia lag direkt am Meer und täglich wurde im Wasser getollt, mit dem „seetüchtigen" Schlauchboot in den Wellen gekämpft und am Strand konnten großartige Sandbauten errichtet werden.

Abwechslung brachten Fahrten nach Constanza, das Kennenlernen des deutschsprachigen Pfarrers Weingärtner und vor allem die Freundschaft mit dem Zahnarztehepaar aus Bukarest und ihrer kleinen Lydia. Ein besonderer Höhepunkt war die extra gebuchte Karpatenfahrt mit Flug nach Bukarest und einer interessanten Busreise durch Siebenbürgen.

Bei all den schönen Unternehmungen ging Margrit jedoch auch hier der Gedanke an das erträumte Haus in Donrath zu keiner Stunde aus dem Kopf und erfüllte sie mit Glück und unendlicher Vorfreude.

Schon wenige Tage nach der Heimkehr der Familie gab es in Donrath ein erneutes Treffen mit Herrn Scheidt, der jetzt eine entgültige Zusage zum Hauskauf erhoffte, die ihm Klaus glücklicherweise auch gern gab, nachdem er sich sachkundigen Rat eingeholt hatte. Und so stand dem Notarbesuch in Siegburg auch nichts mehr im Wege.

In der letzten Augustwoche begann auch die Schule wieder mit Zeugnis vorzeigen und Stundenplan diktieren, und nachmittags wurden in Bergisch Gladbach die erforderlichen Bücher gekauft, wofür es hier in Deutschland sogar für jeden Schüler einen Gutschein von 40,- DM gab.

Am 26. August war endlich der große Tag, an dem nun auch Hellmut, der Jüngste der Geschwister, seinen ersten Schultag hatte.

Die Eltern und Winfried begleiteten Hellmut zunächst zum Gottesdienst bei Pfarrer Reinhardt nach Kippekausen und dann in den Festsaal der Evangelischen Grundschule von Refrath. Hier wurden die Schulanfänger auf vier verschiedene Klassen verteilt und größere Schulkinder trugen Lieder und Gedichte vor und führten lustige Spiele auf.

Anschließend wurde Hellmut mit etwa 20 Kameraden von Frau Ponert, einer noch jungen Lehrerin, in den Klassenraum der 1d geführt, wo die Kleinen ihre Plätze und die schon sehnlichst erwarteten Zuckertüten bekamen.

Sie hatten jetzt an den drei ersten Wochentagen von zehn bis halb eins und in der zweiten Wochenhälfte von acht bis halb elf Uhr Schule.

Hellmut war von Anfang an ein eifriger und sehr selbständiger, kleiner Schüler, der gern den Unterricht besuchte, und schon nach wenigen Tagen seinen kurzen Schulweg allein machte, am liebsten aber mit seinem kleinen Kinderrädchen zur Schule fuhr.

Auch bei den Großen hatte Ende August der normale Schulbetrieb wieder begonnen, und die Kinder waren tüchtig eingespannt, denn neben den Hausaufgaben musste auch täglich musiziert werden.

Die Mainzer Großmutter hatte der Familie nämlich zum Einzug ein wunderschönes „Schimmel"-Klavier geschenkt und sowohl für Georg als auch für Winfried Klavierunterricht vorgeschlagen, während Elisabeth genau wie Christoph das Geigenspiel erlernen sollte.

Zum Glück blieb für die Kinder trotzdem noch genügend Zeit zum Spielen und draußen Herumtollen, und wo so viele Kinder beisammen waren, kamen auch gern noch Freunde von der Schule und aus der Nachbarschaft dazu.

So war Peter Pfahl aus Georgs Klasse, den alle „Pit" nannten, gern gesehener Gast in Refrath, ebenso wie Frank Manekeller aus Christoph und Winfrieds Klasse, der oft mit dem Rad kam, sodass sie zu dritt die Gegend erkunden konnten.

Für Elisabeth war es besonders schön, dass die etwas jüngere Gina Geißler, die direkt gegenüber wohnte, gern mit ihr spielte und bald zur guten Freundin wurde, da deren eigene Schwester noch viel zu klein war.

Auch Margrit und Klaus verstanden sich gut mit Ehepaar Geißler und besuchten sie schon bald einmal zu einem Glas Wein. Da erfuhren sie unter anderem, dass Derichsweilers Haus lange leer gestanden hätte, weil ihre zänkische Art ringsum bekannt war und niemand einziehen wollte, was Napp-Zinns, die von weit her kamen, natürlich nicht ahnen konnten.

52.

In diesen Herbstwochen, als das Leben der Familie nun allmählich wieder seinen geregelten Verlauf nahm und die Nörgeleien von Herrn Derichsweiler durch die Vorfreude auf das schöne, neue Haus gelassen hingenommen wurden, gab es unerwartet in Margrits Leben eine wichtige Veränderung.

Nach einer abendlichen Schulveranstaltung im Albertus-Magnus-Gymnasium, wo die anwesenden Eltern noch mit dem Schulkollegium bei einem Glas Bier beisammen saßen, kam ganz unerwartet der momentane Lehrermangel zur Sprache: Besonders in der Unterstufe könnten in den naturwissenschaftlichen Fächern viele Stunden, die auf dem Lehrplan vorgesehen seien, einfach nicht erteilt werden, weil es nicht genügend Lehrkräfte gäbe.

Margrit, die zufällig neben dem netten Schulleiter Dr. Fleiter saß, meinte dazu ganz unbefangen, sie könne vielleicht irgendwann mal eine Vertretung übernehmen, da sie vor ihrer Ehe in der Pfalz sehr gern Biologie an einem Gymnasium unterrichtet hätte und die Ausbildung dafür besäße.

Ehe sie sich versah, bat sie Dr. Fleiter für den nächsten Tag zu einem Gespräch ins Sekretariat der Schule, wo sie Herr Erlinghagen, der Konrektor bat, sie möge doch so bald wie möglich an zwei Wochentagen je zwei Biologiestunden in Untertertia (Klasse 8) übernehmen.

Margrit traute ihren Ohren nicht und meinte erschrocken, es sei nach 16 Jahre Pause doch kaum zu erwarten, dass sie ohne Weiterbildung und einer evtl. Prüfung in der Lage sei, fachgerechten Unterricht zu erteilen.

Worauf Herr Erlinghagen ganz freundlich meinte: Wir müssen so oft unerfahrene Ersatzlehrer wie Apotheker oder Krankenschwestern Biologie unterrichten lassen, von denen wir wissen, dass sie es nicht richtig können. Wie viel lieber setzen wir jetzt eine ausgebildete Studienassessorin ein, von der wir hoffen, dass sie es gut kann.

Und tatsächlich stand Margrit am 29. September 1969 nach so vielen Jahren Pause das erste Mal wieder im Albertus-Magnus-Gymnasium in Bensberg vor einer Klasse und gab klopfenden Herzens ihren geliebten Biologieunterricht.

Natürlich hatte sie sich gut vorbereitet, und die beiden Stunden verliefen besser als sie je zu hoffen gewagt hatte. Margrit begrüßte ihre Schüler, die sie schon gespannt erwarteten, voll Freude und Herzlichkeit und ließ sich erst mal erzählen, was sie bisher in Biologie gelernt hätten, ehe sie den neuen Stoff als etwas besonders Interessantes ankündigte.

Schon nach den ersten vier Stunden in dieser Woche spürte sie deutlich, dass sie genau wie früher die Herzen der Kinder durch ihre Art zu unterrichten, schnell erobern konnte, und es durchströmte sie ein großes Glücksgefühl, dass ihr das immer noch gelang.

Auch zeitlich konnte sie die zwei Stunden jeweils montags und dienstags am späten Vormittag in ihren ausgefüllten Tag leicht einfügen, da sie morgens schon das Haus in Ordnung brachte und das Essen so gut vorbereitete, dass einer der Jungens es mittags fertig stellen und wenn alle da waren, auf den Tisch bringen konnte.

In der Schule schien man mit ihrem Einsatz zufrieden zu sein, denn schon nach den Herbstferien bat man sie, noch vier weitere Stunden zu übernehmen. Sie sollte jetzt zusätzlich in Klasse 5 a und 5 b Erdkunde geben, was sie besonders freute, da sie schon immer die fröhlichen und unbefangenen Kleinen liebte, die so schnell an ihrer Lehrerin hingen.

Die acht Unterrichtsstunden insgesamt gab sie an drei Tagen der Woche, was gut zu bewältigen war, da die Großen zu Haus bereitwillig halfen. Als sie Ende Oktober ihr erstes bescheidenes Gehalt bekam, durfte sich jedes der Kinder etwas Schönes wünschen.

So kehrte Margrit ganz unspektakulär und zunächst in kleinen Schritten in ihren Beruf zurück, was sie im Grunde nie für möglich gehalten hatte, da die große Familie ja eigentlich ihre ganze Kraft erforderte.

Zum Glück begrüßte auch Klaus, dass Margrit etwas dazu verdiente, da sein Gehalt nicht mit dem in Frankreich zu vergleichen war und nun auch das neue Haus finanziert werden musste.

Nur die Mainzer Großmutter fand es unbegreiflich, dass Margrit sich zu diesem Schritt entschlossen hatte, da sie fürchtete, die Familie würde zu kurz kommen. Sie war grundsätzlich der Meinung, dass verheiratete Frauen mit Kindern zu Hause sein müssten, um ihren Ehemännern, die das Geld verdienten, alles andere abzunehmen und besonders Wissenschaftlern stets ungestörtes Arbeiten ermöglichen sollten.

Die Oma in Glöbusch dagegen war mit allem einverstanden, was Margrit sich vornahm, nur bedauerte sie es, dass die Familie nun bald ihr jetziges Haus verlassen und weiter entfernt wohnen würde, was ein gegenseitiges Besuchen natürlich erschwerte.

Ja, sie selbst konnte bisher ohne weiteres per Bus nach Refrath kommen, wenn sie eingeladen oder gebraucht wurde, und umgekehrt kamen Margrit und die Kinder abends immer gern zur Oma, besonders seitdem sie nun auch, wie jetzt viele Leute, einen modernen Fernsehapparat besaß, mit dem man täglich die interessantesten Sachen anschauen konnte.

Ab und an rief die Großmutter sogar an, wenn es ihrer Meinung nach abends einen guten Film gab. Dann konnten alle, die Lust hatten, zum Abendessen kommen, und anschließend wurde gemeinsam ferngesehen. Klaus war das recht, denn dann hatte er einen ruhigen Abend zum Arbeiten. Ihn selbst interessierten höchstens politische oder kulturelle Sendungen, wenn er auch einen Fernseher im eigenen Haus strikt ablehnte.

Der letzte Herbst in Refrath brachte noch kurze, aber interessante Fahrten der Familie in den Westerwald und in die Eifel. Außerdem fuhr Margrit nach schönen Weihnachtstagen und einer fröhlichen Silvesterfeier bei der Oma mit den vier größeren Kindern zu einem kurzen Skiurlaub nach Winterberg im Hochsauerland, wo sie im „Hotel Parkhaus“ sehr gepflegt unterkamen.

Tagsüber genossen sie bei guten Schneeverhältnissen die herrliche Winterlandschaft auf nicht zu langen, gut präparierten Pisten und sahen abends nach einem leckeren, dreigängigen Menü gemeinsam mit allen Hotelgästen Nachrichten oder auch einen Spielfilm. Wenn es dann nicht zu spät wurde, gab es meist noch eine lustige Canastarunde mit netten Bekannten aus dem Haus.

Als am vorletzten Tag unerwartet eine 3-tägige Ferienverlängerung in Nordrhein-Westfalen bekannt gegeben wurde, war der Jubel natürlich groß, und die schönen Tage konnten bis zum Wochenende ausgedehnt werden.

Klaus, der mit Hellmut bei der Oma in Mainz geruhsame Tage verbracht hatte, holte gleich nach seiner Rückkehr die Familie in Köln vom Zug ab. Nun begannen auch schon bald die Vorbereitungen für den bevorstehenden Umzug ins neue Haus.

53.

Der eigentliche Umzugstag war der 27. Februar 1970 und wie immer gab es einen unbeschreiblichen Trubel. Zum Glück stand das neue Haus schon einige Zeit leer, sodass die nötigen Malerarbeiten erledigt werden konnten und durch die schönen Lampen und Gardinen von Scheidts, die ja im Haus bleiben sollten und alles schon so wohnlich machten, war es eine wahre Freude, die gepflegten Räume einzurichten.

Margrit und Klaus hatten inzwischen Übung im Umziehen und die Kinder waren alt genug, um tüchtig zu helfen. Sie hatten allerdings noch Schule, als die Umzugsleute schon morgens zu packen anfingen.

Am Freitag ging es am späten Vormittag mit zwei vollgeladenen Möbelwagen, in denen die Jungen mitfahren durften, nach Donrath ins neue Heim, und das Auspacken und Einrichten begann.

Wie schön war dann am Sonntagmorgen das erste gemeinsame Frühstück in dem so freundlichen und hellen Esszimmer des inzwischen schon ganz passabel eingerichteten Hauses. Mittags musste allerdings erst einmal im gegenüberliegendem Restaurant gegessen werden, weil es mit den Anschlüssen in der Küche noch nicht klappte.

Da keine Ferien waren, hieß es am Montag als erstes, sich um den Schulbesuch der Kinder zu kümmern. Der Leiter der nahen Donrather Grundschule nahm Hellmut probeweise ins zweite Schuljahr auf und behielt ihn gleich da, sodass die übrige Familie weiter zum Rösrather Gymnasium fahren konnte.

Hier begrüßte Direktor Tabertshofer die kinderreiche Familie sehr interessiert, da er selbst fünf Kinder hatte. Er wollte natürlich auch Margrit, die ihm schon von Direktor Fleiter angekündigt worden war, gern als Biologielehrerin übernehmen, jedoch erst im nächsten Schuljahr.

Die Kinder wurden gleich aufgenommen (Georg in Klasse 10 a, Christoph in 7 a, Winfried in 7 b und Elisabeth in 6 b) und sollten am nächsten Tag in der Schule erscheinen, wo sie von ihren Mitschülern nett begrüßt und sogar etwas bestaunt wurden, da sie aus Frankreich kamen.

Margrit hatte für die Umzugswoche im Bensberger Gymnasium frei bekommen, musste aber noch bis zum Ende des Schuljahrs dort ihre Klassen weiter unterrichten und 3 x pro Woche hinüberfahren.

Trotzdem war es durch die unermüdliche Aktivität der ganzen Familie gelungen, bis Mitte März das neue Haus fertig einzurichten, sodass die Mainzer Großmutter zu ihrem Geburtstag am 19. März als erster Gast in Donrath begrüßt werden konnte.

Nun begann für alle eine glückliche Zeit im schönen Aggertal, das für Eltern und Kinder zu einer neuen Heimat werden sollte.

Margrit konnte es kaum fassen, dass mit dem Erwerb dieses Hauses, das ihr von Anfang an wie eine himmlische Fügung erschien, ein Lebensabschnitt geschenkt wurde, der ihr alles wett machte, was sie an Enttäuschung und Leid durch den Ver-

lust ihrer Weißenfelser Heimat durchlitten hatte. Hier fand sie mit ihrer Familie ein neues Zuhause, in dem sie glücklich sein konnte und wo sie sich bald fest verwurzelt fühlte.

54.

Die kommenden, abwechslungsreichen Jahre mit ihrem Auf und Ab zwischen unvergesslich schönen, aber auch schwierigen und traurigen Erlebnissen sollen nun im Folgenden zusammengefasst geschildert werden, bis zu dem Zeitpunkt, wo die Kinder nach und nach das Elternhaus verließen und Schritt für Schritt ihre eigenen Wege gingen.

Bei Klaus hatte sich an seinem täglichen Arbeitsablauf natürlich nichts geändert, nur war die Fahrt zum Kölner Institut in Lindenthal etwas weiter. Allerdings blieb er jetzt samstags gern zum Arbeiten daheim, da er sich im eigenen, gediegenen Haus in guter Luft und landschaftlich schöner Umgebung sehr wohl fühlte.

Für Margrit war es zunächst recht anstrengend und zeitraubend, noch bis Ende des Schuljahrs Mitte Juli an drei Tagen der Woche zum Unterricht nach Bensberg zu fahren, doch da ihre Schüler sie mochten, tat sie es gern und zum Schluss wurde sie von Direktor Fleiter mit einem schönen Strauß bunter Gerbera herzlich verabschiedet.

Nach schönen Sommerferien mit einer Botanischen Exkursion nach Grenoble und einer Urlaubsreise nach Rimini an der italienischen Adria begann schließlich auch Margrit im September 1970 mit ihrer Tätigkeit am Freiherr-vom-Stein-Gymnasium in Rösrath.

Es sollte ein wichtiger Lebensabschnitt für sie werden, der sie nicht nur eng mit den eigenen Kindern verband, sondern sie auch bis zu ihrer Pensionierung im Juni 1987 mit großer Freude und Befriedigung erfüllte, wenn auch manches nicht immer ganz leicht war.

Bei der ersten Konferenz zu Beginn des Schuljahres wurde sie von Direktor Tabertshofer dem neuen Kollegium vorgestellt und anschließend von Studienrat Dr. Becher mit den Biologieräumen und ihrem neuen Aufgabenbereich vertraut gemacht.

Zu ihrer großen Freude sollte sie im ersten Jahr ihrer Rösrather Tätigkeit ausschließlich Biologie in den Klassen 5 und 6 und zwar in allen vier Parallelklassen geben, sodass sie zwar 16 Wochenstunden hatte, aber nur zwei Stoffgebiete vorbereiten musste.

Wie immer lernte sie anhand von Sitzplänen die Namen ihrer Schüler gleich in den ersten Tagen auswendig und ließ sich von den Kindern zunächst erzählen, was sie schon von Tieren wussten, welche Tiere es bei ihnen zu Hause gäbe und wer schon interessante Erlebnisse mit Tieren gehabt hatte.

Das klang für die Kleinen so Vertrauen erweckend, dass sie gleich Zutrauen zu der neuen Lehrerin fassten, sich auf „Bio“ freuten und dann auch eifrig bei dem Unterrichtsstoff, der jeweils für ihre Altersstufe vorgeschrieben war, mitarbeiteten.

Zur Veranschaulichung des jeweiligen Stoffgebiets gab es neben dem gut bebilderten Biologiebuch auch hier ausgezeichnete Schulfilme, die Margrit bei der Kreisbildstelle in Bergisch Gladbach bestellen oder selbst abholen konnte und die immer einen Höhepunkt im Schulalltag bedeuteten.

Zum Glück gab es in dieser Zeit noch wenig Fernsehgeräte in den Familien, geschweige denn Tierfilme im Programm, ansonsten hätte Margrit ihre Schüler im Unterricht nicht so leicht mit eindrucksvollen Filmdarbietungen begeistern und belohnen können.

Nachdem sie im Verlauf des Schuljahrs bei der Besprechung des Menschen einmal einen besonders guten Schulfilm über die

Tätigkeit des Herzens gezeigt hatte, kam später eine kleine, sehr interessierte Schülerin zu ihr und meinte ganz aufgeregt: „Das passiert wirklich schon 10 Jahre Tag und Nacht bei mir, und ich habe es nicht gewusst!"

Auch sonst hatte Margrit immer Ideen, um den Unterricht abwechslungsreich und lebendig zu gestalten. So versuchte sie mit den Schülern Hühnereier 21 Tage bei 39 Grad im Brutkasten, der im Biovorbereitungsraum zur Verfügung stand, auszubrüten, genau nach den Regeln, wie sie es von Weißenfels her kannte.

Die Eier mussten täglich gewendet, mit Wasser besprüht und später auch belüftet werden. An Tagen, wo sie nicht in der Schule war, beauftragte sie zuverlässige Kinder mit dieser Aufgabe.

Die Sache verlief natürlich nicht immer ohne Probleme, sondern oft starben die Embryonen während der Entwicklung ab, konnten dann aber noch im Unterricht angesehen und analysiert werden. Doch einmal kam nach 28 Tagen Brutdauer tatsächlich ein süßes Entenküken zur Welt, was für die Kinder ein unvergessliches Ereignis bedeutete.

Da zufällig Gaby Preis, Margrits junge Kollegin, an diesem Morgen in der Schule war, das Entchen fütterte und mit nach Hause nahm, schien es tatsächlich auf sie geprägt zu sein, was ja Konrad Lorenz bei seinen Gänsen längst gründlich erforscht hatte. Es lief ihr von nun an immer nach, und wenn sie es allein ließ, piepste es so kläglich, dass sie es viele Tage lang in einem Körbchen mit sich nehmen musste.

Außerdem besorgte Margrit zur Freude der Schulkinder im Frühjahr auch immer mal wieder männliche Eintagsküken von einer Hühnerfarm in Heiligenhaus, die zuviel waren und getötet worden wären.

Sie bekam von den süßen, gelben Wollknäueln so viele geschenkt, wie sie wollte. Nach gründlicher Besprechung und Beobachtung im Unterricht durften dann Schüler, deren Eltern es erlaubten, ein oder zwei Küken mit heim nehmen und versorgen. Auch in Donrath wurden von Margrits Kindern oft Küken betreut, bis sie so groß waren, dass sie Frau Baethke, die nette Nachbarin von gegenüber in ihrem Hühnerhof aufnahm.

Margrit ermöglichte es sogar, dass ihre Schüler die unmittelbare Geburt von kleinen Mäusen miterleben konnten. Durch Klaus kannte sie den Chef des Zoologischen Instituts in Köln recht gut, der ihr bei einem Fakultätsfest mal erzählt hatte, dass in seinem Labor täglich weiße Mäuse zur Welt kamen.

Gern könne sie sich trächtige Mäuseweibchen für die Schule abholen, von denen auf die Stunde genau bekannt war, wann sie ihre Jungen bekämen. Sie gab dann nur die Zeit ihrer Unterrichtsstunde an und konnte sicher sein, dass die mitgegebenen Tiere wirklich vor den Augen der Kinder ihre Kleinen zur Welt brachten.

Welche Begeisterung rief es jedes Mal in der Klasse hervor, wenn ein nacktes, rosa Mäusebaby nach dem anderen geboren wurde, dessen Entwicklung im Mäusenest auch weiterhin verfolgt werden konnte.

Waren dann die Kleinen zu süßen, kugeligen Mäusekindern mit seidenweichem Fell herangewachsen, ließen sich sogar bald interessante Versuche mit ihnen anstellen:

Setzten die Schüler zum Beispiel eines der Mäuschen auf ein Holz- oder Kunststoffbrettchen mit rauer Oberfläche und drehten die Unterlage vorsichtig herum, blieben die Mäuse kopfüber daran hängen, ja liefen sogar munter an der Unterseite weiter. Als Gegenversuch wurden Glasplatten verwendet, wo es nicht funktionierte und die Tiere abrutschen, da ihre winzigen Krallen am Glas keinen Halt finden konnten.

Auch hier durften die Kinder nach Belieben immer einige Tiere mit nach Hause nehmen und die wenigen, die keinen neuen Besitzer fanden, brachte Margrit ins Zoologische Institut zurück. Dr. Becher liebte die Mäusefamilie im Biobereich nicht allzu sehr, weil ihm einmal ein Lausbub so ein Mäuschen in die Kitteltasche gesteckt hatte.

Er selbst hatte für seine Klassen zwei große Aquarien im Nebenraum eingerichtet, die seine Tochter pflegte, und für Margrit gab es bald einen kleinen Schulgarten direkt vor dem Nebenausgang der Bioräume, wo sie sich einmal pro Woche in der sogenannten „Garten-A.G." mit ihren Schülern traf.

Viele Kinder fühlten sich inzwischen mit ihrer neuen Lehrerin so verbunden, dass sie nur zu gern nachmittags in den Garten kamen und ihr zutraulich beim Pflegen der Beete und beim Säen und Pflanzen von ihren kleinen Freuden und Sorgen in der Schule oder daheim erzählten.

Als Margrit später einmal bei einer Wochenend-Fortbildung in Krefeld von der Möglichkeit hörte, dass man in der Schulbiologie sogar echte Seidenraupen züchten könne, brachte sie sich nicht nur tiefgefrorene winzige Eier der Seidenraupen von der Krefelder Station mit, sondern auch einen jungen Maulbeerbaum, der bestens im Schulgarten gedieh.

Schon bald schlüpften in der Wärme aus den bis dahin kühl gelagerten Eiern winzige Raupen, die in einem Versuchskasten auf Maulbeerblätter vom Schulgarten gesetzt wurden und nun ohne Pause fraßen.

Als sie nach einiger Zeit zu dicken Raupen herangewachsen waren, fingen sie an, sich in etwa 3 bis 5 Tagen mit einem endlos langen, ganz feinen, aber festen Seidenfaden (etwa 3000 m lang), der aus einer Drüse am Kopf hervorquoll, zu einem weißen Kokon einzuspinnen, was die Schüler wunderbar beobachten konnten.

Während der nun folgenden, längeren Ruhephase vollzog sich in allen Kokons die Entwicklung zum eigentlichen Schmetterling, der sich nach 2 bis 3 Wochen mit Hilfe eines braunen Lösungssaftes aus dem Kokon befreite.

Doch schon seit alters her wussten die Menschen in China das zu verhindern, indem sie die Schmetterlingspuppe in heißem Wasser abtöteten und die endlos langen, feinen Fäden zur Seidenherstellung nutzen konnten.

Das alles war wirklich wie ein Wunder, das nicht nur die Kinder, sondern auch die Kollegen in der Schule bestaunten. Margrit war ganz glücklich, dass sie dank der Krefelder Fortbildung ihren Schülern die Entstehung der echten Naturseide so lebendig vor Augen führen konnte.

55.

Inzwischen hatte Margrit daheim mit ihren eigenen Kindern längst herausgefunden, dass sich die Agger, das kleine Flüsschen, das durch Donrath floss, ausgezeichnet für Schlauchbootfahrten eignete. Die Strömung bei genügend hohem Wasserstand war so stark, dass man ohne viel Anstrengung gemütlich stromabwärts gleiten konnte, und wenn man die Fahrt oberhalb von Wahlscheid begann, in einer dreiviertel Stunde in Donrath ankam.

Als sie den Kindern einmal im Schulgarten davon erzählte, kam prompt die große Bitte, auch mal an so einer Fahrt teilnehmen zu dürfen, denn einige besaßen selbst ein eigenes Schlauchboot. Margrit war einverstanden, wenn die Eltern zustimmten. So gab es schon bald bei gutem Wetter und ausreichendem Wasserstand lustige Aggerfahrten mit kleineren Schülergruppen.

Gemeinsam fuhr die unternehmungslustige Gesellschaft mit Margrit per Auto an eine günstige Einstiegsstelle oberhalb von Wahlscheid, wo man direkt am Wasser parken und die Boote mit Hilfe der dazu gehörigen Pumpen prall mit Luft füllen konnte. Dann hieß es in Badekleidung mit Rudern, Proviant und Handtüchern geschickt in die ins strömende Wasser geschobenen Boote zu klettern und zu starten.

Jedes Mal war es ein unbeschreibliches Vergnügen, mit drei oder vier Booten in flotter Fahrt stromabwärts zu fahren und schäumende „Stromschnellen" durch geschicktes Rudern zwischen dicken Steinen hindurch mutig zu überwinden. Gefährlich war es nirgends, denn selbst wenn das Boot mal kippte, konnten die Kinder überall im Wasser stehen und an tieferen Stellen auch neben den Booten her schwimmen.

Zwischen den schilfgesäumten Ufern und auf den Wiesen zu beiden Seiten der Agger gab es für interessierte Biologen auch immer viel zu sehen, wie zum Beispiel muntere Entenfamilien mit zahlreichen Jungen, scheue Frösche und Kröten und manchmal sogar schnell sich versteckende Wasserratten.

Bei jeder Fahrt wurde an geeigneten Uferstellen der schönen Landschaft auch mal angelegt und ein lustiges Picknick gemacht, sodass die schöne Unternehmung nicht zu schnell zu Ende ging.

In Donrath mussten die Boote dann mit vereinten Kräften zum Wiesengrund getragen werden, wo die Eltern ihre begeisterten Sprösslinge abholten und einer von ihnen Margrit noch schnell zu ihrem Auto nach Wahlscheid bringen musste, damit sie es heimholen konnte.

Durch all die abwechslungsreichen Aktivitäten hatte Margrit sich schnell bei ihren kleinen Schülern beliebt gemacht, sodass sie auch im Unterricht interessiert mitarbeiteten und ihre Stunden bei Kontrollen durch Herrn Tabertshofer einen guten Eindruck hinterließen.

So meinte Dr. Kottmann, der Konrektor des Gymnasiums, schon im nächsten Schuljahr, sie wäre ihrer Aufgabe gewachsen und man wolle sie so bald wie möglich wieder ins Beamtenverhältnis berufen. Dazu musste sie ein Gesundheitszeugnis vorlegen und eine Lehrprobe vor dem Schulrat bestehen. Dann sollte sie zunächst Studienassessorin und „Beamtin auf Probe" und zwei Jahre später Studienrätin und damit „Beamtin auf Lebenszeit" werden.

Da die Kinder daheim jetzt schon alle sehr selbständig waren und von den täglichen Arbeiten einiges übernehmen konnten, willigte Margrit nach kurzer Bedenkzeit ein.

Inzwischen hatte sich auch Frau Léard aus Donrath bereitgefunden, Margrit bei der Pflege des großen Hauses zur Seite zu stehen, an deren Stelle später Frau Kantner aus der unmittelbaren Nachbarschaft trat. Diese blieb der Familie über 25 Jahre treu, sorgte sogar für das Bügeln der Wäsche, während ihr Mann das Rasenmähen übernahm, als die Jungens aus dem Haus waren.

Für Margrit war es ein schöner Gedanke, als Beamtin jetzt etwas mehr Geld zu bekommen als bisher im Angestelltenverhältnis, doch zunächst blieb sie weiterhin teilzeitbeschäftigt und wurde nur gemäß ihrer Stundenzahl entlohnt.

Es war ihr klar, dass sie nun auch in der Oberstufe Unterricht erteilen musste, da außer Dr. Becher am Rösrather Gymnasium kein vollausgebildeter Biologielehrer zur Verfügung stand, und Gaby Preis wegen ihrer Realschulausbildung nur in der Unter- und Mittelstufe eingesetzt werden konnte.

Der Biologieunterricht in den Oberklassen wurde anfangs für Margrit zu einer ernst zu nehmenden Herausforderung, da ihr durch die fast 17-jährige Unterbrechung ihrer Schultätigkeit manches Stoffgebiet nicht mehr geläufig war.

Auch hatte sich gerade im naturwissenschaftlichen Bereich auf Grund der ständigen Forschung das Wissen enorm vermehrt und in der Molekularbiologie waren Erkenntnisse gewonnen worden, die zur Zeit ihre Ausbildung noch gar nicht im Gespräch waren.

Zum Glück wurde sie in den ersten zwei Jahren ihrer Rösrather Tätigkeit nur in der Unterstufe eingesetzt und erst 1972 bekam sie eine Klasse 10 dazu, bei denen Vererbungslehre auf dem Lehrplan stand, ein Thema, das sie gern unterrichtete. Auch war die Klasse klein und die Schüler interessiert, sodass alles gut klappte.

Dann setzte sich aber die große Änderung im Unterrichtsangebot der Schulen durch, das heißt das „Kurssystem" wurde eingeführt, wobei die Schüler nach der 10. Klasse Fächer abwählen konnten und sich zwischen Grund- und Leistungskursen entscheiden mussten. Margrit übernahm die dreistündigen Biologiegrundkurse der Oberstufe, da Dr. Becher mit den fünfstündigen Leistungskursen voll ausgelastet war.

Von da an war es in der Schule nicht immer leicht für sie, denn sie musste sich auf Stoffgebiete vorbereiten, die ihr selbst ganz neu und nicht immer leicht zu vermitteln waren.

Zum Glück gelang es ihr auch jetzt wieder – gerade bei den Schülern der Oberstufe, die ein ordentliches Abitur anstrebten – einen guten Kontakt zu finden. Sie erklärte ihnen gleich anfangs, dass sie alles daran setzen würde, ihnen dabei zu helfen, aber nur, wenn sie miteinander und nicht gegeneinander arbeiten würden.

Wenn es Margrit auch einige Zeit und viel nächtliche Arbeit kostete, um schwierige Themengebiete, besonders in der Molekularbiologie, ihren Oberstufenschülern nahe zu bringen, so gelang es ihr vielleicht gerade deshalb leichter, weil sie selbst um das Verständnis und die Aneignung des neuen Wissens kämpfen musste.

Ehe endlich in der zweiten Hälfte der 70er Jahre drei neue, noch junge Studienassessorinnen für Biologie ans Rösrather Gymnasium berufen wurden, da die Schülerzahl stetig stieg, musste Margrit tatsächlich drei ihrer eigenen Kinder, nämlich Christoph, Winfried und Elisabeth, in den beiden parallelen Biologiegrundkursen selbst unterrichten – eine etwas ungewöhnliche Aufgabe.

Als sie bei der Besprechung der Bienen irgendwann mal kurz erwähnte, dass sie schon als Kind daheim ein Bienenhaus erlebt hätte, da ihr Vater Imker gewesen sei, meinte Christoph in seiner lustigen Art: „Mein Opa auch!", was natürlich munteres Gelächter hervorrief.

Doch im großen Ganzen kamen alle Beteiligten mit der außergewöhnlichen Situation ganz gut zurecht, und später beim Abitur übernahm Dr. Becher die mündliche Prüfung der Napp-Zinn-Kinder, wobei alle gute Leistungen zeigten.

56.

Nach diesen langen Ausführungen über die schulische Situation in Rösrath soll nun auch noch über all die vielen Dinge berichtet werden, die das neu begonnene Leben der Familie im schönen Rhein-Siegkreis mit sich brachte.

Es ergab sich wie von selbst, dass an den Wochenenden oder in den Ferien Radtouren der ganzen Familie entweder direkt im Aggertal oder über die malerischen Höhen des Bergischen Landes geplant wurden, woran Klaus gern teilnahm.

Wenn auch die älteren Kinder mit ihren tollen Gangschaltungen an den Rädern viel größeres Tempo vorlegen konnten, so kundschafteten sie dafür die Gegend aus und entdeckten mit Klaus und guten Fahrradkarten abwechslungsreiche Rundtouren, wo auch die „Damen“ und Hellmut mit seinem geliebten Kinderrad bestens mithalten konnten.

Unterwegs wurde meist gepicknickt oder in kleinen Gaststätten eingekehrt, sodass die Küche daheim „kalt blieb“, und bei der Rückkehr gab es dann nachmittags eine fröhliche Kafferunde mit leckerem Kuchen, den Margrit schon samstags gebacken hatte.

Die große Freude am gemeinsamen Kartenspiel war natürlich nicht verloren gegangen, sondern setzte sich auch in Donrath fort und es wurde bald zum festen Ritual an den Samstag- und Sonntagnachmittagen. Nur stand jetzt nicht mehr Canasta im Mittelpunkt des allgemeinen Interesses, sondern das anspruchsvollere „Doppelkopf“, das Margrit und Klaus früher so gern mit den Weißenfelser Großeltern spielten und das sie den Kindern inzwischen beigebracht hatten.

Wenn in dieser Zeit die Jugend an den Wochenenden auch schon mal eigene Pläne hatte und sich mit Freunden oder Klassenkameraden traf, hofften die Eltern immer, dass wenigstens zwei der Kinder daheim bleiben würden, damit das geliebte Doppelkopf steigen konnte.

Nach wie vor spielten auch die sportlichen Aktivitäten eine große Rolle und dank finanziellem Zuschuss von der Mainzer Oma durften alle Kinder Tennis spielen lernen.

Zum Glück gab es in Kreuznaaf, 3 km von Donrath entfernt, eine leere Fabrikhalle, die zur Tennishalle umgebaut worden war und wo pro Woche ein Platz zwei Stunden fest gebucht werden konnte. Die Kinder, die den schönen Sport schrittweise erlernten, und auch Margrit, waren einige Jahre jeden Dienstagnachmittag hier anzutreffen und machten mit oder ohne Lehrer mit der Zeit gute Fortschritte.

Pit, Georgs Schulfreund vom Bensberger Gymnasium, der in Donrath regelmäßig zu Gast war und fast zur Familie gehörte, kam ebenfalls gern zum Tennis spielen und war ein eifriger Kämpfer.

Daheim auf dem Rasen ließ es sich übrigens auch gut Volleyball spielen, ja sogar das früher in Weißenfels so beliebte „Krokett“ wurde in Donrath zur aufregenden, kämpferischen Auseinandersetzung, wenn sich bei trockenem Wetter genügend Spieler für zwei oder drei „Mannschaften“ zusammenfanden.

Leider brachten die Wintermonate im Kölner Raum nur selten genügend Frost und Schnee zu sportlichen Aktivitäten im Freien, aber die Freude an Bewegung verlockte Margrit auch in dieser Jahreszeit schon bald dazu, mit den Kindern immer mal wieder eine der großen Eissporthallen in Köln oder Bensberg aufzusuchen.

Sie alle waren schon mal zum Schlittschuhlaufen mit der Schule auf dem Eis gewesen und hatten bald Spaß an dieser Sportart und sich eigene Schlittschuhe gewünscht.

Auch Margrit, die als Kind schon früh auf der Saale Schlittschuh lief und in Grenoble von Herrn Grünert im Eisstation manches dazu gelernt hatte, freute sich, nach längerer Pause mal wieder mit ihrer eifrigen Kinderschar in den Stadien über die glatten Eisflächen dahinzugleiten.

Klaus war immer froh, wenn Margrit an den Wochenenden mit der Jugend etwas unternahm und er daheim etwas mehr Ruhe für seine Arbeit fand. So war es ein toller Glücksfall für alle, als die Eltern über die Kirchenmusik in Köln den immer unternehmungslustigen Herrn Quand aus Burscheid kennen lernten, der ein begeisterter Schlittschuhläufer war.

Er wusste stets, wann nach längeren Frosttagen das Eis an der Bevertalsperre bei Wermelskirchen fest genug zugefroren war und man es wagen konnte, darauf zu gehen. Dann rief er bei Napp-Zinns an, und war sicher, dass Margrit und die Kinder begeistert mitkamen, um auf der ausgedehnten Eisfläche des großen, vielarmigen Gewässers mit Schlittschuhen weite Strecken dahinflitzen zu können.

Nach herrlichen Stunden auf manchmal spiegelblankem Eis gab es vor der Heimfahrt meist noch ein fröhliches Einkehren im „Restaurant zur zornigen Ameise" direkt am Wasser, wo man sich ausruhen und nach Herzenslust stärken konnte.

Das war in den 70er Jahren viele Winter hindurch eines der größten Vergnügen aller Napp-Zinns, und schon bald kamen auch Freunde der Kinder und manche nette Bekannte dazu. Sogar Margrits Schüler ließen sich durch ihre Erzählungen davon begeistern, und oft kamen nicht nur die Kinder, sondern sogar ihre Eltern mit eigenem Auto zum großen Stausee aufs Eis.

Auf diese Weise entstand auch durch die zehnjährige Annika zu Familie Fahning aus Forsbach eine herzliche Freundschaft, die sich später durchs gemeinsame Windsurfen noch vertiefte und ein Leben lang anhielt.

Der Höhepunkt in sportlicher Hinsicht bedeutete natürlich nach wie vor das geliebte Skifahren, und es verging kein Winter, in dem nicht in der zweiten Hälfte der Weihnachtsferien in den Schnee gefahren wurde.

Hellmut war inzwischen auch daran beteiligt, und Klaus konnte sich eine Woche bei seiner Mutter in Mainz ungestört der Arbeit widmen. Die Oma freute sich, ihn bei sich zu haben und verwöhnen zu können. So schenkte sie der Familie regelmäßig zu Weihnachten einen größeren Geldbetrag für die ersehnte Skireise, worüber die Kinder und Margrit glücklich und dankbar waren.

Nach zwei Skiaufenthalten in Balderschwang bei Oberstdorf, wo alle nach Lust und Laune die Pisten genossen, ging es 1972 zum ersten Mal zu einem richtigen Skilehrgang auf die „Oberstiegalpe" in der Nähe von Steibis im Allgäu.

Von der Lanzenbachmühle, wo man die Autos gut parken konnte oder mit dem Bus hinkam, ging es in einem einstündigen Fußmarsch durch die verschneite Bergwelt hinauf zur „Alp", einem früheren Bergbauernhof, der inzwischen zu einer einfachen Skiunterkunft umgebaut worden war. Hier konnten etwa siebzig Feriengäste in größeren oder kleineren Räumen mit Doppelstockbetten gut unterkommen.

Margrit hatte von dem preisgünstigen Skilehrgang gehört und wollte endlich mal mit den Kindern in einem richtigen Kurs die Technik des Skilaufens erlernen. Rolf Fritz, ein netter und fachkundiger Skilehrer aus Württemberg bot mit zwei weiteren Skilehrern auf der Oberstiegalpe eine wirklich preiswerte Unterrichtswoche an.

Auf einem schönen Hang mit einem einzigen, einfachen Lift direkt neben der Almhütte wurden täglich je zwei Stunden vor- und nachmittags in verschiedenen Gruppen Grundkenntnisse erworben, bis man über Umsteige- und Parallelschwünge schrittweise das „Wedeln“ erlernte.

In der Hütte gab es dann für alle nach den Unterrichtsstunden an langen Holztischen gemeinsame Mahlzeiten, und abends fand man sich zu munteren Spielen, Plaudern, Musik und fröhlichem Singen altbekannter Volkslieder zusammen.

Der Höhepunkt in diesen Tagen war ein gemeinsamer Aufstieg zur nicht weit entfernten Falkenhütte, die sich durch einen außergewöhnlichen Lift auszeichnete. Hier wurden fünf Skifahrer nebeneinander auf Tellerliften über eine breite, festgewalzte Schneefläche in wenigen Minuten in rasanter Fahrt den Hang hinaufgezogen, was wirklich alle begeisterte. Sogar Hellmut, der schnell gute Fortschritte gemacht hatte, konnte davon nicht genug bekommen.

Am Ende der Unterrichtswoche hieß es dann bei einem aufregenden Abfahrtsrennen zu zeigen, was man gelernt hatte. Jeder musste einzeln eine durch Stöcke festgelegte Slalompiste so schnell wie möglich hinabsausen, und die benötigte Zeit wurde genau gestoppt.

Beim großen Abschiedsfest am Abend gab es nicht nur ein leckeres Essen, sondern Urkunden für die besten Fahrer jeder Gruppe mit feierlicher Siegerehrung, und danach folgten lustige Darbietungen, Scherzspiele und fröhlicher Tanz bis Mitternacht.

In den nächsten Jahren folgten weitere Skireisen zu bekannten Orten der schönen Alpenwelt wie Saalbach, Königssee, Waidring, Hinterglemm, Obergurgl, Rauris oder Tigne in Savoyen.

Aber die schönsten und unvergesslichsten Urlaubstage im Schnee verbrachte Margrit mit den fünf so skibegeisterten Kindern und ihren Freunden und Bekannten viele Jahre später im Gletscherhaus von Kaprun, inmitten eines märchenhaften Skiparadieses knapp unter 3000 m Höhe, wohin die Familie nicht weniger als 9 Mal (zwischen 1983 und 1992) reiste.

Zu dieser Zeit hatten alle fünf Kinder bereits ihr Abitur und zum Teil schon das Elternhaus verlassen, doch Kaprun soll nicht unerwähnt bleiben, da Margrit hier oben in der wunderschönen, tief verschneiten Bergwelt immer wieder ein unvergleichliches Glücksgefühl empfand. So schrieb sie einmal am Silvesterabend an Klaus:

„Nach nächtlichem Neuschnee und strahlendem Sonnenschein vom tiefblauen Himmel genossen wir heute die Schönheit und die Fülle des Daseins aus tiefsten Herzen. Eben erlebten wir bei der letzten Abfahrt vor Sonnenuntergang auf fast menschenleeren Hängen einen märchenhaften Ausblick über die unzähligen Hochgebirgsgipfel ringsum, den man einfach nicht vergessen kann. Ach, könntest Du doch hier sein und mit uns das Glück genießen!“

57.

Schon gleich in den ersten Jahren nach dem glücklichem Einzug ins eigene Heim in Donrath wurde das schöne, geräumige Haus mit dem ausgedehnten Garten für die große Familie ein echtes Zuhause, in dem alle gern beisammen waren und sich wohl fühlten.

Natürlich änderten sich die Wünsche und Ansprüche der Kinder im Verlauf der Jahre, und es wurde vor allem mehr Platz gebraucht, sodass bauliche Veränderungen nötig waren.

Georg hatte die Idee, durch das Einziehen einer stabilen Holzdecke im Garagengiebel über Margrits Auto einen neuen Raum zu schaffen, der sich nach Durchbrechen der Hauswand mit Winfrieds benachbarten Zimmer gut verbinden ließ.

Nachdem auch eine Tür eingesetzt und elektrische Leitungen verlegt worden waren, verschönte Georg die Wände des neu geschaffenes Raums mit Herrn Baethkes Hilfe durch helle

Holzplatten, legte Teppichboden und suchte in Köln geeignete Möbel aus.

Als er dann im Frühjahr 1972 beglückt einzog, konnte Hellmut in Georgs Zimmer übersiedeln, und Elisabeth, die mit ihm bis dahin den Raum geteilt hatte, bekam ihr eigenes Reich, das mit hübschen Jungmädchenmöbeln ausgestattet wurde.

Christoph dagegen hatte sich schon vorher von Winfried „getrennt" und sich mit eigenen Ideen im ausgebauten Vorkeller zwei kleine, künstlerisch gestaltete Räume eingerichtet. Neben moderner Musik interessierte er sich jetzt zunehmend für zeitgenössische Kunst und schuf schon in der Schulzeit interessante Collagen, Plastiken und Aquarelle, die seine künstlerische Begabung zeigten und seinen späteren Beruf ahnen ließen.

Inzwischen war er am 25. April 1971 als zweiter der Napp-Zinn-Kinder konfirmiert worden. Der Festgottesdienst mit Einsegnung und Abendmahl fand in der modernen Lohmarer Kirche bei Pfarrer Rettich statt. Winfried wurde beim gleichen Pfarrer ein Jahr danach, allerdings schon am 26. März, konfirmiert und Elisabeths Konfirmation folgte ein weiteres Jahr später und zwar wurde sie am 20. Mai 1973 von dem neuen, sehr netten Pfarrer Diehl eingesegnet, da Pfarrer Rettich in den Hunsrück versetzt worden war.

Bei allen drei Konfirmationen gab es ein festliches Mittagessen in „Haus Stolzenbach", und nachmittags war die frohe Festgemeinschaft bei Kaffee und Kuchen und abends am Kaltem Büfett im großen Donrather Wohnzimmer vereint.

Längst hatte sich bei allen fünf Kindern, ihren Schulfreunden und Altersgenossen ein ausgesprochen herzliches Zusammengehörigkeitsgefühl entwickelt, sodass nicht nur die festen Freundinnen und Freunde gern nach Donrath kamen, sondern auch größere Treffen veranstaltet wurden.

Anfangs eignete sich unten der große Kellerraum dazu, der von einem jungen Tischler schön ausgestaltet worden war, doch bald wurde mit dem Ausbau des bis dahin recht vernachlässigten Speichers begonnen.

Hier mussten zunächst auf die noch offenen Bodenbalken stabile, hölzerne Platten genagelt werden, damit man den Speicherraum überhaupt betreten konnte. Dann kam unter die Ziegel auf beiden Seiten der Dachschräge Isoliermaterial und zum Abdecken Styroporplatten. Als auch noch für gute Beleuchtung gesorgt und Teppichboden verlegt worden war, bekam der vorher so nüchterne Raum ein recht wohnliches Aussehen.

Mit älteren und überzähligen Polstermöbeln und Tischen wurde schließlich der große Dachspeicher behaglich ausgestattet, und von nun an konnten bei Geburtstagsfeiern größere Gruppen von Freunden eingeladen werden und manche schönen Feste stattfinden.

Zunächst feierten vorwiegend die heranwachsenden Kinder im neu gestalteten Raum unterm Dach, aber schon bald erschien er auch bei Familienfesten oder Besuch zum Vorführen von Dias bestens geeignet.

Am meisten wurde er jedoch später genutzt, als die Schüler von Margrits Biokursen davon hörten und sie darum baten, ihre Abschlussfeiern hier oben veranstalten zu dürfen. Bei den Kursen ihrer eigenen drei Kinder fanden sich tatsächlich nicht weniger als 40 Schüler auf dem Donrather Speicher zusammen. Außer vielerlei Getränken wurden Platten mit belegten Broten, Kuchen und sogar Torten die steile Treppe hinaufbalanciert und bei Musik, Spiel und Tanz die halbe Nacht begeistert gefeiert.

58.

In all den schönen und abwechslungsreichen Jahren in Donrath, als die Familie noch vollzählig beisammen war, ging natürlich auch die Reiselust, die schon immer in allen steckte, nicht verloren.

Und die Krönung all dieser Unternehmungen im Jahr 1973, dem 20. Ehejahr von Klaus und Margrit, sollte eine besonders tolle Reise sein!

Die Gespräche darüber begannen bereits im Januar, als in den Katalogen nach geeigneten Feriendomizilen gesucht wurde und alle mit dem sonnigen Süden liebäugelten.

Auf jeden Fall sollten alle Kinder mitreisen und alle Wünsche sollten berücksichtigt werden.

Man wollte schöne, alte Kulturdenkmäler besichtigen und interessante Länder kennen lernen. Man hatte Lust, sich im Meer zu tummeln und in der Sonne zu aalen, Sport zu treiben und zu spielen. Und keiner wollte endlos lange Autokilometer fahren.

Jeder Einzelne wollte unabhängig, aber auch mit den anderen zusammen sein und sich vor allen Dingen richtig erholen.

Warum sollte man also nicht mal eine Kreuzfahrt buchen?

Und tatsächlich wurde sie gefunden! Die schönste, die abwechslungsreichste und die preisgünstigste von allen!

Mit einer Woche Fahrt auf dem Mittelmeer von Venedig aus mit Stopp in Katakolon/Griechenland, Rhodos, Piräus/Athen, Durchfahrt des Kanals von Korinth, Stopp in Itea/Delphi und Dubrovnik!

Zum Schluss eine Woche Strandurlaub im Superhotel von Mlini bei Dubrovnik und Rückfahrt nach Venedig.

Fast ein halbes Jahr freuten sich alle darauf, sprachen und träumten davon, und schließlich konnte sich keiner mehr vorstellen, wie man früher überhaupt ohne Kreuzfahrt ausgekommen war.

Am 7. Juli war es dann soweit und die glückliche Familie stand oben an Deck der stolzen, weißen „ISTRA“, mit der sie allmählich ins weite Adriatische Meer hinausglitten und unvergesslich schönen Sommertagen entgegenfuhren.

Richard und ∞ 1894 Helene Beilschmidt

Geschwister: Lisbeth Marie Hanna Walter — **Geschwister:** Lisbeth Behring August Mouson

Kinder: 4

- Elisabeth *1896 ∞ Gerhard Bussen
- Hans Beilschmidt *1898 † 1918
- Leli *1900 ∞ Eduard Müller
- Margarete (Gretel) 1903 ∞ Hans Arsand

	Elisabeth			Leli			Margarete		
Enkel: 9	Hans-Dieter	Margrit	Maidi	Peter	Klaus	Lenelore	Gina	Arne	Ute
Ehepartner:	Käte Kaulisch	Klaus NZ	Detert Gruis	Andy	Heidi	Karl Müller	Eberhard Otto	Hannelore °Dorothee	Manfred Russ
Urenkel: 29	Gerd, Martina	Georg, Christoph, Winfried, Elisabeth, Hellmut	Ines, Hajo, Daniel	Helene, Doria, Gina, Petra	Andrea, Peter, Nicki	Hermann, Wolfgang, Albrecht	Thomas, Gabi, Frieder	Stephan, Annette, Sylvia, °Felix	Ricarda, Bettina

INHALTSÜBERSICHT

TEIL II